Droemer
Knaur®

Susanne Seitz

Die Kaufmannstochter

Roman

Droemer Knaur

Die Deutsche Bibliothek – CIP-Einheitsaufnahme

Seitz, Susanne:
Die Kaufmannstochter: Roman / Susanne Seitz. –
München: Droemer Knaur, 1991
ISBN 3-426-19283-7

Umschlaggestaltung: Atelier Zero, München
Satzarbeiten: Ludwig Auer GmbH, Donauwörth
Druck und Bindearbeiten: Mohndruck, Gütersloh
Printed in Germany
ISBN 3-426-19283-7

2 4 5 3 1

Für meinen besten Freund Gerd,
den geistreichsten Genießer,
den ich kenne,
und für David aus Angria.

»Gewissen und Feigheit sind in Wirklichkeit ein und dasselbe ...«

»Ich will nicht der Sklave meiner Gefühle sein; ich bediene mich ihrer nur zu meinem Vergnügen und zu meinem Nutzen.«

Oscar Wilde

ERSTES BUCH

Das Glashaus

Erstes Kapitel

Am fünfundzwanzigsten August des Jahres 1770 wurde in London der von einer tödlichen Dosis Arsen entstellte Leichnam des gänzlich unbekannten, siebzehnjährigen Dichters Thomas Chatterton aufgefunden. Wie es hieß, habe sich der exzentrische junge Mann das Leben genommen, da es ihm nicht gelungen sei, auch nur eine einzige Zeitung der Metropole, die sich für die bedeutendste der Welt hielt, für seine Werke zu interessieren. Soweit die Nachricht aus London.

An eben jenem fünfundzwanzigsten August erwarb in Bristol, der Heimatstadt des unseligen Selbstmörders, der Reeder Angus Cheltenham das prächtigste Herrenhaus am noblen Queen Square. Das mächtige weiße Gebäude, das sich zwischen zwei im Halbrund angelegten Flügeln erstreckte, war frei von überflüssigem Zierat und ganz *à la mode* der klassizistischen Strenge georgianischer Bauweise verpflichtet. Kaum errichtet, hatten es seine Erbauer, Nachfahren eines alteingesessenen Kaufmannsgeschlechtes, aufgrund finanzieller Engpässe an den Meistbietenden veräußern müssen.

Von Angus Cheltenham, dem neuen Besitzer, war zu vernehmen: »Ich lehne es ab, in der Ausdünstung fremder Menschen zu leben, mag diese geartet sein, wie sie will. Stammt ein Haus nicht aus eigenem, womöglich jahrhundertealtem Familienbesitz, muß es sein wie die Frau, die ein Mann von Ehre zu der seinen macht: unberührt. Gattin und Haus haben nur die Prägung ihres allzeit alleinigen Herrn zu tragen.«

Nun: Angus Cheltenham, gesegnet mit einer keuschen, ergebenen Gemahlin, »prägte« schon sieben Jahre lang. Diese offenbar anstrengende Beschäftigung schien ihm die ganze

Kraft zu rauben, denn sein Sohn, zum Zeitpunkt des Einzugs in das neue Haus zwei Jahre alt, sollte sein einziger Nachkomme bleiben. Auch die Geschäfte strebten von einem Verlust zum nächsten. Obwohl sich die Cheltenhamsche Schifffahrtsgesellschaft fremden Kapitalgebern öffnen mußte und sich fortan »Cheltenham Shipping Company« nannte, ließ der ersehnte Aufschwung auf sich warten.

Nichts wollte gedeihen.

Angus Cheltenham wurde wortkarg und bitter.

Daß sein Sohn keine glorreiche, besitzmehrende Zukunft versprach, grämte ihn sehr. Das Kind, das mit einem hinreißenden Lächeln bezaubern konnte, hatte sich schon früh in die Welt des Klangs verliebt und war taub für Belehrungen aus musenfernen Wissensgebieten. Im Rhythmus der Quartale wechselten seine erfolglosen Hauslehrer.

Bereits im Alter von sechs Jahren spielte der junge Angus famos und lebhaft das Pianoforte, tat sich aber schwer damit, die Uhr zu lesen. Mit acht konnte er auf Geige und Klavier Teile aus Händels *Messias* zum besten geben, stockte aber regelmäßig im kleinen Einmaleins.

Von dieser Art war der Sohn des gescheiterten Reeders.

»Musik!« rief Angus Cheltenham. »Immer nur Musik!« Seiner Frau warf er vor, den »nutzlosen und unwesentlichen Neigungen« des Jungen Tür und Tor geöffnet zu haben. »Du warst es, die all diese Tonmeister, mit denen er tagein, tagaus klimpert und fidelt, ins Haus holte!«

Noch auf seinem Totenbett, zwei Jahre nach ihrem Einzug in das prächtige Haus, flüsterte Angus Cheltenham: »Ich habe einen Sohn, der nicht würdig ist, meinen Namen zu tragen!«

Seine einst recht aparte, aber schon seit jeher zu ernste und sogar für den Geschmack ihrer Zeit zu blutleere Gattin Hester, deren verhaltene, sorgenvolle Wesensart so gar keinen Eingang in ihr einziges Kind gefunden hatte, blickte bekümmert in das Antlitz des Sterbenden und wiederholte ihre zur Litanei verkommene Klage:

»Dieses Haus hat uns kein Glück gebracht.«

Und während über den Korridor »diese vermaledeiten Haydn-Klänge« perlten, stieß Angus Cheltenham, mißbilligend wie eh und je, ein letztes Mal den Atem aus.
Zurück ließ er eine verhärmte Witwe mit altmodisch hochtoupierter, weißgepuderter Perücke und einen neunjährigen Knaben ohne jegliche Ernsthaftigkeit. Als Hester zum erstenmal in Trauerkleidern das Kinderzimmer betrat, forderte der junge Angus sie auf:
»Erzählen Sie mir noch einmal die Geschichte von Thomas Chatterton, Maman!«
»Dein Vater ist tot«, kam es nach einer lautlos verstrichenen Pause von Hesters bleichen, schmalgepreßten Lippen.
Da hellte sich die Miene des Knaben auf. Ganz aufgeregt wollte er wissen:
»Begegnen sie sich? Trifft Papa Thomas Chatterton?«
Hester sah aus großen, in Tränenteichen schwimmenden Augen zu ihrem Sohn hinab, der auf einem hölzernen Schaukelpferd munter auf- und niederwippte. Plötzlich begann er, so, als habe er seine Frage schon wieder vergessen, eine gespenstisch von den Wänden hallende Melodie zu summen. Sein glockenklares Kindertimbre stieg viel zu heiter und daher beinahe unwirklich, wie von weit her tönend, zur Decke empor.
»Weshalb geht dir bloß immer wieder dieser Chatterton durch den Sinn!« seufzte Hester, viel zu erschöpft, um zu tadeln. »Man hätte dir nie von ihm erzählen dürfen.«
Der Knabe lächelte, als verfüge er über ein geheimes, unnennbares Wissen; er lächelte versonnen und abwesend. Als ihm seine Mutter über die blonden Locken streichen wollte, neigte er, ihrer Hand ausweichend, den Kopf zur Seite.

Mit den Jahren wuchs der junge Angus, von hundert Phantasien, tausend Träumen und einer Unzahl Melodien begleitet, zu einem gutaussehenden und liebenswerten, aber in der Regel zerstreuten Charmeur heran. Sämtliche Sympathien flogen ihm zu – Erfolge als Vorstand einer einstmals bedeuten-

den Schiffahrtslinie freilich weniger. Wenn er sich in eines seiner Kontore bequemte – nie vor dem frühen Nachmittag, selten länger als für zwei Stunden –, bemühte er sich um Gewissenhaftigkeit, obwohl er ohne Freude über Verträgen, Versicherungsbriefen und Frachtpapieren saß. Seine Mutter behauptete: »Du wirtschaftest uns zugrunde.«
Was sie sah, vermochte sie zu deuten, aber in den Gang der Dinge – einen schlechten! – einzugreifen war sie nicht in der Lage. Selbst von mäßigem Geist, zur Frau und zu nichts anderem erzogen, daran gewöhnt, gehorsam zu sein und sich zu beugen, statt Befehle zu erteilen, ein Jahrzehnt lang ausgenutzt und hintergangen von Verwaltern, die rasch ihr treuhänderisches Unvermögen erkannt hatten, war sie froh, als sämtliche geschäftlichen Bürden auf die schmalen Schöngeistschultern ihres Sohnes übergingen.
Dies geschah am Tage seiner Großjährigkeit.
Der Reedereibetrieb rettete sich von Jahr zu Jahr, und die Zeit verging. Aus dem träumerischen, mit einem Lächeln Unberührbarkeit bekundenden Angus, der weiterhin Geige und Klavier über alles liebte, wurde ein sinnenfroher Genießer, den es zu schönen Frauen, Gaumenfreuden und Musikaufführungen ins ferne London zog. Seine sich jagenden Auslandsreisen, vor allem jene nach Frankreich, verliehen ihm das Flair des jungen Weltbürgers.
Er war ein Bonvivant, der Sohn des alten Cheltenham! Hester vereinsamte und suchte Rat und Halt in einer steifen, buchstabengetreuen Gottesfürchtigkeit, die ihre Seele nicht erreichte. Aus dem elfenzarten, gleichwohl ein wenig spröden Geschöpf, das vor langer Zeit eine Konvenienzehe mit einem der reputierlichsten Männer der Stadt eingegangen war, wurde eine unduldsame, reizbare Wächterin von Anstand und Sitte, die mit vorwurfsvollen Augen auf Angus schaute und um ihr verschwendetes Leben trauerte, ohne zu wissen, was ihre Tage so schwer machte.
Angus gewöhnte sich an, dem Haus, dem seine Mutter einen kalten Atem eingehaucht hatte, wann immer es ihm möglich

war, zu entfliehen. Wenn er sich nicht die Violine unters Kinn schob oder seine behenden Finger über die Tasten des Flügels im Musikzimmer tanzen ließ, verharrte eine schwere, fast pathetische Stille in den Räumen des Hauses, eine Stille, die der junge Mann, den es nach Vergnügungen verlangte, kaum ertragen konnte.

Hester sprach so leise, als fürchte sie sich vor der eigenen Stimme, die selbst im Flüstern einen schneidenden Ton beibehielt. Die Dienstboten, alle in Furcht vor der weiterhin Schwarz tragenden Witwe, die keine Nachsicht kannte, huschten auf Zehenspitzen durch die Korridore, und die Musik, die zuweilen die Gänge überflutete, war wie ein exotischer, sich in den hohen Hallen nicht wohl fühlender, nur gelittener Gast. Das einzige Geräusch, das in Dielen, Flure und Zimmer hineingeboren schien, war das ehrfurchtgebietende Rascheln von Hesters schwarzen Röcken.

In der Küche hieß die Hausherrin nur »die Krähe«.

Sie wurde von Jahr zu Jahr dünner, gerade so, als wolle sie, statt eines gottergebenen Todes zu sterben, eines Morgens einfach nicht mehr dasein, ja, als sei sie entschlossen, sich zu einer von ihr selbst gewählten Zeit in Nichts aufzulösen. Obwohl sie unter ihren zahlreichen Röcken längst aus der Mode gekommene »Pads«, kleine, reifrunde Hüftpolster, zu tragen pflegte, erinnerte ihre ausgemergelte, knochendürre Gestalt an einen hungrigen Rabenvogel, der in Novembernebel inmitten eines hartgefrorenen Feldes sein Gefieder plustert und den Schnabel in die Erde hackt.

Schalt Hester, so tat sie es leise, aber eindringlich, und die heisere Stimme glich einem erschöpften Krächzen.

Ihr ebenmäßiges Gesicht war von scharfen Furchen zerstört, ihre stille Demut eiserner Selbstzucht gewichen. Am meisten Genuß empfand sie dabei, sich den Genuß zu versagen. Wenn Angus ihr zur Teestunde die Gebäckschale reichte, beschied sie ihn mit beherrschter Entrüstung: »Du solltest mittlerweile wissen, daß ich nur ein Stück Zwieback nehme.« Angeblich quälten sie nächtens schlafraubende Magenkrämpfe.

Angus zuckte bloß mit den Achseln. Weit fort mit seinen Gedanken, überließ er sich der Stille, die ihn bald so gänzlich umfing, daß er nicht einmal den Zwieback zwischen Hesters Zähnen knirschen hörte. Lächelnd rührte er in seiner Teetasse. Dieses Schweigen, kühl und dicht und schwer und müde, Fluch und Segen zugleich... Für den jungen Cheltenham löste es sich in Purcell-Harmonien auf.

Er war dreißig, als er eine Frau ins Haus brachte: die hübsche, aber nicht schöne, zur Fülle neigende, laut lachende, einigermaßen gebildete und dennoch sentimentale Liebesromane verschlingende, allseits »liebreizend« genannte Caroline Haworth. Sofern er lieben konnte, liebte er sie. Ohne Zweifel betete er sie an. Vor allem brauchte er sie, aber das war ihm selbst nicht bewußt.

Diese Frau war es, die dem bislang so kalten, unbehaglichen Haus am Queen Square, schräg gegenüber dem berühmten Reiterstandbild, das William III. zeigte, das von Hester verwehrte Leben einhauchte.

Die Stille starb. Nun hielten Geselligkeit und Gesprächszirkel Einzug. Caroline verstand es zu unterhalten und zu erheitern.

Die Tage blühten auf, bekamen Farbe und Licht und tauchten in eine langvermißte Leichtigkeit ein. Sie wurden so, wie Angus war.

Sein kühnes, unbekümmertes Lachen fand seine Spiegelung in den bernsteinfarben schimmernden Augen seiner Frau.

Man musizierte – Caroline besaß einen kraftvollen Sopran –, scherzte, erzählte sich Geschichten und Geschichtchen, plauderte über Literatur und Malerei, tauschte sich über gute und weniger gute Porträtisten aus, debattierte die Standpunkte der Tories und der Whigs – denn man war liberal, sogar in Gegenwart der Damen –, trank Portwein, Sherry und Champagner – »Was für eine Verschwendung!« dachte Hester – und beherbergte fast das ganze Jahr über Gäste.

Im Lauf der Zeit hatte sich Angus als Sammler von Freunden hervorgetan. Nun scharte er Weltenbummler aus aller Herren

Länder um sich. Caroline schrieb jede Woche neue Einladungen. Italiener, Franzosen und Russen gingen im Salon der Cheltenhams ein und aus. Noch immer bewegte der Schlachtruf »Freiheit, Gleichheit, Brüderlichkeit!« die Gemüter. Monsieur Forquat brachte verwirrende Neuigkeiten aus Paris! Was für ein leichtes, was für ein wunderbares Leben!
Die honorigen Stadtväter Bristols betrachteten es durchaus als Privileg, ein Einladungsbillett an den Queen Square 7 zu erhalten. Trotzdem wurde allenthalben über das »bacchantische Leben« des jungen Paares getuschelt.
Giuseppe Brazzi, Angus' favorisierter Freund, ein leidenschaftlich gestikulierender, ziemlich exaltierter Florentiner, der Caroline ungeniert den Hof machte, tat sich in Bristol ein wenig um und kam zu dem Schluß: »Ihr Haus, lieber Angus, ist eine Perle des Lichts und des Geistes in einer Stadt, die von Krämerseelen regiert wird.« In dieser »Perle des Lichts und des Geistes« lebte man für leichtes Geplauder, für ironische Sentenzen, für die Künste, für das Amüsement, für jede Art von Charme und für den kostbaren Zauber einer Laune.
Angus Cheltenham war glücklich, weil er um sich herum nichts als Glück sah. Seine wunderbare Frau schenkte ihm ihre eigene Liebe zur Musik, sie schenkte ihm ein Maß an Freiheit, das der selbstsicheren Heiterkeit ihres Herzens entsprang, und sie schenkte ihm ein Heim, das ihn weder kettete noch verschlang und das ihn darum festhielt. Sie schenkte ihm eine Oase nie verklingenden Gelächters.
Einzig Hester stand abweisend inmitten all der Bonmots, des Tanzes, der Galanterien und der Musik. Immer wieder Musik! Das ganze Leben war Musik geworden.
Als Angus Cheltenham am dreizehnten August des Jahres 1800 eine Tochter geboren wurde, war er überzeugt, der vom Schicksal verwöhnteste Mann zu sein, den diese Welt je gesehen hatte.
»Sie soll Ava heißen«, sagte er, als er das Neugeborene aus der Wiege hob.
»In unserer Familie hat nie jemand Ava geheißen«, wandte

Hester ein. Sie verharrte an der Tür – eine schwarze Krähe, die mit dem Schnabel hackt.
Angus strahlte auf das Kind in seinen Armen nieder.
»Liebe Maman«, sagte er, »unsere Familie besteht aus Ihnen, meiner zauberhaften Frau, einem alten, verschollenen Onkel, der in Irland die Krone vertritt, mir selbst und diesem entzükkenden kleinen Mädchen. Mit meiner Tochter, die nicht umsonst am Anfang dieses neuen, verheißungsvollen Jahrhunderts geboren wurde, beginnt etwas Neues. Deshalb soll sie einen von Traditionen unbelasteten Namen tragen!«
Hester zog die Brauen zusammen, schwieg sich aber an ihren Vorbehalten vorbei. Schwarz und dünn ragte sie neben dem Kaminbord an der Tür auf und schaute nach Caroline, die matt, aber wohlgelaunt aus Kissenbergen lächelte. Dann betrachtete sie den blonden, schlanken Mann, ihren Sohn, der noch immer so jung aussah und begeistert sein Kind herzte. Vergessen war Thomas Chatterton, vergessen waren die bedrohlichen Gedanken und das frühreife, entrückte Gebaren seiner Knabenzeit.
Er stand zwischen der Wiege und dem Baldachinbett seiner angebeteten Gattin und verströmte ein helles, inneres Licht. Kein düsteres, namenloses Geheimnis war mehr um ihn.
Was Hester früher wie ein kühler Luftzug angeweht und geängstigt und sich hinter unnahbarer Vergnügtheit ohne Sinn und Ziel verborgen hatte, ließ sich nicht länger fassen. »Ist sie nicht schön?« fragte der junge Vater und kam mit dem gerade ein paar Stunden alten Mädchen, der ersten Ava Cheltenham, auf Hester zu.
»Ja«, sagte diese und sah dabei Angus an – prüfend, wollte ihm scheinen.
Als sie endlich in das runde Gesichtchen des Säuglings blickte, fühlte sie sich ernst, kühl und abweisend gemustert. Avas Augen, für ein soeben geborenes Kind viel zu erwachsen, zwangen sie, einen Schritt zurückzuweichen. Hesters Stirn furchte sich.
Die einstige Dämonie ihres Sohnes, eine Dämonie der kalten

Heiterkeit, war in das winzige Geschöpf übergegangen, das nun in seinen Armen lag.

Zuerst hörte Ava Musik.

Sie lag in einer mit feinen Schnitzereien und Elfenbeinintarsien geschmückten Wiege aus Ebenholz, lutschte am Daumen und lauschte den Klängen, die vom Salon herauf- oder vom angrenzenden Musikzimmer zu ihr herüberfluteten.

So wie die Französische Revolution, die Machtergreifung Bonapartes und die wirtschaftsfördernde englische Kolonialpolitik, die auch den Cheltenhams, wären sie geschäftstüchtiger gewesen, Türen zur Expansion geöffnet hätte, mehr oder weniger an Angus vorbeigerauscht waren, so schien auch Ava, seine Tochter, nur von Dingen berührt zu werden, die ihr gefielen.

Sie war ein Kind, das sich selbst genügte.

Erst im Alter von zwei Jahren fing sie zu sprechen an. Mit Brabbelsilben hielt sie sich nicht lange auf. Von Anfang an formulierte sie vollständige Sätze. Der erste lautete:

»Warum macht das da Töne?«

Ihr ausgestreckter Arm deutete aufs Klavier. Caroline spielte eine Volksweise.

»Hast du gehört?« rief Angus seiner Frau zu.

Zur Sprache nahm Ava Zuflucht, weil sich die Geheimnisse der Welt, vor allem die der Musik, nicht von allein erschlossen. Avas Äußerungen waren meistens Fragen – Fragen, die einem konkreten Ziel entgegenstrebten. Sie hatte zu forschen begonnen.

Ein seltsamer Ernst umgab die kleine Person. Für Spielzeug interessierte sie sich nicht. Es sah auch keineswegs so aus, als interessiere sie sich für Menschen. Menschen dienten ihr eher als Erklärungsinstrumentarium. Oft kauerte sie auf einem kleinen Schemel neben dem Flügel im Musikzimmer oder auf dem Kanapee neben dem Klavier im Salon und beobachtete staunend, wie flink die Finger ihres Vaters oder ihrer Mutter über die Tastatur jagten.

Nichts beschäftigte sie mehr als die Frage, weshalb jede Taste des Pianos einen anderen Klang hervorbrachte. Das Rätsel stellte sich täglich von neuem. Nie wurde es gelöst.
Sooft Angus zu weitschweifigen Erläuterungen ansetzte, so oft mußte er begreifen, daß Ava noch viel zu klein war, um seinen Ausführungen folgen zu können.
»Musik! Musik!« forderte sie morgens, mittags und abends.
Angus gehorchte, ganz im Bann der kleinen Tyrannin, und komponierte nebenbei eine Sonatine, die er mit der Widmung »Für mein Feenkind« überschrieb und *Das Glück* nannte.
Stunden über Stunden verbrachte er mit Ava im Musikzimmer.
Oft klappte er schon nach dem Frühstück den Flügel aus Nußbaumholz auf. Er setzte sich davor, sammelte sich, stieß mit dramatischer Geste die Handgelenke aus den Aufschlägen seines Rocks und stürzte sich mit Verve in Klangkaskaden. Manchmal strich er auch die Geige.
Seine Tochter verhielt sich jedesmal mucksmäuschenstill und bekam einen hellen, verjüngenden Glanz in die eigentlich zu wissenden Augen, die den Betrachter frappierten, weil sie in dem von goldenen Locken umrahmten Kindergesicht so befremdlich aussahen, als wären sie hineingezaubert. Und um die Irritation noch zu verstärken, war das eine blau und das andere grün.
Mit einer Geduld ohne Ende, ja, beinahe ohne sich zu rühren, hörte Ava dem Spiel ihres Vaters zu, während sie bei Tisch, bei den ersten Handarbeiten, die ihr im Alter von fünf Jahren von der Großmutter auferlegt wurden, und bei allen für sie arrangierten Zerstreuungen unruhig und leicht abzulenken war.
Angus hielt sein Töchterchen früh zu kleinen Fingerübungen an. Ava erprobte mit jauchzendem Eifer die wunderbaren Möglichkeiten ihrer Hände.
Ihr Vater lehrte sie, Noten zu lesen, ehe sie ihren Namen schreiben konnte, und brachte ihr erste kleine Stücke bei. Als sie sämtliche im Hause aufzutreibenden Etüden innerhalb

kürzester Zeit mühelos vom Blatt spielte, überschlug er sich vor Begeisterung. »Caroline, komm und höre!« jubelte er Mal um Mal.
Selbsterfundene Tastenkombinationen aneinanderzureihen machte Ava am meisten Spaß. Gefiel ihr, was sie sich ausgedacht hatte, wiederholte sie es so lange, bis der Reiz des Neuen verflog.
Die Kinderfrau mußte sie Abend für Abend vom Flügel fortzerren.
Trotzdem konnte es geschehen, daß Ava, von Angus unterwiesen, inmitten einer Übung aufsprang und kichernd aus dem Musikzimmer lief. Weil sie wußte, daß ihr der Vater nachkommen würde, suchte sie sich irgendwo im Haus ein Versteck, meistens in einem Kleiderschrank oder zwischen den großblättrigen Rhododendren im Wintergarten, und freute sich, wenn Angus an ihr vorbeiging und tat, als könne er sie nicht finden. Zehnmal betrat er die Orangerie, zehnmal verließ er sie wieder.
»Wo steckt denn mein Feenkind?« überlegte er laut und rieb sich dabei die Nase. Wenn das »Feenkind« vor Vergnügen gluckste, gesellte sich zu seinem rätselhaften Erblinden auch noch Taubheit.
Griff er dann endlich in den richtigen Kleiderschrank oder hinter besagte Rhododendronstöcke, quietschte Ava erschrocken und übermütig, und ihr Lachen, ihr von Beginn an zauberisches, wie Champagner perlendes Kinderlachen, huschte gleich einem endlosen Koloraturbogen durch Halle, Räume und Korridore. Dann war sie ganz Kind, und das Wissen in ihren Augen versank in überschäumender Ausgelassenheit.
»Ihr Lachen ist Musik«, befand Angus.
Nach der Musik nahm sie Gerüche zur Kenntnis.
»Du riechst so gut«, sagte sie und kletterte ihrer Mutter auf den Schoß. Caroline bewegte sich immer in einer Wolke wundersamer Düfte. Meistens umgab sie ein Hauch von Limonenfrische oder ein feinherber Anflug von Bergamotte. Zu festlichen Anlässen besprühte sie sich mit spritzig-kühlen Laven-

del- oder würzig-süßen Chypre-Extrakten. Die Parfums mochten wechseln, doch Ava hätte ihre Mutter auf jedem Maskenball aus hundert anderen Frauen herausgeschnuppert.
Wollte man Angus glauben, so brachte Caroline überallhin den Frühling mit. Manchmal war es, als stünde sie inmitten eines Zitronenhains. Dann wieder umfloß es sie so sanft und weich, als hätte es Feldblumen auf sie geregnet. Roch sie jedoch süß und schwer, war sie Ava ein bißchen fremd.
»Maman hat einen ›schwülen Tag‹«, pflegte Angus dann augenzwinkernd festzustellen.
Ava hatte es am liebsten, wenn ihre Mutter den kühlen, würzigen Duft des Herbstes trug. Auch Rosenwasser mochte sie sehr. Das war zart und traut und heimelig und nicht verwirrend.
Übrigens hatte es das Haus am Queen Square Caroline, ihrer feinen Nase und ihrer Hartnäckigkeit zu verdanken, daß bereits zu Beginn des neuen Jahrhunderts ein Badezimmer eingerichtet wurde, das den Luxus fließenden heißen Wassers einführte.
Da es weder eine ausreichende Kanalisation noch Leitungen unter der Erde gab, kostete diese Extravaganz ein Vermögen. Zuvor hatte man das Wasser in einem großen Trog über dem Küchenfeuer erhitzt und anschließend durch lange Rohre in den zweiten oder dritten Stock gepumpt.
»Seit das neumodische Badezimmer da ist, kann ich aufatmen«, sagte das für die Räumlichkeiten der Hausherrin zuständige Mädchen.
Kein Wunder: Caroline ließ sich alle zwei Tage ein heißes, nach Rosenöl, Jasmin, Oleander, Sandelholz, Fichtennadeln oder Rosmarin duftendes Bad bereiten.
Hinterher mußte die Zofe sie mit fremdartigen, aus London oder sogar aus Paris angelieferten Salben und Tinkturen einreiben, die ihre Haut jung, glatt und rosig erhalten sollten.
»Unfug!« entrüstete sich die Zofe über diese Vorliebe ihrer Herrin, wenn sie den Dienstbotentrakt im Souterrain betrat, denn dort nahm sie kein Blatt vor den Mund. »Ihre Haut

würde weniger Schaden nehmen, wenn sie's nicht so mit dem Wasser hätte! Das ist ungesund und von Übel! Sie badet sich tot. Irgendwann wird sie blausüchtig, bekommt's auf dem Herzen und verfällt dem Schwachsinn!«

Obwohl das parfumbesessene, wasserverabscheuende 18. Jahrhundert zu Ende gegangen war – ein Jahrhundert, das alkoholische Abreibungen jeder Berührung mit Waschtüchern und Badebottichen vorgezogen hatte – obwohl sich zum Wasserkurort Bath inzwischen Brighton als Seebad hinzugesellte, pflegten selbst oder gerade die besten Kreise eine merkwürdige Scheu vor der mittlerweile propagierten »natürlichen Reinlichkeit«. Man wußte aus zahlreichen medizinischen Manifesten, daß Wasser keineswegs schändet, mißtraute dieser neuen Erkenntnis allerdings gründlich. Caroline stand mit ihrem Hang zu umfassender Sauberkeit ziemlich allein auf weiter Flur. Nur zögernd schloß sich Angus ihren »römischen Sitten« an. Es blieb ihm nichts anderes übrig; Körperausdünstungen wie der Geruch von altem und neuem Schweiß oder verklebtem Urin, alles durchaus an der Tagesordnung, wollte seine Frau nicht dulden.

Ava hätte am liebsten den ganzen Tag in der Badewanne zugebracht. Mit dem heißen Dampf stiegen ihr Partikel ätherischer Öle in die Nase, die sie schläfrig machten und sie in wunderbare Tagträume begleiteten. Wollte sie jedoch ein Bild daraus festhalten, entglitt es ihr.

Nirgendwo im Haus duftete es intensiver als im Badezimmer, das mit weißem Marmor ausgekleidet war. Täglich war es von neuem mit Blumen-, Hölzer- oder Moschusdüften erfüllt. Auch in Carolines Boudoir hielt sich Ava gern auf. Hier war es kühl und still, und den Parfumflakons auf dem Toilettentisch entfloh eine zarte Süße, dezent, beschwichtigend, die Sinne streichelnd...

Ava war noch so klein, daß sie sich strecken und auf Zehenspitzen stellen mußte, um die Karaffen auf dem zierlichen Rosenholztischchen zu erreichen. Versuchte sie, nach einem der kunstvoll gearbeiteten Kristall- oder Porzellanfläschchen zu fassen, riß sie oft Bürsten, Kämme, Puderquasten und Schminktöpfchen zu Boden. Dann erschrak sie und verspürte einen Augenblick lang Angst vor Entdeckung und Strafe, doch sobald sie den Glaspfropfen aus einem der kostbaren Flakons zog, vergaß sie alles um sich herum.

Stundenlang konnte sie in Carolines Boudoir nach neuen, erregenden Düften fahnden.

Im Lauf der Zeit lernte sie, sich zu beherrschen. Statt an sich zu raffen, was sie greifen konnte, kletterte sie auf einen samtbezogenen Schemel, zögerte, wählte und genoß in Ruhe.

Der dreiteilige Toilettenspiegel reflektierte das Licht in alle Richtungen. Inmitten dieses Gleißens, Blitzens und Funkelns ergab sich Ava ihrem olfaktorischen Rausch. Manchmal zuckte sie zusammen, wenn sie ihren Vater unvermutet rufen hörte:

»Feenkind! Wo bist du? Der Flügel fragt nach dir! Er ist mit meinem Spiel nicht zufrieden und erwartet den Auftritt der Klangprinzessin!«

Getadelt oder gar bestraft wurde Ava so gut wie nie, selbst dann nicht, wenn sie den Toilettentisch ihrer Mutter in eine Wüstenei verwandelt hatte. Caroline schalt nicht; sie seufzte höchstens und war eher belustigt als verärgert. Meistens zog sie ihr kleines Mädchen zu sich auf die Chaiselongue, löste das Samtband aus den dichten Kinderlocken, die in der Sonne glänzten, als schimmerten Goldfäden darin, und begann, die blonde Flut zu bürsten. Das tat sie gern.

Was ihr die Mutter ins Ohr flüsterte, hörte Ava kaum. Sie spürte nur sanfte Finger und Bürstenstriche in ihrem Haar und trieb im Nachhall soeben eingeatmeter Düfte auf einer Woge des Wohlgefühls dahin.

So war ihre Kindheit.

Wenn ihr das Übermaß an Liebe, das sie umsirrte und in sie eindringen wollte, zuviel wurde, entriß sie sich der streichelnden Hand der Mutter oder den Umarmungen des Vaters und stürzte davon, um sich ein Versteck zu suchen, das sicherer war als der Kleiderschrank oder der Wintergarten. Wagte es jemand, sie dennoch ausfindig zu machen, blickte sie ihm böse und abwehrend entgegen und blieb stumm wie ein Fisch. Sie glich einer stolzen Katze, die schnurrend ihre Gunst gewährt, Zeitpunkt, Ort und Dauer jedweder Zärtlichkeit jedoch selbst bestimmt. Noch liebte sie nicht, noch ließ sie sich lieben.

Vor Hesters Berührungen schreckte sie zurück.

»Nein!« rief sie, wenn ihre Großmutter, und sei es nur, um sie auf dem Weg in den Salon vor sich herzuschieben, die Hand nach ihr ausstreckte.

Natürlich neigte Hester in keiner Weise zu Liebkosungen. Wie ein vergessener Schatten bewegte sie sich durch die Helligkeit dieser Jahre. Sie war wunderlich geworden. Hinter jeder Freundlichkeit, hinter dem sorglosen Lächeln ihrer Schwiegertochter ebenso wie hinter den Aufmerksamkeiten ihres Sohnes, vermutete sie Ränke und Unaufrichtigkeiten. Mißtrauen wurde ihr mehr und mehr zur innersten Wesensart.

Mit leiser Stimme verteilte sie Ohrfeigen, die nicht gegen die Wange, aber gegen die Seele klatschten.

»Mahnen Sie nicht soviel, Maman«, sagte Angus. »Sie verschüchtern das Kind.«

Hester hielt Ava eher für verstockt als für schüchtern. Nicht Scheu schien diesem eigenwilligen kleinen Wesen die Zunge an den Gaumen zu kleben, sondern ein stummes Aufbegehren, ein Trotz gegen jedes Gebot und jede Maßregelung, ja, eine Art frühe allumfassende Verachtung. Bei Tisch beobachteten Großmutter und Enkelin einander stumm; Hester mischte sich sowieso nur in eine Unterhaltung ein, wenn sie glaubte, den Zeigefinger heben zu müssen, und Ava sprach wenig und kaum je Unsinn.

Wollte sie jedoch etwas wissen oder brauchte sie einen Zuhörer für eine noch unausgegorene Überlegung, ließ sie sich von keiner noch so unmöglichen Situation abhalten. Während einer Trauung in der Kirche von St. Mary Redcliffe – ein in Bristol ansässiges Parlamentsmitglied heiratete –, fragte sie

laut in die feierlichen Segensworte des Geistlichen hinein: »Warum hat die Orgelmusik aufgehört?«
Ganze Bankreihen samt dem Brautpaar drehten sich nach ihr um.
Zwischen Hester und Ava wuchs trotz der gegenseitigen Ressentiments eine starke Affinität; die eine spürte die Gedanken der anderen. Und da Hester Avas Gedanken empörend fand, plädierte sie für eine strengere Zucht.
»Ihr laßt das Mädchen wie ein Bauernkind aufwachsen«, hielt sie Angus vor.
Tatsächlich sah sich niemand legitimiert, Ava mit so etwas wie Erziehung zu belästigen.
»Wozu eingreifen?« fragte Angus. »Sie macht sich prächtig!«
Eine Kinderfrau räumte hinter Ava her und schickte sie pünktlich zu den Mahlzeiten. Sie sorgte dafür, daß ihr Schützling keine Trauerränder unter den Fingernägeln hatte und jeden Abend zur gleichen Zeit ins Bett kam. Das war alles.
Zu amüsiert, um etwas gegen die drolligen Eigenarten ihrer Tochter einzuwenden, nannte Caroline deren Entgleisungen »charmant«. Und Angus fand sein Feenkind sowieso entzükkend und »ausgesprochen natürlich«. Das Natürliche galt ihm alles. Da Hester bei ihm auf taube Ohren stieß, wandte sie sich an Caroline: »Ava ist jetzt sechs Jahre alt, weiß nicht um die Bedeutung von ›bitte‹ und ›danke‹, plappert schon während der Suppe in die Unterhaltung der Erwachsenen hinein, klettert fremden Männern, die unserem Haus als Gäste die Ehre erweisen, auf den Schoß und zieht sie an den Bärten. Hältst du ein solches Benehmen für richtig?«
»Das gibt sich«, meinte Caroline.
»Das gibt sich nicht«, widersprach Hester.
Caroline seufzte. Mit einem unangreifbaren, ebenso ironischen wie liebenswürdigen Lächeln sagte sie: »Ihnen fehlt die Nachsicht, Maman.«
Ja. Natürlich! Was war von dieser Schwiegertochter anderes zu erwarten? Sie badete jeden zweiten Tag, weigerte sich, ihre Taille mit einem Korsett zu knechten, und gab sich für eine Frau geradezu unzüchtig freigeistig!

Hester selbst trug noch immer hohe, gepuderte Perücken – sie besaß vier davon –, wusch sich einmal im Jahr die Haare, nahm ebensooft ein Bad und fand jede andere Sitte übertrieben. Ohne Perücke und weißen Puder wäre sie sich nackt vorgekommen. Und im Wasser – das war bekannt! – lauerte sogar der Typhus! Aber die junge Mrs. Cheltenham wußte ja alles besser! Und damit nicht genug!
Caroline las *The Lady's Magazine* und die *Gallery of Fashion*, hatte sich die Haare abschneiden und zu einem »Tituskopf« frisieren lassen, und sie brachte diese entsetzliche »Nacktmode« ins Haus: fließende, hauchdünne Gewänder aus hellen, einfarbigen Stoffen, meistens aus Chiffon, Trikot oder Charmeuse, die unter der Brust von einem Taillenband gehalten wurden. Einfach obszön! Ohne Korsett war eine Frau doch nicht angezogen!
Angus, der alles Französische schätzte, zeigte sich von Carolines Pariser Chic sehr angetan, aber Hester urteilte starrköpfig: »Diese Garderobe ist nicht nur frivol, sie ist auch ungesund. Wir befinden uns nicht im heißen, sittenlosen Süden, sondern im kühlen, anständigen England!«
Sie selbst zwängte sich, dünn wie sie war, in rüstungsähnliche, in die Rippen schneidende Mieder und harte, zu beiden Hüftseiten ausgestellte Fischbeingitter, die unter den Röcken ausgepolstert waren. Obwohl sie sich dicke Tücher in den Ausschnitt stopfte, fror sie ständig. Nein, das war nicht mehr ihre Welt. Das helle Licht der neuen Zeit blendete sie, von der Musik schwirrte ihr der Kopf, die Düfte brachten ihre kasteiten Sinne durcheinander, und die Augen des Kindes, das Ava hieß, verfolgten sie in schwere Träume.

In die sinnliche, aus Tönen, Düften, Zärtlichkeit und Zuckerwerk gewobene Welt der Ava Cheltenham drang der erste bohrende Gedanke, als sie sechs Jahre alt war. Bis dahin hatte niemand gewußt, was in dem Kopf des blondgelockten Kindes mit den klaren, verschiedenfarbigen Augen, dem ein wenig schief gezogenen Mund und der hohen Stirn vorging. War Ava mit einer bestimmten Frage beschäftigt gewesen, so nur für Sekundenbruchteile. Der Frage, nicht der Antwort hatte ihr wahres Interesse gegolten.

Eines Abends erlauschte sie Worte, die wie ein Netz über sie fielen.

Sie verabschiedete sich im Salon von den Gästen mit schnellen Knicksen und von ihren Eltern mit Gute-Nacht-Küssen, steckte sich noch ein Mandelplätzchen in den Mund und strebte zur Tür. Da hörte sie ihren Vater sagen: »Ja, Chatterton. Er entleibte sich, indem er eine Arsenlösung trank.«

Statt die Tür hinter sich ins Schloß zu ziehen, ließ sie die Klinke los und spähte ins Treppenhaus, um sich zu vergewissern, daß keiner der Hausdiener in der Nähe war. Das Gespräch im Salon biß sich an Thomas Chattertons Geschichte fest. Obwohl der Rowley-Plagiator bereits seit sechsunddreißig Jahren tot war, erinnerte man sich in seiner Heimatstadt immer wieder an ihn.

»... er entleibte sich ...«

Ava durchrieselte es kühl.

Derweil schickte sich Giuseppe Brazzi, einer dieser unerhörten Freidenker, die Hester nicht leiden konnte, dazu an, Thomas Chatterton und seine Tat wortgewaltig zu verteidigen. Er sprach vom uneingeschränkten Verfügungsrecht des Individuums über sich selbst – was immer das heißen mochte – und vom Sieg, den jeder Selbstmörder über Tabus und Konventionen erringe. Wer sich entleibe – da war es wieder, dieses Wort! –, der überlasse sein Leben nicht einem unwägbaren Schicksal, sondern sei entschieden Herr seiner selbst. Den Tod zu wählen, so wie ein Mann am Morgen eine Halsbinde wählt, beweise wahre, unerschütterliche Größe. »Er pflückte den Tod wie eine reife Orchidee«, endete der Italiener, ehe er sich eine theatralische Geste gestattete, die seiner Exaltiertheit entsprach. Natürlich störten leidenschaftliche Gegenreden den Beifall, der seine Rede krönte.

Während die Damen an ihrem Kirschlikör nippten und an Krokantstäbchen knabberten, ereiferten sich die Herren und verloren sich im Irrgarten scholastischer, humanistischer und theologischer Philosophie.

»... er entleibte sich...«

»Was tun Sie hier, Miß Ava?«

Das Kind fuhr herum und sah in das unbewegte Gesicht des ersten Hausdieners, der ein Tablett mit Gläsern und Naschwerk balancierte. Drinnen sagte Caroline: »Man möge mich entschuldigen! Die lästerliche Kühnheit Ihrer Gedanken, Signore Brazzi, drängt mich dazu, ein besonders ausgiebiges Nachtgebet mit meiner Tochter zu sprechen.«

Gelächter war die Antwort.

Als Ava sah, daß sich ihre Mutter erhob, strahlte sie den weiterhin unschlüssig vor ihr stehenden Lakaien gewinnend an. Sie hielt sich einen Finger vor die Lippen, wisperte verschwörerisch »Pst!« und lief dann wieselflink die breite, mit einem roten Teppich bespannte Haupttreppe hinauf. Seit ihre letzte Kinderfrau Reißaus genommen hatte, war sie es gewohnt, allein und ohne fremde Hilfe zu Bett zu gehen. Ihre Mutter kam jedesmal ein paar Minuten später zu ihr herauf, und gemeinsam beschlossen sie den Tag mit einem Gebet.

»Entleibung«, dachte Ava, als ihr Caroline die Hände faltete. Das neue mysteriöse Wort ging ihr nicht mehr aus dem Sinn. Ein gewisser Thomas Chatterton hatte sich also seines Leibes entledigt. Was war aus ihm geworden? Wenn Brazzi recht hatte, ein Orchideenpflücker.

Wie lebte man ohne Leib?

Ava schlief über dieser Frage ein und träumte von einer großen, duftenden Blumenwiese. Es war Sommer. Die Sonne schien. Im Gras saß ein junger Mann – blond und schön, mit Sicherheit Thomas Chatterton. Er sah fröhlich aus, winkte ihr zu und spielte Mundharmonika. Plötzlich löste er sich in Nebelschwaden auf, die abzogen. Zurück blieb leise spottendes Gelächter.

Tagelang spielte Ava »entleibt«.

Wenn sie in der Küche Gebäck stibitzte – das war lustiger als oben, im Salon, ein Plätzchen aus der Schale zu nehmen –, stellte sie sich vor, die ohnehin schreckhafte Köchin mit »Geisterhänden« verrückt zu machen. Wäre sie doch unsichtbar! Sie würde sich mit dem Inhalt sämtlicher Parfumkaraffen ihrer Mutter übergießen und als Duftwolke durch die Räume schweben. Jeder sollte sie riechen, vielleicht sogar ihre Anwesenheit spüren, aber keiner sie sehen können!

Die Hand ihres Vaters würde ins Leere greifen, wenn er versuchte, sie aus dem Kleiderschrank herauszukitzeln oder hinter den Rhododendren hervorzuholen.

»Feenkind!« würde er rufen – zum erstenmal zu Recht. Erst nach Wochen, gerade so, als ahne sie, verbotenen Phantasien nachzuhängen, wagte sie es, ihren Vater zu fragen: »Papa, wie entleibt man sich?«

Angus erstarrte. Sein Blick wurde töricht. Als er sich einigermaßen gefangen hatte, wollte er wissen: »Wie kommst du darauf?«

»Thomas Chatterton hat's getan. Kann ich das auch? Wie geht es?«

»Woher weißt du von Thomas Chatterton?«

»Von dir.«

Draußen regnete es. Im Salon war es dämmrig-dunkel. Angus setzte sich zu Ava auf die Klavierbank. Mahnend wie sonst nur Hester, hob er den Zeigefinger.

»Hat mein Feenkind an der Tür gelauscht?«

Ava schwieg. Sie senkte den Blick und schob die Unterlippe vor. Als ihr Vater den Arm um ihre Schultern legte und den kurzen Kragen ihres Samtspenzers betrachtete, merkte sie, daß er angestrengt nachdachte. Schließlich räusperte er sich. Immerhin war er im Begriff, seinem Töchterchen den Tod zu erklären. »Wer sich entleibt, begeht einen Mord – den Mord an sich selbst. Er trennt gewaltsam und vorzeitig die Seele vom Körper. Das ist eine Sünde, Ava-Kind.«

»Warum?«

»Hm.« Angus Cheltenham lächelte erstaunt. Eine ganze Weile saß er ratlos vor dieser allzu vernünftigen Frage. Dann sagte er: »Weil Gott, der Allmächtige, es nicht will.«

»Er will es nicht? Wenn er allmächtig ist, braucht er es doch bloß zu verhindern.«
»Hm«, machte Angus, hörbar jetzt. Grübelnd rieb er sich die Schläfe. »Jeder Mensch ist frei und kann tun, was immer er will, aber er hat für die Folgen seiner Taten einzustehen. Er muß zwischen dem Guten und dem Bösen wählen. Gott gab seinen Geschöpfen alle erdenkliche Freiheit, um sie zu prüfen. Wer sich gegen das Leben entscheidet, indem er den Körper tötet, begeht einen Frevel, denn der Körper ist das Haus der Seele. Die Seele lebt ewig. Daher gilt es, sich dem Haus, einem Geschenk Gottes, würdig zu erweisen.«
Sinnend verzog Ava den Mund. »Schenkt Gott auch Dinge, die man gar nicht haben will? Und muß man sie dennoch behalten?«
»Hm«, seufzte Angus noch einmal.
An dieser Stelle hielt er es für angebracht, das Thema zu wechseln. Ehe er eine Partitur aufschlug, versprach er Ava ein großartiges Geburtstagsfest.
Der Leib ein Haus?
So schwer konnte es doch nicht sein, ein Haus zu verlassen...
Ava kaute auf ihrer Unterlippe.
Von da an fragte sie sich, ob es nicht möglich sei, einmal nur, wenigstens für eine Stunde, »entleibt« zu sein und ohne die sowieso nutzlose Last des Körpers mit den Vögeln zu fliegen. Der Leib war ihr nichts anderes als ein Gefängnis, das zur Erdenschwere verdammte.
Sie suchte einen Ausweg, eine Tür.
Im August feierte sie ihren siebten Geburtstag. Caroline lud die Kinder befreundeter Familien zu einem Gartenfest ein. Sie zog ihrer kleinen Tochter ein neues Kleid aus weißem Chiffon an, das sie mit einer rosenfarbenen Schärpe dekorierte, und flocht ihr bunte Bänder in die blonden Locken.
Als Angus das im Sonnenlicht gleißende Kinderzimmer betrat, stand Ava vor dem Spiegel und schaute mit ebenso skeptischem wie fasziniertem Blick hinein. Caroline kniete neben ihr und schmückte sie mit Ohrringen und Armreifen.

»Wer von euch beiden ist hübscher?« rief Angus, breitete die Arme aus und ging lächelnd auf sie zu. »Ich kann mich nicht entscheiden! Komm her, Caroline, und du auch, Feenkind! Gib deinem stolzen Papa einen Kuß!«

Ava fühlte sich merkwürdig fremd in ihrem ersten »erwachsenen« Kleid. Erst als sie im Salon ihre Geschenke auspackte, vergaß sie ihre Unsicherheit.

»Herausgeputzt wie für den Debütantinnenball!« echauffierte sich Hester, die von Kindergeburtstagen nichts hielt. Was heutzutage alles gefeiert wurde!

Angus schmunzelte und umfaßte Caroline mit beiden Armen. Als er ihr etwas ins Ohr flüsterte, lachte sie und küßte ihn auf den Mundwinkel.

Hesters Lippen wurden schmal, und Ava hüpfte vergnügt glucksend zwischen ihren Geschenken herum.

Am Nachmittag trafen die kleinen Gäste ein. Das ungewohnte Spiel mit den Altersgenossen erhitzte Ava. Sie bekam rote Wangen und glänzende Augen und stritt sich mit einem sommersprossigen Jungen.

»Wie ausgelassen sie ist«, sagte Angus.

»Und wie glücklich«, fügte seine Frau hinzu.

Ab Abend war Ava erschöpft. Die Bänder lösten sich aus ihren zerzausten Locken. An ihren Schläfen klebten feuchte Haarsträhnen.

Caroline befühlte ihr die Stirn. »Sie fiebert«, stellte sie erschrocken fest.

Wenig später übergab sich Ava; nichts wollte sie bei sich behalten, weder den Rebhuhnflügel vom Lunch noch das ausgesuchte Naschwerk, das den Nachmittag gekrönt hatte. Durchfall stellte sich ein. Sie krümmte sich, preßte beide Hände auf ihren geblähten Bauch und weinte. Besorgt schickte Angus nach Dr. Morley. Der kam sofort.

»Das sieht mir nach typhischem Fieber aus, lieber Angus«, diagnostizierte er.

Am Queen Square Nr. 7 herrschte große Aufregung. Vom Hausherrn bis zum Küchenmädchen eilte jeder kopflos durch

die Korridore. Erst als Caroline strikte Ruhe anordnete, bemühte man sich, leise zu sein. Mit betroffener Miene schlichen die Dienstboten die Treppen hinauf und hinunter.
Caroline und Angus wechselten sich am Bett der kleinen Patientin ab und lasen ihr Geschichten vor. Bald fing sie zu phantasieren an. Wenn sie schlief, warf sie sich schwitzend von einer Seite auf die andere. Niemand verstand die Worte, die sie dabei stammelte.
Ab und zu setzte sich Angus bei offenen Türen nebenan im Musikzimmer an den Flügel und spielte zärtliche Kinderlieder.
Avas Fieber stieg. Rote Flecke brannten auf ihrer Brust. Ihr Bauch schwoll an, ihre Zunge wurde schwarz. Schüttelfröste rissen sie in schweißnasse Alpträume. Sie erbrach sich alle halbe Stunde, spuckte am Schluß nur noch grüne Galle und verlor die Kontrolle über ihren Darm.
»Neue Laken!« rief Caroline über den Flur.
»Es ist ernst«, sagte Dr. Morley.
Während Caroline an Avas Bett aushielt und die Stirn des Kindes mit Eis kühlte, brach Angus schluchzend zusammen. Jedem, der ihm über den Weg lief, sogar seinem Kammerdiener, versicherte er, daß er bereit sei, seine Seele dem Teufel zu verkaufen, wenn dieser Pakt sein Feenkind retten könne.
»Du bist dramatisch«, rügte ihn Hester. »Nimm dich zusammen und trage, was kommen mag, wie ein Mann!«
Für drei lange, qualvolle Tage kehrte die todesähnliche, dunkle Stille in das Haus am Queen Square zurück. Sogar die Uhren schienen lauter und eindringlicher zu ticken als sonst. Da sich der Teufel nicht für Angus Cheltenhams Seele interessierte, genas Ava ohne eine Verschwörung mit der Hölle. Sie genas langsam, verlor all ihre Milchzähne und auch ihr glänzendes Goldhaar und war, als sie schließlich, bis auf die Knochen abgemagert, ihr Krankenlager verließ, kaum wiederzuerkennen. Trotz einer Stärkungskur mit viel Milch, Honig, dicken Brühen und süßen Kompotten brachte ihr auf einmal jeder Windhauch eine fiebrige Erkältung, jede zu schwere

Mahlzeit Übelkeit oder Bauchschmerzen und jedes zu ausgelassene Spiel fieberrote Wangen. Als sie während eines Gartenfestes bei der Nachbarsfamilie, den Gildales, mit dem jüngsten Sproß des Hauses um die Wette lief, stürzte sie und blieb ohnmächtig liegen.

Von da an durfte sie nicht mehr mit anderen Kindern spielen. Wenn Angus und Caroline sie zu einer Nachmittagsgesellschaft mitnahmen, mußte sie artig zwischen den Erwachsenen sitzen.

»Sie ist ja so zart«, sagte Angus.

»Das kommt von den vielen Bädern«, behauptete Hester.

Man verwöhnte Ava mit Obstsäften aus exotischen Früchten, mit Karamelcreme und Pudding, mit Biskuitaufläufen, raffinierten Kuchen, Konfekt und heißer Schokolade, und Angus trug jede Woche ein anderes Geschenk ins Kinderzimmer. Dr. Morley mahnte weiterhin: »Man muß achthaben.« Er kam jeden dritten Tag.

Statt unleidlich zu sein oder zu quengeln, fragte Ava immer wieder: »Wenn ich gestorben wäre, hätte ich mich dann entleibt wie Thomas Chatterton?«

Angus mit seiner auf Lebenslust bedachten Natur stand dieser morbiden Neugier fassungslos gegenüber, und Caroline versuchte mit Geschichten aus ihrer eigenen Kinderzeit und wenig anstrengenden Geschicklichkeitsspielen die Schatten aus Avas Seele zu vertreiben.

Einzig Hester lenkte nicht ab. Von ihr erfuhr die Achtjährige, als sie einmal im Gartenzimmer beisammensaßen: »Du hättest deine Krankheit beinahe nicht überlebt. Glaub nicht, daß der Tod schön ist. Er ist weder eine Reise noch eine Umarmung, wie die Dichter immer sagen. Was wissen Träumer, was Kleriker? Manchmal denke ich, der Tod ist das Ende. Wenn er wirklich in eine andere Existenz führen sollte, so freue ich mich nicht auf sie, denn sie dürfte furchtbar sein.«

Wie eine Katze in Abwehrhaltung hob Ava die Schultern. Ihre Augen wurden groß. Als Hester nach diesem ungewöhnlichen Ausflug in freigeistige Gefilde auch noch Höllenqualen zu

schildern begann – als Alternative sozusagen – und den Geruch von Pech, Schwefel und verbrannter Haut herbeiredete, floh Ava aus dem Gartenzimmer.
Ihre Entleibungssehnsüchte verwandelten sich in Schreckensvisionen, die Vorstellung der Apokalypse in Schemen, die verblaßten. Ava versuchte, wieder jenes Kind zu sein, das sie gewesen war, auch wenn ihr jetzt häufiger die Nase tropfte. Sie kehrte zu den Parfumkaraffen ihrer Mutter und den Klangwelten ihres Vaters zurück und ließ sich stundenlang das Haar bürsten.
Ihr Haar – das war ihr Kummer. Zwar mußte sie keine weiße Haube mehr tragen, um ihre Kahlköpfigkeit zu verbergen, doch nachgewachsen waren ihr keine kräftigen, goldschimmernden Locken, sondern stumpfe, kerzengerade Strähnen von fahlem Aschblond.
»Fühl doch, wie seidig!« bemühte sich Caroline, sie zu trösten.
Seidig? Pah! Dünn!
Tagelang starrte Ava bei jeder Gelegenheit in einen französischen Handspiegel, dessen ausladender, mit Blattgold überzogener Barockrahmen schmeicheln sollte. Wenn sie jemanden kommen hörte, setzte sie sich eine Haube auf.
»Aber Liebling, das ist doch albern«, sagte Caroline Mal um Mal. Wollte sie Ava die Kopfbedeckung abnehmen, ließ sie ein mörderkalter Blick aus verschiedenfarbigen Augen zurückweichen.
Eine schreckliche, eine bittere Erkenntnis hatte Ava erreicht. Sie war nicht mehr hübsch. Sie war nicht länger das süße, zauberhafte Feenkind mit den aus Gold und Seide gesponnenen Haaren und dem rundwangigen Engelsgesicht. Fast so mager wie Hester, glich sie eher einem schlaksigen Knaben denn einem Mädchen. Auf einmal sah sie herb und eckig aus. Ihre Nase war zu lang und zu schmal, ihr Kinn zu breit und zu fest, und ihre Backenknochen traten spitz unter der bleichen Haut hervor. Erst jetzt offenbarte sich, wie schief ihr auf der rechten Seite ein wenig nach oben gezogener Mund tatsäch-

lich war. Und dazu das schnittlauchglatte, noch immer viel zu kurze Haar! Haßerfüllt starrte sie in den kleinen Handspiegel. Am liebsten hätte sie ihn gegen die Wand geworfen, doch statt dessen suchte sie in jeder heimlichen Minute mit wahrhaft selbstquälerischer Lust den eigenen Anblick in der runden, unbarmherzigen Kristallscheibe.

»Sie quält sich«, sagte Caroline.

Eines Nachmittags überraschte Angus seine Tochter bei einer ihrer trostlosen Zwiesprachen mit sich selbst. So erschrokken, als habe er eine Dame in Verlegenheit gebracht, murmelte er »Entschuldigung!« und ging rückwärts aus dem Zimmer. Als er wenig später mit Caroline an der Promenade entlangschlenderte, sinnierte er: »Ich dachte, unser Mädchen sei noch viel zu klein für irgendeine Art von Eitelkeit.«

»Wer kennt Ava? Wer wird sie je kennen?« entgegnete Caroline.

Da es für Ava keine Kinderspiele, keine langen Spaziergänge, keine Reitstunden und außer der alljährlichen Renommierreise nach Bath auch keine Ausflüge gab, saß sie fast den ganzen Tag über im Musikzimmer. Angus nannte sie mittlerweile sein »Wunderkind«.

Das beunruhigte Caroline.

»Sie ist so jung«, sagte sie. »Und wundersam scheint sie mir auch. Aber vor allem ist sie kein Kind.«

Von einem kleinen Mädchen wurde erwartet, daß es sich für Näh- und Stickarbeiten interessierte, doch Ava schnupperte viel lieber an den neuen Parfumfläschchen, die aus London gekommen waren.

Daß sie keine Freundinnen hatte, störte sie nicht. Sie war gern allein.

Statt sich mit ihren drei Puppen zu beschäftigen – fein modellierten Kunstwerken aus Porzellan mit Schönheitsflecken auf den Wangen und aufwendigen Roben am gertenschlanken Leib –, probierte sie lieber im Musikzimmer neue Klangvariationen aus. Inzwischen konnte sie ihre Eltern bereits mit einer fehlerfreien Interpretation der *Kleinen Nachtmusik* beglücken.

Gäste des Hauses wurden bei jeder sich bietenden Gelegenheit auf das Wunderkind hingewiesen, das sich ungern zeigte und es haßte, vor Publikum zu spielen. Angus fragte dann »Hören Sie?«, und man lauschte den Melodien, die vom ersten Stock herabrieselten.

Da Avas Begabung neue Ufer suchte, streckte ihr Vater die Fühler nach einer geeigneten Musiklehrerin aus. Er sah sein Feenkind bereits als umjubelte, von Beifallsstürmen umbrauste Konzertpianistin.

»Ich habe in den letzten Jahren nur zum Vergnügen am Klavier gesessen«, gab er zu. »Avas Talent wächst mir über den Kopf. Nur von mir unterrichtet zu werden kann nicht gut für sie sein.«

Ins Haus kam eine gewisse Miss Tompson. Sie brachte vorzügliche Referenzen mit, war Schülerin eines Händel-Schülers gewesen – sehr beachtlich für eine altjüngferliche Pfarrerstochter! – und betonte, daß sie sich nicht als Kinderfrau – »Eine solche haben Sie doch?« –, sondern allein und ausschließlich als Musiklehrerin betrachte. Bereits nach einem halben Jahr überreichte sie Caroline ihr Kündigungsschreiben.

»Bristol gefällt mir nicht«, tat sie kund. »Ich habe die Absicht, nach London zurückzukehren. Was Ihre Tochter anbelangt, kann ich nur sagen, daß sie sich weigert, sich etwas beibringen zu lassen. Sie ist trotzig, undiszipliniert und eigensinnig. Spielt sie falsche Noten, so mit Absicht. Unerhört! Dabei sind ihre Anlagen ausgezeichnet. Nun, ich für meinen Teil darf mich empfehlen.«

Ava kommentierte diesen Verlust so: »Sie war merkwürdig.«

Miss Tompsons Nachfolger, ein Mann namens Quint, verlor sich in schierer Verzückung, als er seine neue Schülerin zum erstenmal spielen hörte.

»Sie greift schon eine Oktave!« staunte er. »Und dabei diese Tiefe der Empfindung! Einzigartig für ein Mädchen dieses Alters!«

Mit Mr. Quint lebte sich's gut.

Aber auch über ihn ließ Ava die Bemerkung fallen: »Er ist merkwürdig.« Wenigstens ärgerte sie ihn nicht damit, absichtlich falsche Noten zu spielen.
»Sollte sie nicht endlich lesen und schreiben lernen?« fragte Hester.
Ach ja! Das hatte man ganz vergessen. In aller Eile wurde eine Hausdame für Ava engagiert.
Sie war recht appetitlich, diese Miss Appleby. Außerdem tat sie sehr fein. Wenn sie hocherhobenen Hauptes den Korridor entlangtippelte, machte die männliche Dienerschaft Stielaugen. Ava warf bloß einen gereizten Blick zur Decke.
Obwohl sie bereits seit drei Wochen von Miss Appleby unterrichtet wurde, verwechselte sie noch immer das »b« mit dem »d«. Darauf hingewiesen, zuckte sie gleichgültig mit den Achseln. Noch fünf Minuten bis zum Ende der Stunde...
Im Kreise des Personals wagte Miss Appleby den Ausspruch: »Kein sehr geistreiches Kind, diese Ava.«
Ava wollte Melodien erfinden – keine Bücher lesen. Rechnen fiel ihr besonders schwer.
»Eine Kaufmannstochter, die zwei und zwei nicht zusammenzählen kann, ist eine Karikatur!« erregte sich Miss Appleby. »Sie zieht neun von sieben ab und bekommt drei heraus!« Eine schwierige Anstellung, ein schwieriges Kind! Da in Avas Gesicht meistens ein abwesender Ausdruck war, der sich in Verwunderung wandelte, wenn sie angeschrien wurde, hatte Miss Appleby das unbehagliche Gefühl, auf eine leere Hülle einzureden. Und Miss Appleby schrie so manches Mal, wenn ihr die Nerven durchgingen.
»Eine Ohrfeige würde Wunder wirken«, glaubte sie, aber Caroline hatte verfügt: »Ich erwarte von Ihnen Taktgefühl, Zurückhaltung und Nachsicht. Ava ist sehr zart und sehr scheu.«
Die geplagte Hausdame schrieb zu jener Zeit an ihre Mutter: »Sie ahnen gar nicht, was für ein verwöhntes Kind mein neuer Zögling ist, gewiß das verwöhnteste in ganz Bristol. Miss Ava wird mit Eierspeisen, Früchten und Naschwerk ernährt, weil

sie Hammelfleisch und Gemüse ablehnt. Wie ich heute sah, besitzt sie eine stattliche Anzahl kostbarer Bilderbücher, die sie jedoch keines Blickes würdigt. Auf einen separaten Kleiderraum und vier volle Schränke verteilt sich ihre erlesene Garderobe, einschließlich der sechsunddreißig Paar Schuhe, die meisten aus Seide. Natürlich ist ihr Zimmer voll der herrlichsten Spielsachen. Ich glaube, wenn sie wünschte, in einem Palast im Morgenland zu wohnen, würden die Cheltenhams – im übrigen ebenso aufmerksame und großzügige wie verschwenderische und exaltierte Menschen – nach Bagdad reisen, um die Residenz des Kalifen, koste sie, was sie wolle, zu erwerben!«
Ava fand Miss Appleby »höchst merkwürdig«.
Dieser war noch etwas anderes aufgefallen: »Das Kind kann nicht lachen!«; wenn sie versuchte, kleine Scherze in ihren Unterricht einzuflechten, sah Ava immer zu ihr auf, als wolle sie sagen: »Sehr komisch, ja.«
Mr. Quint versicherte allerdings, daß es im Musikzimmer gelegentlich zu Heiterkeitsausbrüchen komme. Dennoch lebte Ava in einer fein abgezirkelten Anders-Welt; manchmal mußte man sie auf die Schulter tippen, um sie herauszuholen. Verstecke wie Kleiderschränke und Rhododendrenbüsche brauchte sie nicht mehr.

Zur allgemeinen Überraschung war Caroline plötzlich ein zweites Mal schwanger.
Welch ein Fest! Seit beinahe zehn Jahren warteten die Cheltenhams auf einen Stammhalter.
»Caroline!« schrie Angus ganz außer sich – und »wieder sehr exaltiert«, wie Miss Appleby ihrer Mutter nach Exeter schrieb. Er tanzte mit seiner Frau durch die Halle, hob sie hoch, wirbelte sie herum, küßte ihr Gesicht, wo sein Mund es traf, und führte sie dabei im Mazurkaschritt. Sein glückliches Lachen mischte sich mit ihren freudigen »Aber Angus!«-Rufen. Er benahm sich wie ein kleiner Junge. Das ganze Haus lief zusammen.

»Er vergißt sich«, seufzte Hester.
»Mein Engel bekommt ein Kind!« schallte es durch die Korridore.
»Ich glaube, jetzt weiß es jeder«, beschwichtigte Caroline mit liebevollem Amüsement die Aufregung ihres Gatten. Zu ihrer Tochter sprach sie vom Storch, der bald ein Geschwisterchen bringen würde.
»Wann?« wollte Ava wissen.
»Im Dezember, mein Liebling.«
Aha. Ein Storch im Winter. Womöglich mit einem verknoteten Tuch im Schnabel, das einen nackten Säugling barg. »Merkwürdig«, dachte sie.
Unterdessen machte sich Carolines Zofe in der Küche wichtig: »›Was für ein Glück!‹ hat er geschrien. Ist wirklich eins. Allzuoft ließ er sich im Schlafzimmer der Madam nicht mehr sehen. Die Glut ist verraucht; das kennt man ja. Haben's wohl früher zu toll getrieben, die zwei.«
Alle lachten. Der erste Hausdiener kam dazu, neckte die Zofe – »Jaja, der Neid!« – und machte ein paar anzügliche Scherze, die Ava, das Kind, das so gern an Türen lauschte – so auch jetzt –, nicht begriff. Eines der Mädchen fragte: »Hat man ihn nicht bei der Putzmacherin in der Corn Street gesehen?«
Gelangweilt winkte die Zofe ab.
»Den Herrn! Ach was! Alte Geschichten. Jetzt geht er zu Annie Graham, der Amüsierdame, die über dem Malloy Inn wohnt.«
»Einmal ein Luftikus, immer ein Luftikus«, warf ein anderes Mädchen ein. Allgemein hieß es: »Arme Madam.« Der Diener schlug ein Paar von Angus' Stiefeln wie Schellen gegeneinander und erschreckte damit die Zofe, die ärgerlich den Kopf zur Seite drehte.
»Madam scheint's nicht zu stören«, sagte er.
»Unsinn!« widersprach die Köchin. »Jede Frau stört's, wenn der Mann nur noch außer Haus Appetit hat!«
Als sei das Thema damit für sie beendet, zog sie den Braten aus dem Ofen, um ihn zu übergießen.

Die Zofe meinte: »'ne Lady wie meine Madam sieht über so was hinweg.«
»Na, jetzt hat sie andere Sorgen. Rund wird sie werden. Wer mit dreiunddreißig noch einmal in die Wochen kommt, geht auseinander.«
»Wäre kein Wunder bei den Mengen, die sie seit einiger Zeit in sich hineinstopft! Ich muß ihr jetzt doppelt so viele Muffins wie früher zum Tee servieren.«
Da Ava jemanden kommen hörte, wandte sie sich von der angelehnten Tür ab, lief die Wendeltreppe hinauf und lächelte den ihr entgegenschreitenden Butler an, der zurücknickte. Dann verschwand sie in ihrem Zimmer, wo sie mit dem Fuß aufstampfte.
Vor dem Lunch kam Angus zu ihr herein. Sie saß, das Kinn in die Hände gestützt, auf dem Rokokosofa, das für ein Kind ihres Alters maßangefertigt war, und schaute mit ausdruckslosem Gesicht zu ihm auf.
»Da bist du ja, Feenmädchen! Was hast du? Solltest du nicht mit Miss Appleby im Studierzimmer sein? Ach so! Miss Appleby macht Besorgungen und tut mal wieder, was sie will. Auch gut! Du siehst blaß aus. Hast du Temperatur? Laß fühlen!«
Obwohl Ava unwillig den Kopf schüttelte, hielt sie still, als Angus an ihre Stirn faßte. Er setzte sich zu ihr auf das Sofa, das für einen erwachsenen Mann viel zu zierlich war, und versuchte, den Arm um sie zu legen. Sie sträubte sich. Da fragte er sie, ob sie sich mehr über ein Brüderchen oder über ein Schwesterchen freuen würde.
»Ich weiß nicht«, sagte Ava.
»Wäre es nicht schön, wenn du jemanden hättest, mit dem du spielen könntest?«
»Ein Storch ohne Kind wäre mir lieber.«
Angus lächelte.
»Ja, weißt du, die Geschichte mit dem Storch... Das sagt man eben so, verstehst du? Man ruft ja auch ›Donnerwetter‹, wenn man ›großartig‹ meint. Es ist folgendermaßen: Das Geschwi-

sterchen wächst im Bauch deiner Maman. Du bist auch in ihrem Bauch gewachsen. Kinder werden geboren, nicht gebracht.«

»...bei den Mengen, die sie seit einiger Zeit in sich hineinstopft...«

Da Angus' Hand auf ihrer Schulter lag, rückte Ava ein Stück von ihm ab.

»Es wächst in Mamans Bauch?« fragte sie. »Wie kommt es da rein?«

»Das erzählt dir Maman, wenn du groß bist«, erwiderte Angus. Er roch nach dem Tabak seiner Havannas und dem Orangenblütenparfum, das Caroline seit ein paar Tagen benutzte. »Komm mit hinunter, Feenkind! Maman wartet mit dem Lunch auf uns!«

Ava war fassungslos. Da wuchs etwas Lebendiges, ein Kind, im Bauch *ihrer* Mutter. Einfach so! Doch ein anderer Gesichtspunkt, eine Kuriosität jenseits biologischer Unklarheiten, beschäftigte sie weit mehr. Sie wollte keinen Bruder! Und eine Schwester wollte sie zweimal nicht! Sicher hatte das neue Kind goldene Locken und Engelsbäckchen!

Am Nachmittag drosch Ava zornig auf die Tasten des Flügels ein. Zu einem Pianissimo war sie nicht in der Lage. Mr. Quint wurde kaum mit ihr fertig und gab es auf, Mäßigung und »weichen Ausdruck« von ihr zu verlangen. Als er gegangen war, stürzte sie sich in wüste Dissonanzen.

»Um Gottes willen, was ist das denn?« fragte Angus. Er saß mit Caroline, Giuseppe Brazzi, einem honorigen Schiffsausrüster und Ratsherrn nebst Gattin sowie einem vielversprechenden Landschaftsmaler, der mit Joshua Reynolds und Angelica Kauffmann befreundet war, beim Tee in der Gartenlaube. Ava spielte so laut, daß man sie bestimmt drei Straßen weit hören konnte.

Man lauschte. Niemand sprach. Schließlich bemerkte Giuseppe Brazzi: »Ihr Feenkind scheint wütend zu sein.«

»Ihre Tochter?« erkundigte sich die Frau des Schiffsausrüsters. Man kannte Ava seit ihrer Krankheit als schmächtiges,

blasses Mädchen, das selbst unter dem freundlichsten Blick die Lider senkte, verschlossen und ernst war und sich steif und unsicher bewegte.
Da die gewittrigen, in den Ohren dröhnenden Klänge nicht aufhörten, entschuldigte sich Caroline und lief ins Haus, um Ava im Musikzimmer aufzusuchen.
»Aber Liebes«, mahnte sie, als sie eintrat.
Eines der Fenster, die auf den Garten hinausgingen, stand weit offen und ließ den hell leuchtenden Tag herein. Von sanft flirrendem Sonnenlicht umflossen, schien das zornige Kind dennoch in einem Kältekegel zu sitzen. Caroline hatte das Gefühl, in eine kühle Leere greifen zu müssen, wenn sie jetzt versuchte, Ava zu berühren.
Sie ging auf den Flügel zu. Als das Mädchen sie ansah, wich sie einen Schritt zurück.
Dieser Blick! Er stieß Caroline fast aus dem Zimmer. Viel zu erwachsen war er und mehr als abweisend – er war feindselig. Caroline straffte sich.
»Wir haben Gäste«, sagte sie leise.
Das Kind nickte. Dann senkte es den Kopf und stimmte eine volkstümliche Weise an. Ihr Spiel klang schwungvoll und erregt.
Zögernd wandte sich Caroline ab und kehrte zu ihren Gästen zurück.

An einem frostigen Nachmittag im Dezember des Jahres 1810 drang ein markerschütternder Schrei aus der Bibliothek.
»Die Wehen!« rief das Hausmädchen, das nebenan, im Herrenzimmer, Staub wischte.
Ava verharrte an der Treppe und hielt sich am Geländer fest. Von einem Wortschwall der herbeigeeilten Zofe begleitet, trugen zwei Diener Caroline in ihr Schlafzimmer hinauf. Als die Eskorte an Ava vorbeikam, sah das Kind, daß seine Mutter schwer atmend den Kopf hin- und herwarf und sich auf die Lippen biß.
»Maman!« rief Ava, wurde aber beiseite geschoben.

»Geh und spiel ein wenig Klavier«, sagte Miss Appleby. Sie und Mr. Quint standen tuschelnd in der Halle.
Ava zog sich in ihr Zimmer zurück.
Sie setzte sich in den großen Kleiderschrank, wie sie es früher schon getan hatte, wenn sie mit ihren Gedanken allein sein wollte. Obwohl sie sich die Hände an die Ohren legte, hörte sie, daß das ganze Haus in Aufruhr war. Lange hielt sie es nicht in ihrem Versteck aus. Sie stieg aus dem Schrank, trat an die Tür, öffnete sie und lauschte in den Flur hinaus.
Mittlerweile hatten sich der Arzt und die Hebamme eingefunden. Zwei Mädchen schleppten Schüsseln mit heißem Wasser und Stapel von Laken die Treppe hinauf.
Da Angus ausnahmsweise einmal im Hauptkontor der »Cheltenham Shipping Company« nach dem Rechten sah, ließ Hester nach ihm schicken.
Und dann verträpfelte die Zeit unendlich langsam. Niemand hatte Lust, sich um Ava zu kümmern. Miss Appleby und Mr. Quint saßen in der Küche und kommentierten die Schauergeschichten, die die Köchin über Gebärende jenseits der Dreißig zu erzählen wußte. Sie naschten heißen Teekuchen, Krokantstäbchen und in Rum eingelegte Kirschen und tranken den Likör, den der Butler großzügigerweise spendierte. »Heute sieht keiner drauf!« hieß die Devise. Also: Cheerio!
Als Angus endlich nach Hause kam, lief ihm Ava entgegen, doch er nahm sie kaum wahr. Hilflos und unschlüssig starrte er in den oberen Korridor hinauf. Dann ging er in den Salon.
Ava folgte ihm und faßte nach seiner Hand.
»Jetzt nicht, Feenkind«, sagte er.
Also ließ sie ihn allein.
Ava setzte sich in der Halle auf die unterste Treppenstufe und wartete. Als Carolines erste Schmerzensschreie zu ihr herunterhallten, schrak sie zusammen. Aus dem Salon hörte sie die gleichmäßigen, zuweilen stockenden Schritte ihres Vaters. Einmal klirrte ein Glas. Angus hatte den Pfropfen der Sherrykaraffe fallen gelassen. Inzwischen brachte man neue Tröge mit heißem Wasser und weitere saubere Tücher nach oben.

Wenn sich die Tür zu Carolines Schlafzimmer öffnete, vernahm man ein gequältes Keuchen.
Hester kehrte von einem einsamen Ausgang zurück und mischte sich schwarz, dünn und krähengleich mit einer Handvoll Anordnungen in die allgemeine Geschäftigkeit.
Stunde um Stunde schlich dahin. Längst war es dunkel geworden. Angus begab sich ab und zu aus dem Salon und hastete die Treppe hinauf. Immer wieder versuchte er, sich Eintritt in den Raum zu erzwingen, hinter dessen Tür sich das Unfaßbare vollzog. Jedesmal wurde er abgewiesen. Wenn er an Ava vorbeiging, strich er ihr zerstreut übers Haar.
Still und immer stiller wurde es im Haus. Caroline stöhnte nicht mehr. Das allumfassende Schweigen verdichtete sich zu einer greifbaren Drohung. Ava fror und schwitzte gleichzeitig. Ihre Hände klammerten sich um die Geländerstreben. Jede neue Sekunde schien länger als die vorangegangene zu dauern. Augenblicke dehnten sich, ehe sie zersprangen, zu Ewigkeiten.
Plötzlich trat Dr. Morley aus Carolines Schlafzimmer. Er sah erschöpft aus, räusperte sich und streifte sich die hochgekrempelten Ärmel seines Hemdes über die Handgelenke.
Im selben Moment riß Angus die Tür vom Salon auf. Sein verstörter Blick nahm ein Entsetzen vorweg, das namenlos war.
Als der Hausarzt Schritt für Schritt die Treppe herunterkam, schrie Angus auf und stürzte, drei Stufen auf einmal nehmend, nach oben.
Ava sah ihm nach und spürte, daß Dr. Morley sie mitleidig betrachtete.
Ohne es zu denken, wußte sie, daß sie ihre Mutter verloren hatte.

Zweites Kapitel

Es wurde still. Und die Stille war schwer. Auf einmal schien die Luft im Haus ein erdrückendes Gewicht zu haben. Während sich draußen auf den Straßen, zwischen den Platanen um das Reiterstandbild und in den Gärten Wintertraurigkeit einnistete, während die Nebel herabfielen und die Tage früh erloschen, während die Morgen das Dämmerlicht und die Regenfeuchtigkeit nicht abschütteln konnten und ödes Grau Schlieren über den Himmel zog, versank das Haus am Queen Square Nr. 7 in Schweigen. Angus Cheltenham vergaß seine Obliegenheiten. Er hatte sie stets vernachlässigt, doch nun konnte er sich ihrer kaum noch entsinnen. Er wußte nur: Er war allein. Um sich herum fühlte er eisige Dunkelheit.

Tagelang saß er in Carolines Schlafzimmer. Kam die Nacht, verzichtete er darauf, eine Kerze oder eine Petroleumleuchte zu entzünden. Ergeben begrüßte er die Finsternis, die die Schwester seiner Schwermut war.

Das Zimmer verströmte noch immer Carolines Geruch, der sogar in den Gardinen hing, gerade so, als hätte sie den Raum vor fünf Minuten verlassen, um gleich zurückzukehren. Ein letztes Verweilen?

»Laß mich allein«, sagte Angus zu Ava, als sie die Tür öffnete und scheu in das Gemach spähte, das barg, was von ihrer Mutter geblieben war: ihren Duft, der den Parfumkaraffen entfloh und eines Tages fort sein würde.

Dann rauschte Hester heran und entschied: »Geh auf dein Zimmer, Kind! Dein Vater möchte nicht gestört werden.«

Zu Angus sprach sie: »Du mußt Haltung zeigen. Haltung, mein Sohn!«

Freudlose Wochen zogen dahin.
Selbst das matt gewordene Aroma der Weihnachtsplätzchen, die seit Wochen unberührt in den Gebäckschalen lagen, hatte eine giftige Penetranz. Während der Mahlzeiten saß Angus, um Jahre gealtert, am Kopfende des Tisches und lauschte dem Ticken der Wanduhr.
Vorbei die Musik, entfremdet der Duft, gestorben die Heiterkeit! Grauschattierungen schoben sich über alles, was einst farbig gewesen. Ein paar Kondolenzbesuche, Freunde, die Angus besorgt die Hand drückten... Danach schlossen sich die Türen hinter der Allmacht einer furchtbaren Stille. Als Giuseppe Brazzi an einem Abend im März den Klingelzug betätigte, weigerte sich Angus, ihn zu empfangen.
»Ich will ihn nicht sehen«, murmelte er. Er wollte überhaupt niemanden sehen. Begleitet von seiner Einsamkeit, verließ er die Welt und seine Tochter durch den Hinterausgang.
Im Frühling, als es zu tauen begann, betrat Angus eines Nachmittags das Musikzimmer, wo Ava vor einer Purcell-Partitur saß, ohne zu spielen. Sie sah nicht auf, sondern tat, als sei sie in die Arithmetik der Komposition vertieft.
»Feenkind«, sagte Angus und stellte sich neben sie.
Als er die Hand auf ihre Schulter legte, preßte sie die Lippen aufeinander. Wie gelähmt ertrug sie die Berührung.
»Dein Papa«, begann Angus, »gedenkt, für einige Zeit zu verreisen. Solange ich fort bin, wird Großmaman acht auf dich haben. Versprichst du mir, hübsch artig zu sein?«
Ohne zu antworten, starrte Ava auf die schwarzweiße Tastenlandschaft vor ihr. Sie spürte, daß Angus einen Blick von ihr erhoffte, blieb aber trotzig. Nach einer Weile schlurfte er müden Schritts davon.
Drei Tage später reiste er ab.
»Nach Frankreich«, ließ er wissen.
Als sein Schiff vom Kai ablegte, behauptete Hester: »Das Haus hat ihn vertrieben.«
Es war, als seien mit Caroline nicht nur die herrlichsten Gerüche, sondern auch Lachen und Licht verschwunden.

Wenn die Maisonne durch die Scheiben der hohen Fenster fiel, hingen die Strahlen fremd in den duftlosen, schweren Vorhängen. Zögernd, als strebten sie unter großer Anstrengung fort, wanderten die glänzenden Schleier über die Wände und die alten Ölgemälde, die sich mit verzerrten Spiegelungen gegen die Eindringlinge zu wehren schienen. Sobald die Helligkeit erlosch, kehrten Zimmer und Gänge in die Düsternis zurück, in der sie zu Hause waren.
»Man spielt nicht auf dem Piano, wenn man soeben seine Mutter verloren hat«, bestimmte Hester und sperrte das Musikzimmer ab. Das Klavier im Salon und das Spinett im Wintergarten wurden schwarz verhüllt. Mr. Quint war von heute auf morgen seiner Stellung ledig. Als er schüchtern und hochrot im Gesicht protestierte: »Aber wir haben doch eben erst mit den wichtigsten Griffen auf der Violine begonnen...«, erfuhr er: »Es hat sich ausgefiedelt!«
Hesters Geist breitete sich im Haus aus, voll finsterer Kraft und ohne Gnade. In der Trostlosigkeit starrer Formen und immer wiederkehrender Rituale fühlte er sich wohl.
Von nun an wurden die Tage in säuberliche Stücke zerhackt. Hester entwarf Pläne, die sie in ein »Stundenbuch« eintrug und gegen jeden Widerstand durchsetzte.
Später sollte sich Ava nur an die vielen Handarbeiten erinnern, zu denen sie angehalten wurde. Den gesamten Vormittag mußte sie mit Miss Appleby im Studierzimmer verbringen. Lustlosigkeit war keine Entschuldigung mehr.
»Später, im Pensionat, wirst du dankbar sein, Disziplin gelernt zu haben«, prophezeite Hester.
Am schlimmsten waren die Mahlzeiten. Bei Lunch und Dinner schwoll die Stille zu einem Vakuum, das Ava zu hören glaubte. Es kam ihr vor, als dringe ein lautloses Surren in sie ein, um sie bis an die Grenze der Übelkeit aufzublähen.
Sie mußte jetzt Hammelfleisch und Kartoffeln essen. Wenn sie nach Kuchen verlangte, hörte sie von Hester: »Beim Tee, mein Kind, beim Tee. Alles zu seiner Zeit und alles in Maßen. Ich glaube nicht, daß dich später irgendeine Art Übermaß erwartet.«

Sobald Hester die Tafel aufgehoben hatte, zog sie sich für eine Stunde auf ihr Zimmer zurück. Auch Miss Appleby wollte in dieser Zeit ihre Ruhe haben. Sie drückte Ava ein Buch in die Hand oder erlaubte ihr, in den Garten hinauszugehen.
Weiterhin keine Musik, kein Duft... Miss Appleby benutzte dieses schreckliche »Eau de Cologne«, und Hester roch nach alter Frau. Das war alles.
Am Nachmittag mußte sich Ava mit Näharbeiten plagen. Ihre schwarzgewandete Widersacherin hatte sich vorgenommen, ihr Sticken, Häkeln und Klöppeln beizubringen. Außerdem, so meinte Hester, sei es nie falsch, einen Knopf annähen oder einen Saum abstecken zu können.
»Ein Mädchen muß das vermögen«, sagte sie.
Ava zeigte sich keineswegs anstellig. Was sie fertigte, wies Unregelmäßigkeiten auf und verriet Desinteresse. Oft glitt ihr Blick hinaus in den Garten. Als Hester das bemerkte, ließ sie ihre Enkelin mit dem Rücken zum Fenster sitzen.
»Ich strafe dich nicht, ich rüste dich für die Zukunft«, pflegte sie zu betonen. Immer wieder hörte Ava: »Dein Vater verpraßt Geld, das er gar nicht besitzt, und verschwendet keinen Gedanken an seine alte Mutter und auch keinen an seine einzige Tochter. Wahrscheinlich müssen wir dieses Haus bald aufgeben, das Haus und die Dienstboten... Halte dich gerade, Kind! Laß keine Maschen fallen!«
Ava fügte sich. Mit fest geschlossenem Mund saß sie Hester gegenüber und hob die Augen höchstens bis zu deren spitz unter den Taftröcken hervortretenden Knien.
Und Caroline war entleibt und gänzlich tot...
Des Nachts horchte Ava in die einsame Dunkelheit, als hoffe sie, ein geheimes Zeichen zu erhaschen, das von einer anderslautenden Wahrheit kündete. Vielleicht wehte ja doch irgendwann ein unsichtbarer Duft an ihr vorbei...
Handarbeiten und immer wieder Handarbeiten! Um das weiße Linnen mit Blutflecken zu verderben, stach sich Ava mit der Nähnadel in die Finger. Hester durchschaute die böswillige Absicht. Ihre knochige Hand klatschte gegen Avas

Wange. Verschiedenfarbige Augen, tränenleer und gespenstisch ungerührt, starrten zu ihr empor. Wieder sah Hester diesen Anflug von Abneigung darin, der Verachtung war.
Sie bebte. Gegen stummes Aufbegehren kannte sie kein Mittel, also schickte sie Ava nach dem Dinner ins Bett. Inzwischen gab es vor dem Schlafengehen nur noch ein langes Gebet, aber keine exotischen Früchte, Säfte oder Plätzchen mehr. Auch gebadet wurde am Queen Square Nr. 7 immer seltener, und wenn, so mit nichtparfümierter Seife.
»Warmes Wasser verwöhnt und macht kränklich«, sagte Hester. »Und jede aromatische Essenz verwirrt den Geist. Die Abstinenz von heißen Bädern wird dich kräftigen.«
Ava enthielt sich einer Widerrede. Ihre kalten Augen beobachteten, aber sie verrieten nichts. Allmählich schwieg sie sich in das Schweigen des Hauses hinein.
Irgendwann im Juli forderte sie den Schlüssel zum Musikzimmer. Hester lehnte ab und band sich die Witwenhaube fester unterm Kinn.
»Ich muß zum Flügel«, beharrte Ava.
Wie kampfbereite Ritter standen sich Großmutter und Enkelin gegenüber. Sie begannen einen beidseitig von Überzeugung geheiligten Krieg. Nach langen, stummen Minuten erklärte Ava: »Dann werde ich Papa schreiben.«
»Dein Vater ist in Frankreich«, erwiderte Hester. »Und Frankreich ist groß.«
»Sie können mich nicht daran hindern, Signore Brazzi zu benachrichtigen. Sollten Sie es versuchen, werde ich eine List finden. Signore Brazzi weiß sicher, wo sich Papa aufhält.«
»Du drohst mir?« Um Hesters Mund zuckte ein verkrampftes Lächeln.
»Ja«, sagte Ava.
Das Musikzimmer blieb verschlossen, und das Mädchen mit den verschiedenfarbigen Augen sprach kein Wort mehr mit seiner Widersacherin, die zürnen, tadeln, laut werden, ohrfeigen, ja sogar bitten mochte und nicht das geringste erreichte. An Angus, der sich mittlerweile aus dem Elsaß gemeldet

hatte, schrieb Hester: »Ich weiß mir nicht mehr zu helfen. In deiner Tochter wohnen hundert kleine Teufel.«
Ava hatte sich restlos mit dem Schweigen des Hauses verbündet. Selbst ihre Gestik reduzierte sich auf ein Minimum. Sie schüttelte den Kopf, sie nickte, sie zuckte mit den Achseln. Und natürlich weigerte sie sich, das Nachtgebet zu sprechen. Hester rutschte immer öfter die Hand aus.
Wie eine seelenlose, aufgezogene Puppe bewegte sich Ava durch die Räume des georgianischen Prachtbaus, der den Cheltenhams so wenig Glück gebracht hatte.
Weiterhin mühte sie sich mit Handarbeiten, die mißlangen, weiterhin ließ sie sich von Miss Appleby schulmeistern, weiterhin saß sie mit gesenkten Lidern bei Tisch und würgte fettiges Hammelfleisch hinunter, weiterhin fügte sie sich in Hesters Anordnung, nach der sie nur einmal im Monat ein Bad nehmen durfte, und weiterhin ging sie am verriegelten Musikzimmer, am Klavier im Salon und am Spinett im Wintergarten vorbei, ohne eine Miene zu verziehen.
Als sie Fieber und rote Flecke auf den Wangen bekam, fragte Hester: »Tut dir etwas weh?«
Ava schaute zur Seite.
Schließlich mußte sie sich erbrechen. Ein Zittern bebte durch ihren mageren Kinderkörper.
Da sich auch Hester in diesem Fall ohnmächtig fühlte, schickte sie Miss Appleby, die dem Trauerspiel seit Monaten tatenlos zusah, zu Ava. Aber auch Miss Appleby – seit jeher der Meinung, die Cheltenham-Tochter sei nicht ganz klar im Kopf – richtete nichts aus. Ungeduldig werdend, versuchte sie herauszufinden, ob Ava Schmerzen hatte. Nach einer guten Stunde vergeblicher Bemühungen wandte sie sich ab.
»Säfte, Gemüse, frische Luft«, verordnete Dr. Morley. Einen Aderlaß, wie Hester ihn vorschlug, lehnte er ab.
Kurz: Ava lag fünf Tage im Fieber. Als sie sich erholt hatte, fand sie das Musikzimmer geöffnet. Fortan sprach sie wieder. Ihre Äußerungen beschränkten sich allerdings auf das Nötigste.

Am Ende ihrer Nervenkraft, schrieb Hester ein zweites Mal an ihren Sohn und beschwor ihn:
»Komm bitte sofort nach Hause! Ich kann es nicht mit deinem Kinde. Im übrigen ist Avas Orthographie nach Aussage Miss Applebys weiterhin ein Eklat!«
Als Angus vier Wochen später, schmal geworden und von scharfen Furchen gezeichnet, das freudlose Haus am Queen Square betrat, empfing ihn der Butler, der ihm Hut, Mantel, Stock und Handschuhe abnahm. Dann eilte Hester herbei.
»Wie gut, daß du zurück bist!« sagte sie gleich. »Laß uns in den Salon gehen und besprechen, was zu besprechen ist!«
Ava stand in der Halle am unteren Treppenabsatz, sehr schlank, eckig, ungelenk und überraschend groß geworden. Ihr aschblondes Haar war zu einem einfachen Chignon gefaßt. Obwohl sie die Kiefer aufeinanderpreßte, zitterte es um ihren schiefen Mund, aber in ihren zweifarbigen Augen regte sich nichts. Angus ging wortlos auf sie zu und zog sie an sich. Sie blieb steif. Nichts in ihr fügte sich der Umarmung.
»Du hast mir gefehlt, Feenkind«, sagte ihr Vater und küßte sie auf die Stirn.
Unbewegt schaute sie in sein graues, welk aussehendes Gesicht. Noch schien er nicht zu begreifen, daß seine Tochter *ihn* für schuldig hielt, für so schuldig, daß sie ihm nicht den zurücklächelnden Spiegel bieten konnte, den er in ihren Augen suchte.
Später spielten sie zusammen Haydn und Händel. Ava sprach kein Wort.
Als sie im Bett lag, begab sich Angus zu seiner Mutter in den Salon. Ein Strom von Klagen ergoß sich über ihm.
»Jaja«, warf er einige Male in Hesters erstaunlich langen Redefluß.
Dauernd wanderte sein Blick durch den Raum. Vielleicht spürte er die Veränderung, vielleicht ertrug er die Vertrautheit ohne das Vertraute nicht.
»Verstehst du?« bohrte Hester.
Seit einer halben Stunde dozierte sie über Mädchenpensionate.

»Natürlich«, sagte Angus.

Am anderen Tag eröffnete er Ava: »Deine Großmutter hat eine passende Schule für dich gefunden. Mit Mädchen deines Alters zusammenzusein wird dich aufheitern. Dieses Haus ist zu still und zu einsam für ein so junges Geschöpf wie dich.«

»Dein Vater wird ohnehin nach Frankreich zurückreisen«, fügte Hester hinzu. »Während er fort ist, wirst du deine Bildung vervollkommnen. Was dir an Kenntnissen fehlt, werden dich die Damen des Lacey-Instituts lehren.«

Ohne Ava anzusehen, gleichsam in die Worte seiner Mutter einfallend, versprach Angus: »Wenn du das Pensionat als junge Dame verlassen kannst, hole ich dich zu mir, und wir schauen uns zusammen die Welt an. Gefällt dir das, Feenkind?«

Hester betonte: »Die Laceys genießen einen ausgezeichneten Ruf.« In den kommenden Wochen regelte Angus einige Formalitäten. Dann brachten die Diener sein Gepäck in die Halle, die Hausmädchen knicksten, der Butler wünschte eine gute Reise, und Hester küßte ihren Sohn mit kalten Lippen auf die Wange. Zur selben Zeit saß Ava im Musikzimmer. Sie hatte sich eingeschlossen und spielte Mozart.

Angus ging, ohne Abschied von ihr zu nehmen.

Die Jahre im Lacey-Pensionat schlossen sich klamm wie der schwere, weiße Nebel eines trüben Novemberabends um Ava. Weil jeder Tag dem anderen glich, schien die Zeit stillzustehen und keinen Anfang und kein Ende zu kennen.

Wie Watte umhüllte die Ereignislosigkeit dieser Jahre das Kind mit dem fahlen, strähnigen Haar und den Augen, in denen niemand zu lesen vermochte. Es gab kein Glück, und es gab kein Unglück.

Da die Cheltenhams weit über Bristol hinaus als mächtige Dynastie von Kaufleuten galten und das höchste Schulgeld bezahlten, genoß Ava eine gewisse Vorzugsbehandlung. Die Schwestern Lacey, beide sehr streng, sehr dünn und ein wenig krähengleich, beherbergten hauptsächlich Pastorentöchter und Kinder aus dem gebildeten, in jenem Jahrzehnt aufstrebenden Bürgertum. Überzeugt davon, Ava auf eine mittellose Zukunft vorbereiten zu müssen, hatte sich Hester für dieses durchaus bescheidene Institut entschieden. Der Ruin der Cheltenhams war für sie eine abzuwartende Gewißheit. Von dieser Prämisse wußte Angus nichts. Er wähnte sein Feenkind in einem der komfortabelsten Pensionate des englischen Südens.

Ava war es einerlei. Es beeindruckte sie auch nicht, daß sie während der Gottesdienste in der Kirche von Badminton und während der Mahlzeiten neben der älteren Lacey-Schwester sitzen durfte und im Gegensatz zu ihren Mitschülerinnen niemals in die Verlegenheit kam, ihre Wäsche selbst ausbessern zu müssen. Sogar ihre Schrankfächer wurden weniger gewissenhaft kontrolliert als die ihrer Zimmergenossinnen.

Sie sah Kinder aus weniger begüterten, nicht so glänzend beleumundeten Häusern Unterröcke nähen, Laken flicken, Strümpfe stopfen und Wäsche plätten, ja sogar auf Knien den Steinfußboden schrubben, während sie selbst nur zu feinen Handarbeiten angehalten wurde. An den Stickrahmen befohlen, rümpfte sie die Nase, tat jedoch, wie ihr geheißen.

Ansonsten versuchten die Laceys, ihr ein bißchen Grammatik und ein wenig Französisch beizubringen. Stundenlang wurde die Schönschrift geübt und gelegentlich, eher ziellos, im Atlas herumgestöbert. Man las »erbauliche Schriften«, lernte Bibelverse auswendig und studierte Redewendungen ein, die eine heranwachsende Dame für jede Kalamität rüsteten. Da weibliche Tugenden wie Gehorsam und Demut in Fleisch und Blut übergehen sollten, wurden Verstöße gegen die Internatsregeln streng geahndet.

Gefürchtet war die morgendliche Visitation durch die ältere Lacey-Schwester. Die Mädchen mußten sich wie Soldaten in Reih und Glied in der Halle vor dem Speisesaal aufstellen und sich begutachten lassen. Wer seine Zöpfe nicht fest genug geflochten oder einen Knopf an der Schultracht zu schließen vergessen hatte, war dazu verurteilt, den halben Vormittag in kerzengerader Haltung auf einem Holzscheit zu knien. Ava blieb natürlich von derart drakonischen Strafen verschont – egal, wie schlampig ihre Schürze gebunden sein mochte. Die höheren Jahrgänge schlugen sich mit Addisons *Cato* herum und taten dies ebenso lustlos, wie die Schwestern Lacey in dieser Disziplin zur Nachlässigkeit neigten. Eine flaue Ahnung von Literatur zu erhalten genügte. Schließlich wollte man keine Blaustrümpfe heranzüchten, die den zukünftigen Gatten an Gelehrsamkeit übertrafen. Die Mädchen sollten sich später auf eine halbwegs geistreiche Konversation verstehen und Kissenbezüge sticken können. Die meisten würden sowieso kochen, backen, bügeln und scheuern müssen und, von zahlreichen Schwangerschaften verbraucht, früh für immer die Augen schließen.

Bei den Laceys wurden die Mädchen für das gesellschaftliche Leben in kleinen Salons und Klerikerhaushalten gerüstet. Man legte viel Wert auf Musik und Gesang. Da sich am Virginal niemand so sehr hervortat wie Ava, durfte sie die Madrigalchöre begleiten. Sie war jedoch ohne große Begeisterung bei der Sache und verzog das Gesicht, wenn ein falscher Ton aus einer der vielen, keineswegs begnadeten Mädchenkehlen ihr Ohr beleidigte.

Natürlich stand das Virginal Ava auch nach dem Unterricht zur Verfügung. Allein im großen, kühlen Musiksaal, spielte sie Mozart, Händel und Bach, und die Laceys schüttelten die Köpfe – besonders bei Bach. Sehr wild, sehr laut, sehr kontinental. Die Schwestern bevorzugten Taverner, Bird, Gibbons, White, Tallis und natürlich Purcell. Deren Musik wurde von Ava als flach und eintönig empfunden, aber das sagte sie nicht.

Zwischen Fingerübungen – Terzen, Kadenzen, Tremolos, Trillern – beschäftigte sie sich eine Zeitlang ausschließlich mit Bach, der – hier wie auf dem Kontinent – längst aus der Mode war. Seine elementare Gewalt wühlte sie auf, seine stille Eindringlichkeit machte sie zittern.

Bach war alles auf einmal: Freude, Entzücken und Raserei, aber auch Sehnen, Angst und Erschütterung. Was seine Kompositionen erzählten, wußte Ava nicht. Sie gab ihnen eigene Bilder.

Niemand hätte in dem erregten, rotwangigen Mädchen, das völlig benommen von der Wucht des Schicksalhaften das f-Moll-Konzert unterbrach, um Atem zu schöpfen oder sich Tränen aus den Augenwinkeln zu wischen, das stille, verstockte Kind erkannt, dem weder gütiger Zuspruch noch harte Worte eine Regung entlockten. Wenn Ava allein am Virginal saß, ließ sie sich gehen. Vor der Tür mochte lauschen, wer wollte!

Als sie unter den Partituren, die sie ins Institut mitgenommen hatte, Auszüge des fünften Brandenburgischen Konzerts entdeckte, sprang sie über ihren eigenen Schatten, schrieb an Hester und bat sie um alle im Hause verbliebenen Kompositionen. Hester schickte kommentarlos das Gewünschte.

Da man in den Salons Volksweisen und romantischen Liedern applaudierte, die noch im lieblich überzuckerten Geist des Rokokos zu Hause waren und nur Charme besaßen, wenn sie auf dem Spinett vorgetragen wurden, erkundigte sich die ältere Lacey-Schwester bei Ava, weshalb sie »immer diese Ausländer« spiele, und bekam zur Antwort: »Weil sie gut sind.«

»Weil sie gut sind!« ereiferte sich die Institutsvorsteherin, als sie abends zu ihrer Schwester ins ererbte Ehebett stieg. »Weil sie gut sind, sagt dieses Gör!«

Daß Ava an eigenen Kompositionen arbeitete, erfuhr keine Menschenseele. Wenn sie ihr Spiel abbrach, von vorn anfing, etwas einfügte, einen Akkord änderte, wiederholte oder einfach innehielt, um nachzudenken und in sich hineinzuhorchen, glaubte jeder, der am Musiksaal vorbeiging, sie übe ein neues, besonders schwieriges Stück.

»Ein merkwürdiges Kind«, stöhnten die Lacey-Schwestern, denen es nur mit Mühe gelang, dem Mädchen, das laut Miss Appleby »nicht ganz klar im Kopf« war, eine einigermaßen passable Rechtschreibung beizubringen.

Als Hester im November des Jahres 1812 schriftlich anfragte, ob Ava Fortschritte mache, verfaßte die ältere Miss Lacey, die

sich von ihrer Schwester durch kaum mehr als eine Warze auf der Nase unterschied, sofort einen auf Gegenlob hoffenden Brief folgenden Inhalts: »Wir haben gute Gründe anzunehmen, daß Miss Ava zu jenen Blumen gehört, die zwar spät erblühen, sich schließlich jedoch aufs wundervollste entfalten. Inzwischen geben ihr Französisch und ihre anfänglich durchaus beklagenswerte Orthographie Anlaß zu den schönsten Hoffnungen. Selbst ihre Schüchternheit, diese mädchenhaft-anrührende Scheu, die große Tugend verspricht, manchmal jedoch an Teilnahmslosigkeit grenzt, beginnt langsam, sich zu lösen. Zu loben ist Miss Avas Klavierspiel. Auch die Violine versteht sie zu streichen.«
Zu ihrer Schwester sagte die Schreiberin dieser süßlichen Zeilen: »Wann wird die kleine Cheltenham endlich lernen zuzuhören, wann wird sie begreifen, daß ein Lächeln keine Grimasse, sondern ein Beitrag zu guten Umgangsformen ist, wann in der Lage sein, einer Konversation nicht nur zu folgen – was freilich ein erster Schritt wäre! –, sondern ihr auch ein paar angemessene Worte beizusteuern? Ich hege den Verdacht, daß der Verstand dieses Mädchens den eines Spatzennestlings kaum überflügelt.«
Ihre warzenlose Schwester warf ein: »Aber sie musiziert doch recht nett.«
»Wenn man von einer Zwölfjährigen nur sagen kann, daß sie ›nett musiziert‹, ist das doch ziemlich karg«, erwiderte die andere. »Ich habe von Ava noch keine einzige vernünftige Handarbeit gesehen – nicht den simpelsten Kreuzstich beherrscht sie! – und niemals einen Aufsatz aus ihrer Feder gelesen, der es verdient, Aufsatz genannt zu werden. Über zehn klägliche Sätze kommt sie nicht hinaus. Offenbar plagt sie kein Übermaß an Phantasie. Ihr Französisch ist so miserabel, daß sie hoffentlich niemals erwähnt, wo sie es gelernt hat. Selbst einfache Additionen fallen ihr schwer! Natürlich sollte ein Mädchen nicht zuviel Geist besitzen, hat es aber gar keinen, muß es schon Ava Cheltenham heißen, um auf eine akzeptable Partie hoffen zu können. Wenn es wirklich so

schlecht um die Familie steht, wie man überall hört, sehe ich schwarz für die Kleine. Sie ist ja nicht einmal hübsch.«

Ihre Schwester nickte zustimmend. Sie saß bereits in einem weiten Musselinnachthemd auf der Bettkante und band sich die Schlafhaube unterm Kinn. Während sie auf ihr älteres Pendant wartete, seufzte sie beinahe mitleidig: »Und an Charme fehlt es ihr auch!«

»Vor allem stört ihr Eigensinn!«

Man war sich einig.

Ava mangelte es an Liebenswürdigkeit. Sie hatte so gar nichts »Nettes« an sich. Keiner noch so freundlichen Geste kam sie entgegen. Wenn sie sich bedankte, so pflichtschuldig und ohne Enthusiasmus, um etwas zu bitten vermied sie gleich ganz. Konnte sich ihr Mund zu einem Lächeln überwinden, blieben ihre Augen leer.

Mehr geduldet als geschätzt von ihren Mitschülerinnen, die herumalberten, wenn sie sich von Erwachsenen unbeobachtet fühlten, die lachten, sich gegenseitig neckten, auch mal stritten und sich über Kuchen- und Geschenkpakete von zu Hause wie toll freuten, blieb Ava ohne Freundin. Man wagte es kaum, sich über sie lustig zu machen; fast wurde sie gefürchtet. Sie weinte nie, sie zürnte nie, sie fing nie zu kichern an, sie redete nicht einmal!

»Ach, laß sie doch!« hieß es, wenn jemand auf die Idee verfiel, sie zu einem Geschicklichkeits- oder Wortspiel aufzufordern. Wer gehässig sein wollte, fügte hinzu: »Das begreift sie doch nicht.«

Bald vergaß man, daß sie da war. Selbst wenn sie in einer Traube von Mädchen saß, wurde sie nicht wahrgenommen. Hätte sie nicht bei Tisch den Ehrenplatz neben der Institutsvorsteherin eingenommen, wäre sie niemandem aufgefallen. So weckte sie immerhin einen Hauch von Mißgunst.

Man wußte wenig über sie. Belustigung machte sich breit, wenn sie im Unterricht dreimal aufgerufen werden mußte, ehe sie merkte, daß sie gemeint war. Meistens konnte sie die einfachste Frage nicht beantworten. Dann wurde gekichert.

Gescholten, ignoriert oder ausgelacht: Ava kam es so vor, als ginge sie das alles nichts an. Es geschah außerhalb ihrer Welt und berührte sie nur flüchtig. Sobald ihre Gedanken abschweiften, glitt das höfliche, augenleere Lächeln wie ein vom Garderobenhaken niederschwebendes Seidentuch aus ihrem Gesicht. Nur Unzufriedenheit mit einer Stelle in einer neuen Eigenkomposition – unspielbar, nichtssagend, oft gehört! –, vermochte ihre Stirn zu furchen. Ihr Leben schien am Fassen und Ersinnen schwieriger Notenfolgen zu hängen.
Unentwegt hieß es: »Miss Ava, Sie träumen!«
Selbst um diese Mahnung wehte eine hauchzarte Melodie. Ava spürte der Melodie nach und vergaß die Mahnung. Die Musik, die sie hörte, auch wenn niemand sie spielte, bestimmte ihre Atemfrequenz und den Schlag ihrer Wimpern. Oft glaubte sie, davongetragen zu werden, hoch hinauf, hinaus in die Klarheit des Himmels, hinein in eine wohltönende Nacht.
Die Päckchen, die gelegentlich von Angus kamen, enthielten Naschwerk oder Klavierauszüge neuer, in Paris gern gehörter Musikstücke. »Der Tochter des Vaters, in Liebe«, pflegte Angus die beigelegten Briefe zu unterzeichnen.
»Danke für die Noten. Ich spiele sie gern. Sie sind recht interessant.« So oder ähnlich schrieb Ava zurück.
Alle paar Monate erinnerte sich auch Giuseppe Brazzi, Angus' bester Freund, an sie. Mal schickte er Konfekt, mal modische Accessoires und einmal sogar die *Anakreon*-Ouvertüre von Cherubini.
Ava war beglückt.
Als sie die Melodie mit der Geige zu streichen versuchte, wünschte sie, ein ganzes Orchester zu sein. Einmal eine Opernaufführung hören!
Zu Avas vierzehntem Geburtstag schickte Angus aus Brüssel, wo er mittlerweile residierte, Stoffe und Spitzen. Seine Depesche an die Laceys schloß mit der Aufforderung, für Ava daraus die erste *lady fashion* fertigen zu lassen.
»Edel«, sagten die Schwestern, als sie ehrfürchtig die kostbare Tuch- und Klöppelware berührten.

Sofort riefen sie eine Schneiderin, die drei Tage später aus Badminton eintraf. Sie betrachtete zuerst wohlgefällig die teuren Stoffe und dann – weniger wohlgefällig – das Mädchen, das sie tragen sollte.
Als sich Ava zum erstenmal im Ausgehkostüm einer jungen Dame im Spiegel bewunderte, mußte sie schlucken. Sie sah aus wie eine Zwanzigjährige auf dem Weg zur alten Jungfer.
An einem Samstag, nach der Studierstunde vor dem Tee, zog sie das schönste der neuen Kleider an. Es war aus blaßblauem Musselin, spannte sich eng um das in jenen Jahren Auferstehung feiernde Mieder und hatte kleine, runde Puffärmel. Der unter der Brust ansetzende Rock fiel bis zu den Knöcheln. Darunter trug sie elfenbeinfarbene Strümpfe, die über den Knien von gelben Bändern gehalten wurden, und blaue Seidenschuhe mit Ledersohlen.
Ehe sie sich das ebenfalls neue, am Tag zuvor aus Brüssel eingetroffene Federhütchen auf den Kopf setzte, steckte sie, von verwunderten Mädchenaugen beobachtet, einen Stapel Partituren in ihren kleinsten Koffer. Sie wollte das Institut verlassen.
Sehr aufrecht, ganz aristokratische Selbstverständlichkeit, ging sie durch die hohen, kahlen Flure, und jeder ihrer Schritte hallte von den Wänden wider, als künde er von einem königlichen Auszug.
Still war es, und kalt. Aus einem der Schlafsäle drang ein schwindsüchtiges Husten. Der Sommer regnete sich in den Herbst hinein.
»Wo wollen Sie denn hin?« fragte eine mollige Aushilfslehrerin, die erschrocken den langen, weißen Gang entlangstolperte. Da erschien auch schon die ältere Miss Lacey – die mit der Warze. In ihrem einfachen, braunen Taftkleid mit den altmodisch engen Ärmeln, dem dicken Wollschal im Ausschnitt und dem schwarzen Häkeltuch um die Schultern, sah sie unerbittlich und großartig häßlich aus.
»Miss Ava!« rief sie. »Was für ein Ansinnen!«
»Ich reise nach Brüssel, zu meinem Vater«, sagte Ava.

»*Wohin?*«

»Nach Brüssel.«

Die dumm glotzende Aushilfslehrerin bekam den Mund gar nicht mehr zu. Inzwischen hatten sich an der Treppe ein paar neugierige Mädchen eingefunden, die sich hinter dem Geländer aneinanderdrängten und der Szene zusahen.

Miss Lacey bedeutete ihrer Kollegin, sie möge sich entfernen. Die Mädchen hatte sie offenbar noch nicht bemerkt.

»Bitte gehen Sie in Ihren Schlafsaal, Miss Ava! Ziehen Sie sich um und sprechen Sie gegen Ihren Hang zu Eigenmächtigkeiten ein Gebet. In zehn Minuten will ich Sie in Schultracht und Schürze am Teetisch finden!«

»Ich reise ab«, beharrte Ava.

Miss Lacey, an Widerspruch nicht gewöhnt, preßte die Kiefer so fest aufeinander, daß ihre Lippen eine einzige, schmale Gerade wurden. An ihren ätherisch durchsichtigen Schläfen traten die Adern blau hervor.

»Sie ziehen sich sofort in Ihren Schlafsaal zurück! Andernfalls sehe ich mich genötigt, Ihrer Frau Großmutter zu schreiben, um sie von dem Vorfall zu unterrichten.«

Im Korridor war es dunkel. Trübes Licht fiel durch die vergitterten Fenster und verschattete die hartweiß gekalkten Wände. Der Wind sprühte Regentropfen gegen die Scheiben.

Auf einmal war jede Musik fort. Ava hörte nichts als Stille.

Ein mühsam unterdrücktes Kichern ließ sie zusammenzukken. Ihr war, als erwache sie aus einer Art Schlaf. Während sie allmählich errötete, entglitt ihr der Griff des Köfferchens. Mit einem dumpfen Aufprall fiel das Gepäckstück auf den Steinfußboden. Ava vernahm mit Erstaunen die eigene Stimme, die sagte: »Ich will zu Papa.«

»Soso.« Jetzt wurde Miss Laceys Miene spöttisch. Die graue Person im braunen Taft glich einen Moment lang einem Dachs auf Beutezug.

Ava versuchte, ihre Verwirrung abzustreifen.

»Entschuldigung«, murmelte sie. Zum erstenmal in ihrem Leben war sie verlegen.

Ohne ein weiteres Wort packte sie den Griff des Koffers, ging zur Treppe zurück und schritt langsam die Stufen hinauf.
Miss Lacey blickte ihr nach. Dann entdeckte sie die hinter dem Geländer kauernden Mädchen. Sie klatschte in die Hände und rief: »Was denn, was denn?«
Sofort stob die kleine Schar auseinander.
Miss Lacey atmete tief durch. Und Ava tat dasselbe.

An einem Tag im März des Jahres 1817, an einem Tag, der wie jeder andere in unsichtbaren Nebel gesponnen und ohne Schwere war, klopfte zaghaft die Zukunft an die Tür. Ava saß im Musiksaal, vor sich Notenblätter, Feder und Tinte, und bediente das ein wenig verstimmte Virginal. Angewidert von diesem oder jenem Mißklang zog sie gelegentlich die Stirne kraus. Da betrat die ältere Miss Lacey den Raum. Sie tat sehr wichtig und hatte einen Brief in der Hand. Ava hörte zu spielen auf.
»Ihr Herr Vater hat geschrieben«, sagte Miss Lacey. Da ihr Lächeln wie aus einem Zerrspiegel kam, wirkte sie noch verkniffener als sonst, beinahe, als habe sie Zahnschmerzen.
Ava wartete. Jetzt, wo die letzten Klaviertöne zerstoben waren, spürte sie die Kälte im Zimmer. Sie blickte auf ihre Finger nieder und fühlte, wie klamm sie waren. Mit vor der Brust gekreuzten Armen trat Miss Lacey, heute in fahlem Taubenblau, an eines der drei hohen Fenster und schaute in den Garten hinaus. Der Wind beutelte die nackten Äste der Bäume, und die Sonne hatte einen metallenen Glanz.
»Sie werden uns noch in diesem Frühling verlassen«, sagte die Institutsvorsteherin und zog sich den schwarzen Wollschal fester um die spitzen Schultern. Nahezu wehmütig starrte sie auf die sperrigen Rosenstöcke vor dem Schulgebäude. Da Ava schwieg, fuhr sie fort: »Ihr Vater ist vom Kontinent zurückgekehrt und hat vor, sich wieder in Bristol niederzulassen. Er schreibt, daß er Sie Ende April oder Anfang Mai abzuholen gedenkt.«
Lautlos huschten die Sekunden vorüber.

Miss Lacey – einiges über vierzig, bereits eingefallen in den Wangen und reizlos wie immer – drehte sich zu der inzwischen Sechzehnjährigen am Virginal um.
»Sie waren fünf Jahre bei uns, Miss Ava, länger als die meisten unserer Schülerinnen. Wir haben versucht, Ihnen mitzugeben, was in unserer Macht stand. Jetzt ist es an der Zeit, daß Sie ins Leben hinaustreten.«
Groß und bedrohlich in seinem Pathos, zu dem die Lacey-Schwestern neigten, stand der letzte Satz vor Ava.
»Wir werden Sie vermissen«, fügte die Institutsvorsteherin hinzu und zeigte noch einmal dieses Lächeln, das so einsam und unecht war und zu orakeln schien: Wir kennen uns, Ava Cheltenham! Wenn Sie demnächst eigene Wege gehen, trennen sich mit uns zwei verwandte Seelen, die voneinander wissen, ohne sich je nähergekommen zu sein.
Als Ava das bizarre Lächeln in Miss Laceys Gesicht sah, zuckte sie, wie von frischen Brennesseln gestreift, zurück.
»Sie werden einen angenehmen jungen Mann kennenlernen und heiraten«, spann Miss Lacey den Faden weiter. Damit war die erschreckende Affinität durchbrochen, und Ava hatte das Gefühl, wieder leichter zu atmen.
Miss Lacey riß sich aus ihrer elegischen Stimmung. Sie begann, von den Prüfungen zu sprechen, die einem jungen Mädchen »draußen in der Welt« auflauerten und gegen die nur Tugend wappne. Von Pflichterfüllung, Bescheidenheit, Disziplin und einem »starken Herzen« war die Rede.
»... Sie werden einen angenehmen jungen Mann kennenlernen und heiraten ...«
Hier hatte Ava aufgehört, Miss Laceys Gedankengängen zu folgen. Brautstrauß, Hochzeit, Kinder... Die anderen Mädchen steckten pausenlos die Köpfe zusammen, um darüber zu tuscheln.
Im Lacey-Institut wurde gelehrt, daß eine Frau dazu bestimmt sei, in das Eigentum des Mannes überzugehen, der ihr den Ring an den Finger steckte.
Ava hatte nie darüber nachgedacht.

Als sie jetzt durch jenen schmalen Spalt in die Zukunft sah, den ihr die ältliche Pensionatsvorsteherin für einen kurzen Augenblick eröffnet hatte, begriff sie zweierlei: Weder wollte sie ihr Leben so verschwenden, wie es die Schwestern Lacey für richtig gehalten hatten, abgeschieden von Licht und Klang und Duft, gefangen in einem Netz merkwürdiger Pflichten, noch verspürte sie die Neigung, sich auf Gedeih und Verderb einem Mann auszuliefern.

Was war das überhaupt, ein Mann? Außer in der Kirche oder in den Straßen von Badminton hatte Ava seit fünf Jahren keinen Menschen des anderen Geschlechts gesehen.

Sie straffte sich und hob stolz den Kopf.

Mittlerweile war Miss Lacey am Ende ihrer Abschiedsrede angelangt. Sie schien aus einer Art Geistesabwesenheit aufzutauchen. Sich räuspernd, trat sie auf Ava zu, sagte: »Hier, der Brief!«, schob das Schreiben auf den Notenständer und verließ so eilig, als gelte es, Peinlichem zu entrinnen, den Raum.

Ava entfaltete das Pergament. Da die Laceys die Korrespondenz ihrer Zöglinge kontrollierten, war das Siegel bereits gebrochen. Zuerst las sie flüchtig; erst am vierten oder fünften Satz blieb sie hängen.

Angus Cheltenham, ihr Vater, teilte ihr mit, daß er sich wieder verheiratet habe und mit seiner zweiten Frau, einer Flämin, bereits in Bristol angekommen sei.

»Solange befreit das Haus von aller Strenge«, schrieb er und endete: »Sobald wir uns eingerichtet haben und Solange fühlt, daß sie heimisch geworden ist, holen wir Dich zu uns. Ich hoffe, Du freust Dich ebensosehr auf Solange, wie sie neugierig auf Dich ist. Bereite Dich darauf vor, das Pensionat Ende April oder Anfang Mai zu verlassen. Wir werden Deine Heimkehr feiern! Natürlich habe ich Solange bereits viel von meinem begabten Feenkind erzählt. Dein zärtlich an Dich denkender Papa.«

Sorgfältig faltete Ava das Schriftstück zusammen. Sie legte es auf den Bord des Virginals und starrte es an wie einen Feind.

Am fünfzehnten Mai hielt eine vierspännige Kutsche vor dem Institut der Lacey-Schwestern. Heraus stieg Angus Cheltenham. Er war grau geworden und ging ein wenig zur Seite geneigt, gerade so, als trage er auf der linken Schulter eine Last.

An seiner Seite betrat eine zierliche, blonde und vor allem sehr junge Dame, die ebenso hübsch wie kapriziös aussah, das Pensionatsgebäude.

Ava stand an einem Fenster im ersten Stock und beobachtete die Ankunft.

»Miss Ava!« rief die jüngere Miss Lacey, aber Angus Cheltenhams Tochter zögerte.

Schließlich zog sie sich entschlossen die weißen Glacéhandschuhe über die Finger, befestigte den winzigen Blumenhut mit Nadeln in ihrem Haar und warf sich einen dünnen, blauschimmernden Chiffonschal um die Schultern. So erschien sie auf der Treppe.

»Feenkind!« hallte es von den Wänden.

Neben den beiden Lacey-Schwestern warteten Angus und seine Frau unten in der Eingangshalle. Alle vier schauten zu Ava empor.

In ihrem engen, schlauchförmigen Kleid hatte sie einige Mühe, die Stufen gemessen hinabzusteigen. Ihr Vater lächelte, und ihre Stiefmutter hatte einen gewinnenden Glanz in den Augen.

Obwohl das erwartungsvolle Schweigen kaum länger als eine halbe Minute währte, glaubte Ava, durch alle Ewigkeiten zu schreiten und die Eingangshalle überhaupt nie zu erreichen.

In einem der oberen Schulräume setzten helle Mädchenstimmen zu einem Choral an. Lebendige Wellen schienen die Treppe hinabzuwogen und Ava vorwärtszuspülen. Als sie endlich in der schmucklosen Tudor-Halle ankam, bemerkte sie das wiedergekehrte, wenngleich nicht mehr jungenhafte Strahlen im Gesicht ihres Vaters. Sie selbst brachte es bloß zu einem Lippenlächeln.

Angus faßte nach ihren Oberarmen, beugte sich vor – sie war ja so groß geworden! – und küßte sie auf die Stirn.

»Ava!«

»Papa.«

Um sich aus seiner Rührung zu reißen, rief er lauter als notwendig: »Wir haben uns so viel zu erzählen!«

Dann wandte er sich an seine fragile Gattin, die, aus der Nähe betrachtet, nicht mehr ganz so hübsch war wie aus der Ferne. Sie hatte unregelmäßige, kleine Zähne und eine zu breite Nase.

»Liebes«, sagte er, »das ist mein Feenkind! – Und dir, Ava, darf ich meine Frau, Solange, vorstellen! Sie würde sich glücklich schätzen, wenn du ihr erlaubtest, deine Maman zu sein.«

Ava knickste wie ein Kind und wollte einen Schritt zurückweichen, doch Solange schüttelte den Kopf und faßte nach ihren Händen.

»Lieber würde ich deine Freundin werden«, meinte sie mit einem leichten französischen Akzent. »Angus schwärmt unentwegt von deiner Musikalität. Hoffentlich höre ich dich bald Klavier spielen. Erst fröhliche Melodien machen ein Haus lebendig.«

Ava wich ihrem Blick nicht aus, sah sie aber weniger *an* als durch sie *hindurch* und erklärte nach einer Weile: »Meine Koffer stehen schon draußen. Wir können jederzeit aufbrechen.«

So kühl, wie sie Solange begrüßt hatte, verabschiedete sie sich von den Schwestern Lacey und mit ihnen von einem Abschnitt ihres Lebens, den sie bald vergessen sollte. Ohne je angekommen zu sein, reiste sie ab. Sie sagte einfach adieu und verließ das Institut.

Während Solange versuchte, die Konversation aufrechtzuerhalten – »Mon dieu, freue ich mich auf die Ballsaison!« –, bückte sich Ava nach dem Geigenkasten und dem Partiturenköfferchen. Angus wollte ihr beides abnehmen und den Kutscher heranwinken, der dabei war, das Gepäck auf dem Wa-

gendach zu verstauen, aber sie drehte sich abwehrend zur Seite und versicherte: »Es geht schon!«
Dann eilte sie voraus.
Der Tag war hell und sonnenklar, und das Leben lag vor ihr.

Drittes Kapitel

Er war groß und breit und ebenso exquisit wie auffallend gekleidet. Zu einem zweiflügeligen schwarzen Cut aus feinstgewebtem Flanell trug er graue Beinkleider, sandfarben gestreift, und dazu schwarzweiße Gamaschen. Ganz der neuesten französischen Mode entsprechend hatte er sich einen silbergrau schimmernden Seidenschal um den hohen Kragen geschlungen und lässig zu einer Schleife gebunden, die so voluminös war, daß sie die blau darunter hervorleuchtende Weste fast verdeckte. In der einen Hand einen Spazierstock mit Goldknauf, in der anderen eine dicke Zigarre, ein Bein angewinkelt, die kleinen, amüsiert grinsenden Augen zum oberen Korridor hinauf gerichtet, stand er zwischen den Marmorsäulen in der Halle, als Ava ihm zum erstenmal begegnete. Sie wollte am Treppenaufgang vorbei ins Musikzimmer, als sie seinen Blick auffing.

Als erstes erregte seine anmaßende »Was kostet die Welt«-Haltung ihr Mißfallen. Dann sah sie die wuchtigen Ringe an der Hand, die die Zigarre hielt – und natürlich die Arroganz, mit der er sie, Ava, betrachtete.

Ava starrte ebenso unverwandt zu ihm hinunter wie er zu ihr hinauf.

»Nun?« fragte er nach einer Weile.

Der Ausdruck in ihrem Gesicht wurde hochmütig.

Dieser Mann gefiel ihr nicht.

Um seinen Kopf wallte eine Mähne aus gekräuseltem Haar von dunkelstem Braun. Er hatte eine kleine, überraschend kindliche Nase und verbarg seinen weichen, eigentlich femininen Mund unter einem Bartkranz. Seine Augen waren noch jung und neugierig, aber die Wangen zeigten bereits erste Anzeichen späterer Erschlaffung und deuteten auf einen haltlosen Charakter, auf eine Maßlosigkeit hin, die Ava erschreckte.

»Wollen Sie nicht zu mir herunterkommen?« fragte er. Wenn sich seine Lippen bewegten, verrieten sie eine Verletzlichkeit, die seine stattlich-männliche Erscheinung Lügen zu strafen schien. Plötzlich wirkte nur noch sein Mund echt, der Rest wurde zur Maske.

»Warum sollte ich?« fragte sie zurück.

»Weil ich im Begriff bin, Angus Cheltenham meine Aufwartung zu machen, und weil ich in Ihnen höchstwahrscheinlich seine Tochter vor mir habe. Ich bin ein Freund Ihres Vaters und warte bereits seit fünf Minuten.«

»Papa ist noch im Ankleidezimmer.«

»Aha, man schläft also lange in diesem Haus. Wie angenehm!«

Ava kam die Treppe herunter. Während sie einen Fuß vor den anderen setzte, begann das gegenseitige Mustern von neuem. Der fremde Mann sah ein hochgewachsenes, überaus schmales junges Mädchen in einem nachtvioletten Samtkleid, ein Mädchen, dessen selbstsicherer Gang die Scheu, die es empfinden mochte, keineswegs preisgab. Er sah einen tiefen Ausschnitt, der von einem fliederfarbenen Tuch verhüllt wurde, und mattblondes Haar, hochgesteckt zu einer lieblos-altmodischen Tuff-Frisur, aus der sich einzelne, nun wie Strohhalme in alle Richtungen sprießende Strähnen gelöst hatten.

Er sah ein blaues und ein grünes Auge, eine hohe Stirn, wie man sie in einem Männergesicht wohl »edel« geheißen hätte, eine lange Nase und einen in der rechten Gesichtshälfte wie hochgezogen wirkenden Mund über einem kantig gekerbten Jungenkinn. Der Mund... An ihm blieb der Blick des Fremden hängen. Es war ein erdhafter, seine Laszivität in keiner Weise ausspielender Mund. In einem anderen Gesicht hätte er auf Frivolität und Lasterhaftigkeit schließen lassen. Im blassen Gesicht dieses Mädchens, inmitten eines makellos rei-

nen, schneeweißen Teints, sah er aus wie eine mißratene Laune der Natur.
»Sie verzeihen, daß ich mich noch nicht vorgestellt habe«, sagte der Fremde. Ava hatte inzwischen die Halle erreicht. »Ich bin Sir Quentin Maxwell. Vielleicht haben Sie schon von mir gehört. Ihr Vater schloß im Elsaß mit mir Bekanntschaft. Da ich mich auf der Durchreise befinde, entschied ich, dem guten Cheltenham und seiner hoffentlich reizenden Familie die Ehre eines Besuchs zu erweisen. Zehn Uhr ist in diesem Hause offensichtlich keine gute Zeit. Doch immerhin: Es empfängt mich die einzige Tochter des größten Genießers Bristols – Ava, wenn mich mein Gedächtnis nicht im Stich läßt – und macht der Langeweile, die meine Anreise begleitete, ein ersehntes Ende. Ich komme von meinen Besitzungen in Kent und habe vor, mich nach Irland einzuschiffen. Nun, Sie sind also die außerordentlich begabte Miss Cheltenham. Ihr ergebenster Diener!«
Er verbeugte sich, verzichtete aber darauf, ihre Hand zu küssen.
»Sehr freundlich«, sagte sie. Dann bat sie ihn in den Salon, wo sie ihn aufforderte, Platz zu nehmen, und sich so gerade, als habe sie einen Ladestock verschluckt, vor den Kamin stellte. Von der Seite sah sie noch dünner aus als von vorn.
»Sie sollten hellere Farben tragen«, meinte Sir Quentin und machte sich's auf dem rot ausgeschlagenen Regency-Sofa bequem. »Violett ist etwas für alte Jungfern.«
»Ich mag Violett. Was darf ich Ihnen anbieten?«
»Eine kleine Erfrischung wäre mir sehr genehm.«
Ava bediente den Klingelzug und war überzeugt, in der Rolle der Empfangsdame deplaziert zu wirken; dabei gab sie sich, ohne zu wissen warum, alle Mühe.
Während sie auf den Diener wartete und darüber nachdachte, wie sie die ins Stocken geratene Konversation beleben könnte, rieb sie verlegen die Hände aneinander.
»Ein Brandy würde mir guttun«, sagte Sir Quentin.
Ava schielte unwillkürlich zur Wanduhr hinüber. Es war und blieb zehn Uhr vormittags.

Dessenungeachtet holte sie ein Glas und eine Flasche schottischen Whisky aus der Getränkevitrine und goß ein. Im selben Moment erschien der Butler an der Tür.
»Sie haben geläutet, Miss Ava?«
»Es... es hat sich erledigt. Ach ja: Setzen Sie meinen Vater davon in Kenntnis, daß Besuch für ihn da ist.«
»Mr. Cheltenham ist bereits unterrichtet.«
»So. Ja, dann... danke.«
Wieder allein mit dem Mann, der offenkundig ein Bonvivant war, wünschte Ava, es fiele ihr irgendeine Ausrede ein, die es ihr erlaubte, den Raum zu verlassen.
»Rot!« rief Sir Quentin und griff nach dem Glas, das sie ihm brachte. »Rot ist Ihre Farbe!«
»Interessant.«
Um sich nicht setzen zu müssen, trat sie an den Kamin, aber auch dort fühlte sie sich nicht wohl.
»Nun ja«, lenkte Sir Quentin ein. Sein Kennerblick glitt an ihrem Körper entlang. »Rot können Sie noch nicht tragen. Von Mädchen Ihres Alters wird Weiß oder Rosa verlangt. Da bleiben Sie lieber bei Violett. Sie sollten heiraten. Dann wäre Ihnen Rot gestattet.«
»Heiraten? Das erwäge ich nicht.«
»Nein?«
»Nein.«
»Warum nicht?«
»Weil mir an Rot nichts liegt, und weil ich es für wenig geistreich hielte, aus Lust auf eine Farbe einen Mann zu wählen, der mir mein Leben stiehlt, um damit das seine zu bereichern.«
»Wären Sie eine Bereicherung?«
»Das steht nicht zur Debatte.«
»Warum mögen Sie Rot nicht?«
»Muß ich dafür Gründe haben?«
»Sie haben welche. Vor allem verstehen Sie die Farbe nicht – noch nicht.« Sein Auflachen klang anzüglich. Plötzlich wollte er wissen: »Glauben Sie an so etwas wie Freiheit?«

Zwischen ihren Brauen zuckte es. Sir Quentin nahm einen Schluck aus seinem Whiskyglas, ehe er fortfuhr: »Ich begehe nicht den Fehler, mich für frei zu halten. Im Gegenteil. Ich bin mir meiner Versklavung bewußt.«
Da er ihre Verwunderung gewahrte, begann er so heftig zu lachen, daß sein ganzer Körper bebte. Sogar das Sofa unter ihm schien zu wackeln.
»Wie ich sagte: Sie sind noch zu jung, um Rot zu verstehen. Sehen Sie, ich bin der Sklave meiner Wünsche, meiner Leidenschaften, meiner Unmäßigkeit – und nicht zuletzt meiner Zweifel. All dies prägt mein Leben. Sie, die Sie sich gewiß einbilden, der Freiheit habhaft zu sein, sind im Augenblick die absolute Sklavin Ihrer Unerfahrenheit. Weil Sie unerfahren sind, schauen Sie mich so verblüfft an, weil Sie unerfahren sind, wissen Sie nicht, wovon ich spreche, weil Sie unerfahren sind, können Sie oft nicht, wie Sie wollen. Ihre Unerfahrenheit behindert Sie. Und Ihre Unerfahrenheit ist es auch, die Sie glauben läßt, Freiheit sei etwas so Greifbares wie das Glas, das ich in der Hand halte. Freiheit, Miss Cheltenham, ist ein Phantom – wie Gott, wie die Liebe, wie die Begriffe Glück und Ewigkeit. Sie dingfest zu machen kann man sich höchstens einbilden. Auf die Imagination!«
Er lachte noch einmal. Als er das Whiskyglas geleert hatte, merkte er, daß seine Zigarre nicht mehr brannte. Er entzündete sie erneut und beobachtete dabei Ava, die ein Aschenglas auf das Tischchen neben dem Sofa stellte.
Da ging die Tür auf. Herein kam Angus Cheltenham. Er trat mit ausgebreiteten Armen auf seinen Gast zu, verbot ihm mit einer Handbewegung, sich zu erheben, und rief: »Sir Quentin! Was für eine Überraschung!«

Aus den ursprünglich geplanten zwei oder drei Tagen, die Sir Quentin seinem Aufenthalt in Bristol zugedacht hatte, wurden Wochen. Von Angus überredet, die Unterkunft im Posthotel gegen den Komfort der Cheltenham-Residenz einzutauschen, avancierte Maxwell zum Mittelpunkt hiesiger Salonabende. Solange arrangierte Gesellschaften, um ihrem hochnoblen Gast, der die Hälfte des Jahres in London verbrachte, Zerstreuung zu bieten. Alles drehte sich nur noch um Sir Quentin. Daß er nicht verheiratet war, sprach sich in Bristol schnell herum.

Sir Quentin zeigte wenig Interesse an den Töchtern der Stadt und quittierte die Neugier, die er weckte, mit einer Mischung aus Ironie und deutlicher Selbstgefälligkeit. Er war weit herumgekommen, plauderte unterhaltsam und drängte sich stets ins Zentrum der Aufmerksamkeit. Am wohlsten fühlte er sich, wenn er Zuhörer um sich scharen konnte, die begierig an seinen Lippen hingen und möglichst auch noch an den richtigen Stellen lachten.

»Das hätte er nicht nötig«, sagte Solange zu Angus.

Er ist ein Pfau, dachte Ava, und weniger ein Sklave seiner Zweifel als seiner Eitelkeit.

Natürlich mußte sie ihm vorspielen. Gleich am ersten Abend wählte sie eine schwierige Fuge von Bach und meisterte sie mit Bravour. Im Gegensatz zum Bristoler Freundeskreis der Cheltenhams wußte Sir Quentin zu schätzen, was er hörte. Als er anschließend Avas Hand küßte, bekannte er: »Meine Erwartungen wurden bei weitem übertroffen.«

So, wie er sie dabei ansah, ein wenig von unten herauf, denn er war noch immer über ihre Hand gebeugt, hätte sie rot werden müssen. Statt dessen fand sie ihn nur schmierig und entzog ihm ihre Finger. Solange verwickelte den Herrn, dem Ava gefallen wollte, obwohl sie ihn nicht leiden konnte, in ein Gespräch und zwinkerte ihrer Stieftochter beipflichtend zu: aufdringlich, dieser Mann!

Als Ava eines Morgens zu spät zum Frühstück herunterkam, hörte sie schon an der Tür zum Eßzimmer, daß über sie geredet wurde. Sie erinnerte sich ihrer alten Leidenschaft und lauschte, ohne sich bemerkbar zu machen.

»Nachtblau, Schwarz, Violett, Türkis!« stöhnte Angus. »Das sind keine Farben für ein sechzehnjähriges Mädchen. Sogar Sir Quentin – wo bleibt er übrigens heute morgen? – versäumte nicht, mich auf diese Marotte meiner Tochter anzusprechen.«

»Wenn sie sich in Violett wohl fühlt, soll sie Violett tragen«, meinte Solange. »Will sie nicht reden, soll sie schweigen. Ist sie merkwürdig, soll sie es sein dürfen.«

»Du und deine französische Toleranz«, winkte Angus ab.

Von Hester war zu vernehmen: »Wenn sie sich weiterhin so absonderlich kleidet und verhält, wird sich niemals ein heiratswilliger Mann für sie interessieren. Du, Solange, als meine Schwiegertochter, hättest auf Ava einwirken sollen, als ihr die neuen Stoffe kauftet. Ich denke sowieso, daß es an dir wäre ...«

»An mir?« fiel ihr Solange ins Wort. »Ava würde auf mich ebensowenig hören wie auf Sie. Außerdem lehne ich es ab, mich, meinen Rat und meine Ansichten irgend jemandem aufzudrängen. Mir scheint ohnehin, daß Ava kein Interesse an ihrer Person wünscht – schon gar nicht von einem ›heiratswilligen Mann‹. Sie ist bestens mit sich selbst liiert.«

»Und wenn ihr das eines Tages nicht mehr genügt?« fragte Angus.

»Dann wird sie sich ändern«, erwiderte seine Frau.

Natürlich zeigte sich Ava für derartige Fürsprachen seitens ihrer Stiefmutter in keiner Weise dankbar. Sie war höflich zu Solange, aber nicht liebenswürdig. Auch ihren Vater hielt sie auf Distanz. Er schenkte ihr Stoffe – sogar in ihren dunklen Lieblingsfarben –, Konfekt, Pompadours, Bücher über Musik und Partituren, die er aus deutschen Städten oder aus Italien kommen ließ. Oft brachte er ihr Schachteln mit Hüten, Spitzen oder Parfums mit. Doch Ava warf nur beiläufige Blicke auf all die Kostbarkeiten; erst wenn sie allein war, freute sie sich über die Klavierauszüge und die Duftwässerchen.

»Sie ist so gefühllos geworden«, klagte Angus. »Nicht die kleinste Zärtlichkeit gestattet sie mir! Will ich ihr übers Haar streichen, wendet sie sich ab! Dabei war sie ein außergewöhnlich bezauberndes Kind!«

Bezaubernd fand sie niemand mehr. Sir Quentin nannte sie immerhin »vielversprechend«.

Ava hatte den Verdacht, daß er seinen Aufenthalt in Bristol

nicht zuletzt ihretwegen in die Länge zog. Dabei verbrachte er die Abende meistens in größerer Gesellschaft, wenn es sein mußte auch ohne die Cheltenhams; jedes Haus, das auf sich hielt, lud ihn ein. Überall prahlte er mit seinem Wissen, das beachtlich war, und merkte gar nicht, welch unerhörter Groll derweil in Ava wuchs. Sie sah in ihm einen Mann von maßloser Selbstüberschätzung, einen Mann, der glaubte, alles zu kennen, alles zu erfassen, alles zu besitzen und alles zu vermögen. Und dieser Protz hatte behauptet, Sklave seiner Zweifel zu sein! Sie bestaunte ihn, wie sie ein zweiköpfiges Monster bestaunt hätte: gebannt und angewidert.

Maxwells Ringe waren zu groß, seine Zigarren zu dick, seine Gesten zu herablassend und seine Freundlichkeiten zu überheblich. Wenn er sich aufs Sofa setzte, so in betont lässiger Haltung, mit ausgestreckten Beinen und über die Rückenlehne gebreiteten Armen.

Ava versuchte, ihm aus dem Weg zu gehen. Tagsüber saß sie sowieso stundenlang im Musikzimmer, um sich herum Partituren, Notenbögen, Feder und Tinte, doch jeden Nachmittag pflegte Sir Quentin sie zu stören.

Er betrat den Raum, eine Zigarre zwischen den beringten Fingern, setzte sich auf die Chaiselongue im Erker und wies Ava mit einer Handbewegung an, ihr Spiel nicht zu unterbrechen. Sie tat es trotzdem. Für gewöhnlich wurde sie in ein Gespräch über Musik verwickelt, das oft genug in philosophische Betrachtungen mündete.

»Waren Sie schon einmal in London, in Covent Garden?« wollte Sir Quentin eines Nachmittags von ihr wissen.

»Nein«, antwortete Ava.

Sie kannte nur die Konzerte, die in Bristol gelegentlich Aufsehen erregten, ihr selbst aber die Gewißheit gaben, den meisten Pianisten überlegen zu sein.

Sir Quentin drückte seine Zigarre aus. Während er sich eine neue anzündete, lehnte er sich auf der Chaiselongue zurück. Ava kam es vor, als wolle er das Möbel für alle Zeiten in Besitz nehmen. Seine Präsenz verwirrte sie. War er aus einem

Raum gegangen, bildete sie sich oft ein, ihn weiterhin vor, neben oder hinter sich zu spüren, so, als habe er etwas von sich zurückgelassen.

»Sie sollten mich in London besuchen«, bot er ihr an. »Am liebsten würde ich Sie allerdings nach Italien entführen. Rom müßte Sie zum Leben erwecken.«

Jetzt schlug er die Beine übereinander. Ava betrachtete seine auffallend kleinen Füße und fragte sich, wie alt er wohl sein mochte. Sie schätzte ihn auf Mitte Dreißig.

Fast als hätte er ihren Gedanken erraten, sagte er: »Sie halten mich für hochmütig. Wenn Sie einmal so alt sind wie ich, könnte es sein, daß Sie meinen Hochmut verstehen – vorausgesetzt, Sie leben Ihre Jahre, wie ich es tue.«

»Meinen Sie.«

»Ja. Bristol, so reizend ich es finde, hat einen ganz entscheidenden Fehler, der Ihnen zum Verhängnis werden könnte: Es ist provinziell. Städte, die von Kaufleuten beherrscht werden, sind allesamt wenig beflügelnd, denn sie haben Krämerseelen. Wenn Sie hierbleiben, werden Sie welken, ohne je erblüht zu sein, vermutlich lange vor der Zeit.«

Wieder war ihre Antwort ein spöttisches »meinen Sie«.

»Die Umgebung prägt die Lebensweise, und die Lebensweise zeichnet das Gesicht. Gut, Sie haben eine Kälteglocke über sich gestülpt, die wie ein Vakuum wirkt, aber das Leben in einem Vakuum ist auf die Dauer sehr eintönig. Es kennt nur einen Klang: den eigenen. So kommt keine Melodie zustande. Und Melodien mögen Sie doch. Sie und die Musik... eine schützende Allianz. Sie fliehen. Musik allein ist nicht das Leben.«

Er stand auf und trat an den Flügel. Unbeachtet fiel die Asche seiner Zigarre zu Boden. Obwohl ihn noch eine Armlänge von Ava trennte, hatte sie das Gefühl, ihm viel zu nah zu sein. Ihre linke Hand klatschte mit voller Wucht auf die Klaviatur und verursachte einen Mißklang.

»Ihr Leben mag aufregend sein«, sagte sie mit einer Stimme, die sich wie ausgehöhlt anhörte. »Sie sind in der Welt herumgekommen und haben vielleicht sogar Bagdad gesehen. Angenehmer macht Sie das nicht.«

Er lachte. Dieses Lachen schien das Echo auf die soeben verhallte Dissonanz zu sein. Plötzlich beugte er sich so weit vor, daß seine von Rauchschwaden umflorten Augen dicht vor den ihren waren.

»Dann sind wir uns ähnlich«, sagte er leise. »Sie sind mindestens ebenso eingebildet wie ich, aber im Grunde Ihrer violetten Seele viel härter und gnadenloser. Wissen Sie, daß Ihnen alles Weibliche fehlt? Das macht Sie stark.«

Ava warf den Kopf zurück. Ihre Nasenflügel bebten. »Wer Sir Quentin nicht anbetend zu Füßen liegt, muß mit einer entsprechenden Maßregelung rechnen! Wie souverän!«

In seinen Augen lag ein erregter Glanz, der nur langsam einem gespielten Hauch von Belustigung wich.

»Wir sehen uns beim Dinner«, empfahl er sich.

Am Abend fand Maxwell in sein Element zurück.

Solange hatte Gäste geladen und saß am oberen Ende der Tafel zwischen ihrem Mann und dem Schiffbauer Hugh Gildale. Die Tischordnung wies Ava einen Platz zwischen dem ältesten Gildale-Sohn und Sir Quentin zu.

Letzterer, von der servierten Ente sehr angetan, obwohl er immer behauptete, von der englischen Küche nichts zu halten – »Sie müssen wenigstens bis ins Elsaß gekommen sein, um zu wissen, was Gaumenfreuden sind; übrigens beschäftige ich eine französische Köchin!« –, war bester Stimmung. Er lachte sich von einem Anekdötchen zum nächsten, schilderte Reiseerlebnisse, die er mit Angus teilte, berichtete umfassend über die Machenschaften des Parlaments, trank und schmauste und suchte immer wieder Avas Blick.

Schließlich ließ er sich höchst spöttisch über einen italienischen Musikus aus, dessen Bekanntschaft er in Florenz geschlossen hatte.

»Der junge Mann mag brotlos gewesen sein«, wandte Solange ein, »aber er hatte ein Ziel. Man hat doch ein Ziel, wenn man an einer Oper schreibt und darauf hofft, sie eines Tages auf der Bühne zu sehen.«

»Er hätte seine Sache anders vertreten müssen«, sagte Sir Quentin. »Aber leider haben die meisten Künstler keinen Sinn für das Pragmatische. Ich zeigte dem unausgegorenen Genie drei gangbare Wege zu Ruhm und Ehre, doch dieser Traumtänzer vermochte sich für keinen zu entscheiden. Ein Aber nach dem anderen führte er an. Man kann solchen Leuten nicht helfen. Wer träumt, vertut seine Zeit. Für Richtungslosigkeit habe ich kein Verständnis, und für Luftschlösser auch nicht. Die wenigsten Künstler scheitern daran, daß sie keine Chance erhalten, sich zu beweisen, oder an der Verkennung ihrer Fähigkeiten durch das Publikum; sie scheitern an ihrem Unvermögen, merkantil zu denken und zur richtigen Zeit mit den richtigen Worten am richtigen Ort zu sein. Sie haben Möglichkeiten, nicht aber die Befähigung, sie zu nutzen.«

Ava begriff, daß schon lange nicht mehr von irgendeinem italienischen Komponisten die Rede war. Obwohl Sir Quentin sie herausfordernd ansah, äußerte sie sich nicht.

»... Wer träumt, vertut seine Zeit ...«

Dieser Satz verankerte sich in ihrem Kopf. Als sie am nächsten Tag im Musikzimmer auf und ab ging und in sich hineinlauschte, stieg keine einzige Melodie in ihr empor. Schlechtgelaunt stand sie im Niemandsland. Dann kam Jonathan Gildale.

Er war jung und sanft und viel zu schön für einen Mann. Sein eher brünettes als blondes Haar lockte sich über den Ohren, seine weiße Haut sah so rein aus, als habe niemand sie je berührt, sein Mund war von klassischem Ebenmaß, etwas zu rot vielleicht, und sein Blick lächelte verloren aus grauen, dichtbewimperten Augen.

Obwohl er nicht klein war – groß konnte man ihn allerdings auch nicht nennen –, wirkte er zart. Er stammte aus einer der besten Familien Bristols, ansässig am Queen Square Nr. 5, schrieb Gedichte und war im Frühsommer aus Oxford zurückgekehrt. Sofort fand er Aufnahme im Salon der Cheltenhams. Solange vernarrte sich in ihn, und Angus wurde ein

wenig eifersüchtig. Die eindeutig ablehnenden Gefühle, die dagegen Sir Quentin für ihn hegte, manifestierten sich in der Bemerkung: »Für einen Mann muß es andere Dinge als Sonette und anzubetende Marmorbilder geben.«
Ava war anderer Meinung.
Sie verliebte sich Hals über Kopf in Jonathan Gildale.
»Ich habe den Eindruck, unser schöner Knabe verdreht Ihnen den Kopf, Miss Cheltenham«, stichelte Sir Quentin eines Abends beim Dinner.
Solange schmunzelte in sich hinein, und Angus hob irritiert die Brauen. Ohne eine Miene zu verziehen, schob sich Ava eine Gabel Gemüse in den Mund. Der »schöne Knabe« saß ebenfalls am Tisch. Er wurde über und über rot und konnte zur Ehrenrettung seiner Bewunderin weder Geistreiches noch Witziges anführen. Ein paar Schrecksekunden zerrannen. Schließlich fragte Ava: »Würde Sie das stören, Sir Quentin?«
Man schwieg erschrocken. Der Angesprochene lachte auf. Als er zu einer Entgegnung ansetzen wollte, schritt Angus beschwichtigend ein: »Ärgern Sie mein Feenmädchen nicht, mein Bester! Sagen Sie mir lieber, was Sie von der Verwirrung halten, die Crowley in der Frachtbörse gestiftet hat!«
Ava starrte Sir Quentin zornig an. Wieso reiste er nicht endlich ab?
Dieser Mann störte. Er störte ungemein. Daß er es darauf anlegte, Jonathan in peinliche Situationen zu bringen, setzte seiner Großspurigkeit die Krone auf.
Mit ihrem Angebeteten allein zu sein gelang Ava selten. Sie mußte sich mit verstohlenen Blicken und heimlichen Gesten zufriedengeben. Einmal flüsterte ihr Jonathan zu, daß er in ihrer Nähe ein »Wohlgefühl« verspüre. Ihr wurde ganz schwindlig.
In schlaflosen Nächten saß sie am offenen Schlafzimmerfenster und lauschte in den duftenden Garten hinaus. Jonathan war kein Romeo. Statt im Mondschein nach ihr zu rufen und sie in leidenschaftliche Umarmungen zu reißen, schenkte er ihr eine Mappe mit Gedichten, die die Einsamkeit priesen, in

Selbstzweifeln wühlten und von einer Sehnsucht nach einem »reinen Herzen« faselten.

»Ihnen mag es gegeben sein, sich einer größeren Zuhörerschaft auszuliefern«, sagte Jonathan eines Abends, nachdem Avas Klavierspiel mit viel Beifall quittiert worden war; es war ihm gelungen, sich mit ihr in den Wintergarten des Gastgebers zu stehlen. »Ich dagegen ertrüge es nicht, meine Seele fremden Menschen zu offenbaren. Vielleicht glauben Sie, daß ich mich in den Salons Bristols bewege, als sei ich für seichte Zerstreuungen geboren, doch wenn ich in Ihnen nicht eine Seelenvertraute wähnte, wüßte ich nicht, was ich hier täte.« Lächelnd sinnierte er weiter: »Wie nennt Sie Ihr Vater so trefflich? ›Feenkind‹! Die Elfe in den Gedichten, die ich Ihnen mitbrachte, sind Sie!«

Was immer Jonathan Gildale in ihr sah – selbst eine Elfe aus einem nur ihm gehörenden Sommernachtstraum wollte sie sein. Seit sie ihn kannte, lächelten ihre Augen, und ihr Mund wartete auf erste Küsse.

Derweil machte sich's Sir Quentin in Bristol gemütlich. Daß er ursprünglich geplant hatte, nach Irland weiterzureisen, war überall vergessen. Er blieb, um sich einzumischen.

An einem sonnentrunkenen Augustnachmittag zogen sich Ava und Jonathan in den hintersten Winkel des Cheltenhamschen Gartens zurück. Sie setzten sich nebeneinander ins Gras und schwiegen lange. Drüben in der Laube wurde gescherzt und gelacht. Eine muntere Teegesellschaft amüsierte sich über Belanglosigkeiten. Schließlich begann Jonathan, mit leiser Stimme aus seinem Gedicht »Die goldene Stunde« vorzulesen. Avas Röcke berührten seine Beinkleider. Im Klang seiner Worte badend, war sie dauernd versucht, ihn anzufassen. Ab und zu hob er, wie aus einem Traum erweckt, den Kopf und lächelte.

Am Vortag hatte Angus Solange zugeraunt: »Es sieht so aus, als würde mein Feenkind demnächst eine achtbare Partie machen.«

Auch Ava wünschte, Jonathan möge um ihre Hand anhalten.

Ein Leben zwischen Musik und Poesie... Vergessen war die Forderung nach Freiheit, die sie Sir Quentin so stolz um die Ohren geschlagen hatte.
Als Jonathan jetzt zu ihr aufsah, um zu prüfen, ob sie noch zuhörte, beugte sie sich aufgeregt zu ihm hinüber. Er lag bäuchlings im Gras; ihr Gesicht war über seinem.
»Was Sie gelesen haben, war wundervoll«, flüsterte sie, kaum noch wissend, was sie sprach.
Da sagte Sir Quentins Stimme: »Verpatzen wollte ich die Szene eigentlich nicht.«
Er mußte sich lautlos angeschlichen haben.
Jonathan setzte sich sofort auf und strich sich nervös über die keineswegs in Unordnung geratenen Haare. Von Ava kam es kühl: »Mr. Gildale war im Begriff, mir etwas vorzulesen.«
»Das sehe ich. Man sucht nach Ihnen beiden. Der Tee wird kalt.«
Kaum hatte sich Sir Quentin entfernt, entfuhr es ihr: »Man sollte ihn zwangsverschiffen!«
Der Zauber des Augenblicks war dahin. Trotzdem sah Jonathan keineswegs enttäuscht aus.
»Es gibt Menschen, die dazu verurteilt sind, sich unbeliebt zu machen«, meinte er. »Ava, liebste Freundin, ich fürchte, Sir Quentin wünscht mich dahin, wo der Pfeffer wächst.«
Er lehnte sich mit dem Rücken gegen den Stamm einer Ulme und sah sorglos und jungenhaft aus. Seine Unbekümmertheit trug ihn in Gefilde, in die ihm Ava nicht folgen konnte. Sie fühlte sich dem Jonathan mit dem verlorenen Blick nahe, nicht dem jungen Mann, der leichtnahm, was ohne Schwere war. Ein erster, ein entsetzlicher Zweifel erfaßte sie: Kannte sie Jonathan Gildale überhaupt? Um mehr über ihn zu erfahren, erkundigte sie sich vorsichtig: »Sie waren in Oxford. Ihr dortiges Leben hat sich gewiß sehr von Ihrem jetzigen unterschieden...«
»Wie meinen Sie das?«
Gleich einem im Wasser davonschnellenden Hecht zuckte die Fröhlichkeit, die sie so verstört hatte, aus seinem Gesicht.
In diesem Moment liebte Ava Cheltenham Jonathan Gildale

so sehr, daß es weh tat. Sie liebte ihn, weil sie spürte, daß er ihr niemals gehören würde. Zum erstenmal liebte sie so, wie sie ihr ganzes weiteres Leben lang lieben würde: Sie liebte das für sie Unbegreifliche und nicht Erreichbare.

Jonathans Lächeln war zersprungen, der vermeintliche Spiegel in tausend Scherben gebrochen. Etwas Fremdes, Schmerzliches verschattete seine Miene. Während er Ava für eine Sekunde der Hoffnung wieder näherkam, rückte er gleichzeitig in eine neue, andere Ferne. Ohne es zu wollen, aber mit selbstquälerischer Sicherheit drückte sie den Finger in die Wunde, die sie soeben aufgebrochen hatte: »Etwas stimmt nicht mit Ihnen. Sie leiden. Fast denke ich...«

»Was?«

Über einen Abgrund hinweg sahen sie einander an.

»Es tut mir leid«, murmelte Ava. »Ich hätte nicht so unhöflich sein dürfen...«

»Aber nein!« rief Jonathan. Seine Stimme klang überraschend sanft, als er versicherte: »Wenn es irgend jemanden gibt, der mich alles fragen darf, dann sind Sie das. Doch gerade weil *Sie* es sind, eine Elfe, fast nicht von dieser Welt, können Sie nicht auf jede Frage eine Antwort erwarten.«

Sie senkte die Lider. Jonathan strich mit zwei Fingern über ihre Wange.

»Jetzt habe ich Sie traurig gemacht! Das wollte ich nicht! Ihr Lächeln ist so schön. Es erhebt Sie zur Königin der Elfen!«

Wie? Mit einem Male wurde Jonathan Gildale trivial. Vielleicht war er es von Anfang an gewesen.

»Nicht doch«, sagte sie.

Die Blätter der Bäume rauschten im Wind, und die Lichtpfeile, die durch die Zweige schossen, zergliederten das Schattenmuster in ihrem Gesicht.

»Versprechen Sie mir etwas, Ava?«

»Was denn?«

»Werden Sie immer meine Freundin bleiben, meine wunderbare, seelenvolle, verschwiegene Elfenfreundin, immer, was auch passiert?«

Auf einmal, wahrscheinlich weil er so zärtlich zu ihr sprach und dennoch nicht in den Ton fand, den sie so gern gehört hätte, hätte sie am liebsten geweint.
»Ja«, sagte sie leise.
Jonathan Gildale neigte sich zu ihr hinüber und küßte sie auf den Haaransatz.

»Wie lange braucht der Knabe eigentlich noch, bis er endlich um Sie anhält?«
Ava schwieg. Sie saß mit Sir Quentin in einem offenen Zweispänner und fragte sich, wieso sie seine Einladung zu dieser Ausfahrt überhaupt angenommen hatte. Daß es zu Anzüglichkeiten kommen würde, war zu erwarten gewesen.
»Nun?« bohrte er.
»Er ist kein ›Knabe‹. Was er tut oder nicht tut, geht Sie außerdem nichts an.«
»Doch, es geht mich etwas an.«
Sie drehte sich zur Seite und starrte blicklos in die düstere Vorgewitterstimmung. Dunkle Wolkenberge hatten sich vor die Sonne geschoben. Es roch nach heranziehendem Regen. Ab und zu brauste ein Windstoß auf. Das Zirpen der Grillen klang bedrohlich und lauter als sonst.
»Es geht mich darum etwas an«, fuhr Sir Quentin fort, »weil ich Sie vor einer Dummheit bewahren will.«
»Welche Dummheit bin ich denn im Begriff zu begehen?«
»Sie werfen sich einem Mann an den Hals, der nur Ihr Unglück sein kann.«
Ihre weißbehandschuhten Finger bewegten sich unruhig in ihrem Schoß. Schließlich griff sie nach dem Knauf ihres geschlossenen Sonnenschirms.
In der Ferne zuckten Blitze. Donnergrollen brandete auf. Die Bauern auf den Feldern mähten hastig die letzten Getreidehalme.
»Für Jonathan Gildale haben Sie zuviel Kraft«, sagte Sir Quentin. »Wollen Sie sich an einen Träumer verschwenden, der keine Zukunft hat?«

»Jonathan und keine Zukunft?«
Sir Quentin winkte ab.
»Ich muß gestehen, daß ich die Gedichte des jungen Herrn nicht kenne, denn er ist sehr damit beschäftigt, sie der Welt vorzuenthalten, aber ich gehe davon aus, daß hier kein zweiter Shelley heranreift. Geschäftstüchtig scheint mir Ihr zartbesaiteter Künstler ohnehin nicht zu sein. Außerdem hat er zwei ältere Brüder, hinter denen er zurückstehen muß, wenn nach dem Tod des alten Gildale das Familienvermögen verteilt wird. Das ist die eine Seite – jene, die für Sie nicht von Interesse sein dürfte, da Sie noch auf irgendeiner Wolke dahintreiben. Bedenken Sie dennoch: Jonathan Gildale ist zu schwach für Sie. Sie sind verliebt. Schön. Genießen Sie das. Doch belassen Sie es dabei.«
Der Himmel verdunkelte sich zusehends. Wie gehetzt jagten die Schatten tiefhängender Wolken über die Wiesen. In der Ferne bohrten sich Blitze in das alles verschlingende Grau. Die aufgeladene Luft vibrierte.
»Etwas schneller, wenn ich bitten darf«, rief Sir Quentin dem Kutscher zu.
»In welcher Absicht sprechen Sie mit mir?« fragte Ava.
Sir Quentin hielt seinen Zylinder fest, damit ihn der Wind nicht davontragen konnte. Nach einer Weile meinte er: »Darüber wäre zu reden, wenn Ihre augenblickliche Schwärmerei verflogen ist.«
Die Mächte des Himmels krachten in seine Worte. Als es zu regnen begann, spannte er in aller Ruhe einen großen, schwarzen Schirm auf.

Wie jedes Jahr luden die Gildales Ende August zu einem für Bristol sehr maßgeblichen Ball. Wer in das feudale, elisabethanische Backsteinhaus am Queen Square Nr. 5 gebeten wurde, gehörte zur unangefochtenen Crème de la Crème der Stadt und der umliegenden Grafschaften. Vor allem die jungen Leute fieberten dem ersten Ereignis am Platze, das noch vor dem Cheltenhamschen Gartenfest rangierte, entgegen. Schon

Wochen vorher fragten sich die Damen, was sie anziehen sollten.
In verschiedenen Häusern hoffte man immer noch, Sir Quentin zum Schwiegersohn zu bekommen. Vielleicht erklärte er sich auf dem Ball der Gildales...
Lange vor dem großen Tag ließ Angus ausgesuchte Stoffe herbeischaffen, darunter changierende grüne Seide für Solange, goldbestickten, schwarzen Brokat mit Rosenmuster für Hester und zartweißen Georgette für Ava, die von der Hausschneiderin zu aufwendigen Abendroben verarbeitet wurden.
Schließlich war es soweit. Bereits am frühen Nachmittag schickte Solange ihre Zofe zu Ava, damit sie ihr Haar mit heißen Brennscheren ondulierte. Ava fauchte das Mädchen an: »Du versengst mich!«
»Das muß sein«, erwiderte die Zofe.
Solange, ebenfalls mit Kämmen und Scheren auf dem Kopf, stand dabei.
»Nun, wie fühlst du dich?« fragte sie ihre Stieftochter.
Es war der Tag, an dem Ava offiziell in die Gesellschaft eingeführt werden sollte.
Über irgend etwas schien sich Solange wie ein Schulmädchen zu freuen. Sie stellte sich hinter Ava und lächelte ihr im Spiegel zu.
»Weißt du«, sagte sie leise und fast verschwörerisch, »ich bin so gespannt, als gelte die ganze Aufregung mir! Laß dich von Lilly so hübsch wie möglich machen, hörst du?«
Wieder allein, holte sich Ava ein Buch aus dem Nebenzimmer, einen sentimentalen Liebesroman, zu dem sie nur griff, weil er herumlag. Während sie lustlos von einer Seite auf die andere blätterte, klopfte es energisch an der Tür.
»Ja?«
Es war Hester. Vom tiefen Schwarz ihrer Garderobe nahezu aufgesogen, glich sie einem Vorboten des Todes oder einem Wächter des Fegefeuers.
Kaum hatte sie die Tür hinter sich ins Schloß gedrückt, begann sie ohne Umschweife: »Du begehst einen Fehler.«

Ava wartete auf eine Erklärung.
»Vergiß diesen Gildale!« forderte Hester. »Sir Quentin ist die einzig richtige Wahl für dich.«
Jetzt legte Ava das Buch beiseite. Ausdruckslos schaute sie zu ihrer Großmutter auf.
»Sei nicht dumm!« sagte diese. »Gildale mag aus einer guten, angesehenen und auch nicht unvermögenden Familie stammen, aber du mußt dir darüber im klaren sein, daß er der jüngste von drei Brüdern ist und auch noch zwei Schwestern hat. Was ihm Samuel, der Älteste, eines Tages auszahlen wird, dürfte ihm zwischen den Fingern zerrinnen, ehe er weiß, wie ihm geschieht. Auch wenn du es nicht wahrhaben willst: Dein wunderbarer Vater hat uns an die Schwelle zum Bankrott geführt und wird uns auch noch darüberhelfen. Ein letztgeborener Gildale kann uns nicht vor dem Ruin bewahren. Selbst wenn er zehntausend im Jahr erhält, was hoch angesetzt ist: Was nützt uns das? Sir Quentin dagegen ist niemandem pekuniär verpflichtet, ist das, was man reich nennt und obendrein Herr seines Verstandes, kurz: in jeder Hinsicht vorzeigbar. Ein fähiger, finanziell gutgestellter Mann wie er kann der Firma Cheltenham wieder auf die Beine helfen, ein versponnener Knabe nicht!«
»Seien Sie still!«
Hester winkte ab.
»Ich weiß: Du und ich, wir sind uns feind. Doch persönliche Gefühle haben jetzt zu schweigen. Ich mußte einiges mitmachen in meinem Leben und verlor nie die Contenance. Deshalb sind mir verzogene Bälger, die sich gänzlich ihrer selbstsüchtigen Laxheit hingeben, ein Greuel.«
Mit großen Schritten trat Hester auf Ava zu; ihre bleichen Wangen waren gerötet. Unwillkürlich lehnte sich Ava im Sessel zurück. Die Brennscheren auf ihrem Kopf stießen gegen die Wand.
»Merkst du nicht, welche Chance sich dir bietet?« zischte Hester. »Wenn du ein wenig Pflichtgefühl und Familiensinn besäßest, fügtest du dich der Vernunft. Dein Vater ist unfähig

und deine Stiefmutter töricht! Es kommt jetzt ganz auf dich an!«

Im Dämmerlicht des hereinbrechenden Abends sah Ava eine von einer fixen Idee besessene Greisin vor sich stehen, die davon überzeugt war, eine Mission erfüllen zu müssen.

»Was für Absichten Jonathan Gildale verfolgt, weiß ich nicht«, sagte Ava, als sie die Sprache wiederfand. »Und an Sir Quentin liegt mir nichts.«

»Närrisches Ding! Gott hat dich wahrlich nicht mit Reizen ausgestattet, die es dir erlauben könnten, wählerisch zu sein. Und doch benimmst du dich, als läge dir die Welt zu Füßen! Solltest du wirklich entschlossen sein, Maxwell abzuweisen, obwohl die Verbindung mit Gildale nicht mit Sicherheit zustande kommt, dann gnade dir Gott, wenn dein Vater eines Tages nicht mehr ist und unsere tatsächlichen Vermögensverhältnisse ans Tageslicht kommen! Dein Eigensinn wird dein Strang sein, Ava Cheltenham, und er wird uns alle mit ins Unglück reißen. Aber denk immer daran: Ich habe dich gewarnt. Und ich tat dir gegenüber meine Pflicht.«

»Mir oder dem Namen Cheltenham gegenüber?«

Hester hatte sich zur Tür gewandt. Sie zögerte. Dann drehte sie sich noch einmal zu Ava um.

»Das wird eines Tages dasselbe sein. Ich hätte mir allerdings gewünscht, daß du dem Namen zur Ehre gereichst, nicht umgekehrt.«

Eine Stunde später verließ Ava im schneeweißen Debütantinnenkleid ihr Zimmer. Diese Aufmachung mit den kurzen Puffärmeln, dem gemäßigten Ausschnitt und dem Spitzeneinsatz um die enggeschnürte, ohnehin überschmale Taille sollte unschuldig und *lovely* wirken und stand ihr ebensowenig zu Gesicht wie die frisch gebrannten, schulterlangen Locken, die bei jedem Schritt hüpften. Man hatte ihr rosafarbene Bänder ins Haar geschlungen und ihren Hals mit Perlen geschmückt. Da sie als erste fertig herausgeputzt in die unbelebte Halle strebte, hob sie rasch noch einmal die Röcke, um sich die Strümpfe straffer zu ziehen. Ihre Füße steckten in rosa Seidenschuhen mit festen, konischen Absätzen.

Auf Solange und ihren Vater mußte sie noch eine geschlagene Viertelstunde warten.
Als sie Angus, gefolgt von seinem Kammerdiener, aus dem Ankleidezimmer kommen hörte, strich sie sich die Röcke glatt und schaute zur Treppe hoch. In Angus' Gesicht war eine große Feierlichkeit. Fast so elastisch wie vor fünfzehn Jahren, nicht mehr gebeugt, als trage er eine Last auf der Schulter, lief er die Treppe hinunter. Er nahm Avas Hand, küßte sie wie ein Kavalier und sagte so gerührt, als sähe er seine Tochter zum letztenmal: »Mein Feenkind!«
Ava lächelte ebenso unverbindlich wie ratlos.
Dann kamen Solange und Hester mit ihren Zofen dazu. Man bestätigte sich gegenseitig, fabelhaft auszusehen, und klingelte nach dem Butler, der Umhänge, Handschuhe und sonstige Accessoires reichen mußte.
Er half Ava in ein blaues Pelerinencape, das mit weißer Seide gefüttert war. Zum Schutz ihrer verspielten Haartracht stülpte ihr Solange die Kapuze über den Kopf.
»Kommt!« drängte Angus zum Aufbruch. Daß Sir Quentin seinen eigenen Wagen genommen hatte und vorausgefahren war, fanden alle eigenartig.
Während die Cheltenhamsche Kalesche durch die Nacht rollte, warf Solange Ava fragende Blicke zu, die jedoch ohne Antwort blieben. Bestrebt, gute Laune zu verbreiten, plauderte sie schließlich drauflos. Angus hing wehmütigen Gedanken nach. Ab und zu nickte er seiner Tochter zu, als gelte es, sie zu beruhigen. Hester sah Ava unablässig an, ein letzter Angriff auf deren Pflichtgefühl, aber ihre Enkelin senkte die Lider und wünschte sich, »die Krähe« möge vom Schlag getroffen zur Seite kippen und die Welt von ihrer unerträglichen Anwesenheit befreien. Da die Gildales Nachbarn waren, hielt die Kutsche keine Minute später vor deren hell erleuchtetem Haus. Vom Familienoberhaupt nebst Gattin in Empfang genommen, betraten die Cheltenhams das festlich geschmückte Gebäude, das sich einen strengen, mittelalterlichen Zug bewahrt hatte, der Ava an das freilich weniger feudale Lacey-Institut erinnerte.

Früher erschienene Gäste, darunter Sir Quentin, standen mit einem Glas Champagner oder Sherry in der Hand in der Halle und schauten den Ankommenden entgegen. Als Jonathan Gildale auf Ava zueilte, zitterten ihre Knie. Wie hübsch er war! Und sie hatte ihn als trivial empfunden...

»...obwohl die Verbindung mit Gildale nicht mit Sicherheit zustande kommt...«

Unsicherer denn je lächelte Ava in Jonathans elfenbeinfarben gepudertes Gesicht. Ihr war, als würde sie von den Geräuschen um sich herum, dem Gelächter, den Satzfetzen und dem Rascheln zahlreicher Röcke gänzlich aufgesogen.

»Meine liebste Freundin«, sagte Jonathan. Er küßte ihre Hand und schaute ihr beglückt in die Augen. Während des anschließenden, recht üppigen Dinners, das alle, ausgenommen Sir Quentin, der geschmäcklerisch die Nase rümpfte, sehr lobten, saßen Ava und Jonathan nebeneinander. Aus Gründen der Höflichkeit mußte sich Ava auch mit den um sie herum plazierten Gildale-Geschwistern unterhalten, doch belanglose Plauderei lag ihr immer noch nicht. Jonathan zuliebe, der auch ihr Tischherr war, bemühte sie sich um jene leichte Konversation, die Solange, fünf Plätze von ihr entfernt, so perfekt beherrschte, aber bereits nach zehn Minuten versank sie in ihre gewohnte Einsilbigkeit. Gott sei Dank ermüdete der gespickte Rehrücken auch die übrigen Tafelgenossen. Messer und Gabeln kratzten über Teller, ein fast schrilles Klanggewirr übertönte die spärlich gewordenen Gespräche. Ava fühlte die Blicke Sir Quentins und Hesters auf sich ruhen und konnte kaum etwas essen.

Nach dem Hauptgang parlierte man kreuz und quer, die Heiterkeit schlug hohe Wellen, und plötzlich ergab es sich, daß Jonathan, der sanfte, träumerische Jonathan, sein Glas hob und eine launige Rede gegen die Ketten der Ehe hielt. Hesters Blick bohrte sich eindringlicher in Ava, und Sir Quentin schüttelte sich förmlich vor Lachen.

»Wie gesagt«, betonte Jonathan, der sich der Tragweite seiner Äußerungen offenbar nicht bewußt war, »ich verteufle keineswegs die Liebe und das Band, das sie knüpft, aber ich verteufle die unauflösliche Fessel, die sich anmaßt, die Liebe zu legitimieren, und dabei die Menschheit versklavt.«

Solange schloß entsetzt die Augen, und Angus würgte verstört an einem Schluck Wein. Mittlerweile hatte das Verstummen in der Mitte der Tafel auch die Gäste am oberen und unteren Tischende aufhorchen lassen. Man schwieg und wartete.

Sir Quentin legte seinen Dessertlöffel beiseite. Er hatte nicht nur den Rehrücken mäßig gefunden – und dazu diesen süßlichen, bukettarmen Wein! –, er konnte sich auch mit der wäßrigen Crème Caramel nicht anfreunden. Um so mehr gefiel ihm der sich anbahnende Disput.

»Ich bin entzückt«, gab er zu. »Einen Libertin hätte ich keineswegs in Ihnen vermutet, Mr. Gildale!«

»Woran man sieht, daß auch Sie fehlbar sind«, erwiderte Jonathan mit seinem strahlendsten Lächeln.

So ging das eine Weile hin und her. Die Zuhörerschaft ergötzte sich an dem verbalen Zweikampf der beiden unterschiedlichsten Männer, die dieser Abend zusammengeführt hatte. Schließlich faltete Sir Quentin seine Serviette zusammen.

»In einem gewissen Alter sollte ein Mann wenigstens aus Vernunftgründen an die Ehe denken«, sagte er.

»Hat er Besitz und Vermögen, braucht er einen Erben und eine Frau, die ihm diesen Erben schenkt. Vorher, da gebe ich Ihnen recht, junger Mann, wäre die Ehe eine Selbstbeschneidung – und dem Vergnügen eher hinderlich.«

»Was ist mit der Frau?« mischte sich Solange ein.

»Ein Mann kann wohl nach den von Ihnen beschworenen Maximen leben, doch welchen Vorschlag haben Sie für das Geschlecht, das verpflichtet ist, die Last der Tugend zu tragen?«

»Die Mätressenschaft – und jene Freiheit des Herzens, deren Loblied Mr. Gildale soeben sang. Nicht wahr, junger Freund?«

Jonathan war ein bißchen rot geworden. Seine Mutter plap-

perte irgendeinen zusammenhanglosen Unsinn, seine Brüder feixten, die anderen Herren schmunzelten, und die Damen senkten, der »Last der Tugend« Tribut zollend, die Köpfe.
»Sie wissen sehr gut, daß Sie mir das Wort im Munde umgedreht haben«, sagte Jonathan. Nach einem kurzen Räuspern fügte er erklärend hinzu: »Ich preise keineswegs niedere Instinkte und auch nicht deren Befriedigung. Wahrscheinlich ist es Ihnen bisher entgangen, mit welcher Hochachtung ich...«
»Hochachtung?« unterbrach ihn Sir Quentin. Er ließ sich zurückfallen, legte die Arme auf die Seitenlehnen seines Stuhls und schob den Bauch vor. »Das ist doch Phrasendrescherei! Betrachten wir die Tatsachen: Ihr Weltbild, mein Lieber, stößt schwangere Mädchen en gros in die gesellschaftliche Ächtung und erspart Ihnen und Ihresgleichen jedwede ›Fessel‹, wie Sie es nennen: Wer sich zu nichts verpflichtet, muß sich auch niemals verantworten. So entpuppt sich das, was recht hübsch und freidenkerisch klang, als durchaus gewöhnlich. Ihr jungen Romantiker denkt nichts zu Ende. Es zeugt nämlich nicht unbedingt von der hohen Moral, die Sie für sich in Anspruch nehmen, einem Kavaliersdelikt zu huldigen. Dennoch: Ich verbeuge mich vor Ihrem Mut zur Egozentrik, Mr. Gildale. Sollte ich Sie etwas unterschätzt haben?«
Die Gastgeberin hätte an diesem Punkt die Tafel gerne aufgehoben und das Orchester aufspielen lassen. Da aber erst der zweite Nachtisch, die Trüffelcreme, serviert wurde, schaute sie hilfesuchend ihren Gatten an.
Sir Quentin verschränkte die Arme über der Brust und schien das Unbehagen, das er geschaffen hatte, zu genießen. Es war Solange, die mit einer Bemerkung über das Wetter die Unterhaltung neu belebte.
Nach dem letzten Dessert reichte Jonathan Ava den Arm.
»Darf ich bitten?«
Sie willigte ein, sah aber an ihm vorbei.
»Es täte mir leid, wenn ich irgend jemanden, vielleicht sogar Sie, schockiert haben sollte«, versuchte er ihr Wohlwollen zurückzugewinnen. Der erste Tanz war eine Quadrille. Jona-

than bewegte sich voller Anmut, Ava ziemlich steif. Immer, wenn er ihre Hand berührte, auch bei jedem Wechsel, suchte er ihren Blick. Sie wich aus.
»Bristol«, bemühte er sich um ihr Verständnis, »ist nicht Oxford und schon gar nicht London. Das hätte ich nicht vergessen dürfen.«
»Schon gut«, murmelte Ava. »Hätte sich Sir Quentin an die Regeln gehalten, die der Anstand gebietet, wäre es nicht zu dieser Eskalation gekommen.«
»Regeln!« entfuhr es Jonathan. »Auch wenn ich Sie in Ihrem Schamgefühl verletze, Ava: Die Liebe *muß* frei sein. Und das Wort auch. Da ist jede Regel fehl am Platz!«
»Sie verletzen mich nicht«, entgegnete Ava und fügte in Gedanken hinzu: Sie enttäuschen mich bloß.
»Hier können wir nicht sprechen«, erkannte Jonathan.
Während die Unzulänglichkeit des Orchesters Avas Nerven strapazierte, nickte er hierhin und dahin. Schließlich flüsterte er: »Es sind zu viele Leute da. Wollen Sie morgen abend, gegen sieben nach der Messe, in St. Mary Redcliffe auf mich warten?«
»In der Kirche?«
»Ja.«
»Warum?«
»Ich *muß* Sie allein sehen.«
»Aber weshalb ausgerechnet ...«
»Bitte!«
Ihr nächster Tanzpartner war Sir Quentin, der sofort sagte: »In Gegenwart des jungen Gildale werden Sie beinahe weiblich.«
Sie tat, als habe sie nicht gehört. Mechanisch führte sie Bewegungen und Schrittfolgen aus, die sie im Lacey-Institut gelernt hatte.
»Schade«, kam es von Sir Quentin. »Ich werde vom Gang der Dinge nichts mehr erfahren.«
Ein neuer Wechsel stellte Ava an die Seite eines anderen Tänzers.

Später fand Jonathan sie im Trubel wieder. Zusammen gesellten sie sich zu einer kleinen Gästegruppe, zu der auch Sir Quentin stieß, um seine bevorstehende Abreise anzukündigen.

»Ich höre immer nur London«, wunderte sich Solange. »Wollten Sie nicht Ihre Güter in Irland inspizieren?«

»Dazu habe ich zuviel Zeit verloren. Mitten in der Saison zieht es mich sowieso nicht in den entlegensten Teil der Erde. Irland muß sich noch ein Jahr gedulden.«

Von allen Seiten tönte ihm entgegen, wie sehr man seinen Entschluß, Bristol den Rücken zu kehren, bedauere und wie oft man sich an ihn und seine geistreichen Äußerungen erinnern werde. Nur Ava war erleichtert. Ganz unerwartet eröffnete Jonathan: »Vielleicht begegnen wir uns demnächst wieder, Sir Quentin. Ich trage mich nämlich ebenfalls mit der Absicht, Bristol für einige Zeit den Rücken zu kehren und mich in London umzutun. Sie kennen sicher den Earl of Barrington?«

»Lord Wexton? Natürlich.«

Ava war überzeugt, in diesem Moment wie abgestandenes Wasser auszusehen. Fast wünschte sie, es möge ihr schwarz vor Augen werden.

»Wenn Sie gesellschaftlich mit ihm verkehren, möchte ich wetten, daß sich unsere Wege kreuzen!« rief Jonathan.

»Woher kennen Sie Lord Wexton?«

»Wir waren zusammen in Oxford.«

»Ach ja?«

»Als ich mein Studium aufnahm, wurde er mein Prefect. Er ist ein paar Jahre älter als ich. Aber Sie wirken so verwundert.«

»Das bin ich auch«, sagte Sir Quentin.

Jonathans Vater versicherte: »Ich fand den jungen Mann sehr sympathisch, wenngleich etwas exzentrisch. Er war vor zwei Jahren für eine Woche unser Gast. Du erinnerst dich, Elisabeth?«

»Natürlich!« fiel Mrs. Gildale in die Hymne auf Wexton ein.

»Ein angenehmer Gentleman, fürwahr! Eigentlich wollte er uns heuer erneut die Ehre geben, aber es kam ihm etwas dazwischen... Was war es gleich, Jonathan?«
»Er hat sich verlobt, Maman! Da er mir seine Braut vorstellen will, lud er mich in sein Londoner Stadthaus ein. Ich muß zugeben: Ich bin maßlos neugierig!«
Der alte Gildale griff nach einem frisch gefüllten Champagnerkelch und meinte gutmütig: »So ist das eben mit den jungen Leuten. Zuerst wettern sie gegen jede Konvention – ich kann mich entsinnen, daß auch Lord Wexton ein vehementer Gegner der Ehe war und seine Ansichten eloquent zu verfechten wußte –, dann stoßen sie sich die Hörner ab, und am Ende kehren sie in den Schoß des Altbewährten zurück. Ist es nicht so?«

Die Kirche St. Mary Redcliffe lag in kühler Dunkelheit. Atemlos durchmaß Ava das Hauptschiff. Unter der Orgel, die bereits Händel virtuos bedient hatte, blieb sie stehen.
Zwei betende alte Frauen knieten Litaneien murmelnd in den vorderen Bänken. Sonst war niemand zu sehen, auch Jonathan nicht.
Als Ava zum zweitenmal an den breiten Obergadenfenstern vorbeischlenderte, schaute sie zu den hohen Arkaden empor. Das aufgefächerte Netzgewölbe über ihrem Kopf schien ihre Erregung aufzufangen, zu vervielfachen und wieder auf sie herabrieseln zu lassen. Verfolgt vom Echo ihrer eigenen Schritte, floh sie in eine der Grabnischen des Südschiffs.
Dann kam Jonathan. Mit wehendem Cape, gleich einem der Helden Sir Walter Scotts, eilte er auf sie zu. Jedesmal, wenn sie ihn traf, wunderte sie sich, daß er noch hübscher war, als sie ihn in Erinnerung hatte.
Er drängte sie aus dem Blickfeld der beiden Greisinnen und schloß sie in die Arme. Stürmisch wie nie zuvor küßte er ihre Nase, ihre Wangen, ihre Schläfen und ihre Stirn. Als seine Lippen die ihren streiften, konnte er sich offenbar nicht zwischen Geschwisterlichkeit und Leidenschaft entscheiden.

Ava umschlang ihn mit beiden Armen. Da glitt sein Mund an ihr Ohr.
»Ich mußte dich noch einmal sehen!« flüsterte er, großartig in seinem Ungestüm. »Ava, Ava! Du wirst mir so fehlen!«
»Ich verstehe nicht ...«
Er löste sich von ihr. Sein Lächeln war Wehmut und Euphorie, Zögern und Ungeduld, Glück und Klage, und das alles auf einmal.
»Bald wirst du verstehen! Vertrau mir! Im Spätherbst komme ich zurück.«
»Und dann?« Rauh und gewaltig hallte ihr Wispern von den hohen Wänden wider. Als Ava sich ängstlich umschaute, blickte sie in die in Stein gemeißelten Gesichter längst verstorbener Ratsherren und Bischöfe.
»Du mußt auf mich warten«, drängte Jonathan. Er hatte wieder nach ihr gefaßt und lehnte seine Stirn gegen die ihre. »Versprich mir, daß du auf mich wartest, Ava!«
»Jonathan?«
»Ja?«
Sie wußte nicht, wie sie es sagen sollte. Mit keinem Wort wollte sie den Augenblick entweihen, der ihr unendlich kostbar erschien.
»Am liebsten würde ich dich mitnehmen!« flüsterte Jonathan. »Aber Maxwell hat recht: Ich bin egozentrisch!«
»Maxwell!« stieß sie geringschätzig hervor.
Jonathan lachte so laut, daß es in der ganzen Kirche dröhnte. Dann vergrub er sein Gesicht in ihrer Halsbeuge.
»Ich bin so durcheinander! Ava, meine Freundin, meine beste, meine alleinige, meine wunderbare Freundin, alles dreht sich! Aber alles wird gut! Gib mir Zeit! Ich muß nach London! Ich habe noch etwas zu erledigen! Und schau: Mein bester Freund wird heiraten!«
»So schnell?«
»Wie muß er sich verändert haben! Es geschehen große Dinge in der Welt! Vielleicht bin auch ich dabei, mich zu verändern. Gewiß sogar! *Du* bist es, die mich verändert, ja, einen anderen

aus mir macht! Sieh mich nicht so ratlos an, liebste Ava! Freu dich!«
»Aber Jonathan ...«
Mit einem zärtlichen Kuß verschloß er ihren Mund. Danach sahen sie einander verwundert an.
»Liebst du mich?« forschte Ava. Sie sollte diese Frage zum ersten- und zum letztenmal in ihrem Leben stellen.
Jonathan nahm eine aus ihrem Chignon gerutschte Haarsträhne zwischen die Finger. Er betrachtete sie lange und versonnen. Dann schob er sie unter die weite Kapuze ihres Capes zurück.
»Ja, ich glaube schon«, sagte er, sah ihr wieder in die Augen und forderte nachdrücklich: »Du mußt auf mich warten!«
Ava versprach's.
Daraufhin riß er sich mit dramatischer Geste von ihr los und stürmte mit wehendem Umhang durch das Portal. Die beiden alten Frauen folgten ihm.
Ava blieb allein zurück. Sie horchte in sich hinein und fand Zweifel.
Jonathan glaubte, sie zu lieben.
So hatte er es jedenfalls gesagt.

Avas Abschied von Sir Quentin fiel wesentlich kühler aus. Während sein Gepäck aus dem Haus transportiert wurde, kam er ein letztes Mal zu Ava ins Klavierzimmer. Er trug einen aufwendig bestickten und unvorteilhaft taillierten grauen Cut und hatte einen Zylinder in der Hand.
Da sie gerade über einer neuen Sonate brütete, wurde sie erst von seinem dezenten Räuspern aus der Konzentration gerissen. Ein wenig ärgerlich über die Störung sammelte sie die um sie herum verstreuten Notenbögen ein.
Sir Quentin ging auf sie zu. Er griff nach ihrer rechten Hand und küßte sie.
Ironisch sagte sie: »Wir werden Sie vermissen.«
Dann stand sie auf und schaute ihm mit Augen, die nichts verrieten, ins Gesicht.

»Wir sehen uns wieder«, versicherte Sir Quentin.
»Ja, gewiß. Hoffentlich haben Sie eine gute Heimreise. Das Wetter könnte halten. Es ist schwül heute, nicht wahr?«
Durch das offene Gartenfenster strömte Fliederduft ins Zimmer und brachte das ganze Bukett des Frühsommers mit.
»Was soll das?« fragte Sir Quentin. »Bleiben Sie sich treu und verzichten Sie auf Phrasen!«
»Ihre Pferde dürften unruhig werden.«
»Meine Kutsche wird mir schon nicht davonfahren. Vergessen Sie für einen Augenblick Ihren Stolz und verraten Sie mir, ob Sie bereits begriffen haben.«
»Bitte?«
»Also nicht. Auch gut. Sie sind noch sehr jung. Das vergesse ich manchmal. Können Sie mir meine Ungeduld verzeihen?«
»Leben Sie wohl, Sir Quentin.«
Er lachte.
»Auf Wiedersehen, Miss Cheltenham! Bis zum nächstenmal! Und bitte: Tun Sie mir den Gefallen und heiraten Sie in der Zwischenzeit nicht den nächstbesten Kandidaten!«
Noch einmal beugte er sich über ihren Handrücken. Sie spürte seine warmen, ungemein weichen Lippen auf ihrer Haut und wünschte ihn zum Teufel. Als sie ihn zur Tür begleiten wollte, hielt er sie zurück.
»Nein, führen Sie mich nicht hinunter! Wir sollten Ihre Höflichkeit nicht überstrapazieren!«
Kaum war er fort, setzte sie sich wieder an den Flügel, um die Komposition zu vollenden. Die Sonate begann temperamentvoll, wurde dann elegisch und endete gereizt.
»Was hat sich dieser junge Gildale bloß gedacht?« fragte Angus am Abend, als er mit Solange im Salon saß. »Macht meinem Feenkind zwei Monate lang die Cour und reist dann von heute auf morgen, ohne sich zu erklären, nach London!«
Seine Frau, die ebensowenig wie er ahnte, daß Ava nebenan im Wintergarten an der Zwischentür lehnte und jedes Wort hörte, entgegnete seufzend: »Dabei sah es so aus, als füge sich alles wunschgemäß. War nicht jeder von einer demnächst zu schließenden Neigungsehe überzeugt?«

»Dieser Traum muß wohl begraben werden«, kam es düster von Angus. Und wie zur Bekräftigung stellte er sein Sherryglas dumpf tönend auf den Tisch zurück.
Von da an betrachtete man die Cheltenham-Tochter überall als spätes Mädchen. Ihre mißliche Lage sprach sich in sämtlichen Salons herum. Offenbar hatte das blasse, dünne, gänzlich uneinnehmende Geschöpf mit dem fahlen Haar und dem kantigen Knabengesicht nach zu hoch hängenden Trauben gegriffen.
Ava ließ sich nichts anmerken. Da ihr Jonathan nicht die allerkleinste Nachricht schickte, litt sie die Qual der Ungewißheit. Sie fühlte sich verraten und versuchte zu vergessen. Hätte er sie doch wenigstens von ihrem Versprechen entbunden! Auch das wäre, wenngleich verspätet, eine Form von Aufrichtigkeit gewesen.
Der September neigte sich seinem blätterbunten Ende zu, und Ava wartete noch immer. Sie wartete bis in den Dezember hinein.
Allerlei respektierliche Herren wurden ihr vorgestellt. Keiner erwärmte sich für das ernste, wortkarge Mädchen, das umgekehrt ebenso reserviert blieb. Daß man in aller Eile einen Mann für sie auftreiben wollte, fand Ava peinlich.
Jede Nacht träumte sie von Jonathan und manchmal auch von Sir Quentin, dem eitlen Pfau. In einem dieser Träume gingen die beiden lachend und in bestem Einvernehmen nebeneinander, und der Ältere legte wohlwollend den Arm um den Jüngeren.
Während die Gildales ihre Hände in Unschuld wuschen und nicht näher erläuterte »Dringlichkeiten« vorschoben, die ihren jüngsten Sohn angeblich in London festhielten, taten die Cheltenhams, als gäbe es keine Ressentiments. Welche auch? Nichts war offiziell geworden. Trotzdem begann ein verlegenes Hüsteln, wenn Mitglieder beider Häuser auf gesellschaftlichem Parkett aufeinandertrafen.
Hester unterließ es, sich zu den Vorkommnissen zu äußern. Ihre Miene sprach allerdings Bände.

Eigenartig für Ava: Jonathan verloren zu haben wog nicht schwerer als das Gefühl des Versagens. Und daß sie versagt hatte, führte ihr Hester, zu einer schwarzen, kalt schweigenden Ikone der Verachtung versteinert, beim Frühstück, beim Lunch, beim Tee und beim Dinner vor Augen.
Als Ava an Weihnachten noch immer nichts von Jonathan gehört hatte, gab sie das Warten auf. Nach außen hin völlig unbewegt, fügte sie sich ins scheinbar Unvermeidliche, nämlich in das Schicksal einer klavierspielenden alten Jungfer. Nicht eine Träne gestattete sie sich. Wenn sie weinte, dann nicht heimlich nachts im Bett, sondern am Flügel, aus der Fassung gebracht von den Passionen Johann Sebastian Bachs.
Fast nachdrücklicher als Jonathans Verrat erschütterte sie im März des neuen Jahres eine ganz andere Nachricht, und sie begriff gar nicht, weshalb.
Solange war schwanger – schwanger, glücklich und rosenglühend. Weil sie vor Aufregung nicht mehr schlafen konnte, verordnete ihr Dr. Morley Brompillen. Er riet ihr auch, kräftiger zu essen, sich viel Ruhe zu gönnen und auf heiße Bäder zu verzichten.
Derweil schwebte der werdende Vater zwischen Himmelsglück und Todesangst. Seine hinreißende, seine kindlich-heitere Solange... Sie war so zierlich und so zart! Ganz eisig wurde es Angus, wenn er sich des verhängnisvollen Dezembertages im Jahre 1810 entsann. Noch heute sah er Dr. Morley Schritt für Schritt die Treppe herunterkommen.
»Ihre Frau ist jung, unverbraucht und bei bester Gesundheit«, hörte Angus von allen Seiten. Da er fürchtete, man wolle ihn nur beruhigen, hielt er seiner Frau bei jeder Gelegenheit die Hand.
Solange war bester Laune und knabberte den ganzen Tag Krokantstäbchen.
Nachdem die erste Irritation verflogen war, atmete Ava auf. Sie war nicht länger Mittelpunkt des Interesses. Statt sie zu bedauern, freute man sich mit Solange. Auf einmal rückte die Erinnerung an Jonathan in weite Ferne.

Doch dann, ganz unerwartet, an einem Mittwoch im Juli, traf ein Brief von ihm ein. Er kam nicht aus London, sondern von einem Landsitz namens Blair Manor.
Jonathan schrieb:

Ava, liebste Freundin!
London beglückte mich weit weniger, als ich erwarten durfte. Die Stadt hätte mich beinahe erstickt. Auch Sir Quentin anläßlich einer Soiree im Hause Sir Edwins wiederzubegegnen war, wie Du Dir sicher vorstellen kannst, kein ungetrübtes Vergnügen. Er brachte den ganzen Abend damit zu, die anderen Gäste zu brüskieren. Seine inszeniert gute Laune ließ mir übel werden!
Doch zu Wichtigerem!
Aleister fand ich wohlauf – leidlich wohlauf, wie ich hinzufügen möchte. Er war und ist grüblerisch und mit sich selbst im Krieg. Zu einer Hochzeit dürfte es angesichts der neuen Umstände nicht mehr kommen. Auf die Gründe will ich an dieser Stelle nicht eingehen. Wie dem auch sei: Aleister ist untröstlich. Du wirst sicher verstehen, daß er nach einer derart tiefen Enttäuschung einen Freund in seiner Nähe wissen will, der ihm Stütze ist.
Um also London und seinem wichtigtuerischen Treiben zu entfliehen, sind wir zusammen aufs Land gefahren, wo Aleister seine innere Balance wiederzufinden hofft. Wir leben seit etwa einer Woche in aller Abgeschiedenheit und Kontemplation auf Blair Manor, dem Sitz der Barringtons in Hampshire, werden dann und wann von guten Freunden besucht und sprechen über Dichtung und Malerei, Musik und Philosophie – und natürlich über Dich! Aleister freut sich bereits auf den Tag, an dem er Deine Bekanntschaft machen wird. Wenn ich im Spätsommer nach Bristol zurückkehre, kann ich ihn sicher dazu überreden, mich zu begleiten.
Einstweilen übersende ich Dir seine herzlichsten und aufrichtigsten Grüße. Mein sehnlichster Wunsch ist es,

Dir bald in die Augen zu sehen und zu fühlen, daß Deine Seele die meine berührt. Sind wir nicht Herzensgeschwister?
Ava, liebste Freundin, ich hoffe auf Dein Verständnis, das, wie ich weiß, grenzenlos ist, und verbleibe auf ewig und mehr denn je der Deine

Jonathan.

Impertinent! Nichts als Lügen.
Ava war außer sich vor Zorn.
Was wollten zwei junge Gentlemen, mitten in der Saison, allein auf einem angeblich gottverlassenen Landsitz in Hampshire? Gedichte lesen und Weltschmerz pflegen? Pah!
Blair Manor... War Jonathan tatsächlich mit dem Earl of Barrington dort?
Warum er fast ein Jahr geschwiegen und nicht, wie ursprünglich verabredet, im vergangenen Spätherbst nach Bristol zurückgekehrt war, erklärte er mit keinem Wort. Statt dessen tat er, als habe man sich vor zwei Wochen das letzte Mal gesehen. Der Brief war infam. Und dieser Wexton: Wie lange wollte er noch an seinem Liebeskummer laborieren?
Ava erwog, sich mit Sir Quentin in Verbindung zu setzen, um Erkundigungen einzuholen, doch da sie nicht wußte, ob er in seinem Bericht auch der Wahrheit die Ehre geben würde, entschied sie sich dagegen.
Sie konnte sowieso nicht länger warten. Sie mußte Gewißheit haben! Jetzt. Und nicht erst im Spätsommer.
Mitten in der Nacht begann sie zu packen. Sie stopfte Strümpfe, Hemden, Unterröcke, ein Mieder und ein Sommerkleid in eine Reisetasche und griff nach einem Sonnenschirm, einem Pompadour und einem halbwegs gefüllten Portemonnaie. Ehe sie in ihre elfenbeinfarbenen Handschuhe schlüpfte, warf sie sich ihr blaues Pelerinencape um die Schultern und setzte sich ihr bestes, mit Reiherfedern geschmücktes Hütchen auf.

Von niemandem bemerkt, verließ sie durch den Dienstboteneingang das Haus. In dem Pompadour, der an ihrem Handgelenk baumelte und bei jedem Schritt gegen ihre Röcke schlug, knisterte Jonathans Brief. Eilig lief sie durch die nieselfeuchte Sommernacht. Die duftende Nachgewitterstimmung lud geradezu zu einem Abenteuer ein. Es roch nach Frische und nach Aufbruch.
Als Ava den Mietdroschkenstand erreichte, saß ein einziger Kutscher auf seinem Bock. Wahrscheinlich wartete er auf die letzten noch zechenden Mitglieder des berüchtigten Liberty Club.
»Zur Poststation!« rief sie.
Der alte Mann öffnete ein Auge und fragte aus zahnlosem Mund: »Jetzt?«
»Ja. Natürlich jetzt.«
»Was wollen Sie da?«
»Ich muß nach Hampshire.«
»Um Mitternacht?«
»So bald wie möglich!« Sie riß den Verschlag auf und stieg ein.
»Wenn's denn sein soll«, brummte der Kutscher. »Reisende soll man nicht aufhalten.«
Der Wagen schaukelte durch die Nacht. Nach weniger als zehn Minuten hielt er vor der Poststation. Ava sprang heraus.
»Vor morgen früh kommen Sie nicht weiter«, sagte der Mann auf dem Bock. »Um sieben geht die nächste Kutsche nach Winchester.«
»Danke. Ich warte.«
»Wie Sie meinen, Miss!«
Verrücktes junges Ding, mochte der Alte denken, sicher eine entflohene Gouvernante.
Er machte kehrt.
So geschah es, daß Ava sieben Stunden im Freien zubrachte, mutterseelenallein, die Reisetasche immer fest an den Körper gepreßt. Manchmal vertrat sie sich die Beine, doch den größten Teil der Zeit saß sie auf der morschen Holzbank unter

dem Dachvorsprung des Postgebäudes und versuchte, die Sterne zu zählen.
Erst kurz vor sieben gesellten sich die übrigen Reisenden zu ihr. Sie kannte niemanden, Gott sei Dank.
Der Morgen war blau und sonnig.
Zum erstenmal fragte sich Ava, ob das, was sie tat, richtig war, doch da ihr in diesem Moment bereits von einem Mann mit Monokel in die schlecht gefederte Postkutsche geholfen wurde, meldeten sich ihre Zweifel zu spät.
Eine nach Kamillenblüten und Veilchen riechende Mittvierzigerin, die ihr im Wagen gegenübersaß, erkundigte sich: »Wie weit fahren Sie?«
»Bis Winchester«, antwortete Ava.
»Da haben Sie aber ein gutes Stück Weges vor sich«, meinte der Monokelträger und lächelte freundlich.
Die Kutsche setzte sich in Bewegung.

Viertes Kapitel

Die zweiundsechzig Meilen nach Winchester dehnten sich schier endlos.

Ava war anderthalb Tage unterwegs. Sie hatte nicht damit gerechnet, stundenlang durchgerüttelt zu werden, den Staub holpriger Landstraßen schlucken, wegen eines Pferdewechsels im naßkalten Nebel frieren und eine Nacht in einer äußerst kargen Postunterkunft zubringen zu müssen – allein, etwas hilflos und von allen Seiten neugierig beobachtet.

Als Winchester, einstmals Hauptstadt der angelsächsischen Könige, in Sicht kam, hellte sich mit dem Wetter auch Avas Gemüt auf. Es wurde wärmer, die Sonne brach hervor, und der Himmel klarte auf.

Mit einem Ruck, der auch den letzten dösenden Fahrgast weckte, blieb die Kutsche vor der Poststation stehen.

Und nun?

»Kann ich Ihnen zu Diensten sein?« fragte der Mann mit dem Monokel. Beim Ausstieg in die laue Mittagsluft ließ er Ava den Vortritt.

»Ich weiß nicht ... Ich muß nach Blair Manor. Ist das weit?« Sie griff nach ihrer Tasche, die ihr vom Dach der Kutsche heruntergereicht wurde, und der Alte klopfte seinen zerknitterten Cut ab.

»Blair Manor?« vergewisserte er sich, als vermute er, sie mißverstanden zu haben. Da ein Wagen passieren wollte, zog er sie von der Straße.

Es war unerhört laut. Fuhrwerke wurden auf- und abgeladen, vor Schmutz starrende Männer in Jutekitteln schleiften Säcke, Balken und Getreidescheffel, jemand schrie: »Was ist

mit den Kohlen? Na los, Lumpenpack!«, Kutschen hielten und ratterten davon. Es war ein großes Kommen, Gehen, Schleppen, Feilschen und Rufen.
»Blair Manor«, wiederholte der Herr, der sein staubbeschlagenes Monokel putzte.
»Ja. Ist es weit?«
»Eine halbe Stunde zu Pferde, eine ganze, wenn Sie einen Wagen nehmen. Sind Sie ein Gast des Earls?«
Ava nickte.
»Hm«, machte der Monokelträger. Mehr sagte er nicht.
»Stimmt etwas nicht mit Lord Wexton?« fragte Ava.
»Nein, nein. Es ist Ihnen doch recht, im offenen Wagen zu fahren?« Er hatte bereits eine Mietdroschke herbeigewunken. Bevor Ava Einwände erheben konnte, hievte er ihre Tasche auf den quietschenden Rücksitz. Sie stieg ein.
»Angenehme Weiterfahrt und einen vergnüglichen Aufenthalt! Ihr Diener! Leben Sie wohl.«
Ava bedankte sich und gab dem Kutscher Anweisung. Als der Wagen anrollte, sank sie, ein wenig erschöpft, in sich zusammen. Ihre Handflächen waren feucht vor Aufregung. Da sie während der letzten beiden Tage kaum etwas gegessen hatte, hörte sie ihren Magen knurren. Plötzlich sehnte sie sich nach den ruhigen Mittagsstunden zu Hause, nach dem Duft von Wachtelbrüstchen und frisch Gebackenem und vor allem nach den Biskuittörtchen, die um diese Zeit – kurz vor zwölf – dampfend heiß aus dem Ofen kamen. Sie wünschte, im Musikzimmer zu sitzen und vor der Tür das Rascheln von Solanges Röcken zu hören – ja, sogar das.
Doch Bristol war weit weg und sie im Begriff, sich Jonathan an den Hals zu werfen.
»... Wissen Sie, daß Ihnen alles Weibliche fehlt? ...«
Na und? Wenn sie nichts mit anderen Frauen gemeinsam hatte, durfte auch niemand von ihr verlangen, daß sie sich wie eine von ihnen benahm.
Sie konnte nur hoffen, daß sich Jonathan nicht kompromittiert fühlen würde. Aber eigentlich war ihr das einerlei. Wenn

er immer noch nicht wußte, was er wollte, mußte man ihn zwingen, darüber nachzudenken.
Die Stunde Weges, die sie unter blauem Himmel zurücklegte, kam ihr vor wie eine Ewigkeit. In ihrer Fiebrigkeit vergaß sie, den Sonnenschirm aufzuspannen. Ab und zu zählte sie das Geld in ihrem Portemonnaie: Sie hatte einen Guinee, zwei Pfund, drei Shilling und acht Pence dabei. Das mußte reichen. Zum Wert all dieser Münzen hatte Ava wenig Bezug. Sie wußte nicht, wieviel ein Laib Brot kostete, wie teuer eine Spazierfahrt im gemieteten Wagen war und wieviel Trinkgeld man gab.
Erneut meldete sich ihr Hungergefühl. Verwöhnt, wie sie war, hatte sie den am Morgen in der Poststation servierten Frühstücksspeck verschmäht, weil er angebrannt war. Komische Vorstellung: Jonathan erging sich in Beteuerungen, und ihr Magen redete dauernd dazwischen.
Um sie herum leuchtete das Land im warmen Licht der Julisonne. Ava fuhr an verschlafenen Bauerndörfern und Einödhöfen vorbei und sah umzäunte Wiesen, Ährenfelder mit noch grün im Halm stehenden Korn, Haselnuß- und Holunderbüsche, Apfelbäume und schwarzweiß gefleckte Kühe. Doch was sie sah, nahm sie nicht wahr.
Ein Bad, ein Königreich für ein Bad – das war alles, was sie dachte. Dann erkannte sie, daß die Droschke auf einen riesenhaften Park zuhielt. Hochaufgeschossene Weiden, Eichen, Ulmen, Erlen und Kastanien ragten über ein dickes Mauerrund, in dessen Mitte ein großes, weit geöffnetes Eisentor zum Eintritt aufforderte.
Das also war Blair Manor. Ava schluckte. Kalter Schweiß perlte auf ihrer Stirn. Am Ende des Weges, vor dem hohen Portal, brachte der Kutscher das Pferd zum Stehen. Über dem fest verstrebten Eingangsgitter wölbte sich ein breiter Bogen aus Sandstein, in den ineinander verschlungene Buchstaben geritzt waren. Ava las:

»Nemo ante mortem beatus«

Doch die Worte sagten ihr nichts, denn sie konnte kein Latein.
»Soll ich vorfahren?« fragte der Kutscher.
»Nein. Ich gehe zu Fuß weiter.«
Ehe sie aus dem Wagen springen konnte, drehte sich der Mann mit einem nachsichtigen Grinsen zu ihr um.
»Wollen Sie eine Stunde laufen, Ma'am?«
»Wie?«
»Es sind drei Meilen bis zum Haupthaus.«
»Dann ... fahren Sie!«
Ava sank auf die Lederbank zurück. Drei Meilen ... Du lieber Himmel, wo war sie hier? Die Angst, womöglich in zehn Minuten in eine herrschaftliche Nachmittagsgesellschaft zu platzen, drehte ihr fast den Magen um. Für die Schönheit des Parks, die sanften Hügelkurven, die malerischen Baumgruppen, für Haine, Wege und Alleen, hatte sie kein Auge. Weder staunte sie über den mächtig aufragenden Springbrunnen mit seinen Putten und dem lässig auf Arkaden thronenden Adonis noch über die Seerosenteiche oder die kleine japanische Brücke, die über ein gewundenes Bächlein führte.
Der Wagen rollte durch Licht und Schatten, vorbei an Vogelgezänk und Blumenduft, und als er eine weite Kiesfläche erreichte, tat sich dahinter das Haupthaus auf. Blair Manor war – ein Schloß.
Und statt einen Schuh zu verlieren, raste Cinderella im Einspänner daher.
Gottlob stand nur eine einzige, abgeschirrte Kutsche vor dem breiten Treppenaufgang.
Das Gebäude war klarweiß getüncht und bildete ein Halbrund. In der Mitte prangte ein klassisches, von konischen Säulen gestütztes Portal; die beiden Flügel wuchsen im Oval daraus hervor und umrahmten die Einfahrt. Ein wahrer Dornröschenschlaf schien den Ort umfangen zu halten: keine Stimmen, kein Gelächter, keine Musik, kein Geräusch, abgesehen von dem Gezwitscher aus den Baumwipfeln.
Inzwischen war die Droschke stehengeblieben.

Ava stieg aus und griff nach ihrer Geldbörse. Sie entlohnte den Kutscher und ließ sich vor lauter Verwirrung bis auf den letzten Penny herausgeben. Leise fluchend lenkte der Mann den Wagen davon.

Die Tasche zu Füßen, den schmutzig gewordenen Pompadour am Handgelenk, die Finger um den Schirm gekrallt, auf dem Kopf ein Hütchen mit zwei gebrochenen Federn, umhüllt von einem viel zu warmen Cape, schaute Ava an der Fassade Blair Manors empor. Fast schien es, als hätte ihr ganzer Mut sie verlassen.

Als sie es endlich wagte, die Stufen zum Haupteingang hinaufzugehen und den Klingelzug zu betätigen, hegte sie für ein paar Sekunden die törichte Hoffnung, es möge niemand dasein, aber es dauerte nicht lange, bis ein beschürztes Mädchen mit einer weißen Haube im Haar ihr öffnete.

»Ich bin Miss Cheltenham und möchte zu Mr. Gildale«, sagte Ava. Da ihr nicht gleich geantwortet wurde, fragte sie: »Ist er da?«

»Einen Moment.«

Vor ihrer Nase fiel die Tür ins Schloß. Sie kam sich vor wie eine lästige Bittstellerin und umklammerte haltsuchend ihre Tasche. Augenblicke zerrannen und wurden zu Minuten.

Endlich kehrte das Mädchen zurück. Ava wurde aufgefordert, einzutreten. In der großen, überraschend leeren Halle, die gen Himmel zu streben schien, blickte sie sich verwundert
um.

Der Boden war mosaikartig mit weißen und schwarzen Marmorquadraten ausgelegt. Gerippte Säulen streckten sich zu einer gläsernen Kuppel empor, durch die flirrende Lichtkaskaden rieselten. An den Wänden hingen mehrere in Goldrahmen gefaßte Spiegel, in denen sich die herabströmende Sonnenflut brach, zwei van Dycks und ein paar Ölporträts von ihr unbekannten Meistern.

»Wenn Sie mir bitte folgen wollen«, sagte die Bedienstete, lächelte und ging voraus. Eine Tür nach der anderen öffnend, führte sie Ava durch schier endlose Zimmerfluchten.

»Gleich«, sagte sie, drückte die letzte Tür auf und trat in einen hellen Raum.
Ava hörte, wie sie ordnungsgemäß angemeldet wurde:
»Miss Cheltenham, Mylord!«
Dann fand sie sich in einem kleinen, ganz im modischen Regency eingerichteten Zimmer wieder, das bei aller Pracht der Stuckornamentik, der Gemälde, der Spiegel und der venezianischen Kerzenhalter, trotz der blaßblauen Seidentapeten und der sandfarben ausgeschlagenen Sitzmöbel durch Schlichtheit bestach. Das Interieur selbst war eher spärlich. Es gab einen Kartentisch aus Teakholz, ein paar fein gepolsterte Stühle, zwei Chaiselonguen, eine Vitrine und einen Kamin aus weißem Marmor. Hinter einem blauen Samtvorhang mußte sich ein Alkoven verbergen.
Ein thronähnlicher Sessel mit einer hohen Rückenlehne stand zwischen zwei Fenstern. In diesem Sessel saß ein Mann. Der Mann war blond und schmal und lächelte.

»Guten Tag«, sagte Ava, ohne zu merken, wie fest sie die Tasche an sich preßte.
»Willkommen«, entgegnete der Mann.
Sein Lächeln wurde breit. Dabei zeigte er Zähne, an denen Avas Blick irritiert hängenblieb, denn sie waren sehr weiß und etwas zu lang und signalisierten raubtierhafte Gefährlichkeit. Die Eckzähne ragten ein wenig hervor und verliehen dem Gesicht zusätzlich einen satanischen Zug. »Ich bin Aleister Wexton, der Earl of Barrington«, kam es aus dem schmalen, eher spöttisch als streng wirkenden Mund. »Es freut mich außerordentlich, Ihre werte Bekanntschaft zu machen, Miss Cheltenham. Eigentlich habe ich nicht zu hoffen gewagt, Ihnen so bald in die von Jonathan häufig erwähnten verschiedenfarbigen Augen sehen zu dürfen. Was führt Sie nach Blair Manor?«
Er dachte nicht daran, sich zu erheben oder Ava wenigstens die Hand zu reichen. Unterkühltes Interesse demonstrierend, verharrte er auf seinem Thron. Nach einer Weile schwang er

gar ein schlankes Bein über die linke Armlehne. Ava atmete tief durch. Ihr Unbehagen wuchs.
Natürlich fiel ihr auf, daß Aleister Wexton extrem nachlässig gekleidet war. Er trug enge, schilfgrüne Hosen und dunkelbraune Schweinslederstiefel mit beigefarbenen Stulpen. Das weiße Hemd schloß sich nicht über seiner schmalen Brust und hatte weite, pludrige Ärmel, die, statt von Manschetten gehalten zu werden, an den Gelenken abstanden. Sein blondes, kurzgeschnittenes Haar war ohne rechte Fasson glatt nach hinten gekämmt; von »Frisur« konnte keine Rede sein. Dennoch wirkte der Mann, der es offensichtlich gewohnt war, in diesem Habitus Gäste zu empfangen, alles andere als ungepflegt.
Als er sich die mehr als billige Freiheit nahm, Ava nach dem Grund ihres Besuches zu fragen, erwiderte sie: »Ich will nicht stören, aber ich muß mit Mr. Gildale sprechen. Die Angelegenheit duldet keinen Aufschub.«
»Warum nicht?«
Durch eines der großen, viergeteilten Fenster, dessen oberer Flügel gekippt war, fiel gleißendhelles Sonnenlicht über Aleister Wextons Kopf hinweg direkt bis vor Avas Füße. Es war, als habe man ihr einen Teppich aus Sonnengold gewoben, der umweglos auf den selbstsicheren, jungen Gentleman zu führte. Um seinen Kopf flirrte, gleich einem Heiligenschein, ein greller Strahlenkranz.
Ava betrachtete die Lichtbrücke und ging ein paar Schritte auf ihn zu.
»Es gibt da gewisse Kalamitäten ...« begann sie. »Einerlei! Ich werde Sie nicht lange belästigen! Was ich zu sagen habe, ist nur für Mr. Gildales Ohren bestimmt. Lassen Sie mich bitte zu ihm bringen!«
»Nein.«
Aleister Wexton stützte sich mit dem Ellbogen auf das Bein, das er über die Lehne geworfen hatte, und strich sich mit dem Zeigefinger der anderen Hand über die Schläfe. Seine durchsichtig blauen, nahezu fahlen Augen maßen das Mädchen, das ohne Jugend zu sein schien, mit Neugier.

Nun fragte Ava: »Warum nicht?«
Ohne es zu wollen, fast widerstrebend, tat sie einen weiteren Schritt auf Aleister Wexton zu. Der lachte.
»Weil er schläft«, sagte er.
»Er schläft?«
»Ja. Wußten Sie nicht, daß sich Jonathan nach dem Mittagessen ein Stündchen Ruhe zu gönnen pflegt? Unser beider Freund kann sich wahrscheinlich nicht aus den Kissen quälen, weil ihm die Wachtelbrüstchen von heute mittag zu schwer im Magen liegen. Er war ziemlich maßlos. Darf ich Sie, obwohl es schon recht spät ist, zum Lunch einladen? Ich nehme an, daß Sie nach der gewiß beschwerlichen Anreise hungrig sind.«
Ava schüttelte den Kopf. »Nein, danke.«
»Also gut. Keine Wachteln. Vielleicht Konfekt?«
Jetzt stand er auf. Er war sehr groß und sehr schmal. Im Vorübergehen nahm er Avas Hand und küßte sie so beiläufig, als hielte er Höflichkeiten dieser Art für überflüssig. Scheinbar ziellos schlenderte er zum Alkoven, dessen Vorhang er zurückschob, um eine Bonbonniere hervorzuholen. Sie war bereits angebrochen. Fünf oder sechs Pralinés fehlten.
»Hier! Nehmen Sie von denen mit Marzipan ... oder Krokant! Krokant schmeckt vorzüglich!«
Bevor Ava wählen konnte, tat er es selbst. Sie sah ihm zu, wie er sich eine Krokantkugel zwischen die bemerkenswerten Zähne schob.
»Schrecklich!« tat er blasiert. »Ich kann einfach keiner Süßigkeit widerstehen!«
Ava griff zögernd nach einem Marzipanherzen. Die zuckerklebrige Masse weigerte sich eine ganze Weile, ihren Gaumen zu passieren. Von Aleister Wexton beobachtet, als sei sie dabei, etwas Unanständiges zu tun, wandte Ava den Kopf zur Seite.
Endlich: Das Praliné war geschluckt!
»Tee trinken wir später«, sagte der Herr von Blair Manor. »Wären Sie einstweilen mit einer kleinen Erfrischung einverstanden?«

»Ich möchte nichts, danke.«
Gleichwohl: Sie hatte Hunger, und sie hatte Durst.
»Man kann Ihnen also nichts Gutes tun? Auch recht.«
Noch immer hatte er die Bonbonniere in der Hand, noch immer schaute er Ava neugierig an. Eigentlich stand er viel zu dicht bei ihr. Ihr Geruchssinn war verwirrt. Er duftete gut. Er roch nach einer Mischung aus Sandelholz und Minze, versüßt durch einen Hauch Zimt. Eigenartig.
Als Ava sein unverschämtes Grinsen gewahrte, fühlte sie sich für einen Moment an Sir Quentin erinnert. Dann sah sie wieder diese Zähne ... Sie schienen sogar durch die geschlossenen Lippen hindurchzuschimmern. Ihre Kontur war allzeit gegenwärtig.
»Haben Sie außer dieser Tasche kein Gepäck?« fragte Aleister Wexton. Er betrachtete das Reiseutensil, das sie offenbar nicht aus der Hand geben wollte, mit einer Spur Geringschätzung.
»Ich gedenke nicht lange zu bleiben.«
»Jaja, ich weiß. Sie wiederholen es beständig. Mit Jonathan wollen Sie sprechen – ohne Zeugen und so bald wie möglich. Sonst nichts. Trotzdem wird es sich kaum vermeiden lassen, daß Sie eine Nacht unter meinem Dach verbringen. Ich sorge dafür, daß ein Zimmer für Sie hergerichtet wird, und hoffe, daß unsere bescheidenen Bemühungen Gnade vor Ihren Augen finden.« Schon war er am Fenster. Er beugte sich über eine Chaiselongue und zog an der sandfarbenen Klingelkordel.
»Bescheiden?«
»Durchaus. Die Größe und der Zustand Blair Manors täuschen über meine momentanen Möglichkeiten hinweg. Da ich es satt habe, ständig von einem Dienstbotenheer umlagert zu sein, gibt es hier zur Zeit nur eine Köchin, ein Mädchen und ein Faktotum. Ich kann Ihnen also nicht einmal eine Zofe zur Verfügung stellen, verzichte auch selbst auf einen Kammerdiener und bin, wie Sie sehen, zur Stunde alles andere als ein Bild für Götter.«
Wohl wahr, dachte Ava, fand aber gleichzeitig, daß kein ande-

rer in einem derart ungebührlichen Aufzug so viel Noblesse besessen hätte wie er. Was er trug, trug er mit Selbstverständlichkeit. Er trug es souverän. Und so bewegte er sich auch.

»Bereiten Sie ein Zimmer für die Dame vor«, sagte er zu dem Mädchen, das an der Tür erschienen war. Dann nahm er Ava die Tasche aus der Hand und gab sie fort. »Und vier Gedecke zum Tee und zum Dinner!«

Nach einem flüchtigen Knicks verschwand das Mädchen mit der Tasche.

»Vier?« fragte Ava.

Aleister Wexton hob belustigt den Kopf. Er war achtundzwanzig Jahre alt, wie Ava später erfuhr, sah aber jünger aus, wenn er lächelte.

»So einsam Ihr Herzensfreund und ich hier draußen leben«, begann er nach einer kurzen Pause, »so gern wir auf Geselligkeit verzichten, sowenig ist es uns gelungen, der Welt vollständig zu entsagen. Oh, keine Angst, Miss Cheltenham! Wir betreiben keine Exerzitien! Eine ganz liebe Freundin, Lady Dorothy, die älteste Tochter des Earl of Bentwood, ist bei uns zu Besuch. Sie hat sich wie Jonathan nach dem Lunch zu Bett begeben – ebenfalls ein Opfer der Wachtelbrüstchen. Sie werden einander bald kennenlernen. Spätestens zur Teestunde dürften sich die müden Häupter ausgeschlafen haben.« Etwas verächtlich fügte er hinzu: »So Gott will!«

Noch immer fiel die Lichtschneise quer durchs Zimmer. Ava wäre es mittlerweile frevelhaft vorgekommen, sie zu betreten. Weil sie nicht wußte, was sie sagen sollte, versank sie in jenes Schweigen, das so bezeichnend für sie war. Plötzlich hörte sie Aleister Wexton lachen. Mit einer Stimme, die schnitt wie ein Rasiermesser, erkundigte er sich: »Fragen Sie sich zuweilen, wie dieses Spiel heißt und welcher Part Ihnen darin zugewiesen wurde?«

Gleich einem giftigen Skorpion hatte er zugestochen. Ava wich seinem Blick aus. Dieser Flegel! Wann würde er endlich die Freundlichkeit haben, ihr Platz anzubieten?

»Das Spiel heißt jedenfalls nicht ›Lord Wexton hat Liebes-

kummer‹«, entgegnete sie so kühl, daß der, den sie als ihren Widersacher erkannt hatte, wie um Beifall zu spenden eine Braue lüpfte.
Der changierende Lichtkegel, in dem Staubfäden schwebten, lag zwischen ihnen. Aleister Wexton stand auf der einen, Ava auf der anderen Seite.
Obwohl sie spürte, daß er in jedem Augenblick genau wußte, was und wie er es tat, wirkte er selbstvergessen, als er nach einer weiteren Krokantkugel griff. Viel zu abrupt biß er in das Praliné. Seine Zähne schlugen zu, als folgten sie einem unentrinnbaren, grausamen Zwang. Aleister Wexton knabberte nicht an der Süßigkeit, er riß sie wie etwas Lebendiges; er verschlang sie wie Chronos seine Kinder.
Eine kalte Versonnenheit versteinerte Wextons Miene. Als er zu Ava hinüberlächelte, empfand sie den aufstrahlenden Glanz in seinem Gesicht als Ohrfeige.
»Ich glaube nicht, daß ich hierbleiben sollte«, sagte sie, verärgert über das Zittern in der eigenen Stimme.
Aleister Wexton ließ sich wieder in seinen Thronsessel fallen. Die Anspannung, die in ihm sein mochte, nahm ihm keineswegs seine hoheitliche Gelassenheit.
»Sie sind anders, als ich Sie mir vorgestellt habe«, gab er zu. »Nicht daß Jonathan Sie falsch beschrieben hätte ... Wissen Sie, daß er Sie anbetet?«
Die Frage war rhetorisch. Ava zuckte mit den Achseln.
»Doch, ja! Er schwärmt unentwegt von Ihnen, auch in Form romantizistischer Gedichte. Ich sage romantizistisch, weil sie nicht romantisch sind. Sie sind nicht gefühlvoll, sondern gefühlig, nicht in ihren Wurzeln wahr, sondern stilisierend und manieriert. Obwohl sie ganz passabel klingen, fehlt es ihnen an Größe, an jenem Schuß Genie, der sie über bloßen Selbstzweck erheben könnte. Verstehen Sie, was ich meine? Nun, worauf ich hinauswill: Sie sollten hierbleiben, als Jonathans Muse.«
»Hat er nicht bereits eine andere – Muse?«
Schon während sie ihren Verdacht aussprach, begriff sie, daß

sie sich eine Blöße gab. Am liebsten hätte sie sich in dieser Blöße verloren und den Tränen, die sich ihr in die Augen drängten, freien Lauf gelassen. Es kostete sie viel Kraft, Aleister Wextons Ungerührtheit, in der Spott wohnte, auszuhalten. Zusammenzubrechen erlaubte sie sich nicht. Sie hatte viel gewagt und viel verloren.
Aleister rief: »Oh, bitte! Bewahren Sie Haltung! Hier weiß außer Ihnen sowieso niemand, was Contenance ist! Wir sind wahrscheinlich ein ziemlicher Lotterhaufen ... Hallo, Miss Cheltenham!«
Mit schmerzlicher Eindringlichkeit studierte er ihre Züge. Dann verlangte er kalt: »Ich wünsche, daß Sie bleiben.« Und leichthin fuhr er fort: »Lady Dorothy, Jonathan und ich waren so lange unter uns, daß ich anfing, mich nach London zurückzusehnen. Hampshire ist enervierend. Der Landadel hängt mir zum Halse heraus. Ich denke nicht daran, ihn herzubitten. Man scheint es von mir zu erwarten, aber ich neige dazu, Erwartungen zu ignorieren. Daß die Gepflogenheiten meines Vaters – möge er in Frieden ruhen! – nicht die meinen geworden sind, hat mir keineswegs Freundschaften eingetragen, doch voilà! So sei es! Schauen Sie mich nicht so verschreckt an! Menschen beginnen zusehends, mich zu langweilen. Immer seltener begegnet mir jemand, der meine Neugier weckt. Vielleicht tun Sie es. Vielleicht auch nicht. Ich will es herausfinden. Also: Bleiben Sie?«
»Ihretwegen?«
Die Düsternis, die ihn plötzlich wie grauer Nebel umfangen und alt gemacht hatte, nicht optisch alt, vielmehr seelenalt, gab ihn so schnell, wie sie gekommen war, wieder frei.
»›Ihretwegen?‹« äffte er. »Natürlich meinetwegen! In diesem Hause, ja, überall, wo ich bin, geschieht alles meinetwegen! Haben Sie übrigens etwas anderes zum Anziehen dabei, für den Abend, meine ich?«
Ihr Blick auf seine Aufmachung brachte ihn zum Lachen.
»Ich verspreche Ihnen, in Kürze manierlich auszusehen. Ist das ein Entgegenkommen? Sollten Sie kein vernünftiges Kleid

in Ihrer Tasche haben, kann Dorothy sicherlich aushelfen. Die Gute ist zwar um einiges üppiger als Sie, aber da wird den Damen schon etwas einfallen. Keine Widerrede! Sie spielen doch gern, oder?«

»Nein. Ich spiele nie.«

Aleister Wexton sprang auf. Er drehte sich hastig um die eigene Achse und hieb mit der Faust gegen die Rückenlehne des Sessels. Als seine Hand den geschnitzten Bestienkopf am Lehnenrand umfaßte, wurde sie weiß, so fest packte er zu.

»Wenn mir etwas die Laune verdirbt, Fräulein Stocksteif, so ist das ein Übermaß an Ernsthaftigkeit, das meistens in moralische Entrüstung mündet«, zischte er. »Wenn Sie nicht spielen, was tun Sie dann? Wahrheiten suchen? Was für Wahrheiten? Sind Sie hier, um eine Wahrheit zu erfahren, so können Sie gleich wieder gehen. Sie werden nämlich keine finden. Es gibt keine. Es gibt nur Geschichten und Blicke auf diese Geschichten. Ich lade Sie ein, mit den Möglichkeiten zu spielen – ein äußerst reizvolles, facettenreiches Vergnügen! –, und Sie wollen wählen? Solche Einfalt ist erbärmlich!«

Ava erstarrte vor Schreck. Ohne zu wissen, womit sie diesen Jähzornsausbruch heraufbeschworen hatte, sah sie, daß sich Aleisters weiß gewordene Hand noch immer um den Schmuckknopf krallte.

»Ich verstehe kein Wort«, sagte sie.

Daraufhin begann dieser unberechenbare Mann zu lachen. »Kommen Sie!« forderte er sie auf. »Ich bringe Sie auf Ihr Zimmer. Da können Sie sich frisch machen und etwas ausruhen. Ich habe Kopfschmerzen und will mir ein wenig die Beine vertreten. Wir sehen uns Punkt fünf beim Tee im Pavillon. Fanny, das Mädchen, wird Sie hinbringen. Sie brauchen nur zu läuten.«

Und dann führte er sie zur Tür hinaus und anschließend durch eine Flucht von Korridoren. Während sie nebeneinander durch die große Eingangshalle und über einen der beiden im Halbrund geschwungenen Treppenflügel in den ersten Stock hinaufgingen, plauderte Aleister Wexton über Archi-

tektur. Ava hörte kaum hin. Sie nahm nur den Geruch von Sandelholz, Minze und Zimt wahr.
»Hier!« rief er vergnügt. Er stieß eine Tür auf, grinste wie ein Junge, deutete eine Verneigung an und trat einen Schritt zurück.
Ava blickte in ein großzügig ausgestattetes, nach einem Blumenpotpourri duftendes Damenboudoir, das aussah, als habe es auf sie gewartet.
»Aber …« hub sie erstaunt an. Als sie zu Aleister aufsah, mußte sie den Kopf in den Nacken legen, so groß war er.
»Ach ja«, meinte er heiter. »Neben allzuviel Ernst gibt es noch etwas, das ich nicht mag, und zwar das Wort ›aber‹!«
So ließ er sie stehen.

Natürlich konnte Ava nicht schlafen. Sie versuchte es, denn die Reise hatte sie erschöpft, doch ihre Unruhe siegte über die Müdigkeit.
Immer wenn sie glaubte, dem unregelmäßigen Pochen ihres Herzens Einhalt geboten zu haben, spürte sie einen besonders dumpfen Schlag in der Brust, so, als wolle eine verschreckte Ungeduld aus ihr herausspringen.
Sie wusch sich lange vor der Zeit Gesicht und Hände und zog sich anschließend zum Tee um. Keines ihrer besten Kleider hatte sie dabei, nur eins, das Solange einen »Sommerfetzen« nannte. Unzufrieden betrachtete sie sich im Spiegel. Gräßlich! Da sie mit der Frisur nicht zurechtkam, band sie sich die dunkelblonden Strähnen einfach mit einem blauen Samtband nach hinten. Für diese strenge Haartracht war ihr Gesicht jedoch zu knabenhaft. Zornig riß sie sich das Band vom Kopf. Sie beschloß, die gänzlich ungelockten Flechten, denen es an Fülle fehlte, wider Mode und Eitelkeit offen zu tragen.
Gereizt stellte sie fest, daß sie wie ein Landmädchen aussah. Das weiße, längsgemusterte Musselinkleid ließ sie dünner denn je erscheinen. Weiß stand ihr einfach nicht.
Rot … Vielleicht hatte Sir Quentin recht.
Obwohl sie's kaum noch im Zimmer hielt, wartete sie, bis es

kurz vor fünf war. Dann ging sie hinunter. Statt nach dem Mädchen zu läuten, machte sie sich allein auf den Weg zum Pavillon, den sie bereits von einem Fenster aus gesehen hatte. Auf der Suche nach einer ins Freie führenden Tür spähte sie in alle möglichen Zimmer. Prompt verirrte sie sich und fand sich am Ende in jenem Raum wieder, in dem sie mit Aleister Wexton, dem Lord, der viel zu jung für seine Titel schien, bekanntgeworden war. Durch einen Arkadengang, der sich dem Nebensalon anschloß, trat sie schließlich in den Park hinaus.

Der Spätnachmittag atmete verhaltene Schwüle. Es roch intensiv nach Rosen. Wie üblich hatte Ava ihren Sonnenschirm zurückgelassen. Geblendet vom hellen Licht, näherte sie sich dem Pavillon, einem achteckigen, fragilen Bau aus Holz und Kalkstein, weiß getüncht und mit chinesischer Ornamentik geschmückt. Das Dach lief in acht kleinen Schnäbeln aus, war aber nicht bemalt.

Sie hörte Jonathans Stimme und die einer jungen Frau. Fanny, das Hausmädchen, kam ihr mit einem leeren Tablett unterm Arm entgegen und bestellte:

»Die Herrschaften warten schon auf Sie, Miss Cheltenham!«

»Ja, wir warten!« In einem braunen Cut mit mattgelber Weste tauchte Jonathan an einer der Ziersäulen auf. Er lehnte sich über die Geländerbrüstung, winkte und stürzte schließlich, alle vier Stufen auf einmal nehmend, zum Rasen hinunter. Lächelnd eilte er Ava entgegen.

»Liebste Freundin! Wie bin ich erstaunt!«

Sie konnte diese Anrede nicht mehr hören.

»Jonathan«, sagte sie.

Er hatte sie erreicht. Etwas atemlos, aber schön wie immer, stand er vor ihr und war die Unschuld in Person. Ohne zu merken, wie steif sie blieb, schloß er sie in die Arme und küßte sie erst auf die eine, dann auf die andere Wange.

»Komm, laß uns zu den anderen gehen! Aleister kennst du ja schon. Und Dotty ist schrecklich neugierig auf dich!«

Dotty, aha.

Er wollte Ava mit sich ziehen, doch sie sträubte sich. Aufgekratzt kam er ihr vor, unnatürlich erregt und viel zu munter.
»Nein, bitte nicht.« Ihre Augen baten mehr, als sie ahnte. »Können wir miteinander reden – allein?«
Jonathan machte ein bestürztes Gesicht.
»Jetzt?«
»Ja, jetzt!«
»Aber Ava, liebste, beste Ava! Wir sind Aleisters Gäste und können uns unmöglich davonstehlen!«
»Von Davonstehlen spricht ja keiner. Dieser Wexton wird wohl begreifen, daß wir uns einiges zu sagen haben. Vielleicht gibt es Mißverständnisse zwischen uns, vielleicht Lügen. Ich weiß es nicht. Aber ich will es wissen. Wenn wir geklärt haben, was wir klären müssen, gebe ich Lord Wexton gern die Ehre. Ich bin jedoch nicht gekommen, um mit deinen Freunden Konversation zu machen.«
»So spöttisch? Hat dich Aleister geärgert? Das täte mir leid! Der Tee ist bereits serviert, und der Kirschkuchen schmeckt hervorragend!«
Ava schaute zum Pavillon hinüber. Sie erkannte Aleister, der neben einer sitzenden Dame, von der man nur das aufgetürmte Haar sah, an der Holzbrüstung lehnte und redete. Da sie sich aus den Augenwinkeln beobachtet fühlte, gab sie nach. Es hatte ja doch keinen Sinn. Sie mußte auf dem Altar der Höflichkeit opfern.
Als Jonathan mit ihr das Gartenhaus betrat, rief er, viel zu wohlgelaunt: »So! Das ist also meine entzückende Freundin aus Bristol, Ava Cheltenham! Ava, darf ich dir Lady Dorothy vorstellen?«
Aleister grinste, und Lady Dorothy hob den Kopf, um mit unbewegter Miene zu erwidern: »Miss Cheltenham! Wie reizend!«
Jonathan entzog sich Avas Arm, ging zu einem kleinen Tischchen und füllte die letzte leere Tasse mit Tee.
»Bitte!« sagte er und reichte sie Ava, die ihrer vermeintlichen Rivalin zunickte und behauptete: »Ich bin erfreut.«

Die Damen musterten sich ziemlich ungeniert. Unter Männern hätte solch ein Blick als Herausforderung zum Duell gegolten.

»Du hattest Glück mit dem Wetter«, meinte Jonathan. Er hielt Ava einen Teller mit Kuchenstücken vor die Nase. »Sprich: Hattest du Unannehmlichkeiten zu erdulden? Die Kutscher von Winchester sind nicht gerade für ihre Freundlichkeit bekannt. – Milch?«

»Nein.«

»Ich durfte schon feststellen, daß deine wunderbare Freundin eine kleine Asketin ist, Jon. Bedenklich, findest du nicht?« Aleister stieß sich von der Brüstung ab. Als er seinen Tee mit Milch und Zucker übersüßt hatte, schob er Ava einen Stuhl hin. Sie setzte sich.

»Ich habe bereits eine Menge von dir und deiner Familie erzählt«, sagte Jonathan. »Wie steht es zu Hause? Was macht die bezaubernde Solange?«

»Es geht ihr gut. Es geht allen gut.«

Das Schweigen, das folgte, errichtete Mauern; allein Aleister schien die Situation zu gefallen. Bemüht, ein inneres Zittern niederzuringen, starrte Ava auf die Teetasse in ihrer Hand.

»Sie kommen aus Bristol?« erkundigte sich Lady Dorothy gelangweilt.

»Ja.«

»Es ist nett dort. Ich war einmal bei den Woolfs zu Gast. Aber das ist lange her. Sie verkehren mit den Woolfs?«

»Gelegentlich.«

»Eine angenehme Familie. Leider etwas provinziell. Alfred zum Beispiel, Sie wissen, Alfred, der Älteste ...«

Ava hörte gar nicht hin. Sie war hübsch, diese »Dotty«, oder vielmehr: Sie war reizvoll. Ein üppiger Busen wogte über einer nicht mehr schmalen, aber durchaus noch akzeptablen Taille. Das Kleid aus feinstgewebtem Stoff gab mehr preis, als es verbarg. Jede Kontur zeichnete sich darunter ab. Im Grunde glich die »ganz liebe Freundin« dem fleischlich-vitalen und dennoch mädchenhaft-anmutigen Boucher-Geschöpf, das sich nackt auf einem Diwan räkelt.

Daß etwas äußerst Sinnliches, Pantherträges von ihr ausging, spürte auch Ava, und sie spürte gleichzeitig, wie spröde sie selbst war.
Lady Dorothy hatte ein recht ansprechendes Gesichtchen mit runden Wangen und dunklen, lebendigen Augen. Unter der kurzen Nase lockte ein Kirschmund. In ihrem für den Geschmack der Zeit zu sonnengebräunten Antlitz gab es keinen einzigen scharfen Zug. Sie mochte um die Dreißig sein – Fältchen auf der Stirn, um den Mund und am Hals kündeten davon –, doch auf den ersten Blick sah sie keinen Tag älter als fünfundzwanzig aus.
»Ja«, sagte Ava, als die Rede auf den Ball der Gildales kam. »Im vorigen Jahr war ich dort.«
»Dann kennen Sie sicher auch ...«
Mein Gott! Was für Dümmlichkeiten aus so einem hübschen Mund! Fast ärgerlich schaute Ava Jonathan an, der jedoch Dorothy bestätigte: »Ja, natürlich! Weißt du eigentlich, daß es nach deiner Abreise noch monatelang ›Dotty hier, Dotty da‹ hieß? Man hat dich sehr vermißt. ›Keiner kann so vergnügt sein wie diese freche kleine Person mit den Kohleaugen!‹ hörte man lange von Sir Hugh. Du solltest uns wieder einmal besuchen.«
»Seid ihr wie üblich bei euren kleingeistigen Klatschgeschichten angelangt?« fragte Aleister. »Ihr lästert nicht einmal gut. Wenn ihr ›wie reizend‹ sagt und ›entsetzlich‹ meint, muß ich euch beipflichten, wenngleich ich der Meinung bin, daß euch fehlt, was Erörterungen wie diese zum Genuß machen könnte: das Gefühl für Nuancen! Wir sollten Miss Cheltenhams Langmut nicht über Gebühr strapazieren. Wie ich sehe, ist das Fräulein über euer Geschwätz erhaben.«
Jonathan nahm Avas Hand, küßte ihre Fingerspitzen und sagte so gespreizt, daß nicht herauszuhören war, ob er es ernst oder augenzwinkernd meinte: »Du hast recht, Al! Ava steht in jeder Hinsicht über mir. Zu deinen Füßen, liebste Freundin!«
Dorothy schmunzelte, und Aleister streckte sich auf einem

zierlichen Rokokostühlchen aus und verzog spöttisch das Gesicht.
»Nun, Jon, deine liebste Freundin gedenkt, uns für eine Weile Gesellschaft zu leisten«, sagte er. »Ich konnte sie dazu überreden. Nicht wahr, Miss Cheltenham, so ist es doch? Sie müssen wissen, daß ich auf den heutigen Abend recht gespannt bin. Dorothy ist nämlich davon überzeugt, am Klavier eine gute Figur zu machen. Nehmen Sie den Kampf mit ihr auf? Wenn man Jonathans überschwenglichen Berichten glauben darf, grenzt Ihre musikalische Begabung an Hexerei. Wir werden uns allesamt köstlich amüsieren. Freust du dich, Dotty?«

Geplauder, Gelächter, Belangloses und hin und wieder eine kleine Anzüglichkeit ... ein dahinplätschernder Nachmittag. Als Ava gegen sieben mit Dorothy ins Haus zurückging, fühlte sie sich unwohler denn je. Wahrscheinlich würde sie auch im Lauf des Abends um keinen Deut klüger werden. Im Kleid dieser anderen sollte sie sich mit der eigenen Verständnislosigkeit abfinden und Jonathans helles Unschuldsstrahlen ertragen. Aber morgen! Sie war entschlossen, in aller Frühe eine Aussprache zu erzwingen.
»Ich glaube, Rot dürfte Ihnen stehen«, sagte Dorothy, als sie zusammen das Ende des Südflügels erreicht hatten und ein geräumiges Damenschlafzimmer betraten, das von einem gewaltigen jakobinischen Toilettentisch beherrscht wurde.
Dorothy stürzte sofort zu einem der vier hohen Fenster und stieß es auf. Warme Luft wehte herein und brachte den Geruch des Sommers mit.
»Rot, ja, vielleicht«, entgegnete Ava zerstreut. Auf einmal war sie sehr müde.
Dorothy öffnete einen schweren Nußbaumschrank. Während sie das Angebot ihrer Kleider durchforstete, murmelte sie: »Tja ...«
»Schwierig mit Rot«, gestand sie nach einer Weile. »Die drei, die ich in der Farbe habe, sind nichts für Sie. Wie wär's mit Blau?«

Sie zog ein wehendes Georgettekleid mit Korsageneinsatz hervor, hielt es vor Ava hin und wartete auf eine Reaktion.
»Hübsch«, lobte Ava.
»Sie sind sehr schmal«, kam es kritisch von Dorothy, die zuerst Ava, dann das Kleid und schließlich wieder Ava betrachtete. »Aber die Korsage wird uns retten. Wollen Sie es anprobieren?«
»Ich nehme es mit auf mein Zimmer. Es wird schon passen.«
»Unsinn! Wer schnürt Ihnen die Bänder?«
»Ich ziehe mich erst um, ehe ich zum Dinner hinuntergehe. Vielleicht klingele ich dem Mädchen.«
Dorothy wollte sich schulterzuckend abwenden, besann sich aber eines anderen. Aufseufzend sank sie auf das breite Bett und blickte zu dem goldbestickten Brokathimmel empor.
»Sie wittern eine Feindin in mir. Das ist ein Fehler«, gab sie zu bedenken.
Ava senkte die Lider. Während sie das Kleid übertrieben sorgsam zusammenfaltete, bekannte sie: »Ich weiß nicht, was ich von der Situation halten soll, Lady Dorothy.«
»Nennen Sie mich doch Dotty! Alle tun das. Darf ich Ava zu Ihnen sagen?«
Ava fand dieses Ansinnen ebenso verfrüht wie unstandesgemäß. Statt einer Antwort fragte sie: »Weshalb?«
»Weil Sie eines begreifen sollten: Gegeneinander sind wir in diesem Hause verraten und verkauft.«
»Ich verstehe nicht.« Ohne es zu merken, krampfte Ava die Finger in den Stoff des Kleides.
Dorothy seufzte erneut. Sie schlug ein Bein über das andere, stützte sich mit beiden Armen in die Kissen und lehnte sich zurück. Das sah sehr malerisch aus. Avas Blick fiel auf vollendete Fesseln, um die sich die Bänder der grünen Seidenschuhe wie Efeuarme rankten.
»Wie alt sind Sie?« wollte Dorothy wissen. Obwohl es nicht heiß war, griff sie nach dem Fächer, der auf dem Nachttisch lag, und begann, sich Luft zuzuwedeln.
»Fast achtzehn«, erwiderte Ava.

»Als ich Lord Wexton kennenlernte, war ich jünger als Sie.«
»Und?«
»Das ist über zehn Jahre her.«
In dem Schweigen, das folgte, hing für Bruchteile einer Sekunde Dorothys ganzes Leben. Wie um wegzuwischen, was sie, ohne es auszusprechen, preisgegeben hatte, hob sie lachend den Kopf.
»Kommen Sie! Ziehen Sie Ihr Kleid aus und meines an! Wir wollen sehen, wie es Ihnen steht. Sie sollen heute abend so hübsch wie möglich sein.«
»Ist heute ein besonderer Abend?«
»In gewisser Weise.« Dorothy war aufgestanden. »Es ist immer ein besonderer Abend, wenn Aleister Gefallen an jemandem gefunden hat. Er wird alles tun, um Sie aus der Fassung zu bringen. Schlagen Sie ihn mit seinen eigenen Waffen!« Langsam streifte sie die Träger des Batisthemds von Avas Schultern. »Sie dürfen ihn nicht immer ernst nehmen. Das wäre fatal. Er ist schwierig und hat Launen, aber er kann sehr unterhaltend sein ... Mein Gott, was für eine weiße Haut Sie haben! Der Segen aller Blondinen!«
Ava stand in Hemd und Strümpfen vor ihr. Sie schob Dorothys Hand fort und holte die Träger des Hemdchens auf ihre Schultern zurück. Zweifelnd begutachtete sie die staubigen Stoffschuhe an ihren Füßen.
»Keine Angst!« wurde sie beruhigt. »Blaue Schuhe gebe ich Ihnen auch. Ihre Haut ist wirklich bewundernswert.«
»Ich bin zu blaß«, sagte Ava und war verlegen, denn Dorothys Finger glitten über ihr Schlüsselbein. Sie versteifte sich und bemerkte den fremden, eigentümlichen Glanz in den Augen der anderen, die sich zuerst räusperte und dann lachte.
»Sie Lämmchen! Hier! Steigen Sie in das Kleid!« Ava gehorchte. Zärtlich schwebte der leichte Stoff um ihre Beine. Dorothy half ihr in die Ärmelpuffen. Anschließend machte sie sich an den Schnüren der Korsage zu schaffen.
»Enger geht's nicht«, bedauerte sie, ehe sie Ava zum Toilettenspiegel umdrehte. Der Taillenbund saß beinahe straff.

»Nun, wie gefallen Sie sich?«
Ava lächelte.
Dann wurden die Schuhe ausgewählt. Sie paßten wie angegossen. Dorothy klatschte in die Hände, ein junges Mädchen jetzt, vergnügt und frei von den Spuren der Jahre. Obwohl Ava es nicht aussprechen wollte, tat sie es doch: »Sie sind sehr hübsch.«
Beider Blicke trafen sich im Spiegel. Die Ältere griff nach einer Haarsträhne der Jüngeren, strich sie hinter deren Ohr und sagte: »Und Sie sind sehr jung.«
Als die Stille bedrückend wurde, entzog sich Ava der fremden Hand, die noch immer in ihrem Nacken lag.
»Ich gehe jetzt auf mein Zimmer«, entschied sie. »Wie spät ist es überhaupt?«
»Halb acht. Diniert wird um neun.«
»Gut. Dann kann ich mich noch ein wenig ausruhen. Holen Sie mich ab, bevor Sie hinuntergehen?«
Dorothy nickte.
»Gern. Und denken Sie an unsere Übereinkunft!«
Mit dem eigenen Kleid und den verschmutzten Stoffschuhen unterm Arm verließ Ava das Zimmer. Ohne zu wissen, was in sie gefahren war, hüpfte sie, fast übermütig, den Korridor entlang.
Als sie den zweiflügeligen Treppenaufgang erreicht hatte, stützte sie sich mit den Unterarmen auf die Geländerbrüstung. Lange blickte sie auf den Mosaikfußboden aus schwarzen und weißen Marmorplatten hinunter.
Die Dämmerung tauchte die Halle in bedrohliches Zwielicht. Durch die verglaste Kuppel fielen die ersten Schatten der Nacht; an den Wänden im Parterre steckten brennende Kerzen in mehrarmigen Eisenhaltern, oben war es dunkel.
Ava hatte das Gefühl, nicht wirklich allein zu sein. Sie fühlte etwas neben oder hinter sich. Vielleicht war es der unsichtbare Aleister, der allgegenwärtige Geist des Herrn von Blair Manor.
War er eigentlich schön? Sie wußte es nicht.

Ein Frösteln durchrieselte sie, ein Schauder, wie eine fremde Berührung auf der Haut. Fremd war jetzt alles. Fremd war sie sich selbst.

Auf einmal mußte sie lachen.

Warum sollte sie nicht endlich siebzehn sein und sich auf ein Abenteuer einlassen?

Fünftes Kapitel

Zu Avas Verwunderung bestand das Dinner nur aus ein paar kalten Pasteten und etwas Gemüse. Dazu wurde kleines, süßes Gebäck serviert. Von Gängen konnte keine Rede sein. Sämtliche Speisen standen in Schalen und Schüsseln auf dem Tisch und warteten darauf, verzehrt zu werden. Da es Ava am Nachmittag nicht möglich gewesen war, den Kirschkuchen auch nur zu kosten, blickte sie ziemlich indigniert über die Tafel. Aleister lachte.

»Es ist nicht gesund, am Abend viel und schwer zu essen. Man wird nur dick davon. Ich habe nicht vor, in fünf Jahren meine eigene Karikatur zu sein.«

Jonathan winkte ab. Er kannte diese Marotte zur Genüge. »Greif zu, Ava, und kümmere dich nicht um Aleisters eigenwillige Ansichten. Er lebt seit jeher in dem Wahn, eines Tages seine Schönheit zu verlieren.«

Dorothy ergänzte: »Er nascht ohnehin den ganzen Tag. Aber Sie essen mit Sicherheit zuwenig.«

Grinsend lehnte sich Aleister zurück.

»Sie ißt nicht zuwenig, sie ißt falsch. Es muß nicht jeder fressen, bis sein Zwerchfell gegen die Speiseröhre stößt, liebe Dotty.«

Dorothy wurde rot, und Ava bemerkte spitz: »Gegen einen gesunden Appetit ist nichts einzuwenden.«

Dankbar lächelte das Boucher-Mädchen zu ihr herüber.

»Was heißt Appetit?« Aleister beobachtete amüsiert, wie Ava demonstrativ vier verschiedene Pastetenscheiben auf einmal auf ihren Teller häufte. »Es geht um den sinnlichen Genuß. Den Hang dazu kann man Dotty freilich nicht absprechen. Wie ist das mit Ihnen, Miss Cheltenham?«

»Oh, Al, bitte! Erspare uns deine Anzüglichkeiten!«
Jonathans Stimme klang ein wenig zu laut, so, als wolle er etwas, das nur er gehört hatte, übertönen. Angespannt zuckte es um seinen Mund. Ava sah es, lächelte ihm eiskalt zu und reichte Dorothy die Schale mit den überbackenen Kartoffeln. Der geschmolzene Käse roch intensiv und würzig. Wie um diesem an seiner Nase vorbeidampfenden Aroma zu entgehen, schob sich Aleister mitsamt seinem Stuhl zurück und entzog sich gleichzeitig dem innersten Lichtkreis, den die beiden Kandelaber warfen.
»Offenbar will uns Lord Wexton den Appetit verderben«, sagte Ava, mutig geworden. »Hier, Dorothy, nehmen Sie von den Kartoffeln! Sie sind ausgezeichnet.«
»Mästen Sie sie nur!« spottete Aleister. Halbdunkel umgab ihn. Gleich einem blonden Dämon streckte er sich vor seinem überlebensgroßen Schatten, der wie etwas Fremdes, das Eigenleben besaß, die Wand verdunkelte, und seine Bewegungen nicht nachzuvollziehen, sondern auf sie zu antworten schien.
Als Aleisters Kopf pfeilschnell in den hellsten Kreis des Kerzenscheins zurücktauchte, war es Ava, als fletsche er hinter dem geschlossenen Mund die Zähne. Er spießte eine Karotte auf seine Gabel und hielt sie ihr über den Tisch hinweg entgegen.
»Probieren Sie!« sagte er.
»Danke, ich habe selbst Besteck.«
Zweifellos fühlte sich Jonathan von Minute zu Minute unbehaglicher. Wie ein ungeduldiger Junge, der nicht mehr sitzen kann, rutschte er auf seinem Stuhl hin und her. Und Dorothy beschäftigte sich so eingehend mit den überbackenen Kartoffeln, daß sie keine Zeit hatte, aufzusehen.
Derweil forderte Aleister von Ava: »Machen Sie mir die Freude!«
Sie lächelte. Dann schnappte sie nach dem Köder. Während ihre Zähne die Gabel länger als nötig festhielten, schaute sie Aleister in die Augen. Anschließend fuhr sie sich mit der Zunge über die Lippen.

»Sind Sie jetzt zufrieden, Lord Wexton? Kann ich mich wieder meinem eigenen Teller zuwenden?«
Fahrig, als habe eine plötzliche Verwirrung sie überkommen, hantierte sie mit ihrer Serviette. Aleister lachte schallend.
»Ob ich zufrieden bin, fragt mich diese Hexe? Wissen Sie was, Ava? Wir werden einander sehr vergnüglich finden! Man reiche mir die Törtchen!«
Jonathan tauschte einen bedeutungsschweren Blick mit Dorothy. Als er sein Weinglas hob, wandte er sich an Ava.
»In meiner Zerstreutheit, die du verzeihen magst, versäumte ich, mich zu erkundigen, wie lange du bleiben willst oder kannst«, sagte er. »Weiß dein Vater von diesem Besuch?«
»Nein.«
»Väter pflegen selten zu wissen, mit wem oder wohin ihre Töchter durchbrennen«, bemerkte Aleister. »Durchgebrannt sind Sie doch, nicht wahr, Ava?«
»In gewisser Weise.«
»Aber Al!« fuhr Jonathan auf. »Lege ihr nicht Worte in den Mund, die sie niemals wählen würde!« Wütend leerte er sein Glas, um es danach mit Heftigkeit auf den Tisch zurückzustellen. Dorothy schenkte ihm nach.
»Sprich bitte nicht für mich, Jonathan«, rügte ihn Ava. Plötzlich fand sie diesen Jüngling, in den sie sich vor einem Jahr verliebt hatte, unmöglich.
Sein Zorn machte ihn zu einem hilflosen Kind; Rage konnte er sich nicht erlauben. Sie stieß ihn in die Niederungen des Trivialen. Er wurde zum gefallenen Engel. Er wurde überflüssig.
Da die große Glastür, durch die Ava am Nachmittag in den Park hinausgefunden hatte, offenstand, wehten laue Windstöße ins Zimmer. Sie bewegten die Vorhänge und die Flammen der Kerzen.
Im nächtlichen Spiel von Licht und Schatten kam Ava der Herr von Blair Manor seltsam unwirklich vor, so unwirklich, daß auch die ungreifbare Angst, die gelegentlich in ihr aufpochte, kein Echo in ihrem Denken fand. Von unsichtbaren Netzen umfangen, beschwipst und gleichzeitig nüchtern,

empfand sie eine irrwitzige Euphorie. Nicht sie schien an diesem Tisch zu sitzen, sondern ein kühnes Abbild der Ava Cheltenham, die sie gern gewesen wäre.
»Hörst du, Jon?« fragte Aleister. »Die junge Dame, die ich unverzeihlicherweise bereits Ava nenne, kann für sich selbst sprechen. Das lobe ich mir! Erzählen Sie, Ava! Was hat Sie dazu getrieben, unserem wunderbaren Jonathan nachzureisen? Eifersucht?«
Dorothy umklammerte die Weinkaraffe und fragte, während Ava zu perplex war, um irgend etwas zu erwidern: »Darf ich dir nachgießen, Aleister?«
Ohne sie anzusehen, hielt er ihr sein Glas hin. Zu Ava sagte er: »Ein hervorragender Tropfen aus der Provence. Es geht wirklich nichts über die Franzosen und ihre Lebensart. Nun, meine Liebe, wollen Sie mir nicht antworten?«
»Was für ein Bekenntnis versuchen Sie mir zu entlocken?«
Das Herz schlug ihr bis zum Halse, und in ihren Augen tanzten lebhafte Lichter.
»Laß es gut sein, Al«, bat Jonathan, um dessen Mundwinkel es nervös zuckte. »Ava kennt deine Stimmungen nicht. Du verwirrst sie.«
»Würdest du bitte aufhören, über mich zu reden, als sei ich ein kleines Kind?« fauchte Ava. Zu Aleister sagte sie ruhig: »Ich fürchte mich nicht vor Ihnen, Lord Wexton. Tun Sie sich keinen Zwang an! Wenn es Sie interessiert: Mein Vater weiß nicht, wo ich bin. Niemand weiß es. Wer durchbrennt, legt keine Fährte. Ich mag mich ungebührlich benommen haben; leider tat ich es für einen Mann, der mich offenbar für unmündig hält!«
»Sie *sind* unmündig«, meinte Aleister gutgelaunt, »aber Gott sei Dank recht eloquent. Wie mich das freut! Bitte, Jon, tu mir die Liebe und langweile mich nicht länger mit deinen Bemühungen, meinen neugewonnenen Elan zu bremsen. Du weißt doch: Ich habe etwas übrig für Mädchen, die durchbrennen.«
Jetzt schaute er Dorothy an. Deren Mund wurde schmal. Während sie zurückschwieg, vergaß sie, weiterzuessen. Ava

widmete sich mit wahrer Hingabe den Pasteten und gab vor, die Eindringlichkeit, mit der Jonathan ihren Blick suchte, nicht zu bemerken.

Schließlich gab sich Jonathan einen Ruck und fragte: »Wäre es nicht besser, wenn wir deinen Vater benachrichtigten: Er wird sich Sorgen machen. Dir ist doch klar, daß dein Ruf auf dem Spiel steht.« Und in aller Deutlichkeit fügte er hinzu: »Wenn sich in Bristol herumspricht, daß du meinetwegen auf und davon gegangen bist, ist deine Zukunft ruiniert. Außerdem ...«

»Was, Jonathan?« fiel Ava ihm ins Wort. »Trügt mich mein Gedächtnis? Hast du nicht einmal mit Verve die freie Liebe verteidigt?«

Aleister prostete ihr zu, und Jonathan klagte: »Du mußt mir glauben, Ava, ich wollte nie etwas tun, was dir schaden könnte.«

»Ich weiß nicht, wovon du sprichst«, sagte sie.

Aleister wandte sich an Jonathan: »Ich auch nicht. Du hast die kleine Hexe nicht entführt, sie ist freiwillig gekommen. Dazu mußte sie keineswegs ermutigt werden. Sollte sie sich mit dieser Aktion erledigt haben, ist das ihre Sache, zumal sie darauf besteht, für sich selbst verantwortlich zu sein. Entzückende Ava, haben Sie schon begriffen, daß Sie in Bristol inzwischen zum Stadtgespräch geworden sind? Machen Sie sich nichts draus! Sehen Sie sich Dorothy an! Nicht wahr, Dotty, von der eigenen Familie geächtet und von der Gesellschaft geschnitten, lebt es sich höchst ungeniert.«

Obwohl sich Dorothys Augen zu schmalen Schlitzen verengten, blieb ihr Gesicht wundersam weich. Ganz unfaßbar klang deshalb, was sie zwischen den Zähnen hervorpreßte: »Manchmal hasse ich dich, Aleister!«

Der Herr von Blair Manor warf vergnügt den Kopf in den Nacken.

»Famos! Doch gib es zu: Für dein heißes Blut kann ich nichts! Und du, Jon, kannst nichts für den Leichtsinn deiner kleinen Freundin. Was ist nur geschehen, daß sie so sehr den Kopf verloren hat?«

Ein Luftzug streifte die Flammen der Kerzen. Während Aleisters Schatten fledermausgleich über die Wand flatterte, versprach Jonathan: »Wir werden eine Lösung finden. Es bedarf nur etwas diplomatischen Geschicks, um einen Fauxpas wie diesen, mehr ist es ja nicht, aus der Welt zu schaffen. Gleich morgen früh senden wir eine Depesche nach Bristol.«

Ava legte ihr Besteck beiseite. Sie tat das mit großer Sorgfalt. Alle warteten auf eine gewichtige Aussage. Sie blieb aus.

»Nun haben wir sie verschreckt«, stellte Aleister fest. »Sie weiß nicht, was sie sagen soll. Das macht nichts. Genug der Worte! Hiermit hebe ich die Tafel auf. Mir ist nach Musik zumute. Geben Sie sich die Ehre, Ava? Also: keine Müdigkeit! Auf in den Römischen Salon! Was hast du, Dotty? Nimm dir einen Teller mit, wenn du noch etwas essen willst!«

»Mir ist der Appetit vergangen.«

»Um so besser. Du platzt ohnehin aus allen Nähten.«

Aleister war bereits an der Tür zum Nebenraum und stieß sie auf. Galant ließ er seinen Gästen den Vortritt.

Der Salon war groß. Er beherbergte einen Flügel aus Zypressenholz, ein paar wie zufällig im Raum verstreute Tischchen und Kommoden, schwere rote Samtvorhänge, Bilder mit Szenen aus der römischen Mythologie, jede Menge Spiegel und fünf auffallende Chaiselonguen, allesamt in jenem mediterranen Stil, dem der Salon seinen Namen verdankte.

Einem Waldfaun gleich, geheimnisvoll und lilienhaft schmal, tänzelte Aleister von einem Leuchter zum anderen, um die Kerzen anzuzünden. Er bewegte sich geschmeidig und hielt die Schultern gerade, ohne dabei steif auszusehen. Deshalb durfte er sich das giftige Grün, das er trug, leisten; an jedem anderen hätte sich sein exzentrischer Aufzug – nicht zu vergessen die türkisen Stickereien an den Rockaufschlägen, die karmesinrote Weste und der safrangelbe Schal – lächerlich ausgenommen.

Im Gegensatz zu Aleister machte Jonathan, obwohl ganz in dezentem Beige, mit seinem modisch überbreiten Kragen, der so hoch war, daß er den Hals in die Länge zu ziehen schien, dem Rock, der vorn über der Taille endete und hinten in einen schier bodenlangen Schwalbenschwanz mündete, sowie den weit fallenden französischen Hosen einen geckenhaften Eindruck.

»Setzt euch!« rief Aleister. »Sie, Ava, begutachten am besten gleich das Instrument. Jon erzählte mir, daß Sie Bach, Händel und Haydn bevorzugen. Heute müssen Sie sich zwischen Mozart und Beethoven entscheiden. Kennen Sie Beethoven? Auf dem Kontinent soll er noch immer sehr beliebt sein. Ich halte seine *Eroica* für ein großes Werk. Es heißt, er sei mittlerweile fast taub.«

Ava wühlte bereits in Notenblättern. Sie fand viel englisches Liedgut und genausoviel englischen Dilettantismus.

»Oh!« rief sie. Sie haben ja einen Klavierauszug der Jupiter-Symphonie!«

Aleister öffnete den Flügel. »Also Mozart?«

Noch ehe die anderen, andächtig und zum Lauschen bereit, Platz genommen hatten, glitt Ava auf die gepolsterte Pianobank. Sie erprobte die Klangqualität des Instruments, erklärte es für verstimmt, hörte Aleister »aber nur unerheblich!« sagen, entgegnete »unerheblich für Sie!« und fing an.

Sie spielte konzentriert. Sie spielte ekstatisch. Sie spielte wie eine Verhungernde, die endlich genährt wird. Sie spielte, als habe sie ihr Leben lang nichts anderes getan. Und so war es ja auch.

Irgendwann brachte ihr Jonathan einen zweiten Kerzenhalter. Er blieb neben ihr stehen, um die Notenblätter zu wenden. Während er sie aus verzückten Augen anschaute, stiegen sich jagende Töne in die laue Nachtluft. Unterdessen streckte sich Dorothy auf einem der römischen Diwane aus. Aleister setzte sich neben sie und schlug die Beine übereinander. Sanft strich er über ihr dunkles Haar, das sich in zahllosen Löckchen um ihren Kopf kringelte. Auch er schien, weich und traumverloren, dem Moment entfremdet.

Jonathan wartete noch immer auf ein Zeichen des Einvernehmens von Ava. Richtige Hundeaugen hatte er jetzt, treu und

hoffend und ergeben. Ava spielte sich an seiner stummen Bitte vorbei.
Als sie geendet hatte, dauerte es ein paar Sekunden, bis sich die anderen aus ihrer Versunkenheit lösten. Aleister kehrte als erster von seiner Gedankenreise zurück. Er klatschte in die Hände und gab zu: »Jon, du hast nicht zuviel versprochen!«
Langsam drehte sich Ava auf der Klavierbank um. Als sie gewahrte, daß Aleisters Fingerspitzen über die nackten Schultern des Boucher-Mädchens wanderten, stockte sie mitten in der Bewegung.
»Ich werde nicht versuchen, gegen Sie anzutreten«, meinte Dorothy träge. In Aleisters Auflachen schwang ein Anflug von Zärtlichkeit mit.
»Machen Sie sich keine Illusionen«, sagte er zu Ava. »Diese feige Person ist eine Sonntagspianistin und nicht in der Lage, Ihren Vortrag zu werten. Sie orientiert sich stets an den Reaktionen anderer.« Er beugte sich zu Dorothy nieder und küßte ihren Nacken.
»Sei nicht so eingebildet«, schnurrte sie.
Jonathan bat: »Spiel uns noch etwas, liebste Freundin!«
Ava nickte. Sie klappte das Partiturenheft zusammen und fuhr ohne Noten fort. Schwer und melancholisch hallte es durch den Raum.
»Was ist das?« wollte Aleister wissen. Er erhob sich und gesellte sich zu Jonathan. Ohne aufzusehen, antwortete Ava: »Eine Phantasie in c-Moll.«
Wie von allein bedienten ihre Finger die Tasten.
»Von wem?« fragte Jonathan.
»Von Ava Cheltenham.«
Dorothy gähnte. Der trauernde Melodiebogen, der sie schläfrig machte, stimmte Aleister mißvergnügt. Seine Stirn umwölkte sich.
»Hören Sie auf!« befahl er.
Da Ava unverdrossen weiterspielte, fauchte er: »Sie sollen aufhören!«

»Warum?«
Zornig riß er ihre Hände von der Klaviatur. Sie merkte, daß er vor Wut mit den Zähnen knirschte, und fuhr auf: »Was haben Sie denn?«
»Dieser Raum erstickt in Ihrer Schwermut!« schlug es ihr entgegen. »Mehr davon ist das letzte, was ich auf Blair Manor gebrauchen kann! Es verlangt mich nach Heiterkeit!«
»War Ihnen Mozart nicht heiter genug?«
Er winkte ab und begann, wie von einer unsichtbaren Macht umhergestoßen, durch den Salon zu stolpern. Die Blicke der anderen folgten ihm verstört. Niemand sagte etwas.
Plötzlich griff er sich mit einer Hand ins Haar und fragte alle und keinen: »Glaubt ihr, Mozart ist heiter? Er scheint es zu sein, aber das trügt. Sieh mich nicht so an, Jonathan! Auch deine Unschuld ist Maskerade! Das macht dich ja so reizvoll!«
»Nicht doch, Al! Setz dich zu mir!« beschwor ihn Dorothy. »Ava wird etwas Heiteres spielen. Nicht wahr, Ava, das tun Sie doch?«
Angus Cheltenhams Tochter fügte sich. Diesmal intonierte sie ein beschwingtes Volkslied, das jedoch nicht gegen die Schwere der soeben verklungenen Nachtphantasie ankam. Wie von einem schwarzen Loch aufgesogen, verplätscherte Ton für Ton.
Aleister stellte sich wieder neben Jonathan und fragte so leise, als solle nur er es hören, aber laut genug, daß Ava es gleichfalls verstehen mußte: »Was meinst du: Ob ihre Hände in jeder Hinsicht so geschickt sind?«
Die einzig adäquate Antwort wäre eine Ohrfeige gewesen. Niemand raffte sich dazu auf.
Dafür wurde Avas Anschlag ungestümer und die Musik lauter.
Kreidebleich geworden, raunte Jonathan Aleister etwas zu. Der lachte und flüsterte zurück, und schon legte er einen Arm um seinen Freund. Ava gab vor, völlig in ihrem Spiel aufzugehen. Als sie nach zwei Liedstrophen den Kopf hob, sah sie, daß Aleister Jonathan ins Ohrläppchen biß, ohne sie dabei eine

Sekunde aus den Augen zu lassen. Im Schein der Leuchter blitzte sein rechter Eckzahn auf.
Ihre Hände fielen auf die Tastatur. Es dröhnte.
Frech wie ein ungezogener Junge, der weiß, daß er frech und ungezogen ist, spottete Aleister: »Fehlt Ihnen etwas?«
Jonathan glich einer steifen, bleichen Wachspuppe.
Aufgeschreckt von der plötzlichen Stille, rief Dorothy: »Was ist denn?«
Zwischen Nachtfinsternis und Kerzenglanz war eine entsetzliche Verzweiflung gewachsen. Höhnisch und viel zu laut lachte Aleister auf. Nachdem er sich mit einer verächtlichen Handbewegung von Jonathan abgewandt hatte, ließ er sich theatralisch auf den nächsten Diwan fallen.
»Ihr langweilt mich«, sagte er feindselig. »Ihr langweilt mich ohne Maß! Eine wunderbare Gesellschaft seid ihr mir! Einer unbekümmerter und amüsanter als der andere! Ach, schert euch zum Teufel! Hört ihr nicht? Ich will allein sein! Eure dümmlichen Mienen und eure noch dümmlicheren Gedanken sind degoutant!«
Sich auf dem Diwan ausstreckend, preßte er sich die Handflächen gegen die Schläfen. Er krümmte sich wie von furchtbaren Kopfschmerzen gepeinigt.
Dorothy eilte zu ihm, wurde aber weggestoßen: »Faß mich nicht an!«
Stockend kam es von Jonathan: »Wir sollten uns zurückziehen. Aleister ist erschöpft.«
»Erschöpft!« schrie der junge Lord. Mit einem wilden Ruck riß er sich in die Höhe. »Ich bin nicht erschöpft! Ich bin angeödet – und zwar von euch und dem ganzen Stumpfsinn dieser Welt! Was mich quält, ist einzig und allein die Langeweile! Raus! Alle miteinander! Morgen will ich vor dem Dinner niemanden sehen. Ich ertrage euch nicht, und ich weiß auch nicht, wann ich euch wieder ertragen werde! Na los! Verschwindet!«
Ava ergriff als erste die Flucht. Fast wankte sie zur Tür. Sie spürte deutlich die Gefahr, in den Strudel dieses Aberwitzes gerissen zu werden.

Als sie den großen Treppenaufgang erreichte, hörte sie, daß ihr Jonathan, gefolgt von Dorothy, nachkam.
»Ava, warte!« rief er.
Also blieb sie stehen.
»Es ist schon gut«, versicherte sie.
Obwohl in der Halle noch immer sämtliche Kerzen brannten, hatte Jonathan einen Leuchter in der Hand. Er sah aus wie ein Nachtwächter.
»Ich muß mich hinlegen. Ich bin etwas überreizt«, gab Ava zu.
Dorothy nickte.
»Das sind wir alle. Diesmal hat uns Aleister zuviel zugemutet.«
»Es ist stets zuviel«, sagte Jonathan. Ohne ein weiteres Wort zu verlieren, benommen fast, schleppte er sich an der Frau und dem Mädchen vorbei die Treppe hinauf. Seine Schritte verklangen im oberen Korridor. Dorothy lächelte Ava unsicher zu und wünschte ihr eine gute Nacht. Dann hastete sie davon, so schnell, als wäre ein Wespenschwarm hinter ihr her.
Ava lehnte sich mit dem Rücken gegen die Wand. Die kühle Stille tat wohl.
Sie sind wahnsinnig, dachte sie, sie sind allesamt wahnsinnig.

Erst spät in der Nacht fand Ava Schlaf. Am anderen Morgen fühlte sie sich wie gerädert.
Während sie im Bett kauerte, die Beine an die Brust gezogen, erinnerte sie sich dumpf an Fetzen verwirrender Träume. Dann fiel ihr ein, warum sie hier war. Sie hatte wenig Lust, mit Jonathan zu reden, und erwog, abzureisen. Dazu durchringen konnte sie sich allerdings nicht. Also stieg sie erst einmal aus dem Bett und trat vor den Toilettenspiegel. Ein Gesicht, das sie häßlich fand, blickte ihr daraus entgegen.
Sie wusch sich über der Waschschüssel, wünschte, ein Bad nehmen zu können, schlüpfte in das Kleid, das sie mitgebracht hatte, und steckte sich das Haar zu einem zweckmäßigen Chignon hoch.

Schade, daß nirgendwo eine Parfumkaraffe stand ... Durch die geschlossenen Fenster fiel das Licht des frühen Vormittags. Eine Weile sah Ava in den Park hinaus. Dann verließ sie das Zimmer.
Sie wanderte den schier endlosen Flur entlang und ging nach unten, wo sie diesen und jenen Raum besichtigte, als suche sie etwas. In der Bibliothek traf sie auf das Mädchen Fanny, das mit dem Staubwedel in der Hand vor ihr knickste und sofort in den Korridor hinausscharwenzelte.
Es dauerte nicht lange, bis sie, ohne zu wissen, welche Klinke sie drückte, die Tür zum Römischen Salon aufstieß. Natürlich erkannte sie den Schauplatz der dramatischen Szene, die letzte Nacht Blair Manor erschüttert hatte, gleich wieder. Das Zimmer schwamm in Licht. Von Schwere, gar von Verzweiflung, war nichts mehr zu spüren.
Ava wollte schon wieder gehen, da bemerkte sie, daß Aleister noch immer auf jenem Diwan lag, auf den er sich kurz vor Mitternacht geworfen hatte. In einer Pose selbstverliebter Ergebenheit streckte er beide Arme von sich. Er hatte ein Bein angewinkelt und war so schön und so unwirklich wie ein fleischgewordenes Marmorbild.
Sein grüner Rock hing über einer Kommode. Er trug nur noch die engen Beinkleider, das weiße Hemd und die karmesinrote, inzwischen aufgeknöpfte Weste. Offenbar hatte er die Nacht hier verbracht.
Bevor sich Ava zurückziehen konnte, sagter er: »Na, stellen Sie's schon her!«
»Was soll ich herstellen?«
Aleister hob den Kopf. Aufseufzend ließ er ihn wieder fallen.
»Ach so. Sie. Machen Sie die Tür zu!«
Ava gehorchte.
»Geht es Ihnen besser?« erkundigte sie sich.
»Ich kann das Sonnenlicht ertragen, ja.«
»Wenn ich mich recht entsinne, wollten Sie vor heute abend niemanden sehen.«
Langsam setzte sich Aleister auf. Er rieb sich die Augen.

»Richtig. In der Regel hält man sich in diesem Haus an meine Anweisungen – oder an meine Wünsche. Wie's beliebt. Meine deutlich gehobene Stimmung erlaubt es mir jedoch, Sie zum Frühstück einzuladen.«

Ava durchmaß mit zögernden Schritten den Raum. Hier und da blieb sie stehen, als verdiene ein Bild oder ein kostbares Stück Nippes besondere Beachtung. Während sie eine französische Tischuhr bewunderte, meinte sie: »Sie lassen sich gehen.«

»Und Sie beleidigen meinen Sinn für Ästhetik mit einer außergewöhnlich geschmacklosen Frisur.«

Das Mädchen kam herein und stellte auf den zierlichsten der kleinen Kartentische ein Tablett mit Tee, Kirschsaft, Schinken, kaltem Huhn, Butter, Toast, Marmelade, Honig und kleinen Törtchen.

»Das reicht für zwei«, entschied Aleister. »Besteck für Miss Cheltenham!«

Als Fanny fort war, fragte Ava: »Wollen Sie sich nicht bei mir entschuldigen?«

»Wofür?«

»Für den gestrigen Abend.«

»Sie sind spaßig, wirklich!«

»Zumindest zweifle ich an Ihren Manieren. Behandeln Sie Ihre Gäste immer so eigenartig?«

»Vielleicht hatte ich einen schlechten Tag.«

Er zog das Tischchen mit dem Tablett zu sich heran, goß sich Tee ein und begann – im Schneidersitz! – zu essen. Seine Schuhe lagen unter der Klavierbank.

»Sie erlauben doch?« bat er, obwohl er bereits am ersten Bissen kaute. Als er ein Stück Schinken auf seine Gabel spießte und ihr entgegenstreckte, lachte sie.

»Noch einmal fresse ich Ihnen nicht aus der Hand!«

»Na schön. Aber Sie verzeihen: Ich sterbe vor Hunger!«

Während er sich's schmecken ließ, versuchte sie immer wieder, einen Blick auf seine Zähne zu erhaschen. Er registrierte es, sagte aber nichts.

»Was tun Sie hier draußen?« fragte sie plötzlich.
Aleister grinste, als wittere er List und Tücke. Langsam und genießerisch biß er in eines der Törtchen.
Die Antwort blieb er schuldig.
»Sie könnten sich in London weitaus besser zerstreuen«, forschte sie weiter. »Ich denke an Bälle, Teegesellschaften, die Oper, das Theater, Soireen! Statt dessen sitzen Sie auf Blair Manor, dem vielleicht prächtigsten, aber einsamsten Landsitz des englischen Südens und tyrannisieren Lady Dorothy und Jonathan. Wie mir scheint, kommen Sie dabei nicht einmal auf Ihre Kosten.«
»Gut gesagt! Wirklich, gut gesagt! Hier, nehmen Sie das Brötchen! Kaltes Huhn mögen Sie doch? Ich merke, daß Sie hungrig sind.«
Ava trat näher, übersah, was er ihr reichte, und griff nach dem Messer, um eines der glasierten Petit fours auseinanderzuschneiden. Mit jenem Lächeln, das sie besaß, seit sie am Abend zuvor die Karotte von seiner Gabel genommen hatte, schob sie sich die etwas kleinere Hälfte in den Mund.
Aleister wartete, bis sie das süße Biskuitstück hinuntergeschluckt hatte. Dann schlug er seine Zähne in die andere Hälfte des Törtchens.
»Haben Sie den Spruch am Eingangsportal von Blair Manor gelesen?« wollte er wissen.
»Ja, aber ich konnte ihn nicht übersetzen.«
»Er stammt von Solon. Im Englischen bedeutet er: ›Niemand ist vor dem Tode glücklich.‹«
Obwohl er schmunzelte, fühlte Ava eine Beklommenheit, die sie als Angst erkannte. Diese Angst stieß sie jedoch nicht von ihm fort; sie führte sie zu ihm hin. Auch körperlich stand sie inzwischen so dicht bei ihm, daß ihr Arm seine Schulter berührte.
»Seien Sie vorsichtig«, sagte er.
»Warum?«
»Es ist nicht gut, mir zu nahe zu kommen. Verstehen Sie Solons Gedanken?«

»Ich weiß nicht. Er ist wenig ermutigend.«
Aleister erhob sich. Er nahm eine Mandel mit Schokoladenüberzug von einem der Petit fours und schob sie Ava in den Mund. Wie gestern die Gabel hielt sie heute seinen Finger mit den Zähnen fest. Anschließend befeuchtete sie sich die Lippen.
»Sie sind merkwürdig«, sagte sie und ging zu der französischen Empire-Uhr zurück, die auf einer Marmorstele im hintersten Winkel des Raums ein im allgemeinen unbeachtetes Dasein fristete.
»Ich bin es leid«, widersprach Aleister so unvermittelt, daß Ava die Brauen zusammenzog. Er setzte sich wieder hin und leerte sein Saftglas.
»Was sind Sie leid?«
»Die einzige Herausforderung, die mir das Leben je geboten hat, war und ist die Langeweile. Ich kämpfe schwer mit ihr. Gelegentlich sieht es so aus, als würde ich siegen, aber zuweilen ...«
Ava berührte mit zwei Fingern die Blattornamentik der Uhr.
»Haben Sie je nach einer ernsthaften Herausforderung Ausschau gehalten?« fragte sie.
»Stets und ständig!« Sein Lachen klang unfroh. »Ich habe – das ist das Fatale – von allem zuviel. Ich bin mit Geistesgaben und materiellen Gütern ausgestattet, ich werde geachtet, ich verfüge über die Mittel, zu tun und zu lassen, was ich mag, ich kann mir jeden Spleen erlauben, ich besitze einen Magnetismus, dem man verfällt, man liebt mich ... Wir mir das auf die Nerven geht! Weil ich immer bekomme, was ich will, sitze ich satt vor mir selbst. Eine Tragödie, nicht wahr?«
»Sie sind zynisch.«
»Ich bin aufrichtig und für jeden Selbstbetrug zuwenig indolent.«
»Womit beschäftigen Sie sich?«
Fanny brachte das bestellte Frühstücksgeschirr. Sie rückte ein weiteres Tischchen vor Aleister und legte das zweite Gedeck auf. Als sie wieder gegangen war, überließ der Hausherr Ava mit einer großzügigen Handbewegung den Rest der Mahlzeit.

»Ich habe in Oxford früh brilliert«, erzählte er. »Zwei glänzende Examen liegen hinter mir. Womit ich mich auch auseinandersetzte, Jurisprudenz, Naturwissenschaften, Sprachen, alles flog mir zu. Sehen Sie mich nicht so ungläubig an: Es ist wahr! Außerdem fiel mir ein großes Vermögen in den Schoß. Ich fürchte, ich habe mehr geerbt, als ich verprassen kann. Dabei gebe ich mir als vorläufig letzter Sproß derer von Wexton und Barrington alle Mühe. Nichtsdestotrotz veröffentlichte ich eine Zeitlang, natürlich mit Erfolg, wissenschaftliche Essays – Sie ersparen mir, ausführlicher zu werden? – und sogar, man höre und staune, Gedichte. Mit einer einzigen Rede im Parlament, die leidenschaftliche Kontroversen auslöste, erntete ich mehr Lorbeer und Popularität als der König in den letzten zehn Jahren. Man feierte mich als würdigen Nachfolger des seligen William Pitt und trug mir allerlei Ämter an. Du lieber Gott, wie uninteressant! Nebenbei bin ich ein hervorragender Parforce-Reiter, der bei jeder zweiten Jagd den Fuchs stellt. Zynismus? Nein. Ein Leben summa cum laude strengt an. Es tröpfelt, statt zu fließen.«
Ava hatte die Klavierbank vor die beiden Frühstückstischchen gezogen. Sie setzte sich und schaute Aleister, der wieder auf der mediterranen Chaiselongue lümmelte, nachdenklich an.
»Wenn Sie glauben, daß Solon recht hat, gibt es für Sie nur eine Alternative: Sehnen Sie sich nach dem Tod! Dann werden Sie erfahren, ob Sie tatsächlich immer erlangen, was Sie sich wünschen. Wenn Sie sterben, können Sie glücklich werden. Wenn Sie weiterleben, stoßen Sie an das Unerreichbare, das Sie so preisen.«
Sie lachte launig (und blieb bei den Petit fours). So hatte sie noch nie gefrühstückt: auf einer Klavierbank vor zwei winzigen Kartentischchen, ihr gegenüber ein blonder Faunenprinz in weißem Hemd und giftgrünen Pantalons.
»Sie können ja böse sein!« rief er.
»Ich glaube nicht, daß Ihnen das Leben so leichtfällt, wie Sie tun. Da der gestrige Abend keineswegs zu Ihrer Zufriedenheit

verlief, vergaßen Sie sich. In Wahrheit hoffen Sie auf Widerstand, doch die Marionetten um Sie herum liebedienern bis zum bitteren Ende. Sie möchten, daß Ihr allmächtiger Wille einmal Schiffbruch erleidet. *Das* ist Ihre unerfüllte Sehnsucht.«

»Wie klug!« Er verneigte sich über die beiden Tischchen hinweg und schwang manieriert einen Arm durch die Luft. »Bei Licht betrachtet, Sie kleine Hexe, ist mir bereits etwas Neues eingefallen, das ich haben will.«

»Was denn?« Sie wurde rot, weil sie die Antwort kannte.

»Sie.«

Obwohl sich die Röte in ihrem Gesicht vertiefte, hielt sie seinem Blick stand.

»Wollen Sie mich – oder wollen Sie Jonathan verletzen, um zu erforschen, ob er auch das verzeiht?«

»Hexe!« rief Aleister begeistert. »Frauen, die nicht schön sind und deshalb nicht mit optischen Reizen kokettieren, sind geistreicher als andere – und scharfsinniger. Mein Kompliment!«

Ava nippte an ihrem Tee.

»... Frauen, die nicht schön sind ...«

Als sie diese Beleidigung überwunden hatte, floh sie in Entrüstung: »Jonathan ist Ihr Freund! Er hat stets in den höchsten Tönen von Ihnen gesprochen.«

»Das sei ihm unbenommen. Nett von ihm. Im übrigen kenne ich Jonathan sehr lange und sehr gut. Sie kenne ich seit gestern. Sie trotzen mir, das mag ich. Ich will Sie besitzen. Ich will, daß Sie sich verlieren, daß Sie sich gehenlassen und daß Sie dabei Ihre stolze Klugheit vergessen, Fräulein Stocksteif! Die Hexe in Ihnen dürfte noch viel interessanter sein als die kühle Sezierererin!«

»Sie sollten nicht damit rechnen, Jonathan mit meiner Hilfe demütigen zu können.«

»Zum Teufel mit Jonathan!« Aleister schnellte hoch und stellte sich neben sie. Als er eine Hand auf ihre Schulter legte, entglitt ihr vor Schreck der Teelöffel. Abwehrend schüttelte sie den Kopf.

»Was wollen Sie?« fragte er. Seine Augen wurden schmal und fahlbleich und bekamen einen wölfischen Ausdruck. »Jonathan vor mir retten? Retten Sie erst einmal sich selbst. Was Jon betrifft: Sie können es ja versuchen. Gelingen wird es Ihnen nicht. Er ist ein Schwächling.«

»Und schön, nicht wahr?«

Aleister legte zwei Finger unter ihr Kinn, hob ihr Gesicht zu sich empor und sagte zärtlich: »Ja, sehr schön. Das finden wir doch beide, habe ich recht?«

Er machte Anstalten, sich über sie zu beugen, doch sie schrie: »Wagen Sie es nicht, mich zu küssen! Sie ... Sie sind ja verdorben bis ins Mark!«

Er lachte.

»Ich werde noch viel mehr tun, als Sie küssen. Und ich fürchte, ich kann nicht umhin, Sie auch ein bißchen zu verderben. Keine Angst. Ich sagte *ein bißchen!* Es wird Ihnen gefallen.«

Langsam näherte sich sein Mund dem ihren. Sie sprang auf. Dabei geriet einer der kleinen Kartentische gefährlich ins Wanken. Der Tee schwappte über den Tassenrand, Ava bekleckerte sich mit Marmelade. Als sie einen Schritt zurückwich, hob Aleister amüsiert eine Braue. In das pochende Schweigen hinein sagte er: »Es ist schade, daß Jonathan es nicht fertiggebracht hat, Sie – wie heißt das? – zu schänden?«

Ava schloß die Augen und preßte die Kiefer aufeinander.

»Ich wäre gern einmal der zweite gewesen!« fügte Aleister hinzu, räumte aber ein: »Doch Ihre Unerfahrenheit hat durchaus Charme.«

»Ich finde Sie abstoßend.«

»Wirklich?«

In ihrem Nacken stellten sich die Härchen auf. Ständig wollte sie etwas hinunterschlucken, das ihr hartnäckig am Gaumen klebte.

»Sie sind ja noch immer rot«, bemerkte Aleister. »Als ich siebzehn war, muß ich älter gewesen sein, als Sie es heute sind.«

Ava wandte sich ab. Jung fühlte sie sich zum erstenmal. Nicht vorwärts, sondern rückwärts schien sie sich auf sich selbst zuzubewegen.
»Unterschätzen Sie mich nicht«, drohte sie leise.
»Im Gegenteil! Sie lernen zu spielen, und Sie lernen schnell. Aber bedenken Sie stets: Es ist mein Spiel. Ich habe die besseren Karten.«
Als er nach seinem Rock griff, ihn über die Schulter hängte zur Tür spazierte, spürte er ihre Enttäuschung.
»Wir sehen uns zum Tee«, verabschiedete er sich vorläufig. »Jetzt brauche ich ein Bad!«
Kaum war er fort, ging sie in den Nebenraum und trat durch die nur angelehnte Glastür in den Park hinaus. Auf einmal wollte sie hüpfen und springen. Nur mühsam vermochte sie, sich zu bezähmen.
Da hörte sie Dorothy rufen: »Ach, hier sind Sie! Ich habe Sie gesucht!«

Ava wartete. Es war ihr nicht recht, sich mit Dorothy unterhalten zu müssen. Also verschränkte sie die Arme im Rücken und wippte ungeduldig mit dem Oberkörper. Ihr »guten Morgen!« klang kühl und überheblich.
»›Guten Mittag‹ wäre wohl angebrachter!« Dorothy lachte. Sie hatte Ava erreicht. Beide gingen nun nebeneinander. »Sind Sie schon lange auf den Beinen?«
»Nein.«
Eine stumme Minute verstrich. Dann fing Dorothy an: »Ich habe vorhin mit Jonathan gesprochen.«
»Worüber?«
»Über Ihren Aufenthalt auf Blair Manor. Glauben Sie nicht, daß ich Sie vertreiben will, Ava, aber denken Sie an Ihre Zukunft, an Ihren Leumund.«
»Ich kann für mich selbst entscheiden, und um ehrlich zu sein: Ich bin überzeugt, daß Sie mich loswerden wollen.«
Dorothy spannte ihren Sonnenschirm auf und fragte ärgerlich: »Warum müssen sich Frauen immer befehden? Sind wir denn Rivalinnen?«

Wieder wippte Ava mit dem Oberkörper.
»Ja«, sagte sie, »das sind wir.«
Obwohl das Boucher-Mädchen stehengeblieben war, schlenderte sie weiter. Wenig später wurde sie eingeholt und am Arm festgehalten. »Da kommt Jonathan!« flüsterte Dorothy. »Reden wir von etwas anderem!«
»Gerne.«
Jonathan stürmte heran, warf seinen Zylinder in die Luft, fing ihn wieder auf, umarmte Ava und danach Dorothy und rief: »Was für ein Tag! Ihr zwei Hübschen seht blendend aus!«
Und schon ging er zwischen ihnen und legte um jede Taille einen Arm. »Ich habe bereits ein Gedicht geschrieben«, erzählte er. »Und Aleister scheint überwältigend guter Laune zu sein. Ich traf ihn auf dem Dachbalkon. Nun, was für ein Geheimnis teilen die Damen?«
So übermütig er neckte, so keck erwiderte ihm Dorothy. Er zog sie auf, sie gab schelmisch Kontra. Nichts hätte Ava mehr irritieren können als dieses harmlose Getändel.
Auch später, beim Tee im Pavillon, gelang es ihr nicht, das, was geschah, einzuordnen. Aleister zeigte sich in galanter Kavalierslaune und verteilte Komplimente in alle Richtungen. Dorothys frisch gebrannte Löckchen fand er »zum Anknabbern« und Jonathans neues Gedicht – »Man verzeihe mir, daß ich es heimlich las!« – »einfach superb!«. Als Ava mutmaßte, daß es vielleicht die Pflicht des Künstlers sei, alle Welt von der Wahrhaftigkeit seiner Lügen zu überzeugen, sprach er von einem »grandiosen Aphorismus«.
Man war so ausgelassen, als vergnüge man sich auf einer x-beliebigen, besonders fröhlichen Teegesellschaft irgendwo auf dem Lande. Über Kunst, Mode und Reisen in alle Herren Länder wurde geplaudert. Offenbar war jeder bereit, den vergangenen Abend zu vergessen.
Ava fahndete dauernd nach Spitzen und Zweideutigkeiten, nach versteckten Frivolitäten und Anspielungen, hörte aber nur einer lustigen, teilweise geistreichen Konversation zu, die, ohne allzu seicht zu werden, Abgründe mied.

Nach dem Dinner bat Aleister seine Gäste in den Römischen Salon. Jonathan zündete Kerzen an. Da Fenster und Türen sperrangelweit offenstanden, hörte man die Grillen zirpen und atmete den Duft des Sommers. Ava schaute in die Nacht hinaus. Die Bäume im Park hoben sich schwarzarmig und monströs vom verblassenden Horizont ab.

Als Jonathan anfing, Gespenstergeschichten zu erzählen, wurde Aleister – im Gegensatz zu Dorothy, die ständig dazwischenplapperte – wortkarg. Plötzlich rief er:

»Die Würfel! Laßt uns spielen!«

Dorothy und Jonathan gaben sich erschrockene Blicke. Daß die vergessene Bedrohung vom vorigen Abend zu neuem Leben erwacht war, spürte Ava sofort.

Aleister warf bereits drei Würfel und einen Lederbecher auf einen Kartentisch, um den vier der fünf Chaiselonguen gruppiert wurden. Während die Herren die Möbelstücke durch den Raum schoben, sandte Dorothy mit zur Decke gerollten Augen ein Stoßgebet gen Himmel.

»Setzt euch! Komm, Dotty, mach kein Gesicht wie ein Lamm, das zur Schlachtbank geführt wird! Das steht dir nicht!« sagte Aleister. Er ließ sich auf seinen Lieblingsdiwan fallen, rekelte sich und schnippte ungeduldig die Würfel über die Tischplatte. Alle warteten auf Jonathan, der die Weingläser und die zur Hälfte geleerte Madeiraflasche aus dem Eßzimmer holte. »Schreib deine Gedichte im Morgengrauen!« knurrte Aleister ungeduldig.

Zuerst ließ sich alles ganz harmlos an. Man würfelte drei Runden und zählte danach die Punkte jedes einzelnen zusammen. Wer die niedrigste Gesamtsumme für sich verbuchte, war der Verlierer. Er mußte nach nebenan gehen und die Tür hinter sich schließen. Daraufhin beratschlagten die Zurückbleibenden, was für eine Aufgabe ihm zuzumuten sei.

Dorothy hatte ein Liedchen zu singen und dabei auf einem Bein zu stehen – wie albern! dachte Ava und starrte verdutzt auf den sich vor Lachen windenden Jonathan –, Aleister wurde in den Park geschickt, um den Mond anzuheulen, und

von Ava verlangte man, sich Stirnlocken schneiden zu lassen. Schließlich mußte Jonathan ein Bad im Seerosenteich nehmen. Er erntete höhnisches Gejohle, weil er in Hemd, Beinkleidern und Strümpfen ins Wasser sprang. Bibbernd in eine Decke gehüllt, ergab er sich später, als Aleister die dritte Flasche Madeira öffnete, sinnlosen Lachsalven.
Auch Dorothy kicherte. Als sie das nächste Spiel verlor, schlug Aleister vor, sie solle nackt tun, was Jonathan bekleidet vollbracht hatte.
»Aber nein!« japste Ava, die alles nur noch komisch fand und einen Schwips und einen vom Naschwerk verklebten Gaumen hatte. Ohne zu meinen, was sie sagte, protestierte sie: »Das geht zu weit!«
Jonathan war so gut wie betrunken. Er schälte sich aus der Decke und setzte sich neben Aleister. Nach der Weinflasche greifend, verkündete er:
»Eine g-ganz aus-ge-z-zeichnete Idee!«
Der Herr von Blair Manor grinste, erhob sich und holte Dorothy herein. Die kreischte, als sie von ihrem Schicksal erfuhr. Während man zu viert in den Park zurückstob, fing sie an, sich auszuziehen. Kaum hatte sie alle Spangen, Bänder und Ösen ihres Gewandes gelöst, flüchtete sie hinter das Labyrinth einer Hibiskushecke, wo sie fallen ließ, was sie noch am Leibe trug.
»Ich komme!« schrie sie. Blitzschnell stürzte sie sich in den Teich. Jonathan wollte hinter ihr her, wurde aber, da er sich kaum noch auf den Beinen halten konnte, von Aleister daran gehindert.
»Auch gut«, murmelte Jonathan. Dann plumpste er ins Gras. Derweil stand Dorothy bis zu den Hüften im Wasser. Über ihr glänzte der gelbe Mond, dessen Licht ihren Körper umrahmte. Ava biß sich auf die Unterlippe. Als sie Dorothys schweren Busen sah, wurde ihr die eigene Flachbrüstigkeit deutlich. Ihr Lachen brach.
»Komm raus!« rief Aleister. Er war an den Rand des Teiches getreten und streckte Dorothy die Hände entgegen. Mit einem

Ruck zog er sie ans Ufer. Als sie gegen ihn taumelte, küßte er sie. Ava beobachtete, wie zwei schwarze Gestalten, Scherenschnitten gleich, ineinanderschmolzen.
Allen voran hastete sie zum Haus zurück. Die anderen folgten ihr.
Jonathan hatte dem schweren Wein so zugesprochen, daß er nicht mehr in der Lage war, einen verständlichen Satz zu artikulieren. Er versuchte es lange, verfing sich jedoch in Silbennetzen und gab sein Bemühen, von einer wegwerfenden Handbewegung begleitet, schließlich auf.
Ohne sich vorher trockenzureiben, hatte sich Dorothy wieder angezogen. Sie trug weder Hemd noch Mieder. Unter dem Stoff des feucht und eng auf ihrer Haut klebenden Kleides zeichneten sich ihre hart gewordenen Brustspitzen ab.
Offenbar hatte sie noch nicht genug geküßt. Sie setzte sich zu Aleister, fuhr mit sanften Fingern unter sein bereits geöffnetes Hemd – wo war seine Weste? – und suchte mit den Lippen seinen Mund. Er schob sie zur Seite, um nach der Bonbonniere zu langen.
»Nun, seid ihr müde?« fragte er, ehe er sich ein Krokantpraliné zwischen die Zähne steckte. Das verklungene Lachen hatte eine zermürbende Leere zurückgelassen. Zwei Kerzen waren niedergebrannt. »Um zu gähnen, ist es noch zu früh! Also, Ava, Sie sind dran!«
Ava schöpfte Atem.
»Ich habe keine Lust mehr«, sagte sie mit einem verräterischen Zittern in der Stimme.
»Es ... ist ... sooo ... ss-am«, blubberte Jonathan, der neben einem Diwan kauerte, den er nicht mehr zu erklimmen vermochte. Wie eine Katze rollte er sich zusammen und begann zu schnurren.
Dorothy erklärte: »Dann würfele ich!«
Ohne auf sie zu achten, drückte Aleister das Lederbehältnis samt Inhalt Ava in die Hand.
»Ihr Spiel!«
»Nein.«

»Schütteln und kippen, das ist alles!« munterte er sie auf. Sie wollte »Ich will nicht!« rufen, ließ aber die Würfel fallen. Einmal die Zwei, einmal die Drei und einmal die Sechs.
Dorothy zog einen Mundwinkel hoch.
»Mal sehen«, sagte Aleister. Dann stürzte er den Becher. Ehe er ihn hob, verstrichen ein paar Spannungssekunden. Einmal die Zwei, zweimal die Fünf.
»Gewonnen«, bemerkte er kühl.
Ava schlug die Lider hoch.
»Ja, das erste Spiel.«
»Es gibt kein zweites.«
Er stand auf und trat vor sie hin. Ausdruckslos blickte sie zu ihm empor. In ihren Beinen war plötzlich die bleierne Schwere des Weins. Sie glaubte, sich nie wieder von diesem Diwan erheben zu können.
Innerhalb einer einzigen Minute schien Dorothy lungenkrank geworden. Während ihre unregelmäßigen Atemzüge Jonathans Schnarchen begleiteten, beugte sich Aleister zu Ava hinunter. Vorsichtig berührte sein Mund den ihren. Im Reflex biß sie ihn in die Unterlippe. Er fuhr eine Handbreit zurück, tastete mit der Zunge über die aufgeplatzte Stelle und begann, dicht vor Avas Augen, zu lächeln. Dann küßte er sie erneut, diesmal sehr zwingend. Sie schmeckte sein Blut, atmete seinen Geruch – diesen Geruch nach Sandelholz, Minze und Zimt und fremder, warmer Haut – und hörte sich keuchend um Luft ringen. Ehe sie die Arme um seinen Nacken schlingen konnte, gab er ihren Mund frei.
Er richtete sich auf, griff mit ruhiger Selbstverständlichkeit nach seinem Weinglas, trank es mit einem Schluck aus und tat mit einem geringschätzig-amüsierten Blick auf Jonathan kund: »Das war's für heute. Die Gesellschaft hat sich offenkundig selbst aufgehoben.«

Als Ava im Morgengrauen aus schwülen, unerhörten Träumen schreckte, drehte sie sich mehrmals im Bett um und versuchte, wieder einzuschlafen. Trotzdem wurde sie von Sekunde zu Sekunde wacher.

Ob Jonathan noch immer betrunken im Römischen Salon lag und vor sich hinschnarchte?
Niemand hatte sich letzte Nacht seiner angenommen. Auf einmal empfand sie einen Hauch von Zärtlichkeit für den Jungen, in dem sie einst den Mann ihres Lebens gewähnt hatte und der nun ihr Bruder geworden war.
Sie schwang die Beine aus dem Bett, schlüpfte in die von Dorothy entliehenen Pantöffelchen und ging im Hemd in den Flur hinaus. Als sie die Treppe hinunterlief, wehte der weiße Batist kühl um ihre Knie.
Den Römischen Salon fand sie in jenem Zustand der Verwüstung, in dem man ihn gestern zurückgelassen hatte. Nur Jonathan war nicht mehr da.
Sie begriff, daß sie nur heruntergekommen war, um etwas in Erfahrung zu bringen, und huschte die Treppe wieder hinauf. Wo Jonathans Schlafzimmer war, wußte sie.
Vor der Tür blieb sie stehen. Sie zögerte. Schließlich klopfte sie. Keine Antwort.
Entschlossen drückte sie die Klinke.
Die Tür war unverriegelt, das Bett leer.
Ava wußte nicht, ob sie schwitzte oder fror.
So schnell ihre Beine sie trugen, hetzte sie den Korridor zurück. Sie raste durch den Südflügel, an dessen Ende sie eine kleine, schmal gewundene Treppe hinaufstolperte.
Vor der zweistufigen Schwelle, an der sie sich vergangene Nacht – zu allem bereit, zu nichts aufgefordert – von Aleister verabschiedet hatte, bückte sie sich, um durchs Schlüsselloch zu spähen. Sie sah jedoch nur einen Bettpfosten mit rundem Puttenkopf und einen Waschtisch mit Schüssel und Kanne.
Ohne nachzudenken, riß sie die Tür auf.
Aleister lag bäuchlings, alle viere löwenträge von sich strekkend und dabei splitternackt, mit einer Haut so weiß wie Elfenbein, sehr langgliedrig und dabei so ruhig, als habe er auf Ava gewartet, auf einem breiten Bett, dessen Baldachin mit erotischen Szenen bestickt war.
Und bei ihm war der schöne, ach so unschuldige Jonathan,

ebenfalls ohne einen Fetzen Stoff am Leib. Seine Lippen glitten zärtlich über Aleisters Rücken. Völlig dem Augenblick hingegeben, hatte er das Geräusch der auffliegenden Tür ebensowenig gehört, wie er jetzt den Luftzug spürte, der vom steinernen Korridor hereinwehte. Als er, von irgend etwas trotzdem irritiert, den Kopf hob und Ava sah, wurde er zuerst blaß und dann rot. Er setzte sich abrupt auf und umfaßte wie ein Kind, das Schutz sucht, seine nackten Knie.

Gleichzeitig wurde er zu einer ebenso lächerlichen wie tragischen Figur.

»Ava«, flüsterte er entgeistert.

Und Aleister lächelte.

Sechstes Kapitel

Um der Wahrheit zu entfliehen, legte sich Ava wieder ins Bett. Sie zog sich die Decke über den Kopf und schlief tatsächlich ein. Als sie aufwachte, verspürte sie das heftige Bedürfnis, mit jemandem zu reden, egal mit wem.

Also machte sie sich auf den Weg zu Dorothy.

»Ich bin nebenan! Kommen Sie ruhig rein!« wurde ihr auf ihr Klopfen geantwortet.

Ava durchmaß mit raschen Schritten das Schlafzimmer und fand Dorothy im angrenzenden Baderaum. Sie lag in einer großen, löwenfüßigen Marmorwanne, hatte sich das Haar hochgebunden und seifte sich gerade ein.

»Nur zu!« sagte sie, da Ava an der Tür stehengeblieben war.

Es roch nach Rosenöl, Verbéne und Moschus.

»Darf ich ein Fenster öffnen?« fragte Ava. Heiße Dämpfe stiegen zur Decke empor.

»Ja, natürlich. Einen wunderschönen guten Morgen übrigens!«

»Guten Morgen.«

Ava mühte sich mit dem mächtigen Fenster und atmete tief durch, als es ihr endlich gelungen war, es aufzuziehen.

Mit ihren rosig überhauchten Wangen sah Dorothy noch um einiges mädchenhafter aus als sonst.

Ava wünschte, daheim in Bristol zu sein. Es duftete nach Kindheit. Plötzlich sehnte sie sich nach ihrer Mutter.

»Heraus damit!« forderte Dorothy. »Sie sind schockiert!«

»Sie wissen bereits, was vorgefallen ist?«

»Aleister brüstete sich beim Frühstück damit. Ich muß zugeben, Sie versetzen ihn in gute Laune. Er war recht munter.«

»War er das?«
Mit ironisch geneigtem Kopf lächelte Dorothy an Ava vorbei. Sie streckte ein Bein aus dem Wasser und betrachtete es zufrieden. Das Bein war hübsch. Über dem Knie wurde es etwas zu üppig.
»Liebe Ava, Sie laufen Aleister ins offene Messer. Merken Sie das nicht?«
Ava zog die Stirn in Falten. Während sie in den Park hinausblickte, sagte sie:
»Sie tun, als sei Ihnen vollkommen gleichgültig, was heute nacht geschehen ist. Das wundert mich.«
»Es ist nicht zum ersten- und nicht zum letztenmal geschehen.«
»Aber Jonathan ist ein Mann!« rief Ava. »Und Aleister... Aleister ist auch ein Mann!«
Eigentlich beunruhigte Dorothys Gelassenheit Ava mehr als ihre Entdeckung. Dieses selbstverständliche Laisser-faire war also die Antwort auf das Ungeheuerliche, das in diesem Hause stattfand und wofür es nicht einmal einen Namen gab, jedenfalls keinen aussprechbaren.
»Wie unbedarft sind Sie eigentlich?« fragte Dorothy. Sie ließ das Bein platschend ins Wasser zurückfallen und begann zu lachen. »In Ihrer Ahnungslosigkeit haben Sie sich nicht nur zu meiner, sondern auch zu Jonathans Rivalin gemacht. Das dürfte Ihre Möglichkeiten übersteigen. Warum gehen Sie nicht endlich dahin zurück, wo sie hergekommen sind? Dort ist Ihr Platz. Aleister kann für Sie nur das Verderben sein.«
»Und was ist er für Sie?«
Zornig darüber, von der dicken Person in der Badewanne geschulmeistert zu werden, straffte Ava ihre Haltung. Wenn sie auch unwiderruflich aus Bristol stammte, aus einer Stadt mit »Krämerseele«, so war sie noch lange nicht unbedarft!
Nun denn: Sie hatte Gewißheit, und diese Gewißheit war schlimmer als ihre verwegenste Phantasie. Sie wurde von Jonathan aufs schändlichste betrogen und von Aleister ausgelacht – und das Boucher-Mädchen verspottete sie!

Unter dem hitzigen Rot war Dorothy fahl geworden.
»Aleister ist mein Untergang«, sagte sie. »Ich habe alles für ihn aufgegeben. Hören Sie, Ava: Sie können sich Liebhaber nehmen, soviel Sie wollen, womöglich auch Liebhaber von Aleisters Couleur, doch heiraten Sie vorher einen Trottel oder einen Schwächling, dessen Name Sie absichert. Andernfalls spielen nicht Sie mit dem Schicksal, sondern das Schicksal spielt mit Ihnen. Warum starren Sie mich so an? Ja, es stimmt: Ich kann mich nirgendwo mehr sehen lassen. Meine Familie hat sich – wie Aleister, Gentleman, der er ist, bereits andeutete – von mir abgewandt, und mit ihr die ganze gute Gesellschaft. Um Konsequenzen dieser Art kümmert sich der Earl of Barrington freilich nicht!«
Ava entgegnete unbeeindruckt: »Sie sind zwar nicht Lady Wexton geworden, aber Sie sind Aleisters Geliebte geblieben.«
»Wunderbar! Ja, gegenwärtig lebe ich als seine Mätresse bei ihm und stehe einigermaßen in seiner Gunst. Es gab andere Zeiten. Da hat er mich jahrelang nicht sehen wollen, mich aufs Land geschickt – wozu, können Sie sich vorstellen! –, mir untersagt, ihm Briefe zu schreiben ... Wenn ihm danach war, holte er mich zu sich, jedesmal, ohne mich zu fragen, wie mir diese Willkür gefällt. Jawohl: Ich bin von Aleister Wexton und seiner Gnade abhängig! Wissen Sie, daß er sich in London mit einem wahren Hofstaat wechselnder Konkubinen und Liebesknaben zu umgeben pflegt? Zum engsten Kreis gehören, wenigstens im Augenblick, Jonathan und ich. Sobald Aleister vom ›Rest der Bande‹ genug hat, umrahmen wir seine Launen mit unserer Ergebenheit. Als er vor zwei Jahren den Kontinent bereiste, hielt er sich andere Begleiter. Jonathan versuchte sich das Leben zu nehmen, und ich saß, allein und zu endlosem Warten verdammt, auf Blair Manor.«
Obwohl Ava fühlte, daß Dorothy auf Fragen, auf Zweifel, auf irgendeine Form der Entrüstung wartete, konnte sie nichts entgegnen. Empfindungen, von denen sie bislang nichts gewußt hatte, schnürten ihr die Kehle zu. Da ihr Gesicht sie nie

vorher so sehr verraten hatte, rief Dorothy erschrocken: »Mein Gott, jetzt sind Sie entsetzt! Das tut mir leid – wirklich! Ich hätte schweigen sollen.«
Ava murmelte etwas wie: »Es ist schon in Ordnung« und dachte an zwei sich umarmende Schatten in der Nacht und an Jonathan in Aleisters Bett.
»Seien Sie so nett und reichen Sie mir ein Trockentuch!« hörte sie Dorothy bitten. Ohne zuzusehen, wie die andere aus der Wanne stieg, tat sie, wie ihr geheißen.
Dorothy griff nach ihrem Arm. »Da habe ich ja was angerichtet! Die Verbitterung legt einem oft Worte in den Mund, die man nicht so meint.«
Ava entzog sich der fremden Hand und rang sich ein Lächeln ab.
»Und Jonathan?« fragte sie.
»Jonathan?«
»Ja. Das eben war Ihre Geschichte. Wie ist seine?«
»Das müssen Sie ihn selbst fragen. Wie stehen *Sie* denn nach diesen zwei Tagen zu ihm?«
Während sich Dorothy trockenrieb, um sich anschließend in das weiche Badetuch zu wickeln, lehnte Ava mit dem Rücken gegen die Wand und studierte das Muster der Fußbodenfliesen.
»Ich weiß es nicht«, sagte sie. »Ich weiß es wirklich nicht.«
»Kein Wunder. Sie haben jetzt Aleister im Kopf.«
Ava blickte zur Decke empor, damit die Tränen, die in ihren Augen schwammen, nicht auf ihre Wangen tropften.
»Wissen Sie was?« fragte Dorothy so fröhlich, als habe sie einen tragischen Roman zu- und einen Band mit Scherzgedichten aufgeschlagen. »Ich finde Sie heute richtig hübsch! Sie machen zuwenig aus sich!«
Ava zuckte die Achseln.
»Zuerst brauchen Sie eine neue Frisur, irgend etwas Weiches. Wer in Aleister verliebt ist, darf auch Mouches und Rouge und Farbe für die Augenbrauen und all den Kram verwenden. Soll ich Ihnen heute abend den Busen hochbinden? Dann hätten Sie ein volleres Dekolleté.«

Jemand lief durchs Schlafzimmer. Man vernahm leichte, federnde Schritte.

»Nanu«, sagte Dorothy.

Es war Aleister. Er erschien im Baderaum und wunderte sich, auch Ava hier zu finden. Ehe er sich so übertrieben wie ein Gaukler verneigte, warf er, begleitet von einem Aufschrei puren Entzückens, die Arme in die Luft.

»Wird hier ein Komplott geschmiedet? Intrigantes Weibervolk! Du stehst in einer Wasserlache, Dotty!« Er kam näher, beugte sich über Dorothys nackte Schulter und schnupperte über samtene Haut. »Hm! Betörend! Verbéne! Ja, was ich sagen wollte: Ein Bote brachte Konfekt. Welch ein freudiger Tagesbeginn, vor allem, wenn man bedenkt, daß nur noch eine Bonbonniere im Hause war! Wißt ihr, was heute zum Dinner serviert wird? Passen Sie auf, Ava, gleich fällt Dotty dem Wahnsinn haltloser Begeisterung anheim! Rehnuß! Jawohl! Und das vor der Saison!«

Ava erhaschte den zärtlichen Blick, den ihre viel zu liebenswerte Rivalin, jubelnd in die Hände klatschend, dem Verursacher allen Unfriedens zuwarf, und fühlte sich als der Eindringling, der sie war. Ihre Geniertheit wurde von Dorothy bemerkt, die ihr deshalb zuzwinkerte. Das wiederum fiel Aleister auf, der sofort beide Hände hob, als gelte es, eine in Frage gestellte Unschuld zu beteuern.

Er gab Ava einen unanständigen Klaps auf den Hintern und ersuchte sie, ihn mit Dorothy allein zu lassen.

Rückwärtsgehend räumte sie das Feld. Aleister rief ihr lachend nach: »Na, machen Sie schon!«

Am dreizehnten August des Jahres 1818, an ihrem Geburtstag, verlor Ava Cheltenham ihre Unschuld an Lord Aleister Wexton.

Der gewitterschwangere Sommerabend lag wie tot in der eigenen Schwüle. Aleister hatte bereits beim Tee wissen lassen, daß er sich »verteufelt gut bei Laune« fühle; um so mehr irritierte seine Abwesenheit beim Dinner. Während Jonathan

lustlos in einem Pilzgericht herumstocherte, hetzte Dorothy von einem Gedanken zum nächsten.
Man lauschte fernem Wettergrollen. Die drückende Hitze wurde so unerträglich, daß Ava nach einem Glas mit eisgekühltem Wasser griff und es gegen ihre brennenden Wangen hielt. Wären Schweißperlen von den Wänden getropft, hätte sich niemand gewundert.
Schließlich kam Fanny herein.
»Miss Cheltenham möchte bitte zu Lord Wexton hinaufgehen«, sagte sie.
Jonathan wischte sich mit der Serviette über die glänzende Stirn, und Dorothy tupfte sich mit einem Seidentuch die Feuchtigkeit vom Dekolleté.
»Ihr entschuldigt«, bat Ava.
Niemand antwortete. Da sie sich ruckartig erhob, polterte der Stuhl mit einem Klagegeräusch über den Fußboden. Ava sah weder Dorothy noch Jonathan an. Sie drehte sich einfach um und folgte Aleisters Ruf.
Als sie an die Tür seines Schlafzimmers klopfte, wurde ihr beschieden: »Es ist offen!«
Also trat sie ein.
Aleister lehnte an einem zur Gänze aufgestoßenen Flügelfenster und blickte in die grillenlaute, erwartungsschwere Abenddämmerung hinaus. Während am Horizont eine weißgelbe Wand aufloderte, streiften Windböen sein Haar.
»Schließen Sie die Tür!«
Ava gehorchte.
»Wie war das Dinner?«
»Ich weiß nicht.«
»Sie wissen es nicht?«
»Wir hatten gerade angefangen.«
»Hm. Finden Sie es nicht merkwürdig, daß jeder Tag scheinbar unabänderlichen Ritualen unterworfen ist? Aufstehen, essen, zu Bett gehen ... Immer und für jedermann dasselbe.«
Ava näherte sich langsam. Um ihre Frisur hatte sich Dorothy gekümmert: Kecke, von Brennscheren in Fasson gebrachte Löckchen reichten ihr bis zu den Schultern.

Ein blaues Samtband zähmte das Gekringel.
Erneut trug sie das Kleid mit dem Korsageneinsatz.
»Ein grünes und ein blaues Auge«, stellte Aleister so erstaunt fest, als sei ihm diese Absonderlichkeit bisher entgangen.
Sie standen jetzt Brust an Brust. Um sie herum wurde es immer dunkler. Blair Manor lag in der Ruhe vor dem Sturm.
Als Ava die Lider senkte, forderte Aleister: »Sehen Sie mich an!«
Zögernd hob sie den Blick.
»Ein kaltes, ein sogar berechnendes, sehr abwägendes und viel zu scharfsichtiges grünes Auge...«
Ehe er sie küssen konnte, fragte sie: »Und was verrät Ihnen mein blaues Auge?«
»Daß Sie Angst haben. Und daß Neugier in dieser Angst ist.«
Sein Kinn glitt über ihre Wange. Sie war überrascht, wie rauh es sich anfühlte. Ganz intensiv roch es nach Sandelholz, Minze und Zimt. Und es roch nach diesem anderen, nach *seiner* Haut. Eine ungeheure Zärtlichkeit war in diesem Duft.
Plötzlich zerriß ein berstendes Krachen die Stille. Ein kaum wahrnehmbarer Windstoß berührte Ava. Als habe man sie geschubst, ließ sie sich gegen Aleister fallen. Sein leises Lachen, nicht mehr als ein Ausatmen, schlüpfte in ihr Ohr.
Dann küßte er ihren Nacken, ihr Schlüsselbein, ihren Hals und am Ende ihren Mund. Da ihre Lippen nicht nachgaben, griff er mit beiden Händen in ihr Haar und bog ihren Kopf zurück. In seine Augen trat das silberne Glitzern, das sie mit Wonne fürchtete. Er küßte sie zum zweitenmal und erzwang sich, was sie ihm zuerst so erschrocken verweigert hatte.
Über dem Park brandete Wetterleuchten, über dem Dach zuckten Blitze, ein Donnerschlag nach dem anderen dröhnte in das Fauchen des Sturms, und Aleisters Hände tasteten über Avas Rücken und öffneten geschickt die Korsagenschnüre ihres Kleides. Als sie im Hemd dastand, hörte er auf, sie zu küssen, und streifte ihr die schmalen, spitzengefaßten Träger von den Schultern. Das Hemd wehte zu Boden. Bis auf Schuhe und Strümpfe war Ava nackt.

Aleister schob sie eine Armlänge von sich, um sie zu betrachten.
»Nicht!« flüsterte sie und drehte den Kopf zur Seite. Vergeblich versuchte sie, das Stakkato ihres Atems zu dämpfen und die Röte, die ihr ins Gesicht stieg, aufzuhalten.
»Ich glaube, ich bin zu neugierig auf dich, um viel Geduld zu haben«, sagte Aleister mit einer Stimme, die so ruhig war, daß sie seine Worte widerlegte.
Dann war da noch kurz dieses Bild: Jonathans Lippen auf Aleisters Haut… Es versank.
Über Blair Manor flammte ein Feuerwerk greller Blitze, die Wolken prallten krachend gegeneinander, und der Wind fuhr in die schweren Samtvorhänge am Fenster und in die Seidenvolants des Betthimmels. Als die ersten Tropfen fielen, nahm Aleister Ava in Besitz.

In Sturzbächen rauschte der Regen nieder.
Ava wand sich unter Aleisters Händen. Wenn er sie in den Hals biß, erstickte sie ihre brechenden Schreie in den Kissen. Er genoß sie. Er genoß sie wirklich. Auf einmal war sie eine Frau, eine schöne, begehrte Frau, die Königin dieser Nacht. Alles, was sie tat, war, sich dem König, ihrem Herrn, dem kein Geheimnis ihres Körpers heilig war, zu überlassen. Er spielte mit ihrer Lust, die von Anfang an unersättlich war.
Keuchte sie: »Nein!«, versicherte er: »Doch!«
Wenn sie es kaum noch auszuhalten glaubte, fragte er amüsiert: »Konfekt?«
Er fütterte sie mit Pralinés, steckte ihr welche in den Schoß und holte sie mit der Zunge wieder heraus. Manchmal trank er einen Schluck Wein, um ihn Ava einzuflößen, während er sie küßte. Dabei war sie schon lange betrunken – betrunken von seinem Duft, betrunken von der glatten Geschmeidigkeit seiner Haut, betrunken vom Silberglanz seiner Augen…
Längst gehorchte sie, wenn er forderte.
Der Regen strömte am offenen Fenster vorbei, trommelte gegen den Mauervorsprung und trug die Träume des Himmels

zur Erde, und Aleister lehrte Ava die Wonnen der Schamlosigkeit und ganz nebenbei, es ergab sich, die große Lust am kleinen Schmerz.

Als er zum zweitenmal in sie eindrang, weckte sie seine bizarre Grausamkeit, indem sie atemlos fragte: »Hast du das alles auch mit Jonathan getan?«

Mitten in der Bewegung hielt er inne. Er stützte sich auf beide Arme und blickte aus schmalen Augen kalt lächelnd auf sie nieder.

»Natürlich«, sagte er mit einer Stimme, deren Zärtlichkeit schnitt.

Unter einem einzigen, tiefen Stoß stöhnte Ava auf. Sie wollte in den Rhythmus finden, der Erlösung verhieß, doch Aleister rührte sich nicht. Er befahl ihr, ganz ruhig zu liegen, und verbesserte sich: »*Fast* alles und einiges darüber hinaus.« Wie köstliches Naschwerk schien ihm jedes Wort auf der Zunge zu zergehen.

Avas Hände tasteten sich über seine Arme und schlossen sich um seinen Nacken. Erneut stieß er zu, kurz und heftig. Sie spürte, bereits völlig außer sich, daß sie der namenlosen Erschütterung entgegentrieb, die Aleister den »kleinen Tod« nannte, und preßte die Kiefer aufeinander. Ihre Wangen glühten, die sorgfältig ondulierten Löckchen klebten feucht an ihren Schläfen, und in ihren Augen war aufgelöste Lüsternheit.

Trotzdem zwang sie sich, genauso ruhig wie Aleister zu werden.

»Er ist dir verfallen, nicht wahr?« bohrte sie.

»Das ist er.«

Wieder ein Stoß, hart und fest – und grausam, weil ihm keine weiteren folgten. Bevor Ava den Kopf zur Seite riß und sich in die Fingerknöchel biß, trieb sie es auf die Spitze: »Ist es schön mit ihm?«

Aleisters Lächeln wurde schmal und angestrengt.

»Es ist *sehr* schön mit ihm«, erwiderte er leise. Da begann Ava, unter ihm zu zucken. Er beobachtete gebannt, wie ihr Blick brach.

»Hexe!« flüsterte er heiser. Dann gab er ihr die wilden, fast schmerzhaften Stöße, für die sie gemacht war. Sie krallte die Nägel in seinen Rücken, spürte, daß sich seine Zähne in ihren Hals gruben, schluchzte und schmeckte die eigenen Tränen. Und es fand und fand kein Ende.
Erst als Aleister den Kopf zurückwarf und »O Gott!« schrie, erschöpfte sich auch ihre Gier.
Draußen ging weiterhin der Regen nieder. Große Tropfen pochten gegen den Mauervorsprung vor dem Fenster. Es hatte abgekühlt. Der Wind war zu einem feinen Säuseln erstorben. Da Ava eine Gänsehaut bekam, zog sie die Decke über sich. Sie blickte nach ihrem Verführer, der ausgestreckt neben ihr lag und mit geschlossenen Lidern lächelte.
Auf dem Nachttisch, umrahmt von zwei geplünderten Bonbonnieren, stand ein fünfarmiger Leuchter. Der Wind hatte drei Kerzen ausgeblasen. Zwei Flammen flackerten unruhig in der Nachgewitterfrische und warfen zitternde Wellenlinien über Aleisters Gesicht.
Obwohl es Ava verlangte, den Kopf an seine Brust zu legen, tat sie es nicht. Etwas verbot ihr, ihn jetzt zu berühren. Er war ebenso schön, wie er unwirklich schien. Lange betrachtete sie den Mann, den sie begreifen wollte und den sie, um des Zaubers solcher Stunden willen, niemals begreifen durfte.
Noch als er eingeschlafen war, sah sie dem Schattenspiel zu, das über sein Gesicht tanzte.

Sie erwachte allein.
Jemand hatte das Fenster geschlossen. Draußen dampfte Nebeldunst. Es nieselte. Erste Herbsttraurigkeit hing über der frühen Stunde.
Die letzten Kerzen waren niedergebrannt, die Bonbonnieren fort. Ava konnte auch nirgendwo die Kleider entdecken, die Aleister am Vorabend getragen hatte.
Aufseufzend ließ sie sich zurückfallen. Sie umarmte ein Kissen und schwelgte in sich langsam verflüchtigenden Düften. Es roch noch immer nach *ihm*, nach Sandelholz, Minze und

Zimt… und nach der erkalteten Ausdünstung von Haut und Sperma.
Im Licht des fahlen Tages wurde Ava rot. Sie erinnerte sich an Einzelheiten, an Unsagbares, Unerhörtes. Verlegen war sie, verlegen vor sich selbst, und gleichzeitig so wach und lebensfiebrig wie nie zuvor.
Nach einer Weile sprang sie aus dem Bett, um sich vor einem silbergefaßten Drehspiegel in Positur zu stellen. Es war kein Traum! Deutliche Spuren der vergangenen Nacht zeichneten ihren Körper. Ihr Hals war voller dunkelroter Flecke.
Während sie sich lächelnd begutachtete – ihre Brüste mochten klein sein, aber sie waren fest! –, begann ihr Magen zu knurren. Wenn Aleister sie auch die ganze Nacht mit Konfekt vollgestopft hatte, so war sie doch vorgestern abend zum letztenmal zu einer ordentlichen Mahlzeit gekommen. In diesem eigenartigen Haus fand zwar so gut wie nie ein Lunch statt, aber ein Frühstück mußte zu haben sein.
Noch einmal lachte Ava ihrem Spiegelbild zu. Sie strich sich mit beiden Händen über Lenden und Schenkel und fand, daß sie sehr gut zu Aleister paßte. Beide waren sie blond, schmal und langgliedrig. Dorothy dagegen…
Den Gedanken an »die andere« schob sie jedoch schnell beiseite.
Ihr Blick fiel auf eine kleine, ja winzige Bürste, die neben dem Waschgeschirr auf einem monogrammbestickten Spitzentuch lag. Aleister hatte ihr erzählt, daß er sich damit zwei- bis dreimal am Tag die Zähne reinigte. Speziell für ihn und nach seinen eigenen Anweisungen war das sonderbare Instrument von einem Londoner Bürstenmacher hergestellt worden. Es hatte einen mit filigranen Schnitzereien verzierten Holzgriff und mündete in zwei schmale Borstenreihen. Sich den Mund morgens und abends auszuspülen, wie Ava und die meisten anderen ihres Standes es taten, genügte dem Mann nicht, der sich ein Leben lang Jugend und Schönheit erhalten wollte. Er behauptete, Zuckerwerk fresse die Zähne auf, sofern man dessen Reste nicht regelmäßig entferne. Eine exzentrische Ansicht! Ava schmunzelte.

Sie füllte die Waschschüssel mit dem Inhalt der danebenstehenden Kanne, tauchte ihr Gesicht in eine Handvoll kaltes Wasser, gurgelte, trocknete sich ab und bemühte sich anschließend mit Hilfe des blauen Samtbandes um eine Andeutung von Frisur. Die blonden Flechten waren nicht mehr gelockt, sondern plusterten sich zu einer wilden Mähne. Auch nicht übel! Ava war durchaus mit sich zufrieden.
An diesem Morgen gab ihr Mund zum erstenmal seine Sinnlichkeit preis. Er beherrschte ihr ganzes Gesicht und nahm sogar der kühnen Nase und der herben Kinnpartie ihre Strenge. Das »kalte, sogar berechnende, sehr abwägende und viel zu scharfsichtige« grüne Auge blitzte keck, und das blaue glänzte rätselhaft.
»Ava Cheltenham, du bist hinreißend!« rief sich die Königin dieser Nacht zu. Dann lachte sie und begann, ihre Kleider aufzusammeln. Sie würde ein Bad nehmen – später, nach dem Frühstück. Vorläufig wollte sie Aleisters Geruch behalten und überall hintragen. Die Atmung ihrer Haut mischte sich mit dem Duft der seinen und dem Parfum, das er benutzte. Und zwischen ihren Beinen war es noch immer feucht und klebrig. Sie ließ sich Zeit, trödelte beim Ankleiden und hatte dauernd das Bedürfnis, zu tanzen.
Es war kühl geworden. Sie würde sich von Dorothy einen Schal borgen müssen … Mit diesem Gedanken trat sie in den Korridor hinaus.
Großer Gott! Einen Aufschrei unterdrückend, schlug sie sich die Hand vor den Mund.
Jonathan kauerte neben dem zweistufigen Treppenaufgang zu Aleisters Schlafzimmer. Er sah aus wie ein Gespenst, war weiß wie die Mauern von Blair Manor und trug nichts außer Stiefeletten, Pantalons und einem verschmutzten Hemd. Um seinen Mund sprossen Bartstoppeln, und seine Augen waren gerötet.
Ava stolperte zwei Schritte zurück und stieß mit dem Rücken gegen die hinter ihr ins Schloß gefallene Tür.
»Hast du mich erschreckt!« rief sie.

»Du mich auch. O ja. Du mich auch.«

Während er sie aus großen, wie erloschenen Augen anstarrte, schob er sich mühsam an der Wand hoch und zischte: »Meine wunderbare, meine reine, meine alles verstehende Freundin!«

Sie wollte ihn stützen, wie man einen Betrunkenen stützt, doch Jonathan schlug nach ihr.

»Ich habe euch gehört«, sagte er nach einer langen Pause. Offenbar fiel es ihm schwer, die Worte zu formen. »Ich habe euch die ganze Zeit gehört.«

»Du hast gelauscht?«

Sein verzweifeltes Lachen stieß Ava unter den Türrahmen zurück.

»Die ganze Nacht saß ich vor dieser Tür. Ich war dabei. Jeden Augenblick war ich dabei. Du bist nicht gerade leise.«

Eine Art Triumph leuchtete in seinem Gesicht auf, ehe er fragte: »Weißt du, was er über dich gesagt hat?«

Ava schluckte.

»›Ein Plaisier ist sie, unser Fräulein Stocksteif‹, hat er gesagt. ›Wenn man bedenkt, daß es das erste Mal für sie war, verspricht sie einiges.‹«

»Du meinst... Er fand dich vor der Tür und ließ dich dort sitzen – in diesem Zustand?«

Jonathan Gildale begann zu weinen. Er wurde zu einem ausgesperrten kleinen Jungen, der trotzig an sein mit Füßen getretenes Recht gemahnt.

Erst jetzt sah Ava die Whiskyflasche, die umgekippt und bis zu der Stele mit der Marmorbüste vorgerollt sein mußte.

»Beruhige dich«, murmelte Ava. »Bitte, Jonathan, beruhige dich!«

Statt dessen wollte der verstörte junge Mann an der Mauer, an der er sich eben hochgehangelt hatte, mit dramatischer Langsamkeit unter das Porträt einer Wexton- oder Barrington-Ahnherrin sinken, um sich seinem Elend zu ergeben. Beherzter, als ihr zumute war, griff Ava nach seinem Arm. Diesmal wehrte er sich nicht.

»Ich begleite dich auf dein Zimmer«, sagte sie. »Hier ist es zu kalt. Du frierst ja.«

Willenlos ließ er sich führen. Sie zog seinen Arm über ihre Schultern und stützte ihn wie einen alten, gebrechlichen Mann. Er schwankte bedenklich und drohte mehrmals, die Herrschaft über seine Füße zu verlieren.

In seinem Schlafgemach angelangt, warf er sich sofort aufs Bett. Hart und zornig schluchzte er in die Kissen.

»Aber Jonathan.« Ava schloß die Tür hinter sich und setzte sich zu ihm. Während er die Finger in die Laken krampfte, legte sie eine Hand in sein Haar und fing an, ihn zu streicheln. Es dauerte nicht lange, bis seine Tränen weicher flossen.

»Aber, aber«, wiederholte Ava in einem fort.

Dann bemühte sie sich, die Dinge, die sie selbst erst begreifen mußte, in einen größeren Zusammenhang zu stellen.

»Er liegt doch auch bei Dorothy«, bemerkte sie.

»Das ist etwas anderes.«

»Das ist nichts anderes. Du kennst Aleister. Du weißt, wie er ist.« Ungewollt scharf fügte sie hinzu: »Du bist es so gewohnt.«

Jonathan richtete sich auf. Während er sich mit den Enden seiner weiten Ärmel über die rot unterlaufenen Augen wischte, brach sein Weinen ab.

»Dorothy war vor mir da«, erklärte er überraschend gefaßt. »Manchmal denke ich, er verachtet sie noch mehr als mich. Ich möchte nicht sagen, daß es mir egal ist, wenn er mit ihr... Aber damit kann ich leben. Es ist ein Arrangement. Verstehst du? Es geht schon. Irgendwie ist es immer gegangen.«

»Da erzählte mir Dorothy etwas anderes.«

»Pah!« fuhr er auf. »Ich weiß schon, was du andeuten willst! Das ist völlig bedeutungslos! Dieser ›Hofstaat‹, dieses ›Gefolge‹, wie immer du es nennen magst, ist doch nur eine Spielerei von Aleister, eine Marotte. Er *besteht* aus Marotten, und sein persönlicher Zirkus gehört dazu. Vertrauen hat er allein zu mir... und zu Dorothy. Ja, wohl auch zu ihr.«

Avas Miene war kühl und abschätzend geworden. Mit unverhohlener Verachtung betrachtete sie den hübschen, heute von Bartstoppeln und Augenringen entstellten Jonathan, den sie

einst für vollkommen gehalten hatte. Er *war* auch vollkommen: Er war ein vollkommener Narr.
»Gut!« schrie er plötzlich. Seine Erregung verriet, daß er sich bis auf die Knochen durchschaut fühlte. »Natürlich bin ich eifersüchtig! Auch auf Dorothy. Ich war immer eifersüchtig. Eines Tages sterbe ich noch an meiner Eifersucht!«
»So weit wäre es ja beinahe schon einmal gekommen.«
Er schluckte. »Sie wagte es, dir das zu sagen? Nun denn! So erfährst du von mir den Rest! Ich hatte Aleister nie für mich, keine Woche, keinen Tag, keine Stunde, nicht einmal damals, in Oxford, wo alles begann, nie, nie, nie! O Gott, Ava, als ich dich kennenlernte und Aleister mir schrieb, er spiele mit dem Gedanken, sich zu verloben, da dachte ich ... da hoffte ich ... Ich hoffte es wirklich!«
»Was?«
Da Ava seinen gequälten Gesichtsausdruck nicht mehr ertragen konnte, starrte sie durch eines der Fenster in den unwirtlichen Tag hinaus. Die Nebelfelder hatten sich gelichtet. Über den milchigweißen Himmel zogen Wolkenschleier. Nichts als Verhangenheit und Regen ...
Jonathan faßte nach ihrem Arm.
»Ich weiß, daß ich dir töricht erscheine«, gab er zu, »aber ich kann ohne Aleister nicht sein!«
Angewidert schüttelte sie seine Hand ab. Es kostete sie Überwindung, neben ihm auf dem Bett, eingesunken in die weichen Polster, sitzenzubleiben.
»Welch ein Pathos!« spottete sie.
Davon unbeeindruckt, entschloß sich Jonathan zu einer vollständigen Beichte. Er redete, ohne Atem zu holen. Zwischendurch weinte er.
Ava hätte sich am liebsten die Ohren zugehalten. Sie wollte das nicht wissen! Und doch sog sie gierig auf, was sie hörte. Jonathan sprach fast eine Stunde lang, und diese Stunde war furchtbar.
Zuerst berichtete er, wie er Aleister in Oxford von weitem bewundert hatte.

»Was war ich für ein ahnungsloses Kind!« erinnerte er sich. »Und wie sehr stand dieser außergewöhnliche Mensch über mir und jedwedem Ereignis! Er wurde mein Prefect und ...«

... und aus der Faszination war sklavische Ergebenheit geworden. Je tolldreister sich Aleister gebärdete, desto anbetungswürdiger fand ihn Jonathan, der nach einem halben Jahr zum erstenmal erwog, sich das Leben zu nehmen. Er tat es nicht. Es kam zu Versöhnungen, neuen Demütigungen und neuer Verzweiflung.

Während Jonathan noch einmal Station für Station seiner Abhängigkeit durchlief, vergaß er, daß Ava neben ihm saß. Er malte das Bild aus, das vor ihm Dorothy skizziert hatte.

Ava lauschte ebenso schockiert wie gebannt den Details. Aleister schien, weniger um der Ausschweifung als um der daraus resultierenden Seelenqual seiner Gespielen willen, von Perversion zu Perversion zu tänzeln – und das seit eh und je. Als Jonathan mit seiner Beichte zum Schluß gekommen war – einer Beichte, die Dinge einschloß, von denen Ava nie vorher gehört hatte –, verfiel er in Schweigen. Scheu, als wolle sie einen Schlafwandler wecken, berührte sie seine Schulter. Er schaute verwundert in ihr blutleeres Gesicht und fragte ebenso buhlerisch wie treuherzig: »Verachtest du mich jetzt, Ava?«

Zuerst wollte sie »Ja!« schreien, laut und alles zertrümmernd, doch dann entdeckte sie ihr eigenes Spiegelbild in Jonathans Augen. Schwach und konturenlos sah sie eine zukünftige Möglichkeit ihrer selbst.

Jonathan zog die Beine an und stützte sein Kinn auf seine Knie. Mit dem Daumen strich er sich nachdenklich über die Wange.

»Es tut mir leid, dich in diese Geschichte verwickelt zu haben«, sagte er. »Gäbe es mich nicht, wärst du Aleister nie begegnet. Daß du mir nachreistest, fällt kaum ins Gewicht. Ich hätte euch spätestens im Herbst miteinander bekannt gemacht. Ja, wirklich, ich Tor, der ich es besser wissen müßte, der ich Aleister kenne ...« Als habe man ihm mit der Peitsche

über den Rücken geschlagen, stöhnte er auf. »Verzeih mir, Ava, meine beste, meine einzige Freundin...«
Wie das an ihren Nerven zerrte! Begriff er nicht, daß es zwischen ihnen keine Freundschaft mehr geben konnte?
»Du warst so rein und unbefleckt«, lamentierte Jonathan. »Du warst das unberührte Gefühl, nicht von Sinnlichkeit und Begierden beschmutzt... Poesie bist du für mich gewesen!«
Albernheiten, dachte Ava.
»Deine Zurückhaltung haben sie ›spröde‹ genannt«, fuhr er fort. »Diese Narren! Du spürtest, wie verderbt die Welt ist, und wandtest dich von ihr ab. Und jetzt hat dich dieser Mensch in seinen Sumpf gerissen...«
»›Dieser Mensch‹ ist Aleister, dein Gott, vergiß das nicht«, warf Ava ein. »Und hör um Himmels willen damit auf, irgend etwas Engelhaftes in mir zu suchen. Ich bin nicht deine Erlösung. Das war ich nie. Das will ich gar nicht sein. Was hast du nur für langweilige Träume!«
Jonathan machte den Mund auf, wollte etwas sagen, verzichtete darauf und hörte sie weitersprechen: »Außerdem verdrehst du die Tatsachen. Du bist nicht unglücklich, weil dir Reinheit fehlt, du bist unglücklich, weil du den, den du haben willst, nicht für dich allein haben kannst und weil du dich zu seiner Marionette gemacht hast. Wie ein Fisch zappelst du in seinem Netz. Glotze mich nicht so geistlos an! Auf der Ebene des hehren Dichters, der sich nach einem weltentrückten Gefühlselysium sehnt, wirst du mit Aleister niemals fertig werden! Und wärst du Shelley: Der, auf den es dir ankommt, würde dich auslachen!«
Jonathan hielt Maulaffen feil. Diese neue, diese pragmatische, diese so gar nicht traumverlorene Ava verschlug ihm einfach den Atem. Als er die Sprache wiedergefunden hatte, sagte er: »Dich fasziniert seine Verdorbenheit, nicht wahr?«
»Dich doch auch.«
Ein langer Blick, aus ihren Augen ironisch, fast amüsiert, aus seinen fassungslos, ersetzte jedes weitere Wort.
»Und jetzt?« fragte Ava.

Jonathan wußte es: »Du mußt fort. Bei allem, was mir heilig ist: Du *mußt* gehen! Nicht nur wegen mir... nein, wirklich, so glaub mir doch! *Dich* mußt du retten. Sollten wir uns niemals wiedersehen, will ich dich so in Erinnerung behalten, wie du *vor* Blair Manor warst. Je länger du bleibst, desto weniger wird mir das gelingen. Jeden Tag, den du hier bist, wird Aleister nützen, um... Ja, hast du mir denn nicht zugehört?«

Was für zarte, weiße Künstlerhände er hatte! Eigentlich waren es die Hände einer Frau.

»Du willst doch nur die letzte Nacht vergessen«, sagte Ava.

»Ja, ich will sie vergessen! Ich muß sie vergessen! Auch deinetwegen. Ich habe dich geliebt.«

Sie zog beide Mundwinkel hoch. Das wurde ja immer toller!

»Du liebst nur Aleister.«

»Dich liebte ich anders. Dich liebte ich mit dem schönen Teil meiner Seele. Verstehst du denn nicht, was ich dir die ganze Zeit begreiflich zu machen versuche?«

Ava winkte ab. Auf einmal fand sie die ganze Debatte überflüssig und fruchtlos. Jonathan war ihr lästig. Es verlangte sie danach, allein zu sein.

»Je länger du deine Abreise hinauszögerst«, wurde sie bedrängt, »desto wahrscheinlicher ist es, daß man sich in Bristol die Mäuler über dich zerreißt. Da du ja nicht wolltest, daß ich eine Depesche an deinen Vater sende...«

»Ich gehe nicht, Jonathan. Auch nicht dir zuliebe, und wenn du dich noch so sehr bemühst, mir angst zu machen.«

Er wurde aschfahl und würgte, als habe er eine Gräte im Hals.

»Was ich zwei Wochen lang riskiert habe, kann ich auch länger riskieren«, sagte Ava. »Es ist zu spät für einen Sinneswandel. Im übrigen will ich Aleister genauso wie du.«

Sie dachte eine Weile nach, lüpfte eine Braue und revidierte: »Zumindest will ich in den von ihm inszenierten Spielen die Achse sein.«

Gestern war sie achtzehn geworden, doch sie lächelte wie eine in den Künsten der Ränke und des Verführens geübte Frau.

»Du bist verrückt!« schnaubte Jonathan. »Glaubst du denn wirklich, daß du... daß ausgerechnet du...«
Er begann zu lachen. »Das ist ja ein Treppenwitz!« Und wie zur Bekräftigung schlug er sich mit der Faust aufs Knie.
»Sonderbar, wie sehr du dich über diesen ›Treppenwitz‹ echauffierst.«
Er konnte gar nicht zu lachen aufhören. Mehr und mehr kreischte er sich in Hysterie.
»Probier's!« rief er. »Probier's ruhig! Aber denk daran, Ava: Das wird teuer. Vielleicht bezahlst du mit allem, was du hast!«
Jedes Wort, das er hinausschleuderte, als spucke er es aus, verzerrte seinen Mund. Ava erhob sich und straffte den Rükken.
»Ich kann dich wohl allein lassen«, verabschiedete sie sich kühl.
Als sie hinausging, folgte ihr Jonathans geiferndes Gelächter. Ja, warum sie? Warum ausgerechnet sie?

Später entschuldigte sich Jonathan bei ihr.
Während er das, was zwischen ihnen stattgefunden hatte, »deplaziert« nannte und mit wohlgesetzten Worten zu einer belanglosen Meinungsverschiedenheit herabwürdigte, mußte sie an den Abend in der Kirche von St. Mary Redcliffe denken, und daran, wie rätselhaft, wie mitreißend und wie licht er ihr damals erschienen war. Inzwischen hatte er vor ihr geweint und sie mit Haß in den Augen angesehen.
»Darf ich dir nachschenken?« fragte er sie beim Dinner und strahlte dabei, als wisse er nichts von Schatten. Ungeachtet dessen: Das Karussell drehte sich weiter. Es kamen neue Freuden und neue kalte Güsse. Obwohl der Sommer bereits in den Herbst überging, hielt sich auf Blair Manor die schwüle Treibhausluft.
Ava war Aleisters Favoritin. Für sie schüttelte er die bezaubserndsten Komplimente aus dem Ärmel. Natürlich erfuhr sie nie, ob er damit einer Laune folgte, ob er wirklich größten

Gefallen an ihr gefunden hatte oder ob sie hinter seinen Freundlichkeiten gezielte Schachzüge argwöhnen sollte. Keine Gelegenheit ließ er aus, sie zu rühmen, während Jonathan und Dorothy sich mit den Brosamen vom Tische des Herrn begnügen mußten. Das Boucher-Mädchen nahm es gelassen, doch Jonathan taumelte wie ein Betrunkener durch die Wechselbäder dieser heißen, gewitterreichen Tage. Er liebedienerte bei Aleister und wurde dafür verhöhnt. Die heitere Maske, mit der er zu beeindrucken versuchte, fiel ihm oft genug herunter, doch jedesmal setzte er sie wieder auf. In der Rolle des Clowns verstand er durchaus zu unterhalten.

Obwohl er nichts mehr haßte, als seine Gedichte einer ironisch gestimmten Zuhörerschaft vorzutragen, ließ er sich von Aleister, dessen Verriß er hinterher geduldig und schicksalsergeben entgegennahm, dazu nötigen. Aleister nannte ihn einen »ganz üblen, wenngleich liebreizenden Dilettanten«, den einzig seine Schönheit davor bewahre, vollkommen lächerlich zu wirken, und »ein Hündchen, das folgsam nach jedem Stock springt – brav, mein Lieber!« Und am Schluß behauptete er: »Gott oder ein dummer Zufall hat dir ein Gesicht geschenkt, das man gern ansieht, du aber willst einen Lorbeerkranz für blutleere Verse ernten. Ermüde uns nicht länger mit deinen sentimentalen Elogen! Lächle! Das kannst du. Komm, Ava, meine Süße, spiele uns etwas! Mach mit deiner Musik Jonathans untalentierte Rezitation vergessen!«

In solchen Momenten stieg nun, wenn nicht Mitleid, so doch Widerwillen in Ava hoch. Sie fühlte bereits den Schmerz, der ihr eines gewiß nicht mehr allzu fernen Tages in die Eingeweide schneiden würde.

Und Jonathan kauerte, tatsächlich in der Haltung eines geprügelten Hündchens, auf dem Diwan und überlegte sich einen Scherz, der ihm Aleisters Gunst zurückbringen könnte.

Dessen Kapricen wurden unerträglich.

Bei einem gemeinsamen Spaziergang durch den Park schickte er Dorothy ins Haus zurück.

»Wo ist dein Florentinerhut? Wenn du weiterhin so unachtsam bist, wird deine Haut in zwei Wochen der einer Paria-Inderin aus Kalkutta gleichen. Hol dir wenigstens einen Sonnenschirm!«
Dorothy zog es vor, sich den ganzen Tag nicht mehr zu zeigen.
Und Aleister, selbst von der Farbe reinsten Alabasters, schlenderte putzmunter zwischen dem blassen Jonathan und der hellhäutigen Ava einher.
Mehr und mehr ergab er sich irrwitzigen Launen, doch der Zauber, der um ihn war, hinderte die anderen daran, aufzubegehren. Ein lähmender Duldungszwang lastete über allem, was auf Blair Manor geschah.
Eines Abends verkleidete sich Jonathan als Geisha. Er zog einen altrosa Kimono an, band sich ein Kissen in den Rücken, schminkte sich fernöstliche Gesichtszüge, ging verschwenderisch mit Rouge, Lippenrot, Tusche und Puder um und setzte sich eine schwarze Perücke auf, in die er zwei Holzstäbchen und eine Rosenknospe steckte. Japanische und chinesische Traditionen durcheinanderbringend, schnürte er seine Füße so fest, daß sich die Zehen krümmten, in weiße Stoffstreifen.
Derart maskiert, tippelte er durch den Römischen Salon, wo er sich ausgiebig bestaunen ließ. Man lachte und spendete Beifall.
Ehe Jonathan sein Publikum mit Wein und Gebäck bediente, verneigte er sich in alle Richtungen.
»Gelungen, wirklich gelungen!« rief Aleister, der am lautesten klatschte.
Doch schon nach einer halben Stunde wurde er giftig. Er forderte Jonathan auf, sich endlich hinzusetzen, und attestierte ihm »Gespür für Symbolik«: »Du bist zum Lakaien geboren! Übertreibe es nicht! Um eine Parodie zu parodieren, bedarf es einer Genialität, auf deren Fehlen du nicht dauernd hinweisen solltest!«
Das klang nicht mehr witzig. Aleister langweilte sich. In dieser Verfassung, die ihn meistens aus heiterem Himmel heimsuchte, wurde er zum Skorpion.

Kleinlaut sank Jonathan auf seinen Diwan.
Als Aleister Ava ein Praliné in den Mund schieben wollte, drehte sie den Kopf zur Seite.
»Laß Jonathan in Ruhe!« zischte sie so heftig, daß die Gläser auf dem Tisch vibrierten. »Er kann tun, was er will: Deine Häme ist ihm sicher. Eigentlich hast du ihn zu diesem läppischen Aufzug angestiftet. Seine Absicht war es, dich zu erheitern. Wie dem auch sei! Wenn er sich in einem Kimono gefällt, so soll er einen Kimono tragen. Über deine bunten Westen macht ja auch niemand geringschätzige Bemerkungen.«
Avas Zorn bestürzte Jonathan fast mehr, als ihn vorhin Aleisters Beleidigungen verletzt hatten. Dorothy versuchte, ihrer Natur gemäß, zu vermitteln. Sie sprach ganz unmotiviert von den Landarbeitern, die nächste Woche kommen würden, um den Rasen zu mähen.
»Die Hexe erprobt ihr Gift«, sagte Aleister. Sein Grinsen war silberkalt.
In dieser Nacht holte er Jonathan in sein Bett. Seit Ava seine Geliebte war, »betrog« er sie zum erstenmal. Stundenlang ging sie in ihrem Zimmer auf und ab. Als sie sich endlich schlafen legte, war sie so erregt, daß sie sich mit dem Kopfkissen zwischen den Beinen von einer Seite auf die andere wälzte und noch im Traum von Bildern, die Aleister mit Jonathan zeigten, verfolgt wurde.
Am anderen Morgen wußte sie nicht, ob sie sich Aleister zu Füßen werfen oder ihm den Hals umdrehen wollte. Also übte sie sich in Gleichgültigkeit.
Aleister beachtete sie kaum. Er war von unnahbarer Höflichkeit – ihr darin durchaus ebenbürtig – und widmete sich bereits beim Frühstück, das ausnahmsweise alle zusammen einnahmen, Dorothys Überlegung, wie lange die Bauern aus dem nahen Dorf wohl diesmal mit den Sensen durch den Park gehen würden.
Es war eine völlig überflüssige Unterhaltung. Da Dorothy sich in Aleisters Aufmerksamkeit sonnte, zog sie das Geplänkel –

ein Satz hätte genügt – in gnadenlose Länge. Danach sprach sie von der Bewirtschaftung der Getreidefelder, die zu Blair Manor gehörten. Auch darauf ging Aleister ein.
Als sich die anderen später für eine Stunde zur Ruhe begaben, setzte sich Ava an den Flügel. Sie hatte nicht die Absicht, eine Partitur aufzuschlagen. Sie hatte überhaupt keine Absicht. Sie konnte ja nicht einmal klar denken.
Wie immer, wenn sie außer sich war, und das war sie! –, stürzte sie sich in Dissonanzen. Das Bild – Jonathans Mund auf Aleisters Haut – klebte so fest in ihrem Gehirn, daß selbst die schrecklichsten Töne es nicht auslöschen konnten.
»Was ist das für ein Lärm?«
Aleister kam im senfgelben Hausrock in den Römischen Salon. Sofort hörte Ava, die ihn wie eine Bedrohung im Rücken spürte, zu spielen auf.
»Das ist Musik«, entgegnete sie, ohne sich umzudrehen.
»Du machst Krach, mehr nicht.«
»Kann unser aller Meister nicht schlafen? Das tut mir aber leid!«
»Bist du betrunken?«
Ava warf den Kopf in den Nacken und lachte. Ihr Hals schimmerte weiß im Mittagslicht. Ihre Schultern bebten. Daß Aleister weniger verärgert als gespannt war, wußte sie.
»Womit hast du dich betrunken?« wollte er wissen.
»Oh ...« begann sie mehrdeutig. Dann lachte sie weiter. »Mit meiner Phantasie, Mylord!«
Noch immer lag ihr Kopf im Nacken, noch immer bog sich ihr Hals schlank und weiß und schwanengleich.
Aleister trat hinter sie. Seine Lippen streiften über ihre Schläfe.
»Wenn das so ist, wünsche ich, daß du noch viel betrunkener wirst«, sagte er.
Sie liebten sich sehr heftig in dieser Nacht. Aleister nannte sie »meine Hexe« und biß sie immer wieder in den Hals. Da sie ihn dazu drängte, erzählte er von den Genüssen der letzten Nacht, von der Lust mit Jonathan. Dieselben Hände, die jetzt

über ihre Lenden strichen, hatten vierundzwanzig Stunden vorher, auf die gleiche Weise, Jonathans Lenden berührt. Der Mund, der mit jeder Pore ihrer Haut vertraut war, kannte die geheimsten Stellen von Jonathans Körper. Wenn Aleister die Zähne in ihren Hals schlug, sah Ava Jonathans Gesicht, sah, wie ihm die Kontrolle über seine Züge entglitt, sah, wie er zuckte, sah, wie er aufstöhnend den Mund öffnete ... Und dann geschah es ihr.

»Jon ist ein bißchen einseitig«, verriet ihr Aleister. »Selbst Dotty, der man nicht nachsagen kann, auf diesem Gebiet ungeschickt zu sein, ist es noch nie gelungen, ihn zu verführen, jedenfalls nicht allein. Vielleicht gelingt es dir. Würde dich der Versuch reizen, meine Hexe?«

Sie wollte ihn in den Mund beißen, doch er drehte den Kopf zur Seite und lachte.

»Du glaubst doch nicht ... Bist du von Sinnen, Aleister?«

»Und wenn ich es verlange?«

»Jonathan zu ...«

»Ja.«

»Verlangst du's?«

»Vielleicht. Ich weiß noch nicht.«

Kalt brennend wie gesiedetes Eis war die Leidenschaft dieser Nacht.

Als Ava glaubte, Aleister sei eingeschlafen, erhob sie sich. Sie zog sich ihr Hemd über und ging mit dem Leuchter in der Hand im Raum umher. Weniger der Neugier denn der Unruhe folgend, zog sie die oberste Lade der zierlichen Rokoko-Kommode auf, die sich so fremdartig in dem klassisch streng möblierten Herrenzimmer ausnahm. Strümpfe und Strumpfbänder lagen darin.

In der zweiten Lade befand sich ein filigran gearbeitetes Silbergestell, in dem kleine, tropfenförmige Flakons hingen. Ava griff nach dem nächstbesten und hielt ihn gegen das Licht der Kerzen. Er enthielt ein feines, weißes Pulver.

»Was machst du da?«

Aleister hatte sich aufgesetzt. Er war hellwach.

Da Ava nicht gleich antwortete, beugte er sich vor und schlang abwartend einen Arm um den kunstvoll geschnitzten Bettpfosten.
»Was ist das?« fragte sie.
»Gift.«
»Was für Gift?«
»Arsen.«
Ava schüttelte das Kristallgefäß und betrachtete es neugierig. Das Pulver sah ganz harmlos aus – wie Mehl. »Und was ist in den anderen Fläschchen?«
Blausäure, Morphium, Opium, Laudanum ...«
»Wozu?«
Gereizt zuckte Aleister mit den Achseln.
»Aber weshalb ...«
»Weshalb nicht?«
Avas Augen verengten sich. Während sie auf das Behältnis in ihrer Hand starrte und überlegte, ob sie erschrocken oder nur überrascht war, rutschte ihr ein Hemdträger von der Schulter. Aleister sagte: »Ich bin müde. Komm ins Bett!«
»Aber ...«
»So, wie du dastehst, sollte man dich malen. Du hast schöne Schultern.« Er ließ sich in die Kissen zurückfallen. Da sich Ava nicht vom Fleck rührte, richtete er sich noch einmal auf. »Was ist? Wo bleibst du? Jeder vernünftige Mensch sollte tödliche Gifte im Haus haben.«
Langsam steckte sie den Flakon in die Halterung zurück. Da hingen noch acht weitere; zwei waren leer. Als sie endlich zu Aleister unter die Decke schlüpfte, meinte er: »Ich finde es angenehm, den Tod in greifbarer Nähe zu wissen. Das gestattet mir, ein Gespräch mit ihm zu haben, wann immer ich will. Außerdem erlaubt der Besitz von Giften kleinere Experimente und amüsante Gedankenspiele. Weißt du, daß man mit Arsen, ohne Spuren zu hinterlassen, einen Mord begehen kann?«

Drei verwirrende Tage später blickte Ava, erfrischt von einem Bad, von ihrem Schlafzimmerfenster aus in den Park hinunter. Fünf oder sechs Bauernburschen mähten das Gras. Die Sonne stand hoch.
Drüben, im Pavillon, lachte Dorothy. Aleister und Jonathan waren bei ihr. Aleister... Ava schloß sekundenlang die Augen. In Gedanken küßte sie seine Brust. Sofort schien dieser eigentümliche Duft von Sandelholz, Minze und Zimt um sie zu sein.
Fanny lief zwischen den Schnittern hindurch auf den Pavillon zu. Nach einer Weile kehrte sie auffallend eilig zum Haus zurück. Aleister folgte ihr.
Wie schön er war!
Ava wollte zu ihm hinuntergehen, doch irgend etwas hielt sie gewaltsam am Fenster fest. Von allen Seiten fühlte sie sich plötzlich bedroht. Ihre Freudigkeit erlosch. Sie begann zu schwitzen. In ihren Handflächen sammelte sich kalter Schweiß.
Obwohl sie glaubte, alles – sie selbst, das Haus, der Park, die ganze Welt – müsse sich von einem Wimpernschlag zum nächsten ändern, ja, obwohl sie fürchtete, daß sich bereits alles geändert habe, wurde sie weiterhin von der Sonne geblendet, und der Himmel blieb klar und wolkenlos und so blau wie das Kleid, das sie trug.
Im Korridor hallten Schritte. Es klopfte an der Tür.
»Ja!« rief Ava. Ihre Stimme klang schrill.
»Ein Herr ist für Sie da, Miss Cheltenham«, sagte Fanny. »Er wartet im Kristallsalon.«
Sie reichte Ava auf einem silbernen Tablett eine Karte.
»Sir Quentin Maxwell, No. 9 Park Road, London«, stand darauf.

Siebtes Kapitel

Ava betrat das Empfangszimmer, über dem sich eine streng gegliederte Kassettendecke erhob. Es lag neben der großen Halle in Parterre und war – mit einigen Abweichungen und natürlich kleiner – dem Spiegelsaal von Versailles nachempfunden.

Über dem Kamin hing ein Porträt von Aleisters Vater, der klein und dick gewesen sein mußte, in nichts seinem Sohne ähnlich, der jetzt, ganz in Schilfgrün gekleidet, mit lässig geöffnetem Rock und ungeknöpfter Weste auf einem der breiten, um den Kamin aus Carrara-Marmor arrangierten Kanapees lagerte und seinem Gast zuprostete. Beide tranken Sherry.

»Besuch für dich, *ma chère*!« rief Aleister. »Allein deinetwegen ist Sir Quentin aus London angereist.«

Ava streckte das Kinn vor und ging über den schmalen, roten Teppich auf den Kamin zu. Der Raum war lang und beinahe leer. Nichts Überflüssiges stand oder hing herum – kein Schrank, keine Vitrine, kein Sekretär, keinerlei Zierat. Nur Spiegel und nochmals Spiegel an den Wänden. Ava glaubte, durch eine Allee bewegter Bilder, die alle sie darstellten, auf sich selbst zuzulaufen. Still war es. Niemand sprach. Man wartete.

»Sir Quentin«, sagte sie sehr förmlich. Als sie vor dem »Pfau«, der sich erhoben hatte, den Kopf neigte, spürte sie, daß sein Blick an ihrem Hals hängenblieb und sich dort festbiß wie letzte Nacht Aleisters Mund.

Er selbst schien um einiges breiter geworden. Sein Ernst gab ihm zusätzliche Würde. Ganz in Schwarz gewandet – er trug einen Flanell-Cut à la mode, eng und deshalb unvorteilhaft –, sah er aus, als käme er von einer Beerdigung. Aleister dachte gar nicht daran, aufzustehen, zeigte aber unverhohlene Neugier. In Erwartung eines vergnüglichen Schauspiels lehnte er sich zurück und schlug die Beine übereinander.

»Es freut mich, daß ich Sie gefunden habe«, wandte sich Sir Quentin an Ava. »Der Anlaß ist denkbar trist. Wenigstens sind Sie – zu meiner Erleichterung – wohlauf. Man war sehr um Sie in Sorge. Kam es Ihnen nicht in den Sinn, sich in irgendeiner Weise zu erklären?«

»Pflegt man das in solchen Fällen zu tun?« gab sie zurück. Aus den Augenwinkeln beobachtete sie Aleister, der sich Sherry nachgoß, ihr dabei zublinzelte und sich anschließend bei seinem Gast erkundigte: »Sind Sie ein Freund der Familie?«

»Ein guter und vor allem ein wohlmeinender«, entgegnete Sir Quentin. Erneut schielte er nach Avas Hals.

»Die Familie braucht sich keine Sorgen zu machen«, sagte Aleister. »Miss Cheltenhams Romanze mit dem reizenden Mr. Gildale hat die Grenzen der Schicklichkeit niemals überschritten. Darauf gebe ich Ihnen mein Wort als Gentleman. Sie können jene, in deren Auftrag Sie hier sind, besten Gewissens beruhigen.«

Während er grinsend an seinem Sherry nippte, bedachte ihn Sir Quentin mit einem ungehaltenen Blick.

Ava wollte wissen: »Was läßt Papa mir bestellen?«

Sich räuspernd senkte Sir Quentin die Lider. Als er sie wieder hob, wirkte er bedrückt.

»Die Sache ist ein wenig anders, Miss Ava. Ihr Vater und Ihre Stiefmutter sind tot.«

Ava lächelte. Sie lächelte, weil sie nicht begriff.

»Bedauerlich«, bemerkte Aleister. Er stieß sich ruckartig aus dem Kanapee. Wahrscheinlich hatte er sich auf eine kleine Komödie gefreut. Für Tragisches fehlte ihm der Sinn. »Sie wollen sicher miteinander allein sein«, bot er an. »Ich ziehe mich selbstverständlich zurück. Wenn Sie etwas wünschen,

klingeln Sie einfach nach dem Mädchen. Ava! Sir Quentin!«
Er nickte beiden zu, stellte sein Glas auf das Kaminbord und machte sich davon.
Ava schaute ihm nach.
»Es war ein Brand«, erklärte Sir Quentin. »Er begann im Schlafgemach Ihrer Stiefmutter. Sie hatte Brom-Pastillen genommen, um Nachtruhe zu finden. Da sie sehr nervös war, versuchte sie, noch ein wenig zu lesen; wie Sie sich vorstellen können, herrschte nach Ihrem abenteuerlichen Verschwinden ziemliche Aufregung im Haus. Über dem Buch muß sie eingeschlafen sein. Man nimmt an, daß sie mit einem Arm den Leuchter umstieß. Über den Holzfußboden fraßen sich die Flammen in den Korridor und in die angrenzenden Räume. Ihr Vater, der ja zwei Türen von Ihrer Stiefmutter entfernt zu nächtigen pflegte, wurde wach, wollte sich retten und hastete nach unten, als ihm seine Frau einfiel. Er stürzte wieder hinauf, kämpfte sich durch den Rauch... Plötzlich brach die Decke über ihm zusammen. Sie begrub ihn, und sie begrub Solange. Gelöscht wurde zu spät und zu nachlässig. Von der fürstlichen Residenz Ihrer Familie ist nicht mehr viel übrig, Ava.«
Sie nickte. Sie nickte unablässig und bohrte dabei ihren Blick in den Parkettfußboden.
»Das muß ein Schock für Sie sein«, meinte Sir Quentin. »Wollen Sie sich nicht setzen?«
Ohne sich vom Fleck zu rühren, nickte sie weiter.
Sie suchte in sich nach einer Regung, die über erschrockenes Erstaunen hinausging, nach einer Erschütterung, dem Schmerz Bachscher Klangwelten gleich, nach einem Gefühl, einem erleichternden Gefühl... Was sie fand, war eine rationale Frage, die Frage: Und jetzt?
Obwohl sie sich neben dem noch jungen Angus am Flügel sitzen und Etüden üben sah und sich an kindliche Versteckspiele in der Orangerie erinnerte, obwohl all diese Bilder voller Licht und Zärtlichkeit waren, kam sie über diese Frage – Und jetzt? – nicht hinaus. Sie wußte nicht, was sie tun, was

sie denken, was sie empfinden sollte, und blickte hilfesuchend zu Sir Quentin auf. Da er schwieg, stellte sie sie ihm – die einzige Frage, die sie beschäftigte: »Und jetzt?«
»Besteht die Möglichkeit, daß der junge Gildale Sie heiratet?«
Ava schüttelte den Kopf.
»Warum nicht?«
»Warum sollte er?«
Sir Quentins Brauen schoben sich zusammen. Er schien irritiert. »Ich habe Ihnen noch nicht alles gesagt«, gab er zu. »Der Brand war vor über einer Woche – vor zehn Tagen, um genau zu sein. Zwölf Stunden vorher hatte Ihr Vater von seinem Bankrott erfahren. Keiner seiner Gläubiger war zu weiteren Zugeständnissen bereit. Die ›Cheltenham Shipping Company‹ und das Cheltenham-Vermögen existieren nicht mehr. Auch die Teilhaber Ihres Vaters sind ruiniert. Es gibt nur noch Hypothekenlasten und einen großen Schuldenberg.«
Ava erwachte aus ihrer Starre. War es ihr bis zu diesem Augenblick schwergefallen, irgend etwas zu verstehen: *Dies* begriff sie. Langsam sank sie auf das nächste Kanapee.
»Und jetzt?« wiederholte sie.
Sir Quentin ließ sich neben ihr nieder und holte eine Zigarre aus seinem Lederetui, das er in die Innentasche seines Cuts zurücksteckte.
»Darf ich? Danke. Nun, man wird sehen, was zu retten ist. Vielleicht können Sie mit Ihrer Großmutter, die die Katastrophe gut überstanden hat, ein kleines Haus in Ihrer Heimatstadt beziehen. – Hielten Sie es für pietätlos, wenn ich Ihnen einen anderen Vorschlag unterbreiten würde?«
»Das kommt auf den Vorschlag an.«
»Sie sind sehr gefaßt.«
Ava hob den Kopf.
»Wollen Sie, daß ich weine und kreische?«
»Da Sie das nicht tun: Um so besser! In den letzten Wochen scheinen Sie einiges erlebt zu haben. Können Sie sich inzwischen vorstellen, mit mir nach London zu kommen? Ich biete Ihnen ein angenehmes, sorgenfreies Leben. Ihre momentane finanzielle Bedrängnis wäre gegenstandslos.«

»Wie sachlich Sie das sagen!«
»Ich sage es so sachlich, wie Sie kalt sind.«
Am liebsten hätte Ava gelacht. Um sich nicht zu dieser Taktlosigkeit hinreißen zu lassen, stand sie auf und trat hinter das Kanapee. Von oben sah sie auf Sir Quentins sich dunkel kräuselnde Haarmähne nieder. Ohne den Kopf zu heben, wartete er auf ihre Entscheidung. Breit und behäbig und maßlos überzeugt von sich selbst saß er auf dem blaugepolsterten Sofa, das lächerlich klein unter ihm wirkte. Mit welchem Recht war er sich seiner so sicher?
Gereiztheit keimte in Ava auf.
»Sie machen tatsächlich einer Frau, die entehrt ist, einer Frau, die sich einem der ausschweifendsten Männer Englands hingegeben hat, einer Frau, die in Ihren Augen gar keine Frau ist, einen Antrag?« spottete sie.
»Ich mache Ihnen keinen Antrag, jedenfalls keinen Heiratsantrag. Ich biete Ihnen an, meine Mätresse zu werden. Im übrigen sind Sie jetzt Frau genug.«
Ava wandte sich ab. Ihr war, als rufe Angus aus dem Wintergarten nach ihr. Aufgeregt versuchte sie, ihre mehr und mehr auseinanderstrebenden Gedanken zusammenzuhalten.
»Sie sind von Sinnen«, sagte sie bemerkenswert ruhig.
»Nein. Gewiß nicht. Wollte ich Sie heiraten, hätte ich wahrscheinlich romantischere Wendungen gefunden. Ich bin zuweilen ein recht großer Romantiker. Aber dafür haben Sie ja nichts übrig, Sie eiskalte kleine Person! Nun?«
»Sie erwarten doch nicht allen Ernstes eine Antwort?«
»Ich erwarte lediglich, daß Sie nicht genierlich tun. Die Pose keuscher Verschrecktheit steht Ihnen nicht länger zu. Da Sie trotz aller Hiobsbotschaften in der Lage sind, einen klaren Kopf zu behalten – mein Kompliment! –, sollten Sie ihn dazu benutzen, Ihre Zukunft ins Auge zu fassen. Blair Manor beziehungsweise Wexton kann diese Zukunft nicht heißen.«
»Das geht Sie nichts an.«
»Da ich Ihnen eine Alternative vorschlage – o doch! Verstehen Sie eigentlich nicht, daß ich Ihnen helfen will?«

»Helfen? Ich danke! Ob Sie's glauben oder nicht: Ich kann selbst...«

»Was?« Sir Quentin erhob sich und trat auf sie zu. »Für sich einstehen? Begreifen Sie: Sie sind arm wie die sprichwörtliche Kirchenmaus und haben die Achtung der Gesellschaft verspielt. Trotz aller Vertuschungsmanöver Ihres verzweifelten Vaters weiß man in Bristol, daß Sie ausgezogen sind, um des jungen Gildales habhaft zu werden. So etwas macht schnell die Runde. Offiziell sind Sie übrigens bei Verwandten auf dem Land, um sich von einer kleinen Infektion zu erholen. – O nein, man wird Sie nicht schneiden; das ist gar nicht mehr nötig. Man wird hinter Ihrem Rücken tuscheln und Sie wie eine kleine Näherin behandeln. Rechnen Sie nicht damit, je wieder eine Einladung zu erhalten. Nicht nur Ihr Ruf, auch Ihre gesellschaftliche Stellung ist dahin. Ein bürgerlicher Name verliert mit der wirtschaftlichen Reputation auch seinen Glanz. Sie haben nichts mehr zu erwarten. Oder träumen Sie weiterhin von einer guten Partie? Daß Sie so naiv sind, kann ich mir nicht vorstellen. Gildale, der Freund der ›freien Liebe‹, stiehlt sich aus der Verantwortung, und Wexton wird dasselbe tun. Sie sind nicht nur mittellos, Sie sind auch weit unter seinem Stand. Ein Barrington geht bei Hofe ein und aus. Und Sie? Schöne Bescherung, was, Cinderella? Das Spiel ist aus. Es wird sich keiner finden, der Sie heiratet. Seien Sie nicht närrisch! Das paßt nicht zu Ihnen.«

Ava preßte die Kiefer aufeinander. Als sie an Hester und deren wahr gewordene Voraussagen dachte, wurde ihr übel.

»Damit ich meine Mission Punkt für Punkt erfülle«, fuhr Sir Quentin fort, »sei noch hinzugefügt, daß Sie einen Großonkel in Irland haben, dem Sie sich als Mündel unterstellen könnten.« Während er diese Perspektive auf sie wirken ließ, spazierte er zu den Kanapees zurück und griff nach dem Sherryglas auf dem kleinen Teakholztisch. »Seltsamerweise vermutet Ihre Großmutter, Sie könnten sich für dieses zweifellos schrullige Familienmitglied erwärmen. Sie glaubt nicht, daß Sie bereit sind, nach Bristol zurückzukehren. Wahrscheinlich wäre es ihr auch lieber, Sie nicht mehr zu sehen.«

Ava nickte.
»Wahrscheinlich.«
Dann überlegte sie laut: »Ich war nie in Irland. Ich kenne diesen Mann nicht.«
»Daniel Cheltenham ist Richter – wenn ich nicht irre in Galway. Natürlich kann ich Erkundigungen für Sie einholen.« Das klang amüsiert.
Wie alle Engländer hegte auch Ava Geringschätzung für die einstige Kronkolonie jenseits des St.-George-Kanals. Dorthin wurde man höchstens strafversetzt. Sie hatte die Wahl zwischen drei Demütigungen: Hester, Maxwell oder Irland.
Mutwillig warf sie den Kopf zurück. Sie war Aleisters Geliebte. Hinter Sir Quentins wichtigtuerischer Besorgnis lauerte nichts anderes als Eigeninteresse. Deshalb behauptete er, Wexton könne nicht ihre Zukunft sein.
Als er sie lächeln sah, sagte er: »Sixpence für Ihre Gedanken!«
»Meine Gedanken sind wenigstens eine Guinee wert. Nun, so peu à peu kann ich keine Entscheidung treffen. Alles, was ich weiß, ist dies: Ihre Mätresse werde ich auf keinen Fall.«
»Und warum nicht?«
Die Vernunft riet ihr, Maxwell nicht vor den Kopf zu stoßen. Möglicherweise brauchte sie ihn noch. Also überging sie diese Frage und meinte: »Wir sollten Lord Wexton wieder zu uns bitten. Vielleicht möchten Sie die Nacht über hierbleiben?«
»Nein. Ich habe mich im Posthotel von Winchester eingemietet. Dort erwarte ich, von Ihnen zu hören, sobald Sie sich entschieden haben. Eventuell besinnen Sie sich ja noch. Ich hoffe, daß das letzte Wort noch nicht gesprochen ist, und darauf, in den nächsten zwei Tagen, wie immer Ihre Pläne aussehen mögen, von Ihnen benachrichtigt zu werden. Und ich hoffe auf Ihre Vernunft.«
»Auf meine Vernunft?«
Ehe er zu seinem Zylinder griff, zog er die elfenbeinfarbenen Glacéhandschuhe an.
»Was sonst?« entgegnete er. »Nein, bemühen Sie sich nicht! Ich kann mir die Türen selbst öffnen.«

Als er fort war, zählte Ava bis hundert. Dann lief sie in die Halle hinaus. Sie hastete durch Arkadenbögen, Korridore und Türen und stürzte schließlich in Aleisters Schlafzimmer. Ihr Liebhaber war nicht da. Wie von einer Meute Jagdhunde gehetzt, stolperte sie ins Erdgeschoß zurück. Im Römischen Salon fand sie schließlich den, von dem sie sich Rettung versprach. Er lag bäuchlings auf einem Diwan und hielt in der einen Hand ein Buch und in der anderen ein Glas Wasser, das er absetzte, um nach einem Praliné zu langen.

»Es tut mir leid für dich«, sagte er, als er zu Ava aufblickte.

»Es ist eine Katastrophe.«

»Oh. Ich wußte nicht, daß du an deinem Vater hingst. Jon erzählte mir, wie hinreißend deine Stiefmutter war.«

»Die Cheltenhams sind ruiniert.«

»Auch das ist traurig.«

»Verstehst du nicht?« Ava hatte das Gefühl, in einen wirbelnden Strudel gerissen zu werden. Alles um sie herum schien sich zu drehen. »Maxwell ist angereist, um mich mit nach London zu nehmen – als seine Mätresse.« Ihre Stimme drohte zu brechen.

Aleister grinste. Endlich legte er das Buch, in dem er gelesen hatte, mit den aufgeschlagenen Seiten nach unten auf den nächsten Kartentisch.

»Das trifft sich gut«, sagte er.

Ava schluckte. Während sie langsam begriff, daß sie einem großen Fiasko entgegenging, setzte sich Aleister auf. Nie war er schöner gewesen. Inmitten weiß fluoreszierender Sonnengrelle glich er, ganz in Schilfgrün, einem Faun aus Shakespeare-Welten, Erdenprinz und Fabelwesen zugleich, der jeden Augenblick auf den Strahlen dieses unwirklichen Lichts davonschweben konnte.

»Du solltest Sir Quentins Angebot annehmen«, meinte er. »Werde seine Mätresse! Ich habe ohnehin beschlossen, in den kommenden Tagen nach London aufzubrechen. Das Land beginnt mich anzuöden.«

Er kämpfte sich in seine Stiefel und sprach beiläufig weiter:

»In Kürze fängt die Jagdsaison an. Vielleicht sollte ich sie im Hochland verbringen. Ich war jahrelang nicht mehr da. Wenn ich nur wüßte, wie die reizende kleine Schottin mit dem überaus begabten Mund hieß ... Sibylle ... Sylvaine ... hm.«
Seine Augen lächelten in weite Fernen. Es war, als liebkosten ihn Erinnerungen. Etwas Fremdes, Verzauberndes umgab ihn.
Obwohl Ava fürchtete, die Beine würden unter ihr zusammenknicken, kam sie über die Schwäche hinweg.
Schließlich entstieg Aleister seiner Verzückung. Sein Lächeln wurde ein Grinsen, distanziert und ironisch.
»Ach ja!« fiel ihm ein. »Ich werde Dorothy bitten, dir das blaue Kleid zu schenken. Es sieht gut an dir aus!«
Dann erhob er sich. Mit einer Handbewegung in Richtung der Bonbonniere fragte er: »Konfekt?« Da Ava nicht reagierte, schob er die Schachtel zur Seite. Der intensive Geruch von Sandelholz, Minze und Zimt stieg Ava in die Nase.
Sie schüttelte den Kopf, und Aleister wandte sich zur Tür. Die Klinke in der Hand, drehte er sich noch einmal um.
»Maxwell pflegt seine Mätressen zu verwöhnen«, versicherte er. »Meinen Glückwunsch! Solltest du Sarah Lyndon -- bis vor kurzem seine Favoritin – kennenlernen, so bestelle ihr einen lieben Gruß von mir. Bist du so freundlich?«
Ava preßte die Kiefer aufeinander. Als die Tür hinter Aleister ins Schloß fiel, ließ sie sich in den nächsten Diwan sinken.

Fünf Minuten später rauschten Jonathan, der Witze erzählte, und Dorothy, die jedesmal schon vor der Pointe lachte, in den Römischen Salon. Als sie Ava bemerkten, die noch immer auf dem Diwan saß, verstummten sie. Nach einer Weile forschte Jonathan: »Nanu, was ist mit dir?«
Ava verfügte nicht über die Willenskraft, das Geschehene mit sich allein auszumachen; zu sehr stand sie neben sich selbst.
Also sagte sie: »Es ist zu Ende.«
Dorothy setzte sich sofort zu ihr und faßte nach ihrer Hand.
»Sprechen Sie!«
»Sir Quentin ist hier, um mich nach London zu holen. Seine

Absichten sind alles andere als ehrenhaft. Trotzdem riet mir Aleister, die ›Einladung‹ anzunehmen. Er hat vor, Blair Manor zu verlassen und den Herbst im Hochland zu verbringen.«
Jonathan, der bereits frohlockt hatte, lockerte sich erregt die Halsbinde.
»Wie?« fragte er.
Dorothy gab zu: »Ich verstehe nicht...«
Während sie Avas Hand drückte, suchte sie in Jonathans Gesicht nach einer Erklärung.
»Es ist so«, fing Ava an. Und dann berichtete sie in knappen Sätzen, was vorgefallen war. Sie redete wie in Trance, mit monotoner Stimme und unbewegter Miene.
»Wie entsetzlich«, flüsterte Dorothy.
Weiterhin flutete durch alle Fenster blendendes, fast weißes Licht. Hinter Avas Augäpfeln brannten Tränen. Sie mußte blinzeln.
»Es gibt keinen Ausweg«, machte sie sich klar. »Und Aleister tut, als sei er mir nichts schuldig! Er sagt einfach: ›Werde seine Mätresse!‹«
Jonathan füllte ein Glas mit Portwein und reichte es ihr.
»Hier!«
Obwohl Ava es nahm, trank sie nicht daraus. Sie starrte ins Leere.
»Kommen Sie!« sprach ihr Dorothy zu. »Wenigstens einen Schluck! Den brauchen Sie jetzt. Wo ist Aleister?«
Während sich Ava die süße Flüssigkeit durch die Kehle rinnen ließ, zuckte sie mit den Achseln. Aleister. Allein der Klang dieses Namens jagte ein schmerzhaftes Pulsieren durch ihren Körper.
»Er sitzt im Pavillon und liest«, sagte Jonathan.
In ungewohnt patriarchalischer Haltung stand er mitten im Zimmer. Er stemmte die Hände in die Hüften, als wäre er der Herr von Blair Manor oder zumindest Herr der Lage. Während er nachdenklich in den Park hinausschaute, meinte Dorothy, ebenso zaghaft wie bestürzt über die eigene Kühnheit: »Wenn Sie erst einmal darüber geschlafen haben, können Sie Sir

Quentins Vorschlag vielleicht weniger ablehnend betrachten.«
Ava erwachte aus ihrer Erstarrung.
»Bitte?«
»Weshalb nicht? Ich persönlich kenne Maxwell nur sehr flüchtig, doch ein großes Übel dürfte er nicht sein.«
»Bitte?« wiederholte Ava.
Je angestrengter sie versuchte, das Chaos in ihrem Kopf zu ordnen, desto heilloser verstrickte sie sich darin.
Jonathan gefiel sich in seiner Herrscherpose. Inzwischen hatte er die Hände im Rücken gefaltet. So gnädig, als wäre er Gottvater, lächelte er in sich hinein und über Ava und Dorothy hinweg.
»Was ist mit Ihrer Großmutter?« fing letztere es von der anderen Seite an. »Bestehen da Aversionen?«
»Ich hasse sie, und sie haßt mich.«
»Aber Sie wollen doch nicht etwa in dieses grauenvolle Irland reisen! Ihren Großonkel kennen Sie nicht einmal. Womöglich ist er ein Despot. Und erst das Land! Es soll eine trostlose Einöde sein!«
Jonathan behauptete, ebenso wichtigtuerisch, wie er posierte: »Es gibt noch eine vierte Möglichkeit.«
Er goß sich ein Glas Sherry ein und prostete Ava zu. Triumphierend fuhr er fort: »Ja, die gibt es. Du wirst unter keinen Umständen Maxwells Mätresse. Ich bin für alles verantwortlich. Ich habe dich in diese mißliche Lage gebracht. Was meine Pflicht ist, weiß ich. Ava, wir werden heiraten.«
Zum erstenmal in seinem Leben genoß Jonathan Gildale das Gefühl, mächtig und souverän zu sein. Wahrscheinlich sah er sich in der Rolle des edlen Ritters.
Dorothy schüttelte ungläubig den Kopf, und Ava brach in kehliges Gelächter aus. Man hatte ihr die bequemste und moralisch einwandfreiste aller denkbaren Lösungen angeboten, doch sie sagte: »Nein.«
Totenstill wurde es im Römischen Salon.
Jonathans Hände fielen schlaff von seinen Hüften.

»Ava«, flüsterte Dorothy.

Angus Cheltenhams Tochter sprang auf, tat ein paar Schritte auf Jonathan zu, spazierte um ihn herum und fragte höhnend: »Siehst du uns als Ehepaar, das Freud, Leid und Aleister teilt, oder gedenkst du, von mir zu verlangen, daß ich in Bristol bei meiner Großmutter sitze, während du deinem Liebhaber nachfolgst, wohin immer er geht? Was bildest du dir ein?«

»Ava!« rief Dorothy.

Jonathan zischte: »Du hörst es doch! Sie ist sich zu gut! Sie macht lieber Maxwell die Hure als mir die Gattin!«

»Ihr seid unerträglich! Alle beide!«

Ava stieß den Atem aus. Erschöpft setzte sie sich wieder hin. »Das Land beginnt mich anzuöden«, hatte Aleister gesagt. Das Land? Sie hatte sich maßlos überschätzt. Auf einmal schien das ganze Zimmer nach dem Mann zu riechen, der ihr ein solches Rätsel war. Haßerfüllt blieb ihr Blick an der Konfektschachtel hängen, die auf dem Kartentisch lag. Den Geschmack von Marzipan, Krokant, Bitterschokolade und Mandeln im Mund, erinnerte sie sich an die sinnlichen Spiele der letzten Nacht. Ihr war, als fühle sie Aleisters Zähne auf ihrem Hals.

»Ich schiebe es nicht hinaus«, sagte sie. »Es ist nicht gut, Entscheidungen zu vertagen.«

»Und was wollen Sie tun?« fragte Dorothy.

»Ich packe, gleich jetzt. Und dann muß ich einen Weg finden, um nach Winchester zu gelangen. Dort werde ich Sir Quentin aufsuchen.«

»Nur zu!« keifte Jonathan.

Ava riß sich vom Diwan hoch. Als sie die Röcke raffte und gelassen zur Tür schritt, rief er hinter ihr her: »Ava!«

»Ja?«

Sie wartete. Eine Kälte, so, als atme sie gefrorenen Dampf, ging von ihr aus.

»Du wirst schweigen?« fragte er stockend.

Sein nervös hüpfender Adamsapfel verriet die Angst, die ihn auf einmal würgte.

Ava betrachtete ihn ungerührt. Dieser Wurm!
»Ich meine ...« begann er, brach ab und schielte nach Dorothy, die den Blick gesenkt hatte. Da Ava ihn zappeln ließ, war er gezwungen, auszusprechen, was ihm so zusetzte: »Ich und Aleister ... also, was du weißt ... was wir unter vier Augen besprachen ... Es wird doch unter uns bleiben?«
Gleich dem Gestank von Exkrementen schien seine Angst den Raum zu füllen.
»Natürlich«, sagte Ava. Alle Verachtung der Welt lag in diesen drei Silben.
Dann verließ sie das Zimmer, verwundert über die Langsamkeit, mit der sie sich bewegte. Sehr gemessen strebte sie Aleisters Schlafgemach entgegen. Als sie eintrat, umarmte sie sein Duft. Einen Herzschlag lang fürchtete sie, er könne plötzlich aus einer Ecke hervorkommen und lachen.
Die Sonne warf eine schmale Strahlenbahn über die Rokoko-Kommode. Nach kurzem Zaudern zog Ava die zweite Schublade auf. Die in der silbernen Halterung hängenden Flakons glänzten wie kostbares Geschmeide im flirrenden Licht.
»... Jeder vernünftige Mensch sollte tödliche Gifte im Haus haben ...«
»... Ich finde es angenehm, den Tod in greifbarer Nähe zu wissen ...«
Ich auch, Aleister, ich auch.
Entschlossen nahm sie das Fläschchen mit dem Arsenpulver an sich.
Sie trug es in den Raum, den sie vier Wochen lang bewohnt hatte, und stopfte es mit dem Rest ihrer Habe in die Reisetasche. Das blaue Kleid, das Dorothy gehörte, ließ sie ebenso in der Truhe zurück wie die übrigen entliehenen Accessoires.
Fertig angezogen, das Pelerinencape unterm Arm, den Hut mit den zwei gebrochenen Federn auf dem Kopf, Handschuhe und Pompadour in der einen, die Tasche mit dem zwischen die Griffe geschobenen Sonnenschirm in der anderen Hand, huschte sie in den Korridor hinaus.
Bemüht, das Haus in aller Ruhe zu verlassen, nicht in Hast,

nicht fluchtartig, nicht überstürzt, setzte sie langsam Fuß vor Fuß. Es war ein schwerer Gang, ein erster Abschied.

In der Halle wurde sie von Dorothy erwartet, die nicht wußte, was sie sagen sollte, und deshalb anfing, Jonathan zu entschuldigen: »Er ist dabei, sich zu betrinken. Sie müssen ihm verzeihen, daß er Ihnen keine gute Reise wünscht, aber er ist solchen Anlässen nicht gewachsen. Wenn er vorhin ausfallend wurde, so nur, weil er durcheinander war. Das wissen Sie doch?«

In den letzten beiden Wochen war Dorothy, besonders um die Hüften, noch ein wenig runder geworden. Auch der Bronzeton ihrer Haut hatte sich vertieft. Doch ihrem Gesicht konnte all das nichts anhaben: Es lächelte weich und ohne Schatten. Noch immer mußte man zweimal hinsehen, um die Fältchen auf ihrer Stirn zu entdecken.

»Ich habe den Wagen für Sie anspannen lassen«, sagte sie. »Der Diener wird Sie nach Winchester fahren. Wenn Sie nicht säumen, sind Sie fort, ehe Aleister es bemerkt. Wissen Sie, was Sie tun?«

»Nein. Aber ich tue es trotzdem.«

Ava kam sich verloren vor, verschluckt von der großen Halle unter der gläsernen Kuppel, durch die gleißende Lichtkaskaden fielen.

Dorothy geleitete sie zum Hauptportal.

Im Kies der Auffahrt stand ein offener Zweispänner. Bei jeder Bewegung der Pferde rasselten deren Geschirre.

»Vielleicht kam Sir Quentin rechtzeitig«, meinte Dorothy. »Er erschien, ehe Aleister zum Äußersten gehen konnte.«

Obwohl Ava die Andeutung nur vage begriff, nickte sie. Sie stellte die Tasche ab und reichte dem Boucher-Mädchen die Hand.

»Leben Sie wohl!«

Dorothy zog sie an sich.

»Sie auch!«

Es war, als wollten beide noch etwas sagen, doch dann beließen sie es bei einem letzten Lächeln.

Ava wandte sich ab, trat in die Abendsonne hinaus und bestieg die Kutsche. Als die Räder über den Kies knirschten, drehte sie sich noch einmal um. Sie winkte so lange, bis das weiße Taschentuch, das Dorothy schwenkte, und das Haupthaus von Blair Manor hinter einer Allee von Bäumen verschwanden.

Sir Quentin zeigte sich nicht wenig überrascht, als Ava in seine Abendmahlzeit platzte. Er saß im Gasthaus Heaven's Inn vor einem gebratenen Huhn und legte seine eigene, mit den Initialen »Q. M.« bestickte Serviette beiseite, um aufzustehen und der Achtzehnjährigen, die mittlerweile »Frau genug« war, entgegenzugehen. Das Heaven's Inn in der High Street galt als die renommierteste Schankstube der Stadt. Freilich mischten sich alleinreisende Damen selten unter die Gäste. Eine Dame reiste nicht allein; tat sie es doch, war sie keine mehr.
Voller Neugier und unter zotigen Kommentaren beobachteten die übrigen Zecher, wie Ava von dem Gentleman mit den schweren Ringen an den Fingern in Empfang genommen wurde.
»Das ging schnell«, gab Sir Quentin seinem Erstaunen Ausdruck. Er lächelte erfreut. Offenbar fühlte er sich bedeutend wohler als noch vor ein paar Stunden. Der nachmittägliche Gang, zumal mit dieser Botschaft, mußte ihm schwerer gefallen sein, als er zugeben wollte.
Er brachte Ava an seinen Tisch und bat sie, Platz zu nehmen. Erst nach zweimaliger Aufforderung willigte sie ein. Was sie um sich herum sah, gefiel ihr wenig. Gesindel hockte an derbsplittrigen Holztischen, trank Bier aus schweren Humpen und spielte Karten.
Als sie sich zurücklehnen wollte, drohte die Bank mit ihr umzukippen. Sir Quentin grinste, setzte sich neben sie und winkte dem Schankmädchen.
»Einen Becher Wein für die Dame und ... Was wollen Sie essen?«

»Dasselbe wie Sie.«
»Und noch einmal Huhn.«
Der Wein kam prompt, das Huhn mußte wohl erst gerupft werden. Ava blickte sich weiter um und rümpfte die Nase. Sie sah Männer in zerschlissenen, mehrfach geflickten oder zerrissenen Jacken, die vor Schmutz starrten, Männer mit tief ins Gesicht geschobenen Mützen und zahnlosen Mündern, Männer, die stanken, dumpf über ihrem Bier brüteten oder laut krakeelten.
Sir Quentin mußte sich ihre Frage schon gefallen lassen: »Sie an so einem Ort?«
»Provinznester haben nichts Besseres zu bieten, ob sie nun, wie Winchester, einen Arthur-Tisch besitzen oder nicht«, erwiderte er. »Da Sie mich so rasch fanden und ebenfalls kein edleres Etablissement entdeckten, um es mit Ihrer Anwesenheit zu zieren, erfahren Sie am eigenen Leibe, wie es um Lebensart und Esprit in unserem Lande bestellt ist.«
»Woher wußten Sie, wo Sie mich zu suchen haben?« forschte Ava. Ob sie sich wirklich dafür interessierte oder nur bemüht war, sich durch die Konversation zu hangeln, konnte er nicht feststellen.
»Das Unglück Ihrer Familie kam mir zu Ohren. Natürlich reiste ich sofort nach Bristol, und ausnahmsweise übertrumpfte das tatsächliche Geschehen jedwedes Gerücht. Ihre Großmutter gestand mir Ihre Flucht. Da ich in London von Lord Wextons und seines Freundes Gildales langwöchigem Ausflug nach Blair Manor gehört hatte, mußte ich nur zwei und zwei zusammenzählen. Unverzüglich begab ich mich hierher. Ich traf einen Mann, der mit Ihnen in derselben Postkutsche saß. Er kannte zwar Ihren Namen nicht, vermochte Sie aber aufs trefflichste zu beschreiben. Da hatte ich Gewißheit. Im Vertrauen: Lord Wexton und ich gehen uns aus dem Wege. Ich hätte ihn ungern aufgrund eines vagen Verdachts aufgesucht.«
»Ach so«, sagte Ava, deren Hut von dem ständig zu ihr herüberstarrenden Schankmädchen bewundert wurde.

Sir Quentin biß in ein Hühnerbein, ehe er erklärte: »Wir können morgen früh abreisen.«
»Wohin?«
»Nach London.« In seiner Stimme schwang Mißtrauen. »... die reizende kleine Schottin mit dem überaus begabten Mund ...«
Ava biß sich auf die Unterlippe, und Sir Quentin stieß sein Messer ungeduldig zwischen die Rippen des Huhns.
»Sie haben versprochen, sich nach meinem Großonkel in Irland zu erkundigen«, erinnerte sie ihn.
»Was?«
»Ja.«
Unverwandt schaute sie ihn an. In der Schankstube war es dämmrig und rauchtrüb.
»Ich reise nach Irland. Ich muß fort. So weit wie möglich. Am liebsten ginge ich ans Ende der Welt. Aber Irland muß es auch tun.«
»Irland *ist* das Ende der Welt.« Wie eine Larve fiel die siegessichere Heiterkeit aus Sir Quentins Gesicht. »Sie sollten sich das noch einmal überlegen.«
»Gott bewahre!«
Eigensinnig bohrte sich ihr Blick in die rauhe Tischplatte.
»Sie müssen den Verstand verloren haben.«
»Das ist anzunehmen. Bringen Sie mich zu meinem Onkel?«
»Er ist Ihr Großonkel.«
»Auch gut. Bringen Sie mich zu ihm?«
Jetzt stellte das Schankmädchen einen Teller mit einem halben, dunkel gebratenen Huhn auf den Tisch. Ava begann sofort zu essen. Sie aß, als habe sie drei Tage gehungert. Als Sir Quentin »Nein, das tue ich nicht!« sagte, klappten ihre Lider kurz hoch. Trotzdem schlang sie gierig weiter. Nur hin und wieder leckte sie sich die fettverschmierten Finger sauber.
»Ich bringe Sie zu Ihrer Großmutter«, entschied Sir Quentin. »Dort können Sie Ihre Sachen oder das, was Sie noch vorfinden, zusammenpacken und sich reisefertig machen. Es ist

nicht ratsam, mit einer Tasche, klein wie diese, nach Irland aufzubrechen. Der Weg nach Galway ist ungemütlich. Nehmen Sie sich viel Wollenes mit. Jetzt im Spätsommer mag es noch gehen, aber der Wind ist elend. Ich werde mich über den Aufenthaltsort Ihres Großonkels kundig machen und ihm eine Nachricht über Ihr baldiges Eintreffen zukommen lassen. Der Rest ist Ihre Angelegenheit. Sie könnten es einfacher haben.«

»Glauben Sie, daß ich es ›einfach‹ will?« fragte Ava.

»Nein«, antwortete Sir Quentin.

Am nächsten Tag fuhren sie in seiner Kutsche nach Bristol. Sie sprachen wenig. Jeder hing seinen Gedanken nach. Endlich am Ziel, stieg Sir Quentin im besten Hotel ab, und Ava suchte Hester auf, die – »vorübergehend«, wie sie betonte – im Haus von Freunden wohnte. Nach einer sehr förmlichen Begrüßung ließen die Gastgeber Großmutter und Enkelin miteinander allein. Kein Gespräch, aber ein Schweigen unter vier Augen begann.

Es fand in einem übermöblierten, dunklen Raum statt, den geschlossene Fensterläden vor dem Tageslicht schützten. Dünn und krähenbleich, in einem nachtschwarzen Kleid, thronte Hester auf einem Stuhl mit hoher Rückenlehne, während Ava zwischen Vitrinen und Kommoden, überladen mit Figurinen und Nippes, stehengeblieben war.

Eine halbe Stunde lang begnügte sich die alte Frau mit einem Schwall stummer Vorwürfe. Dann beendete sie die Audienz abrupt, indem sie ihre Enkelin kurzerhand aus dem Zimmer schickte.

»Geh!« sagte sie.

Im Haus der »Freunde« begegnete man Angus Cheltenhams einziger Tochter mit kühler Zurückhaltung. In jeder Höflichkeit vibrierte Gönnergnade.

Wenn Ava durch die Stadt fuhr, steckten die Leute die Köpfe zusammen; zu Fuß wagte sie sich erst gar nicht aus dem Haus. Auch den Friedhof mied sie. Hätte man ihr ins Gesicht gespuckt oder sie lauthals der Schande bezichtigt, wäre sie

damit fertig geworden. Einer Mauer der Sprachlosigkeit dagegen konnte sie nicht trotzen.
»Du mußt fort«, sagte Hester.
Deren letzte Hoffnung, die Hoffnung, daß Ava doch noch Lady Maxwell werden und die verlorene Ehre »zurückheiraten« würde, zersplitterte wie Porzellan, das den Händen entgleitet, als Sir Quentin sie wissen ließ: »Ihre Enkelin zieht das eintönige Leben in Irland dem vergnüglichen Treiben in Londoner Salons vor.«
Wie er sich Avas Stellung in diesem »vergnüglichen Treiben« gedacht hatte, behielt er wohlweislich für sich. Auch Ava verlangte es nicht danach, Erklärungen abzugeben.
Als sie während der acht Tage, die sie in Bristol ausharren mußte, in Sir Quentins Wagen an den Überresten ihrer Kindheit, der schwarz verfärbten Ruine des georgianischen Herrenhauses am Queen Square, vorbeifuhr, überfiel sie eine so große Traurigkeit, daß sie wünschte, weinen zu können.
»Die Depesche ist abgeschickt«, meldete Sir Quentin am selben Abend. Er hatte herausgefunden, wo Daniel Cheltenham lebte. »Sie können reisen.«
Und Ava reiste.
Mit einem knappen »Bleiben Sie wohlauf!« verabschiedete sie sich von Hester, die ihr nicht einmal die Wange zum Kuß bot. Sie verabschiedete sich nach einer Woche der stummen, blicklosen Fehde. Sie verabschiedete sich für immer, und es gab nichts zu sagen.
Mit verhärmter Miene, schwarz, dürr und mehr denn je einer Vogelscheuche zwischen Novemberstoppeln ähnlich, stand Hester neben der Kutsche, die Ava zum Hafen bringen sollte. Unerbittlich bis zum Schluß verweigerte sie jedes versöhnliche Wort.
Dafür sagte Sir Quentin Ava adieu. Um größere Sentimentalitäten zu vermeiden, verzichtete auch er darauf, sie zum Kai zu begleiten.
Er trat hinter Hester hervor, nickte bedauernd und strich der jungen Frau, die noch nicht wissen konnte, welch steinigen

Weg sie gewählt hatte, mit einer nur angedeuteten, aber wehen Zärtlichkeit über den Handrücken.
»Wir sehen uns wieder«, behauptete er.
»Ja«, sagte Ava.
Und die Reise ins Ungewisse, die Reise nach Irland, begann.

ZWEITES BUCH

Das weite Land

Achtes Kapitel

Ohne nach links oder rechts zu sehen, betrat Ava die *Seawind*. Niemand bot sich an, ihr mit dem Gepäck zu helfen. Statt dessen fielen Anzüglichkeiten. Als einzige Lady an Bord war sie eine Aussätzige, die bestaunt wurde wie eine Jahrmarktsattraktion. Jemand, der solch elegante Kleider trug, gehörte nicht an und schon gar nicht unter Deck eines heruntergekommenen Frachters, auf dem es nach Schweiß und Fischöl roch, sondern in eine teakholzgetäfelte Passagierkabine auf einem Linienschiff. Entschlossen, Bristol bei der nächsten Gelegenheit den Rücken zu kehren, hatte Ava freiwillig auf jedweden Luxus verzichtet. Eine »standesgemäße« Überfahrt wäre erst in drei Tagen möglich gewesen.

Von neugierigen Augen verfolgt, mühte sie sich allein mit dem Gepäck. Es bestand ohnehin nur aus zwei Reisetaschen – beide allerdings so vollgestopft, daß sie zu platzen drohten – und einem Pompadour, der mittlerweile einiges mitgemacht hatte und dementsprechend aussah. Als fürchtete sie, um des Täschchens willen überfallen zu werden, preßte sie es fest an sich, denn es enthielt, was sie ihre wichtigste Habe nannte: ein Portemonnaie mit fünfzehn silbernen Pfund – ihre Aussteuer fürs Leben – sowie ein Taschentuch mit Monogramm, die Karte Sir Quentins und drei Flakons, einen mit Rosenöl, einen mit Riechsalz und einen mit Gift – jenem Gift, das sie Aleister gestohlen hatte.

Nach und nach fand sich eine rauhe Gesellschaft auf dem altersschwachen Frachter ein – »der Mob«, wie Hester gesagt hätte.

Die Männer steckten in abgerissenem Flickzeug, trugen Stoppelbärte, schief ins Gesicht gedrückte Mützen und ausgetretene Stiefel oder überhaupt kein Schuhwerk und ließen eine Flasche Gin kreisen. Frauen und zerlumpte Kinder saßen in Gruppen zusammen.

Umgeben von ihren Besitztümern, überlegte Ava, ob sie sich nicht im Zwischendeck einrichten sollte, konnte sich aber nicht dazu überwinden, den beiden schmuddeligen älteren Frauen nachzugehen, die offenbar dasselbe vorhatten.

Langsam und fast lautlos verließ das Schiff den Hafen. Je weiter es sich vom festen Land entfernte, desto dichter wurde der Nebel. Ava faßte mit einer Hand nach der Reling. Ihr herbes, dem Meer zugewandtes Gesicht hatte jede Andeutung von Liebreiz und Mädchenhaftigkeit verloren. Was immer sie auf Blair Manor jung und hell gemacht hatte war fort.

Über ihrem Kopf flatterten Segel. Die letzten Möwen verabschiedeten sich mit krächzenden Schreien. Aschfahl und schwer wie Säcke hingen die Wolken über der See. Obwohl die feuchte Luft Regen ankündigte, nieselte es nicht einmal. Der Hafen Bristols verschwand hinter grauen Schlieren. »Raa-Segel setzen!« tönte es über das Deck. Zwei Matrosen kletterten in die Wanten. Die *Seawind* kreuzte gegen den Wind.

Als die Dunkelheit kam, blickte Ava zu dem Gewirr von Masten, Tauen und Leinwänden empor. Zweifel an der Richtigkeit ihrer Entscheidung ließen es ihr schwer ums Herz werden. Wie dem auch sei: Sie hatte gewählt, und die Wahl mußte gut sein.

Ihre Finger fühlten sich klamm an. Sie fror. Unmöglich konnte sie die ganze Nacht an der Reling verbringen. Also griff sie nach ihren Taschen und strebte zum Zwischendeck. Man beachtete sie kaum. Sie streckte sich sofort auf ihrer Pritsche aus, fand aber keinen Schlaf. Ein Kind weinte, ein anderes sprach ein Nachtgebet. Hängematten schaukelten, Vertäuungen quietschten. Irgendwo schlug ein Blechlöffel gegen einen Topf. Während die *Seawind* in einem sachten Auf und Ab über die Wellen glitt und dabei ächzte, als sei ihr jede Bewegung eine Qual, spürte Ava Übelkeit in sich aufsteigen.

Die Ausdünstung ungewaschener, womöglich verlauster Körper mischte sich mit dem Gestank ranzigen Schmierfetts und dem Geruch von Gin. Gottergeben schloß sie die Augen.

Draußen begann es zu regnen. Scharf fuhr der Wind in die prasselnden Tropfen. Der Rumpf des überladenen Frachters lag tief im Wasser und pflügte schwerfällig durch die Fluten, doch das Meer blieb ruhig wie ein gefährliches, aber sattes Raubtier.

Ava setzte sich auf.

Noch immer klapperte der Blechlöffel gegen den Napf, noch immer weinte das Kind. Die Frauen unterhielten sich leise oder röchelten im Schlaf. Auf der anderen Seite des Zwischendecks schnarchten und stanken die Männer.

Um ihr Unbehagen zu vergessen, zählte Ava die Schläge des Löffels. Manchmal lauschte sie auch nur dem Ächzen der Holzplanken. Schließlich ertrug sie es nicht länger. Sie schleppte sich zu der schmalen Leiter, die an Deck führte, und kletterte hinauf.

Kaum hatte sie die Tür aufgedrückt, zuckte sie vor dem wachehabenden Matrosen zurück, der sie anherrschte: »Kein Wetter für Sie, Ma'am! Bleiben Sie unten!«

Ava würgte. Die steife Brise drückte sie gegen den nächsten Mast. Da schob sie der baumlange Kerl nach Backbord und hielt sie fest, während sie sich keuchend übergab. Je mehr sie erbrach, desto lauter schienen die Wogen gegen den Schiffsrumpf zu donnern. Kaum fähig, sich aufrecht zu halten, wurde sie von der Reling weggezogen und nach unten geschickt.

Und wieder dieser Geruch ...

Nie zuvor war ihr so elend gewesen. Jedenfalls konnte sie sich an nichts Vergleichbares erinnern. Überzeugt, Irland nicht lebendig zu erreichen, taumelte sie zu ihrer Pritsche zurück.

Am anderen Morgen suchte sie, erschöpft von den Unbilden einer über einem Eimer verbrachten Nacht, erneut Zuflucht an der frischen Luft. Ihr zitterten die Knie. Immer noch war es kalt und ungemütlich, doch gelegentlich bahnte sich ein Sonnenstrahl den Weg.

Als die *Seawind* am frühen Abend Hook Head umschiffte und über den Suir River in den Hafen von Waterford einlief, atmete Ava auf, als wäre sie am Ende einer zehnjährigen Odyssee angelangt.
Das also war Irland.
Ein mächtiger Gefängnisturm, Reginald's Tower, empfing die Ankommenden.
Zögernden Schritts, gestoßen von jenen, die hinter ihr drängten, betrat Ava die fremde Erde. Auf einmal erschien ihr das ganze Land wie eine trostlose, uneinnehmbare Festung.
Bereits am Kai bemühten sich Straßenhändler, ihre Waren bei der für hiesige Verhältnisse ziemlich herausgeputzten Engländerin loszuwerden.
»Vielleicht einen Kristallkrug?« fragte eine bucklige Alte, und Ava, die nichts weniger im Sinn hatte, als sich mit Hausrat einzudecken, suchte verstört das Weite. Von überall her eilten Marktweiber, Fischverkäufer und wohl auch so mancher Halsabschneider auf sie zu. Trug sie nicht eine Seidenhaube? Und ihr Cape, war es nicht aus feinstem Tuch? Gewiß hatte sie einiges im Beutel!
Mit groben Zurückweisungen, die ihre Angst verbargen, Tritten und Ellbogengewalt erkämpfte sie sich den Weg aus dem Hafenviertel. Völlig erschöpft wischte sie sich den Schweiß von der Stirn. Es mußte doch irgendwo eine Poststation geben! Alles, was sie brauchte, war ein Nachtlager und die Sicherheit, morgen weiterreisen zu können.
Da sie weder die Poststation noch einen vertrauenerweckenden Menschen fand, den sie um Auskunft zu bitten wagte, landete sie, durchfroren und außer Atem, im nächsten Wirtshaus, wo sie sich an den letzten noch freien Tisch aus nachlässig zusammengefügten Holzbalken setzte, einen Krug Bier bestellte und ein Stück verkohltes Lammfleisch in sich hineinstopfte.
Diese Blicke! Sie lauerten überall!
Das Schankmädchen grinste so frech wie alle Schankmädchen dieser Welt, und der Wirt war auf schmierige Weise servil.

»Kein guter Ort für eine Lady«, sagte ein Mann, der im Dunkel der Kaschemme halbwegs nach Gentleman aussah, ansonsten jedoch keinen allzu einnehmenden Eindruck machte. Während Ava ein hilfloses Lächeln versuchte, flüsterte ihr der Wirt ins Ohr: »Vorsicht! Kein Umgang für Sie!«

»Scher dich weg!« fauchte der feine Herr, der keiner war. Er schlüpfte neben Ava auf die morsche Holzbank und bot mit großtuerischer Geste an: »Kommen Sie, Lady, lassen Sie sich helfen! Engländerinnen, noch dazu feine Fräuleins wie Sie, haben's nicht leicht in diesem Saustall. Zu Ihren Diensten, Lady! Buck Edwards ist immer für Sie da.«

Ava schluckte, schmeckte an ihrem Gaumen die verbrannte Kruste des Bratens und spürte, daß sie Halsschmerzen bekam. Als der Mann, der Buck Edwards hieß, nach ihrem Handgelenk griff, zuckte sie so erschrocken zurück, daß sie den Bierkrug umstieß. Sämtliche Köpfe drehten sich nach ihr um. Grölendes Gelächter hob an, es hagelte zotige Bemerkungen. Obwohl Ava dem Lumpengesindel gern den Mund verboten hätte, dämmerte ihr, daß es besser war, den ihren zu halten. Sie bebte am ganzen Körper, ohne es zu merken.

»Na, na«, besänftigte sie ihr vermeintlicher Beschützer, der erneut versuchte, nach ihrer Hand zu fassen.

Aufgeregt rief sie nach dem Wirt.

»Ich möchte bezahlen!«

Die ganze Zeit drückte sie ihre Fußknöchel gegen die Taschen unter dem Tisch, um sicherzugehen, daß sie noch da waren. Buck Edwards beobachtete, wie sie ihr Portemonnaie zückte, und folgte jeder ihrer Bewegungen mit glänzenden Augen. Dabei leckte er sich die Lippen. Verängstigt von seinem Blick, den er nicht von ihrer Börse zu lösen vermochte, fühlte Ava kalten Schweiß im Nacken. Der Wirt konnte auf die Silbermünze, die sie ihm hinschob, nicht herausgeben, bat um Geduld und verschwand hinter den Bierfässern. Hilfesuchend schaute Ava ihm nach. Ehe Buck Edwards Gelegenheit fand, zudringlich zu werden, schlenderte eine nicht mehr sehr junge, aber sehr stark geschminkte Frau auf ihn zu. Genauso

heiser wie ungerührt sagte sie: »Laß sie in Frieden. Das Küken hat weniger, als du glaubst. Du machst dir nur Ärger.«
Während sich der ertappte Halunke auf einen Disput mit der bunt bemalten Person einließ, kehrte der Wirt mit dem Wechselgeld zurück. Ava nahm es an sich, sammelte ihre Sachen ein und floh ins Freie. Als sie hörte, daß der Wirt hinter ihr herhastete, blieb sie stehen. Gegen den Wucherpreis eines Shillings nannte er ihr eine geeignete Herberge sowie den Weg zur Poststation und die Abfahrtszeiten der Kutschen.
Die Herberge, im Besitz einer dicken Mittvierzigerin, die kein Kleid, sondern ein Zelt zu tragen schien, war ein feuchtes Loch, dessen Modergeruch Ava fast erstickte. Halb tot vor Müdigkeit, Halsschmerzen und leichtem Fieber sank sie auf die mit groben Linnen bedeckten Strohballen. Ihr letzter Gedanke war: »Ein Leben für ein heißes Bad!« Dann schlief sie ein.
Am anderen Morgen wurde sie von einem überraschend ordentlichen Frühstück mit Eiern und Speck gekräftigt. Allerdings war ihr Hals so geschwollen, daß sie kaum noch schlukken konnte. Sie fror und hatte trotzdem das Gefühl, innerlich zu sieden.
Dessenungeachtet bestieg sie zwei Stunden später die Postkutsche nach Clonmel. Waterford adieu zu sagen fiel ihr nicht eben schwer. Wenn das eine Stadt war, diese Siedlung aus ein paar niederen Steinkaten, wenigen, recht bescheidenen Herrenhäusern, dem mittelalterlichen Schuldturm und den größtenteils ungepflasterten Straßen, wie sah dann ein Dorf aus? Sie sollte es bald erfahren.
Avas Weg führte westwärts, quer über Land. Es war eine beschwerliche Reise, eine Reise durch Regenschauer und feucht aufbrausenden Wind. Nach Clonmel kam Tipperary und nach Tipperary Limerick. Wenn die Sonne durch die Wolkenmauern stieß, trocknete die Nebelnässe, und die schmalen Straßen, die aus Schlamm, Steinen und Schlaglöchern bestanden und sich so manches Mal durch dichtes Buschwerk schlängelten, erstarrten in Staub.

Für zwei Tage öffnete der Himmel die Schleusen. Es regnete ohne Unterlaß. Die Wege waren nur noch Morast. Wieder und wieder blieb der schlecht gefederte Wagen – eigentlich eher eine zugige, harte Kiste im Schlepp zweier Schindmähren – im Schlick stecken. Während die Pferde unter den Peitschenhieben des Kutschers wieherten und den Karren im wahrsten Sinne des Wortes und mit letzter Kraft aus dem Dreck zogen, warteten Ava und ihre Reisegefährten – zwischen Tipperary und Limerick ein Kronbeamter und ein fahrender Händler mit drei verschiedenen Ausgaben der Heiligen Schrift im Gepäck – im strömenden Regen und wurden naß bis auf die Haut. Da half auch der Schirm nicht, den der Bibelverkäufer aufzuspannen versuchte; der Wind riß ihn in Fetzen.
Das Land war eine einzige, oft strichgerade Ebene, die zuweilen zu flachen Hügeln anstieg. Man sah mattes Herbstgrün, strohige Gräser, verloren in der Weite stehende Bäume und eine fremdartige Leere. Hecken, wettergebeugte Sträucher und distelartige Buschhaine ragten schief in die Grauschattierungen der Tage. Hier, am Ende der Welt, schien es eine fünfte Jahreszeit zu geben, die vergessen ließ, daß es auf dem übrigen Erdenrund September war. Sturmböen fauchten durch den Regen, und dunkle Wolkenmassen schoben sich über den Horizont.
Als kurz nach Bansha, beim Überqueren einer Steinschlucht, auch noch ein Rad brach, schloß Ava gereizt die Augen.
Obwohl sie ein verengendes Brennen im Hals spürte, entweder fröstelte oder schwitzte und ständig Schmerzen in Nakken, Schultern und Rippen hatte, war nichts wirklich, bis Aleister in der Kutsche saß.
Dösig geworden und zu müde, um die Lider zu bewegen, starrte sie auf den freien Platz ihr gegenüber. Plötzlich sah sie ein schilfgrün gekleidetes Fabelwesen, einen Faunprinzen, der sie anlächelte und sich dabei lässig zurücklehnte, Gestalt annehmen. Sie riß den Kopf zur Seite – und schrak zusammen. Der Mann neben ihr, der englische Constabler, hatte sich in den Earl of Barrington verwandelt. Schnell wandte sie

sich ab, um durch die aufgeklappte Sichtlade in den fahlen, aber trockenen Dunst hinauszublicken. Da drüben! Auf dem grob behauenen Meilenstein zwischen den Kartoffeläckern ... Schlug da nicht Aleister die Beine übereinander?

Während der Wagen nach Nordwesten rollte, während die Reisenden ihr Gewicht von der einen auf die andere Hinterbacke verlagerten, während die schweren irischen Pferde Huf vor Huf setzten, während die Eisenscharniere, die den Karren zusammenhielten, quietschten, während der Himmel ein einziges Unglücksomen war und gottlose Düsternis alles Licht begrub, kam Aleister Ava von Atemzug zu Atemzug näher. Schließlich war er so dicht bei ihr, daß sie der Geruch von Sandelholz, Minze und Zimt anwehte. Aleister begann zu lachen. So laut, daß Handlungsreisender und Staatsdiener es hörten, sagte Ava: »Das wirst du mir büßen!«

Daß sie angeglotzt wurde, war ihr einerlei. Was andere Leute von ihr dachten, ging sie nichts an. In ihrem Kopf hockte Aleister Wexton und grinste.

Ihr Haß war plötzlich so groß und überwältigend, daß sie das Brennen im Hals, das Gliederreißen und die innere Hitze vergaß. Nicht einmal ihr vom langen Sitzen geplagtes Steißbein spürte sie mehr. Erynnienkraft leuchtete aus ihrem Gesicht, das weiß und unbewegt wie eine Maske war.

Als sie in Limerick ankam, half ihr der Kronbeamte aus dem barbarischen Gefährt und anschließend bei der Suche nach einer Unterkunft für die Nacht. Außerdem erkundigte er sich für sie nach einer Möglichkeit, nach Lisdoonvarna zu gelangen. Das war ihr Ziel. Es lag im Burren.

»Sie wollen wirklich in des Teufels Paradies?« fragte der Constabler ebenso ungläubig wie bedauernd. Da sie nickte, gab er ihr Auskunft: »Eine Kutsche fährt übermorgen, gleich früh um sieben. Sie kommen nach Ennis und können dann, so Gott will, mit einem Brauereiwagen weiterfahren, der einmal die Woche Ennistymon beliefert. Dort müssen Sie einen Bauern finden, der Sie nach Lisdoonvarna bringt. Abgelegene Gegend.«

Ava erreichte Ennistymon vier Tage später. Sie fragte einen jungen Burschen, der einen Esel vor ein Fuhrwerk spannte, ob er so freundlich wäre, sie mitzunehmen und eventuell einen Umweg nach Lisdoonvarna, zum Haus von Richter Cheltenham, zu machen. Obwohl der Rotschopf rotzfrech einen Shilling verlangte, schlug Ava ein. Sie hätte zu allem ja gesagt, um endlich dort anzulangen, wo sie erwartet zu werden hoffte.
Also setzte sie sich in den leeren Kartoffelwagen, verschwitzt, seit über einer Woche ungewaschen – der eigene Geruch würgte sie! –, schlecht frisiert, mit strähnigen Haaren und ihrer Großmutter Hester – mager und verhärmt in dieser Magerkeit – erschreckend ähnlich. Wie ein wertloser Fetzen hing ihr das blaue Musselinkleid am Leibe. Es war mehrmals naß geworden und ebensooft an ihrem Körper getrocknet. Der Saum zeigte eingerissene Stellen und schwarze Ränder. Seit Tagen waren die Spitzenkrausen um die Handgelenke nicht mehr weiß, sondern grau- und braunfleckig. Die hellen Seidenschuhe hatten Löcher und sahen unerhört schmutzig aus. Fast fielen sie Ava wie Lumpenwerk von den Füßen.
Und irgendein Bauernjunge, dem sie wie seinesgleichen vorgekommen wäre, hätten ihm nicht die rosenbestickten Reisetaschen zu denken gegeben, kutschierte sie mißmutig nach Lisdoonvarna, einer kleinen Ortschaft im Burren – keiner Landkarte einer Erwähnung wert und doch erwählter Alterssitz des seit langem pensionierten Daniel Cheltenham.
Als Ava auf dem Kartoffelwagen durch das karstige, abweisende Land fuhr, hinein in steinige, schwach begrünte Hügelfalten, die eher einander überlagernden Ebenen glichen, hinein in eine kraterartige Kargheit ohnegleichen, keimte in ihr die Angst, Sir Quentin könne ihr falsche Angaben gemacht haben. Hier wollte doch kein Mensch, und sei er dreimal siebzig, seinen Lebensabend verbringen!
Widerstandsfähige Farne und struppige Büsche wuchsen zwischen Felsplateaus unter bewölktem Himmel, einem Himmel, der heute ein Einsehen hatte und nur so tat, als wolle er regnen lassen. Alle halbe Stunde passierten der sommerspros-

sige Irenjunge und die erstaunte Engländerin einen armselig in die Unwirtlichkeit ragenden Baum. Die wenigen Gehöfte, an denen sie vorbeikamen, boten in ihrer ungepflegten, dreckstarrenden Jämmerlichkeit ein trauriges Bild.
»Wohnt hier wirklich Richter Cheltenham?« fragte Ava. Ohne sich nach ihr umzuwenden, in einem Englisch, wie es dem Mund von Leuten entschlüpft, die in einer anderen Muttersprache zu Hause sind, rief der Junge: »Soll so sein. Hab's gehört.«
Eine halbe Meile vor Lisdoonvarna brachte er sein Fuhrwerk an einem baufälligen, windschief zwischen Steinhügel lungernden Cottage, dessen Dach zu weiten Teilen moosüberwuchert war, zum Stehen.
»Da wohnt der Richter«, sagte er.
Fassungslos starrte Ava das halbverfallene Häuschen an. Es schien zurückzugaffen. Die zugezogenen Läden, deren Farbe vor Jahrzehnten abgesplittert sein mußte, schien die Verschlossenheit des Landstrichs und seiner Bewohner zu versinnbildlichen.
Da sich Ava nicht aus dem Wagen rührte, blickte der Junge geduldig nach vorn. Der Esel bekundete Unruhe.
Ava preßte die Lippen aufeinander. Um hierherzukommen, war sie zehn Tage lang über dreihundertfünfzig Meilen unterwegs gewesen? Das war ein Witz. Das war wirklich ein Witz.
Auf einmal ging die Tür auf. Heraus trat ein alter Mann in ausgebeulten, mehrmals schlecht geflickten und dennoch zerrissenen Beinkleidern, einem unsauberen Hemd ohne Kragen, löchrigen Wollstrümpfen und abgelaufenen Pantoffeln.
In der einen Hand einen vollen Becher, mit der anderen über seine Glatze kratzend, stierte er Ava stumpf und abwartend an. Als er grinste und dabei den Mund öffnete, sah sie ein paar faulige Zahnstümpfe. Wahrscheinlich hatte er sich seit Wochen nicht rasiert und es ebensolang vermieden, sich zu waschen.
Ava schüttelte den Kopf. Sie war wie betäubt.
Während sich der Mann, der ihr Großonkel sein mußte, dem

Kartoffelwagen näherte, verlor er eine Pantine. Er tat einen Schritt zurück, schubste sie wieder auf seinen Fuß, knurrte drei unverständliche, auf jeden Fall aber unfreundliche Worte und schwankte, denn er war betrunken.

»Aye«, sagte er und glotzte Ava an.

Die drückte sich in den hintersten Winkel des Karrens.

»Du bist also die Enkelin des ver-hk-maledeiten, besserwischerischen, nicht zu ertragenden und reichen – natürlich reichen! – Halunken aus Bristol? Die Enkelin meines Bruders? Ha! So was nenne ich eine Über-r-raschung! Kein hohes Roß mehr, wie? Eine Cheltenham! Eine mittel-hk-lose Cheltenham!«

Hier war seine Begrüßungsrede zu Ende. Er schüttete den Inhalt des Bechers in sich hinein und achtete in seiner Gier nicht auf die zwei breiten Rinnsale, die an seinem Kinn hinunterliefen.

Ava schluckte. Das tat weh. Mit beiden Händen umfaßte sie ihren Pompadour. Durch den weichen Stoff konnte sie die Flakons fühlen. Alle waren noch da, auch jener, der ihr nicht rechtmäßig gehörte.

»Na, steig schon runter! Hält hier Maulaffen feil! Rein in die gute Stube! Was ist denn, Mädchen?«

Ava sog Luft in ihre Lungen. Als sie den Atem langsam und zitternd aus der Nase ausstieß, begriff sie, daß ihr nichts anderes übrigblieb, als Gehorsam zu leisten.

Im Haus war es dunkel. Nur eine einsame Kerze brannte. Sofort riß Ava die sperrigen Läden auf. Kein Wunder, daß Daniel Cheltenham sie geschlossen hielt: Den Fensterflügel, der durch zahlreiche, teilweise gesplitterte Leisten in kleine Felder unterteilt war, füllten weder Glasscheiben noch Kuhhornplatten oder Fischblasenstreifen. Die zerschlissenen, aber erstaunlicherweise vorhandenen Vorhänge waren von Spinnweben verklebt. In dem Zimmer, dem einzigen und deshalb recht großen zu ebener Erde, war wohl jahrelang nicht mehr saubergemacht worden. Keine Bretter und keine Steinplatten

bedeckten den Fußboden. Auf einem schweren Holztisch haftete die einzige Kerze; um sie herum Brotkrümel und zerfledderte Bücher.
Wie im Mittelalter, dachte Ava, die fürchtete, ein Zeitsprung habe sie ins vierzehnte Jahrhundert geworfen. Oder war's ein Fiebertraum?
Wohin sie auch blickte: nichts als Gerümpel!
In einer finsteren Nische hingen Kupferkannen, Eisentiegel und ein paar Messer an der Wand. Aus einem Topf über der kalten Feuerstelle ragte der Stiel einer Schöpfkelle. Holzschalen und Besteckteile türmten sich in einer Blechschüssel, die Gefahr lief, jeden Moment von der zu schmalen Regalzeile zu rutschen.
»Fürstlich, nicht wahr?« fragte Daniel Cheltenham und lachte bitter.
Erst jetzt bemerkte Ava in der anderen Hälfte des Raums zwei zierliche Rokoko-Kommoden, die vom Kerzenlicht gerade noch erreicht wurden. Das herrschaftliche Interieur nahm sich in dieser Hütte grotesk aus.
»Hat's dem feinen Fräulein die Sprache verschlagen?« Der Alte war plötzlich ganz nüchtern. Er stellte den leeren Becher auf den Tisch und baute sich mit in die Hüften gestemmten Händen vor Ava auf. »Zuerst«, sagte er, »habe ich deine vornehme Familie verflucht. Hat mir nicht behagt, der Brief deiner Großmutter. Dann dachte ich: Warum nicht? Soll kommen, die Kleine! Wenn sie arbeiten kann, soll's mir recht sein. Kann sie's nicht, wird sie's lernen!«
Ava wich seinem Blick aus. Wie dunkel es blieb, obwohl sie beide Läden aufgestoßen hatte! Nie zuvor war sie an einem ähnlich verwahrlosten Ort gewesen. Womöglich strichen Ratten die Mauern entlang.
»Ungewohnt, was? Nicht gut genug?« Der Alte rieb sich listig die Bartstoppeln. »Du kannst jederzeit anfangen, Ordnung zu schaffen. Wie's beliebt! Seit die alte O'Flaherty nicht mehr kommt, gleiten mir die Dinge aus den Händen. Aber jetzt habe ich zu tun.«

Er setzte sich an den wuchtigen Tisch und zog ein von Feuchtigkeit aufgequollenes Buch mit vergilbten Seiten zu sich heran.
»Du warst doch Richter in Limerick. Das jedenfalls haben die Nachforschungen der letzten Wochen ergeben. Wieso bist du nicht dort geblieben?« fragte Ava, die sich weiterhin nicht von der Stelle bewegte. Ein kühler Luftzug wehte durch den Fensterstock, plusterte ihr Haar auf und ließ das Kerzenlicht aufflackern.
Daniel Cheltenham zögerte. Erst nach einer halben Minute hob er den Kopf. Zorn und etwas, das Ava nicht zu deuten vermochte, loderte in seinen kohledunklen Augen. Krampfhaft umfaßte seine Rechte den dicken Band, bei dem es sich um ein Gesetzbuch handeln mußte, denn die einzelnen Abschnitte waren mit Ziffern und Zeichen überschrieben.
In diesem Augenblick glich Daniel Cheltenham einem gejagten Tier in einer düsteren, aber schützenden Höhle.
»Frag nicht nach Angelegenheiten, die nicht die deinen sind«, sagte er barsch. Während sein Zorn verglomm, schienen seine Augen, wie der Rest seiner Erscheinung, mit dem diffusen Dämmerlicht zu verschmelzen. Es war wie ein Erlöschen.
Doch dann richtete er sich noch einmal auf. Alles an ihm wurde steife Angespanntheit.
»Limerick? Gesindel hat dort das Recht in der Hand! Seit der Union ist nichts mehr so, wie es einmal war. Hol's der Teufel!«
Da er keine Erwiderung erwartete, tat er, als vertiefe er sich erneut in seine Lektüre. Er las jedoch nicht. Er war viel zu aufgebracht. Ava räusperte sich. Wollte er sie so stehen lassen? Wie sehnte sie sich nach einem Bad – und nach einem weichen Bett und duftenden Daunenkissen!
»Und jetzt?« fragte sie ratlos. Bad und Daunenkissen waren in weiter Ferne.
Der Alte sah hoch.
»Jetzt?« Er wußte es nicht. Nach kurzem Sinnieren kam er zu dem Schluß: »Geh nach oben! In der linken Kammer kannst du dich einrichten. Ein Bettkasten steht jedenfalls drin. Was

du mit dem anderen Gelumpe machst, sei dir überantwortet! Wäsche dürfte zu finden sein. Mußt sie halt waschen.«
Ava nickte. Sie griff nach ihren Taschen und bestieg die Leiter, die nach oben führte. Da sie Mühe hatte, ihr Gepäck zu tragen und gleichzeitig die Röcke zu raffen – festhalten mußte sie sich ja auch irgendwo –, hantierte sie eine Weile herum. Plötzlich stand der Alte neben ihr. Sie schrie auf. Er aber lachte und leuchtete ihr mit der Kerze ins Gesicht. »Will nur mal sehen, wie die letzte Cheltenham aussieht. Hm. Machst nicht den Eindruck, als wärst du überhaupt eine. Kommst eher nach deiner Großmutter Hester. Die war auch so dünn. Aber blond bist du, blond wie mein Bruder. Der ist seit vierzig Jahren tot. Seit vierzig Jahren! Hast ihn gar nicht gekannt. Na: wenig versäumt.«
Eine Wolke aus Whiskey- und Bierdunst und der Geruch langsam verfaulender Zähne schlug Ava in die Flucht. Schon nach drei Schritten wurde sie am Rockzipfel festgehalten.
»Wieso bist du nicht bei der lieben, sanften Hester geblieben?« fragte der Alte.
Ava lüpfte die Brauen. Lieb? Sanft?
Mit einem energischen Ruck machte sie sich los.
»Frag nicht nach Angelegenheiten, die nicht die deinen sind«, beschied sie schnippisch. Dann erklomm sie die letzten Sprossen. Die linke Kammer …
Im Ohr das Gelächter des Alten, stieß sie die Tür auf. Modergeruch empfing sie. Sofort ließ sie die Taschen fallen und eilte zum Fensterladen, durch dessen unsachgemäß abgedichtete Ritzen fahle Lichtkegel brachen. Der Laden klemmte. Als sie ihn endlich aufgeworfen hatte, als es hell wurde und frische Luft hereinströmte, miaute eine ausgemergelte Katze, die einen Buckel machte, ehe sie beleidigt ins Freie sprang.
Ava blickte sich um. Staub, Spinnweben, ein Sammelsurium alter Möbel, ein Fenster ohne Glas …
Erschöpft lehnte sie sich gegen die Wand.
Warum war sie nicht Maxwells Mätresse geworden?

Die erste Nacht in der Hütte des Großonkels, die, eine halbe Meile von der nächsten Siedlung entfernt, mutterseelenallein in der Finsternis stand, verbrachte Ava in einem mit eilig herbeigeschafften Strohballen gepolsterten Bettkasten, zugedeckt mit dem eigenen Cape.
Am anderen Morgen klopfte der Alte an ihre Tür und sagte, er würde nach Lisdoonvarna aufbrechen, um Bettzeug zu besorgen. Da auch nichts mehr zu essen im Hause sei, müsse er den Gang ohnehin tun. Seine Stimme klang unsicher, sein Ton war höflich. Überdies sprach er plötzlich ein so gewähltes Englisch, daß sich Ava verwundert die Augen rieb. Kaum wußte sie ihn unterwegs, stürzte sie zum Fenster und öffnete den Laden. Herein floß das Licht eines hellen, leuchtenden Morgens.
Sie lehnte sich hinaus, blickte auf die staubige Landstraße hinunter und suchte schließlich den Himmel nach Wolken ab. Alles, was sie sah, war endloses Blau.
Dieselben Steine wie gestern, dieselben spärlich bewachsenen Felshügel, dieselben wetterzerzausten Sträucher im Wind ... Die Welt des Burren war kahl geblieben. Aber die Sonne schien! In weiter Ferne blökten Schafe, und eine sanfte Brise trug den Salzgeschmack der See heran.
Als Ava den Brunnen neben dem Haus entdeckte, wollte sie hinunterlaufen. Sie drehte sich um – und stockte. Dieser Schmutz, diese Unordnung! Wenn sie nicht im Dreck verkommen wollte, mußte sie Hand anlegen.
Und so begann die Tochter des Reeders Angus Cheltenham, der ein so schlechter Kaufmann gewesen war, in den frühen Vormittagsstunden eines heiteren Septembertages im Jahre 1818, eine verwahrloste irische Bauernhütte sauberzumachen.
Sie schaffte die Möbelstücke, die sie nicht brauchen konnte, unter großen Anstrengungen aus ihrem neuen Zimmer in die Diele – ach was, Diele! In den Pfad zwischen zwei Kammern! –, warf fort, was ihr unnütz erschien, und fing schließlich zu putzen und zu schrubben an.

In der Küche hatte sie einen Eimer und grobe Lappen gefunden. Das Wasser schöpfte sie aus dem Brunnen vor dem Haus. Sie band den Kübel an das Gewindeseil, ließ ihn in den Schacht hinunter und drehte ihn unter Aufwendung all ihrer Kräfte wieder herauf. Es dauerte eine Weile, bis sie geschickt genug war, den Bottich zufriedenstellend gefüllt ans Tageslicht zu befördern.
Stets aufs neue mußte sie ihn die Leiter zu den oberen Kammern hinauf- und wieder hinunterzerren, denn das Wasser verwandelte sich innerhalb kürzester Zeit in eine widerlich schwarze Brühe; den Lappen dreimal einzutauchen genügte. Gefühle des Abscheus schluckte Ava hinunter. Ganz nebenbei lernte sie fluchen. Keine zweite Nacht wollte sie in einem Raum zubringen, der einem Schweinestall den Rang ablief!
Zwei Stunden fuhrwerkte sie zwischen dem Inventar umher. Weil sie das Interieur noch einmal neu überdachte, eine Kommode hinaus- und eine bereits verbannte Truhe zurückschob, taten sich Staubinseln auf, wo vorher Möbel gestanden hatten, und die Plackerei begann von vorn.
Nächstes Mal würde ihr das nicht mehr passieren.
Nach getaner Arbeit wischte sie sich den Schweiß von der Stirn. Obwohl sie die Ärmel hochgekrempelt hatte, war ihr Kleid naß geworden. Was tat's? Sie verfügte jetzt über ein Zimmer, das zwar unzulänglich eingerichtet, dafür aber sauber war. *Sauber*. Welch ein Zauberwort!
Der rohe, unebene Fußboden lag noch ebenso fremd vor ihr wie der mit Strohballen gefüllte Bettkasten. Nirgendwo Zierleisten, nirgendwo Schnitzereien, nirgendwo Ornamentik. Ava betrachtete den unlackierten Stuhl und danach die schwere Eichentruhe, deren Deckel in einer Wellenlinie verbogen war.
Da sie schon angefangen hatte, setzte sie ihr Werk fort. Sie ging ins Schlafzimmer des Alten – wie vermutet: eine Räuberhöhle – und schuf eine so blanke Ordnung, wie sie bestimmt seit ihres Großonkels Einzug oder länger nicht mehr geherrscht hatte. Danach kam der Vorraum an die Reihe. Als sie

oben fertig war, nahm sie sich das Erdgeschoß vor. Sauber, sauber, sauber ... Etwas anderes konnte sie nicht mehr denken.
Noch während sie scheuerte und schwitzte und zum zigten Male zum Brunnen lief, überlegte sie, wie sie dem muffigen Geruch, der sich im Haus eingenistet hatte, Herr werden könnte. Nach nichts sehnte sie sich so sehr wie nach Düften und Helligkeit. Obwohl sie trotz des steten Windes, der für Zugluft sorgte, alle Läden aufgeklappt hatte, saß die modrige Dunkelheit wie ein gefräßiges Tier in Winkeln und Nischen. Gleich kurzen Blitzen, die aufflackerten und wieder verglommen, zuckten Bilder durch Avas Kopf. Ihre Mutter ging durch diese Bilder. Sie war jung und schön, und alles um sie herum leuchtete. Während sie einem kleinen Mädchen das Haar bürstete, umgab sie ein Hauch von Rosenwasser, der von Bergamotte und schließlich von Chypre und Ambernoten abgelöst wurde. Auf einmal schien es Sandelholztröpfchen zu regnen ...
Zornig warf Ava die Bürste, mit der sie das Ofenrohr malträtierte, gegen die Wand.
Kein Sandelholz!
Am späten Nachmittag war sie fertig. Sie rannte nach oben, riß den Flakon mit Rosenöl aus dem Pompadour und hielt ihre Nase über die entstöpselte Öffnung. Eine Wohltat ohne Namen!
Aber sie selbst, wie roch sie denn?
Im ganzen Haus gab es keine Badewanne, nicht einmal einen großen Holzzuber.
Schlagartig verflog die von Eifer durchtränkte Hochstimmung der letzten Stunden.
Ava wollte nach Hause.
Da es nach und nach Abend wurde, die Sonne sank und blauer Dunst über den Himmel zog, zündete sie die einzige Kerze an und schloß die Läden. Es war kalt geworden. Ihre Halsschmerzen hatten sich verschlimmert.
Als der Alte zurückkam, stand sie unschlüssig am Kamin. Sie

stand dort, weil sie nicht wußte, was sie sonst tun sollte, sie stand dort, als wäre sie eine Puppe, deren Mechanik nicht mehr funktioniert.
Der Alte brachte frische Strohballen – und ein Federbett mit einem Federkissen. Außerdem legte er einen Beutel auf den Tisch, aus dem er Speck, Käse, Butter, Brot und einen Sack Kartoffeln sowie eine Handvoll Talglichter zog.
»Hab jemanden getroffen, der mich auf seinen Wagen steigen ließ«, sagte er. »Weißt du inzwischen, wo die Wäsche ist?«
Ava nickte.
Daß sie gescheuert, gefegt und poliert hatte, schien Daniel Cheltenham keiner Erwähnung wert.
Wortlos nahm sie das Bettzeug und ging damit hinauf in ihre Kammer. In einer der Truhen hatte sie vergilbte, an den Faltstellen eingerissene und insgesamt etwas feuchte Laken und Überzüge gefunden. Morgen würde sie waschen ... Sie hatte keine Ahnung, wie sie das machen sollte.
Eine Weile hegte sie den Verdacht, von recht wenigen Dingen eine Ahnung zu haben.

Der Großonkel war ein merkwürdiger Mann.
Obwohl Ava Tag und Nacht neben ihm lebte, blieb er ihr fremd. Seine Wortkargheit störte sie nicht. Weder lobte er sie für ihre haushälterischen Bemühungen, noch schalt er wegen des Specks, den sie drei Morgen hintereinander verkohlt auf den Tisch brachte. »Bitte« konnte er ebensowenig sagen wie »danke«.
Solange er nicht trank, fiel Ava seine Anwesenheit kaum auf. Er saß über seinen Büchern, nickte vor sich hin oder starrte leeren Blicks in eine Zimmerecke.
Machte er sich jedoch nach Lisdoonvarna auf, führte ihn der erste Weg in die Schänke, wo er einen Humpen Bier nach dem anderen in sich hineingoß und zwischendurch mit Whiskey nachspülte.
Zurück von solch einem Zechgang, legte er sich für gewöhnlich sofort ins Bett. Ließ er sich aber auf die Holzbank hinter

dem schweren Tisch fallen, wurde er gesprächig. Was er erzählte – manchmal zornig auffahrend, manchmal leise, so, als richte er das Wort an sich selbst –, ergab für Ava wenig Sinn. Sie begriff allerdings, daß ein Gescheiterter sprach, der sein Leben verfluchte.

Einmal faßte er nach ihr und wollte sie an sich ziehen, doch sie riß sich von ihm los, rannte die Leiter hinauf und verbarrikadierte sich in ihrer Kammer, indem sie die Eichentruhe vor die Tür rückte. Trotzdem hatte sie keine richtige Angst vor dem Alten, der im Rausch nicht mehr wußte, was er sagte oder tat. Sie kam zurecht.

In den eigenen vier Wänden, im Cottage zwischen den Steinhügeln, trank Daniel Cheltenham nur Bier, entschlossen, wenigstens einigermaßen nüchtern und bei klarem Verstand zu bleiben. Die angebrochene Whiskeyflasche stand noch so voll wie am Tage von Avas Ankunft auf dem Holzbrett an der Wand, das als Küchenregal diente.

Seit die junge Engländerin im Haus war, raffte der Alte sich gelegentlich dazu auf, sich zu rasieren. Dann und wann wechselte er sogar unaufgefordert das Hemd. Behielt er das alte zu lange an, legte ihm Ava frische Wäsche aufs Bett. Obwohl er diesen Hang zur Reinlichkeit für übertrieben halten mußte, fügte er sich dem Wink mit dem Zaunpfahl. Ob rasiert oder stoppelbärtig, ob gewaschen oder Altersschweiß ausdünstend, ob in Flickzeug oder in seinem einzigen, den Jahren bereits Tribut zollenden Rock: Der einstige Richter der Krone, der schweigsame Trinker, dem seine Enkelin den Haushalt führte, blieb eine heruntergekommene Erscheinung.

Ava glich sich der Einsilbigkeit ihres Großonkels an. Im Oktober wußte sie noch immer nicht, ob er jemals verheiratet gewesen war und Kinder, ja eventuell Enkel besaß, ob sie also auf Verwandtschaft hoffen durfte, warum er Limerick verlassen hatte, wer er war und was er dachte. Statt ihn mit Fragen zu belästigen, fachte sie das Herdfeuer an, denn eisige Winde stoben mittlerweile um die Hütte. Sie warf Schmutzwäsche in kochendes Wasser, briet Speck – da sie begriffen hatte, daß sie vorher Fett in die Pfanne geben mußte, brannte er nicht mehr an –, schlug, soweit vorhanden, zwei Eier dazu, legte Kartoffeln in die Aschenglut oder nähte Knöpfe an Joppen und Westen. Dabei dachte sie an Bristol und an das abgebrannte Haus ihrer Kindheit, an Blair Manor und an Jonathan, Dorothy und Aleister, und manchmal war all das so weit weg, daß sie, einer verloren geglaubten Fährte nachspürend, die Stirn in Falten zog.

Wenn die Bilder mit gierigen Armen nach ihr faßten – immer plötzlich, immer unerwartet –, verschlug es ihr den Atem. Dann wurde es ihr eng in der Kehle. Und der Alte saß weiterhin mit ausdruckslosen Augen am Tisch und schwieg in die Stille.

Sie begannen den Tag mit einem gemeinsamen Frühstück – stumm, ohne einander anzuschauen. Danach ging der Alte fort. Während er durch die felsige Gegend strolchte, von etwas getrieben, das er nicht nach Namen fragte, erledigte Ava ihre Obliegenheiten. Sie wischte Staub, fegte die Böden, besserte zerrissene Kleidungsstücke aus oder machte sich über die Wäsche her. Waschen war anstrengend. Mochte Angus Cheltenhams Tochter noch so ungeschickt mit Nadel und Faden umgehen – auf filigrane Handarbeiten hatte sie sich zu keiner Zeit verstanden –, so wurde wenigstens ihre Wäsche blütenweiß.

Sie erkannte rasch, daß es nicht genügte, Bettzeug, Hemden, Hosen, Röcke und Strümpfe in heißes Wasser zu legen, und entdeckte, wozu das Waschbrett neben dem Bierfaß gut war. So rieb und wrang und knetete sie, bis ihr die Hände weh taten, ja ihr ganzer Körper. Sich zu verausgaben hieß, sich in der eigenen Erschöpfung zu vergessen. Wenn Ava mit der Wäsche kämpfte, hörte Aleister zu lächeln auf ...

Und doch: Was für eine Mühsal! Ava hatte nur ihre Hände, diese zarten, feingliedrigen Hände, gewohnt, dem Pianoforte zauberische Töne zu entlocken, einen Holzbottich, ein Waschbrett und ein Stück Schmierseife, das sauber roch, aber nicht duftete. Der Alte hatte es aus Lisdoonvarna mitgebracht. Allein diese Seife, die besser war als gar keine, sagte ihr, daß sie eine Zehntagereise und mehr von Bristol trennte. Wenn sie mit den groben Arbeiten fertig war, füllte sie den Kessel über dem Feuer mit Wasser aus dem Brunnen und schüttete es, wenn es heiß genug war, in den Bottich, der einen Durchmesser von drei Fuß hatte und etwas mehr als einen Fuß hoch war. Nackt stellte sie sich hinein und fing an, sich einzuseifen und sich von ihrem Eigengeruch zu befreien, der jetzt, wo sie zupacken mußte, so viel schärfer war als früher.

Diese Art der Körperpflege gedieh zu einem richtigen Ritual. Als das Seifenstück, das einzige im Haus, nur noch daumengroß war, trug Ava dem Alten auf, ihr ein neues zu besorgen. Seine Augen fragten: »Schon wieder?«, doch er tat, wie ihm geheißen.

Eines Morgens blieb er nach dem Frühstück wie festgewachsen am Tisch sitzen. Ava wartete mit Ungeduld auf seinen Aufbruch, aber sein Blick, der wie erloschen schien, bohrte sich mit gnadenloser Endgültigkeit in den Fußboden aus gestampfter Erde. Da Ava nicht mit ihrem Reinigungszeremoniell beginnen konnte, wurde sie unruhig. Sie wanderte zögerlich im Raum umher und eilte schließlich ins Freie hinaus, als wolle sie den Himmel um Hilfe anrufen. Als sie zurückkehrte, hätte sie am liebsten geschrien und getobt.

Der Alte rührte sich den ganzen Tag nicht von der Stelle. Er sprach kein Wort, schlug auch keines seiner Bücher auf und sah aus, als wäre er zu einem toten Monument erstarrt.

Nach dem kargen Abendmahl ging Ava sofort zu Bett. Sie weinte. Sie weinte, bis sie einschlief. Sie weinte wegen einer Waschprozedur, die nicht stattgefunden hatte.

Am anderen Tag war alles wie sonst. Der Alte drückte sich nach dem Frühstück die Mütze in die Stirn, warf sich den schweren Wollmantel über, griff nach einem leeren Jutesack, nickte Ava zum Abschied zu und trat in den trostlosen Oktoberregen hinaus. Es schüttete. Der Himmel war so dunkel, als wolle der Vormittag übergangslos in den Abend münden.

Mit dem Eimer in der Hand stürzte Ava zum Brunnen. Endlich! Wie sie es genoß, sich von oben bis unten mit Seife einzureiben und sich anschließend mit warmem Wasser zu übergießen!

Als sie sich angezogen hatte, beglückt, frische Wäsche auf der Haut zu spüren, leerte sie den Bottich, räumte auf, was herumlag und ging dann in ihre Kammer hinauf, wo sie den Flakon mit Rosenöl aus dem Pompadour in der Truhe holte und sich damit aufs Bett warf. Gierig inhalierte sie den Duft. Und draußen strömte, wie ein dichtes Gewebe aus Bindfäden, der Regen nieder.

Ehe sie sich am frühen Nachmittag dazu überwinden konnte, mit einem schweren, über dem Feuer zu erhitzenden Eisen Unterröcke und Hemden zu plätten, dichtete sie mit Stoffresten die zugezogenen, aber schlecht schließenden Fensterläden ab. Inzwischen gab es drei Kerzen im Haus. Alle drei hatte sie angezündet, eine hielt sie in der Hand. Da merkte sie, daß der Fußboden an den Wänden und besonders um die Tür herum morastig weich geworden war. Unaufhaltsam sog die festgetretene Erde die Nässe auf, die allmählich alles durchweichte.

Ava preßte die Lippen aufeinander. War denn umsonst, was sie Tag für Tag verrichtete? Da kehrte und entstaubte und schrubbte sie – und jetzt drohte die elende Hütte im Schlamm zu ertrinken!

Als der Alte, früher als üblich, nach Hause kam, triefte auch er von der Mütze bis zum Hosensaum. Er hatte Milch, Brot, Butter, einen Sack Kartoffeln und ein Töpfchen Honig mitgebracht.

»Junge Mädchen mögen süße Sachen«, sagte er, sah Ava aber nicht an, sondern schälte sich aus dem tropfenden Mantel.

»Der Boden«, stieß sie hervor. Was der Alte auf den Tisch häufte, würdigte sie keines Blickes.

»Ist immer so. Morgen fahren wir nach Ennis.«

»Der Boden«, wiederholte sie – empört gegen Gott, die Welt und ihren täppischen Großonkel.

»Ja«, sagte der Alte. »Im Herbst und im Winter regnet's hier draußen verdammt viel. Also wird alles naß.«
Ava schüttelte unentwegt den Kopf.
»Bretter!« durchzuckte es sie auf einmal. »Man muß den Boden mit Holz auslegen!«
»Ist's nicht wert.«
Am Tisch sitzend, wartete der Alte darauf, daß sie Tee kochen und ihm ein Messer und einen Becher Bier bringen würde. Einige der Lebensmittel, die er herbeigeschafft hatte, wollten verzehrt werden. Auch ein Zipfel Wurst war noch da.
»Wenn Bretter über der Erde lägen, wäre es einigermaßen trocken«, widersetzte sich Ava. »Das Strohdach muß vor dem Winter sowieso neu gedeckt werden. Es läßt Wasser durch. Und das Moos zieht Ungeziefer an.«
»Im Frühjahr, im Frühjahr«, beschwichtigte der Alte mit abwehrend erhobenen Händen und fügte hinzu: »Vielleicht.«
»Nein, nicht im Frühjahr und nicht vielleicht. Morgen. Du willst nach Ennis? Dort gibt es Stroh und Bretter.«
Jetzt ging Ava daran, den Tisch zu decken und Tee aufzubrühen. Der Alte schwieg. Es war wie jeden Abend, nur hingen heute Gedanken in der Luft, die aufeinanderprallten. Die ihren rangen mit den seinen.
»Du begleitest mich in die Stadt«, entschied der Alte, ehe er sein Messer in ein Stück Käse hieb. »War lange nicht mehr da. Muß Jahre her sein ... Polly Dloughy soll dir zeigen, wie man Eintopf und solche Sachen macht. Jetzt, wo's kalt wird, tut's gut, wenn man was Warmes in den Magen kriegt. Wirst ein bißchen kochen lernen.«
»Gut. – Kaufen wir Stroh und Bretter?«
Ava nahm neben dem Alten Platz, bestrich ein Stück Brot mit Butter und Honig und biß hinein. Erstaunt spürte sie zum erstenmal, seit sie England verlassen hatte, einen echten Geschmack am Gaumen.
»Mal sehen«, wich der Alte aus. Eine unentschlossene Handbewegung unterstrich das vage Versprechen.
Mit gebanntem Blick betrachtete Ava den Honig, den sie um

ihr Messer wickelte. Er war dick und goldgelb und glattflüssig und süß – süß wie Aleisters Konfekt und so geschmeidig, wie der Earl of Barrington »Das trifft sich gut« gesagt hatte. Und er klebte an ihrem Messer, wie Aleisters Bild in ihrem Kopf klebte.

Als sie hochschaute, merkte sie, daß sie verstohlen gemustert wurde. Sofort bemühte sie sich um ein Lächeln, das die Spannung löste. Da hob Daniel Cheltenham seinen Bierbecher und spülte mit dessen Inhalt auch seine Neugier hinunter.

Tags darauf hielt schon am frühen Morgen ein Fuhrwagen vor dem schäbigen Cottage mitten im Burren. Wieder fand Ava keine Gelegenheit, sich zu waschen, weshalb sie eine aufkeimende Gereiztheit hinunterwürgen mußte. Während sich der Alte neben den rundlichen Bauern auf den Kutschbock schwang, stieg sie hinten auf den Karren, wo sie sich zwischen leere Kisten hockte und mit beiden Armen ihre angezogenen Knie umfaßte.

Ohne ein Wort zu wechseln, zuckelte man beinahe drei Stunden durch feinen Sprühregen. Der Wagen ächzte. Es war kalt. Ava verbarg sich unter einer Plane und wunderte sich, daß sie trotz des unfreundlichen Klimas ihre Erkältung vollständig losgeworden war. Sie hatte schon geglaubt, sie habe den Tod mit nach Irland geschleppt. Angegriffenen Lungen konnte der harmloseste Schnupfen den Garaus machen, nichts raffte den Körper so schnell dahin wie die Schwindsucht. Und sie, Ava Cheltenham, einzige Nachfahrin von Angus, dem Musiker, war sie nicht das zarte, schwache, so leicht fiebernde, der Entleibung nur knapp entronnene Feenkind?

Nun, im Augenblick saß die ganz und gar nicht kindliche Fee mit angewinkelten Beinen, gänzlich frei von Weltfluchtgedanken, auf einem wackeligen Fuhrwerk und wurde von Schlaglöchern gebeutelt. Hinter den flachen Felshügeln lungerte die Todestraurigkeit des Herbstes. Drohender, öder und verlassener denn je breitete sich das weite Land vor Ava aus. Die Wege, die sie vor ein paar Wochen zur Hütte des Großonkels gebracht hatten, waren mittlerweile so matschig, als stünde eine neue Sintflut bevor.

Erst als der Wagen in Ennis anlangte und durch verwinkelte Gassen rollte, stieg Erregung in Ava auf. Eine Stadt! Eine richtige Stadt! Nicht berauschend – aber immerhin! Natürlich wäre Ennis in England nicht mehr als ein mittelprächtiges Dorf gewesen. Nur wenige, Vornehmheit andeutende Herrschaftsgebäude, georgianisch kühl, aber klein und nicht ernst zu nehmend feudal, verrieten die Sehnsucht nach einem urbanen britischen Lebensstil.
Vor einer Zeile einfacher grauer Steinhäuser zügelte der irische Bauer sein klappriges Roß.
»Morgen um elf«, sagte er.
Der Alte stieg vom Bock und wiederholte: »Morgen um elf.«
Auch Ava sprang aus dem Karren. Gleich darauf verschwand der Wagen hinter der nächsten Straßengabelung.
An einer Mauer spielten Kinder. Sie lachten und zankten sich laut um ein Tuch. Als Daniel Cheltenham ihnen einen strengen Blick zuwarf, verstummten sie; als er gebieterisch eine Braue hob, rannten sie davon. Es wurde still in der Gasse.
Endlich pochte der Alte gegen die Tür des ersten grauen Hauses. Heraus trat alsbald eine rundliche, sommersprossige Frau, vielleicht Ende Fünfzig, die einen schmalen, aber keineswegs harten Mund und lebhafte Augen hatte. Unter einer blaugestreiften Schürze trug sie ein braunes Kleid mit einem blütenweißen Brusttuch. Sehr adrett sah sie aus. Zuerst lächelte sie freundlich, dann unsicher, schließlich verwirrt und am Ende gar nicht mehr.
»Daniel Cheltenham«, sagte sie, »was soll das heißen?«
Ihr irischer Akzent zitterte in einem schweren Singsang. Aufgeregt schnell bewegten sich ihre Augen von einem zum anderen.
»Guten Tag, Polly«, kam es rauh aus der Kehle des Alten, der nach Ava griff, um sie vorzuschieben. »Das ist meine Großnichte. Wurde mir von ihrer Familie aus England geschickt. Die dazugehörige Geschichte erzähl' ich dir bei Gelegenheit. Heute hab' ich keine Zeit. Muß viel erledigen. Nun, sie heißt Ava – Ava Cheltenham – und lebt bei mir. Sie macht sich gut. Aber natürlich kann sie nicht kochen.«

Polly Dloughy lachte und zeigte dabei gelbe Zähne.
»Der Richter«, wunderte sie sich, strahlte ihn jedoch an, als wäre er eine gemästete Weihnachtsgans. »Ich glaube, wir haben uns zehn Jahre nicht gesehen. Warst nicht oft in Ennis. Oder bist du mir aus dem Weg gegangen?«
Der Alte räusperte sich.
»Kann ich das Mädchen hierlassen?« fragte er. Obwohl sein Blick eine ganze Weile über Pollys Gesicht irrte, schlug er kein einziges Mal mit den Lidern. Polly schaute nach Ava.
»Wie lange?«
»Bis morgen. Um elf holt uns Sean O'Leary ab. Ich hab' den ganzen Tag in der Stadt zu tun.«
»Hast du auch die ganze Nacht in der Stadt zu tun?«
»Werd' schon ein Quartier finden. – Nun?«
»Daniel Cheltenham, denkst du, man kann von einem Tag auf den anderen kochen lernen?«
Ava erwiderte Pollys nahezu verschwörerisches Lächeln. Befremdlich, dieses Gespräch.
»Sie begreift schnell«, versicherte der Alte. »Zeig ihr das Nötigste, das genügt.«
Noch während er sprach, sah Polly aus, als gerate in ihr ein Zorn in brodelnden Aufruhr, der sich in den letzten Minuten unbemerkt angestaut hatte. Ihr Mund verzog sich zu einer schmalen Gerade. Da Ava bereits darauf wartete, von der Schwelle gewiesen zu werden, vernahm sie um so erstaunter: »Kommen Sie rein, Miss Cheltenham!«
Und der Alte hörte: »Also, wenn's so ist: bis morgen um elf.«
Das Haus der Polly Dloughy war sauber und gepflegt, enthielt Einrichtungsgegenstände, die die Bezeichnung »Möbel« verdienten, und erinnerte Ava an die Dienstbotenräume der zerstörten Cheltenham-Residenz in Bristol.
Durch den Flur, in dem wertloser, aber Heimeligkeit schaffender Tand herumstand, wurde sie in die Küche geführt. Dort gab es einen mächtigen Herd, über dem gebündelte Kräutersträußchen baumelten, und einen Vitrinenschrank, der hinter geschliffenen Glasscheiben das gute Porzellan barg. Glän-

zende Kupferpfannen und Schöpflöffel hingen an den Wänden. Im Ofen knisterte ein Feuer, und unter dem großen, von vier Stühlen umrahmten, weiß gedeckten Tisch lag ein Flickenteppich.
»Am besten machen wir uns an einen einfachen Eintopf«, sagte Polly, die sofort geschäftig wurde. »Etwas anderes meint Daniel sowieso nicht, wenn er vom Kochen spricht. Ha, der alte Knauser!« Glucksendes Lachen durchzitterte den letzten Satz.
Daniel ... Wie eigenartig das klang! Für Ava hatte der Alte weder einen Vornamen noch eine Vergangenheit.
»Eigentlich wollte ich mir heute ein Huhn braten, aber da ich damit noch nicht angefangen habe, wollen wir mal sehen, ob wir einen Eintopf zustande bringen ... Wie man ein Huhn zubereitet, erkläre ich Ihnen hinterher. Sie können bestimmt schreiben. Ich sage Ihnen, wie das so ist mit dem Kochen – wie man dies macht und das –, und Sie schreiben's auf. Sonst müssen Sie sich zuviel auf einmal merken.«
Übertrieben munter, jedoch ohne sich um Feder und Papier zu kümmern, plapperte Polly in Avas Gedanken hinein und bald über sie hinweg. Nebenbei wurde Kohl geputzt und anschließend eine Kartoffel nach der anderen geschält. Nach kurzem begann die Ältere, die Jüngere ein wenig auszuhorchen.
»Und dann hat Ihr Vater wieder geheiratet. War sie nett, die neue Mama? – Nein, nicht so! Wenn Ihnen das Messer abrutscht, verletzen Sie sich. Sie müssen von sich wegschälen. – *Solaasch*, haben Sie gesagt? Ein schöner Name, wirklich. Französin? Was, aus Flandern? Wo ist das denn?«
Ava stand mit gesenktem Kopf am Küchentisch, antwortete einsilbig oder gar nicht und gab vor, ganz in ihr Tun vertieft zu sein. Sie hatte keine Lust, über Solange zu reden. Eigentlich wollte sie gar nicht reden. Um Pollys Fragenschwall zu bremsen, erkundigte sie sich ihrerseits: »Kennen Sie meinen Großonkel schon lange?«
Polly lachte, aber das Lachen blieb nur kurz in ihrem pausbäkkigen Gesicht hängen.

»Sehr lange, ja. Ich kenne ihn, seit es ihn nach Irland verschlagen hat. In Limerick hab' ich ihm über zwanzig Jahre den Haushalt geführt. Dann hab' ich geheiratet und bin nach Ennis gezogen. Und Daniel kam ins Unglück ...«

Sie sagte das so, als hinge ihre Hochzeit untrennbar mit dem Unglück des Alten zusammen. Ava schwieg. Lustlos zerstükkelte sie eine Kartoffel. Daß die ehemalige Bedienstete Polly Dloughy einen recht intimen Umgang mit dem einstigen Richter von Limerick gepflegt haben mußte, dämmerte ihr, interessierte sie aber über eine dünkelhafte Mißbilligung hinaus nicht besonders.

»War höchste Zeit für mich zu heiraten«, spann Polly den Faden weiter. »Kinder hab' ich mir gewünscht, Söhne. Sehr jung war ich nicht mehr. Es ist auch nichts geworden, mit den Kindern, meine ich. Und heute bin ich Witwe, seit neun Jahren. Mein Horatio war ein guter Mann. Da kann man nichts sagen. Ein wirklich guter Mann war das. Hat nicht getrunken, nicht gewettet und nicht den Weibern hinterhergegafft.«

Was dann kam, war eine der vielen Grabreden, die sie seit fast einem Dezennium über den seligen Horatio hielt.

»Wir hatten ein gutes Leben, mein Mann und ich«, schloß sie. Inzwischen schnitt sie Zwiebeln. Ob sie deswegen oder aus Sentimentalität Tränen in den Augen hatte, ließ sich nicht sagen.

»Sparsam bin ich gewesen«, erzählte sie. »Schon als junges Mädchen hab' ich mir was zur Seite gelegt. Horatio war Schreiber bei einem Advokaten, ein richtig gelehrter Mann, fast so gebildet wie Ihr Großonkel. Gut ist's uns gegangen, richtig gut. Aber daß ich einen Irländer genommen hab', das trägt er mir nach, der Richter.«

»Weshalb?«

»Er kann es nicht mit den Iren. Er versteht sie nicht und will sie auch nicht verstehen. Da ist er sehr von oben herab, wie alle Engländer.«

»Sie sind doch auch Irin«, sagte Ava.

Polly wandte sich ab. Aus ihrer Schürze holte sie ein Taschentuch, um sich zu schneuzen.
»Mein Vater war Engländer, Soldat«, entgegnete sie merkwürdig barsch. »So – und jetzt zur Hauptsache, dem Hammelbauch!«
Als Ava das rohe Fleisch vor sich liegen sah, drohte ihr Mageninhalt hochzukommen.
»Kleinschneiden«, dröhnte es an ihrem Ohr.
Entschlossen, sich der eigenen Empfindlichkeit zu widersetzen, einer Empfindlichkeit, von der sie in letzter Zeit viel zu häufig heimgesucht wurde, griff sie nach dem blitzenden Messer, das Polly ihr reichte. Mit der anderen Hand wollte sie den groben, sehnen- und fettlappendurchzogenen Fleischklotz festhalten, doch schon bei der ersten Berührung zuckte sie zurück. Polly runzelte ungeduldig die Stirn.
»Schneidet man das Fett weg?« fragte Ava, die all ihre Kraft dazu brauchte, dem Würgen in ihrer Kehle Herr zu werden.
»Natürlich nicht! Das ist doch das Beste! Gehört alles rein, damit der Eintopf schön kräftig wird. Nun, worauf warten Sie?«
Zwischen den Fleischfasern klebte kaltes Blut, das immer intensiver zu riechen schien. Ava hatte das Gefühl, als hebe sich ihr Magen, um gegen ihr Zwerchfell zu stoßen und ihre Speiseröhre zum Gaumen hochzudrücken. Noch während sie das Messer fallen ließ, wandte sie sich ab.
»Na, na, na!« rief Polly. Offenbar wußte sie nicht, ob sie empört, belustigt oder bestürzt sein sollte. »Haben Sie noch nie ein Stück Fleisch gesehen?«
Nicht roh...
Ava war kalkweiß im Gesicht.
»Ich kann das nicht«, sagte sie. »Nicht jetzt.«
Polly schürzte die Lippen. In ihrem Kopf schlugen die Gedanken Purzelbäume. »Auch gut«, zeigte sie sich einsichtig. »Dann mach' ich's Ihnen eben vor. Passen Sie gut auf! Sehen Sie, so geht das! Wenn Sie kleine Stücke schneiden, haben Sie mehr davon. Verkocht auch schneller. Fleisch braucht immer am längsten, bis es gar ist...«

Wie feiner, lautlos und ohne Schwere fallender Blütenstaub segelten Pollys sachliche Worte an Ava vorbei.
Was für eine wunderbare Vorstellung: Blüten, Vogelgezwitscher, Frühling, leuchtend grüne, unter einem blauen Himmel liegende Hügel, durch die Äste eines Kastanienbaums brechendes Sonnenlicht, Haselnußsträucher, Hyazinthen, Weidenbüsche ... der englische Süden, Blair Manor, Gelächter aus dem Pavillon ...
»Hören Sie mir zu?« fragte Polly.
Gewaltsam zwang sich Ava in die Gegenwart zurück. Ein Tränenflor trübte ihren Blick. Als sie die Schleier fortgeblinzelt hatte, erschien ihr alles Graue noch grauer als vorhin.
»Das Land ist karg«, sagte Polly, als spüre sie die Gedanken der anderen. »Trotzdem kann man es lieben. Man muß es verstehen. Wenn Sie nicht lernen, das Land zu verstehen, werden Sie eines Tages ebenso bitter sein wie Ihr Großonkel und jeden Inch Boden hassen, über den Sie gehen. Man muß den Wind, den Regen und die Weite mitsamt ihrer Schwermut in sich hineinatmen, dann wird man aufgenommen. Den Fremden, der fremd bleibt, brennt das Land leer oder es spuckt ihn aus.«
»Ich glaube nicht, daß ich diesen Teil der Welt je lieben werde«, erwiderte Ava, die zum erstenmal im Leben Heimweh hatte.
Es verlangte sie nach dem Rauschen der Baumkronen im Sommerwind, es verlangte sie nach Eichenhainen und gepflegten Parks, es verlangte sie nach Regenschauern, die kamen und gingen, ohne den Schmerz des Unabänderlichen zurückzulassen, es verlangte sie nach Kindheit und Musik, nach heiteren, eleganten Menschen und gepflasterten Straßen, und vor allem verlangte es sie nach weißen, prächtigen Häusern mit duftenden Badezimmern!

Neuntes Kapitel

Als sich der Alte mit Ava auf den Heimweg machte, war er noch schweigsamer als sonst. Er sprach kein Wort. Krumm und buckelig saß er neben dem Iren Sean O'Leary vorn auf dem Wagen. Ava sah einen hageren und einen gedrungenen Rücken, eine morastige, braune Straße, die sich zuweilen kaum vom Land abhob, und einen schiefergrauen Himmel. Die ganze Fahrt über kauerte sie zwischen Strohballen und einem Stapel dicker Bretter, deren Enden weit über den Karren hinausragten und bedenklich wippten.

Kaum hatte man das einsame Cottage eine halbe Meile vor Lisdoonvarna erreicht, gab der Alte Sean O'Leary drei Shilling. Dann holte er eine Säge und eine Meßlatte aus dem Verschlag hinter dem Haus. Ava krempelte die Ärmel hoch. Während die Männer draußen ans Werk gingen, räumte sie alles, was sie tragen oder schieben konnte, aus dem Weg.

Nach weniger als drei Stunden hatte das Haus einen Holzfußboden.

»Zufrieden?« fragte der Alte. Ava nickte. Fast amüsiert betrachtete sie das grob zusammengeflickte, zweilagige Bretterwerk zu ihren Füßen. Es war keine elegante, aber eine gründliche Arbeit.

»Bis morgen«, sagte Sean O'Leary.

Als er fort war, meinte Ava: »Wir hätten ihn zum Abendessen einladen sollen.«

Der Alte winkte ab.

»Morgen kommt das Dach dran«, sagte er.

Er hatte in Ennis ein neues Bierfaß gekauft und hievte es nun auf den Tisch. Während er Mal um Mal seinen Becher unter den Zapfhahn hielt, den er meistens so weit aufdrehte, daß weißer Schaum in alle Richtungen spritzte, stand Ava am Rost über dem Feuer und schubste mit einer Gabel Schinkenstreifen durch die Pfanne. Ab und zu heizte sie mit Torf nach. Es brutzelte und zischte, die Schinkenstreifen wölbten sich, und der aufsteigende Rauch schwärzte den Mauerabzug.

Ohne sich umzudrehen, wußte Ava, daß der Alte seinen Blick in ihren Rücken bohrte.

Später, als sie aßen, sie dick mit Butter und Honig bestrichenes Brot, er trockenes und gebratenen Schinken, fing er zu reden an. Er sprach von »daheim«, von Bristol, von den Hafendocks und den großmastigen Schiffen, von seiner Konfirmation in St.-Mary-Redcliffe, von hartweiß leuchtenden Häusern und mit rotem Samt ausgeschlagenen Kutschen, von einer Stadt, die er seit einem halben Jahrhundert nicht mehr gesehen hatte, und einem Leben, das ihm fremd geworden war. Er sprach von seinem ehrgeizigen Vater und seinem noch um vieles ehrgeizigeren Bruder, von »der ganzen vermaledeiten Brut« und von Ereignissen, die weiter zurücklagen als der erstmalige Ruf nach Freiheit, Gleichheit und Brüderlichkeit. Den wirren Anklagen vermochte Ava nicht zu entnehmen, weshalb ihr Großonkel den alten Angus Cheltenham noch über den Tod hinaus so abgrundtief haßte, doch er ließ kein gutes Haar an dem Mann, dessen letzte Worte ihrem Vater gegolten hatten: »Ich habe einen Sohn, der nicht würdig ist, meinen Namen zu tragen.«

Der Alte trank und trank. Ava wagte nicht, ihm Einhalt zu gebieten. Wenn sie aufstand und Anstalten machte, den Tisch abzuräumen, hielt er sie am Handgelenk fest und fauchte: »Bleib sitzen!«

Also lehnte sie sich zurück, die Arme wie zum Schutz vor der Brust verschränkt, und wartete auf das Ende des Wortgewitters.

»In den Regen gestellt hat er mich, dein allzu kluger, geschäftstüchtiger, mit Winkeladvokaten gemeinsame Sache machender Großvater!« polterte der Alte. »Es ist ihm gelungen, mich wie einen räudigen Köter aus dem Haus zu jagen ... Und jetzt verfaule ich in dieser gottverlassenen Einöde! Es ist doch immer und überall dasselbe! Wird das Recht nicht mit Füßen getreten, so wird es gebeugt! Hier war es die Union, die alles kaputtgemacht hat. Es mag auch vorher nicht richtig gewesen sein ... In diesem Land war nie etwas ›richtig‹. Aber jetzt ... Weißt du, Mädchen, die Iren sind ein törichtes Volk, ein Volk der Geschichtenerzähler. Alles Hitzköpfe, die das Blaue vom Himmel lügen ... kindisch, ohne Verstand und arbeitsscheu ... das vor allem! Ich habe die Krone vertreten, und ich war stolz darauf. Jawohl, ich habe meine Pflicht getan! Niemand kann mir nachsagen, es sei anders gewesen. Wenn ich ein harter Richter war, dann nur, weil allein mit strenger Hand aufrechterhalten werden kann, was bröckelt, sobald die Rebellen – und jeder Irländer ist ein Rebell! – Gelegenheit haben, uns auf dem Kopf herumzutanzen. Diese verfluchte Union! Der Aufstand wurde noch niedergeschlagen, aber danach ... Das rotköpfige Lumpenpack steht jetzt neben uns, auf gleicher Höhe! Was für Tölpel müssen das sein, diese feinen Herren in London, die aus einem schwer zu lenkenden Protektorat einen gleichberechtigten Teil des Empires gemacht haben? Die Leute hier sind die Peitsche gewohnt, die Peitsche und das Joch, was anderes kennen sie nicht. Man muß ihnen sagen, was sie tun sollen, sonst tun sie nichts. Verhungern würden sie, wäre niemand da, der sie zwänge, ihre Äcker zu bestellen, ihre Kartoffeln zu ernten und ihre Schweine zu mästen! So sind sie nun mal, diese Bastarde! Jahrhundertelang waren wir ihre Herren. Jetzt sollen wir ihre Freunde sein? Politik! Pah, Politik!«

Der Alte prostete Ava zu und schrie: »Da tut man, was man für seine Pflicht hält, und dann wird man dafür wie ein Hühnerdieb geächtet und aller Ämter beraubt! So ist das, Mädchen! Was ein Vierteljahrtausend Gesetz war, galt von heute auf morgen als Verbrechen!«

Als er mit der Faust auf den Tisch schlug, schwappte eine

Welle Bier über den Rand des Bechers, den er in der anderen Hand schwenkte.
»Einen Versager hat er mich genannt, dein werter Großvater. Hörst du, Mädchen, einen Versager! Vielleicht hat er's immer gewußt. Leider ist er zu früh zur Hölle gefahren. Ihm wurde stets alles erspart. Der Niedergang, der Tod seines einzigen Sohnes... Wäre mein Bruder noch am Leben, hätte er wenigstens mit ansehen müssen, wie sein Imperium von deinem Vater zugrunde gerichtet wurde. Hab' ihn nicht gekannt, deinen Herrn Papa. Was er für einer war, kann ich mir denken. Nein, erzähl mir nichts! Jedes Jahr ein Brief von Hester, das genügt. Sie schreibt regelmäßig an Weihnachten. Manchmal kommt er erst im Frühling. Nicht sehr zuverlässig, die Post hier draußen.«
Sein Redestrom versiegte. Obwohl er in einem fort den Kopf schüttelte, schien er schicksalsergeben.
»Ja, so ist das«, sagte er schließlich.
Ava sah zu, wie er den Inhalt des Bechers in sich hineinkippte und sich anschließend mit dem Hemdsärmel über den Mund wischte. Plötzlich hörte sie, daß es draußen regnete. Wie lange wohl schon? Sie mußte hinaufgehen und Schüsseln aufstellen... Gott sei Dank sollte morgen das Dach repariert werden.
Ehe sie aufstehen konnte, schob der Alte die Kerze vor sie hin. Seine blutunterlaufenen Augen hatten Mühe, sie zu fixieren. Überraschend ruhig, mit nahezu erstorbener Stimme, murmelte er: »Was würde dein Großvater sagen, wüßte er, daß seine vornehme Enkelin seinem gescheiterten Bruder in einem miesen Loch in Irland den Dreck wegwischt?«
Um abzulenken, kam Ava auf etwas anderes zu sprechen: »Ich wußte gar nicht, daß Großmutter dir Briefe schreibt.«
»Das sollte auch niemand wissen. Hester kann schweigen.«
O ja. Sie hatte nicht einmal zugegeben, den Aufenthaltsort ihres Schwagers zu kennen.
Ava erhob sich. Da griff der Alte zum letztenmal nach ihrem Handgelenk. Obwohl sie sich sträubte, zog er sie auf den Stuhl zurück.

»Was willst du hier, Ava Cheltenham?« fragte er.
Ja: Was? Sie hatte keine Antwort.
»Ich bin fünfundsiebzig«, sagte der Alte, »und damit über die Jahre hinaus, irgendeines Menschen Vormund zu sein. Gestern konnte ich in Ennis das amtliche Schreiben in Empfang nehmen. Es ist so: Du bist mein Mündel. Schon komisch. Wenn ich tot bin, wenn dich der verrückte Greis nicht länger mit seinem unsinnigen Geschwätz belästigt, erbst du eine verfallene Kate im hintersten Winkel der Welt. Nicht einmal meine ohnehin unbedeutende Staatspension wird mehr dasein, um dich zu ernähren. Schöne Aussichten. Wie habt ihr euch das eigentlich gedacht?«
Ava senkte die Lider. Als sie mit den Achseln zuckte, stieß der Alte spöttisch den Atem aus.
»Du hättest die Vormundschaft ablehnen können«, gab Ava zu bedenken.
»Hätte ich, ja«, sagte er.
Dann trank er weiter. Sein Blick verlor sich im Nirgendwo. Der Regen... Ava stand auf, holte drei Schüsseln aus der Küchenecke und stieg mit ihnen die Leiter hinauf. Es war Zeit, zu Bett zu gehen. Aufräumen würde sie morgen.

Sie erwachte von Klopfgeräuschen auf dem Dach. Da sie tief geschlafen hatte, begriff sie erst nach Minuten, daß der Alte mit Sean O'Leary die Strohlagen auswechselte.
Etwas stimmte nicht. Sie setzte sich auf und legte das Gesicht in die Hände. Da war es wieder, dieses Würgen in der Kehle... Nicht bereit, sich der Wehleidigkeit hinzugeben, rollte sie sich aus dem Bett. Während sie sich ankleidete, wurde ihr besser.
Sie ging hinunter und schlug sich sofort drei Eier in die Pfanne. Daß sie wieder um ihren Waschritus gebracht wurde, ärgerte sie diesmal nicht. Das Dach hatte Vorrang – und sie hundert Gelüste. Sie sehnte sich nach Konfekt oder nach heißen, süß dampfenden Pfannkuchen. Schon seit Tagen träumte sie von Kirschtorte, Karamelcreme und Butterge-

bäck. Hier draußen konnte sie sich nicht einmal einen ordentlichen Tee brühen. Wann hatte sie zum letztenmal Darjeeling getrunken? Milch war sowieso nie im Haus. Es fehlte an allen Ecken und Enden. Nur an Speck fehlte es nicht. Dabei konnte sie keinen Speck mehr sehen. Und der Geruch abgestandenen Biers drehte ihr den Magen um.

Weil sie über das, was sie ihre »Empfindlichkeit« nannte, nicht nachdenken wollte – darüber nicht und auch nicht über eine seltsame Unregelmäßigkeit, die sie seit Wochen beunruhigte –, stopfte sie nach den Rühreiern drei Honigbrote hintereinander in sich hinein und lauschte dem Rascheln und Hämmern auf dem Dach. Hinterher fing sie an sauberzumachen. Die Tage liefen davon.

Während Ava weiterhin das Haus in Ordnung hielt und die Mahlzeiten pünktlich auf den Tisch brachte – der Eintopf gelang auf Anhieb, der Ekel vor rohem Fleisch verschwand –, brütete der Alte mürrisch vor sich hin. Er trank jetzt mehr als vor der Fahrt nach Ennis, aber doch weniger als am Abend darauf, setzte tagelang keinen Fuß vor die Tür, da ihn Gliederschmerzen plagten, blätterte in seinen Gesetzbüchern oder starrte Stunde um Stunde schweigend auf die Bretter des neuen Holzfußbodens.

Ava wurde immer ärgerlicher. Nie war sie allein! Sie konnte sich nicht waschen, jedenfalls nicht so, wie sie es sich angewöhnt hatte. Als der Alte einmal gezählte vier Tage davon absah, die Hütte zu verlassen, geriet sie dermaßen außer sich vor Zorn und Empörung, daß sie nach oben stürmte, sich trocken aufschluchzend aufs Bett warf und mit den Fäusten das Kopfkissen malträtierte.

Alles war im Haus: gepökeltes Fleisch, Speck, Schinken, Eier, Brot, Kartoffeln, Butter, Honig, Salz, Bier, Kerzen, Seife, sogar Milch, ein Säckchen Kräuter und Tee. Ein fürstlicher Vorrat! Ava fand keinen Grund, den Alten nach Lisdoonvarna zu schicken. Die Sache beim Namen zu nennen genierte sie sich. Wer sich – wie ihr Großonkel – nur alle paar Tage flüchtig am Brunnen wusch, konnte ihre Not mit Sicherheit nicht verstehen. Und überhaupt... Gewisse Dinge waren eben unaussprechlich!

Trotzdem warf sie den entbehrlichen Teil ihrer Schamhaftigkeit am vierten Tag über Bord. Sie schleppte den Waschbottich die Leiter hinauf, schob ihn in ihre Kammer, zündete zwei Kerzen an – um die Läden zu öffnen, war es zu kalt –, vergaß auch die Seife nicht, erhitzte Wasser über dem Feuer und zerrte es eimerweise nach oben.

»Was tust du da?« fragte der Alte, als sie zum drittenmal mit einem vollen Kübel an ihm vorbeilief.

»Ich will mich waschen!« zischte Ava.

Fünfmal seifte sie sich an diesem Vormittag von Kopf bis Fuß ein, fünfmal kniete sie nieder, um mit der Seife auch alle dunklen Ahnungen fortzuspülen. Genießen konnte sie den rituellen Akt allerdings nicht. Sie bekam eine Gänsehaut. Da die Läden noch immer nicht richtig schlossen, zitterten die Talglichter bei jedem Windstoß, der draußen über die Ebene fuhr. Der einzig warme Platz im Haus war neben dem Feuer. Als sie endlich aus dem Bottich stieg, eher durchgefroren als durchwärmt, rieb sie sich gründlich und weiterhin wutentbrannt trocken. Sie zog wollene Sachen an, wickelte sich in einen dicken Schal und beugte sich anschließend, um die Unbotmäßigkeiten des Tages zu vergessen, über den geöffneten Rosenölflakon. Ein nur mehr schwacher Duft entwich der zähflüssig gewordenen Essenz. Ava ließ das Fläschchen sinken. Auf einmal wurde ihr alles zuviel. Es widerstrebte ihr, den Bottich hinunterzutragen, ihn leeren und das verspritzte Wasser aufwischen zu müssen. Immer nur putzen, kehren, Wäsche waschen, plätten, flicken und mit glühendem Gesicht am offenen Herd stehen! Sie war es leid. Sie wollte nicht mehr.

Wann hatte sie das letzte Mal Musik gehört? Wie klang Händel, wie Haydn, wie Mozart, wie Bach? Sie begann bereits, es zu vergessen. Wenn sie in sich hineinlauschte, fand sie nichts als eine große, erschreckende Stille, die war wie ein schwarzrachiges Gähnen.

Während ein ereignisloser Tag den anderen ablöste, neigte sich der Herbst dem Ende zu.
Einmal in der Woche humpelte der Alte, dem bei jedem Schritt ein Schmerz in die Hüften fuhr, nach Lisdoonvarna, um Lebensmittel einzukaufen. Er vergaß nie, sich Honig, Marmelade oder Kandiszucker einpacken zu lassen, da »junge Mädchen süße Sachen mögen«. Ava wäre es lieber gewesen, er hätte versäumt, ihr jedesmal etwas mitzubringen, und dafür den Gang täglich gemacht.
Saß er am Tisch, die Hände um eines der großen Bücher gelegt, füllte sein Hader gegen Gott und die Welt, dieser verzweifelte Groll, die ganze Hütte.
Wenn er wenigstens geredet hätte – irgend etwas, Gewäsch, Dahingesagtes... Dauernd dies Schweigen!
An einem trockenen, kalten Tag in der ersten Dezemberhälfte war es sonnig und hell und fast windstill. Die Wasserlachen auf den Straßen versickerten, die Farne und Distelgräser verloren ihren regennassen Glanz.
Nach dem Frühstück wickelte sich Ava vom Kopf über die Schultern bis zur Taille in ein großes, dickgewebtes Wolltuch. Sie band sich einen Schal um die Hüften, schlüpfte in ihr schwarzes Cape und zog sich die Glacéhandschuhe aus ihrem Reisegepäck über die Finger. Eine amüsante Kombination!
Festes Schuhwerk besaß sie inzwischen. Der Alte hatte es mitsamt dem Brusttuch in Ennis besorgt.
Als ihm Ava von der Tür aus zurief, sie käme bald zurück, saß er gedankenverloren am Tisch. Er antwortete nicht. So verließ sie, von ihm unbemerkt, die windschief an der schmalen Landstraße klebende Kate.
Draußen wandte sie sich instinktiv nach Westen. Sie wollte ans Meer. Die Luft roch so salzig, daß die See nicht weit sein konnte.
Ein General Cromwells hatte schon einhundertsiebzig Jahre früher über den Burren gesagt, er sei »ein Land mit zuwenig Wasser, um einen zu ersäufen, zuwenig Bäumen, um einen aufzuhängen, zuwenig Erde, um einen zu begraben«. All dies

stimmte. Trotzdem hatte Ava schon nach einer halben Stunde Weges das Gefühl, freier zu atmen. Zwar verlieh die Sonne der Gegend keine üppige Farbenpracht, dafür aber eine wechselhafte Dramatik, die den Himmel belebte. Wolkenschlieren von zartestem Weiß glitten in graue Gewittertürme, zwischen denen es strahlendhell aufleuchtete. Verschwand die Sonne, senkte sich Düsternis über die karge, von Steinwällen durchgliederte Weite, brach sie wieder hervor, war es wie ein Lächeln, das sich Bahn bricht.

Der spärliche Blumenflor des Frühlings, der hier und da Veilchen, Anemonen, Kreuzblumen und sogar einzelne Orchideen hervorzaubern konnte, war längst verblüht, aber zwischen Felsspalten sprossen langhalmige Gräser und festblättrige Farne, und überall wucherten gelbe Disteln.

Eine Zeitlang schritt Ava querfeldein. Sie kam zügig voran und stieß schließlich auf eine Straßenkreuzung mit einem Schild, auf dem »An Leacht« stand. Da sie nichts Besseres vorhatte, folgte sie dem Wegweiser.

Sie lief, ohne zu denken. In ihrem Kopf war es kühl und leer und deshalb klar. Dennoch bildete sie sich manchmal ein, Aleister zu sehen. Er war ein schwarzgekleideter Prinz mit goldenem Haar, eine Figur aus dem Märchen, und ritt auf einem feurigen Rappen am Horizont entlang. Gleich einem Geist aus mythischen Tiefen, einem Traum, entstiegen, sprengte er auf Ava zu, blieb aber ein Schemen in der Ferne, der nur gelegentlich, und auch dann nur für Sekunden, feste Konturen annahm und lebendig wurde.

Um Avas Lippen spielte ein hochmütiges Lächeln. Sie wußte, daß es das, was sie sah, nicht gab.

Während sie schneller und schneller ging, verwandelte sich ihr Atem in weißen Dampf. Sie hatte das Gefühl, aus der Zeit gefallen und ganz allein auf der Welt zu sein und sich nichts anderes als diese Einsamkeit zu wünschen. Hier draußen, am westlichsten Zipfel der alten Welt, schien die Schöpfungsgeschichte noch nicht begonnen zu haben.

Obwohl Ava müde wurde und sich nach einer Tasse heißen

Tees zu sehnen begann, ahnte sie nicht, daß sie bereits seit drei Stunden unterwegs war. Unbeirrt lief sie über die grüner und grüner werdenden Hügel, der salzig schmeckenden Brise in die Arme. Und plötzlich hörte sie das sachte, fast wiegende Rauschen der Brandung, das sich im Brausen des Windes verfing. Blau leuchtete das Meer auf und versank dort, wo sich die Erde krümmte, in milchig weißem Dunst.

Ava verhielt für einen Moment den Schritt. Dann näherte sie sich vorsichtig der Steilküste. Über einem Felsvorsprung zögerte sie noch einmal. Schließlich wagte sie sich an den Rand des Plateaus. Unter ihr gähnte ein klaftertiefer Abgrund.

Dort, wo sie stand, gabelte sich ein gewaltiges Felsmassiv. Zu Füßen der wie ins Meer hineingewachsenen, glatt abfallenden Klippenwand schlug ein dünner Saum von Schaumkronen gegen schwarz gewaschenen Stein. Die See bewegte sich kaum. Lautlos kreisten Vögel über dem verspielten Tanzen kleiner Wellen. Für einen Augenblick tauchte die Sonne in graugeblähte Wolkenbäuche. Als sie wieder hervorblitzte, wurde der Herbsthimmel gleißend hell.

Mehr und mehr spürte Ava den Sog der Tiefe. Eine an ihr vorbeisegelnde Möwe schien zu rufen: »Spring! Flieg mit mir!«, die zärtlich sich kräuselnde Gischt zu raunen: »So komm doch! Was könnte schöner sein?«, und der Wind zu versprechen: »Ich trage dich auf sanften Schwingen hinab!«

Hatte da nicht ein Pferd gewiehert? Ava schloß die Augen. Der blonde, schwarze Prinz war neben ihr – hoch zu Roß, nach Sandelholz, Minze und Zimt duftend. Er beugte sich zu ihr hinab und flüsterte dicht an ihrem Ohr: »Verlier dich! Laß dich gehen! Vergiß deine stolze Klugheit! Ist der kleine Tod schon unvergleichlich süß, um wieviel süßer muß dann der große sein?«

Auf weit gespreizten Beinen suchte Ava Halt. Obwohl sie die Hände in die Hüften stemmte und tief durchatmete, entschlossen, den Spuk aus ihrem Kopf zu vertreiben, wollten die verführerischen Stimmen, die sie jetzt von allen Seiten umwarben, nicht verstummen, im Gegenteil, sie vereinigten sich

zu einem heftigen, ebenso befehlenden wie drohenden Stakkato. Und unter ihr wartete eine letzte Umarmung...
Warum hier? Warum jetzt? Warum überhaupt?
»Weißt du einen anderen Ausweg?« fragte Aleister.
Das Arsen...
»...hast du nicht bei dir! Tu's gleich!«
Nein!
Mit beiden Händen hielt Ava ihr wild im Wind flatterndes Cape fest. Sofort versiegte der Strom der Einflüsterungen. Avas Mund verhärtete sich. So nicht, Aleister, so nicht!
Während sie ein paar mutwillige Haarsträhnen in das Wolltuch zurückschob, blickte sie noch einmal in den Schlund der Versuchung. Dann kehrte sie der Küste den Rücken.

In der Kate an der schmutziggrauen Straße fand Ava einen völlig betrunkenen Alten vor, der ihr verstört entgegentaumelte. Er packte sie, versuchte kraftlos, sie zu schütteln, und stammelte Verwünschungen.
Ava hatte keine Mühe, mit ihm fertig zu werden. Sie bugsierte ihn auf die Bank zurück und drückte ihn darauf nieder. Der Alte umklammerte ihren Unterarm.
»Wo bist du gewesen?« lallte er.
Mißbilligend verzog Ava das Gesicht.
»Spazieren war ich«, sagte sie. »Laß mich los! Ich war nur spazieren!«
»Sei's drum!« Vor seinen glasigen Augen, die vergeblich einen Fixpunkt suchten, verschwammen die Konturen. Er schielte an Ava vorbei und brauste auf: »Bist keine Schlampe, wirst auch keine werden! Nicht bei mir, nicht in diesem rechtschaffenen Haus! Da sei Gott vor! Mach mir was zu essen!«
Ava entzog ihm ihren Arm. Während sie sich aus Cape und Wolltuch schälte, begriff sie, daß sie so nicht weiterleben konnte. Vielleicht sollte sie sich nach Ennis aufmachen. Irgendwie würde sie schon hinkommen.
Ja, Ennis. Polly mußte ihr helfen! Sonst kannte sie niemanden in diesem verdammten Land.

Seufzend betrachtete sie den Alten, der fast von der Bank rutschte und, den Kopf auf die Schulter gesunken, an der Wand lehnte. Er schien zu schlafen.
Ava hob einen Mundwinkel. Dann ging sie daran, das niedergebrannte Feuer neu zu entfachen.
Den Weg nach Ennis mußte sie nicht antreten. Polly kam zu ihr. Eines Vormittags – der Alte war vor über einer Stunde nach Lisdoonvarna aufgebrochen – fuhr sie im klapprigen Einspänner vor, der von einem gut im Futter stehenden Drought-Wallach gezogen wurde. Ava hörte das Klappern der Hufe und das Knarzen der Wagenräder. Sie riß die Tür auf und rief der Besucherin entgegen: »Mrs. Dloughy!«
»Komme ich mal wieder zur rechten Zeit?«
Polly hievte ihren schweren Körper vom Kutschersitz, band ihr Pferd an einen Holzpflock neben dem Brunnen und streifte sich die fleckigen Lederhandschuhe von den kurzen, festen Fingern. Mit neugierig inspizierendem Blick stiefelte sie in die Hütte.
Ava bot ihr, ganz höhere Tochter, Platz auf der Holzbank an und tischte auf, was die Küche zu bieten hatte. Während sie einen Tiegel mit Wasser auf den Feuerrost stellte, schaute sich Polly um. Ihr Nicken war wohlgefällig.
»Hier wohnt eine Frau. Das sieht man. Sogar die Vorhänge haben Sie ausgebessert. Sehr schön! Man vermißt nur noch Fensterglas. Der Fußboden ist wohl neu?«
Ava überbrühte ein mit Teeblättern gefülltes Sieb, das über einer Tasse hing. Eine Kanne gab es nicht. Daß Polly sie gründlich musterte, entging ihr keineswegs. Trotzdem hantierte sie, ohne aufzusehen, mit dem Becher, der das fehlende zweite Stück Porzellan ersetzte.
Polly steckte ihren Löffel in ein Marmeladetöpfchen, zog ihn wieder heraus und leckte ihn nachdenklich ab. So, als habe sie Gewichtiges zu verkünden, wartete sie, bis Ava mit dem Tee kam.
»Es ist höchste Zeit«, sagte sie dann.
Ava ließ sich neben ihr nieder und antwortete: »Ja, ich weiß.«

Dieses ruhige, wie selbstverständliche Geständnis überraschte Polly, die mit Tränen und Unschuldsbeteuerungen gerechnet hatte. Sie rührte in ihrem Tee, süßte ihn mit Milch und Zucker, trank einen Schluck und mutmaßte schließlich: »Sie sind im vierten, wenn nicht bereits im fünften Monat. – Ihr Großonkel hat natürlich keine Ahnung?«
»Wie sollte er?«
»Um so besser. Daniel Cheltenham ist sittenstrenger als zwölf nüchterne Iren. Dabei hat er's gerade nötig... Nun gut! Sie müssen fort. Je früher, desto besser. Hier draußen, das ist sowieso kein Leben für eine Frau. Schon gar nicht für jemanden wie Sie. Ein junges Mädchen, gebildet, wohlerzogen, Tochter eines ehrbaren Kaufmanns, ganz allein mit einem alten, jähzornigen Trunkenbold! Nein, nein, mein Kind, da weiß ich etwas Besseres!«
Hoffnungsvoll hob Ava die Augen. Das klang sehr konkret.
»Ich hab' eine Cousine, die der angesehenen FitzMaurice-Familie entstammt«, fuhr Polly fort. »Eine Halbcousine, um genau zu sein. Laurabell hat einen Engländer, einen Emporkömmling, geheiratet und lebt in Dublin. Ihr Mann ist einer von denen, deren Väter oder Großväter zu Hause nichts zu erwarten hatten und deshalb nach Irland ausgewandert sind, um sich Land unter den Nagel zu reißen. Für einen Protestanten englischen Blutes ist es leicht, hier zu Grund und Boden zu kommen.
Titel besitzt er mittlerweile auch, der Gatte Laurabells. Den ersten hat er gekauft, denn die Napoleonischen Kriege haben ihn reich gemacht. Dieses Land war die Kornkammer des Kontinents. Mit Getreide, aber auch mit Schafen und Rindern, konnte man seinerzeit ein Vermögen verdienen.
Außerdem kämpfte der Gentleman, von dem wir sprechen, anno '14 in Amerika. Obwohl er sich dort das Sumpffieber geholt haben soll, muß er recht tapfer gewesen sein. Jedenfalls erhob ihn der König zum Baron. Sir Justin wurde ›Lord Melbourne‹. Er verfügt über die Peers-Würde, freilich ohne einen Sitz im Parlament beanspruchen zu können, und zählt – dezent ausgedrückt – zu den wohlhabendsten Männern des Lan-

des. Im Westen gehören ihm Besitzungen, so groß wie ein ganzes County, im Osten Manufakturen und Anteile an einer Bank.

Was nun Sie angeht, Miss Cheltenham, so denke ich daran, Ihnen einen Platz auf Delarney House zu verschaffen. Delarney House ist der prächtigste Herrensitz an der Westküste, weiter unten im Süden. Die Melbournes halten sich nur selten dort auf. Trotzdem ist immer Dienerschaft da. Sie könnten eine Stellung als Hausmädchen bekleiden, in Ruhe Ihr Kind zur Welt bringen und sich anschließend nach einem angemesseneren Auskommen umsehen. Wenn Ihnen diese Zwischenlösung nicht standesgemäß erscheint, so ziehen Sie bitte in Betracht, daß sie Ihnen immerhin eine Zukunft ohne Schatten ermöglichen dürfte. Ich spreche von einem Ehemann, von Kindern und von all den Dingen, die sich eine Frau wünscht. Wie gefällt Ihnen das?«

»Aber…« setzte Ava an. Mehr fiel ihr nicht ein.

»Was aber?« Polly schmunzelte. »Aufs Putzen, Nähen und Wäschewaschen verstehen Sie sich inzwischen – passabel zumindest. Das genügt. Wie gesagt: Die Melbournes leben weitgehend in Dublin. Also hat die Dienerschaft auf Delarney House ein gutes Leben. Nun, was meinen Sie?«

»Und das Kind?« fragte Ava.

Polly räusperte sich und faltete die Hände unter ihrem Kinn. »Irland ist ein sehr katholisches Land, meine Liebe«, erklärte sie nach einer kurzen Pause. »Sie verstehen doch, was das heißt? Bringen Sie die Sache hinter sich, und danach gehen Sie, wohin Sie wollen, entledigen sich Ihrer Vergangenheit, vergessen, was geschehen ist, und fangen neu an!«

»Aber was wird aus dem Kind?«

»Überlassen Sie's einem Bauern. Der zieht's schon groß.«

»Einfach so?«

»Ich werde Ihren Großonkel, der zwar wie ein Bettler lebt, aber nicht ganz so arm ist, wie er tut, veranlassen, Ihnen sozusagen als Lohn für Ihre Dienste ein paar Pfund mit auf den Weg zu geben. Damit erwerben Sie sich eine Heimstatt für Ihr Kind. Übrigens sind englische Gesellschafterinnen nirgendwo so begehrt wie in Dublin.«

Ava lächelte. Noch während sie sich über Pollys auf einmal sehr gepflegte Sprache wunderte, eine Sprache, die nur gelegentlich eine mundartliche Färbung annahm, wollte sie wissen: »Wann kann ich aufbrechen?«

»Bald. Ich schreibe gleich morgen an Laurabell. Das heißt: Ich gehe zu meinem Schwager und diktiere ihm. Meine Cousine steht in einer Sache, die nicht hierher gehört, in meiner Schuld und wird nicht ablehnen können. Wissen Sie, Miss Cheltenham, meine Geschichte, oder vielmehr die Geschichte meiner Mutter, ist der Ihren nicht unähnlich. Meine Mutter wurde damals verstoßen. Ein lediges Kind von einem englischen Soldaten... unmöglich! Es war alles sehr schwer für sie. Und für mich auch. Hurenbankert haben sie mir nachgerufen. Daß ich's nach einer bitteren Jugend doch noch ganz gut getroffen hab', verdanke ich dem Richter, der mich in sein Haus holte und mir sogar das Lesen und ein bißchen guten Ton beibrachte. War ein vornehmer Mann, Ihr Großonkel... Ja... Worauf ich hinauswollte: Ich höre und sehe kaum etwas von den noblen FitzMaurices, aber die kleine Verbindung zu ihnen, die ich mir erschleichen konnte, nutze ich – meistens zu meinem, diesmal zu Ihrem Wohl. Für Laurabell wird es eine Art Geschäft sein. Erwarten Sie also nicht zu viel Güte von ihr. Vielleicht hilft es Ihnen, daran zu denken, daß die Zeit einen Trost weiß: Sie vergeht.«

»Warum tun Sie das für mich?«

Sinnend betrachtete Polly die Teetasse, um die sie so vorsichtig, als ertaste sie Kostbares, die Hände legte. Im Dämmerlicht des niederen, dunklen Raums sah sie auf einmal ganz weich aus. Ava konnte sich gut vorstellen, wie sie vor vierzig Jahren gewesen sein mußte: mollig, heiter, auf unauffällige Art recht ansehnlich, ein Mädchen vom Lande mit dem Charme gescheiter Unwissenheit.

»Ich bin doch eine Fremde für Sie«, hob die junge Engländerin hervor.

»Sie sind die Großnichte des einzigen Mannes, den ich je geliebt habe. Und ich weiß, wie Ihnen zumute ist. Dieses Land, das Sie, wie Sie sagen, wahrscheinlich niemals lieben werden, ist gnadenlos mit Frauen, die sich ohne Gottes Segen verschenken.«

Nach einem mütterlich-verstehenden, Ava wie eine Berührung streifenden Lächeln wurde Polly pragmatisch: »Der Dienerschaft auf Delarney erzählen Sie, daß Sie seit kurzem Witwe sind und deshalb in Stellung gehen. Denken Sie sich ein paar Einzelheiten aus. Ihren Namen behalten Sie, der Einfachheit halber. Damit ersparen Sie sich viel. Außer meiner Cousine braucht niemand die Wahrheit zu erfahren. Ihrem Großonkel machen wir weis, daß es besser für Sie ist, unter Menschen zu sein – und sei es als Hausmädchen –, als einsam und ohne Zukunftsaussichten im Burren zu versauern, wo Sie gar keine Möglichkeit haben, einen Mann zum Heiraten kennenzulernen. Das wird er einsehen. Warum schauen Sie mich so ungläubig an? Daniel mag sein, wie er will, aber eigentlich meint er es immer gut.«

»Warum ist er denn so, wie er ist?«

Polly seufzte. Sie schnitt sich ein Stück Schinken ab, schob es sich aber nicht in den Mund.

»Ach, Kind«, sagte sie im ergebenen Ton der Alten, die das Leben als Fegefeuer begreifen, »das ist eine lange Geschichte. Daniel möchte bestimmt nicht, daß ich sie Ihnen anvertraue.«

Doch da Polly Dloughy eine Frau war, die sich gern von der Seele redete, was sie bedrückte, aber auch eine, die dazu selten Gelegenheit hatte, sprudelte es trotzdem aus ihr heraus: »Er kann es nicht überwinden, daß man ihn aus dem Krondienst entlassen hat. Stets war er bestrebt, vorbildlich zu leben. Dann dies! Als ich in seinen Haushalt kam, verlobte er sich gerade mit einem englischen Fräulein. Sechs Wochen später brannte die eingebildete Person mit einem anderen durch. Das war in Limerick ein gesellschaftlicher Skandal und für Daniel ein schwerer, persönlicher Schlag. Er hat dann Fehler gemacht, schlimme Fehler. Richtig hart ist er gewor-

den. Seine Prozesse gerieten zu Volksaufläufen. Für ihn war ein Hühnerdiebstahl schon Aufruhr. Er verhängte ein Lebenslänglich nach dem anderen. Damals bedeutete das Deportation nach Australien. Sie wissen nicht, wie es für einen Iren ist, seine Heimat zu verlieren, aber vielleicht können Sie sich vorstellen, was es heißt, in eine Sträflingskolonie verschifft zu werden. Alle haben den Richter gehaßt. Er wurde gefürchtet und verflucht. Die meisten, die er verurteilt hat, waren arme Teufel, Bauern, die den Zehnt nicht aufbrachten, Wegelagerer, die am Hungertuch nagten, junge Spunde, die den Mund gegen die Engländer zu voll genommen hatten, Greise und halbe Kinder, die auf dem Markt Brot oder des Nachts auf den Äckern Kartoffeln stehlen mußten, um etwas zu beißen zu haben... In einem Manifest, das Aufständische an die Tür des Schuldturms nagelten, stand geschrieben: ›Wo ein Mann wie Daniel Cheltenham Recht sprechen darf, lebt die Barbarei!‹ Das war schrecklich. Dabei fühlte sich Ihr Großonkel so sicher. Er glaubte, auf der richtigen Seite zu stehen, auch moralisch. Damals war er gut Freund mit den ansässigen Engländern. Aber er hat ja nie viel Glück gehabt. Als sich herumsprach, daß die Union kommen würde, war er außer sich und natürlich dagegen. Sie warfen ihn aus dem Amt, und er verbitterte vollständig. Vielleicht um sich selbst zu bestrafen, weil er überzeugt war, versagt zu haben – ja, sicher deswegen –, zog er in den Burren. Er verkaufte sein Haus in Limerick, auch das meiste Mobiliar, das Silber, den Zierat, alle Dinge von Wert, und wurde sonderbar. Ich hörte davon – damals lebte ich schon in Ennis – und weinte.
Wissen Sie, als Daniel noch Richter war, als ich ihm noch den Haushalt führte, da hab' ich immer gehofft, daß er mir eines Tages einen Antrag machen würde. Nach zwanzig Jahren wußte ich: Ich hatte umsonst gewartet. Also nahm ich einen anderen. Als ich Daniel sagte, ich würde sein Haus verlassen und Dloughy heiraten, weggehen aus Limerick und ein neues Leben anfangen, da hat er mich nur angesehen und verächtlich geschnauft.

Ich ging. Er fiel wenig später der Union zum Opfer. Eigentlich ist er seit achtzehn Jahren am Ende. Aber Gott prüft ihn hart. Er läßt ihn nicht sterben. Ich glaube, alles, was Daniel noch will, ist, für immer die Augen zu schließen.«
»Er hätte nach England zurückkehren können«, meinte Ava. »Andere haben das bestimmt getan.«
»Zurückkehren zu seiner Familie, die schon vor fünfzig Jahren sicher gewesen war, daß er scheitern würde, die ihm die Tür gewiesen hatte? Lieber harrt er hier aus! Glauben Sie mir: Er träumt Tag und Nacht von England. Das Schlimmste ist jedoch sein unerbittlicher Haß, der ihm jede Stunde zur Hölle macht. Er haßt mit Inbrunst. Er kann nicht aufhören damit. Und er ist unendlich einsam dabei.«
Ava spielte mit ihrem Teelöffel. Eine nette kleine Geschichte. Kein Wort davon hätte sie hören müssen.
So ein sinnloses, ungenutztes, beiläufiges Leben, dachte sie.
Polly riß sich derweil mit einem entschlossenen Ruck aus Gedanken, die ohnehin nichts änderten.
»Ich komme wieder, wenn ich Nachricht von Laurabell habe«, versprach sie. »Dann weiß ich auch, wann Sie reisen können. Jetzt muß ich gehen. Ich war viel zu lange hier. Grüßen Sie Ihren Großonkel von mir und richten Sie ihm aus, daß ich ihn in Kürze besuchen werde.«
Während Polly aufstand, zog sie sich die Handschuhe an. Ava geleitete sie zur Tür und brachte sie auch noch zu ihrem Wagen. Dort umarmten sie einander.
Das Pferd schlug ungeduldig mit dem Schweif.
»Nur Mut«, sagte Polly.
»Auf Wiedersehen«, antwortete Ava.
Wenig später entschwand der Einspänner in der Weite der Ebene. Es nieselte. Der Wind zerstob die feinen Tropfen. Wie sie sich glichen, die Tage im Burren. Einer war wie der andere: dunkel, beklemmend, grau und kalt.
Ava blickte auf ihre zerschundenen Hände nieder.
Abschied zu nehmen würde ihr leichtfallen.

Zehntes Kapitel

Und wieder begann eine Reise mit hundert Beschwerlichkeiten. Sean O'Leary kam mit dem Wagen vorbei, um den Alten, Ava und zwei zerschlissene Taschen nach Ennis mitzunehmen, wo auch Polly der Fortstrebenden adieu sagte. Sie gab Ava, die von ihrem Großonkel bereits zwanzig Guineen erhalten hatte, noch ein paar nützliche Dinge mit auf den Weg, darunter zwei Laken, zwei Bettbezüge, zwei Taschentücher und ein fein besticktes Batisthemd.

Es regnete, wie es im Burren wohl immer regnete, wenn sich der Himmel nicht zu etwas Außergewöhnlichem entschloß.

»Leben Sie wohl!« rief Polly in einem fort. Sie stand neben dem Alten unter dem Dachvorsprung der Poststation und winkte mit einem weißen Tüchlein, obwohl die Kutsche, in der Ava saß, noch gar nicht angefahren war.

»Bleib anständig und laß von dir hören«, brummte der Alte, der ebenso wie Ava wußte, daß sie einander nie wiedersehen und sich auch kein einziges Mal schreiben würden. Für den Ernst der Stunde war er gerüstet: Er hatte sich die Haare gewaschen und sorgfältig gekämmt, sich rasiert und seinen einzigen, nach Mottenkugeln riechenden Cut angezogen.

Schließlich setzte sich die Kutsche mit einem heftigen Ruck in Bewegung. Während Ava mit leeren Augen lächelte, winkte Polly noch angestrengter als vorhin, und der Alte nickte und faltete die Hände im Rücken.

So blieben sie zurück, der einstige Richter von Limerick und seine ehemalige Haushälterin.

Ava blickte nach vorn. Erstaunt darüber, plötzlich so gut gelaunt zu sein, ergab sie sich dem ungleichmäßig stoßenden Rhythmus der Fahrt.

Zuerst ging es nach Limerick, wo sie die Nacht in derselben verwanzten Kaschemme zubrachte, die sie bereits von ihrem ersten Aufenthalt in der Stadt kannte. Sie war den ganzen Tag in der harten Kutsche gesessen und spürte jeden einzelnen ihrer Knochen. Die Erschöpfung trug sie jedoch sofort in tiefen Schlaf.

Als sie Limerick am Morgen darauf hinter sich ließ, dachte sie an das Kind, das in ihr wuchs. Dieses Kind war ihr Feind; es war gegen ihren Willen in sie eingedrungen. Vor acht Jahren hatte solch ein Eindringling ihre Mutter getötet, und Solange war, gesegneten Leibes, in lodernden Flammen umgekommen. Auf einmal spülte eine Welle ohnmächtigen Hasses über Ava hinweg. Aleister begnügte sich nicht damit, immer wieder unvermutet als lächelnder Geist vor ihr zu erscheinen; er hatte obendrein etwas von sich selbst in sie hineingepflanzt.

Auf der holprigen Landstraße nach Castleisland, die geradewegs in eine endlose Ebene führte und sich dann durch dichte Nebelfelder in die Täler der Glanarudderny Mountains schlängelte, wurden Avas Hände feucht. Heiß lief es ihr den Rücken hinunter, kalt kroch es zu ihrem Nacken zurück. Sie hätte sich gern vor dem Menschen, der ihr in der Kutsche gegenübersaß, gefürchtet, sie hätte gern vor etwas Angst gehabt, das außerhalb ihrer selbst war, aber der Schädling hockte in ihrem Bauch. Zuweilen glaubte sie, zwei Personen auf einmal zu sein, ohne die beiden voneinander unterscheiden zu können. Wo fing sie an? Wo hörte sie auf? Dachte sie? Wurde in ihr gedacht? Wenn das andere Leben vollständig in ihr aufzugehen drohte, wenn es kaum noch eine Grenze zwischen ihr und dem Allerfremdesten zu geben schien, wenn sie spürte, daß die Verschmelzung, die gleichzeitig eine Art Auflösung sein mußte, dicht bevorstand, wenn sie all ihre Kraft brauchte, um das Äußerste zu verhüten, hätte sie schreien mögen. Statt dessen krampfte sie die Finger ineinander.

Unzählige, sie seit Wochen heimlich umkreisende Ängste traten aus dem Dunkel der Ahnungen hervor und flüsterten: »Ja, wir sind da!«

Außer diesen Ängsten, die sich wie Krähen auf den winterlichen Feldern sammelten und sich zu einer mächtigen Todesfurcht vereinten, fühlte Ava in solchen Augenblicken nichts mehr.
Wenn wenigstens das andere, das Fremde, den Kampf für sich entschieden hätte! Warum sollte sie sich nicht überwältigen lassen? Lieber zugrunde gehen, lieber den Verstand verlieren, lieber heute als morgen im Kindbett den letzten Atemzug tun, als länger diese Marter ertragen!
Ava wünschte, sie könnte sich dreinfügen, stemmte sich aber immer wieder gegen eine Macht, die jedesmal fast ebenso stark, aber um das Gewicht einer Feder schwächer war als sie, eine Macht, von der sie nur wußte, daß es sie gab, nicht aber, was sie von ihr wollte.
Die übrigen Leute in der Kutsche hielten die spröde junge Engländerin, die glaubte, angestarrt zu werden, und deshalb eine Zeitlang versuchte, diesen oder jenen Blick zu erwidern – das andere Augenpaar wich dann blitzschnell aus –, für reichlich überspannt.
Während man ab und zu ein Gespräch über das Wetter, die Landschaft oder das Leben als solches anfing, es aber nach jeweils drei Sätzen wieder beendete, bot Ava ein Schauspiel. Einmal wurde sie blaß, dann rot, schließlich drückte sie ihre Hände so fest gegeneinander, daß die Knöchel knacksten, zuweilen mahlten ihre Zähne, sie stieß einen schmerzlichen Seufzer aus, und gleich darauf traten ihr Tränen in die Augen. Sie selbst merkte es gar nicht. Das fremde Wesen regierte sie und nahm sie ganz und gar in Anspruch.
In Castleisland, einem Ort mit zehn Häusern und einer winzigen Poststation, lag Ava, gequält von unaussprechlicher Pein, die halbe Nacht wach. Als man am nächsten Tag weiterfuhr, war sie so erschlagen, daß sie nach zehn Minuten einnickte. Das ältliche Ehepaar, das seit Ennis mit ihr reiste – sie dünn und grauhaarig und immer weit vorgebeugt, weil sie schlecht sah, er dick und glatzköpfig und eingehüllt in einen Rauschebart –, schaute sich verwundert an und zuckte mit den Achseln.

Darüber amüsiert, schmauchte der stattliche Herr neben Ava ein Pfeifchen. Die Kurzsichtige wedelte mit der Hand vor ihrem Gesicht herum und demonstrierte hoch aufgerichtet äußerste Mißbilligung. Sie sagte aber nichts – ihr Gatte ebensowenig –, und der Tabakfreund rauchte seelenruhig weiter. Warum auch nicht? Immerhin langweilte man ihn seit fünf Meilen mit einer Unterhaltung, die nicht stattfand.

Ava erwachte, als die Kutsche zu einem Pferdewechsel hielt. Sie stieg aus und sah über der Tür des Posthauses ein Schild mit der Aufschrift »Trá Lí«. Bisher waren ihr die meist zweisprachigen Ortsbezeichnungen gar nicht aufgefallen. Da sie den hiesigen Wegweisern nicht traute, hatte sie sich lieber durchgefragt.

Zum erstenmal lauschte sie der fremdartigen Klangfarbe des Gälischen, einem kehligen, kunstvollen Singsang. Die Luft schwirrte im Durcheinander der neuen, unverständlichen Laute. Ava hörte zwei alten Frauen zu, die sich offenbar Klatsch erzählten.

Nachdem sie im einzigen Wirtshaus des Ortes eine fette Suppe gelöffelt hatte, ging die Reise weiter.

In Killorglin blieb Ava eineinhalb Tage hängen. Sie kaufte sich Kandiszucker, weil sonst nichts Süßes zu bekommen war, wunderte sich darüber, daß ihr nicht mehr schlecht wurde, und schlief die Zeit in einer – immerhin zumutbaren – Herberge tot.

Wenn sie sich an die Angst erinnerte – oder die Angst sich an sie –, spürte sie eine solche Beklemmung in der Brust, daß sie glaubte, ersticken zu müssen. Das andere in ihr, das Fremde, schien dann aufzuwachen und ihr die Luft abzuschneiden. Ava fürchtete, Atemzug für Atemzug, Schluck für Schluck und Bissen für Bissen aufgesogen zu werden, so, als verschlänge sie sich selbst.

Erst als der Weg durch den Westen Munsters in bergiges Land führte und die Stille der Ebene in die Stille der Serpentinen mündete, ließ etwas von ihrer verstörten Unruhe nach. Eine Hand des zehnarmigen Ungeheuers, das sie umklammerte

und dabei höhnisch grinsend die Zähne bleckte, fiel ab. Man fuhr nach Cahersiveen.
Auch die dünne Kurzsichtige, die sich die Nase am Wagenfenster, einem winzigen Guckloch, plattdrückte und behauptete, daß der Winter seit Jahrzehnten nicht mehr so kalt gewesen sei, und ihr glatzköpfiger, aber vollbärtiger Ehemann saßen wieder in der Kutsche.
Draußen wütete ein Graupelschauer nach dem anderen. Selbst die Schlaglöcher wurden immer tiefer.
Die Kurzsichtige bekreuzigte sich.
Man blieb stecken, mußte aussteigen, fror wie ein Schneider, kletterte in den Wagen zurück, rieb sich die klammen Finger, dankte Gott, daß es weiterging, und schrie erschrocken auf, als eine Viertelstunde später das linke Hinterrad ächzend auseinanderbrach.
Der eine stürzte über den anderen, die Kurzsichtige kreischte, weil ihr die Röcke bis zu den mageren Schenkeln hochschlugen, der wortkarge Jüngling, der nach einem Verwandtenbesuch in Killorglin auf der Heimreise war, rief: »Mein Fuß, mein Fuß!«, und Ava stöhnte verärgert auf und bahnte sich als erste den Weg ins Freie. Während sie von einem Bein auf das andere trat und sich die Finger warmblies, vernahm sie das erregte Stimmengewirr um sich herum, als käme es aus weiter Ferne.
»So was!« empörte sich der Glatzkopf. Vor sich hinschimpfend, klopfte er seinen Mantel sauber.
Derweil begannen der Kutscher und der Fuhrknecht unter Fluchen, die aufgeregten Pferde abzuschirren.
Zitternd stand Ava im Graupelschauer und umfaßte mit überkreuzten Armen die eigenen Schultern. Sie blickte über die immer höher werdenden Steigungen und die tief abfallenden Senken hinweg und lauschte einer grenzenlosen, sphärenhaft rauschenden Stille. Außer der kleinen Reisegesellschaft war weit und breit kein Mensch zu sehen. Niemand sprach. Die Pferde hatten zu wiehern aufgehört. Kein Hund bellte, kein Schaf blökte, keine Kuh brüllte, kein Rabe krächzte. Selbst der Wind war eingeschlafen.

Wohin das Auge reichte, traf es auf kleine, nackte Felsinseln zwischen mattem Wintergrün. Die wenigen Bäume, deren Äste wie verdörrt in die feuchte Luft ragten, schienen in gebückter Haltung auf etwas zu warten, das nicht kommen würde. Über ihnen hing eine Nebelglocke. Es war ein einziges, grandioses Verharren der Zeit.

Als sich Kutscher und Fuhrknecht Anweisungen zuriefen, erwachte Ava aus der Gedankenleere.

Die Laune der anderen Reisenden war schlecht. Jeder fröstelte, jeder sehnte sich nach einem behaglichen Torffeuer, nach einer Tasse Tee oder ein paar Löffeln heißer Suppe.

Als man nach schier endlosem Warten weiterreisen konnte, ließ Ava ihre Angst zurück. Sie schaute aus dem Wagenfenster – dem Guckloch – und betrachtete dieses fremde, unbegreifliche Land mit Staunen.

Wenn es nur nicht so frisch gewesen wäre! Obwohl sie sich für ihre dicksten, mehrmals gestopften Wollstrümpfe entschieden, drei Röcke, einer verblichener als der andere, übereinandergezogen und sich in ihr mittlerweile arg abgewetztes Cape gewickelt hatte, fror sie. Ihre Füße steckten in dem einzigen Paar Lederschuhe, das sie besaß; ihre Zehen konnte sie kaum noch spüren.

Plötzlich rief die Kurzsichtige: »Wir sind da!«

»Cathaír Saidhbhìn«, verkündete das Schild an der Poststation.

»Cahersiveen«, sagte der Glatzkopf.

Ava wurde bereits erwartet. Als sie aus dem Wagen sprang, faßte eine warme Hand nach ihr. Sie gehörte einem jungen Burschen, der zwar kein Herr, dafür aber eine erfreuliche Überraschung war. Er lachte frech und wirkte gleichzeitig etwas linkisch. Da er ihr Gelenk gar nicht mehr losließ, zog Ava ihren Arm unter ihr Cape zurück. Der Bursche rieb sich verlegen die Nase. Er trug ausgetretene Stiefel, braune, weite Hosen ohne Fasson und einen zu knapp sitzenden Rock über einer grauen Strickweste. Als er die keck ins Gesicht gedrückte Mütze abnahm, kamen feuerrote Locken darunter zum Vorschein. Eigentlich sah er aus wie ein Kobold.

»Ich bin Padraig O'Conner«, stellte er sich vor, »der Kutscher und Wagenmeister von Delarney House. Sie müssen Mrs. Cheltenham sein.«
Ava nickte.
Padraig O'Conner, der nicht wußte, was er jetzt sagen sollte, kratzte sich im Nacken und trat von einem Bein aufs andere.
»Ich bin froh, daß Sie mich abholen«, gab Ava zu.
Da strahlte er. Zahllose goldene Kügelchen schienen in seinen Augen zu tanzen. Er griff nach den beiden Reisetaschen und trug sie zu einem offenen Einspänner. Während er sie verstaute, erzählte er von Delarney House.
»Wo sind Sie so lange gewesen?« wollte er schließlich wissen. »Wir warten schon eine ganze Weile auf Sie.«
Ava setzte zu einer Antwort an. Als sie den Mund öffnete, erstarrte sie: Das andere in ihr hatte sich bewegt.
»Ist Ihnen nicht gut?« fragte Padraig.
»Doch, doch... Ich kam eineinhalb Tage nicht aus Killorglin weg.«
»Killorglin? Immer dasselbe!« Padraig lachte, schwang sich auf den Kutschbock und reichte Ava die Hand, um sie zu sich heraufzuziehen. Dreimal mußte er mit der Zunge schnalzen. Dann trabte das Pferd los.
Die Luft war kalt und still und dunstig. Ab und zu stob eine Windbö auf. Padraig langte nach der Decke hinten im Wagen, zerrte sie nach vorn und breitete sie über Avas Knie.
»Postkutschen!« ereiferte er sich. »Einfach unzuverlässig! Wissen Sie was? Ich bin heute zum drittenmal nach Cahersiveen gefahren. Drei Anläufe sind gut; alles, was dreimal passiert, hat seine Richtigkeit. Ich glaub', es wird Ihnen bei uns gefallen, Mrs. Cheltenham!«

Delarney House lag im westlichsten Teil des County Kerry zwischen Portmagee und Teeranearagh. Bereits fünf Meilen vor dem Haupthaus erstreckten sich umfriedete Pferdekoppeln um einen langgezogenen Stallungskomplex. Überall wuchsen Apfelbäume, Fuchsien- und Rhododendronbüsche,

Pappeln, Distelsträucher und niedrige Kiefern. Das von Regenschauern heimgesuchte Grasland hob und senkte sich in flachen Hügelwellen und schien endlos weit. Die Berge im Süden steckten im dichten Nebel, und die steilen Erhebungen im Norden, die zu Valencia Island gehörten, einer Insel, die ein Meeresarm vom Land trennte, ragten aus hellem Dunst. Grob behauene Steine, zu Wällen aufgeschichtet, markierten Grenzen.

»Schöner als oben, nicht wahr?« fragte Padraig O'Conner und meinte den Burren.

Ava schwieg. Ihr Blick fiel auf eine Ruine, die auf einer Anhöhe stand und sich schwarz gegen den trüben Himmel abhob. Um sie herum reckten sich Hochkreuze krumm und schief in alle Richtungen.

»Clonmara Abbey«, erklärte Padraig. Ohne die Augen zu dem wolkenumzingelten Steinriesen zu heben, wies er mit der Gerte geradeaus auf eine lange, gewundene Straße, die in der Ferne hinter Heckenhainen verschwand.

»Gleich haben wir's!« sagte er.

Sie passierten ein paar einsame Häuser, Klein- und Lohnbauernhöfe, schreckten ein Dutzend Hühner auf und gelangten schließlich, von Hundegebell verfolgt, auf ein flaches Plateau. Vor ihnen tauchte ein solides, in Hufeisenform gebautes Landhaus auf, dessen Schlichtheit nur von wenigen Arkaden- und Portikusmotiven durchbrochen wurde. Den unermeßlichen Reichtum der Melbournes, von dem Polly Dloughy gesprochen hatte, verriet es nicht.

Hinter dem Wohngebäude, um dessen Südflügel sich Efeuarme rankten, dehnte sich ein englischer Park. Obwohl Eichen, Zedern, Weiden und Ulmen geschützt in einer Talsenke standen, machten die Bäume einen etwas angegriffenen Eindruck. Sie schienen die salzige Seeluft und den schneidenden Wind nicht recht zu vertragen.

»Muß sein wie da, wo Sie herkommen«, vermutete Padraig. »Sie sind doch aus England – ich meine, nicht nur gebürtig, Sie haben auch dort gelebt. Das hört man nämlich. – Gibt nicht viele von der Sorte ›Houses‹ in Kerry.«

»Es ist schön«, sagte Ava, die inzwischen in der Lage war, auch am Einfachsten Geschmack zu finden.
Padraig kutschierte den Wagen durch eine schmale Einfahrt zum Dienstbotentrakt. Als Ava vom Sitz glitt, kam auch schon der Butler mit einem Schirm aus der Tür. Nachdem er Padraig ein paar Anweisungen zugerufen hatte, begrüßte er Ava mit distinguierten Worten.
Dann nahm er sie mit ins Haus. Padraig blieb zurück. Er mußte sich um Pferd und Wagen kümmern.
In der Küche wurde »die Neue« vom Personal willkommen geheißen. Offenbar bot sie seit Tagen Gesprächsstoff. Man musterte sie neugierig.
Nacheinander reichte sie der Köchin, dem Diener, dem ersten Hausmädchen, der Näherin, dem Gärtner und dem Küchenmädchen die Hand.
»Lord und Lady Melbourne halten sich derzeit in Dublin auf«, erklärte der Butler, der Dunby hieß und aus Leeds stammte. »Sie der Dame des Hauses vorzustellen muß folglich auf einen späteren Zeitpunkt verschoben werden.«
Ava genügte es, vorläufig mit den gerade Anwesenden bekannt gemacht zu werden. Während Dunby sein Monokel putzte und wichtigtuerisch bemerkte, daß die Herrschaft stets in Gefolge von Kammerdiener, Zofe und Kinderfrau reise und daher gelegentlich mehr Personal auf Delarney House weile, spürte sie den Blick des ersten Hausmädchens. Wie war gleich der Name? Ah ja: Eileen. Reizend, wirklich reizend, so abschätzend fixiert zu werden. Auch Deirdre, die Rangletzte, lächelte nicht länger als unbedingt nötig. Nur die Köchin, Mrs. O'Down, kugelrund, wuchtig und auffallend groß, offenbar patent und gewohnt, das letzte Wort zu haben, floß vor Freundlichkeit über. Sie unterbrach den Butler, dessen Erläuterungen über die Regeln im Haus und die Gepflogenheiten der Melbournes kein Ende fanden: »Aber Mr. Dunby! Mrs. Cheltenham wird erschöpft sein. Was für ein Wetter! Und obendrein die weite Reise! – Jetzt gehen Sie erst einmal hinauf, mein Kind! Eileen zeigt Ihnen Ihr Zimmer! Und dann

ziehen Sie sich etwas Trockenes an! Sie sind ja ganz durchnäßt! Wenn Sie sich frisch gemacht und eingerichtet haben – wo bleibt denn Paddy mit dem Gepäck? –, kommen Sie wieder runter. Heut abend können wir uns in aller Ruhe unterhalten. Vorher sag' ich Ihnen noch ein bißchen was über Ihre neuen Pflichten.«

Ava nickte. Wortlos folgte sie Eileen durch das Spalier, das die anderen bildeten. Daß man hinter ihrem Rücken die Köpfe zusammensteckte, war ihr einerlei.

Die Räume der Dienstboten lagen, wie üblich, unterm Dach. In Avas Zimmer gab es einen Stuhl, eine Truhe, ein Holzbett ohne Lackierung, einen Tisch und eine kleine Kommode, auf der das Waschgeschirr stand. An der Wand hing ein Kreuz. Eine kleine Marienfigur thronte auf einer schmalen Konsole.

»Danke«, sagte Ava. Sie trat an eines der beiden winzigen Fenster und schaute in den Regen hinaus. Gebeugte Kiefern, kahle Laubbäume, weite Rasenflächen ... ein Hauch von Blair Manor. Gott sei Dank war es Winter.

»Das Zimmer ist für Sie allein«, kam es von Eileen, die ziemlich vorwurfsvoll hinzufügte: »Ich hab' meins mit dem Mädchen geteilt, das vor Ihnen hier war. Jetzt teil' ich's mit Deirdre.«

»Aha.« Ava wäre gern allein gewesen, hörte aber, daß sich Padraig gerade mit ihrem Gepäck die Stiege hochkämpfte. Breit grinsend stampfte er ins Zimmer.

»Na ja«, meinte Eileen. »Dunby und die Herrschaft haben sich bestimmt etwas dabei gedacht. Wann kriegen Sie denn Ihr Kind?« Die Frage fiel leichthin. Trotzdem spürte Ava, noch immer mit dem Rücken zu Eileen stehend, daß deren Blick ihre Leibesmitte abtastete.

»Halt dein Lästermaul!« rief Padraig, doch er lachte und schien Eileen eher ärgern als maßregeln zu wollen. Schwer aufstöhnend stellte er die Reisetaschen neben das Bett.

»Pff!« machte Eileen. Während sie zur Tür tänzelte, schob sie eine ungebärdige Strähne ihres schwarzen Haars unter die Haube zurück, die sie als Hausmädchen auswies. Auf ihre etwas niedliche Art war sie recht hübsch.

Padraig schnitt ihr eine Grimasse. Daraufhin verschwand sie endgültig. Ihr Kichern verklang im engen Flur.
»Denken Sie sich nichts«, sagte Padraig zu Ava, die sich zu ihm umgedreht hatte. »Die Mädchen in Kerry haben ein großes Mundwerk. Sie sind ja plötzlich so blaß! Ist Ihnen etwas?«
»Nein, ich bin nur müde. Vielen Dank für Ihre Bemühungen, Mr. O'Conner!«
Wieder war es, als tanzten goldene Kügelchen in seinen Augen. Sich die Mütze zurechtrückend, schien er über etwas Schwerwiegendes nachzudenken.
»Mr. O'Conner!« äffte er schließlich. »Ich kenn' niemanden, der mir *die* Ehre tut. Bin ja auch nicht der Squire. Padraig genügt. Wenn Sie wollen, können Sie wie alle anderen Paddy sagen.«
»Danke, Padraig«, verbesserte sich Ava.
Auf einmal stand er wie überflüssig im Raum herum. Da er es selber merkte, wurde sein Grinsen unsicher, hielt sich aber wie hineingemalt in seinem Gesicht. Mit den Händen suchte er Halt in den Hosentaschen.
Ava wartete. Er rührte sich nicht vom Fleck. In der Hoffnung, ihn damit zufriedenzustellen, bot sie ihm an: »Ich heiße Ava.«
Padraig O'Conner schüttelte den Kopf.
»Nee!« stieß er im Brustton der Überzeugung aus. »Das geht nicht. Gibt bloß Gerede. Sie sind doch 'ne Dame. Da macht mir keiner was vor. Und ein Mädchen sind Sie auch nicht mehr. Waren schließlich verheiratet... Oh, entschuldigen Sie! Das hätt' ich nicht sagen sollen.«
Erschrocken fragte Ava: »Warum nicht?«
»Na, weil's doch grade erst passiert ist, das mit Ihrem Mann. Manchmal bin ich ein Holzkopf. Tut mir leid.« Er war rot geworden. Rückwärts gehend, bewegte er sich aus dem Zimmer.
»Es ist schon in Ordnung«, versicherte Ava.
Padraig nickte erleichtert, stolperte über die Schwelle und schloß die Tür hinter sich.

Ava ließ sich mit dem Rücken gegen die Wand fallen.
Endlich allein!
Sie konnte es nicht lange genießen. Man erwartete sie unten.
Und so begann ihr neues Leben, das Leben auf Delarney House, das Leben als Hausmädchen.
Die Tochter von Angus Cheltenham, dem Bankrotteur, hatte Lavendelbäder genommen, Bach gespielt, ein Institut für Mädchenbildung besucht und den Sommer des Jahres 1818 auf dem Landsitz des Earl of Barrington verbracht. Jetzt polierte sie Silber. Sie wischte Staub, lüftete unbewohnte Zimmer, kehrte Korridore, die kaum betreten wurden, rieb hohe Fenster blank, putzte auf Knien Fußböden, wusch, wrang, plättete...
Trotzdem lebte es sich auf Delarney House leichter als beim Alten im Burren.
Was um sie herum geschah, was geredet, gelacht, gezankt oder in ihrer Abwesenheit über sie getuschelt wurde, ging an Ava vorbei. Weder interessierte sie sich für Dunbys Kommentare zur Lage des Empires – gelegentlich pflegte er über das, was er in verspätet eintreffenden Zeitungen las, zu dozieren –, noch hatte sie ein offenes Ohr für die Klatsch- und Gruselgeschichten, die Mrs. O'Down so gern erzählte. Auch die Unterhaltungen Eileens und Deirdres, die fast immer um die Herrschaft kreisten, erreichten sie nicht. Als sie erfuhr, daß der von allen hochverehrte Lord Melbourne, ein begeisterter Pferdezüchter, einmal im Jahr aus Dublin käme, manchmal ohne seine Frau, und im Frühjahr zu erwarten sei, meinte sie: »Ja, und?«
Mochte Eileen vom Squire schwärmen, mochte die Näherin einen epileptischen Anfall haben, mochten alle über einen Scherz Padraigs oder eine spöttische Bemerkung des Dieners Flint in Gelächter ausbrechen: Avas Gesicht blieb unbewegt. Sie sah nichts, sie hörte nichts, sie schien nicht einmal etwas zu denken. Außer Padraig und Mrs. O'Down, die die unglückliche junge Engländerin bedauerten, hielten sie alle für hochmütig. Man mochte sie nicht.
Nach ihrer eigenen Rechnung mußte sie im Mai niederkom-

men. Daß sie das Balg dem Nächstbesten aufschwatzen würde, stand für sie fest. Sie wollte zurück nach England, und da sie sich in Bristol nicht mehr sehen lassen konnte, hieß ihr Ziel London. Doch um dort Fuß fassen zu können, hatte sie sich vorher aller Lasten zu entledigen. Es gab nur eine Schwierigkeit, über der sie Tag und Nacht brütete: Sie besaß im Moment – das Geld, das ihr der Alte zum Abschied zugesteckt hatte, eingeschlossen – etwas über dreißig Pfund. Dafür konnte sie sich von der Schande freikaufen und die Schiffspassage bezahlen. Sparsamkeit vorausgesetzt, sollte der Rest reichen, um ein paar Monate über die Runden zu kommen. Und dann? Wie weiter?

Sie fand keine Antwort auf diese Fragen, hielt sich aber an der Hoffnung fest, daß sich zu gegebener Zeit alles finden würde. Inzwischen tat sie ihre Arbeit. Sie mußte sich mit Deirdre die grobe Wäsche teilen und den Südflügel sowie die Wohnräume im Erdgeschoß sauberhalten. Am Montag fing sie mit dem ersten Zimmer an, am Samstag hörte sie mit dem letzten auf; ein endloser, aber geruhsamer Kreislauf.

Wenn sie allein war, roch sie heimlich an den Parfumflakons im Boudoir der Lady Melbourne. Allein war sie oft – Gott sei Dank. Nachdem Dunby sie eine Woche lang beaufsichtigt hatte, prüfte er nur noch sporadisch, ob sie auch tat, was sie tun sollte. Nie wurde sie einer Nachlässigkeit überführt.

Da Eileen und Deirdre etwas gegen sie hatten, der Gärtner schwer hörte, die Näherin beschränkt war, der Diener sie übersah, der Butler mit seinem Dünkel über ihr stand und die Köchin von allen Seiten in Anspruch genommen wurde, war sie oft mit Padraig zusammen. Er neckte sie im Rahmen des Schicklichen, erzählte ihr etwas über Land und Leute, machte sie mit dem tief verwurzelten Aberglauben der Iren bekannt und kam immer wieder auf die Herrschaft zu sprechen, zu der er ein eher gespanntes Verhältnis hatte.

»Er ist ein Absentee wie alle anderen auch«, sagte er über Lord Melbourne. »Einer, dem viel gehört, der sich aber kaum drum kümmert. Er hat ja einen Verwalter, drüben in Waterville.

Seit der sein Schandgeld versäuft, trauen sich die Bauern auf Melbourne-Land wieder zu schlafen.«

Padraig lästerte gern – auch über den spöttischen Flint, »der tut, als sei er von königlichem Geblüt«, über den alten Gärtner, »der vor fünfzehn Jahren sein Lachen verkauft hat, wahrscheinlich für eine Guinee«, über die kulleräugige, zurückgebliebene Nähmamsell, die Scherz von Ernst nicht unterscheiden konnte und darüber hinwegzutäuschen versuchte, indem sie losprustete, sobald Eileen zu kichern begann, über Dunby, der, wenn man Padraig glauben durfte, seine Nächte im Weinkeller zubrachte – »Jawohl, er bechert noch mehr als der Verwalter!« –, und über Mrs. O'Down, »die vorgibt, lesen zu können, aber nicht mal imstande ist, ihren eigenen Namen zu entziffern!«

Die Mädchen fand er nett.

»Eileen hat die Zunge einer Viper, und Deirdre lügt wie gedruckt, aber sie sind lustig, alle zwei.«

Bis auf Mr. Dunby, Mrs. O'Down und Miss Conolly, die Näherin, die immerhin die Tochter eines Geistlichen war, wurden alle Dienstboten mit Vornamen angesprochen. Das Hausmädchen Ava blieb jedoch »Mrs. Cheltenham«. Nach ein paar Versuchen, es anders, so wie es sich eigentlich gehörte, zu handhaben, kehrte man zu der respektvollen Anrede zurück. Die Reederstochter aus Bristol hatte etwas an sich, das jede Vertraulichkeit, auch jede Herablassung, verbot. Man hielt sie für die Witwe eines Rechtsgelehrten aus Limerick, unglückseligerweise kurz vor dessen Unfalltod in andere Umstände gekommen. Allerdings wunderte man sich, daß sie nie Schwarz trug. Zuweilen hatte sie sogar ein gelbes Kleid an – das verwaschene, aber kunstvoll geschneiderte Nachmittagskleid einer Dame von Stand, ein Musselinkleid mit Samtbesätzen! Dazu hätte ein seidenes Brusttuch gepaßt, nicht das wollene, das sie sich in den Busen steckte.

Eine seltsame Person, die junge Witwe!

Mrs. O'Down mußte sie jeden Abend dreimal ermuntern, mit Miss Conolly Säuglingswäsche zu nähen.

Als Ava eines Tages mit einem Korb Tischdecken unterm Arm in die Küche trat, hörte sie Eileen sagen: »Der glaub' ich kein Wort!«
Sie wußte sofort, daß sie gemeint war. Deirdre und Flint schwiegen verlegen, Mrs. O'Down schlug die Sahne heftiger als vorhin, und Miss Conolly wußte nicht, ob sie um eine ernste Miene ringen oder kichern sollte. Bloß Eileen reckte triumphierend den Kopf in die Höhe.
Natürlich mußte Ava zugeben, daß sie ihre Geschichte nicht gut genug durchdacht hatte. Die Witwe eines Barristers wurde nicht Hausmädchen auf dem Land, selbst dann nicht, wenn ihr Gatte zu jung gestorben war, um es zu etwas gebracht zu haben. Andererseits: Hätte ihr jemand einen schwitzenden Kesselflicker als Dahingeschiedenen abgenommen?
Padraig sagte ihr dauernd, ihre Hände und ihre Sprache verrieten, daß sie aus honorigem Hause sei. Trotz abgebrochener Fingernägel, trotz kleiner Verhornungen in den Handflächen, trotz rauh gewordener Haut: Ava besaß weiterhin die geschmeidigen, zart- und langgliedrigen Hände einer Klavierspielerin.
Außerdem trat sie nicht in den Ton von »ihresgleichen«. Verschluckte Endsilben, Satzbrocken statt ausformulierter Wendungen, Dialektausdrücke... Die Sprache der einfachen Leute war nicht die ihre.
Der Ungereimtheiten gab es genug.
Da Ava in Limerick, im Haus ihrer Tante, ihren späteren Gatten kennengelernt haben wollte, machte es sie verdächtig, daß sie kein besonderes Gebäude, keine große Straße, keine Kirche und keine gesellschaftlich bedeutende Familie der Stadt mit Namen nennen konnte. Eileen stellte Fangfragen – und die angebliche Witwe antwortete knapp und allzu ausweichend.
»Sie war gar nie verheiratet. Und wenn sie Limerick je gesehen hat, dann von der Kutsche aus. Irgendeiner hat ihr ein Kind gemacht, und jetzt soll's vertuscht werden.« So sprach Eileen eines Vormittags, als Ava im Südflügel Staub wischte

und zwischendurch an den Parfumfläschchen der Hausherrin schnupperte.
»Sei still!« befahl Mrs. O'Down. »Ich weiß, was ich weiß! Mr. Dunby hat einen Brief von Lady Melbourne erhalten und ihn mir vorgelesen. Darin heißt es, daß Mrs. Cheltenham vor kurzem ihren Mann verloren hat und ganz allein in der Welt steht.«
Darüber konnte Eileen nur lachen.
»Was ist mit der Tante in Limerick?« bohrte sie. »Außerdem stammt sie doch aus England. Warum geht sie nicht zu den Ihren zurück?«
Mrs. O'Down seufzte.
»Vielleicht hat sie einen Mann geheiratet, der ihrer Familie nicht genehm war. Vielleicht kann sie gar nicht zurück«, mutmaßte sie. »Aber das geht uns nichts an.«
»Sie trägt nicht einmal einen Ring!« spielte Eileen ihren höchsten Trumpf aus.
»Möglicherweise mußte sie ihn verkaufen«, entgegnete Mrs. O'Down, aber die Gerüchteküche war schon längst am Überkochen. Als auch Dunby nicht mehr so tun konnte, als wisse er nichts von dem, was man sich über das neue Hausmädchen erzählte, verfügte er: »Das ist nicht unsere Sache. Wenn Lady Melbourne Mrs. Cheltenham als ehrbare Witwe bezeichnet, steht es niemandem in diesem Hause zu, daran zu zweifeln. Und nun kein Wort mehr!«
Kaum hatte er die Küche verlassen, holte Eileen zu einem neuen Schlag aus: »Ein Miststück ist sie! Ein Miststück ohne Gottesfurcht – aber mit einem eigenen Zimmer. Bis jetzt hat sie noch kein einziges Mal die Messe besucht. Das wißt ihr doch?«
»Sie ist protestantisch«, erinnerte Mrs. O'Down. »Warum sollte sie in eine katholische Kirche gehen? Mr. Dunby, der ja ebenfalls anglikanisch ist, tut es auch nicht.«
»Mr. Dunby ist nicht schwanger«, konterte Eileen.
Zur selben Zeit saß Ava in dem hauptsächlich in Rosétönen gehaltenen, allzu puppig, aber kostbar eingerichteten Schlaf-

zimmer der Lady Melbourne am Toilettentisch. Während sie eine Parfumkaraffe nach dem anderen öffnete, schweiften ihre Gedanken ab. Sie hatte Zeit. Sie konnte trödeln. Das barocke Piano mit den ausladenden, vergoldeten Beinschnitzereien, das im Großen Salon stand, lockte sie. Es glich dem Instrument auf Blair Manor. Wenn sie mit dem Staubtuch über den Deckel wischte, war sie jedesmal versucht... Sie wagte es nicht! Ein Hausmädchen, das vorgab, die Witwe eines Advokaten zu sein, und obendrein meisterhaft musizierte: lächerlich! Statt Neigungen nachzugehen, die ihr nicht mehr zustanden, quälte sie sich Abend für Abend unter Miss Conollys Anleitung mit Handarbeiten, die ihr nicht lagen. »Wenn das Kind da ist, braucht es etwas zum Anziehen«, lautete die Devise. Nebenbei ließ sie sich von Mrs. O'Down in die Geheimnisse der Backkunst einweihen.

Da ihre Schwangerschaft munter voranschritt und ihren Leib wie einen Ballon auftrieb, wurden ihr nur noch leichte Arbeiten zugewiesen.

»Schließlich sind Sie in unserer Obhut«, bemerkte Mrs. O'Down, die streng darauf achtete, daß die werdende Mutter nichts Schweres trug und sich nicht allzusehr verausgabte.

»Jetzt muß *ich* den Südflügel putzen!« erregte sich Eileen. »Dabei sollte das diese Cheltenham machen! Ich sag's ja schon lange: Hier stimmt was nicht! Erinnert ihr euch an Mary Quint, die Vorgängerin unserer feinen Lady? Die durfte sich bis zum Schluß die Finger wund schrubben, obwohl sie schwanger *und* verheiratet war!«

Ava verlangte gar nicht, geschont zu werden. Sie hatte sowieso zu viel Zeit zum Grübeln. Die Angst war zurückgekehrt. Sie brachte Stimmen und Nächte ohne Schlaf. Ava fühlte sich umlauert.

Auf einmal schien eine Bedrohung da, so greifbar wie die Porzellanschale, die jeden Nachmittag mit Teegebäck gefüllt wurde. Auch das dauernde Regenwetter war nicht dazu angetan, bedrückende Stimmungen zu vertreiben.

Gott sei Dank gab es Padraig! Er brachte Ava auf andere Gedanken und manchmal sogar zum Lachen.

Wenn er nicht den Clown für sie spielte, sprach er von Elfen, vor denen man die Tür verriegeln müsse, weil sie Unglück brächten. Er erzählte von Feen, die kämen, um den Tod zu künden, und von Zwergen, den Leprechauns, die nur einen Schuh trügen und unter der Erde wohnten. Auch von Pucas, Geistern, die in nebligen Novembernächten in Gestalt von Pferden über die Hügel galoppieren und die Menschen erschrecken, wußte er zu berichten. Auch ihm selbst sei einmal ein solches Gespensterroß begegnet.

»Es hatte rote, leuchtende Augen, dampfende Nüstern und war unerhört groß, größer als eine hundertjährige Eiche. Trotzdem hab' ich mich nicht gefürchtet. Die Pucas sind den Lebenden wohlgesinnt. Hin und wieder reitet sie allerdings der Teufel. Dann kann man ein wildes Blasen im Kamin hören, denn der Puca sitzt auf dem Dach und stößt seinen heißen Atem so lange in den Rauchfang, bis drinnen alles schwarz ist.«

Der Puca, der ihm über den Weg getrabt sei, habe allerdings gute Absichten gehabt und »nur sehen wollen, was ich für einer bin. Vielleicht hilft er mir später, wenn ich einen eigenen Hausstand gründe. Das tun Pucas nämlich, wenn sie einen mögen.« Da Padraig Avas belustigtes Schmunzeln sah, setzte er hinzu: »Also, wenn ich mir 'ne Frau nehm', kommt der Puca bestimmt.«

Padraig sprach auch vom »kleinen Volk«. Es lebe in der Anderswelt, die kein Mensch betreten könne, solange er ein Mensch sei. In der Anderswelt gebe es Feen und wunderbare Geheimnisse; das Wissen des Himmels und der Erde flösse dort zusammen.

»Die Festungen, die in den Feldern stehen und von denen niemand weiß, wer sie erbaut hat, werden von den Bauern nicht abgetragen«, sagte Padraig. »Die Leute glauben, daß sich das kleine Volk zwischen den Mauern verborgen hält. Seit es unsichtbar geworden ist und den Schutz der Steine braucht, haben die Menschen das ewige Glück verloren. Die Feen bleiben jetzt unter sich. Sie haben drei große Feste. Das erste ist im Mai. Da lassen sie Stroh und Staub tanzen und feiern die kommende Ernte. Das zweite ist die Mittsommernacht, die so manche Frau zu nutzen weiß. Wenn die Johannisfeuer brennen, suchen sich die Feenmädchen für eine Nacht einen Ehemann... nicht immer nur sie! Ja, und dann, im November, an Halloween, da tanzen die Geister der Erde mit den Feen des alten Volks, und ein großes, wildes Singen ist in der Luft.«

Padraig erwähnte auch die Seejungfrauen. Gerade hier, im Westen des Landes, an den Steilküsten, waren die Buctogai, die zwischen den Klippen ihr Unwesen treiben sollten, sehr gefürchtet. Es hieß, sie wollten den Menschen Böses und verwirrten die Seeleute, um deren Schiffe in die Untiefen des Meeres zu locken, wo sie zerschellten.

Irgendwann kam Padraigs Rede auf die Banshees, die Klageweiber, die das Unglück in die Welt weinten, um es zu bejammern.

»Wenn Sie vor Ihrer Tür jemanden weinen hören, wenn Sie nachsehen und niemanden finden, wenn Sie dann ins Haus oder in Ihr Zimmer zurückgehen und noch immer glauben, daß jemand weint, so ist das eine Banshee, die nichts Gutes verheißt. Sie ist da, um den Tod vorauszusagen – oder wenigstens einen großen Verlust.«

Ava war richtig froh, daß vor ihrer Tür noch keine Banshee geweint hatte.

Der Winter zog sich rauh und wolkenschwer dahin. Ava verließ nur selten das Haus und erwachte jeden Morgen aus Träumen, die wie Gewichte auf ihrer Brust lasteten.

Eines Abends, Ende Februar, hockte sie mit Padraig auf der Treppe vor der Küchentür, als der Eindringling in ihrem Leib strampelte. Erschrocken zuckte sie zusammen. Das Fremde, das unbefugt in ihr wohnte, wütete wie nie vorher.

Aus der Küche kam die Stimme Mrs. O'Downs, dann eine Antwort Deirdres. Während die Köchin Wachslichter drehte, Dunby in einem alten Chronicle las, Miss Conolly träumend ins Feuer starrte und die Mädchen Garn aufrollten, wärmte

Eileen, die Hände im Strang, zum zigsten Male Begebenheiten auf, die sich vor Monaten, wenn nicht vor Jahren, in den umliegenden Ortschaften zugetragen hatten. Der Diener Flint lag seit einer Stunde mit einer fiebrigen Erkältung im Bett, und auch der Gärtner hatte sich schlafen gelegt. Ein stiller Abend, ein Abend wie jeder andere.

Und doch spürte Ava so kriegerische, so vehemente Stöße in ihrem Bauch, daß es kein gewöhnlicher Abend mehr war.

Durch den Korridor blies Zugluft. Es dunkelte. Nur eine Kerze schuf angenehmes Zwielicht.

Und Padraig nannte Ava zum erstenmal beim Vornamen. Dann sagte er: »Sie sind das einzig Gute, das je aus England kam.«

Sie lächelte verwundert, er unsicher. Offenbar fehlten ihm die Worte, die er jetzt gern gefunden hätte.

Weil sie ihm einfach nicht einfallen wollten, fuhr er fort, von naßkalten Gruselnächten, Fässern, die allein bergauf rollten, und Feen, die seit Jahrtausenden im verborgenen wirkten, zu erzählen.

Erst zwei Wochen später gab Padraig zu, was er an jenem Abend angedeutet hatte: Er war Patriot, er wartete auf die Revolte. Sollte es je zu einem neuen Aufstand kommen, würde er sich sofort auf die Seite der Rebellen schlagen. Jeden Engländer, der das Land nicht freiwillig und endgültig verließe, würde er mit Wonne an den nächsten Galgen knüpfen. »Ich weiß, was ich bin!« sagte er düster. »Ich bin ein Leibeigener!«

Der Tag war windig. Ava saß neben dem trotzigen jungen Iren auf dem Kutschbock und schaute in die kalte Sonne. Sie befanden sich auf dem Weg nach Portmagee, einem kleinen Nest an der Küste; es war ein Fischerdorf mit nur zehn Häusern, einem Schmied, einem Seiler und einem Kramladen.

Ava wollte Stoffe kaufen – nicht für weitere Säuglingswäsche, sondern für sich selbst. In den letzten Monaten waren all ihre Sachen Inch für Inch weiter gemacht worden. Wenn sie den Feind endlich aus sich herausgepreßt hätte, wollte sie in einem Kleid mit enger Taille spüren, daß sie wieder ganz allein und völlig sie selbst war. Wie sehnte sie sich danach, schlank zu sein und in ein knappes Mieder zu passen! Etwas Neues mußte her! Und wenn es einen Souvereign kostete!

»Fahren Sie nach Portmagee«, hatte ihr sogar Mrs. O'Down zugeredet. »Manchmal braucht der Mensch eine kleine Freude. – Sie darf doch, Mr. Dunby?«

Bei jeder heftigen Erschütterung des Wagens, jedem plötzlichen Ruck, biß sich Ava auf die Unterlippe. Sie wünschte, das Kind, das sich so aufbegehrend in ihr regte, wäre tot. Jawohl: tot! Zur Hölle mit dem Bankert!

»Aber Irland hat die Ketten abgeworfen«, hörte sich Ava sagen. »Es schickt Abgeordnete ins Parlament und steht neben, nicht mehr unter England. Die Regentschaft der Hannoveraner zu akzeptieren fällt weiten Teilen des Königreichs, sogar den Royalisten, schwer – nicht nur euch.«

Gleichzeitig dachte sie: Und was ist, wenn wir beide überleben, das Balg und ich? Womöglich lächelten Aleisters Augen aus dem anderen Gesicht...

»Pah, die Hannoveraner, diese gierige Bande!« Padraig schnalzte dem Pferd zu. »Die Herren im Land sind weiterhin die Rotröcke. Das kann man drehen und wenden, wie man will. Die wenigen Iren, die im Parlament sitzen, befehden sich gegenseitig. Hier wird sich nichts ändern, solange fast das ganze Land in Händen der feinen Gentlemen ist, die ihre Titel, ihren Hochmut und ihren Empirestolz haben!« Während er verdrossen mit den Kiefern mahlte, ruhte Avas Blick auf den zur Küste hin steil aufsteigenden Hügeln.

»Ganz egal, was sie in London für Gesetze machen«, fing Padraig von neuem an, »wir zahlen den Zehnt und hungern dabei!«

»Das ist nicht wahr«, widersprach sie, weit weg mit ihren eigentlichen Gedanken.

Padraig hieb mit der Peitsche nach dem Pferd, das wiehernd seinen Trab beschleunigte.

»Doch ist es wahr!« rief er. »Was wissen denn Sie? Sie kennen nur Delarney House. Das ist nicht Irland! Mein Vater, ein Bauer, ein Melbourne-Pächter, lebt mit meiner Mutter, meinen sechs jüngeren Geschwistern und dem einzigen Schwein, das er besitzt, in einem Raum, der nicht größer ist als das Ankleidezimmer des Squires. Der Zehnt ist hart. Wenn die Bauern den Pachtzins abgegeben haben, bleibt ihnen manchmal so wenig übrig, daß sie sich verschulden müssen, um übers Jahr zu kommen. Und wo verschulden sie sich? Bei ihren Brotherren! So geraten sie in immer größere Abhängigkeit.
Die Absentee-Lords saugen das Land aus und schaffen, was es ihnen bringt, über den Kanal oder auf den Kontinent. Verstehen Sie das? Melbourne ist auch so einer. Kommt, wann er Lust hat, beschäftigt sich hauptsächlich mit seinen Pferden, will nicht gestört werden, prüft kurz die Bücher, die aber immer in Ordnung sind – dafür sorgen schon seine Sklaventreiber, egal, wer dabei Haus und Hof verliert! –, läßt alles seinen Verwalter machen und singt sich eins! Die Bauern kennen nur Mittelsmänner. Der Pachtherr selbst wird nie gesehen. Auch der Verwalter gibt unangenehme Aufgaben weiter. Jeder kauft sich Handlanger. Bis man sich nicht mehr auskennt. An die Schufte, die das Elend verschuldet haben und weiterverschulden, kommt unsereins nicht ran. Die sind ja nie hier. Die kriegt man nicht zu Gesicht. Es sind Fremde und werden immer Fremde bleiben. Aber ihnen gehört das Land. Es gehört ihnen, und alles andere ist Geschwätz!«
Mit den Häusern von Portmagee kam auch der Atlantik in Sicht. Von einem goldenen Schimmer überzogen, lag die blaue, leise Wellen schlagende See im Sonnenlicht. Auf der anderen Seite der Bucht wölbten sich die grünen Hügel von Valencia Island. Plötzlich schrie Padraig Ava an: »Gehen Sie einkaufen! Schauen Sie sich nach Tuch und feinem Linnen um und bleiben Sie, was Sie sind, eine hochnäsige, gelangweilte Engländerin!«
Er zügelte das Pferd. Der Wagen hielt. Roß und Ava schnaubten. »Für deine schlechte Laune kann ich nichts«, sagte sie.

»Natürlich nicht! Wofür könnt ihr überhaupt?«
Obwohl der Einspänner direkt vor dem Kramladen am Ortseingang stand, machte Ava keinerlei Anstalten, vom Kutschbock zu klettern. Sie schien auf etwas zu warten, auf eine Entschuldigung vielleicht, doch Padraig sah stur geradeaus und schwieg mit einem verbissenen Zug um den Mund.
»So kenne ich dich nicht«, gab sie zu.
Nach einer Stille, die beiden länger vorkam, als sie tatsächlich währte, fragte Padraig: »Warum sind Sie nicht in Ihrem Land geblieben?«
Auch sie richtete ihr Augenmerk auf die vor ihr liegende Dorfstraße. »Ich konnte nicht«, sagte sie.
»Wie?«
»Ich konnte nicht.«
Als sie die Röcke raffte und nach dem Korb griff, schluckte Padraig mühsam etwas hinunter. Leise, kaum hörbar, murmelte er: »Mein Bruder hat ein kleines Gehöft, drüben bei Waterville. Das heißt, er hatte eins. Er konnte den Zehnt nicht aufbringen. Da haben sie ihn mit Weib und Kind vor die Tür gesetzt.«
Die Sonne war gelb und der Himmel blau und das Meer noch viel blauer. Von diesem grellen Licht geblendet, kniff Ava die Augen zusammen. Sie war auf die mit Wolldecken gepolsterte Bank zurückgerutscht.
»Seit wann weißt du das?« erkundigte sie sich.
»Seit ich am Sonntag bei ihm vorbeischauen wollte und ihn nicht mehr antraf. Ich hatte eine Handvoll Äpfel, einen Sack Kohlköpfe und ein wenig Gebäck dabei. Mrs. O'Down steckt mir hinter Dunbys Rücken gelegentlich etwas zu. Gut ging's ihm ja nie, meinem Bruder. Aber jetzt ist er weg, und ich weiß nicht mal, wohin. Die Leute in der Nachbarschaft haben mir erzählt, was passiert ist. Der Hof steht leer. Sie werfen einen Bauern raus, weil er den Zehnt nicht entrichten kann, schaffen's aber nicht, einen neuen Pächter aufzutreiben, der in der Lage wäre, das Land zu bestellen. So ist das eben. Ein leerer Hof und eine Familie ohne Dach überm Kopf.«

»Wem gehört das Anwesen?«
»Wem wohl? Wer herrscht in Kerry?«
»Melbourne?«
»Melbourne.«
»Hm.«
»Und der ist in Dublin! Meine Rede! Die eigenen Hände macht er sich nicht schmutzig.«
Mit verschlossenem Gesicht schaute Padraig die Straße hinauf. Sie führte an einem Steinkai vorbei und war höchstens hundert Yards lang. Mit ihr endete das Dorf. Eine ungepflasterte Straße, auf der einen Seite zehn Häuser, auf der anderen eine schmale, kaum gesicherte Mole: Das war Portmagee.
Ein paar Fischer fuhren mit ihren Booten, den traditionellen Curraghs, Holzskeletten, die mit geteerten Tierfellen bespannt waren, aufs Meer hinaus. So geschah es seit Jahrhunderten. Das Handwerk, das die Söhne von ihren Vätern erbten, wurde Generation für Generation weitergegeben.
Drei ausgediente Kähne lagen modernd im nassen Sand. Ausläufer der Flut unterspülten sie. Auf einem Faß am Hafendamm kauerte ein zahnloser alter Mann mit ungepflegtem Bart. Er flickte ein Netz. Intensiv roch es nach Seetang und Fisch. Drei oder vier Möwen kreisten, laute Schreie ausstoßend, um Körbe und Kisten.
Vor dem Kramladen unterhielten sich zwei Frauen. Die eine schlug sich die Hand vor den Mund und lachte schrill, die andere, enorm dick und barfuß, konnte nicht aufhören, die schwangere Fremde auf dem Einspänner anzustarren.
Ava saß noch immer neben Padraig und betrachtete die niederen, krummen Steinhäuser mit den mangelhaft gedeckten Strohdächern. Nach einer Weile glitt ihr Blick aufs Wasser hinaus. Das gleißende Licht des Frühlings malte schillernde Mosaikmuster auf die Wellen.
»Was soll ich jetzt sagen?« fragte sie.
»Nichts«, entgegnete Padraig O'Conner. »Gar nichts.«

In der ersten Maiwoche kam Lady Melbourne mit den Kindern Fletcher und Maud, der Knabe acht, das Mädchen sechs Jahre alt, nach Delarney House. Laurabell war um die Dreißig, gut gewachsen und für den Geschmack ihrer Zeit eine Schönheit kurz vor dem Verblühen. Der etwas kindliche, trotzige Zug in ihrem Gesicht störte den angenehmen Gesamteindruck, ließ sie aber recht jung aussehen. Sie hatte braune Augen, ein feines Näschen, dunkelblondes, ihr Gesicht in ebenmäßigen Kringeln umrahmendes Haar, einen makellosen, nur von kleinen Fältchen durchzogenen Teint und einen fehlerlos geschwungenen Mund, so klein und einer Rosenknospe ähnlich, wie ihn Maler liebten.
Eine halbe Stunde lang stand Ava bei ihr im Großen Salon. Lady Melbourne hatte die Kinder mit der Nanny in den Park geschickt und sich in theatralisch hingegossener Pose auf der Chaiselongue ausgestreckt. Sie zeigte ein zuckrig-maliziöses Lächeln und verlor, als sie sich aufrichtete, den Anflug träger Sinnlichkeit, der sie sonst so reizvoll machte.
»Sie fühlen sich wohl bei uns? Das freut mich«, begann sie.
Ava, die in ein oder zwei Wochen niederkommen sollte, fiel jede Bewegung schwer. Überzeugt, nie vorher so häßlich gewesen zu sein, kam sie sich plump und unbeholfen vor.
Und da lag diese Frau, schlank, hübsch und manieriert, eine Frau, die sie »Mylady« nennen mußte und von der sie einfach mit Vornamen angeredet wurde.
»Sie müssen einen guten Eindruck bei meiner Cousine hinterlassen haben«, meinte Lady Melbourne. »Mrs. Dloughy hat sich sehr für Sie eingesetzt ... sehr, wirklich. Auch Dunby sprach lobend über Sie. Werden Sie uns erhalten bleiben, wenn das Kind geboren ist – was natürlich voraussetzt, daß Sie es in Pflege geben –, oder gedenken Sie, sich Ihrer Herkunft angemessen zu verändern?«
»Ich weiß noch nicht«, sagte Ava.
»Wenn Sie erwägen zu bleiben, erwarte ich, daß Sie jede nur denkbare Verbindung zu Ihrem Kind vollständig abbrechen. Delarney House ist schließlich kein Heim für ledige Mütter.«

Wieder dieses zuckrige, unechte Lächeln! »Sehen Sie, meine Bereitschaft, Sie hierzubehalten, ist bereits ein Zugeständnis.«

»Natürlich«, sagte Ava.

»Dann verstehen wir uns. Gut. Ach ja, noch etwas: Ich wünsche keine Geschichten auf Delarney House.«

Viel Zeit, Geschichten zu haben oder sie zu machen, gab es ohnehin nicht mehr; Lady Melbournes Anwesenheit brachte die ganze Hauswirtschaft durcheinander.

»Als wäre die Königin im Gefolge des gesamten Hofstaats angereist!« stöhnte Eileen.

Das »Gefolge« bestand aus den beiden Kindern, deren Nanny, einer Zofe und einer Gesellschafterin.

Gesellschafterin und Zofe gelang es innerhalb von zwei Stunden, sich den Unmut des übrigen Personals zuzuziehen. Da beide weder nach oben noch nach unten gehörten, knicksten sie vor Mylady, taten in der Küche jedoch äußerst etepetete, um damit zu demonstrieren, daß sie nur das Beste vom Besten gewohnt waren, Delarney House aber nur mit dem Zweitbesten dienen konnte. Dunby wagte nicht, sie in die Schranken zu weisen, denn Lady Melbournes Zorn war gefürchtet.

Im Haus herrschte mittlerweile ein reges Auf und Ab. Keinen Moment gab es Ruhe. Alle fünf Minuten zerrte jemand an der Klingel. Der Gesellschafterin paßte es nicht, daß sie auf Mandelplätzchen verzichten mußte, die Kinder machten einen Heidenlärm, zerschlugen eine wertvolle China-Vase und wüteten in drei Räumen wie die Kavallerie vor Waterloo, die Nanny läutete aus Hysterie, weil sie kaum mit dem Mädchen und schon gar nicht mit dem Knaben fertig wurde, und Lady Melbourne ergab sich hemmungslosen Launen. Zuerst wollte sie dies, dann das und schließlich etwas ganz anderes. Obwohl sie die komplizierten Speisenfolgen selbst zusammenstellte, stocherte sie nur lustlos in den Mahlzeiten herum. Mrs. O'Down schwitzte über französischen Rezepten, die ihr Dunby vorlesen mußte, und bekam die gebackenen, gedünste-

ten oder pürierten Kostbarkeiten so, wie man sie hinaufgetragen hatte, wieder zurück.
»Abräumen! Abräumen!« befahl Lady Melbourne allenthalben. Ihre eigenartigen Gelüste gipfelten in dem Ausruf: »Was, kein Champagner im Haus? Mein Gott!«
Derweil rissen die Kinder in ihren Zimmern die Vorhänge herunter. Sie wollten »Königliche Hochzeit« spielen und benötigten Utensilien, die sie als Schleppe, Hermelinmantel und roten Teppich verwenden konnten.
»Ich würde den Rangen ein paar verpassen!« empörte sich Deirdre, als sie einen Tischkandelaber aus Rosenquarz in Scherben in die Küche trug. »Aber Mylady sagt einfach zur Nanny: ›Sorgen Sie für Ruhe!‹ Die Nanny ist kurz vor dem Heulen. Hoffentlich kommt Lord Melbourne bald. Der zieht *honourable* Fletcher die Ohren lang, schaut die Kleinen einmal streng an, und schon ist es still im Haus!«
Ava blickte auf ihren geschwollenen Leib nieder. Viel Geduld hatte sie nicht mehr.

Sie gebar am zweiundzwanzigsten Mai anno 1819.
Die Wehen der ersten fünf Stunden ertrug sie, ohne einen Laut von sich zu geben. Dann begann sie zu weinen und zu schreien. Sie schwitzte sich naß und flehte um ein Ende – egal, um welches.
Das Kind wehrte sich und wollte nicht kommen.
Also holte man die Hebamme aus Portmagee. Sie war rund wie ein Faß, schwammig und kurzatmig und hatte Ava schon einmal gesehen: vor dem Kramladen, auf dem Kutschbock neben Padraig.
»Das Becken ist zu eng«, stellte sie fest. »Ja, mein Kind, das wird schwierig.«
Ava biß sich in die Fingerknöchel. Das Fremde in ihr versuchte, sie umzubringen. Es zerriß ihr die Eingeweide, drückte ihr den Magen bis zu den Lungen hoch und nahm ihr die Luft. An einen gleichmäßigen Atemrhythmus, wie ihn die Hebamme anmahnte, war gar nicht zu denken. Es gab nur noch diese Schmerzen, diese furchtbaren Schmerzen.

Bestimmt mußte sie sterben. Es war ihr nicht gelungen, das feindselige Etwas in ihrem Leib zu besiegen. Statt dessen hatte sie es gemästet und neun Monate lang für diesen letzten Kampf stark gemacht: mit Honigbroten, Milch, Teekuchen und Bergen von Kartoffelpudding.

Draußen fuhr ein Wagen vor.

»Zwei Schimmel«, sagte die Hebamme bewundernd. Sie war ans Fenster geeilt und schaute auf den Vorplatz hinunter.

»Der Herr! Der Herr ist da!« schrie Deirdre durchs ganze Haus. Während Eileen die Schürze wechselte und Flint die Knöpfe an seiner Livree blankrieb, ordnete Dunby ein Empfangsspalier und Zurückhaltung an.

»Sie müssen pressen!« befahl die Hebamme, ehe sie in ein Stück Sandkuchen biß. »Verstehen Sie mich: pressen!«

Ava hatte keine Kraft mehr. Sie ließ sich von den Wehen schütteln, die in immer neuen Wellen und kürzeren Abständen über sie hereinbrachen. Der Feind in ihrem Bauch kämpfte wild um sein Leben und versuchte, das ihre auszulöschen.

»Ist es immer noch nicht da?« fragte Mrs. O'Down, die auf Zehenspitzen ins Zimmer trat. Da sie alle Treppen und Stiegen in einem Anlauf heraufgestapft war, keuchte sie vor Anstrengung. Sie brachte eine neue Schüssel mit heißem Wasser und saubere Tücher. Nach einem besorgten Kopfschütteln ging sie wieder hinunter.

Ava hielt sich an den eigenen Knien fest und glaubte, vor der Tür die Banshee weinen zu hören. Das Haar klebte ihr in nassen Strähnen im Gesicht. Sie hatte sich die Lippen blutig gebissen und die Finger so tief ins Matratzenstroh gebohrt, daß ihr sämtliche Nägel gebrochen waren. Ihr Körper zuckte ohne ihr Zutun. Schweißströme rannen ihr über Hals und Schultern.

Auf einmal durchschnitt sie eine nach unten ziehende Bewegung. Sie bäumte sich auf, wollte schreien, krächzte bloß, riß Mund und Augen auf, fühlte, daß sich etwas aus ihr herausdrehte – und war frei!

Zwischen ihren gespreizten Beinen lag ein von dunkelroten Schlieren verklebter, schrumpelhäutiger Säugling.
Es war ein Knabe.
Die Hebamme griff nach ihm, nabelte ihn ab, hob ihn hoch und gab ihm einen Klaps.
»Um Gottes willen!« murmelte sie.
Schwer atmend ließ sich Ava in die Kissen zurückfallen. Es war vollbracht.
Wie aus weiter Ferne hörte sie, daß die Hebamme dem Kind ein zweites und ein drittes Mal auf den Hintern schlug.
Sie lauschte, doch es blieb still.
Lächelnd schloß sie die Augen. Sie hatte gewonnen. Der Knabe war tot.

Elftes Kapitel

Der Frühling brachte Leuchtfarben. Überall blühten die Rhododendren. Die flachen, kräftig ergrünten Hügel wellten sich unter gleißendem Sonnenlicht, klar weißen Wolken und einem schier unerträglich blauen Himmel. Das Land wurde eine einzige, saftige Weide, auf der Rinder und Schafe grasten.

Ava hatte Delarney House noch nicht verlassen. Da sie sich nur langsam erholte, kam ihr die Vorstellung, in ihrem desolaten Zustand eine Reise anzutreten, reichlich absurd vor. Sie war ja bereits völlig erschöpft, wenn sie zu schnell eine Treppe hinauflief.

So wurde es Juni.

Weiterhin nahm man ihr alle schweren Arbeiten ab. Sie mußte nicht waschen, keine Torfkisten schleppen und keine Fenster putzen. »Ich mach' das schon!« erbot sich Eileen mit einem scheuen Lächeln. Und Mrs. O'Down sagte: »Schon schlimm, wenn man zuerst den Mann verliert und dann eine Totgeburt hat.« Jeden Tag kochte sie Ava einen dicken Grießbrei, den sie mit viel Zucker und Zimt süßte. Dazu gab's Kompott aus eingeweckten Kirschen oder Holunder.

Als Ava vollständig wiederhergestellt war, entfaltete der irische Sommer seine ganze Pracht. Nun blühten die Fuchsienhecken. England konnte warten; was sie dort anfangen sollte, wußte Ava sowieso nicht. Sie wollte kein zweites Mal ins kalte Wasser springen. Also zögerte sie.

Es ging ihr gut. Sie hatte ein Dach über dem Kopf, ein warmes Bett, zu essen und zu trinken, einen Lohn von zwei Pfund und drei Shilling im Jahr und von ihr selbst als durchaus zumutbar empfundene Pflichten. Mochte auch ein Tag wie der andere sein, so barg diese Berechenbarkeit, die jeder Aufregung entbehrte, einen gewissen Trost. Eine Rückkehr nach England hätte neue Mühsal, Sorgen und Beschwernisse bedeutet und einen klugen Plan erfordert. Natürlich wußte Ava, daß sie ihr Leben nicht als Dienstbotin auf Delarney House beschließen konnte, doch im Sommer des Jahres 1819 fiel ihr nichts Besseres ein.

Die Steinbrücke eine halbe Meile hinter dem Park war Avas Lieblingsplatz. Sie lag in einer Senke, führte über einen munter dahinplätschernden Bach und war von Holunderbüschen, Johannisbeersträuchern und Heckenrosen umwuchert. Auch Padraig fand oft den Weg dorthin. Wenn er sich nicht über die englischen Unterdrücker, die Rotröcke, erregte, war er ein Gefährte, wie sie sich keinen angenehmeren wünschen konnte: klar, ohne Arglist, voller Einfälle, zwar nicht bücherklug, aber verständig und meistens gut aufgelegt. Obendrein verfügte er über ein Talent, das nur wenigen Menschen gegeben war: Er stimmte Angus Cheltenhams Tochter heiter. Unbedeutende Ereignisse schmückte er mit komischen Pointen aus. Wenn er die Bewohner von Delarney House parodierte, mußte Ava lachen.

Daß sich die beiden häufig an der Steinbrücke trafen, blieb nicht lange ein Geheimnis.

»Wo ist Paddy? Ich brauche ihn«, sagte der Gärtner eines schönen Nachmittages.

»Weg«, antwortete Flint mit einem gewissen Grinsen.

»Wieso weg?« fragte Dunby.

Rasch kam es von Mrs. O'Down: »Er mußte zum Gestüt, um das ausgebesserte Kutschgeschirr abzuholen.«

Eileen zog einen Mundwinkel hoch.

»Das hat er schon gemacht. Das Zaumzeug hängt seit einer Stunde in der Sattelkammer. Ich hab' Paddy auch schon gesucht und bin deshalb dort gewesen. – Die Cheltenham braucht übrigens recht lange, um drei Tischtücher in die Sonne zu hängen.«

Deirdre gluckste, und auch Miss Conolly begann zu kichern. »Eigenartig, Paddys Geschmack«, meinte Flint. Ehe er zum Eimer griff, um Wasser vom Brunnen zu holen, kniff er Eileen in den Hintern.

Dunby betrat eilig die kleine Kammer, die die anderen spöttisch »Butlerkemenate« nannten, angeblich, um sein Jackett zu wechseln. In Wahrheit wollte er nicht in die Verlegenheit kommen, zuviel zu erfahren. Da ihm die Aufsicht über Sitte und Anstand auf Delarney House oblag, wünschte er nicht mit Sachverhalten belästigt zu werden, die sein Eingreifen erforderlich gemacht hätten. Wegzuhören war ihm in Fleisch und Blut übergegangen.

Seit Lady Melbourne nach einem heftigen Streit mit ihrem Gatten die Kinder in der Kutsche verstaut hatte und mitsamt der Zofe, der Nanny und der Gesellschafterin nach Dublin zurückgefahren war, schien der Landsitz im Westen wieder still vor sich hinzudösen.

»Der Herr« galt, laut Mrs. O'Down, als »gut zu haben«. Er ließ sich am frühen Morgen von Padraig sein Pferd übergeben, ritt sofort zum Gestüt hinüber und blieb dort den ganzen Tag. Nur selten brach er zu Inspektionen bei seinen Pächtern auf, und noch seltener empfing oder machte er Besuche. Gesellschaftsfähige Nachbarn waren ohnehin rar. In Kerry fand Lord Melbourne höchstens auf Luckross Park, drüben bei Killarney, seinesgleichen. Ein weiter Weg. Auf Delarney House mußte man bloß für sein Frühstück und sein Dinner sorgen, ihm zuweilen ein Bad bereiten, darauf achten, daß die Sherry- und Portweinkaraffen im Großen Salon und im Herrenzimmer stets gut gefüllt waren, und ihm alle drei Tage frische Wäsche in den Ankleideraum legen. Seinen Kammerdiener hatte er nämlich in Dublin gelassen – sehr zum Mißfallen seiner Frau, die ihm ständig vorwarf, ein richtiger Landadeliger geworden zu sein.

Da er als Pferdenarr bekannt war und jeden Abend penetrant nach Stall roch, unterschied er sich durchaus von anderen Grundbesitzern. In der Kutsche fuhr er nur vor, wenn ihn die

Umstände dazu zwangen. Am liebsten ritt er auf seinem Rappen alle Wege selber. Er versäumte keinen Pferdemarkt in County und war einmal sogar bis nach Sligo hinaufgejagt, um sich eine berühmte Stute anzusehen.

Unter einem solchen Herrn gab's für Padraig nicht viel zu tun. Ihm waren ja nur die Kutschgäule anvertraut. Einmal im Jahr mußte er zwischen sechs und acht Wochen lang auch den Hengst des Squires betreuen. Die beiden Rösser, die ihm dauernd unterstanden und im Stall hinter dem Haus, direkt neben dem Wagenschuppen, gehalten wurden, waren schnell versorgt, die zwei Kutschen der Herrschaft, eine offene und eine geschlossene, so selten in Benutzung, daß es im Grunde nur den Einspänner zu warten galt; anfallende Besorgungsfahrten waren rasch erledigt.

So kam es, daß man Padraig stundenlang Mundharmonika spielen hörte. Wurden kräftige Hände gebraucht, rief man ihn. Er war das Mädchen für alles. Meistens half er jedoch dem Gärtner. Daß er sich als »Wagenmeister« auszugeben pflegte, entsprang seinem Bedürfnis nach persönlicher Wichtigkeit; sein offizieller Rang dagegen war der eines Stallknechts.

Frei wie kein zweiter seines Standes, haßte Padraig dennoch seinen Herrn.

»Ich weiß nicht, warum du immer so schlecht von Melbourne sprichst«, meinte Ava. »Er behandelt dich gut. Bei der übrigen Dienerschaft ist er beliebt.«

»Sagen wir: Er ist nicht verhaßt. Eileen würde ihm natürlich die Füße küssen. Ich behaupte, daß er mich weder gut noch schlecht behandelt. Er merkt gar nicht, daß es mich gibt. Er sieht niemanden. Er sieht nur die Handreichungen, die man für ihn tut. Wenn man ihn grüßt, schaut er nicht einmal hoch. ›Paddy hier, Paddy da‹, das kann er sagen. Aber er weiß kaum, wie ich aussehe.«

»Muß er das wissen?« fragte Ava.

Als sie am Nachmittag mit Eileen vor dem Haus Teppiche klopfte, war ihr auf einmal ganz sonderbar zumute. Was ihnen

Flint, der gerade vorbeiging, zurief, hörte sie nicht. Und plötzlich lächelte Aleister, ein Schemen, vielleicht hervorgerufen durch das Spiel des Lichts, aus dem Teppich, in den er hineingebrannt schien.
Ava und Eileen schlugen abwechselnd zu. Einmal traf der Klopfer der einen, einmal der der anderen.
»Sie haben heute aber eine Kraft!« wunderte sich Eileen.
Da verschwand Aleister.
Das Land blühte, und Ava trank den Sommer.
Wenn sie an der Steinbrücke auf Padraig wartete, wilde Beeren pflückte oder zu einem einsamen Abendspaziergang in die untergehende Sonne aufbrach, überlegte sie, was werden sollte. Natürlich hatte sie bereits des öfteren erwogen, sich in London als Gesellschafterin zu verdingen. Das war naheliegend und im Rahmen ihrer Möglichkeiten. Allerdings scheute sie die Gefahr, Aleister, Jonathan und Sir Quentin wieder zu begegnen. Was die drei von ihr dachten, war ihr ganz und gar nicht einerlei. In Irland, fernab derer, die sie kannten, zur Dienstbotin erniedrigt zu sein, nahm sie inzwischen mit Gleichmut hin; unvorstellbar jedoch, in England devot »Sehr wohl, Mylady« zu sagen! Ava drehte sich im Kreis. Was sie konnte, wollte sie nicht, was sie wollte, konnte sie nicht. Warum war ihr Vater bloß so ein Tölpel gewesen?
Gleichwohl träumte sie von Bristol und dem Verlorenen. Sie träumte davon, noch einmal ein Kind zu sein und durch das große, lichte Stadthaus zu tollen, im Badezimmer und im Boudoir ihrer Mutter nach neuen Düften zu fahnden und neben Angus, dem Bankrotteur, der damals noch keiner gewesen war, am Flügel zu sitzen.
Einmal wieder, nur für eine Stunde, Haydn hören! Eine Tastatur unter den Fingern spüren, sich am eigenen, kühnen Spiel berauschen, fortfliegen auf Tönen! Und im Großen Salon von Delarney House stand dieses wunderbare Barockklavier, das sie nicht anzurühren wagte!
Sicher war es verstimmt – unerträglich vermutlich. Schließlich spielte nie jemand darauf. Keine sehr musikalische Fami-

lie, diese Melbournes. Nicht einmal die Kinder erhielten Klavierstunden.
Wie konnte man auf einem herrschaftlichen Landsitz, der zwar ohne überwältigende Pracht auskam, aber eine durchaus ansehnliche Bibliothek, Rosenholzmöbel, Regency-Interieur und sogar einen persischen Teppich beherbergte, gänzlich auf Musik verzichten? Ava begriff es nicht.
Auch um olfaktorische Genüsse war es eher bescheiden bestellt. Auf Lady Melbournes Frisiertisch fanden sich nur drei Parfumflakons. Eines enthielt das obligate Rosenwasser, das zweite einen Moschusextrakt und das dritte ein französisches Eau de Toilette, das süßlich nach einem Blumenbukett – viel zuviel Veilchen! – und einem Schuß Ambra roch. Nichts Großartiges also.
Trotzdem mußte Ava immer wieder an den Fläschchen schnuppern. Besser als nichts! Ihre Erinnerungen dufteten allerdings dreimal so wunderbar. Da war ihre Kindheit in Bristol, die das Essenzenmeer ihrer Mutter barg: Bergamotte, Limonen, Lavendel, Jasmin, Oleander, Orangenblüten ... ein Paradies der Vielfalt! Und es gab Blair Manor, das Sandelholz, Minze und Zimt hieß.
In späteren Jahren sollte Delarney House in Avas Gedächtnis als ein Geruchsgemisch aus Frischgebackenem, Bratenkrusten, Vanille, heißer Milch, Grießbrei und Schmalz hervortreten. Parfumwolken fehlten.
Einmal bekam der Herr für drei Tage Besuch aus Luckross Park. Ein Freund, pferdebesessen wie er selbst, reiste mit seiner dreizehnjährigen Tochter und seiner in Maiglöckchenschwaden gehüllten Gattin an. Ava war irritiert. Ihre Nasenflügel bebten vor Erregung; dabei hatte sie dem Aroma von Maiglöckchen nie etwas abgewinnen können.
Als im Großen Salon geklingelt wurde, wollte sie freiwillig nach oben gehen. Doch Dunby winkte ab. Er zog sich weiße Handschuhe über, schlüpfte in den weinroten, schwarzbetreßten Rock seiner Livree, zu der ferner Schnallenschuhe, rote Strümpfe, schwarze Kniehosen und eine rote Weste ge-

hörten, und wies das zweite Hausmädchen in die Schranken: »Wir haben Gäste, Mrs. Cheltenham.«

Also setzte sie sich wieder hin und widmete sich dem Silberbesteck, dessen reichverzierte Teile sie seit einer halben Stunde polierte. Natürlich wußte sie, daß sie die herrschaftlichen Räume nur betreten durfte, wenn nach ihr verlangt wurde, was nie vorkam, oder Seine Lordschaft ausgeflogen war.

Ihr blieb der Salzgeschmack der Seeluft und der zarte Duft der Heckenrosen, die bei der Steinbrücke wuchsen.

Einmal versuchte sie, beim Krämer von Portmagee eine parfümierte Seife zu erstehen. Da sie ob dieses Ansinnens nur verdutzte Blicke erntete, beschränkte sie sich darauf, gemäß ihres Auftrags, Wachs und Dochte zu kaufen.

Padraig wartete an jenem Tag mit dem Wagen auf sie. Als sie ihm von ihrem gescheiterten Vorhaben erzählte, schüttelte er sich vor Lachen. Ein paar Tage später kutschierte er nach Waterville – angeblich, um Briefpergament für Lord Melbourne zu besorgen.

»Eigenartig«, sinnierte Mrs. O'Down. »Mr. Dunby hat kein Wort über irgendwelches Briefpapier verloren.«

Nun: Dunby war ahnungslos und wurde auch nicht unterrichtet. Dafür suchte Lord Melbourne ausgerechnet an diesem Tag nach seinem Stallknecht. Er brauchte ihn für eine Kurierfahrt hinüber nach Luckross Park.

Da Padraig nicht aufzutreiben war und keiner etwas über seinen Verbleib wissen wollte, erledigte Lord Melbourne die Sache selber. Am Abend brach ein großes Donnerwetter über Padraig herein. Der Herr schloß seinen Zornesausbruch mit der Drohung: »Wenn so etwas noch einmal passiert, bist du Knecht auf Delarney House gewesen. Sei froh, daß ich dich nicht gleich davonjage!«

Eine halbe Stunde später saß Padraig mit Ava auf der Treppe vor der Küche. »Ich könnte ihn erschlagen!« fauchte er.

Dann wurde er merkwürdig still. Sein Schweigen schien verlegen, nicht verdrossen. Ava sah, daß er ein kleines Päckchen aus der Hosentasche zog.

»Hier. Für dich«, sagte er.
Überrascht nahm sie an sich, was er ihr in die Hand drückte. Während sie das Papier aufriß, spürte sie, daß Padraig sie mit glitzernden Augen beobachtete. Die goldenen Kügelchen tanzten wieder. »Aber...« fing sie an. Er hielt ihr einen Finger vor die Lippen und schielte zur Küchentür. Es kam jedoch niemand.
Das Präsent war ein Fläschchen Nelkenöl. Padraig mußte ein Vermögen dafür bezahlt haben!
»Das geht nicht!« protestierte Ava.
»Doch«, sagte Padraig, und schon versuchte er, sie zu küssen. Sie drehte den Kopf zur Seite, sein Mund traf ihren Hals – und Alcister, das Gespenst der Erinnerung, stand plötzlich neben ihr und grinste. Ava erkannte den silberhellen Glanz dämonischer Lust in seinen Augen, mußte schlucken, merkte gar nicht, daß Padraig zurückfuhr, fühlte, wie spitze Zähne in ihren Hals schlugen, unterdrückte einen Aufschrei und stürzte in die Küche.
Am anderen Morgen fand zu Lord Melbournes Abschied die Zeremonie des Spalierstehens statt. Dunby half dem Herrn von Delarney House in den Reisemantel, Flint stand mit unbewegter Miene daneben, und Mrs. O'Down und die Mädchen sanken knicksend in die Knie.
Nur Ava hielt den Kopf aufrecht. Sie schaute Lord Melbourne, dem sie nie vorher so nah gewesen war, zum erstenmal richtig an und sah einen sehr großen, sehr männlichen Mann mit einem markanten, tief gebräunten Gesicht, einem schwarzen Bärtchen, schwarzen Augen und schwarzem Haar. Wäre nicht etwas Frostkaltes, sonderbar Starres von ihm ausgegangen, hätte er ein Zigeuner sein können. Sein Blick war irgendwo und nirgends – verloren, bitter, hart oder einfach leer. Auch an Dunby, an den er ein paar freundliche Worte richtete, sprach er mehr oder weniger vorbei. In seinen Höflichkeitsfloskeln schwang eine Geringschätzung, die jedoch nicht den Butler persönlich zum Ziel hatte. Vielmehr war es eine Art Weltverachtung, die über den Augenblick und die Menschen, denen sie sich zeigte, hinausreichte.

Später, in der Küche, schwärmte Eileen: »Ein außergewöhnlicher Mann!«
»Allein, wie er geht!« gab Deirdre ihr recht.
»Ach was!« brummte Mrs. O'Down.
Flint behauptete: »Er hat zwei scharfe Furchen um den Mund. Mit so einem ist nicht gut Kirschen essen.«
Da Lord Melbourne die Kutsche, mit der er gekommen war, dem Troß seiner Frau zur Verfügung gestellt und sich beim Einreiten einer jungen Stute eine Beinverletzung zugezogen hatte, derentwegen er sich nur unter Schmerzen längere Zeit auf einem Pferd halten konnte, ließ er sich von Padraig in einem Delarney-Wagen nach Dublin fahren und behielt aus einer Laune heraus seinen aufsässigen »Wagenmeister« gleich drei Wochen dort.
Ava fand das keineswegs bedauerlich. Seit ihr Freund, der Clown und Geschichtenerzähler, auf die Idee gekommen war, ihr Nelkenöl zu schenken, hatte sich einiges verändert. Und England war so weit...
Es wurde Herbst.
Die Grillen hörten zu zirpen auf, Stürme fegten über das Land, ein Regenschauer löste den anderen ab, und dunkle Wolkenberge türmten sich über den Hügeln.
Als Padraig zurückkehrte, war Ava befangen. Drei Tage gingen sie einander aus dem Weg. Am vierten begegneten sie sich bei Einbruch der Dunkelheit im Korridor zwischen Küche und Bügelzimmer.
»Bist du mir böse?« fragte Padraig. Offenbar in der Absicht, ein längeres Gespräch zu führen, setzte er sich auf die unterste Treppenstufe. Ava blieb stehen. Sie sah auf die Kerze nieder, die sie mit beiden Händen hielt, und sagte: »Aber nein.«
»Warum bist du dann weggerannt?«
»Weil ich nicht wollte, was du wolltest.«
In der Küche wurde gelacht. Padraig stieß schwer den Atem aus. Er beugte sich vor, stützte die Ellbogen auf die Knie und den Kopf auf die Hände und sah aus, als kämpfe er mit den

Tränen. Ava trat zu ihm hin und nannte ihn beim Namen. Als sie die Kerze an seinem Gesicht vorbeischwenkte, um zu prüfen, ob seine Augen feucht waren, hatte sich der Kobold in einen Pierrot verwandelt. Worte, vor fünf Minuten gedacht und eigentlich längst verworfen, bebten in die zärtlich-traurige Stille: »Ava, heirate mich!«

Ganz vorsichtig legte sie eine Hand in sein festes, rotes Haar, das sich vertraut anfühlte, obwohl sie es nie vorher berührt hatte. Dann sagte sie: »Nein.«

Er griff nach ihrem Gelenk, riß ihre Finger von seinem Scheitel und umklammerte sie. »Warum nicht?«

»Ich bin nicht dafür gemacht.«

»Was?«

»Ich bin nicht gemacht, um zu heiraten.«

»Das ist es nicht!«

Langsam entzog sie ihm ihre Hand.

»Sei mein Freund«, bat sie leise.

Sie blickte auf ihn nieder, er zu ihr empor. Es war ein Kräftemessen, ein Ringen um bereits Entschiedenes. Keiner wollte zuerst aufgeben. Plötzlich schnellte Padraig in die Höhe, stieß Ava fast um. Etwas Wildes, Unbeherrschtes hetzte ihn die Treppe hinauf.

Der Herbst fuhr über das Land und brachte den Winter mit. Gewitterschauern gleich strömte der Regen vom Himmel. In den Niederungen lagerten schwere Nebelfelder. Es wurde kalt und trostlos. Die Wolken sanken so tief, als wollten sie die Erde berühren.

Weiterhin hielt Ava den Südflügel und die Wohnräume im Erdgeschoß sauber. Wenn sie sich vor einem der vielen Spiegel die Haube zurechtrückte, sah ihr ein Gesicht entgegen, das weder hübsch noch reizvoll war und allzu früh die Spuren der Zeit trug. Sie war neunzehn Jahre alt und hatte bereits zwei schmale Linien um den Mund. Ihr Körper war mager geblieben; man mochte ihm die zurückliegende Schwangerschaft nicht glauben.

Die Leichtigkeit des Frühlings war dem Übermut des Sommers und schließlich dem Welken des Herbstes gewichen. Jetzt, im Winter, erstarrte auch der letzte Lebensfunke; was aufgeflackert war, erlosch. Ava entsann sich der Nachmittage, die sie mit Padraig an der Steinbrücke, und der Abende, die sie mit ihm auf der Treppe vor der Küche verbracht hatte, und es war, als habe es sie nicht gegeben. Der, den sie für ihren Freund gehalten hatte, lachte wieder mit Eileen und Deirdre. An ihr, der Dame mit den feinen Händen, blickte er vorbei.

Gesellschaft leistete ihr nur ein neuer Wahn. Der Tod des Knaben hatte ihr eine Angst genommen und eine andere hinterlassen. Während der ersten, feuchtkalten Monate des neuen Jahres wurde diese Angst zu einem bleischweren Druck hinter ihrer Stirn. Wenn sie aus schweißtreibenden Nachtmären hochschreckte, war sie überzeugt, das Kind, das nie geatmet hatte, zu sich sprechen zu hören. Es sagte: »Ich bin hier. Ich warte. Du hast mich nicht vernichtet. Ich werde in dich zurückkehren!«

So allein, wie sie es ihr Leben lang gewesen war, spürte Ava, daß sich ihre Einsamkeit mit der Angst vermählt hatte. Die Leute, mit denen sie frühmorgens aufstand und abends zu Bett ging, blieben gesichtslos, und das Land schien ihr so feindselig gesinnt, als habe es nie geleuchtet.

Wenn sie Äpfel aus dem Obsthaus holte, wenn der Wind unter ihre Kleider fuhr und ihre Röcke bauschte, wenn eine Krähe auf einem kahlen Ast saß und auf sie niederkrächzte, wenn in den Baumwipfeln nackte Zweige wie Gerippe gegeneinanderschlugen und der Salzgeruch der Luft einen bitteren Geschmack an ihrem Gaumen hinterließ, geschah es, daß sie die Augen schloß und sich wünschte, im Musikzimmer in Bristol zu sitzen und auf einer schauerlichen Klangreise durch dunkle Schimären zu sein, von der sie, sobald sie die Lider hob, zurückkehren würde. In den Nächten hörte sie die Banshee weinen.

Doch schließlich kündigte sich ein neuer Frühling an. Ava lebte auf. Sie vergaß, daß sie sich nach den Wäldern und dem milden Licht des englischen Südens sehnte.

Als sie an einem Tag im Mai mit Eileen und Deirdre frischgewaschene Laken und Bettücher zum Bleichen in die Sonne legte, fuhr Padraig mit dem Einspänner nach Luckross Park, um Lord Melbourne, der dort drei Tage Zwischenstation gemacht hatte, abzuholen.
»Der Herr« kam allein. Es hatte nicht den Anschein, als würde ihm seine Familie folgen.
»Dieser Sommer verspricht einen Skandal!« kicherte Deirdre, und Eileen stieß sie in die Seite.
Sonderbarerweise gaben sich in diesem Jahr die Besucher auf Delarney House die Klinke in die Hand. Daß »der Herr« Wert auf Geselligkeit legte, war neu. Eine Handvoll Gäste blieb gar vier Wochen lang; Dunby mußte an einem einzigen Abend drei Flaschen Portwein, eine Flasche Whiskey und eine Flasche französischen Cognac servieren. In den oberen Räumen wurde gefeiert, gezecht und gelacht. Irgend jemand spielte sogar miserabel Klavier. Ava zog eine Braue hoch. Musik um den strengen, kalten Melbourne, der obendrein lachen konnte?
»Die Gäste sind Tarnung, und die Gregory ist seine Geliebte«, behauptete Deirdre. Natürlich verbot ihr Dunby den Mund.
Wenn die ganze Gesellschaft ausfuhr, saß Lord Melbourne, der doch so ungern in eine Kutsche stieg, neben Margaret Gregory, einer etwas farblosen jungen Schönen, von der es hieß, sie habe das Undenkbare gewagt und ihren Mann verlassen, um zu ihrem Vater nach Luckross Park zurückzukehren. Melbourne machte keinerlei Hehl daraus, daß er gern mit ihr allein war.
»Sie reden nicht viel«, erzählte Padraig, der die beiden spazierenfahren mußte.
Da stets weitere Gäste auf Delarney weilten, fehlte der neuen Liebschaft des Hausherrn jene letzte Pikanterie, die unerhört genug gewesen wäre, den von Deirdre prophezeiten Skandal auszulösen.
»Ich würde zu gern wissen, ob er des Nachts in ihr Zimmer huscht!« seufzte Eileen.

Im Juli erschien der gut dreißig Jahre ältere Gatte der liebreizenden Margaret. Er gab Delarney House zwei Tage die Ehre, brachte einen Toast auf Lord Melbourne aus, reiste wieder ab und nahm seine Angetraute mit.

Langsam fanden die Lustbarkeiten ein Ende. Auch die Gäste, die von weit her gekommen waren, zerstreuten sich in alle Winde. In dieser Zeit begannen Padraig und Ava wieder miteinander über die Wiesen zu schlendern. Sie saßen zusammen im Gras, besprachen die kleinen Vorkommnisse des Alltags und taten, als sei es nie anders gewesen. Es war, als kehre ein vergangener Sommer zurück.

Einmal legte Padraig den Kopf in Avas Schoß. Als er ebenso scheu wie spitzbübisch zu ihr emporlächelte und goldene Kügelchen in seinen Augen flirrten, nahm sie eine Blume und zeichnete mit ihr sein Profil nach.

»Du bist eine Fee«, sagte er.

Da zuckte Ava zusammen. Sie sah, daß er fragend die Stirn runzelte, und bemühte sich um ein Auflachen.

An einem besonders warmen Hochsommertag stahlen sie sich in der Mittagshitze zur Steinbrücke. Sie ließen sich im Schatten der rundbogigen Pfeiler nieder und erörterten Dunbys Trinkgewohnheiten. Während Bienen um die Holunderbüsche summten, schilderte Padraig, wie er den noch vom Rausch der Nacht benommenen Butler am Morgen im Weinkeller gefunden hatte. Plötzlich legte Ava den Kopf an seine Brust. Sein Herzschlag pochte gegen ihre Schläfe.

Wenig später küßten sie sich.

Und der Earl of Barrington lehnte in lässiger Haltung, nur in einem weißen Hemd, grünen Pantalons und schweinsledernen Stulpenstiefeln, an der Brückenmauer und amüsierte sich.

Auf dem Rückweg zum Haus schwiegen alle drei. Padraig faßte ab und zu nach Avas Hand. Er war beglückt. Erregt und bemüht, diese Erregung zu verbergen, vermochte er gar nichts zu sagen. Da Ava Aleister deutlich sehen konnte, fürchtete sie fast, Padraig bemerke ihn auch. Doch Padraig wähnte sich mit ihr allein.

In der Nacht erwachte sie, weil sie glaubte, ein Geräusch gehört zu haben. Sie setzte sich auf, zündete eine Kerze an und leuchtete mit ihr in alle Winkel des Zimmers. Es war niemand da.
In der Gewißheit, vorerst keinen Schlaf zu finden, stieg sie aus dem Bett. Sie schlüpfte in ihre Pantoffeln und zog den dick wattierten Morgenrock aus cremefarbener Seide an, den sie bereits in Bristol besessen hatte. Während sie ihn vor der Brust schloß, warf sie sich mit einer raschen Bewegung das Haar in den Rücken. Dann griff sie nach der Kerze und verließ das Zimmer. Um Eileen und Deirdre, die im Nebenraum schliefen, nicht zu wecken oder Anlaß zu Gerede zu geben, trat sie ganz vorsichtig auf. Trotzdem knarzte die Holztreppe unter jedem ihrer Schritte.
Ava erreichte den Steinfußboden im zweiten Stock und eilte in die Küche hinunter, wo sie einen Krug mit Milch füllte und sich über den Teekuchen hermachte, der heute nachmittag übriggeblieben war. Sie trank und naschte und bekam kalte Füße.
Ihre Gedanken verfingen sich an einem einzigen Punkt: London und immer wieder London! Sie war nie dort gewesen, wünschte sich aber, gefangen in einer enger und enger werdenden Spirale, nichts sehnlicher, als hinzugelangen. Doch wozu? Weniger denn je hatte sie eine Ahnung, wie sie es schaffen sollte, es mit ihren geringen finanziellen Mitteln zu einem selbständigen Gewerbe zu bringen.
Aufgeregt und plötzlich ganz außer sich, weil sie die Aussichtslosigkeit ihres Wollens erkannte, begriff sie, daß sie durch ein Labyrinth irrte, das vielleicht keinen Ausgang hatte.
Das Klavier...
Warum nicht? Nur einmal... Was konnte passieren? Lord Melbourne hatte sich längst zu Bett begeben. Da sein Schlafgemach am Ende des Westflügels lag, würde er nichts hören. Bis zu den Gesindekammern unterm Dach konnte die Musik sowieso nicht dringen.

Obwohl Ava wußte, daß sie im Begriff war, sich auf ungebührliche Weise über ihren Stand zu erheben, obwohl sie wußte, daß ihr entschlossenes »Es erfährt ja keiner!« nur eine vage Hoffnung unterstrich, obwohl sie wußte, daß sie viel zu verwirrt war, um alle Sinne beieinander und einen klaren Kopf zu haben, stellte sie den Milchkrug auf den Tisch zurück und faßte nach der Kerze.

Sie hastete durch die finsteren Flure in den Großen Salon, stürmte durch die Dunkelheit des Zimmers und blieb schließlich stehen, um sich einen Überblick zu verschaffen. Unklare Konturen traten ihr aus der Tiefe des Raums entgegen. Die Porträts an den Wänden schienen unter den Schattenspielen und Lichtspiegelungen, die die Kerze zauberte, lebendig zu werden.

Ava tastete sich zum Piano.

Wie unter Zwang öffnete sie mit einer Hand den Deckel und zündete mit dem Talglicht, das sie in der anderen hielt, die fünf Dochte des auf dem Klavierbord stehenden Kandelabers an. Ihr Atem ging unruhig. Sie zitterte. Schnell glitt sie auf das rotgepolsterte Bänkchen. Die ersten Takte... Verstimmt! Wenigstens klang das Instrument nicht unwürdiger als das auf Blair Manor. Elendes Blair Manor! Möge es bis auf die Grundmauern niederbrennen!

Ava begann zu spielen. Sie fing mit einer englischen Volksweise an und merkte sofort, wie steif ihre Finger geworden waren. Zornig darüber, wechselte sie zu einer Etüde, die sie noch aus Kindheitstagen in Erinnerung hatte.

Brenn, Blair Manor, brenn! Und du auch, Aleister! Werde zur lebenden Fackel, zum verkohlten Leichnam!

Aufgebracht, wie sie war, machte Ava aus jeder fröhlichen Melodie, die sie aus ihrem Gedächtnis hervorholte, ein dröhnendes Inferno, gespickt mit Dissonanzen und überladenen Akkorden. Je öfter sie sich verhaspelte, desto rasanter jagten ihre Ton für Ton geschmeidiger werdenden Finger dahin. Sie sah Aleister in ein Praliné beißen und sich danach die Lippen lecken.

Ja, Aleister, bleib ruhig sitzen dort drüben auf der Chaiselongue, im Schutz der Dunkelheit, und iß Konfekt! Mit dir werde ich auch noch fertig! Ich habe deinen Sohn ermordet! Ich dachte ihn tot, den Wurm, den du zeugtest! Wie gefällt dir das? Es war ganz leicht. Wenn du mich nicht endlich in Ruhe läßt, mache ich auch dir den Garaus!

Längst spielte sie Eigenes, Kompositionen, deren sie sich nicht wirklich entsann, die aber dumpf und wie von selbst aus den Verliesen der Vergessenheit emporstiegen. Ein ätzender, gallegiftiger Sud kochte in ihr und drängte aus all ihren Poren. Sie hatte das Gefühl, durch lange Flure zu rennen und jede Tür, an der sie vorbeikam, aufzustoßen. Es ist vorbei, Aleister! Vorbei, vorbei, vorbei! Fort mit dir! Was bildest du dir ein? Welche Macht glaubst du zu besitzen? Welche Macht besitzt ein Phantom? Es gibt dich nicht, dich nicht, deinen Sohn nicht, niemanden! Ich bin allein! Hörst du: allein!

Ihr unbeherrschter Exorzismus schuf immer unerhörtere Mißklänge, Mißklänge von eigentümlicher, fremder Schönheit, wie sie die Welt wohl nie vorher gehört hatte.

Ava spielte, als hätte sie Aleister unter ihren Fingern.

Schweißtropfen traten auf ihre Stirn. Ein Ende der ebenso grandiosen wie grotesken Attacke war nicht abzusehen.

»Um Himmels willen!«

Die Tür hatte sich geöffnet. Mit einem Dreizackleuchter in der Hand stand Lord Melbourne im Raum. Eher ungläubig als empört starrte er Ava an.

Diese stieß keuchend den Atem aus und ließ erschöpft die Arme fallen. Langsam kam sie zu sich. Von einer Sekunde auf die andere schimmerte Kinderentsetzen in ihren Augen.

So rasch, als wolle sie etwas verstecken, barg sie die Hände im Schoß.

Lord Melbourne trat entschlossen auf sie zu. Er trug Stoffpantoffel und einen violetten Brokatmorgenrock, den er nachlässig über der nackten Brust geschlossen hatte.

»Machen Sie das öfter?« fragte er.

Ava erhob sich unsicher und wollte in den Korridor hinaus-

laufen, doch Melbourne rief: »Halt!«, stellte sich vor sie hin und befahl: »Sie bleiben!«
Von weit her kommend, so, als stolpere sie durch Raum und Zeit, auf der Flucht vor dem tatsächlich stattfindenden Augenblick, dem sie gleichwohl ausgeliefert war, wich Ava einen Schritt zurück. Sie war benommen. Wie aus einer Ohnmacht wach gerüttelt, stammelte sie: »Es ... tut mir leid.«
»Wer sind Sie?«
Zwischen Melbournes Brauen hatte sich eine steile Falte eingegraben. Als er Ava ins Gesicht leuchtete, straffte sie sich. Ihre Verwirrung verlor sich und machte einem Ausdruck von Würde Platz. Stolz schaute sie zu dem Mann empor, den sie offenbar aus dem Schlaf gerissen hatte.
»Ich bin Ava Cheltenham«, sagte sie.
»Ava Cheltenham?«
Melbourne konnte mit dem Namen nichts anfangen. Die Falte zwischen seinen Brauen vertiefte sich.
»Was tun Sie hier?« wollte er wissen.
»Ich spiele Klavier.«
Ehe er die scharfe Entgegnung, zu der er bereits ansetzte, aussprechen konnte, stockte er. Sein Schweigen verriet Verblüffung und löste sich schließlich in einem Lachen auf.
»Ava Cheltenham spielt Klavier. Selbstverständlich. Verzeihen Sie meine dumme Frage! Ich werde mitten in der Nacht von Geräuschen geweckt, die ich nicht Musik nennen will, aus dem Bett geworfen und in den Großen Salon gelockt. Dort finde ich eine fremde Frau im Negligé am Piano vor. Wollen Sie sich nicht erklären?«
Während er den Dreizackhalter noch einmal an ihrem Gesicht vorbeiführte, glättete sich die Falte zwischen seinen Brauen.
»Aber Sie sind doch ...«
»... Ihr zweites Hausmädchen und seit eineinhalb Jahren in Ihren Diensten, Sir.«
Melbourne musterte sie von oben bis unten, wie er wohl auch ein Pferd, das er zu kaufen gedachte, gemustert hätte. Sein

einziges Zugeständnis war, daß er darauf verzichtete, ihr Gebiß zu prüfen.
»Woher haben Sie den Schlafrock? Und warum können Sie – falls Sie's können – Klavier spielen?«
Wahrscheinlich machte er sich auf eine erheiternde Lügengeschichte gefaßt.
»Fragen Sie Ihre Frau, die weiß es!« antwortete Ava unfreundlich.
Sofort verschwand die vergnügte Neugier aus seiner Miene. Melbourne wurde wieder der kalte, unnahbare Herr von Delarney House. Seine Kiefer spannten sich.
»Nein, ich frage *Sie.* Wenn Sie tatsächlich eines unserer Mädchen sind, rate ich Ihnen, sich nicht jedes Wort aus der Nase ziehen zu lassen. So furios spielt keine Hausangestellte Klavier. Und sie spricht auch kein so akzentfreies Englisch. Sie trägt keine seidenen Gewänder und gebärdet sich der Herrschaft gegenüber nicht derart dreist.«
Avas Blick hielt dem seinen stand. Kühl bat sie: »Darf ich jetzt gehen? Dafür, daß ich Ihr Klavier benutzt und Sie aufgeweckt habe, entschuldige ich mich.«
Melbourne griff mit der freien Hand unter ihr Kinn und hob ihr Gesicht in den Schein des Leuchters.
»Als ich hereinkam, dachte ich, der Teufel persönlich sitze in meinem Salon«, sagte er. »Sie sind Engländerin?«
»Ja.«
»Hm.«
Während er auf Erklärungen wartete, die sie nicht gab, dehnte sich eine lange Stille zwischen ihnen. Ava krampfte ihre Finger in die Kragenaufschläge ihres Morgenrocks.
»Nun gut«, meinte Melbourne. »Gehen Sie zu Bett! Es ist spät. Vielleicht treffe ich Sie gelegentlich in einer etwas gesprächigeren Stimmung an.« Sie atmete auf.
Ohne ihm zu danken, lief sie in den Korridor hinaus. Dort wollte sie noch einmal umkehren, doch Melbourne stand bereits auf dem Gang und hatte die Tür hinter sich geschlossen.

»Was ist?« fragte er.
»Ich habe meine Kerze vergessen.«
»Nehmen Sie eine von mir. Zurück gehen Sie nicht mehr. Ich müßte fürchten, daß Sie den wüsten Hexensabbat fortsetzen. Hier!«
»Danke.«
»Gute Nacht, Ava Cheltenham.«
»Gute Nacht, Mylord.«

Schon am nächsten Morgen wartete Ava darauf, zu Melbourne befohlen zu werden. Der saß jedoch den ganzen Vormittag, ohne ein einziges Mal zu läuten, an seinem Sekretär. Gegen Mittag bestieg er sein Pferd und jagte davon.
Ein ereignisloser Tag plätscherte dahin. Als Ava am Abend von Padraig zu einem Spaziergang eingeladen wurde, wies sie ihn mit Ausreden ab. Er drängte nicht. Seine Verwunderung ließ er sich anmerken, seine Gekränktheit verbarg er.
Bei Einbruch der Dämmerung kehrte Melbourne zurück. Flint und Eileen mußten ihm ein Bad bereiten, und Dunby stellte ein Tablett mit kalten Speisen ins Herrenzimmer.
Eine halbe Stunde später schrillte die Küchenglocke. Obwohl Ava den Impuls aufzuspringen im letzten Moment unterdrückte, fiel ihre Zerfahrenheit auf.
»Sie sind ja ganz schreckhaft«, sagte Mrs. O'Down.
Dunby war bereits in seinen roten Livreerock geschlüpft und zwängte seine zu dieser späten Stunde immer etwas geschwollenen Finger in die weißen Handschuhe. Während er zur Treppe eilte, rief er Flint zu, er solle vorsorglich eine Flasche Portwein aus dem Keller holen.
Miss Conolly strickte, Mrs. O'Down verarztete eine Daumenverletzung des Gärtners, Eileen und Deirdre wurden sich nicht darüber einig, ob der Kutscher von Luckross Park gut aussah oder eine Knollennase hatte, und Ava spürte, wie ein Tropfen Zeit nach dem anderen verdunstete.
Endlich kehrte Dunby zurück.
»Es war nicht der Wein«, sagte er. »Sie möchten zu Lord Melbourne ins Herrenzimmer kommen, Mrs. Cheltenham.«

Um nicht ungeduldig zu erscheinen, erhob sich Ava auffallend langsam. Kaum war sie fort, fragte Deirdre: »Was soll das denn?«
»Sie benahm sich schon den ganzen Tag so komisch«, wußte Eileen. Und Flint, der mit der Weinflasche in die Küche schlenderte, fügte hinzu: »Was Melbourne an der findet, ist mir ein Rätsel.«
»Er findet nichts an ihr, er wird mit ihr zu reden haben«, beschied sie Mrs. O'Down.
Inzwischen klopfte Ava an die Tür des Herrenzimmers.
»Kommen Sie rein!« rief Melbourne.
Obwohl sie gehofft hatte, daß er nach ihr schicken würde, drückte sie die Klinke mit einigem Widerstreben. Seit wann interessierte sich der Herr von Delarney House für Wohl und Wehe seiner Dienstmädchen?
Melbourne saß am Kopfende des großen Eßtisches vor Pasteten, Brot und einer halb geleerten Flasche Wein. Ehe er das Tablett von sich schob, bot er Ava mit weiter Geste an, Platz zu nehmen, wo immer sie wolle.
Sie setzte sich auf einen Stuhl, der nicht zu nah bei ihm, aber auch nicht zu weit von ihm weg stand, und wurde ein weiteres Mal begutachtet. Heute trug sie eine einfache, weiße Schürze über einem beigen Leinenkleid, das jeder Mode hohn sprach. Ihr züchtiges Brusttuch bedeckte sogar Schlüsselbein und Halsansatz. Auf ihrem Kopf thronte eine Haube mit Wellenvolant, die ihr Haar verbarg. Das war nicht sehr kleidsam. Trotzig erwiderte sie Melbournes neugierigen Blick. Ihr Herr saß ihr in engen Hosen und einem halb geöffneten Hemd gegenüber, so wie früher Aleister, war aber viel kräftiger und geradezu unanständig braun. Vom Bad erfrischt, roch er nach Seife. Sein Haar glänzte feucht und lackschwarz. Die Längslinien auf seiner Stirn, die Rinnen um seinen Mund, die starken Jochbögen, die hervortretenden Wangenknochen und das kantige Kinn verliehen seinem Gesicht eine markante Härte.
Melbourne war alles andere als ein Beau. Bloß sein dünnes Oberlippenbärtchen kokettierte mit dem Stutzertum seiner Zeit.

Als er sich vorbeugte und die Ellbogen auf die Tischplatte stützte, wurde Ava sein stummes Forschen zu aufdringlich. Sie schaute auf seine Hände, die er in Brusthöhe gefaltet hatte. Die Sehnenstränge liefen, deutlich sichtbar, von den Fingerknöcheln bis zu den Handgelenken und verschwanden in den Ärmeln des Hemdes, unter dem sich feste Muskelbahnen abzeichneten.
Um die Stille zu brechen, fragte sie: »Wollen Sie mich noch lange so anstarren oder gedenken Sie, das Verhör von heute nacht fortzusetzen?«
»Letzteres.« Er legte den Kopf ein wenig zur Seite, schmunzelte und wirkte gar nicht mehr streng. »Aber zuerst ziehen Sie die Schürze aus! Auf die Haube können wir gleichfalls verzichten. Und dann holen Sie sich ein Weinglas!«
Sie zögerte. Schließlich tat sie, wie ihr geheißen. Ehe sie einen Kristallkelch, der zu dem seinen paßte, aus der Vitrine nahm, lockerte sie mit einem Griff in ihr Haar die straffe Steckfrisur. Mit einem scheuen Lächeln setzte sie sich wieder an den Tisch. Melbourne goß ihr ein. Dann hob er sein Glas und stieß mit ihr an.
»Auf Ihr Geheimnis!«
Als er getrunken hatte, lehnte er sich zurück. Er streckte sich aus und lauerte auf das, was sie aus der Situation machen würde. Die Standuhr schlug zehn.
»Also gut«, sagte Ava. »Ich komme aus Bristol. Mein Vater war Reeder und stand einer Schiffahrtsgesellschaft vor; vielleicht haben Sie einmal von der ›Cheltenham Shipping Company‹ gehört. Er machte Bankrott. Mittellos und auf mich selbst gestellt – keine Angst, es folgt keine Rührgeschichte! –, blieb mir nichts anderes übrig, als zu meinem letzten noch lebenden Angehörigen, meinem Großonkel, zu reisen, von dem es nur hieß, er sei Richter in Limerick. In Wahrheit fand ich einen trunksüchtigen alten Mann im Burren vor. Seine ehemalige Haushälterin, eine Cousine Ihrer Frau, sollte mir beibringen, einfache Gerichte zuzubereiten. Sie merkte rasch, daß ich in anderen Umständen war, und vermittelte mich nach Delarney House.«

Melbourne nickte. Die Falte zwischen seinen Brauen wurde tief.
»Was haben Sie mit dem Kind gemacht?«
»Es wurde tot geboren.«
»Mein Beileid. Wenigstens haben Sie's hinter sich. Um so verwunderlicher, daß Sie noch hier sind. Eine Frau Ihrer Herkunft hätte gewiß andere Möglichkeiten.«
Ava winkte ab.
»Jaja, ich weiß. Ich könnte mich als Gouvernante, Erzieherin oder Klavierlehrerin versuchen. Nichts davon bin ich.«
»Ein Hausmädchen sind Sie noch weniger. Was sind Sie wirklich?«
»Eine halsstarrige, hochmütige, sitzengelassene höhere Tochter.«
Melbourne lüpfte seine schwarzen Brauen und grinste. Nach einer Weile brach er in Gelächter aus. Als er ausgiebig gelacht hatte, strich er sich mit Daumen und Zeigefinger über den schmalen Bart.
»Interessant«, sagte er.
»Was ist interessant?«
»Sie.«
Sein Blick glitt tastend von ihrem Gesicht zu ihrem Hals und von dort zu ihren Brüsten hinab.
»Ich mag interessant sein, aber ich bin nicht hübsch«, kam sie seinem Urteil zuvor und sprach aus, was plötzlich wie eine sie von der übrigen Welt, dem Lachen und dem Jungsein trennende Mauer vor ihr stand. Für Padraig genügte sie; der sah ohnehin nur ihre feinen, weißen Hände. Sie genügte dem Stallknecht – und für den Earl of Barrington war sie eine bizarre Abwechslung gewesen. Daß Melbourne über eine zauberhafte, junge Geliebte und eine schöne Frau verfügte und ohnehin jedes Mädchen im County haben konnte, stieß ihr plötzlich übel auf.
Stolz reckte sie ihr Kinn. Sollte es ihn, aus welch dubiosem Grund auch immer, nach ihr gelüsten, würde er sich einen Korb holen! Nie wieder durfte ein Mann von sich behaupten

können, Ava Cheltenham besessen zu haben! Padraig nicht und Melbourne schon zweimal nicht!
Obwohl sie sehr wütend war, versuchte sie verbissen, so gelangweilt wie möglich zu erscheinen.
»Wer hat Sie geschwängert?« fragte Melbourne wie nebenbei.
Ava wäre ihm und seiner selbstverständlichen Arroganz am liebsten ins Gesicht gesprungen. Sie beugte sich so weit vor, als wolle sie ihn beim nächsten falschen Wort in die Nase beißen. »Diese Frage steht Ihnen nicht zu!« fuhr sie ihn an.
Er trank aus seinem Weinglas.
»Es geht mir nicht um Namen«, sagte er schließlich. »Vielmehr würde ich gern erfahren, ob der verhängnisvolle Fehltritt aus Ahnungslosigkeit oder Leidenschaft geschah. Vergewaltigung darf man wohl ausschließen. Sie wüßten sich zu wehren. Im übrigen bilde ich mir ein, Sie schon ein paar Mal mit Paddy gesehen zu haben.«
Erstaunt darüber, daß er sich in irgendeiner Weise an sie erinnerte, lehnte sie sich in derselben bequemen Haltung, die auch er eingenommen hatte, auf dem Stuhl zurück.
»Sie haben die Eigenschaft, sich in Angelegenheiten zu mischen, die nicht die Ihren sind«, bemerkte sie.
»Und Sie neigen dazu, mich zurechtzuweisen.«
Ava zuckte mit den Achseln.
»So oder so«, sagte sie ohne Umschweife. »Ich denke nicht daran, Ihre Geliebte zu werden. Das sollten Sie wissen, bevor Sie mir nachschenken.«
Die Falte zwischen seinen Brauen zitterte amüsiert. Offenbar fiel es ihm schwer, ernst zu bleiben. Ava wurde rot.
»Warum nicht?« hörte sie ihn fragen.
Da stieß sie erleichtert die Luft durch die Nase. Sie hatte schon befürchtet, er könne »Ich will Sie ja gar nicht!« antworten. Warum nicht? Die beiden simplen Worte, die Maxwell in einem ähnlichen Zusammenhang gebraucht hatte, hallten noch in ihr nach.
»Weil so etwas Ärger bringt«, erwiderte sie nüchtern.
»Tatsächlich?«

Ohne auf seine Ironie einzugehen, hielt sie dagegen: »Was sonst?«
Er lachte und konnte es erneut erstaunlich gut.
»Ich glaube, daß das katholische Irland keinen guten Einfluß auf Sie hat. Man wird hier schnell prüde. Ich reise wenigstens alle drei Jahre einmal nach London, um mich, soweit das möglich ist, von der Sittsamkeit irischer Mädchen zu erholen.«
So unvermutet wie stets, brach eine Welle des Unbehagens über Ava herein. Sie begann zu schwitzen. Gleichzeitig wurden ihre Hände kalt. Als Melbournes Gesicht vor ihren Augen verschwamm, blinzelte sie. Plötzlich war es Aleister, der am oberen Tischende saß. Die legere Haltung, das halb geöffnete Hemd, die hellen Beinkleider... Gleich würde er ihr Konfekt anbieten.
»Was ist mit Ihnen?« forschte Melbourne.
Sie sah aus wie vom Jüngsten Gericht zu ewiger Verdammnis verurteilt.
»Ich lasse es nicht zu«, sagte sie.
»Was lassen Sie nicht zu?«
Für Sekunden schloß sie die Augen. Dann schaute sie den Mann, der wieder Melbourne war, verwirrt an und stammelte: »Entschuldigung.« Während sie sich erhob und Haube und Schürze an sich nahm, faßte sie sich.
»Darf ich gehen?« fragte sie und war schon an der Tür.
»Wie Sie wünschen.«

»Er ist der Herr«, sagte Padraig während einer gestohlenen Mittagsstunde, die er mit Ava an der Steinbrücke verbrachte. Sie öffnete ein Tuch voller Kirschen, steckte sich zwei in den Mund, spuckte die Kerne, wie sie es von ihrem rotgelockten Freund gelernt hatte, in den Bach und sprach vom Most, den Mrs. O'Down braute. Padraig achtete nicht darauf, sondern wiederholte: »Er ist der Herr.«
Es war Sommer, und es war heiß.
»Werde seine Mätresse«, hatte Aleister geraten und Maxwell gemeint.

Eines Nachmittags wurde Ava, »ausnahmsweise«, wie Mrs. O'Down betonte, nach oben geschickt, um Melbourne, der Besuch von seinem Verwalter hatte, den Tee zu bringen. Dunby lag mit kolikartigen Bauchschmerzen im Bett, Flint schleppte mit Padraig Kartoffelsäcke, und Eileen nahm draußen die Wäsche von der Leine. Ehe Ava das Herrenzimmer betrat, öffnete sie ihr Brusttuch so weit, daß man den Ansatz ihres Busens sehen konnte.
Sikes, der Verwalter, stierte ihr gleich in den Ausschnitt, aber Melbourne wies nur mit dem Kinn nach dem Tisch, den er gedeckt haben wollte. Weder sah er sie an, noch unterbrach er seine Rede.
»Na, dann setzen Sie das Pack doch an die Luft!« erregte er sich. »Noch heute, wenn ich bitten darf! Derlei Gesindel kann ich auf meinem Land nicht dulden!«
Da Ava serviert hatte, war sie gezwungen zu gehen.
Der Verwalter, verdreckt und in Lumpen wie ein Bauernknecht, glotzte ihr nach.
Am Abend bestellte Melbourne sie zu sich in den Großen Salon. Er war dabei, sich auf dem Kanapee vor dem leeren Kamin auszustrecken, und forderte sie auf, ihm ein Musikstück vorzutragen.
»Jetzt?« fragte sie.
»Glauben Sie, ich lasse Sie erneut zur Geisterstunde zu Werke gehen?«
»Muß ich – oder ist das eine Bitte?«
»Sie wollen nicht?«
»Man würde es unten hören.«
Melbourne seufzte und tat betrübt. Heute war er zwar vollständig, aber in Anbetracht der späten Stunde nicht korrekt gekleidet: Statt in Spitzenhemd, langschwänzigem Abendfrack und hohem, schalumwickeltem Kragen, saß er in Reitstiefeln, engen Pantalons, einem gestreiften Gilet, einem einfachen, weißen Hemd und einem braunen Rock auf dem Sofa.
»Als ich Sie vor wenigen Tagen des Nachts in diesem Zimmer überraschte, war Ihnen gleichgültig, wer Sie hören könnte«, versuchte er ihre Bedenken zu zerstreuen.

Ava nickte.
»Ja, aber das war ein Fehler.«
»Nun ist er gemacht! Also?«
Da drüben stand das Barockpiano und schmachtete ihr bittend entgegen. Ava fühlte sich nahezu körperlich angezogen. Als sie den Deckel öffnete, sah sie, daß bereits eine recht abgegriffene Purcell-Partitur auf dem Klavierbord lag. Ohne Kommentar setzte sie sich hin, um die Noten herunterzuspielen.
»Warum haben Sie mich heute nachmittag so böse angefunkelt?« fragte Melbourne. Da sie nicht antwortete, füllte er zwei Gläser mit Sherry und brachte ihr eines davon.
Ava nahm die Finger von der Tastatur und drehte sich zu ihm um.
»Ich habe nicht gefunkelt. – Danke.«
»Nein?«
»Ich habe nachgedacht.«
»Worüber?«
»Über Sie.«
»Und?«
»Sie wollen Menschen von ihrem Land vertreiben, Bauern, mutmaße ich. Wenn ein Bauer sein Cottage verliert, ist er ein Rechtloser.«
»Kaum unverdient.«
»Sie haben gefragt, ich habe geantwortet.«
Ava stellte ihr Sherryglas ab, wandte sich wieder dem Klavier zu und spielte das Menuett unaufgefordert und so lustlos, daß sie ihm den Rest seines ohnehin begrenzten Charmes nahm, ein zweites Mal.
»Sie stehen also auf seiten der Iren«, stellte Melbourne fest. Er saß wieder auf dem Kanapee.
»Gibt es da Seiten?«
»Es gibt immer Seiten.«
Fünf lange Minuten perlte die Musik weiter. Dann brach Ava mitten in einer süßlichen Paraphrase ab. In einer ihr selbst unverständlichen Rage begann sie nachzuplappern, was sie

von Padraig wußte. Obwohl sie sich um einen ruhigen, sachlichen Ton bemühte, wurde sie immer wieder heftig. Sie bremste sich jedesmal, fing aber bald an, sich zu wiederholen.
Spöttisch fiel ihr Melbourne ins Wort: »Sie sind naiv. Vergessen Sie das Küchengeschwätz, das Sie gehört haben, und begreifen Sie, daß die Einheimischen stinkfaul sind! Ein Negerstamm im tiefsten afrikanischen Busch würde schneller lernen, als es die Iren tun. Darum – und nur darum – werden die Zügel hier so straff geführt. Ohne uns Engländer gingen die Dinge noch denselben Gang wie vor dreihundert und mehr Jahren. Es gäbe Clans, Stämme und verfehdete Familienverbände, aber kein Staatsgefüge. Die Zeiten der Sippenwirtschaft sind jedoch vorbei. Die Welt ist klein geworden. Man hat sie entdeckt.
Wären die Iren seinerzeit stark, weitsichtig und klug genug gewesen, sich zu einen, statt sich gegenseitig Knüppel zwischen die Beine zu werfen, hätten sie der englischen Übermacht trotzen können. Vielleicht wären sie ein freies Volk geblieben oder es nach ein paar Kriegen wieder geworden. Aber wovon reden wir? Was wollen Sie eigentlich, Miss Cheltenham? Irland ist nicht mehr ›besetzt‹. Es ist ein Glied des Empire. Natürlich muß man es klein halten. Verlören wir heute die Macht in diesem Teil der Welt, müßten wir uns sputen, ihn zu verlassen, denn der Haß ist groß. Bald ginge es drunter und drüber. Die Leute würden sich in Bier und Whiskey ersäufen, die Felder veröden und das Rechtswesen zusammenbrechen. Das ist traurig, aber wahr.«
»Wenn dem so wäre, dann nur, weil man die Menschen nicht selbständig zu denken und zu handeln gelehrt oder es ihnen aberzogen hat. Sie wissen doch gar nicht, wofür sie arbeiten! Solange ihnen alles genommen wird, solange jede ihrer Anstrengungen in neue Armut mündet, haben sie keine Veranlassung, irgendeine Art von Fleiß oder Eifer zu kultivieren ...«
»Kultiviert ist hier sowieso nichts.«
»... Von dem, was der Zehnt den Bauern läßt, können sie kaum leben. Sie sind ungebildet, weil sie nicht lesen und

schreiben lernen. Sie bleiben ungebildet, weil sie nicht das Geld haben, ihre Kinder in die Schule zu schicken, und weil es ohnehin viel zuwenig Schulen gibt. Sie leben am Rande des Elends, weil all ihre Versuche, aus der Not herauszukommen, in Gegenmaßnahmen der Grundherren oder gar der Regierung enden. Das Land könnte blühen, wenn ihr es nur ließet! Sie und Ihresgleichen, Lord Melbourne, beuten Land und Leute aus und mehren von Jahr zu Jahr Ihren eigenen Besitz. Der Bauer klagt, aber der Bauer zahlt. Etwas anderes als Bauern – Menschen von Kultur, wie Sie sie vermissen – kann diese Enklave der Zivilisation nicht hervorbringen. Sie und die übrigen Herrschaften Ihrer Couleur wissen das zu verhindern, wie Sie alles, was Ihrem Wohlleben abträglich oder gar gefährlich werden könnte, zu verhindern wissen. Ein Aufflammen von Geist und Bildung würde Sie bedrohen. Wie soll eine eigenständige Kultur unter dem Joch der Fremdherrschaft denn entstehen oder sich auch nur erhalten? Das frage ich Sie! Es werden englische Häuser gebaut und englische Parks angelegt, es wird nach englischen Gesetzen Recht gesprochen und der englische Lebensstil zum einzig erstrebenswerten erklärt!«

Melbourne grinste gereizt.

»Sie wollen wohl das Brehan-Gesetz wieder einführen, was? Auch wenn die Iren es glauben: Wir leben nicht mehr in der Zeit des kleinen Volkes. Hier wünscht man sich Legenden zurück. Man weint einer Märchenvergangenheit nach. Es ist wahr: Leute wie ich holen aus diesem Land heraus, was es hergibt. Was haben Sie dagegen? Selbst Ihnen dürfte die eigene Haut kostbarer sein als die jedes anderen. Der Stärkere benutzt den Schwachen. Das ist Weltgesetz. Ich bin kein Ire. Wenn der Boden von Delarney keine Frucht mehr trägt, weil er nie brachliegt und sich deshalb nicht erholen kann, wenn meine Manufakturen keinen lohnenden Profit mehr abwerfen, weil die Zollbestimmungen verschärft werden, kehre ich in Besitz dessen, das mir die erfolgreichen Jahre hier eingetragen haben, nach England zurück, wo meine Wurzeln sind.

Mein Vater kam vor vier Jahrzehnten nach Irland, aber meine Familie vergaß nie, woher sie stammt und wohin sie gehört. Genauso wie unsere Vorfahren hemmungslos die hiesigen Wälder rodeten, damit aus dem Holz irischer Bäume englische Schiffe gebaut werden konnten, genauso wie jene, die vor uns da waren, ihr Scherflein zur Entmachtung und Entrechtung der Iren beisteuerten, zucke ich nicht mit der Wimper, wenn ich Pächter, die sich nicht wohlverhalten, vor die Tür setze. Und warum? Weil ich auf seiten der Starken stehe. Ein schwaches Volk verdient nichts anderes als die Unterdrückung. Das ist das Gesetz, von dem ich vorhin sprach. Und es ist gerecht. Soll der Schwache, der Nutzlose, der Krüppel, der Idiot herrschen? Völker steigen empor, Reiche versinken. Wie mächtig war einst Griechenland, wie nichtig ist es heute? Das Starke wächst, das Faulende stirbt. Allerdings ist jede Kraft, die zur Macht führt, eines Tages verbraucht. Auch das muß man wissen. Bis es jedoch soweit ist, gilt es, die Trümpfe auszuspielen. Die Iren waren von Anfang an zu schwach und den einfallenden Eroberern nicht nur zahlenmäßig unterlegen, sondern auch zu hitzköpfig, zu unbedacht und untereinander verfeindet. Also mußten sie sich beugen. Bedauern Sie das?«
Ava schwieg. Sie wußte, daß sie sich auf fremdem Terrain bewegte. Früher oder später würde sie den kürzeren ziehen, nicht, weil Melbourne moralisch im Recht war, vielmehr weil er wußte, wovon er sprach, und sich deshalb in der Lage befand, eine in sich stimmige Ideologie zu entwerfen, während sie ihren eher aus Ahnungen erwachsenden Standpunkt mit nichts untermauern konnte.
»Noch eins«, fing Melbourne wieder an. »In Irland ist ein wesentlich niedrigerer Pachtzins angesetzt als in England. Dennoch wird hier mehr gehungert. Wenn das Jahr zu naß ist, verfaulen die Kartoffeln in den Äckern, und die Leute haben nichts zu essen. Sie bauen kaum Getreide an. Die Kornfelder in Kerry kann man an fünf Fingern abzählen. Und das, obwohl irische Abgeordnete im englischen Parlament sitzen und es

allerhand Instrumentarien gäbe, Mißstände wie diesen gesetzlich aufzuheben. Es geschieht jedoch nichts, absolut nichts. Warum, fragen Sie? Ich sage es Ihnen: Weil die irischen Abgeordneten untereinander so uneins sind wie ihre Stammesvorfahren. Es wird viel gestritten in Whitehall, und am lautesten streiten sich die Iren. Da geht es um formale Dinge, um Gesetze, die auf dem Papier gut aussehen, um persönliche Prioritäten, um Schulmeisterwichtigkeit... Was hat die Gleichstellung gebracht? Ich behaupte: nichts. Da die irischen Abgeordneten zwischen den Tories und den Whigs stehen, könnten sie zum Zünglein an der Waage werden und entscheidende Bedeutung erlangen. Wie üblich sehen sie sich außerstande, ihre Chance zu nutzen. Zu Hause geben sie sich kämpferisch und englandfeindlich, aber in London lernen sie zu liebedienern, weil sie Angst um ihren Sitz haben. Es kommt schon vor, daß ein besonders Mutiger einmal kräftig bellt – wie der berühmte Hund, der dann nicht beißt –, doch am Ende siegt das Arrangement. Nein, so wird es dieses Land nie zu etwas bringen. Und das ist, ich wiederhole es, gerecht.«
Ava hatte den Klavierdeckel zugeklappt. Ihre Finger trommelten einen ungeduldigen Takt.
»Wenn so viele Fehler gemacht werden, wie Sie es darstellen, warum versuchen dann nicht *Sie*, der Sie alles besser wissen, etwas daran zu ändern? Sie könnten doch veranlassen, daß auf Ihrem Land Korn gesät wird.«
»Ich?« Melbournes Gelächter klang aufgebracht, fast zornig. »Haben Sie mir nicht zugehört, Miss Cheltenham? Ich bin kein Missionar. Ich nehme die Dinge, wie sie sind, denn sie sind gut für mich. Wenn mir die Leute auf meinem Land keinen Ärger machen, mache ich ihnen auch keinen. Oder geht es ihnen schlecht auf Delarney? Für Gesetze und Umwälzungen sind die zuständig, die sich einen Nutzen davon versprechen. Ich nicht. Ich bin Grundbesitzer. – Um Mißverständnissen vorzubeugen: Ich liebe mein irisches Latifundium, doch ich liebe es in meiner Eigenschaft als Landherr – nicht so, wie ein Mann eine Frau liebt.«

Ganz weich rieselten die letzten Worte auf Ava nieder. Melbourne war auf einmal neben ihr. Der Debatte müde, beugte er sich über sie. Während sie sich zur Seite bog, holte sie zu einer Ohrfeige aus. Es klatschte.
»Haben Sie vergessen, was ich Sie vor ein paar Tagen wissen ließ?« fragte sie scharf.
Keineswegs erschrocken, die eine Hand aufs Klavier gestützt, die andere in die Hüfte gestemmt, schaute Melbourne auf sie nieder. Ihre feuerrote Erregung befand sich in krassem Gegensatz zu seinem Amüsement.
»Ich mache Ihnen einen Vorschlag«, sagte er.
Dann richtete er sich auf. Er schlenderte zur Balkontür und öffnete sie. Laue Sommerluft wehte herein. Draußen war es dunkel, aber sternenklar. In der Ferne quakten Frösche. Melbourne lehnte sich gegen den Türrahmen und zündete sich eine dünne Zigarre an. In seine ihm allein gehörende Belustigung hinein fragte Ava: »Was für einen Vorschlag?«
Sie stand auf und ging zu ihm hinüber. Dicht vor ihm hob sie den Kopf und sah ihm herausfordernd in die Augen. Ein wenig verächtlich, so, als habe er in Gedanken den stets gleich verlaufenden und deshalb nicht sehr originellen Gang der Dinge bereits vorweggenommen, erwiderte er ihren Blick. Plötzlich verglomm seine Heiterkeit. Es wurde kühl um ihn. Ava fröstelte. Sie trat auf die Balustrade hinaus.
Über den Bäumen im Park hing ein gelber Mond. Weit weg schien das Meer zu rauschen. In Wirklichkeit war es das Raunen des Nachtwinds.
Als Ava die Arme vor der Brust verschränkte, hörte sie Melbourne sagen: »Ich werde Sie kaufen.«
»Was?« Sie drehte sich zu ihm um, lachte und versuchte, für einen Scherz zu halten, was durchaus überlegt klang. Melbourne lehnte noch immer mit dem Rücken am Türrahmen. Mit einem Bein stand er im Licht des Salons, mit dem anderen in der Dunkelheit der Nacht. Er selbst war eine schwarze Silhouette vor einem hell erleuchteten Zimmer.
»Es ist Ihnen überlassen, den Köder, den ich gleich nennen

werde, anzunehmen oder abzulehnen«, erklärte er die Spielregeln.
Ava wünschte, sie könnte sein Gesicht sehen. All ihre Lebensgeister waren erwacht.
»Werte Miss Cheltenham, wenn ich Ihre Situation richtig einschätze, sind Sie auf Delarney geblieben, weil sich keine Alternative auftat, die Ihnen gefiel. Ich biete Ihnen eine. Ich biete Ihnen dreihundert Pfund in Gold. Damit können Sie nach England zurückkehren, sich einen Putzmachersalon oder ein Tuchwarengeschäft einrichten – nach Belieben! – und sich auf eigene Füße stellen. Das ist es doch, was Sie wollen? Es macht Sie freilich nicht wieder zu der, die Sie einmal waren. Ihren gesellschaftlichen Rang, das Vermögen Ihrer Familie und jede daraus sich ergebende Reputation haben Sie für alle Zeit verloren. Das muß Ihnen klar sein. Mehr, als ich Ihnen entgegenkomme, wird Ihnen niemand entgegenkommen. Es ist *die* Chance Ihres derzeit eher als verpfuscht zu bezeichnenden Lebens.«
Ava dachte: Gleich wird er lachen – über mich, meine Wankelmütigkeit und meinen leicht zu benebelnden Verstand. Langsam schritt sie auf ihn zu. Nur noch eine Armlänge von ihm entfernt, erschrak sie über die Entschlossenheit in seinem Gesicht. Er meinte es ernst.
Sich räuspernd, fand sie zu einer Sachlichkeit, die sie sich selbst nicht zugetraut hätte.
»Warum tun Sie das?« fragte sie.
»Sie haben mich herausgefordert. Ich nehme die Herausforderung an. Da Sie sich weigern, meine Mätresse zu werden, verführe ich Sie dazu, meine Hure zu werden. Das ist zwar dasselbe, aber man empfindet es anders, nicht wahr?«
Obwohl ihr Mund ganz trocken war, mußte sie schlucken. Dreihundert Pfund in Sovereigns!
»Jeder Mensch hat seinen Preis«, sagte Melbourne. »So jedenfalls formulierte es Sir Robert Walpole vor hundert Jahren. Auch Sie sind käuflich. Dermaßen stolz und tugendhaft, daß Sie mein Angebot in den Wind schlagen, können Sie nicht

sein. Und auch nicht so dumm. Im übrigen reizt mich Ihr Mund. Eine Frau, die so kalt ist, wie Sie scheinen, hat andere Lippen. Mag Sie geschwängert haben, wer will: Er hat's genossen!«

Ava lächelte. Die Idee, ein Geschäft zu eröffnen, war nicht schlecht.

Sie sah bereits das Messingschild mit ihrem Namenszug über der Tür.

»Und wie denken Sie sich die Einzelheiten der Übereinkunft?« wollte sie wissen. Noch immer hatte sie eine trokkene Zunge.

Melbourne stieß sich vom Türrahmen.

»Sie gehören mir für eine Nacht. Dann können Sie gehen.«

Dreihundert Pfund für *eine* Nacht. Wahrscheinlich hatte er den Verstand verloren. Um so besser!

»Sollte ich schwanger werden …«

»… wäre das Ihre Sache.«

Ava legte den Kopf in den Nacken. Über ihr wölbte sich der schwarze, wie mit Goldstaub bestreute Nachthimmel. Den Entschluß, sich nie wieder einem Mann hinzugeben, konnte sie leichten Herzens über Bord werfen, aber ein Kind, ein Kind wollte sie nie wieder tragen. Die Erinnerung an den eigenen, geschwollenen Leib und die Stunden der Todesangst trieb ihr den Schweiß aus den Poren. Unverheiratet, aber in anderen Umständen, würde es ihr sowieso unmöglich sein, in London ein Geschäft zu eröffnen und gut zu beleumunden. Eine schwangere Putzmacherin … Was für eine Karikatur!

Trotzdem: Sie mußte das Risiko eingehen. Wieder einmal hatte sie keine andere Wahl.

Als Melbourne sie fragte, was in ihrem Kopf vorgehe, fiel sie ihm hastig ins Wort: »Wann?«

»Bald.« Er ließ seine Zigarre auf den Steinboden des Balkons fallen und kam auf sie zu. »Eigentlich will ich dich, seit ich dich so zornig auf das Klavier einhämmern sah. Schau mich nicht so wehrhaft an! Deine Augen lügen. Sie lügen gut, aber ich glaube nur deinem Mund.«

Inzwischen stand er so dicht vor ihr, daß sein Atem ihre Stirn streifte. Dreihundert Pfund in Gold warteten auf sie. Sie schloß ihre lügenden Augen und bot ihm ihren Mund, dem allein er glaubte.
»Eine Sommernacht, ein Balkon, Mondlicht«, flüsterte er nah an ihrem Ohr. Seine Stimme war weich und trotzdem kühl wie Seide. Plötzlich befahl er: »Öffne die Augen! Diese Nacht ist zu romantisch für unser kleines Geschäft.«
Ava schlug die Lider hoch. Die Verwirrung machte sie jung und hübsch. Während sie reglos verharrte, liefen ihre Gedanken gegen eine Wand.
Melbourne verzog spöttisch die Brauen und trat einen Schritt zurück.
»Geh jetzt!« sagte er. »Sonst vergesse ich mich. Ich fürchte, das wäre heute nacht nicht gut.«

Zwölftes Kapitel

Melbourne hatte es keineswegs eilig. Wenn Ava ihm zufällig auf dem Korridor begegnete und knickste, schien er sie gar nicht zu bemerken. Fünf Tage verstrichen. Am Abend des sechsten bestellte er sie ohne Umschweife in sein Schlafzimmer.

»Sie machen mich unmöglich!« warf sie ihm vor.

»Ich mache dich dort unmöglich, wo du nicht hingehörst.«

Obwohl sie die Tür hinter sich geschlossen hatte, hielt sie weiterhin die Klinke fest. Melbourne stand am offenen Fenster. Er teilte ihr mit, daß sie in zwei Wochen reisen könne.

»Wenn ich nach Dublin zurückkehre, begleitest du mich«, fuhr er fort. »Anschließend bringt dich ein Passagierschiff direkt nach Bristol. Ich habe an die Gesellschaft geschrieben und eine Kabine für dich reservieren lassen.«

»Nach Bristol«, sagte Ava.

»Ja. Stimmt etwas nicht?«

»Doch, doch.«

Auf dem Sekretär in der Erkernische lag ein kleiner, prall gefüllter Lederbeutel. Als Ava ihn entdeckte, trat ein lebhafter Glanz in ihre Augen. Melbourne folgte ihrem Blick.

»Du siehst: Ich halte mich an unsere Abmachung.«

»Daran habe ich nicht gezweifelt.«

Ihre Hand krampfte sich um die Türklinke.

»Komm her«, sagte Melbourne.

Keine Komplimente, kein Geplänkel, keine Ouvertüre?

Immer wieder nach dem Lederbeutel schielend, begann Ava Fuß vor Fuß zu setzen. Gegen den eigenen Willen, unfähig stehenzubleiben, bewegte sie sich auf den Mann zu, der ihr Herr war.

Draußen wurde es dunkel. Der Mond steckte in Wolkenhainen. Ab und zu fuhr ein Windstoß in die kühle Nebelfeuchtigkeit.

Melbourne schloß das Fenster. Auf einmal schien der Raum ein Gefängnis zu sein. Ava wollte etwas sagen, etwas, das dieses feindselige Schweigen gebrochen hätte, doch die Gedanken liefen ihr davon. Ehe sie zurückweichen konnte, faßten feste Hände nach ihren Schultern. Ein unnachgiebiger Mund vergewaltigte den ihren, eine zielstrebige Zunge kämpfte gegen den Widerstand ihrer Zähne, harte Bartstoppeln kratzten über ihre Haut. Nein! Nicht jetzt, nicht so!

Doch es geschah jetzt, und es geschah so.

Melbourne hob Ava hoch und warf sie aufs Bett.

Während sie sich mit den Armen gegen ihn stemmte, während sie die Knie zusammenpreßte und versuchte, den Kopf zur Seite zu drehen, während sie sich wehrte, obwohl sie um des Vertrages willen gehorchen wollte, glaubte sie, sich selbst zu sehen. Zuckend und wimmernd wälzte sie sich in schweißnassen Kissen. Gleichzeitig hörte sie eine Frauenstimme sagen: »Es will nicht kommen.« Ihr eigenes Gesicht verwandelte sich in das wachsweiße Totenantlitz ihrer in der leergeräumten Halle des Bristoler Stadthauses aufgebahrten Mutter. Hohe Kerzen flankierten den offenen Sarg und wachten über eine strenge, unheimliche Stille. Plötzlich bebten die Lichter über den Dochten. Es brannte. Es brannte lichterloh.

»Solange!« schrie Angus. Auch Ava schrie.

Etwas war über ihr und dem sie in Besitz nehmenden Mann und schaute auf sie nieder. Von allen Seiten flüsterte es: »Ich komme zurück, ich bin schon da…«

Sie spürte kaum, daß Melbourne ihr die Kleider vom Leib zerrte. Erneut traf sein Mund auf ihre Lippen. Diesmal erwiderte sie den Kuß mit der Leidenschaft der Verzweiflung. Gerade so, als hoffe sie, im Auge des Sturms unterzugehen oder Rettung zu finden, wühlte sie sich in die eigene Angst. Sie versuchte, die Sterne zu zählen, die auf den blauen Betthimmel gestickt waren, doch sie verschwammen. Jetzt, da

Melbourne ihren Widerstand niedergerungen hatte, drang er mit einem machtvollen Stoß in sie ein. Der Himmel versank. Fahlfarbene Augen verengten sich und wurden silberhell. Aleister! gellte es in Ava.

Im nämlichen Moment stöhnte Melbourne auf – ein Laut, der aus den Eingeweiden zu kommen schien. Er ergab sich einem Schütteln, das ihn inwendig ergriff, und brach über Ava zusammen. Nach drei tiefen Atemzügen riß er sich wieder hoch. Sich auf die Arme stützend, sah er forschend in ihr Gesicht. Sie hatte den Kopf abgewandt und weigerte sich, seinem Blick zu begegnen.

»Was ist?« fragte er. Offenbar wurde er erst jetzt der Tränenspur auf ihren Wangen gewahr. Sie antwortete nicht. Sehr kühl sagte er: »Du kannst zu weinen aufhören. Es ist vorbei.« Dann zog er sich aus ihr zurück. Er ließ sich neben sie fallen und schob sich die Arme unter den Kopf.

Ehe sie sich aufsetzte, fragte Ava: »Kann ich gehen?«

»Natürlich.«

Sie glitt aus dem Bett und sammelte ihre verstreuten Kleidungsstücke zusammen. Das Mieder hatte einen Riß. Auch das Hemd würde sie nähen müssen... Nachlässig, aber vollständig angezogen, die Haube in der Hand, ging sie zur Tür.

»Bist du nicht im Begriff, etwas zu vergessen?« rief Melbourne ihr nach.

Ava machte kehrt. Sie nahm den Lederbeutel vom Sekretär, sah weder nach links noch nach rechts und verließ das Zimmer. Leise drückte sie die Tür hinter sich ins Schloß.

Nach Sekunden der Unentschlossenheit entschied sie, sich zu waschen. Sie lief die Treppen hinunter und betrat die Küche. Nur noch Mrs. O'Down und der Gärtner saßen am großen Gesindetisch. Beide hoben verblüfft die Köpfe. Avas Haar war aufgelöst, ihre Schürze zerknittert, ihr Brusttuch nicht gebunden und in einer unerhörten Position.

Zuerst legte Ava Torf in den Herd. Danach füllte sie den Kessel mit Wasser aus dem Trog. Ohne ein Wort zu sprechen, entzündete sie ein Schwefelhölzchen. Der Lederbeutel lag auf der Anrichte des Geschirrschranks.

»Aber Mrs. Cheltenham ...« stammelte Mrs. O'Down.
Dem Gärtner waren die Vorgänge unheimlich. Er stand auf, schlüpfte in seine Joppe und wünschte eine gute Nacht. Als er fort war, erkundigte sich die Köchin: »Ist etwas passiert?«
»Ich will mich nur waschen«, sagte Ava.
»Aber ...«
»Es ist alles in Ordnung, Mrs. O'Down.«

Bereits in der Morgendämmerung ritt Melbourne zu den Pferdeställen hinüber.
»Eigenartig«, kommentierte Flint.
Weil sich Mrs. O'Down gewisse Andeutungen nicht verkneifen konnte, begann unter der Dienerschaft ein großes Palaver. Derweil überzog Ava das Lotterbett in Melbournes Schlafzimmer.
Sie verrichtete, was es zu verrichten gab, wischte um die Papiere auf dem Regency-Sekretär herum, fuhr mit dem Staubwedel über die spärlichen Schnitzereien und die pfeilerartigen Pfosten des Bettes, das einen Himmel mit goldgestickten Sternen, aber keine Vorhänge hatte, vergaß auch das Rosenholztischchen, die drei Stühle, die zwei Truhen, eine davon mit angerostetem Messingscharnier, den Schrank und den hohen Drehspiegel nicht, kehrte den Steinfußboden, dachte, daß es die Teppiche durchaus nötig hätten, und studierte schließlich die Landschaftsbilder an den Wänden. Sie kam nicht oft hierher. Lord Melbournes Schlafgemach gehörte zu Eileens Territorium. Doch Eileen war beim Fensterputzen von der Leiter gefallen und hatte sich den rechten Fußknöchel so gestaucht, daß sie keinen Schritt tun konnte, ohne »Au!« zu schreien.
Ava lächelte. Noch zwei Wochen ... Sie hatte den Beutel mit den dreihundert Pfund in Gold unter ihrem Kopfkissen versteckt. Dauernd war sie versucht, nachzusehen, ob er noch da war.
Kurz vor dem Lunch konnte sie dem Drang nicht länger widerstehen. Sie eilte in ihr Zimmer und riß das Kopfkissen

hoch. Ja, tatsächlich: Sie besaß ihn, den kostbaren Beutel. Schnell und gewiß zum zehnten Male, seit sie ihrer habhaft war, zählte sie die Goldmünzen. Dreihundert, in der Tat!
Da sie keinen Hunger hatte und auch wenig Lust verspürte, sich den verächtlichen Blicken der übrigen Dienerschaft auszusetzen, beschloß sie, zu einem Spaziergang aufzubrechen. Sie zog sich feste Schuhe an und warf sich ihr Cape über. Ohne Erlaubnis einzuholen, verließ sie das Haus.
Ziellos lief sie durch eine grelle, aber nur mäßig warme Sonnenflut. Im Wissen, keinerlei Landfriedensbruch begehen zu können, denn das ganze Land gehörte Melbourne, kletterte sie über Grenzwälle und Zäune. Nach einiger Zeit sah sie die Ruine von Clonmara Abbey. Hier war sie noch nie gewesen – bloß vorbeigefahren, damals, bei ihrer Ankunft.
Heute schlenderte sie den Hang hinauf und wunderte sich, daß die ruhig im Sommerwehen verharrenden Steinreste einmal einen so gespenstischen Eindruck auf sie gemacht hatten. Sie durchschritt hochaufgeschossene, strohige Grasbüschel, erreichte die noch fast unversehrt der Witterung trotzende Westwand der Abtei und lehnte sich mit dem Rücken gegen das grobe Mauerwerk, in dessen Schutz es windstill war. Vor ihr, im Gegenlicht, hoben sich zahlreiche, schiefstehende Keltenkreuze dunkel, fast schwarz, vom blauen Himmel ab. Schafgarben und Moose überwucherten die Deckplatten der Gräber. Deren Inschriften, einst für kommende Jahrhunderte in den Stein gehauen, waren nur noch zu ahnen.
Ava schaute über die langen Grashalme und die von der Welt vergessenen Kreuze hinweg und lauschte dem Pochen des eigenen Herzens. Das endlose, kräftige Blau des Himmels, das Grün der Wiesen, die nach Westen hin flach abfallenden, scheinbar in den Horizont fließenden Hügel, die ganze großartige Weite ließen es leicht in ihrem Innern werden. Doch plötzlich erstarrte sie. In kaum noch auszumachender Ferne bewegte sich ein dunkler Punkt. Er kam langsam näher und wurde zu einem Pferd, das einen Reiter trug. Das Pferd war schwarz, der Reiter Melbourne.

An die Mauer gelehnt, wartete Ava auf den Mann, der sie für eine Nacht gekauft hatte. Die Zeit tröpfelte in einem quälenden Gleichmaß dahin. Bis der Rappe schnaubend den Hang heraufftrabte, verging eine Viertelstunde. Drei Armlängen von Ava entfernt, schwang sich Melbourne aus dem Sattel. Sie empfing ihn ziemlich frostig: »Was wollen Sie?«
»Ich sah dich herlaufen. Vielmehr: Ich sah jemanden, den ich für dich hielt. – Warum hast du gestern nacht geweint?«
»Sind Sie mir gefolgt, um mich das zu fragen?«
»Ja.«
Er trug sandfarbene Breeches, einen braunen Rock, schwarze Handschuhe, aber keinen Hut. Der Wind, der hier oben besonders stark blies, die junge Frau an der geschützten Stelle jedoch nicht erfaßte, schlug ihm das Haar ins Gesicht. Ava kannte das Gefühl, das sie auf einmal heimsuchte: ohne Kopfbedeckung, ohne Handschuhe, in einem bläulich verwaschenen Leinenkleid und einem mehrmals geflickten, verblichenen Cape, das bessere Tage gesehen hatte, kam sie sich durch und durch unzulänglich vor. Ihr Blick blieb an den Samtaufschlägen von Melbournes Rock hängen.
»Glaubst du mir, wenn ich dir versichere, daß es mir leid tut?« fragte er.
»Was sollte Ihnen leid tun?« Das Licht hier draußen war so hart, daß sie die Lider zusammenkneifen mußte, um nicht zu blinzeln. Schließlich schützte sie ihre Augen mit der Hand.
»Ich war wohl... Sagen wir: Mein Feingefühl ließ zu wünschen übrig. Ist das eine Entschuldigung, die du annehmen kannst?«
»Sie haben sich nicht zu entschuldigen. Nicht Ihr Feingefühl, sondern meine Contenance war es, die zu wünschen übrigließ.«
Melbourne zuckte mit den Achseln. Während er den Hals seines Hengstes tätschelte und die Zügel kürzer zog, bekam sein Lächeln eine überraschende Jungenhaftigkeit.
»Bist du oft hier?« wollte er wissen.
»Nein. Zum erstenmal. Jetzt muß ich zurück. Man wird bereits nach mir suchen.«

»Einerlei! Ich habe einen besseren Vorschlag. Komm mit mir zu den Koppeln. Ich zeige dir die Fohlen.«
»Ich muß aber...«
»Unsinn! Du mußt überhaupt nichts.«
Zweifelnd schaute Ava an seinem Vollblüter hoch.
»Ich kann nicht reiten«, gab sie zu. Aus dem Schutz der Mauer tretend, schob sie sich wehende Haarsträhnen aus der Stirn.
»Was?« Er lachte, und sein Pferd bewegte so hastig den Kopf, daß das Zaumzeug klirrte. »Warum nicht?«
»Weil ich es nicht gelernt habe.«
»So ist es recht! Die einzige Antwort auf so eine dumme Frage! Komm! Ich nehme dich vor mich auf den Sattel. Du brauchst keine Angst zu haben. Ich werde dich halten.«
Argwöhnisch musterte Ava den feurigen Kopf des Rappen, der unentwegt Dampf aus den Nüstern stieß und furchteinflößend mit den Augen rollte. Aber Melbourne saß bereits auf. Ehe sie wußte, wie ihr geschah, zog er sie zu sich hoch. Der Hengst schüttelte noch unwilliger als vorhin seine Mähne. Dennoch stieg er gehorsam den Hang hinunter. Ava fühlte einen festen Arm um ihre Taille und war plötzlich guter Dinge.
»Hat dich das Land inzwischen erobert?« fragte Melbourne. Seine Stimme, verwirrend nah an ihrem Ohr, klang heiter und voller Wohlbehagen. Sie schwieg und schaute. Was sie sah, war schön, so unglaublich schön, daß sie es gar nicht fassen konnte. Melbourne grinste.
»Du hast den Tag verwünscht, an dem du hergekommen bist, nicht wahr? Das geht allen Fremden so. Der irische Winter verdüstert das Gemüt. Er dauert ein halbes Jahr und länger, und obwohl er nicht besonders kalt ist, glaubt jeder, der ihn zum erstenmal erlebt, daß er nie vorher so gefroren hat. Dieses Schiefergrau... Man muß lange hier sein, um gern hier zu sein.«
»Ich denke, Sie sind nur hier, um Profit zu machen«, entgegnete Ava, die noch immer staunend um sich blickte. Alles

gleißte und blendete, die Farben waren klar und leuchtend. In weiter Ferne standen verstreut wenige Cottages, ein paar Kühe dösten unter einem knorrigen Apfelbaum, Ziegen mekkerten, Schafe blökten. Trotzdem war es sehr still.
»Das ist ein Mißverständnis«, sagte Melbourne. »Das Land ist gut. Es sind die Menschen, die mir fremd bleiben.«
»Was wissen Sie von den Menschen, Lord Melbourne?«
Als sie versuchte, sich zu ihm umzudrehen, verlor sie das Gleichgewicht. Melbourne griff fester um ihre Mitte, und sie richtete den Blick wieder nach vorn. Zwischen Wiesen, Kartoffeläckern und Fuchsienhecken wurde Torf gestochen.
»Kannst du nicht aufhören, mich ›Lord Melbourne‹ zu nennen? Ich habe einen Vornamen, und der ist, falls du's noch nicht weißt, Justin. – Die Iren sind eigenartig und verschlossen. Es wird hier niemals einen wahren Landfrieden geben. Man ist ständig damit beschäftigt, Aufstände zu unterdrükken, die noch gar nicht angezettelt sind, weil es immer irgendwo schwelt. Aber das Thema hatten wir schon.«
Ava nickte. Wenn Padraig wüßte, daß sie mit dem »elenden Melbourne« über Land ritt und letzte Nacht sogar in seinem Bett gelegen hatte! Sie empfand sich als Verräterin, aber das Gefühl ging nicht tief. Was sie einen anderen Mann bei einer anderen Gelegenheit an einem anderen Ort gefragt hatte, fragte sie nun Melbourne: »Was tun Sie hier draußen?«
Da er schwieg, formulierte sie es anders: »Was treibt Sie jedes Jahr nach Delarney?«
»Die Pferde.«
»Nur die Pferde? Warum steht Ihr Gestüt nicht in der Nähe von Dublin, sondern hier, im Westen, weit weg von jedem gesellschaftlichen Leben?«
Sie spürte, daß er nachdachte, und sie spürte auch, daß sich etwas in ihm verhärtete. Fast wünschte sie, nicht gefragt zu haben. Zu ihrer Erleichterung erwiderte er ganz ruhig: »Ich bin gern einsam.«
»Sie meinen allein.«
»Ich meine einsam. Irritiert?«

»Nein.«
»Eben. Abgesehen davon, daß du sehr genau weißt, wovon ich spreche, gibt es mit Sicherheit ebenso viele Leute, die mich für sonderbar halten, wie solche, denen du eigenartig vorkommst.«
»Gehört Ihre Frau zu jenen, die Sie für sonderbar halten?«
»Wir wollen nicht von meiner Frau reden.«
»Verzeihung.«
»Wir wollen lieber sehen, daß du reiten lernst.«
Ava lachte, froh, daß er nicht ärgerlich geworden war, und nahm keineswegs für bare Münze, was er gesagt hatte. Noch immer staunte sie über das Land, durch das sie ritten: Über der einzigartigen Weite lag hartes Licht, die Sonne sengte, Windböen strichen über das kurze Wiesengras und weiße, bauchige Wolken zogen über den Himmel, dessen Blau kräftiger war, als es das Auge ertrug.
Als sie das Gestüt von Delarney erreichten, lief ihnen der Stallmeister entgegen. Melbourne stieg ab, half auch Ava auf sichere Erde und stellte vor: »Das ist Mrs. Cheltenham. – Und du, Ava, siehst vor dir den wichtigsten Mann auf meinem Land, Ryan, den besten Pferdekenner im ganzen County, wenn nicht in ganz Munster.«
Dann richtete er ein paar bemerkenswert herzliche Worte an den großen, breiten Iren, der sich immer wieder unter seinem rotbraunen Bart kratzte. Nachdem man die dringlichsten Sachfragen geklärt hatte, bekam Ryan die Zügel des Rappen in die Hand gedrückt. Melbourne wies Ava die Richtung und führte sie zu den Koppeln. Die meisten Pferde waren draußen. Auf dem Trainingsgelände hinter den Stallgebäuden ließ ein junger Mann eine halbwüchsige Stute an der Longe gehen.
»Versuch's heute abend noch mal mit dem Stangengebiß!« rief ihm Melbourne im Vorbeigehen zu. »Aber nicht länger als eine Stunde. Bleib in der Nähe und paß auf, ob sie frißt!«
Zu Ava sagte er: »Was du hier siehst, sind lauter Vollblüter.«
Sie passierten die erste Koppel und machten vor der zweiten halt. Drei Stuten grasten friedlich neben ihren dünnbeinigen Fohlen.

»Das englische Vollblut ist das beste Pferd, das je gezüchtet wurde«, fuhr Melbourne fort. »Man hat Araberhengste mit einheimischen Rennpferden gepaart, die auf das Galloway-Pony zurückgehen. Das tut man heute noch. Außerdem fing man vor nicht allzu langer Zeit an, Vollblüter untereinander zu kreuzen. Die Rasse ist also noch jung und deshalb gänzlich undegeneriert. Um Zuchtfehler zu vermeiden, legt man inzwischen Stud Books und Pedigrees an. Das sind Stammbäume, die es ermöglichen, die Herkunft der einzelnen Tiere zurückzuverfolgen. – Schau, der Fuchs mit der Blesse und dem weißen Fuß! Mein edelstes Pferd, abgesehen von Black Devil natürlich. Siehst du die vollkommene Flankenlinie?«
Er deutete auf eine Stute, die sehr gerade neben ihrem Fohlen stand und zu ihm und Ava herübersah. Das Fell glänzte seidig in der Sonne und spannte sich glatt über elegante, aber kräftige Muskelbahnen.
»Wie lange züchten Sie schon?« erkundigte sich Ava, ohne sich wirklich dafür zu interessieren.
»Seit zwölf Jahren. Man fängt an und glaubt, bereits viel zu wissen, aber dann merkt man, daß man wenig weiß, und vor allem, daß es nicht genügt, etwas zu wissen. Ein Pferd ist ein höchst empfindsames Geschöpf. Es nimmt alles um sich herum wahr, jede Veränderung, jede Stimmungsschwankung, und reagiert darauf. Die Tiere, die am meisten wahrnehmen, sind die herausragendsten, aber auch die unruhigsten und oft schwer zu bändigen, denn mit dem, was sie wahrnehmen, können sie nicht immer etwas anfangen. Das ist die Krux. Ein Pferd kann unterscheiden und die kleinsten Details erspüren, aber es kann sich keinen Überblick, keinen Gesamteindruck verschaffen. Seiner Feinnervigkeit steht gewissermaßen ein eingeschränktes Auswertungsvermögen gegenüber. Je mehr man aus einem Tier herausholen will, desto schwieriger wird es. Man braucht Geduld und Selbstdisziplin. Mit Gewalt und Jähzorn erreicht man nichts – oder weniger als nichts. Es kommt zu einer nervösen Verwirrung; ein Jungtier, das noch ausgebildet wird, macht dann sogar Rückschritte. Kein Pferd

vergißt je, was es einmal gelernt hat. Unarten, die es sich angewöhnte, kann man ihm nur mühsam wieder abgewöhnen. Gibt man einen Befehl, den es noch nicht kennt oder der einem anderen Befehl widerspricht – letzteres ist fatal –, wird es unruhig. Es bekommt Angst, ist durcheinander und schlägt in seiner Not vielleicht aus. Der Zustand kommt jenem gleich, den man bei Frauen Hysterie nennt.«

»Danke.«

»Das war keine Anspielung.«

»Ach nein?«

Als sie einander ansahen, er bemüht, ernst zu wirken, sie um Strenge ringend, begannen sie zu lachen. Sie stützten sich mit den Unterarmen auf das Gatter und betrachteten dasselbe Fohlen.

»Es ist ganz braun und hat doch vier weiße Füße«, sagte Ava. »Wie hübsch!«

Da Melbourne nichts erwiderte, blickte sie ihn von der Seite an. Auf einmal wunderte sie sich, daß die kalte Gleichgültigkeit, die ihn oft wie ein Mantel umgab, fort war. Nie vorher hatte sie ihn so sorglos und frei von Ironie erlebt. Sein Schmunzeln provozierte sie zu fragen: »Was amüsiert Sie?«

»Daß du hübsch findest, was eine alte Pferdehändlerweisheit so beschreibt: ›Ein weißer Fuß: Kauf es! Zwei weiße Füße: Versuch es! Drei weiße Füße: Hab deine Zweifel! Vier weiße Füße: Erschieß es!‹«

»Pferdehändlerweisheit? Ich denke eher: Pferdehändlerhumor.«

Melbourne winkte ab.

»Fest steht«, sagte er, »daß ein Pferd mit vier weißen Füßen kein Glück bringt. Ich bin wirklich nicht abergläubisch, aber mit weißen Fesseln habe ich schon meine blauen Wunder erlebt. Sie scheinen weniger Feuchtigkeit zu vertragen, sich leichter Entzündungen zu holen und nicht zuletzt rascher auszuschlagen. Im Herbst machen Pferde mit weißen Füßen eine Menge Ärger.«

»Sie schwindeln!« rief Ava.

»Aber nein! Es ist so. Hoffen wir dennoch, daß mich Whitefoot eines Besseren belehrt.«
»Heißt er wirklich so?«
»*Sie* heißt so.«
»Ich glaube, daß aus ihr etwas Besonderes wird. Sie macht einen eigenwilligen Eindruck. Das spricht durchaus für sie.«
»Ich merke schon, du bist auf ihrer Seite. In den nächsten Tagen soll sie an das Halfter gewöhnt werden. Ich verspreche dir: Sie wird sich länger dagegen wehren als die beiden anderen Fohlen, die keine weißen Füße haben.«
»Aber sie wird nicht erschossen?«
Avas Lächeln fing spöttisch an und wurde schließlich auf eine für sie ganz ungewöhnliche Weise mädchenhaft und kokett. Ihr Gesicht veränderte sich so sehr, daß Melbournes Grinsen zu einer neugierigen Herausforderung gedieh. Davon verunsichert, nahm sie die Arme vom Gatter und lehnte sich dagegen, um den gelassen grasenden Pferden zuzuschauen, die ab und zu mit den Ohren zuckten. Plötzlich machte das Fohlen mit den weißen Füßen einen Bocksprung. Seine Koppelgenossen stoben auseinander. Ohne sich von der idyllischen Szene abzuwenden, aber verwirrt, weil sie sich von Melbourne beobachtet fühlte, fragte Ava: »Warum sehen Sie mich so an?«
»Weil ich nicht weiß, was ich von dir zu halten habe.«
»Interessiert es Sie, was ich von Ihnen halte?«
»Ich glaube es zu wissen.«
»Und?«
»Es senke sich Schweigen darüber!«
»Vielen Dank für den freundlichen Dispens, Mylord!«
»So!« rief er. »Jetzt ist es genug! Da du dir meinen Vornamen offenbar nicht merken kannst, wirst du auf einem Pferderükken dafür büßen! Komm mit!«
»Nein!«
Obwohl sie sich wehrte, allerdings eher belustigt als entschieden, gelang es Melbourne, sie zurück zu den Stallungen zu bugsieren.
»Ryan!« schrie er übermütig. »Ein Pferd für die Dame! Gesat-

telt! Am besten Silver Velvet.« Er blinzelte Ava zu und versicherte: »Das alte Mädchen hat noch Temperament für zwei!«
»Ich will aber nicht!«
»Wenn du Irland verläßt, sollst du wenigstens in der Lage sein, dich aufrecht im Sattel zu halten. Eine Frau wie du – und kann nicht reiten! Lächerlich!«
Ava versuchte ihm diesen Plan auszureden, doch schon nach wenigen Minuten führte Ryan einen Apfelschimmel vor, der bereit zum Ausritt war. Die Stute schlug mit dem Schweif aus, blieb aber ruhig vor Ava stehen.
»Nicht doch«, protestierte sie. Da sie dauernd lachen mußte, vermochte ihre Angst jedoch niemanden zu überzeugen.
»Ich komme mit der Dame und dem Pferd allein zurecht«, sagte Melbourne, und Ryan zog von dannen.
Mit der Unterlippe zwischen den Zähnen blickte Ava an Silver Velvet hoch.
»Könnten wir nicht mit einem Pony anfangen?«
»Wir könnten schon, aber wir tun es nicht. Also! Steig in meine Hände, ich helfe dir hinauf! Los! Wo bleibt dein Fuß?« Er hatte sich mit ineinandergehakten Fingern vorgebeugt und wartete. Widerstand war zwecklos. Also leistete sie Gehorsam. Sie wurde hochgeworfen – und saß im Sattel.
»Und jetzt?« fragte sie erschrocken. Eigentlich wagte sie kaum zu atmen. Da sie sich so steif hielt, als fürchte sie, das Pferd mit einer bloßen Kopfbewegung zum wildesten Parforceritt zu animieren, hob Melbourne amüsiert die Brauen.
»Jetzt führe ich dich herum. Hast du geglaubt, ich setze dich auf meinen feurigsten Hengst, damit er mit dir durchgeht? Da! Nimm die Zügel!«

Als Ava am Abend den Küchentisch deckte, umlauerte sie feindliches Schweigen. Wer sprach, tat es so leise, daß die unbedeutendste Bemerkung wichtig klang. Padraig ließ über Flint ausrichten, daß er nicht zum Essen käme.
Mit einem wenig freundlichen Blick nach Ava fragte Mrs. O'Down: »Wo ist er denn?«

»In der Scheune«, antwortete Flint.
Die stumme moralische Ächtung tat ihre Wirkung. Um nicht in die Verlegenheit zu geraten, hilflos herumzustehen, trödelte Ava mit dem Besteck. Erst als Dunby aus dem Weinkeller zurückkehrte und zur Mahlzeit rief, legte sie die letzte Gabel auf den Tisch.
Mrs. O'Down sprach das Tischgebet, und alle senkten die Köpfe. Nur Eileen schaute Ava vom ersten bis zum letzten Wort böse an und zuckte kein einziges Mal mit der Wimper.
Die so Verfemte ging früh zu Bett. Man hatte ihr die Laune verdorben.
In zwei Wochen würde sie in Bristol sein; natürlich war sie entschlossen, um Hester einen weiten Bogen zu machen. Daß sie weiterhin unter Daniel Cheltenhams Vormundschaft stand, machte ihr zu schaffen; andererseits: wer würde in London danach fragen? Eine Witwe war sie – und deshalb frei!
Während sie den Beutel mit den dreihundert Sovereigns umklammerte und alle Schwierigkeiten bedachte, die ihr auf dem Weg zum eigenen Geschäft hinderlich sein könnten, schlief sie ein. Sie träumte von einer bimmelnden Ladenglocke, kichernden Lehrmädchen und hohen Regalen voller Stoffballen. Sie träumte aber auch davon, mit Jonathan Gildale, der immerzu »Alles wird gut!« rief, durch St. Paul's zu tanzen, das aussah wie St. Mary Redcliffe.
Als sie am nächsten Tag, erneut von kühlem Schweigen umgeben, beim Morgentee saß, bequemte sich Melbourne höchstpersönlich in die Küche. Alle sprangen vom Frühstückstisch auf. Die Mädchen gingen in die Knie, Mrs. O'Down und Flint neigten die Köpfe; der Gärtner war noch nicht da und Padraigs Verbleib ungewiß. Nur Ava rührte sich nicht von der Stelle und harrte der Dinge.
»Guten Morgen!« rief Melbourne vergnügt.
»Guten Morgen, Mylord«, stammelte Dunby, der sich nicht erinnerte, »den Herrn« jemals in der Küche begrüßt zu haben.
Melbourne sah nur Ava an.
»Kommen Sie, Mrs. Cheltenham!« sagte er. »Kleiden Sie sich

um! Sie brauchen vor allem andere Schuhe. Wir machen einen Ausflug!«

Dann wandte er sich an seinen Butler: »Mrs. Cheltenham ist von Stund an mein Gast und daher von allen Tätigkeiten im Haus entbunden. Da sie in Kürze nach England heimkehren wird, leistet sie mir Gesellschaft, bis sie uns verläßt. Ab heute sind zu jeder Mahlzeit zwei Gedecke im Herrenzimmer aufzutragen. Ach ja, Dunby, noch etwas: Lassen Sie ein Gästezimmer im Südflügel herrichten!«

Er gab Ava den Vortritt und stieg hinter ihr die hühnerleiterschmale Treppe vom Souterrain in die Halle hinauf.

»Glauben Sie, das war richtig?« fragte Ava. Sie wirkte belustigt. Auf Melbournes verständnislosen Blick entgegnete sie: »Ich sorge mich nicht um *meinen* Ruf. *Sie* schaffen sich einen schwierigen Stand, riskieren Ihren Leumund und machen Ihre Frau zum Gespött.«

»Meine Frau hat dich nicht zu kümmern. Fürchtest du etwa um meine Autorität?«

»So weit würde ich nicht gehen.«

»Was Lakaien von mir denken, ist mir egal. Auf Delarney Land geschieht, was ich wünsche, nicht, was das Personal für angemessen hält. Habe ich nicht versprochen, dir das Reiten beizubringen? Nun? Willst du nicht hinauflaufen und dich umziehen? Schürzen und Hauben schätze ich nicht besonders.«

Melbourne hatte bereits seine Breeches, hochschaftige Stiefel mit weichen Wildlederstulpen, den Reitcut mit den Samtaufschlägen und schwarze Lederhandschuhe an.

»Was zögerst du?«

Ava lachte, eilte zur Treppe, drehte sich dort noch einmal um und spöttelte: »Ich fliege ja schon, *Mylord!*«

Keine zehn Minuten später kehrte sie in ihrem besten Kleid aus zitronengelbem, über der Brust mit Stickereien durchbrochenem Musselin zurück, dessen hochangesetzte Taille ebenso altmodisch war wie der einst lädierte, inzwischen mit den Federn einheimischer Vögel geschmückte Hut auf ihrem

Kopf. Über ihrem Arm hing das Pelerinencape, für das es eigentlich zu warm war und dessen sie sich seiner Zerschlissenheit wegen ein bißchen schämte. Sogar die Glacéhandschuhe, die sie seit Monaten schonte, hatte sie mitgebracht. Melbourne schaute auf ihre Füße und quittierte die festen Lederschuhe, die sie schon gestern getragen hatte, mit einem zustimmenden Nicken. Sie kontrastierten deutlich zu ihrem Versuch, elegant und damenhaft zu erscheinen.

»Eine praktische Frau! Außergewöhnlich!« bemerkte er.

Von da an nahm er sie jeden Morgen mit auf sein Pferd, das er taktvollerweise allein bei Padraig abholte. Er brachte sie zum Gestüt, wo er ihr befahl, auf Silver Velvet umzusitzen. Drei Tage lang ließ er sie an der Longe gehen. Dann ritten sie zum erstenmal zusammen über Land. Ihre friedliche Stute hielt sich ruhig neben seinem wohl nur von ihm zu bändigenden Hengst.

»Nun?« fragte er.

»Es gefällt mir«, sagte Ava.

Am Abend taten ihr vom Bauchnabel abwärts alle Muskeln weh. Sie frühstückte jeden Morgen mit dem Mann, der sie für dreihundert Pfund in Gold gekauft hatte, sie begleitete ihn, wenn er sein Tagwerk erledigte, sie saß ihm beim Dinner gegenüber, sie plauderte und stritt mit ihm, sie spielte ihm Musik vor, und sie machte sich darüber lustig, daß er noch nie von Beethoven gehört hatte. Eigentlich kamen sie aus einander verwandten Welten und sprachen dieselbe Sprache.

Melbourne rüttelte nicht an der einmal getroffenen Übereinkunft. Eine einzige Nacht hatte er von ihr verlangt. Diese Nacht war nach wenigen Minuten zu Ende gewesen. Im nachhinein mochte ihn das ärgern, doch er äußerte sich nicht dazu. Er widmete Ava seine Tage und seine Abende, versuchte aber keineswegs, ihr seine Nächte aufzuzwingen.

Als sie am Sonntag nach dem Dinner entspannt den Kopf zurücklehnte und eine ebenso ironische wie frivole Bemerkung fallenließ, schaute er auf ihre Lippen und sagte: »Vorsicht!«

Ob Aleister in Schottland das Mädchen mit dem »überaus begabten Mund« wiedergefunden hatte? Komisch: Es erschien ihr belanglos. Aleister war nicht mehr da.
Daß sie von der Dienerschaft »Melbournes Hure« genannt wurde, daß man sie über die allernötigsten, einem Gast auf Delarney zustehenden Höflichkeitsfloskeln hinaus schnitt und daß Flint ihr herablassende Blicke zuwarf, wenn er im Herrenzimmer servierte, hätte sie wenig beeindruckt.
Manchmal erinnerte sie sich allerdings an Padraigs Ausspruch »Er ist der Herr«. Dann spürte sie einen Stich in der Magengegend.
Ava und der Stallknecht von Delarney House liefen sich selten über den Weg, und wenn es geschah, tat er so, als sähe er sie nicht. Nur einmal traf sie sein Blick, und dieser Blick war haßerfüllt und geringschätzig. Was sie empfand, schob sie von sich fort. Jeder Tag brachte sie England vierundzwanzig Stunden näher. Nur das zählte.
Sie schlief in einem der Gästezimmer im Südflügel, in jenem Raum, den auch Margaret Gregory bewohnt hatte, trank Wein und aß von kostbaren Porzellantellern. Daß sie täglich ein Bad nehmen konnte, freute sie am meisten. Melbourne gab ihre Wünsche an Dunby weiter. Auf diese Weise kam es zu keinerlei peinlichen Konfrontationen zwischen ihr und der Dienerschaft, zu der sie so lange gehört hatte. Ava wußte, daß ihr kultischer, monatelang unterdrückter Waschzwang für Gesprächsstoff in der Küche sorgte. Sie betrat das Badezimmer erst, wenn Flint und Eileen, denen es oblag, die Wanne mit heißem Wasser zu füllen, hinausgegangen waren.
Eines Abends ärgerte sich Melbourne über die leere Sherrykaraffe. Als Ava aufstand, um mit unbeabsichtigter Selbstverständlichkeit an der Klingelkordel zu ziehen, beobachtete er sie neugierig, aber ohne etwas zu sagen.
Eine wunderbare Heiterkeit machte die gemeinsam verbrachten Tage licht. Gelächter brach an, erstarb und triumphierte erneut. Ava entsann sich nicht, je vorher in ihrem Leben so viel gelacht zu haben wie jetzt mit Melbourne, dem Mann,

von dem sie angenommen hatte, er könne gar nicht lachen. Er konnte! Und wie!

»Aufhören!« rief sie eines Abends. »Ich kann nicht mehr, Justin!« Sie hatte ihn beim Vornamen genannt, zum erstenmal. Als er ihr Wein nachschenken wollte, erhob sie sich, um auf den Balkon hinauszutreten. Er folgte ihr.

Die Augustnacht war klar und lau. Sternschnuppen fielen in die Dunkelheit und verglühten. Ava legte eine Hand auf die Brüstung. Hinter ihr sagte Melbourne: »Ich muß noch ein Knabe gewesen sein, als ich das letzte Mal so unbeschwert war.«

Lächelnd drehte sie sich zu ihm um. Fast war sie hübsch. Das Strenge, Abweisende hatte ihr Gesicht verlassen. Sie war zwanzig Jahre alt – ganz unbemerkt hatte sich ihr Geburtstag gejährt – und fühlte sich jung wie lange nicht mehr, wie vielleicht überhaupt noch nie, gerade so, als habe sie nur ein paar Nächte schlecht geträumt, als gäbe es einzig eine Zukunft und keine Vergangenheit, als leuchte der Mond allein für sie.

Später wurde sie von Melbourne bis vor die Tür ihres Schlafzimmers begleitet. Er küßte sie auf die Stirn und sagte: »Gute Nacht, Ava.«

Von da an dachte sie nicht mehr: noch fünf Tage! Sie dachte: *nur* noch fünf Tage!

»Du kannst nicht gehen, ohne auf Valencia Island gewesen zu sein!« behauptete Melbourne.

Am Mittwoch sollte sie reisen, am Montag ritt er mit ihr zu der kleinen Insel, die am Ortseingang von Portmagee mit dem irischen Festland durch eine ebenso lange wie schmale, rundbogige Steinbrücke verbunden war, deren Errichtung Melbourne vor mehr als zehn Jahren veranlaßt hatte.

Valencia Island klingt im Gälischen weniger spanisch als im Englischen und heißt »Oilean Beal Inse« – Insel an der Mündung des Flusses. Der Fluß ist der offene Fjord, der sich zwischen Insel und Land geschoben hat.

In der Ebene von Valencia wagte Ava, die bereits sehr sicher

auf dem Rücken von Silver Velvet saß, ihren ersten freien Galopp. Da sie keinen Hut trug, löste sich ihr schulterlanges Haar aus dem Chignon und flatterte im Wind.
Melbourne rief ihr zu: »Na, was ist das für ein Gefühl?« Er blieb ein Stück hinter ihr, damit sie das Tempo bestimmen konnte.
Statt zu antworten, lachte sie in den weiten Himmel hinein. Übermütig geworden, versuchte sie, sich nach Melbourne umzudrehen, und fiel dabei fast aus dem unbequemen Damensattel. Ehe sie an den Zügeln ziehen und wieder sicher werden konnte, mußte sie mit beiden Händen in die Mähne der Stute greifen.
Auch Melbourne zwang seinen Rappen in mäßigen Trab und ließ ihn neben ihrem Schimmel gehen. Schweigend genossen sie das Licht und die Wärme und die Sommerluft. Ein paar Schafe standen im hohen Gras und beäugten die querfeldein reitenden Ankömmlinge. Es gab keine markierten Wege.
Im Westen stieg die Ebene zu einem steilen Hügel an. Die Pferde hatten Mühe, ihn zu erklimmen. Je näher die Küste kam, desto karstiger wurde das Weideland. Die See glitzerte. Ava glitt aus dem Sattel, nahm Silver Velvet an der Trense und ging zu Fuß weiter. Wahrscheinlich hatte sie Angst, die Stute könne vor dem Abgrund, der sich bald auftun mußte, scheuen und kopflos in die Tiefe springen.
Melbourne ritt voraus. Auf dem windigen Hochplateau brachte er seinen Rappen zum Stehen. Ava verhielt den Schritt und blickte bewundernd zu dem Mann auf, der sie vor weniger als zwei Wochen, und doch kaum noch wahr, für eine Nacht besessen hatte. Stolz und aufrecht saß er auf seinem schwarzen Hengst – jeder Zoll Selbstsicherheit, halb Gentleman, halb Zigeuner. Schließlich stieg er ab, tätschelte Black Devils Hals und wartete, bis Ava ihn erreicht hatte. »Na, ist *das* ein Ausblick?« fragte er.
Unter ihnen, in einem kalt brodelnden Kessel, donnerte die Brandung tosend und weiß gischtend gegen die Klippen. Schaumstrudel umtanzten zerklüftete Riffe. Über schroffen

Felsvorsprüngen kreisten klageschreiende Seevögel. Das Meer war von intensivstem Blau, nur dort, wo es den Horizont zu berühren schien, hing matter Dunst. Im Süden war die zerrissene Steinküste von Kerry zu sehen, weiter westlich erhoben sich die spitzen Giebel der Skellig-Inseln.

Ava blinzelte, um das Leuchten der Sonne, die sich grell im Himmel und Wasser spiegelte, ertragen zu können. Als sie sich einen Schritt weiter vorwagen wollte, sträubte sich ihr Schimmel. Er rollte die Augen, wieherte, trat nervös auf der Stelle und wendete den Kopf so heftig, daß das Zaumzeug rasselte. Besänftigend streichelte Ava seinen fahlblonden Schopf. »Ruhig, ganz ruhig, mein Guter.«

Melbourne beobachtete sie. Nach einer Weile sagte er: »In London wirst du dich in Droschken herumkutschieren lassen; dabei kannst du's mit Pferden. Ich habe noch keine Frau gesehen, die sich so schnell so beachtlich im Sattel hielt wie du. Würden wir übermorgen nicht aufbrechen, käme ich auf den Gedanken, dich auf Sansibar zu setzen.«

Ava schaute in die Ferne. Übermorgen... Ihre Papiere für die Passage nach Bristol lagen in Dublin bereit. Als sie spürte, daß Melbourne ihren Mund betrachtete, blickte sie zu ihm auf. Leise, aber so deutlich, daß er die Worte von ihren Lippen lesen konnte, sagte sie: »Es ist also soweit.«

Der Wind verfing sich in ihrem Cape und wickelte es ihr um die Beine. Um ihre Wangen wehten Fäden ihres Haars. Melbournes Kiefer spannten sich. Ehe er sich abwenden konnte, legte Ava eine Hand auf den Ärmelaufschlag seines Rocks. Obwohl ihre Augen die seinen festhielten, sah er sie nicht an, sondern durch sie hindurch. Die Falte zwischen seinen Brauen wurde immer tiefer. Auf einmal schien ihn etwas Hartes, allzu Beherrschtes ganz und gar auszumachen und in düstere Seelenlosigkeit zu hüllen.

Ava trat dicht vor ihn hin und ließ den Kopf in den Nacken fallen. Ihre Lippen zitterten, und um ihre Nasenflügel war ein eigentümliches Vibrieren. Ergeben und gleichzeitig fordernd senkte sie die Lider.

Melbournes Miene wurde abschätzend und spöttisch. »Keine großen Gefühle jetzt«, sagte er.
Dann bestieg er sein Pferd und ritt voraus.

Drei Stunden später kauerte Ava mit angezogenen Beinen auf dem Bett und wußte nicht, was sie tun sollte. Sie mochte nicht ins Herrenzimmer gehen, wo Dunby in wenigen Minuten das Dinner auftragen würde. Sie hatte keinen Hunger. Vor allem fürchtete sie, Melbourne nicht mehr so zwanglos wie bisher gegenübertreten zu können. Womöglich wollte er sie gar nicht sehen.
Die Tischuhr zeigte kurz nach acht. Wenn es ihn danach verlangte, mit ihr zu dinieren, mußte er jetzt nach ihr schikken. Zum Tee hatte sie vergeblich auf seine Einladung gewartet. Er schien sie nicht zu vermissen.
Voller Unruhe stand sie auf, um im Zimmer hin und her zu gehen. Schließlich öffnete sie ein Fenster. Der Park badete in mildem Abendlicht. Letzter Sonnenglanz vergoldete den Rasen. Zwischen den Bäumen, die lange Schatten warfen, pickten Vögel nach Mücken. Ein Sommerabend, einer der letzten. Und Melbourne kam nicht!
Ava setzte sich vor den Toilettenspiegel. Kein Wunder. Obwohl sie sich in den vergangenen Tagen viel in der Sonne aufgehalten hatte, war sie blaß, zu blaß. Und ihre Augen, diese eigenartig eindringlichen, verschiedenfarbigen Augen in einem herb konturierten Gesicht mit zu großer Nase, löschten das Begehren, das der Mund zu wecken vermochte. Seit ihrer Schwangerschaft rundete sich eine kleine Bauchwölbung zwischen ihren Hüften, doch ansonsten war sie mager und eckig geblieben.
Da Ava sich die meiste Zeit ihres Lebens geschlechtslos gefühlt hatte, war es ihr gelungen, sich einigermaßen mit ihrem Aussehen abzufinden, doch immer dann, wenn sich die Frau in ihr regte, wünschte sie, auf so gefällige Weise hübsch zu sein wie eine Dorothy Bentwood, eine Laurabell Melbourne, eine Margaret Gregory oder wenigstens eine Eileen Namenlos.

In England, so nahm sie sich vor, würde sie vergessen. Sie hatte schon Unangenehmeres hinter sich gebracht. Mit allem, was ihr bisher widerfahren war, konnte sie leben. Schaudernd zog sie in Betracht, eventuell schwanger zu sein. Ihre Stimmung wurde düster. Da sie erkannte, daß es nicht weiterhalf, grübelnd herumzusitzen, beschloß sie, noch einmal zu einem Spaziergang nach Clonmara Abbey aufzubrechen. Sie machte sich ausgehfertig und lief in die Halle hinunter, wo ihr Flint begegnete, der unter einer Silberglocke Melbournes Dinner nach oben trug. Ohne seinen pflichtschuldigen Gruß zu erwidern, schlüpfte sie durchs Hauptportal aus dem Haus. Kieselsteine knirschten unter ihren Füßen.

Schon kurz hinter der Auffahrt stieß sie auf Padraig, der im Abendbrot auf einem Mauervorsprung saß und melancholisch Mundharmonika blies. Er ignorierte sie, sie ignorierte ihn. Trotzdem hatte sie das Gefühl, als spiele er zornig hinter ihr her.

Sie ging schnell, fast gehetzt. Nach einer halben Stunde erreichte sie die Abteiruine. Seit sie in Irland war, hatte sie sich nach Hause gesehnt; jetzt, wo es Abschied zu nehmen galt, spürte sie etwas vom Geheimnis der Insel.

Sie erklomm den Hang und hielt Ausschau. Die weite, sanft gewellte Ebene lag in dunstiger Dämmerstille. Tau netzte das Gras. Es war, als beuge sich der Himmel über die Erde. Im Westen, hinter den flachen Hügeln, sank die Sonne durch rosenfarbene und violette Schleier ins Meer.

Der Wind strich über die hohen Grashalme, und die Keltenkreuze ragten dunkel in das erlöschende Licht.

Während Ava durch letzte Zeugnisse einer vergangenen Zeit streifte, entsann sie sich des Bibelworts: »Ein Mensch ist in seinem Leben wie Gras, er blühet wie eine Blume auf dem Felde; wenn der Wind darüber geht, so ist sie nimmer da, und ihre Stätte kennet sie nicht mehr.«

Eine Viertelstunde und länger stand sie im Abendwehen und lauschte auf das, was der Wind ihr zuflüsterte.

Plötzlich schnaubte hinter ihr ein Pferd. Sie drehte sich um und erblickte Melbourne. Er sprang aus dem Sattel und band seinen Rappen an einen Säulenstumpf. Ohne ein Wort zu sagen, kam er auf sie zu. »Stimmt es, daß ich auf dich gewartet habe?« fragte sie.

Justin Melbourne antwortete nicht. Er küßte sie.

Und dann liebten sie sich im taufeuchten Gras zwischen den Hochkreuzen von Clonmara Abbey.

Dreizehntes Kapitel

Der Herbst kam mit Stürmen, deren Gewalt Bäume fällte. Er brachte kühlen Morgendunst, Regenschauer, ein letztes Aufflackern des Nachsommers, Dämmergrau und lange Nächte.

Tagsüber ritt Ava mit Melbourne über Land. Sie begleitete ihn bei seinen Rundgängen durch die Boxen, stand daneben, wenn er mit Ryan sprach, und begutachtete unter seiner Aufsicht den Zustand der Koppelgatter und des Sattelzeugs.

Sie lernte, ein Stammbuch zu lesen, unwillige Enter an der Longe zu führen, Kreuzverschläge zu behandeln und gewöhnliche Stalldienste zu verrichten. »Um mit Pferden vertraut zu werden, muß man sich mit ihnen beschäftigen und selber Hand anlegen«, erfuhr sie von Melbourne. Schon Ende Oktober saß sie so sicher auf Sansibar, dem eigenwilligen Wallach, als wäre sie auf einem Gestüt groß geworden.

»Im Frühling«, versprach Melbourne, »werde ich einen nervösen Junghengst für dich aussehen und dich die Meisterprüfung machen lassen!«

So waren die Tage.

Abends, wenn Melbourne die Tür zum Großen Salon verriegelte, streckte sich Ava auf den Fellen von Delarney-Schafen vor dem Kaminfeuer aus und zitterte im Vorgefühl einer unbeherrschten, archaischen Lust, die ohne bizarres Raffinement und ohne diabolische Spiele auskam.

Draußen fauchte der Wind durch die nebelkalte Finsternis, und drinnen, vor den züngelnden Flammen, sagte ein Mann einer Frau, daß sie in ihrer sinnlichen Selbstvergessenheit schön sei. »Ich habe gewußt, daß du eine Löwin bist«, wiederholte er Nacht für Nacht.

Ava hatte aufgehört, irgend etwas zu hinterfragen. Einmal in ihrem Leben wollte sie nichts als genießen, frei von Zweifeln an sich selbst und ohne dem Mann zu mißtrauen, den sie begehrte. Mit Händen, Fingerspitzen, Wangen, Lippen und Zunge entdeckte sie seinen sehnigen, muskelharten Körper, dessen Kraft sie überwältigte. Sie wühlte sich in den herbsüßen, berauschenden Geruch seiner Haut, einer Haut, die sich viel geschmeidiger anfühlte, als sie vermutet hatte, und wußte nur, daß sie ihn wollte, ihn und nichts als ihn: den Mann, der sie gekauft hatte.

Wenn er sie schließlich nahm, immer ein bißchen rücksichtslos, immer wie ein Raubtier, das seine Beute reißt, gelegentlich von ihrem heiseren »Noch nicht... warte!« unterbrochen, sprudelten einander hetzende Worte aus ihm heraus, Satzfetzen und Beteuerungen, die sie ebenso atemlos erwiderte und an die sie sich hinterher nur noch dunkel erinnerte.

Am letzten Oktobertag ritt Melbourne allein durch die dichten Nebelfelder nach Waterville. Als er zurückkehrte, hatte er ein Geschenk für Ava in der Tasche, ein Parfum, dessen Duft die Frische von Limonen mit dem schwülen, bitter nachwirkenden Versprechen von Chypres verband. Es kam aus Paris und hieß *Bonheur d'instant* – das Glück des Augenblicks.

Ava plazierte das überraschende Präsent zwischen Padraigs Nelkenöl und Aleisters Arsen auf ihren Frisiertisch. Nachdenklich betrachtete sie das sonderbare Triumvirat.

Am anderen Morgen erwachte Melbourne mit Kopfschmerzen und schlechter Laune. Er schimpfte über den Frühstückstee, nannte ihn Wasserbrühe und weigerte sich, ihn zu trinken. Einen Moment lang fürchtete Ava, er würde die Tasse samt Kanne gegen die Wand werfen. Während er um Beherrschung rang und in seine Reitstiefel stieg, sprach er davon, nicht mehr lange auf Delarney bleiben zu können. Von einem Anwaltstermin in Dublin, einer nicht zu verschiebenden Inspektion der Bücher, dringenden Geschäften und der Notwendigkeit, ganz allgemein nach dem Rechten zu sehen, war die Rede. Schließlich schreibe man bereits den ersten November.

»Ich verstehe«, sagte Ava.
Obwohl sie spürte, daß sie ihm lästig war, ritt sie mit ihm zum Gestüt, wo sie jedoch nicht an seiner Seite verweilte, sondern dem Stallburschen beim Ausmisten der Boxen half.
Am Abend, nach einem schweigsamen Dinner, starrte Melbourne mit leerem Blick in die gelb züngelnden Flammen im Kamin. Ava betrachtete sein Gesicht, in das mit dem Mißmut auch die Jahre eingebrochen waren. Er kam ihr müde und seltsam verloren vor. Da sie seine Gedankenkreise nicht zu stören wagte, spielte sie ein bißchen Klavier, hörte ihn aber bald sagen: »Geh jetzt schlafen.«
In der Hoffnung, ihn am nächsten Morgen in besserer Stimmung vorzufinden, gehorchte sie. Die Hoffnung trog.
Wortkarg und mürrisch saß er am Frühstückstisch. Als sie es nach zehn Minuten aufgab, sich um eine Konversation zu bemühen, verfügte er: »Ich will allein sein.«
Er preschte ohne sie zum Gestüt und sorgte am Abend dafür, daß ihr das Dinner aufs Zimmer gebracht wurde. Da sie in dieser Nacht lange nicht einschlief, erwachte sie am nächsten Vormittag sehr spät. Sie trödelte beim Ankleiden, ging schließlich in den Großen Salon hinunter, verzichtete darauf, etwas zu essen, und setzte sich ans Klavier, wo sie versuchte, sich an eine bestimmte Stelle in Händels Messias-Oratorium zu erinnern. Mindestens eine Notenzeile fehlte ihr.
Als sie Melbourne zurückkommen hörte, eilte sie auf ihr Zimmer. Das ganze Haus litt mittlerweile unter seiner Gereiztheit. Er gab sich barsch, geriet schnell in Rage und wurde laut, weil sein Schlafrock nicht dort hing, wo er hingehörte. Die Dienerschaft schlich auf Zehenspitzen durch die oberen Stockwerke, und Ava ließ sich nicht sehen.
Am Morgen darauf beobachtete sie vom Fenster aus eine heftige Auseinandersetzung zwischen Melbourne und Padraig. Der Herr holte mit der Reitpeitsche aus und schlug sie dem Knecht um die Schulter. Unangenehm berührt, runzelte sie die Stirn.
Obwohl es ihr nicht leichtfiel, nach Dunby zu klingeln, über-

wand sie sich dazu. Sie mußte unbedingt ein Bad nehmen! Im warmen, mit Nelkenöl parfümierten Wasser döste sie eine Stunde lang vor sich hin und übte sich in der Kunst, nichts zu denken. Den Nachmittag brachte sie damit zu, in einem galanten Roman zu blättern, den sie sich aus der Bibliothek geholt hatte. Nach Musik war ihr nicht zumute.

Melbourne kehrte später als gewöhnlich – es war bereits dunkel – vom Gestüt zurück und fand sie im Salon, wo sie im Schneidersitz auf einer der Chaiselonguen saß und zu lesen vorgab. Der Blick, den sie zu ihm hob, war voller Befremden, in seinem lag Entschlossenheit.

Als sie aufstand, verriegelte er die Tür. Sie wich zwei Schritte zurück, er kam auf sie zu. Sein Schatten zitterte im Flammenschein, ihrer zog sich lang und schmal über die Bilder an der Wand. Während sie auf etwas zu warten schien, verhärteten sich seine Kiefermuskeln. Plötzlich stürzten sie ineinander. Sie kämpften, sie rangen und sie besiegten sich gegenseitig. Er nahm sie auf dem Fußboden, und es war intensiver als je zuvor. In der gewalttätigen Raserei keimte etwas Verzweifeltes, das beide unerhörte Dinge sagen ließ.

Später dinierten sie im Herrenzimmer. Ava verspeiste wortlos ihr Hammelkotelett und ein paar Löffel Bohnen, und Melbourne sprach zwischen hastigen Bissen über das Fohlen Whitefoot, das mittlerweile den Halfter akzeptiere, aber an der Hufrehe leide: »Vier weiße Fesseln, wußt' ich's doch!«

Sein Monolog dauerte an. Als er einen Schluck Wein trank, legte Ava ihr Besteck beiseite und fragte: »Ist das alles, was du mir zu sagen hast?«

»Nein.«

Es schob den Teller von sich. Sein Schweigen war nachdenklich.

»Ich höre«, drängte sie.

Zuerst spottete er: »Wie inquisitorisch!« Dann wurde er ernst: »Ich habe vor, morgen nach Dublin aufzubrechen. Während meiner Abwesenheit wirst du auf Delarney den Rang einer Mistress bekleiden. Selbstverständlich steht dir in dieser Position die Schlüsselgewalt zu. Dunby ist angewiesen, sich deinen Wünschen zu fügen. Auch mit Ryan habe ich gesprochen. Ich sähe es nämlich gern, wenn du dich, von ihm unterstützt, um die Enter und die Zweijährigen kümmern würdest, solange ich fort bin.«

Ava starrte in die Flamme einer Kerze. Ihre Augen wurden schmal. »Für deine Dienstboten bin ich ihresgleichen und obendrein deine Hure«, sagte sie. »Du provozierst einen Eklat. Mätressenwirtschaft gehört nicht zu den hiesigen Gepflogenheiten. Den Respekt, den man einer Mistress schuldig ist, wird man mir verweigern.«

»Das dürfte auf dich ankommen. Außerdem bin ich Herr auf Delarney. Mein Wort ist Gesetz. Wer sich nicht beugt, muß sich sein Auskommen anderswo suchen.«

»Du magst Herr auf Delarney sein. *Mein* Herr bist du nicht. Wenn ich deine Launen bisher ertragen habe, vor allem die der letzten zwei Tage, heißt das keineswegs, daß ich dir ergeben bin.«

»Hast du andere Pläne?«

»Ich könnte meine dreihundert Pfund nehmen und Irland den Rücken kehren.«

»Das könntest du.« Melbourne erhob sich. Er ging zum Fenster und schaute in die Dunkelheit hinaus. Schließlich trat er hinter Ava und stützte sich mit den Unterarmen auf die Rückenlehne ihres Stuhls. »Du bist frei. Du kannst tun und lassen, was dir gefällt. Ich lege dir nichts in den Weg. Allerdings hielt ich dich für eine Frau, die sich von meinen ›Launen‹ – hm – nicht schrecken läßt. Diese ›Launen‹ kommen und gehen. Sie beginnen mit einem Druck hinter der Stirn und machen mich im großen gleichgültig und im kleinen reizbar. Es ist jedesmal, als fülle eine Blase, die platzen will und nicht kann, meinen Kopf. So eine ›Laune‹, ein schwarzes Loch, das in mir ist, ja, das ich selber bin, klingt meistens nach ein paar Tagen ab. Solange sie dauert, tut man gut daran, mir aus dem Weg zu gehen. Jede Bagatelle, jedes falsche Wort kann meinen Jähzorn wecken. Vor vier Jahren habe ich meine

Frau, unbeherrscht, wie ich in diesem Zustand bin, gegen ihren Frisiertisch geworfen. Was darauf stand, ging zu Bruch. Sie lag blutend inmitten von Scherben. Entsetzt?«

»Nicht einmal erstaunt. Warum willst du, daß ich bleibe, Justin?«

Noch immer stand er hinter ihr. Seine Hände wanderten über ihre Schultern. Als sein Mund ihre Schläfe berührte, schloß sie die Augen.

»Weiß der Teufel!« zischte es an ihrem Ohr. »Du bist nicht wie andere Frauen. Von den blutleeren Salonschönheiten und den zimperlichen Treibhausgewächsen, die mir so zuwider sind, hast du nichts. Wenn du kühl und streng und beherrscht tust, gleichst du einer Internatsvorsteherin, und obwohl du denkst und handelst wie ein Mann, bist du doch mehr Frau als all jene, die den ganzen Tag zwitschern und flöten und kokettieren. Und außerdem ...« Sein bartstoppeliges Kinn rieb über ihre weiche Wange, und seine Hände preßten ihre Brüste, die nur von einem lose gesteckten, sofort verrutschenden Tuch bedeckt wurden. »... Außerdem erregst du mich. Tu nicht so kühl, meine Löwin! Bedenke vielmehr: Zur Umkehr ist es zu spät, abzuwägen ebenso. Sei also nachsichtig mit dir und gib dir lange Zügel. Ich will, daß du mich erwartest, wenn ich zurückkomme.«

Später, in Melbournes Schlafzimmer, liebten sie sich die ganze Nacht, ohne satt zu werden und ohne wirkliche Erlösung zu finden. Sie liebten sich, bis die letzte Kerze niedergebrannt war.

Am nächsten Morgen ritt Melbourne mit leichtem Gepäck in den Satteltaschen auf Black Devil ostwärts. Ava stand an einem Fenster im zweiten Stock und blickte ihm nach. Als Reiter und Pferd in der Ferne verschwanden, wagte sie sich in die Halle hinunter. Die Dienerschaft, die sich zur Abschiedscour versammelt hatte und noch immer die Köpfe zusammensteckte, stob auseinander. Nur der Butler sah der Mistress, der sündhaften Person, die zur unrechtmäßigen Herrin aufgestiegen war, ruhig entgegen.

»Ist alles in Ordnung, Dunby?« fragte sie.
»Gewiß, Madam. – Wünschen Sie, daß die Mahlzeiten weiterhin im Herrenzimmer serviert werden?«
Daß Padraig bereits sein Bündel schnürte und morgen nicht mehr dasein würde, sollte sie erst am Abend erfahren. Nelkenöl, Elfengeschichten, eine Steinbrücke zwischen Holunderbüschen und Weidensträuchern... Es war lange her.
Ava wußte nicht, was sie mit dem Tag anfangen wollte, und wünschte, irgend etwas möge geschehen, das sie aus Gedanken risse. In einen warmen Schal gehüllt, ging sie durch die Korridore von Delarney House. Sie verweilte hier, schaute dort aus dem Fenster, betrat Melbournes Schlafzimmer und berührte das Tintenfaß auf dem Sekretär, den Leuchter auf dem Nachttisch, die bestickte Decke auf dem Bett... Als sie es nicht mehr aushielt, lief sie in den Großen Salons hinunter, wo sie sich mit einem Glas Sherry vor den Kamin setzte. Obwohl die Hitze der Flammen ihre Wangen rot färbte, fröstelte sie.
Draußen regnete es. Der Wind hetzte dunkle Wolkenfetzen über den Himmel und zerrte an den nackten Baumkronen. Grau und müde hing der Tag über der Westküste.
Ava kreuzte die Arme vor der Brust und schob sich die Hände unter die Achseln. In ihr wuchs Unbehagen. Sie spürte, daß sie einen Gast hatte – einen ungebetenen.
»Ja, ich bin's«, raunte die altbekannte, leise drohende Stimme, die in dünnem Gelächter verklang.
Ava leerte ihr Sherryglas. Ein bitterer Nachgeschmack blieb auf ihrer Zunge zurück.
Sie war schwanger.
Das Wesen, das sie getötet hatte, war zurückgekehrt und forderte sie ein weiteres Mal zum Zweikampf.
Und erneut mußte sie es allein durchstehen.

Sie zwang sich in den Rhythmus eines strengen Tagesplans. Sie band sich in Pflichten.
Am Morgen ritt sie auf Sansibar, ihrem Reitpferd, zum Ge-

stüt, wo sie nach Ryan suchte, um ihn zu fragen, was zu tun sei. Sie bürstete und striegelte, half beim Auskratzen der Hufe, mistete Boxen aus, besorgte die neue Einstreu, mischte Heu mit Häcksel, lernte, Zaum- und Sattelzeug auszubessern und einzufetten, und bewegte jeden Tag ein anderes Pferd.
»Das mach' ich schon«, pflegte Ryan zu sagen, doch Ava antwortete jedesmal: »Glauben Sie, ich kann das nicht?«
Wenn der Stallmeister daraufhin mit steinernem Gesicht davonging, trug sie ihm die verweigerten Respektsbezeigungen nicht nach. Sie war eine Fremde, und sie war die Hure des Squires. Das gab ihr einen harten Stand. Dort, wo sie herkam, in England, wurde Mätressenschaft im großen und ganzen toleriert, ja, sogar mit einem Augenzwinkern gebilligt. Man mußte es bloß richtig einfädeln und dafür sorgen, daß man ein paar formale Regeln einhielt; niemand wäre dort auf die Idee gekommen, Ava einer Todsünde schuldig zu sprechen. Hier im ländlichen, streng katholischen Irland war sie eine Verderbte der schlimmsten Sorte, Geschmeiß, dazu verdammt, dem ewigen Höllenfeuer anheimzufallen.
Auf Delarney Land begegnete man ihr mit Verachtung. Da sie keine Einheimische war und »nach oben« gehörte, wagte niemand ein Wort gegen sie; mit einer Irin, einer aus den eigenen Reihen, hätte man eine wahre Hexenjagd mit Bannsprüchen und öffentlichem Pranger veranstaltet.
Natürlich wußte Ava, daß sie nur geduldet war und jenes System, das Padraig mit solcher Verve verurteilt hatte, sie, die ehrlose Engländerin, schützte.
Ihre Angst zeigte sie nicht, und sie ließ sowieso nach, wenn Ava im Stall nach Bürste und Striegel griff, und verschwand, wenn sie einem Fohlen auf flacher Hand einen Apfel oder – welche Verschwendung! – ein Stück Zucker reichte.
Für ihre Lieblingstiere, für Silver Velvet, Sansibar und Whitefoot, schleppte sie Hafersäcke und Heufuder, Tröge mit Leinsamen oder Karotten und randvolle Wasserkübel.
Manchmal folgte ihr die Angst in die Boxen. Silver Velvet rollte dann die Augen und zitterte am ganzen Leib. Sansibar

trat mit den Hufen auf der Stelle und stieß dampfenden Atem durch die Nüstern. Fragte sie: »Na, mein Guter, was ist denn los?«, hob und senkte der Wallach den Kopf. Er spitzte die Ohren, wurde langsam ruhiger, stand schließlich still und sah seine Herrin aufmerksam an. Whitefoot versuchte gelegentlich, vorn aufzusteigen oder mit dem Schweif nach der Beklemmung zu schlagen, die Ava mitgebracht hatte. Wenn sie jedoch den Hals des weißfüßigen Fohlens tätschelte, rieb es tröstend seine Kinnbacke an ihrer Schulter.

Den Lunch ließ die Mistress meistens aus, so, wie in der Zeit, als Melbourne noch hier gewesen war. Sie mochte es nicht, allein im Herrenzimmer zu essen – allein und doch in Gesellschaft. Jedesmal war ihr, als säße ihr ein unsichtbarer Geist gegenüber, jemand, der sie beobachtete und versuchte, in sie hineinzugelangen, jemand, der ihr nach dem Leben trachtete, der sie haßte und nach immerwährender Beachtung schrie.

Nachmittags ritt sie über die Hügel Nordwest-Kerrys. Wenn sie am Abend nach Delarney House zurückkehrte, mußte sie sich um Fütterung und Pflege des jeweiligen Pferdes allein kümmern, denn sie hatte nach Padraigs Flucht die Kutschgäule zum Gestüt überführen lassen und keinen neuen Wagenmeister eingestellt. War eine Besorgungsfahrt zu machen, übermittelte sie den Auftrag an Ryan, der einen der Knechte mit dem Einspänner losschickte.

Nach dem Dinner, dem meistens ein Bad vorausging – was für eine Wohltat! –, fiel Ava dann erschöpft ins Bett.

Eine Extravaganz leistete sie sich jedoch. Sie beauftragte einen Aromatiseur in London, der bereits ihre Mutter beliefert hatte, ihr eine Kiste mit kostbaren Tinkturen zu schicken. Die Adresse war ihr plötzlich wieder eingefallen.

Kurz vor Weihnachten, also überraschend bald, kam das fest verschnürte Paket auf Delarney House an. Es enthielt sinnenverwirrende Schätze. Ava badete in Lavendelöl und benutzte eine Seife, die mit Sandelholz parfümiert war. Sandelholz... Die Erinnerung, von der sie gestreift wurde, weckte keine Empfindung.

In Avas Schlafgemach duftete es von nun an nach Jasmin, im Großen Salon verströmte sich ein Blumenpotpourri, das Herrenzimmer beherrschten strenge, harzige Gerüche.
Jetzt, in der Weihnachtszeit, ließ Ava Mandelkuchen, Zimtplätzchen, Anissterne und Vanillekringel nach den französischen Rezepten der Lady Melbourne backen und war ganz berauscht von der Aromaglocke, die über sämtlichen Fluren hing. Wenn sie zum Naschen in der Küche erschien und vom Teig oder dem fertigen Gebäck kostete, stellte sie fest: »Da fehlt der Schokoladenguß!« oder: »Geben Sie zwei Eier mehr dazu, das muß lockerer werden! Und nicht so sparsam mit der Butter!« Sie lobte aber auch: »Hervorragend, Mrs. O'Down, wirklich hervorragend!«
Wie ein Haushalt geführt werden mußte, lernte sie schnell. Sie hatte ja während ihres Souterrain-Daseins, allerdings, ohne es richtig zu bemerken, eine Menge von Butler und Köchin abgeschaut. Das kam ihr jetzt zugute. Eigentlich wuchs sie ohne Schwierigkeiten in die Rolle der zwar ungeliebten, aber unumschränkt waltenden Mistress hinein.
Ehe sie nachts, vom Bett aus, das letzte Licht löschte, versuchte sie oft, noch ein bißchen zu lesen. Über dem anstrengenden Philosphen Hume und Gibbons *History of the Decline and Fall of the Roman Empire* fielen ihr ebenso rasch wie über einem schmachtenden Liebesroman die Augen zu, doch die Bücher aus der Bibliothek halfen ihr, sich gedanklich bis kurz vor dem Einschlafen so zu disziplinieren, daß die Angst keine Chance hatte, Gehör zu finden.
Nur in der Christnacht hielt eine schleichende Schwermut sie wach. Sie hatte sich müde geritten und fühlte sich körperlich erschöpft, aber inwendig unruhig. Ihrem gewöhnlich guten Einvernehmen mit der Einsamkeit zum Trotz, wünschte sie plötzlich, der Mann, dessen Geliebte sie war, wäre gekommen. Vermutlich unterhielt er sich gerade jetzt, wo sie mit einem Glas Sherry in der einen und dem Briefroman *Les Liaisons Dangereuses* in der anderen Hand im Bett saß, über den Truthahn hinweg mit seiner hübschen Frau und sah dann

lächelnd auf seine Kinder, die jubelnd, ab und zu von der Nanny oder einer altjüngferlichen Tante zur Ordnung gerufen, ihre Geschenke auspackten. In Dublin würden die Kirchenglocken läuten und die Familien zur Messe gehen...

Ava dachte an die Spieluhr mit den tanzenden und musizierenden Engeln, die zu Hause jedes Jahr auf dem Gabentisch gestanden hatte. Sie leerte ihr Sherryglas, legte das Buch fort und erhob sich, um noch einmal in den Großen Salon hinunterzugehen.

Vor drei Tagen war ein Mann aus Waterville hier gewesen. Er hatte das Klavier gestimmt und für diesen Dienst fünf Shilling aus der Haushaltskasse verlangt. Seitdem gab das Instrument einigermaßen klare, wenn auch keineswegs einwandfreie Töne von sich.

Ava fing mit Weihnachtsliedern aus ihrer Kindheit an. Erinnerungen hüllten sie ein, Erinnerungen, die ihr nicht die eigenen zu sein schienen. Nach einer halben Stunde brach sie ab, ging zum Sekretär und holte sich eine Feder, ein Tintenfaß und Papierbögen, die sie anschließend fünfzeilig linierte. Sie schlug ein paar Takte an, schrieb die Noten auf, improvisierte weiter, schüttelte den Kopf, versuchte etwas anderes, hielt es fest, horchte in sich hinein, sann nach, probierte aus, verwarf, begann von vorn, strich durch, kritzelte darüber...

Auch die Silvesternacht verbrachte sie auf diese Weise. Sie stellte das Blumenpotpourri auf die kleine Kommode neben dem Piano, plazierte eine Schale mit ihren Lieblingsplätzchen auf dem Klavierbord, ließ sich eine Flasche Loire-Wein aus dem Keller holen – »Auf dich, Laurabell!« – und prostete sich weit vor Mitternacht selbst zu. Dann machte sie sich ans Werk. Sie spielte, notierte, spielte, notierte... Weitgreifende Akkorde verbanden sich mit gefüllten Dezimen, donnernde Oktaven mit perlenden Läufen in Terzen und Sexten, nur noch von Virtuosenhänden zu bewältigen, ein Härtetest für eine Klavier, das noch keinen festigenden äußeren Rahmen besaß. Während die Dienerschaft mit Fackeln aus dem Haus lief, um den ersten Januar zu begrüßen, trat Ava dem Jahr 1821 mit einer »Wintersonate« entgegen.

Am anderen Morgen erwachte sie mit dem bangen Gefühl, bedroht zu sein. Das andere, das zähe Leben, das auf Biegen und Brechen geboren werden wollte, hatte den unbedachten Moment genützt und sie im Halbschlaf überrascht. Es fiel über sie her und schnürte ihr die Kehle zu.

»Ich will dich nicht!« würgte Ava hervor, doch das zurückgekehrte Fremde, das sie erneut als etwas Eigenständiges, nicht wirklich zu sich Gehörendes empfand, das vielmehr außerhalb ihres Leibes auf sie zu lauern schien, immer in der Absicht, sie, so wie jetzt, in einem selbstvergessenen Augenblick zu überwältigen, das Fremde, das entschlossen war, sie zu bewohnen, zischte ihr zu, daß es ein Recht auf ihren Bauch und auf Licht und Luft und Atem habe.

In der dritten Januarwoche, als weißer Rauhreif über den Wiesen lag, kam Melbourne.

Er erreichte das Gestüt, freute sich, daß er Ava auf Quincy, einer zweijährigen Fuchsstute von höchst nervösem Temperament, auf die Stallungen zupreschen sah, staunte, weil es ihr gelungen war, Whitefoot das Krippensetzen – das hörbare Lufteinziehen durchs Maul, während sich die Zähne auf die Futterkrippe stützen – durch ein im Winter unübliches Bewegungstraining an der Longe abzugewöhnen, lobte sie für die von ihr veranlaßte Wurmkur und die gut eingefetteten Halfter der Jungtiere, zog sie in die Scheune, nahm sie atemlos, verjagte die Angst, blieb drei Tage und genoß dabei ausgiebig die Freuden des Liebhabers.

Bester Dinge, froh über die Ordnung und den Frieden im Haus und angetan von den Weihnachtsplätzchen, die übriggebliebenen waren, ließ er sich von Ava die Wintersonate vorspielen. Er fand die Komposition »hübsch«, wenngleich er meinte, das Ohr müsse sich erst mit den eigenwilligen Tönen anfreunden. Wie auch immer: Ava hatte sämtliche Harmoniegesetze der Musik auf einmal über den Haufen geworfen und war stolz darauf.

Wenn Melbourne ihre Musik nicht gebührend zu würdigen wußte, so begriff er doch, daß sich nicht alle Tage eine Frau fand, die bei Wind und Wetter über Land ritt, mit Selbstverständlichkeit durch Pferdemist stapfte und innerhalb kürzester Zeit mit dem Betrieb eines Gestüts so vertraut geworden war, wie es andere Leute in einem ganzen Leben nicht schafften, eine Frau, der es außerdem unter schwierigsten Bedingungen gelang, einem Hauswesen vorzustehen und die Dienerschaft zu dirigieren, eine Frau, die nebenbei auch noch komponierte und gerade zwanzig Jahre alt war.

»An dir ist wirklich ein Mann verlorengegangen«, meinte Melbourne immer öfter. Einmal sagte er aber auch: »Wenn du diesen begehrlichen Blick hast, bist du mehr Frau als jede, die ich vor dir kannte.«

Ava lächelte. Was für ein Sieg! Ein Mann hatte vergessen, daß sie nicht hübsch war.

Seit mehr als vier Monaten trug sie einen Bastard unter dem Herzen. Es blieb ihr Geheimnis. Eines Morgens fragte sie Melbourne, ob er nicht glaube, daß sie voller um die Mitte geworden sei, doch er nannte sie eitel, lachte und gab den Weihnachtsplätzchen die Schuld. Es störte ihn nicht und bereitete ihm auch kein Kopfzerbrechen.

Ava dachte: Nur drei Tage, drei kurze, verzauberte Tage! Mißklänge und allzu Ernstes hatten da keinen Platz. Melbourne würde es früh genug erfahren.

Als er wieder fort war, kam die Angst mit Brachialgewalt zurück. Innerhalb weniger Stunden wuchs sie ins Uferlose. Ava biß die Zähne zusammen und versuchte, sich einzureden, daß es vorbeigehen würde, aber es ging nicht vorbei.

Obwohl sie ausritt wie bisher, obwohl sie Whitefoot longierte und darauf bestand, jedes Stück Zaumzeug zu flicken, das ausgerissen war oder in Kürze ausreißen könnte, obwohl sie sich Abend für Abend bemühte, eigenen und fremden Noten Leben einzuhauchen, hatte sie dauernd das Gefühl, es blicke ihr jemand hämisch grinsend über die Schultern.

Dieser Zustand dauerte eine ganze Woche. Dann klang er ab und hinterließ ein leises, kaum zu spürendes Unbehagen. Ava konnte sich mit neuem Elan ihren Beschäftigungen widmen,

strich aber morgendliche Dösminuten und den »gefährlichen« Lunch endgültig von ihrem Stundenplan.
An einem Sonntagabend rief sie Miss Conolly zu sich in den Salon. Sie hatte Lust, Fairman, den künftigen Deckhengst des Delarney-Gestüts, zu reiten und wollte das wie der Mann tun, der angeblich in ihr steckte. Im Damensattel würde sie des ungestümen Dreijährigen sowieso nicht Herr werden.
»Ich brauche Breeches, zwei Hemden, zwei Westen, ein Halstuch und einen schwarzen Rock«, sagte sie zu der Näherin, die runde Kuhaugen machte, ehe sie an der Mistress Maß nahm. Lederhandschuhe, Reitstiefel und einen Zylinder, Geschenke Melbournes, besaß Ava bereits.
In der Küche hörte man tagtäglich Mrs. O'Downs Klagelied: »Es ist nicht statthaft, es ist unanständig, es ist ein Frevel.«
Als Ava in ihrem neuen Aufzug zum erstenmal vor dem Spiegel stand, staunte sie nicht schlecht. Das Haar unter dem Zylinder verborgen, sah sie aus wie ein Knabe – ein hübscher Knabe! Dieser Knabe stellte die Frau, die sie sonst sein mußte, weit in den Schatten. Eine verwirrende Entdeckung!
Ava posierte eine ganze Weile vor dem Spiegel. Schließlich eilte sie ausgesprochen wohlgelaunt in den sonnig-kalten Wintertag hinaus.
Melbourne hatte sie gewarnt: »Laß die Finger von Fairman; er ist kaum zugeritten. Selbst ich verdanke ihm einige schmerzhafte Blessuren.«
Diese Auskunft konnte einer Ava Cheltenham, noch dazu, wenn sie sich wie ein reizvoller Knabe fühlte, nur ein Ansporn sein. Mutwillig wie selten zuvor, wollte sie sich beweisen, daß sie vor nichts, aber auch vor gar nichts zurückschreckte. Natürlich versuchte Ryan, ihr das Vorhaben auszureden: vergeblich. In seiner Fassungslosigkeit fehlten ihm ohnehin die richtigen Worte: Die Mistress hatte sich in einen kecken jungen Burschen verwandelt!
Also half er ihr, Fairman für den Ritt zu rüsten und aus dem Stall zu führen. Der Hengst tänzelte erwartungsvoll. Ava atmete noch einmal tief durch.

Nach einem kurzen Machtkampf saß sie zum erstenmal in ihrem Leben, stolz und selbstsicher, im Herrensattel. Ryan reichte ihr die Zügel, und Fairman sprengte sofort davon. Es dauerte eine Weile, bis er sich dem Willen seiner Reiterin unterwarf und sich in gemäßigten Galopp zwingen ließ.
Was beide in der ersten Aufregung zu spät bemerkten, war der von Unkraut überwucherte, nur aus nächster Nähe als Hindernis zu erkennende Bach. Fairman scheute und stieg mit den Vorderhufen in die Luft. Ärgerlich wiehernd, wich er seitwärts aus und stob von dannen.
Ava flog im hohen Bogen über den Bach. Jetzt werd' ich's los! dachte sie. Der Aufprall ging ihr durch Mark und Bein. In sich hineinlauschend, blieb sie im feuchten Gras liegen. Doch das, was sich in ihrem Leib eingenistet hatte, machte keinerlei Anstalten, das Feld zu räumen. Es bewegte sich nicht einmal. Benommen rappelte sie sich auf. Die Hüfte tat ihr ein bißchen weh, und die Breeches hatten braune Flecken. Das war alles. Täuschte sie sich, oder hörte sie ein schadenfrohes Kichern? Natürlich, sie wußte es ja: Der eigentliche Feind war vor, neben, hinter oder über ihr, er verfolgte sie auf Schritt und Tritt und wartete auf seine Stunde, doch der Körper, der in ihr wuchs, war noch ohne Leben.
Inzwischen hatte sich der Hengst beruhigt. Auf der anderen Seite des Bachs schnupperte er im frostklammen Gras.
Ava hob den Zylinder auf und schlug ihn in Form. Dann überquerte sie die nahe Steinbrücke. Während sie sich Fairman von vorne näherte, sprach sie beschwichtigend auf ihn ein. Er schnaubte gutmütig und ließ sich am Halfter fassen.
Von diesem Tage an schien Ava fallsüchtig geworden. Sie kam auf die glorreiche Idee, höchstpersönlich die Samtvorhänge in ihrem Schlafzimmer abzunehmen, und stürzte dabei von der Leiter, sie wurde von Sansibar abgeworfen, was seit Monaten nicht mehr geschehen war, stolperte über Treppenstufen, Schemel und die eigenen Füße und rutschte, als sie aus der Badewanne stieg, so unglücklich aus, daß sie eine Woche lang hinkte.

Nach all den Mißgeschicken ritt sie auf Silver Velvet, Whitefoot am lockeren Zügel neben sich, zum Schmied nach Portmagee. Sie hatte sich in den Kopf gesetzt, daß der weißfüßige Enter seine ersten Hufe bekommen sollte.
Der Schmied, auf ihr Erscheinen nicht vorbereitet, lustlos und nach Schnaps riechend, gab zu bedenken, daß er in Kürze sowieso zum Delarney-Gestüt gerufen würde, um, wie üblich, die Zweijährigen zu beschlagen. Außerdem habe er keinen Helfer parat. Unbeeindruckt band Ava Silver Velvet am Geländer vor der Werkstatt fest und bot an, ihm selbst zur Hand zu gehen.
»Wie Sie meinen, Ma'am«, knurrte der Schmied, der von zupackenden Fräuleins, die als junge Herren in Erscheinung traten, noch nie etwas gehört hatte. Trotz seines Unmuts – sie war die Mistress! – paßte er der Jungstute am linken Hinterfuß ein Eisen an, das er gleich darauf ins Feuer legte. Als er es auf dem Amboß zu schlagen begann, wurde das Pferd nervös.
»So«, sagte der Schmied, ehe er den Hufschuh in einen Eimer mit kaltem, sofort aufzischendem Wasser tauchte. Zum zweitenmal hob Ava Whitefoots Hinterbein. Der Jährling schrak vor der sich nähernden Hitze zurück, wollte sich losreißen, konnte es nicht und schlug in seiner Verzweiflung aus.
Ava taumelte, glaubte, sich übergeben zu müssen, spürte einen betäubenden Schmerz in der Leibesmitte, konnte nicht einmal schreien, bekam keine Luft mehr, erbleichte und kippte um. Während sie fiel, versuchte sie, an einem Holzpfeiler Halt zu finden, griff aber daneben und wurde ohnmächtig. Sie verlor das Kind an Ort und Stelle, und Portmagee, das verschlafene Fischerdorf, hatte einen Skandal.
Zwei Tage lag Ava in einem dunklen Zimmer in der Kate der Hebamme. Wenn sie sich aufsetzen wollte, brach ihr der kalte Schweiß aus, wenn sie sich dazu überwand, einen Bissen zu essen, wurde ihr übel, wenn sie sich zu rasch bewegte, fing sich vor ihren Augen alles zu drehen an. Der ganze Körper tat ihr weh. Dennoch lehnte sie es ab, sich von einem Bauern nach Delarney House fahren zu lassen. Sie fieberte und sprach eine Nacht lang wirr.

Als sie in der Lage war, Silver Velvet zu besteigen, ritt sie mit der unglückseligen Whitefoot an der Seite landeinwärts. Am Ende ihrer Kräfte erreichte sie die kiesbestreute Auffahrt des Melbourne-Sitzes, wo sie aus dem Sattel glitt und auf Dunby wartete, der ihr verstört entgegenlief. Sie drückte ihm die Zügel der beiden Pferde in die Hand, wankte, schneeweiß im Gesicht, an ihm vorbei und schleppte sich in ihr Schlafzimmer. »Deirdre!« schrie der Butler, der sich vor allem, was vier Beine hatte, fürchtete. Wenig später hastete das Küchenmädchen zum Gestüt, um einen Knecht zu Hilfe zu holen.
Ava blieb drei Tage im Bett.
Man brachte ihr Suppe und gekochtes Huhn. Der bloße Geruch des Geflügels würgte sie. Ein Bad, nur ein Bad! Mrs. O'Down und Eileen stützten sie auf dem Weg in die mit heiß dampfendem Wasser gefüllte Wanne und zurück in die Kissen. Am anderen Morgen war es ausgestanden. Ava konnte aufstehen.
Schon am Frühstückstisch griff sie ganz unbotmäßig zu. Danach brach sie zu einem Spaziergang auf. Sie fühlte sich erstaunlich frisch und kräftig. Und vor allem: Sie war wieder allein! Als am Abend auch noch eine Depesche abgegeben wurde, in der Melbourne seinen Sommeraufenthalt ankündigte, fiel der Rest der Erschöpfung wie welkes Blattwerk von ihr ab.
Es war Frühling!
Am ersten Mai streute Deirdre Blumen auf alle ins Freie führenden Türschwellen; dieser alte Brauch sollte die Elfen fernhalten, die der Sage nach durch die Luft flogen. In der Küche wurde gelacht. Ghaeltacht, die Sprache der Iren, huschte durch die Korridore. Mrs. O'Down buk Sandkuchen und summte alte Volksweisen. Draußen schien die Sonne, und die Wäsche lag zum Bleichen im Gras.
In Hosen, den Zylinder auf dem Kopf, die Reitstiefel an den Füßen, trat Ava in den leuchtenden Nachmittag hinaus. Als sie sah, daß ihr ein Rappe entgegengaloppierte, entglitt ihr vor Überraschung die Gerte, denn auf dem Rappen saß Melbourne.

»Donnerwetter!« hörte sie ihn schon von weitem rufen. Keine zwei Schritte von ihr entfernt zügelte er sein Pferd, das sich sofort aufbäumte. Er zog Ava vor sich auf den Sattel und fragte, ob er sich mit ihr der Knabenliebe schuldig mache. Sie umarmte ihn strahlend und verlor den Zylinder.
»Du!« sagte Melbourne, und seine Stimme war weich wie Samt.
Dann küßte er sie.
Und die Welt war ein einziger Traum aus Farben, Düften, Sonne, Wind und Weite.

Melbourne war ein Mann mit zwei Gesichtern und gleichzeitig einer, der sich nie fragte, woher seine Zerrissenheit kam und ob er sie den Menschen, die ihn umgaben, zumuten konnte. Er war der Herr und sich seiner Allmacht gewiß. Niemand wagte es, sich gegen ihn zu erheben.
Gebeutelt von einer seiner »Launen«, verwandelte er sich in einen harten, sarkastischen und grausamen Despoten. Er brütete dumpf vor sich hin, wurde beim geringsten Anlaß laut, warf ein Glas gegen die Wand oder stach mit Worten zu wie mit einem Degen.
Ava wußte ihn mittlerweile selbst in seinen cholerischsten Momenten zu nehmen. Da sie die Fähigkeit besaß, in solchen Fällen sozusagen ein Rendezvous mit sich selbst zu arrangieren und Sätze, die ihr im Zorn entgegengeschleudert wurden, zum einen Ohr hinein- und zum anderen wieder hinauszulassen, überantwortete sie ihn einfach seiner eigenen, unerfreulichen Gesellschaft. Fand er dennoch eine Gelegenheit, sie eines Versäumnisses anzuklagen, entgegnete sie: »Bitte, Justin, mäßige dich. Ich werde dir meinen Standpunkt verdeutlichen, sobald du imstande bist, mich anzuhören.«
Obwohl sie seine Launen fürchtete wie die Bauern die Kartoffelfäule, begegnete sie ihnen mit Gleichmut. Statt mit zum Gestüt zu reiten, spielte sie Klavier. Statt schweigend mit ihm am Tisch zu sitzen, sorgte sie dafür, daß ihr das Dinner aufs Zimmer gebracht wurde.

Als Melbourne eines Nachmittags zu ihr in den Großen Salon stürzte und schrie: »Dunby sagte mir, Sikes sei hier gewesen! Wie ich erfahren mußte, schicktest du ihn fort!«, ergab sich ein Wortwechsel, der bezeichnend war.
Ava erwiderte: »Ich bat den Mann, nächste Woche wiederzukommen.«
»›Der Mann‹ ist, wie du sehr gut weißt, mein Verwalter! Ich habe auf ihn gewartet!«
»Du warst nicht da. Ich hatte keine Ahnung, wann du zurückkehren würdest. Im übrigen hielt ich es für klüger...«
»Sag du mir nicht, was klug ist! Lehrerin hättest du werden sollen! Wann ich mit Sikes zu reden wünsche, ist meine Sache! Ich dulde keine Einmischung! Bevormunde, wen du willst – mich nicht!«
So polterte er eine ganze Weile. Als er merkte, daß er sich wiederholte, eilte er von einem ungerechtfertigten Vorwurf zum nächsten. Zu guter Letzt nannte er Ava »ein verdammtes Frauenzimmer« und verbat sich in seiner Anwesenheit ihre »private Konzertiererei«, die »eine Zumutung für das menschliche Ohr« sei.
Ava stand auf, sammelte ihre Notenblätter zusammen und beschied ihn: »Ich lasse dich jetzt allein. Einen schönen Tag noch, Justin!«
Manchmal stritten sie allerdings auch aus purer Lust am Wortgefecht: über Kunst – für Ava eine Sprache, für Melbourne »eine nette, kleine Zerstreuung« – über Politik oder über Belange der Pferdezucht.
Ava bezweifelte, daß Fairman zum Deckhengst tauge, und führte seine Unbeherrschtheit ins Feld, doch Melbourne widersprach, denn er setzte auf die Kraft, die Zähigkeit und die Feinnervigkeit des Dreijährigen, der »aus der besten Delarney-Linie« stamme.
Eines Abends überreichte er Ava eine versiegelte Papierrolle. Es war eine Urkunde, die ihr Whitefoot übereignete.
»Das ist kein Geschenk, sondern ein Verdienst«, sagte er und fügte augenzwinkernd hinzu: »Ich hoffe, du erlaubst, daß Fairman deine Stute deckt, sobald sie rossig ist.«

Das war sein anderes, sein helles Gesicht.
So manches Mal ritt er mit Ava nach Valencia Island hinüber. Dort stiegen sie von den Pferden und schlenderten an der Steilküste entlang. Sie sprachen nicht viel. Wenn er den Arm um sie legte, umfaßte sie seine Mitte.
»Hier bin ich gern«, sagte er jedesmal, und sie erwiderte: »Ich auch.«
Waren sie zusammen in den Ställen oder auf den Koppeln, spürte sie zuweilen seinen Blick, der ernst und zugleich verwundert schien und den sie jedesmal überrascht erwiderte, ehe sie, beide zugleich, zu lächeln begannen. Dasselbe geschah, wenn er sie abends bat, ihm etwas vorzuspielen. Er saß dann auf dem Kanapee, war in Gedanken und gleichzeitig ganz und gar bei ihr, seiner Löwin, und wartete, bis sie zu ihm hinübersah.
Ab und zu nannte er sie einfach »Mädchen«, barsch, wenn er ungehalten war, betörend zärtlich, wenn er flüsterte. Zuerst klang ihr diese Anrede fremd in den Ohren, doch bald wurde sie ihr vertraut.
Ein Mann, der sie mit Koseworten, Schmeicheleien, Blumen und Konfekt überschüttete, war Melbourne nicht, dafür aber einer, dessen Gelächter sie ansteckte und dessen Sinn fürs Praktische ihren Beifall fand. Statt ihr einen Pelzmuff zu verehren, brachte er ihr aus Waterville Handwärmer mit. Die meisten Dinge, die er ihr schenkte, waren nützlicher Natur: Lederstiefel, ein fester Mantel, eine Schildmütze, eine Gerte, Wollwesten, Regenzeug und dergleichen.
Als er sie an einem kühlen, gewittrigen Tag mit einem feingewebten, fast durchsichtigen Brusttuch im Salon vorfand, fragte er: »Willst du dir nichts Wärmeres anziehen? So wirst du dich erkälten.«
Manchmal schien er völlig zu vergessen, daß sie eine Frau war, doch wenn er sich daran erinnerte, wurde sie von seinem Ungestüm und seiner Gier nach ihr, die ihn immer wieder ihren Namen sagen ließ, überwältigt.
Der Sommer war wunderbar, und der Juli begann mit einer Überraschung.

Margaret Gregory stattete Delarney House einen Besuch ab. Als Melbourne und Ava miteinander aus dem Park kamen, wo sie unter einer Eiche die Teestunde verbracht hatten, sahen sie eine Kalesche vorfahren, die von vier Schimmeln gezogen wurde. Die Insassin ließ anhalten und klappte ein Fenster auf.

»Ich schaue nur vorbei, um zu erfahren, wie es Ihnen geht, Justin«, grüßte sie zuckersüß. Sie übersah Ava und reichte Melbourne aus dem Wagen heraus eine Hand, die er flüchtig küßte. Da er überfallartige Besuche nicht schätzte, dachte er gar nicht daran, eine Einladung auszusprechen.

»Man vermißt Sie auf Luckross Park«, berichtete Margaret Gregory und warf Ava einen Blick zu, der mehr Feindseligkeit verriet, als Worte es ausdrücken könnten. Ihr Kleid war gewagt ausgeschnitten. Über einer berückend schmalen Taille wogte ein üppiger, weißer Busen. Eine verführerische Person!

»Aha!« rief die Gregory jetzt und zwang sich, Ava anzustrahlen. »Sind Sie nicht jene Mrs. Cheltenham, von der das ganze Land spricht?«

»Da die wenigsten Klatschgeschichten bis nach Delarney House dringen, weiß ich nicht, wovon das ganze Land spricht. Offen gestanden: Es interessiert mich auch kaum«, sagte Ava.

Margaret Gregorys Lächeln gefror. Um ihre Mundwinkel zuckte es. Abrupt wandte sie sich an Melbourne: »Wie ich feststelle, sind Sie wohlauf. Das freut mich. Nein! Bitten Sie mich nicht zu bleiben! Ich habe noch einen weiten Weg vor mir und will vor Einbruch der Dunkelheit zu Hause sein. Justin! Mrs. Cheltenham!«

Dann gab sie dem Kutscher ein Zeichen und schloß das Wagenfenster. Der protzige Vierspänner rollte in einem großen Bogen aus der Auffahrt.

Natürlich wurde Ava in diesem Sommer erneut schwanger. Da sich Melbourne offenbar keine Gedanken über die Folgen machte, die seine Nächte mit ihr haben mochten, sah sie nicht den geringsten Grund, es ihm zu sagen. In neun Monaten konnte viel passieren.

Ihre dritte Schwangerschaft war ein wenig lästig, beeinträchtige sie aber nicht besonders und ließ sich über Tage hinweg völlig vergessen. Ava fühlte sich nicht bedroht und hörte auch keine Stimme.

Als im September Melbournes Aufenthalt auf Delarney dem Ende zuging und er seinen Rappen sattelte, versprach er: »Wenn es sich irgendwie einrichten läßt, komme ich im Winter für ein paar Tage wieder. Paß auf dich auf!« So kehrte Ava denn zum Klavier und den eigenhändig linierten Notenblättern zurück. Ärgerlich darüber, daß im ganzen Haus keine gute Partitur aufzutreiben war, erfand sie sich, was sie an Musik hören wollte, selbst. Haydn, Händel, Bach und Mozart im Ohr, schuf sie Cheltenham.

Am nächsten stand ihr jedoch Beethoven. Sie schrieb zwar nur fürs Klavier, doch was sie schrieb, sprengte erneut die Grenzen der allgemeingültigen Harmonielehre.

Sosehr sie zu dramatischen Effekten und manchmal auch zum Bombastischen neigte, so unvermutet lösten sich jetzt ihre Dissonanzen auf. Sie fand zu einer schwungvollen Fröhlichkeit. Jubilierend aufsteigende Melodiebögen reihten sich aneinander. Demgemäß nannte sie eine ihrer besten Sonatinen »Das Gelächter«.

Sie hatte die Angst besiegt.

Das Kind, das sie ohne Leidenschaft ablehnte, sprach nicht zu ihr. Sie verlor es bereits im Oktober. Sie verlor es, ohne es je gespürt zu haben. Als sie schnell und leichtfüßig die Treppe hinunterlief und darüber nachdachte, ob sie die pelzgefütterte Lederjacke oder den Mantel anziehen sollte, erstarrte sie in einer kurzen Schmerzwelle, die sie am Geländer zusammenbrechen ließ.

Die Dienerschaft merkte nichts. Ava säuberte die blutverschmierten Stufen, legte sich danach für zwei Stunden auf ein Kanapee im Salon und holte am frühen Nachmittag in Gewißheit der eigenen Zähigkeit Sansibar aus dem Stall. Daß viele Frauen nach einem Abort am Wundbrand starben, hatte sie zwar gehört, doch es bekümmerte sie nicht weiter.

Mehr und mehr verwuchs Ava mit dem Land, in dem sie lebte, denn das Land war wie sie: herb und abweisend an kalten, wolkentrüben Regentagen, stark und rauh, wenn es dem Wind trotzte, weit und einzigartig schön für den, der es liebte, und trunken vor Licht in den kurzen Monaten des Sommers.
Es war kein Land, das auf Schwache und Verweichlichte einladend wirkte, kein Ort für Kranke, die der Verzärtelung bedurften; es war ein Land für kräftige, widerstandsfähige Naturen, nicht bestimmt für die Tochter eines Bristoler Kaufmanns, aber eine Herausforderung für die Geliebte eines erdverwurzelten Landadeligen.
Melbourne kam kurz vor Weihnachten. Er war voller Unrast, verlangte sofort nach dem Dinner, aß hastig, erzählte in knappen Sätzen von seinem Leben in Dublin und gab zu verstehen, daß er heftige Szenen mit seiner Frau hinter sich hatte, angeblich, weil sie die Erziehung der Kinder vernachlässige und ihm mit allerhand Klagen in den Ohren gelegen habe. Statt deutlicher zu werden, hob er sein Weinglas, sagte *»Slainte!«* und stieß mit Ava an. Sosehr er jedoch um gute Laune rang, sowenig stellte sie sich ein. Er war gereizt und melancholisch. Eine düstere Feindseligkeit ging von ihm aus, eine Feindseligkeit, die sich gegen Ava richtete. Die harmloseste Bemerkung, die sie machte, ließ ihn aufbrausen.
»Ich wollte nicht kommen«, sagte er nach allerlei Grobheiten.
»Warum bist du dann hier?«
»Ich weiß es nicht!« Er hieb mit der Faust auf den Tisch und wiederholte: »Verdammt noch mal, ich weiß es nicht!«
Nachts, im Bett, nahm er sie dreimal hintereinander: zornig und schnell. Danach drehte er sich auf die andere Seite. Sein Rücken war wie eine Wand, und seine unregelmäßigen Atemzüge verrieten, daß er nicht schlief.
Melbourne blieb eine ganze Woche, schien aber keinen Augenblick gern dazusein. Als er sich bis auf weiteres verabschiedete, vergaß er sogar, Ava mit Anweisungen zu überhäufen.

Weihnachten, Neujahr. Die Zeit ging dahin.
Das Klavierkonzert, das auch in der zehnten Fassung noch nicht großartig genug klang, und die Arbeit mit den Ein- und Zweijährigen hielten Ava auf Trab. Sie trug ein paar Kompetenzstreitigkeiten mit Ryan aus und sah zu, wie Fairman zum erstenmal die Stuten deckte.
Zur allgemeinen Überraschung traf Melbourne Ende Februar erneut auf Delarney House ein. Er war bester Stimmung und nahm Ava mit auf den Pferdemarkt nach Killarney. Dort herrschte großer Trubel. Sogar Züchter aus England, die ihre Linien mit frischem Blut verjüngen wollten, waren angereist. Als einzige Frau unter lauter Männern, noch dazu als eine Frau, die Hosen trug, zwei Delarney-Stuten durch das Marktgewühl führte und das Alter und den Geldwert eines Pferdes zu bestimmen verstand, erregte sie ziemliches Aufsehen. Kein Roßtäuscher vermochte ihr etwas vorzumachen. Melbourne tätigte allerlei Geschäfte und bekräftigte Handelseinigkeit per Handschlag.
Wieder zu Hause, schickte er den dienstbeflissen herbeigeeilten Butler mit der Anweisung fort, den Tee erst in zwei Stunden zu servieren. Zu Ava sagte er: »Ich will dich haben, jetzt gleich!«
Kaum in seinem Schlafzimmer angelangt, fanden sie zueinander. Sie rissen sich gegenseitig in sengendes Verlangen und waren unersättlich. Melbourne stöhnte »Du ... du ...« an ihrem Ohr, und Ava spürte, daß er sich mehr, als er je zugeben würde, nach ihr gesehnt hatte.
Gleichzeitig spürte sie, daß er bei anderen Frauen gewesen war – nicht nur bei Laurabell. Das drängende Leben in seinen Lenden ertrug keine längere Abstinenz. Außerdem, auch das begriff sie, versuchte er, in den Armen käuflicher Weiber die Erinnerung an die einzige, zu der es ihn wirklich trieb, zu betäuben. Diese einzige war sie. Und weil sie es war, haßte er sie – manchmal, nicht jetzt. Jetzt war kein Zorn in seiner Maßlosigkeit.
Als er am nächsten Morgen mit einer zweijährigen Stute an

der Seite Delarney den Rücken kehrte, winkte Ava ihm nach, stolz wie eine Königin.

Er hatte ihr die geschäftliche Leitung des Gestüts übertragen und sie darüber hinaus mit einigen Vollmachten ausgestattet. Wer ein Delarney-Pferd erwerben wollte, wurde von nun an von *ihr* zu den Koppeln und in die Stallungen geführt und auf die Vorzüge der einzelnen Tiere hingewiesen. Er mußte mit *ihr* den Kaufpreis aushandeln und feststellen, daß sie nicht über den Tisch zu ziehen war. Am Anfang begegnete man ihr mit Mißtrauen, doch bald zollte man ihrem Sachverstand Respekt, kam mit ihr zum Abschluß und war zufrieden.

Jeder im County ging davon aus, daß sie über den gesamten Delarney-Besitz die Oberaufsicht besaß. Tatsächlich drängte sie sich nach und nach in die Befugnisse des Verwalters, der ihrer Zielstrebigkeit nichts entgegensetzen konnte, weil er sich um Sinn und Verstand getrunken hatte und höchstens drei Wochen im Jahr nüchtern war.

Es begann damit, daß Ava von der völlig verzweifelten Frau eines Pächters um Hilfe gebeten wurde. Da es um Haus und Hof ging, suchte sie Sikes auf. Sie fand ihn gänzlich verwahrlost in einer Schenke in Waterville und machte kurzen Prozeß mit der leidigen Angelegenheit, indem sie ihm erklärte, sie habe die Sache entschieden, und zwar im Sinne des Bauern. Von da an kamen alle, die in Not waren, zu ihr.

Außerdem stellte sich heraus, daß der Verwalter immer ein paar Shilling über den offiziellen Pachtzins hinaus eingefordert und in die eigene Tasche gewirtschaftet hatte. Kurz entschlossen ließ Ava die Geschäftsbücher, die vor Ungenauigkeiten und gefälschten Eintragungen strotzten, nach Delarney House schaffen und riß das Zepter an sich.

Wäre sie nicht die Hure des Herrn gewesen, hätte sie größte Achtung genossen.

»Ich werde sehen, was ich tun kann«, antwortete sie auf alle Anliegen, die ihr vorgetragen wurden, egal, ob es sich um den nicht aufzubringenden Zehnt, eine grassierende Rinderseuche oder an Masern erkrankte Kinder handelte. Versprechen, die sie gab, löste sie ein.

»Die Mistress wird dir helfen«, hieß es jetzt überall. »Geh nicht zu Sikes, geh zu Mrs. Cheltenham nach Delarney House!«
Ava betrachtete sich mittlerweile als rechtmäßige Verwalterin. Keineswegs aus Mitgefühl, sondern aus Pflichtbewußtsein kümmerte sie sich um Wohl und Wehe »ihrer« Leute. Was sie anfing, versandete nicht in Halbheiten. Wenn sich Sikes zu einem seiner sporadischen Versuche, seine Position zurückzuerobern, aufraffte, scheiterte er an ihrer apodiktischen Unerschütterlichkeit. Sie hörte ihn an, nahm ihn aber als Gegner nicht ernst. Manchmal begann er sehr entschieden, ungefähr so: »Das kommt nicht in Frage, Mrs. Cheltenham! Der Pachtzins wird seit Jahrzehnten von mir eingezogen. Sie können nicht einfach einen anderen mit dieser Aufgabe betrauen! Lord Melbourne hat angeordnet...« Später bat er: »Wollen Sie sich das Ganze nicht noch einmal überlegen?« Und am Ende gab er klein bei: »Wie Sie wünschen, Ma'am.«
Als im Frühling des Jahres 1822 die Rhododendren blühten, war Ava die heimliche Herrin der Delarney-Länderei geworden.
Melbourne kam, staunte und freute sich.
Er küßte die Frau, die er betrog, weil er sie zu sehr begehrte, und neckte sie, indem er sie an dreihundert Sovereigns erinnerte, die eine großartige Investition gewesen seien. In einem Anflug von Jähzorn vergaß er sich wenig später allerdings so sehr, daß er sie ohrfeigte, doch nach tagelangem Schweigen brachte sie ihn mit einer doppeldeutigen Bemerkung wieder zum Lachen. Er stieg aus seiner kalten Düsternis wie aus einer finsteren Gruft.
Und der Sommer war warm und windig und voller Licht. Manchmal entlud sich ein heftiges Gewitter.
Ava hatte Glück. Als Melbourne im Herbst nach Dublin zurückkehrte, war sie nicht schwanger.
Sie begann Whitefoot einzureiten, faßte weiterhin in den Ställen mit an, richtete in Waterville eine Armenküche ein und ließ Kornfelder anbauen. Außerdem führte sie Buch über die

Pachteinnahmen und war abends öfter am Sekretär im Herrenzimmer als am Klavier im Großen Salon zu finden.
Kein Schatten fiel auf das beschäftigungsreiche, goldene Gleichmaß ihrer Tage. Sie war jung, sie war die Geliebte Justin Melbournes, und sie war die anerkannte Herrin der größten Besitzung in ganz Munster.
Im Winter erreichte Ava ein Brief, der mit dem Melbourne-Siegel verschlossen war. Er stammte aus Laurabells Feder. Sie schrieb, daß sie als »rechtmäßige Herrin von Delarney House« ihre Zuträger habe, daß sie seit langem von »der widerlichen Geschichte« unterrichtet sei, daß sie Ava Einfältigkeit unterstellen müsse, sollte diese ihre Affäre mit dem Squire für dauerhaft und folgenlos halten, und daß sie, Laurabell, das Ende der unerfreulichen Angelegenheit in aller Ruhe abwarten würde, da sie die »unsteten Neigungen« ihres Gemahls zur Genüge kenne.
»Sobald mein Gatte die ersten Anzeichen zeigt, Ihrer müde zu sein, tun Sie gut daran, sich abfinden zu lassen, um nicht völliger Mittellosigkeit anheimzufallen. Ich selbst werde dafür sorgen, daß Sie niemals wieder einen Fuß in ein anständiges Haus setzen«, schloß Laurabell.
Ava begriff, was sie seit langem wußte, ohne sich je damit beschäftigt zu haben: Sie begriff, daß sie ganz und gar von Melbourne abhängig war. Das Geldsäckchen in ihrer Schlafzimmertruhe fiel ihr ein. So war das eben. Melbourne hatte sie gekauft. Dafür, daß sie ihm die Nächte versüßte und bei Tage seine Interessen an der Westküste vertrat, verfügte sie über ganze dreihundert Pfund in Gold, ein Pferd und ein gutes Dutzend neue Kleider. Das hätte sie schon einmal haben können...
Immerhin: Das Abkommen zwischen Melbourne und ihr war fair. Wie hatte er es einmal genannt – »unser kleines Geschäft«. Das Geschäft zwischen ihm und seiner Frau mußte weniger rentabel sein. Er hielt Laurabell, wenngleich legitimiert durch eine Urkunde, seit Jahren aus, ohne mit einer angemessenen Gegenleistung entschädigt zu werden. Viel-

leicht hatte die Geburt der beiden Kinder die Rechnung beglichen.

Ava faltete den Brief zusammen. Fest stand, daß die geborene FitzMaurice, die Halbcousine Polly Dloughys, bis daß der Tod sie schied, an Melbournes Seite sein würde. Er mochte sie betrügen, er mochte ihrer überdrüssig sein, er mochte sie verfluchen, doch er konnte sich ihrer niemals entledigen. Sie war Lady Melbourne und würde es bleiben.

Ein weiteres Jahr ging ins Land. Es schenkte den leuchtenden Farbenzauber des Frühlings, die grellflutende, windige Wärme des Sommers, die graue, stoppeltragende Traurigkeit des Herbstes, den kaltdampfenden Nebel des Winters und Regentage ohne Zahl.

Melbourne verbrachte zum erstenmal den Jahreswechsel auf Delarney. Er saß mit Ava vor dem Kaminfeuer, sprach hiervon und davon und küßte sie gelegentlich aufs Haar. Später liebten sie sich sehr zärtlich. Ava konnte die ganze Nacht nicht schlafen. Den Kopf an seiner Brust, lag sie in seinen Armen, atmete den herb-süßen Geruch seiner Haut und lauschte mit dem einen Ohr seinem Herzschlag und mit dem anderen dem Regen, der vor den Fenstern niederging. Alles war gut ... und dennoch ...

In der ersten Februarwoche wußte Ava, daß sie wieder schwanger war. Verstört ritt sie auf Whitefoot über die Wiesen, doch so mutwillig sie auch über Steinwälle, Hecken und Gräben setzte, sowenig wurde sie aus dem Sattel gerissen. Was sie dreimal besiegt hatte, war entschlossen, beim vierten Male zu triumphieren.

Melbourne schrieb, daß ihn wichtige Geschäfte nach London zwängen. Daher sei er nicht vor Ende Juni zurückzuerwarten.

Aha. Ava preßte die Zähne aufeinander. Statt verhaltener Sehnsucht enthielten Melbournes sachliche Zeilen nur Anordnungen, die das Eintreiben des Zehnts, den Verkauf einiger Pferde und einen Anbau an die Stallungen betrafen.

Ava holte die Depesche Laurabells hervor und las sie noch einmal.

Nach außen hin war sie sehr gefaßt. Sie hatte wie immer Zeit für die bittstellenden Bauern, sprach über ein paar ungeklärte Fragen mit dem Verwalter und ließ sich etwas einfallen, um den Kartoffelpreis in die Höhe zu treiben. Sie schalt aber auch ungewöhnlich scharf mit einem Knecht, der nicht begreifen wollte, daß seine ärgerliche Ungeduld die Fohlen nur erschreckte, und wies Deirdre mit einer äußerst spitzen Bemerkung auf deren schlampig aufgesteckte Haube hin. Spätabends suchte sie Entspannung in der Badewanne, doch auch die Essenzen aus der Aromakiste – mittlerweile der vierten, die aus London gekommen war – vermochte sie nicht in gehobene Stimmung zu versetzen.

In ihrem Bauch klopfte das Herz des fremden Lebens, das ihr seit Jahren auf den Fersen war.

»Ich bin's«, sagte die wohlbekannte, lange nicht mehr vernommene Stimme. Sie klang überraschend weich und schmeichelte, statt zu drohen.

Im Juni, noch ehe Melbourne eintraf, war in Ava ein Entschluß gereift. Kein Mann auf der Welt durfte noch einmal so machtherrlich mit ihr verfahren, wie es Aleister Wexton getan hatte! Als sie nach langer Zeit wieder an Aleister dachte, tat sie es mit neu entfachtem Groll.

Du nicht, Justin, du nicht!

Ava ließ packen.

»Wann werden Sie zurück sein?« fragte Dunby, der die Reisevorbereitungen überwachte.

»Ich komme nicht zurück«, entgegnete Ava. Zu Eileen sagte sie: »Halt! Diese Stiefel ziehe ich an!«

Ihre Habseligkeiten wurden in einer großen Seekiste verstaut: das samtene Reitkostüm, die Batisthemden, die Herrenausstattung, alle Kleidungsstücke, die Miss Conolly für sie genäht hatte, ebenso wie drei Paar Strümpfe, sämtliches Schuhwerk und die Urkunde, die sie als Eigentümerin Whitefoots auswies. Was sie besaß, gehörte ihr rechtmäßig!

Vor allem gehörten ihr dreihundert Sovereigns! Als sie den Beutel mit den Münzen und Aleisters Arsenfläschchen, das

sie wie einen Augapfel hütete, in den Pompadour steckte, fand sie darin Sir Quentins Karte. Nachdenklich betrachtete sie die goldene Schrift auf violettem Grund. Sehr gut.
Der Tag war warm und sonnig. Ava verließ das Haus, sattelte Whitefoot und ritt nach Valencia Island hinüber.
Während sie im blendenden Mittagslicht über den Klippen stand, hielt sie eine Hand über die Augen und schaute aufs Meer hinaus, das wie eine geöffnete Schatztruhe glitzerte. Brandungsschaum umspülte die Riffe, und am Horizont schimmerte bläulicher Dunst.
Abrupt wandte sie sich ab.
Auf dem Rückweg, von der Steinbrücke aus, warf sie einen letzten Blick auf die häßliche Häuserzeile von Portmagee. Die Hebamme trat gerade aus dem Kramladen, und die Schmiede wurde von Dengelschlägen erschüttert. Da die Fischer zum Fang ausgefahren waren, lag das Dorf wie ausgestorben in der Sonne. Die ausgedienten Boote am Ufer sahen aus, als würden sie langsam verenden.
Ava gab Whitefoot die Sporen.
Noch am selben Nachmittag trat sie die weite Reise nach England an. Sie verabschiedete sich mit knappen Worten von der Dienerschaft, erteilte dabei ein halbes Dutzend Anweisungen und stieg dann zu Ryan, dem Stallmeister, auf den Kutschsitz des Einspänners.
»Nun denn!« sagte sie.
Als der Wagen unter der Ruine von Clonmara Abbey vorbeirollte, die jetzt, im Gegenlicht, voller Mysterien schien, blickten die Mauerreste und die schief aufragenden Hochkreuze, gleich Mahnmalen der Vergänglichkeit, auf sie nieder. Es war, als hielten sie einem erlöschenden Geschehen die Totenwache. »Und kennet die Stätte nicht mehr...«
Der Wagen passierte das Delarney-Gestüt. Da die am Trittbrett festgebundene Whitefoot genau spürte, daß sie fortgebracht werden sollte, wieherte sie aufgeregt. Ava winkte zwei Knechten zu, die einen Ballen Stroh fallen ließen und erstaunt die Mützen lüpften.

Auf der ersten Koppel graste Sansibar, dahinter, neben ihren Müttern, standen die drei Fohlen, denen »die Mistress« heuer auf die Welt geholfen hatte. Ava drehte den Kopf zur Seite und zog sich den weißen Tüllschleier ihres aus Waterville stammenden Chapeaus ins Gesicht.

Vor der Poststation von Cahersiveen lud Ryan, der schweigsame, rotgesichtige Ire, den sie fast jeden Tag gesehen hatte und den sie dennoch nicht kannte, ihr Gepäck ab. Zum erstenmal reichte er ihr die Hand.

»Leben Sie wohl, Ma'am.«

»Sie auch, Ryan.«

Ein wenig unentschlossen standen sie einander gegenüber. Dann band Ava Whitefoot los, und der Stallmeister des Delarney-Gestüts kletterte auf den Bock des Einspänners zurück. Als der Wagen hinter der nächsten Wegbiegung verschwunden war, kam die Postkutsche nach Killarney in Sicht.

Und so verließ Ava das wilde, weite Land, das sie einst verflucht hatte und nach dem sie sich ihr ganzes weiteres Leben lang sehnen sollte. Sie verließ es, ohne Justin Melbourne ein Wort des Abschieds hinterlegt zu haben, und wußte, daß sie es nie wiedersehen würde.

DRITTES BUCH

Der Kreis

Vierzehntes Kapitel

Als gelte es, einen beliebigen Pier zu betreten, ging Ava in Bristol von Bord. Sie winkte eine Mietdroschke heran und ließ sich mitsamt dem Pferd und dem Gepäck zur Poststation bringen. Das Kind in ihrem Leib regte sich. Sie war im sechsten Monat schwanger, und jeder konnte es sehen. Vielleicht wurde sie hier und da erkannt, sie jedoch sah in kein einziges Gesicht.

Als der Wagen am Queen Square vorbeifuhr, warf sie nicht einen Blick aus dem Fenster. Ob Hester noch lebte? Wie auch immer: einerlei!

Ohne von Sentiments zum Bleiben verleitet zu werden, zog Ava nach London weiter. Sie kam am anderen Nachmittag dort an, nahm sich ein Zimmer im nächstbesten Gasthaus und machte sich frisch. Gekleidet in ihr schwarzes Reitkostüm, dessen taillenkurze Jacke ihren Zustand eher betonte als kaschierte, trat sie kurz darauf wieder auf die Straße hinaus und ritt wenig später durch die Stadt, die ihre Zukunft sein sollte.

Das also war London: allseitige Geschäftigkeit, Hufegeklapper, lackglänzende Kutschen, prächtige Gebäude, weitläufige Parkanlagen, breite Avenuen, enge Gassen, bimmelnde Ladenglocken, Schaufenster ohne Zahl und tausend Federhüte! Die Damen der Gesellschaft, selbstverständlich à la mode in Korsetts gespannt und von schweren, sogenannten Schinkenärmeln fast zur Bewegungslosigkeit verdammt, passierten Ava in offenen Wägen, lästerten über deren Aufmachung, vor allem über den Herrenzylinder, und schüttelten die Köpfe. Auf dem Lande durfte sich eine Lady mit sportlicher Attitüde

gelegentlich in den Sattel schwingen, doch in der selbsternannten Metropole des kultivierten Lebensstils wagte sie bestenfalls im Hydepark einen kurzen Galopp, niemals aber auf gepflasterten Straßen.
Ava kümmerte sich nicht um die Aufmerksamkeit, die sie erregte. Statt dessen lenkte sie ihre Stute geradewegs in die Park Road. Dort stieg sie vor dem mit korinthischen Säulen umrahmten Portal des Maxwell-Sitzes ab, band ihr Pferd an das Gartentor, das ohne Schwierigkeiten aufzuschieben war, und ging über den schmalen Kiesweg zur Tür des Haupteingangs. Ehe sie den Klingelzug bediente, atmete sie noch einmal tief durch.
Also gut! Mutig voran!
»Sie wünschen?« fragte der Butler.
»Mein Name ist Ava Cheltenham. Ich möchte Sir Quentin sprechen.«
»Ich werde Sie melden. Wollen Sie näher treten? Einen Moment bitte!«
Ava fand sich in einer üppig ausstaffierten Halle wieder. Wenig interessiert betrachtete sie die Gemälde an den Wänden und den orientalischen Kandelaber, der auf einer Kommode seine Arme zwischen Blumen und Nippes ausstreckte. Eine Uhr schlug fünf.
Der Butler kehrte zurück und sagte: »Sir Quentin läßt bitten.«
Ava folgte ihm in ein großes Zimmer. Weil eine Menge Zierat herumstand, irrte ihr Blick über ein Tigerfell, eine nackte Tänzerin aus Marmor und ein paar vollgestopfte Glasvitrinen, ehe er an Sir Quentin hängenblieb. Der saß an einem Sekretär aus Teakholz und erhob sich erst, als der Butler die Tür hinter sich geschlossen hatte.
Unter einem nachtblauen, reichbestickten Hausrock trug er helle Beinkleider und türkische Pantoffeln. Die eine Hand hielt eine dicke Zigarre, die andere war mit dem Gewicht dreier großer Ringe beschwert.
»Guten Tag, Sir Quentin«, sagte Ava.

Maxwell sah verlebt aus und war um einiges fülliger geworden, ja, er schleppte einen ordentlichen Wanst mit sich herum und wirkte aufgeschwemmt. Sein Kopf thronte auf einem Doppelkinn, seine Wangen begannen bedenklich zu erschlaffen und zogen die Mundwinkel nach unten, und erstes Grau sproß in seinem die vollen Lippen umkränzenden Bart. Überraschenderweise zeigte sich in seinem mähnigen Kraushaar kein einziger weißer Faden; es wellte sich jedoch kürzer als früher.

»Ava Cheltenham«, erwiderte er mit einem Lächeln, das sein Erstaunen nur unzureichend verbarg. Als er sich über ihre Hand beugte, schaute er von unten zu ihr hoch, und seine Augen waren wach und lebendig wie eh und je – und listig obendrein. Aufgeräumt sprach er: »Sie haben Irland endlich den Rücken gekehrt? Ein trefflicher Entschluß! Ich bin ohnehin verwundert, daß Sie so lange Zeit dort ausgeharrt haben. Mit Verlaub: Ich rechnete früher damit, Ihnen wiederzubegegnen.«

»Fünf Jahre hin, fünf Jahre her: Jetzt bin ich da.«

Obwohl er den Blick für keinen Wimpernschlag von ihrem Gesicht abgewandt hatte, stellte er fest: »Offenbar in neuen Kalamitäten.«

»Ja.«

Mit weiter Geste bot er ihr Platz auf einem blau bezogenen Kanapee an. Er fragte sie, ob sie Appetit auf einen kleinen Imbiß habe oder ob er ihr auf andere Weise gefällig sein könne. Sie schien amüsiert und verlangte nach einem Glas Sherry – »fürs erste«.

Ihren Wunsch erfüllend, meinte Maxwell: »Vielen Dank. Sie ersparen es mir, bitter schmeckendes, zuckergesüßtes Wasser trinken zu müssen, das man Tee nennt. – Es muß interessant gewesen sein in Irland.«

An der Wand hing ein Porträt, das Ava auffiel – das Porträt einer hübschen Blondine mit kleinem Rosenmund, filigranen Zügen und durchsichtig-hell schimmernden Augen. Es war ganz im Stil der Zeit gemalt, so, als säße die abgebildete Dame

mitten im Sturm. Kleine Löckchen wehten in manierierter Verspieltheit um ihre Wangen.
»Wer ist das?« erkundigte sich Ava, ehe sie an ihrem Sherryglas nippte. Sir Quentin prostete ihr mit Brandy zu.
»Meine Gattin«, antwortete er.
Für einen Atemzug stockte Ava.
»Ich hoffe, ich komme nicht ungelegen«, sagte sie schnell.
»Nein, keineswegs. Meine Frau ist mit ihrer Mutter nach Bath gereist. – Was bewog Sie, mich zu besuchen?«
Ava hob den Kopf. Sehr herausfordernd saß sie da.
»Ich erinnerte mich an Ihr einstiges Angebot und befand es einer neuerlichen Betrachtung für würdig. Natürlich war mir klar, daß sich Ihre Lebensumstände geändert haben könnten. Inwieweit Sie Ihren Vorschlag weiterhin aufrechterhalten, weiß ich also nicht.«
Er grinste breit, von sich selbst bis in den letzten Winkel seiner Person überzeugt. Offenbar genoß er die Situation. Ava schlug die Beine übereinander und zog ironisch eine Braue hoch.
»Recht und schön«, wurde Sir Quentin sachlich. »Im Augenblick haben Sie aber ein kleines Problem, finden Sie nicht?«
Er setzte sich auf eines der Sofas und ließ seinen Blick ungeniert über ihren Leib wandern. Seine anfängliche Verblüffung hatte sich gänzlich gelegt und einer angeregten Erwartungshaltung Platz gemacht. Was er hörte, gefiel ihm. Es gefiel ihm sogar sehr.
Ava ihrerseits war sich ihres Triumphes gewiß. Sie wußte, daß es ihr gelingen würde, diesen Mann, der in seiner Eigenliebe und seiner Genußsucht grandios war, unter ihren Willen zu zwingen. Noch saß er im Gefühl der eigenen Allmacht auf der anderen Seite des Teetischs und breitete siegessicher die Arme über die Rückenlehne des Kanapees.
»Das Problem löst sich in drei Monaten«, sagte sie. »Solange brauche ich eine ruhige, fernab allen Klatsches gelegene Unterkunft. Was das betrifft – das und einigen Komfort –, können Sie mir bestimmt helfen. Als Gegenleistung gebe ich

mich Ihnen hin, wann immer Sie wollen – heute, morgen oder dann, wenn ›das Problem‹ nicht mehr existiert. Eines sollten Sie allerdings wissen: Das ist kein Arrangement auf unbegrenzte Zeit. Ich habe vor, Geschäftsfrau zu werden. Die Einzelheiten muß ich noch überdenken. Mein gegenwärtiger Zustand rät mir davon ab, mich sofort in London einzuführen, denn schließlich strebe ich ein seriöses Gewerbe an.«
Sir Quentin schürzte die immer noch lüsternen, immer noch weichen Lippen und stand dicht davor, in dröhnendes Gelächter auszubrechen. Doch dann riß er sich zusammen und erkundigte sich ganz nüchtern, ob sie erwäge, ihr Kind, sei es erst einmal geboren, in fremde Hände zu geben.
»Selbstredend«, erwiderte Ava.
»Und wohin?«
»Da wird sich schon etwas finden.« Die betonte Hilflosigkeit in ihrer Stimme, die so ganz wider ihre Natur war, schob ihm die lästige Aufgabe zu.
Sir Quentin nickte.
»Gut«, sagte er. Offenbar hatte er alle Bedenken in die Waagschale geworfen und einen Entschluß gefaßt. »Ich weiß zwar nicht, wie Sie zu der geworden sind, die mir jetzt gegenübersitzt, aber ich schätze, was Sie mir antragen. Sie fahren nach Kent. Vielleicht entsinnen Sie sich, daß ich dort Besitzungen habe. Aimsley dürfte das richtige für Sie sein. Das Haus ist nicht groß. Es gibt nur zwölf Räume, dafür aber einen ganz ansprechenden Park. Mein Hauptsitz in Kent, Oakwood House, ist bloß fünf Meilen von diesem – nennen wir es ›Lustschlößchen‹ – entfernt. Da auf Oakwood meine Mutter residiert, kann ich Sie nicht dorthin schicken. Sie verstehen?«
»Natürlich.«
»Aimsley ist seit drei Jahren unbewohnt. Das bedeutet: Spinnweben, Staub und weiße Laken auf den Möbeln. Aber damit werden Sie schon fertig. Für den Anfang gebe ich Ihnen eines meiner Mädchen mit. Personal, das Sie darüber hinaus benötigen, engagieren Sie selbst. Wie sind Sie nach London gelangt?«

»Mit der Postkutsche.«
»Hm. Ich stelle Ihnen am besten einen Zweispänner zur Verfügung. Die Gegend um Aimsley ist ländlich. Da müssen Sie beweglich sein.«
»Ich reite sehr gut.«
»Das demonstriert Ihr Kostüm.« Er lachte. »Eine Dame, noch dazu eine Dame in Ihrem Umstand, braucht einen Wagen. Daß Sie in Irland viel vergessen haben, ist verzeihlich – doch Sie sollten endlich lernen, sich zu kleiden. In einer Stadt wie London können Sie sich so, zumindest als Geschäftsfrau, nicht zeigen. Was sie anhaben, spottet jeder Beschreibung. Es ist seit zehn Jahren aus der Mode. Von den weißen Pluderhosen, die eine Frau inzwischen unter ihren Röcken trägt, haben Sie wohl noch nichts gehört.« Belustigt begutachtete er die Schäfte ihrer Reitstiefel. Leder statt bauschiger Stoffvolants! »Ich werde Ihnen Kleider, Schuhe und Hüte nach Aimsley schicken – und natürlich Wäsche! Auf diese Dinge lege ich Wert.«
»Aber...«
»Keine Widerrede! Sie sind in die Zivilisation zurückgekehrt! Nun ziehen Sie die Konsequenzen! – Wie geht es Lord Melbourne?«
Ava ließ beinahe ihr Glas fallen. Erschrocken sah sie in Sir Quentins neugierige Augen, die für die Lebhaftigkeit, die aus ihnen hervorblitzte, viel zu klein schienen. Sie faßte sich rasch. »Gut, denke ich.«
»Geistesgegenwärtig wie üblich! Trotzdem werden Sie sich fragen, woher ich Ihr Geheimnis kenne. Nun: Ich besitze Güter in Irland. Vor zwei Jahren war ich zum letztenmal dort, und ich gedenke, die Expedition in näherer Zukunft nicht zu wiederholen. An sich pflegt mich zu langweilen, was mir in Dublin an Gerüchten zu Ohren kommt, aber *dieses* Gerücht machte mich hellhörig. Dabei ist es gar keines. Es stimmt.«
»Wie gut kennen Sie Lord Melbourne?«
»Ich kenne ihn gar nicht, das heißt, er ist mir vom Hörensagen ein Begriff. Man hat mich allerdings seiner Frau vorgestellt. Ich hoffe für Sie, daß *er* unterhaltsamer war.«

Ava lächelte ausdruckslos. Eigentlich hoben sich nur ihre Mundwinkel. Ein Schmerz, den sie noch nicht fühlte, berührte sie gleich einem kühlen Luftzug. Als sie den Kopf, wie um einer Ohrfeige auszuweichen, zur Seite neigte, bewegte sich das Kind in ihrem Leib.

»Sie wissen doch«, sagte Sir Quentin, »Ihre Geheimnisse sind seit jeher hervorragend bei mir aufgehoben. – Was haben Sie denn? Stieß meine Indiskretion in eine offene Wunde?«

»Können wir das Thema wechseln?«

»Sie sollten sich ein wenig ausruhen. Mein Butler wird Ihnen Ihr Zimmer zeigen. Wir sehen uns dann beim Dinner. Sie verbringen die Nacht in meinem Haus und brechen morgen nach Aimsley auf. Ist das in Ihrem Sinne?«

»Durchaus.«

Wieder versuchte sie zu lächeln, wieder hoben sich nur ihre Mundwinkel.

Aimsley war ein kleines, wenngleich vom Verfall bedrohtes Schmuckstück, das zwischen hoch aufragenden Baumgruppen still vor sich hindöste. Als Ava, von Sir Quentin unberührt, das im französischen Rokokostil erbaute Landhaus am Abend des nächsten Tages erreichte, war sie in verwirrend aufgekratzter Stimmung. Die Zuversicht, die sie sich einredete, seit sie Cahersiveen verlassen hatte, diese stolze, entschiedene Zuversicht half ihr über das, was für immer verloren war, hinweg.

Um jedwedem Ärger mit der Nachbarschaft drüben auf Oakwood House aus dem Weg zu gehen, wurde sie wieder die Witwe Cheltenham, eine arme, vom Schicksal schwer geprüfte Person, die von ihrem alten Freund, dem zum Glück überaus vermögenden Sir Quentin, aus lauter Nächstenliebe Unterstützung erfuhr.

Zuerst war sie ganz damit beschäftigt, sich einzurichten. Im nahen Maidstone tat sie sich nach einer Wirtschafterin und nach einem Mädchen um, auf Lakaien und eine Zofe wollte sie verzichten. Das städtische Staubwedelgeschöpf, das ihr neuer Gönner für sie ausgewählt hatte, schickte sie, froh, fester zupackende Hände gefunden zu haben, dorthin zurück, wo es hingehörte.

Als das Klavier eintraf, das Sir Quentin ihr versprochen hatte, klatschte sie vor Freude in die Hände. Alles fügte sich aufs trefflichste!

Sie gestaltete die Räume, die sie bewohnen wollte – eines der Schlaf- und eines der Badezimmer, das in kleinerer Ausgabe Versailles imitierende Spiegelkabinett und den Grünen Salon –, nach ihrem Geschmack. Da ihr Hang zu eleganter Sachlichkeit auf die Maxwellsche Neigung zu opulenter Überfrachtung prallte, mußten viele Einrichtungsgegenstände in Gemächer weichen, die sie nicht zu benutzen gedachte.

Aimsley als solches gefiel ihr. Sie mochte die großflächigen Fenster, durch die Lichtkaskaden wogten, die zahlreichen Spiegel, vor denen sie sich nicht mehr fürchtete, die Stuckdecken, die Turner- und van-Dyck-Gemälde an den Wänden, die Kamine aus schwarzem Marmor, die verwinkelten Treppen und das nun von ihr reduzierte, sorgfältig zusammengestellte, fragil-feminine Mobiliar. Von den orientalischen Gobelins und den persischen Teppichen war sie geradezu begeistert.

Am meisten beeindruckte sie jedoch die südländisch inspirierte Terrasse, die von einer niedrigen, Amoretten tragenden Mauer umschlossen wurde und den Blick auf den Park freigab, wo Eichen, Zedern, Ulmen, Eschen und Trauerweiden kräftige Sommerschatten warfen.

Das Erfreulichste aber war, daß ihr Sir Quentin Klavierauszüge sandte: Bach, Haydn, Händel, Mozart und Beethoven kehrten zu ihr zurück.

Obwohl sie von Tag zu Tag runder wurde, obwohl sie sich beide Hände in die Hüften stemmen mußte, um von einem Stuhl aufstehen zu können, ritt sie Whitefoot, die temperamentvolle, ihr aber treu ergebene Delarney-Stute, bis kurz vor der Niederkunft.

Sie hatte eine der Aimsley-Stallungen auf Vordermann ge-

bracht und wurde dabei beobachtet, wie sie in Crawley um den Preis eines gebrauchten Sattelzeugs handelte, das sie angeblich eigenhändig ausbessern wollte.
Man sprach über sie.
Die Bauern, die alle zwei Wochen unter der Aufsicht des Masters von Oakwood House den Park mähten, schauten ihr verdutzt zu, wenn sie über einen Holzschemel in den Sattel kletterte, um nach Maidstone hinüberzureiten. Dort tätigte sie ihre Einkäufe. Den Einspänner schirrte sie nur selten an. Gelegentlich beehrte sie den Pächter auf dem Nachbargehöft mit einem Besuch. Auf Bestellung versorgte er sie mit Stroh, Heu, Hafer, Äpfeln und Rüben. Wenn sie Hände brauchte, die zupacken konnten, half er gegen geringes Entgelt.
Es hieß überall, die Frau, die jetzt auf Aimsley lebe, verstünde viel von Pferden und lasse ihrer Stute und dem Kutschwallach beste Pflege angedeihen – und zwar eigenhändig.
Zwei Wochen vor der Entbindung stellte Ava einen jungen Bauernburschen, der gut mit Ochsen umgehen konnte, als Stallknecht ein. Sie unterwies ihn geduldig, aber nachhaltig, verdingte ihn für freie Kost und zwei Guineen im Jahr und ließ ihn im Heuboden über dem Stall schlafen.
Als sie sich ins Kindbett legte, hatte sie für alles gesorgt.

Nach dreistündigen Wehen gebar Ava einen gesunden, kräftig schreienden Knaben. Als ihr der Säugling von der aus Maidstone herbeigerufenen Hebamme in die Arme gelegt wurde, blickte sie verwundert in das kleine, noch etwas verschrumpelte Gesicht. Das also war »das Fremde«, »das andere«, gegen das sie sich so lange gewehrt und das sich jetzt, nach fünfjährigem Zweikampf, durch ihren Schoß den Weg ins Leben ertrotzt hatte. Ava sah große blaue Augen, die glänzten, als wüßten sie von einem Sieg, ein winziges Näschen, niedliche Ohren, einen blonden Haarflaum und Fingerchen à la miniature.
»Er soll Julian heißen«, entschied sie.
»War das der Name Ihres Gatten?« erkundigte sich die Hebamme.

Ava hob den Kopf.
»Nein«, sagte sie, »in meiner Familie wählt man Taufnamen nach Lust und Laune aus.«
Als Sir Quentin zum erstenmal nach Aimsley kam, fauchten Herbststürme über das Land. Ava hockte im Spiegelsaal vor einer Wiege, die sie auf dem Dachboden gefunden hatte, schaute hinein und summte eine zärtliche Melodie.
»Für eine Mutter, die sich in Kürze von ihrem Kind trennen will, benehmen Sie sich eigenartig«, bemerkte der Hausherr.
»Sir Quentin!« Schnell wandte Ava sich zur Tür. »Was für eine Überraschung! – Ja, Sie vermuten richtig. Ich hab's mir anders überlegt. Ich behalte Julian.«
Sie wollte ihm Tee eingießen, doch er winkte ab und holte sich von einem Tischchen am Fenster ein Glas, das er mit Sherry füllte. Dann setzte er sich breitbeinig auf einen Stuhl vor dem Kamin.
»Warum bleiben Sie nicht hier?« fragte er. Da Ava mit den Achseln zuckte, fuhr er fort. »Was immer Sie in London vorhaben, es eilt nicht. Ich werde Sie heute nicht lange belästigen – keine Angst! –, doch wenn ich in vier Wochen zurückkehre, will ich wissen, was Ihnen meine Großzügigkeit wert ist.«
Vier Wochen...
Kaum war er gegangen, befahl Ava ihrem Stallburschen, Whitefoot zu satteln. Das schlafende, gestillte und frisch gewickelte Kind überantwortete sie der Obhut ihrer resoluten Wirtschafterin, die zwar mit nur mäßigem Talent den Kochlöffel schwang, ansonsten aber recht patent und vor allem hoffnungslos in Julian vernarrt war.
Ava ritt aus, um nachzudenken. London, das mußte sie zugeben, lockte sie nicht im geringsten. Sir Quentin bot ihr eine bequeme Alternative. Andererseits: Sie war *jetzt* jung! Unmöglich konnte sie ihre besten Jahre damit vertun, die Geliebte eines Mannes zu sein, in dessen Arme sie sich keineswegs sehnte.
Verstrickt in diese Gedanken, merkte sie gar nicht, daß sie

geradewegs auf eine Koppel zuhielt. Das Gelände gehörte zu Claire Hill, dem Nachbargut, Sitz der Trevarrians. Zwei Stuten standen friedlich in der Oktoberkälte. Die eine schlug mit dem Schweif aus, die andere schüttelte die Mähne. Dampf stieg aus beider Nüstern.
Ava war noch nie hier gewesen. Offenbar hatte sie die Grenzmarkierung übersehen. Nach den Gesetzen der Grafschaft beging sie Landfriedensbruch. Der Anblick der prächtigen Pferde ließ sie diese Tatsache jedoch vergessen.
Plötzlich begriff sie, daß sie weder zur Inhaberin eines Putzmachersalons noch zur Tuchwarenmamsell taugte. Sie verstand nichts von Mode, Federn und Stoffen. Außerdem war sie des guten Tons, der feinen Manieren und des gesellschaftlichen Verkehrs entwöhnt und zur Landpomeranze geworden.
»Hallo, Sie! Was machen Sie da?« tönte eine strenge Stimme hinter Bäumen hervor. Ein Mann tauchte auf. Sein mächtiger Leib schien von einer blauen Schürze zusammengehalten zu werden. Ansonsten bestand er hauptsächlich aus klobigen, schlammverkrusteten Stiefeln und grauem Bartgekräusel, das sein Gesicht verbarg.
»Ich schaue mich nur um!« rief Ava zurück.
Der Mann, nicht groß, vielleicht um die Fünfzig, aber noch flink auf den Beinen, kam näher und beäugte die junge Frau auf dem nervös tänzelnden Roß ebenso neugierig wie ungeduldig. Als er sie erreicht hatte, fragte er, wer sie sei.
In ihrem altmodischen Reitkostüm, das sie weiterhin gern trug, da ihr die Kleider, die ihr Sir Quentin geschickt hatte, nur paßten, wenn sie sich in ein Fischbeinkorsett zwängte, wirkte sie wie eine verarmte Dame von Stand, die bessere Zeiten erlebt hatte, sich nun aber bescheiden mußte.
»Ich bin Ava Cheltenham«, erwiderte sie mit einem gewissen Hochmut. Abzusitzen kam ihr nicht in den Sinn.
»Und ich Reeves, der Stallmeister von Claire Hill. Sie haben sich im Sommer auf Aimsley eingerichtet, nicht wahr?«
»So ist es.«
»Ja, dann. Ich dachte schon, ich hab's wieder mit Lumpenpack

zu tun. Man weiß ja nie. Das ist Trevarrian-Land. Wollen Sie bei der Herrschaft vorstellig werden?«

»Nein.« Erneut ruhte ihr Blick auf den beiden Stuten, die sich gerade beschnupperten. »Ich kam zufällig des Weges. Herrliche Vollblüter sind das. Der Herr von Claire Hill züchtet?«

Reeves nickte bedächtig. Er faßte nach dem Laubrechen, der am Gatter lehnte, und stützte sich auf den langen Holzstiel. Nach einer kurzen Pause sagte er: »Hab' davon gehört.«

»Wovon?«

»Na, von Ihnen. Daß Sie's können mit Pferden. Sie sollten wirklich mit Mr. Trevarrian bekannt werden.«

»Wenn Sie meinen. Wie finde ich zum Haupthaus?«

»Diesen Weg entlang und den Hügel hinauf. Sehen Sie den Turm, der die Eichen überragt? Aber jetzt hat's keinen Sinn. Mr. Trevarrian ist in London.«

»Wann wird er zurückerwartet?«

»Bald. Genaues weiß ich nicht. Versuchen Sie's nächste Woche. Ich kenn' Sie ja jetzt.«

»Danke. Darf ich mich noch ein wenig umtum?«

»Von mir aus.« Ehe er sie respektvoll »Ma'am!« nannte und davonging, nickte er ihr zu wie jemandem, mit dem man ein Geheimnis teilt.

Ava lenkte Whitefoot an den weiß hinter Bäumen hervorleuchtenden Stallgebäuden vorbei und gelangte schließlich zu einer anderen, dreigeteilten Koppel. Dort tänzelten die Hengste.

Ein schwarzer Zweijähriger, der aufgeregt am Gatter entlanghastete, bannte sofort ihre Aufmerksamkeit. Er glich Black Devil, Melbournes Rappen ... Erst nach einer Schrecksekunde spürte Ava, daß ein Schmerz, gleich einem brennenden Blitz, durch ihre Eingeweide fuhr. Mit aller Macht wehrte sie sich gegen ungeordnete Bilder, die aus der Vergangenheit hervordrängten und wie Hagelkörner auf sie niederprasselten.

Justin, dachte sie, Justin ... Dann riß etwas in ihrem Kopf. Ihr wurde übel und schwarz vor Augen. Eine Weile saß sie vornübergebeugt, Erinnerungen ausgeliefert, die mit der Willen

auslöschenden Gewalt eines epileptischen Anfalls über sie hinwegfegten.
Als es endlich vorbei war, richtete sie sich auf. Sie schöpfte Atem, tätschelte Whitefoots Hals und blinzelte ein paarmal, um Black Devils Ebenbild wieder so klar sehen zu können wie vorhin.
Gespannt starrte der junge Hengst zu ihr herüber. Da er sich beobachtet fühlte, setzte er sich mit hohen Bocksprüngen in Szene. Er bewegte sich mit ungestümer, aber hoheitlicher Anmut und war von makelloser Schönheit. Der Apfelschimmel und der Braune in den anderen Koppelabschnitten verblaßten neben ihm.
Von diesem Tag an ritt Ava häufig nach Claire Hill hinüber. Der Stallmeister begann sich auf ihre Besuche zu freuen und wurde von Woche zu Woche gesprächiger. Wenn sie kam, ließ er die Knechte und jede Arbeit, die er gerade verrichtete, stehen, um sie zu begrüßen. Manchmal gesellte er sich auch nur wortlos zu ihr an die Hengstkoppel, und sie beobachteten schweigend die Tiere.
»Ja, unser Galahad«, sagte er eines Nachmittags. »Der hat's Ihnen angetan! Ein wilder Bursche! Schwer zu trainieren, kaum an der Longe zu halten, bisher nicht aufzusatteln. War schon ein Kampf, ihn ans Halfter zu gewöhnen. Mit dem Gebiß macht er immer noch Schwierigkeiten. Versucht dauernd, den Spieler zu kauen! Steigt und webt, wie er gerade lustig ist!«
»Will Mr. Trevarrian ihn verkaufen?«
»Ich glaube schon. Da drüben, der Braune, das ist der Deckhengst.«
Weder für das wichtigste Pferd des Gestüts noch für den faden Apfelschimmel konnte sich Ava begeistern. Sie sah nur Galahad. So, wie sie sich vor vier Wochen in Julian, ihren Sohn, verliebt hatte, den sie stillte, wickelte, badete, aus- und ankleidete, zu Bett brachte und in den Schlaf sang, ohne daran zu denken, ihn einer Amme oder einer Nanny anzuvertrauen, verwundert darüber, ihm einst Feind gewesen zu sein, so

verliebte sie sich täglich mehr in den widerspenstigen Rappen, den nur eine schmale weiße Zeichnung am rechten hinteren Fesselgelenk von Black Devil unterschied. Die Zeichnung ähnelte einem feinfaserigen Farnblatt und war außergewöhnlich.

»Ist Galahad noch da?« fragte Ava jedesmal, wenn sie auf Claire Hill eintraf. Die Angst, ihren Favoriten eines Tages nicht mehr vorzufinden, bereitete ihr schlaflose Nächte.

Natürlich spielte sie mit dem Gedanken, den Hengst zu kaufen. Sie besaß immerhin dreihundert »goldene Silberlinge«, wie sie Melbournes Morgengabe nannte, zwanzig Guineen – das Abschiedsgeschenk des Alten – und den kläglichen Rest ihrer »Aussteuer«. Das hätte gereicht. In London würde sie jedoch kein zweites Reitpferd, sondern jeden Penny ihres Kapitals benötigen.

Und dennoch, dennoch: Galahad ging ihr nicht aus dem Kopf. Als sie ihn eines Abends im Stall besuchte, streckte sie über die geschlossene untere Hälfte der Boxentür hinweg zum erstenmal die Hand nach ihm aus. Er schaute sie aus rollenden Feueraugen an, blähte die Nüstern, schnaubte, schüttelte sich heftig und zuckte mit den Ohren. Amüsiert zog Ava ihre Hand zurück.

Wenig später lernte sie Trevarrian kennen. Er hinkte über den Vorplatz zwischen den Stallungsgebäuden, für die Zuhilfenahme eines Stocks offensichtlich ebenso zu stolz wie sein jüngster Hengst für Zärtlichkeiten.

So hatte sich Ava den Besitzer Galahads nicht vorgestellt. Trevarrian war alt, uralt, steinalt, bibelalt, ein Methusalem. Schlohweißes, feines Haar wehte von allen Seiten in die Kraterlandschaft seines Gesichts. Er hatte eine lange, beängstigend spitze Nase, eingefallene Wangen und wäßrig-blaue Augen.

Allen Unbilden des Alters zum Trotz hielt er sich kerzengerade. Nur den rechten Fuß zog er nach. Und dünn war er, erschreckend dünn, dünner, als es Hester je gewesen.

»Ah, Mrs. Cheltenham! Sie sind es doch? Reeves hat mir von Ihnen erzählt! Na, wie gefällt Ihnen die Zucht?«

Er war viel angenehmer, als es sein skurriler Anblick vermuten ließ. Statt Ava auszuhorchen, wie sie es anfangs befürchtet hatte, erkundigte er sich nur flüchtig nach ihren Lebensumständen. Anschließend schilderte er ihr in allen Einzelheiten seinen letzten Reitunfall und die Unannehmlichkeiten, die man in seinem Alter – er war dreiundachtzig – mit so einer Geschichte habe.
»Das Bein wird steif bleiben«, schloß er grimmig.
Ehe er ihr versicherte, daß er bei Gelegenheit gern ausführlicher mit ihr plaudern würde, jetzt aber sehr in Eile sei, schalt er einen Knecht, um damit seine Ungebrochenheit – wenigstens geistig – kundzutun. Dann verschwand er Richtung Haupthaus.
Von Reeves erfuhr Ava, daß Trevarrian »ein Schicksal« habe. Er sei seit zwanzig Jahren Witwer und deshalb so eigenartig. Seine drei Töchter hätten gute Partien gemacht – die eine in London, die andere in Aberdeen und die dritte im fernen Italien –, doch der Sohn sei mißraten und ein einziges Ärgernis. »Trevarrian wird ihn enterben«, prophezeite Reeves.
Ava hörte nur mit einem Ohr zu. Vielleicht sollte sie den Herrn von Claire Hill nach dem Preis fragen, den er für Galahad verlangte... Ach was! Hirngespinste!
Sie verabschiedete sich von Reeves und ritt nach Aimsley zurück. Sir Quentins Kutsche stand vor dem Haus.
Aha. Zahltag.

»Ich will doch nur zärtlich zu dir sein«, sagte Sir Quentin mit der Stimme eines kleinen Jungen. Ava lag bewegungslos unter seinem massigen Körper auf einer der Chaiselonguen im Grünen Salon und wünschte nur, es so schnell wie möglich hinter sich zu bringen.
Da schmiegte er seinen Kopf an ihre Brust.
Du liebe Güte!
Um die Situation nicht verfahrener zu machen, als sie es ohnehin schon war, kramte Ava in ihrem Fundus leidenschaftlicher Erinnerungen, um die zu werden, nach der es

ihren sonderbaren Liebhaber gelüstete. Selbst vor maßlosen Übertreibungen schreckte sie nicht zurück. Sie stöhnte so laut, wie sie nie vorher gestöhnt hatte, keuchte, peinlich davon berührt, Satzfetzen, die ihr so oder ähnlich bereits glaubwürdiger entschlüpft waren, und hatte die ganze Zeit ein Würgen in der Kehle.

Kaum war es vorbei, entzog sie sich der befremdlichen Umarmung und fing von nebensächlichen Ereignissen zu erzählen an. Ihr Gönner war jedoch noch nicht satt. Atemlos warf er sich in eine zweite Attacke.

»Man zahlt drauf«, dachte Ava, »man zahlt bei diesen Geschäften immer drauf!«

Als sie in das weichwangige Gesicht über sich blickte, sah sie die Augen eines Wahnsinnigen inmitten einer mehr qual- als lustverzerrten Fratze. Der kleine Junge wurde zum Berserker, der Berserker zum kleinen Jungen.

Sie wandte den Kopf zur Seite. Sofort trafen heiße Lippen ihren Hals und saugten sich dort fest. Schweißtropfen regneten auf sie nieder. Weiches Fleisch klatschte rhythmisch gegen ihren leicht gewölbten Bauch.

»Du brauchst mich! Sag, daß du mich brauchst!« preßte Sir Quentin zwischen gespannten Kiefern hervor.

Nichts, gar nichts wurde ihr erspart.

»Ich brauche dich«, flüsterte sie.

Da er sie stieß und stieß, ohne zu einem Ende zu kommen, gebot sie ihm Einhalt. Sie besann sich der Kunstfertigkeiten, die Aleister sie gelehrt hatte, drückte Sir Quentin rücklings in die orientalischen Kissen zurück und glitt zwischen seine Beine. Mit der Hand umfaßte sie den Schaft seines Geschlechts, mit der Zunge umkreiste sie die Eichel. Was sanft und spielerisch begann, steigerte sich nach und nach zu einer immer heftigeren, intensiveren Reizung.

Sir Quentin wimmerte. Ehe er sich entlud, ließ ihr Mund von ihm ab. Warm und klebrig strömte es über ihre Finger.

»Cheltenham Stud«, dachte sie. »Das ist es!« Mit Galahad und Whitefoot würde sie eine neue Zucht begründen!

Sir Quentin strich zärtlich über ihren nackten Rücken.
»Schon als ich dich im Haus deines Vaters zum erstenmal sah, wußte ich, daß ein Feuer in dir brennt«, sagte er.
Er blieb drei Tage und drei Nächte.
Die Nächte verlangten von Ava alle Selbstdisziplin, deren sie fähig war. Manchmal hätte sie am liebsten geschrien: »Faß mich nicht an!«
Die Tage entschädigten sie.
Wenn ihr Gönner über eine Welt sprach, die weit von der ihren entfernt war, über Theaterpremieren, Bücher, neue philosophische Ansätze und städtischen Klatsch, hörte sie gern zu. Er war ein ausgezeichneter und kluger Unterhalter, dessen gelegentlich aufflackernde Selbstgefälligkeit sie mittlerweile zu nehmen wußte. Außerdem besaß er Humor, und das war wichtig, denn nach nichts sehnte sie sich so sehr wie nach Gelächter.
»Was liegt da eigentlich auf meinem Teller?« fragte er am Abend des dritten Tages. »Perlhuhn? Na ja. Deine Mrs. Leigh mag eine gute Seele sein, aber von feiner Küche hat sie keine Ahnung. Ich beschäftige übrigens einen vorzüglichen französischen Koch, der sich auf die Zubereitung erlesenster Gaumenfreuden versteht. Was ist, hast du Lust, mit mir nach London zu kommen?«
»Du bist verheiratet, Quentin.«
»Ich kenne da ein kleines, aber feines Haus nahe Westminster Bridge, in das du jederzeit einziehen könntest.«
»Natürlich werde ich in der Park Row Nr. 9 ein- und ausgehen, um die Künste des Meisterkochs zu würdigen.«
»Warum nicht? Ich mache dich mit meiner Frau bekannt.«
»Entzückende Vorstellung.«
»Nicht wahr? Sarah vermochte mit deinen Vorgängerinnen zu leben; also wird sie auch in der Lage sein, mit dir zu leben.«
Da Ava nichts erwiderte, nahm er ihre Hand. Er führte sie an seine weichen Genießerlippen und sagte so feierlich, daß sich Ernst mit Pathos mischte: »Ich hoffe, du bleibst mir lange erhalten.«

Von der Gefühligkeit, die plötzlich in der Luft lag, verunsichert, entzog ihm Ava ihre Finger.
»Wenn du mich öfter besuchst«, lenkte sie ab, »werde ich mir einen Weinkeller zulegen müssen.« Sie deutete auf die zwei leeren Flaschen auf dem Tisch. »Überhaupt dürften ein paar Anschaffungen notwendig sein.«
»Das heißt, du erteilst London eine Absage? Na schön, was brauchst du?«
»Ich will für Julian ein Zimmer einrichten. Außerdem stehen einige Reparaturen an, und dann ist da noch eine Überlegung, über die ich später, wenn ich mir sicherer bin, mit dir sprechen möchte.«
Der Versuchung, mit der Tür ins Haus zu fallen, widerstand sie. Sir Quentin durfte nicht den Eindruck haben, nur Mittel zum Zweck zu sein. Er tat zwar, als sei er in Liebesdingen pragmatisch und abgeklärt, aber er war es nicht – nicht ihr gegenüber. Wenn sie sein Herz erst einmal gewonnen hatte, und dazu fehlte nicht mehr viel, würde er Wachs in ihren Händen sein. Sie mußte es klug einfädeln. Da er einsam war, suchte er in ihr nicht nur eine Geliebte, sondern auch eine Freundin. Merkwürdig, daß sie immer wieder in sich zerrissenen Zweiflern begegnete! Schon Aleister und Melbourne waren auf ihre Weise allein und mit sich selbst bestraft gewesen. Der Unerlösteste in dieser Reihe war jedoch Quentin ... Komisch: In ihren Gedanken hieß er weiterhin »Sir Quentin« oder »Maxwell«.
Weil er ein Sinnsucher war, einem allgemeingültigen, nie zu fassenden Daseinsprinzip auf der Spur, auch weil er sein wollte, was er nicht sein konnte, pendelte er zwischen Größenwahn und Verzagen, zwischen Lebensgier und Lebensüberdruß, zwischen maßloser Selbstüberschätzung und einer Neigung zur Selbstzerstörung, die sich in masochistischen Phantasien und einer bedenkliche Ausmaße annehmenden Genußsucht äußerte. Tief in seiner Seele war der Spötter und Prahler Quentin ein kleiner Junge geblieben, der gern Feldherr spielt, weil er weiß, daß er es nie sein wird. Seine betonte

Männlichkeit war Attitüde; damit kaschierte er, wovor ihm graute. Er dachte männlich und fühlte weiblich. Daß er darunter litt, begriff Ava früh. Manchmal glaubte sie, daß er als Frau glücklicher geworden wäre, was er natürlich weit von sich gewiesen hätte. Ihr Verständnis für seine feminine Ader war ohnehin begrenzt. Seine romantischen Stimmungen nannte sie Schwäche, und Schwäche verachtete sie.
Als er ihr zum erstenmal sagte, daß er sie liebe, wünschte sie, er hätte geschwiegen. Seine Liebe mißfiel ihr, denn sie war nicht männlich und kraftvoll und bezwingend, sondern süßlich und voller Angst.
Den Liebhaber Quentin, der sich aus Verzweiflung allzu toll gebärdete, konnte sie nicht ernst nehmen, aber den Freund Quentin lernte sie schätzen.
Er war zuverlässig. Was er versprach, hielt er. Immer wußte er etwas Interessantes zu berichten. Konversationen mit ihm flossen leicht dahin, verstiegen sich zuweilen in anstrengend hohe Sphären, glitten dann aber zur rechten Zeit ins Unernste und langweilten nie. Die Weite in Quentins Gedanken öffnete in Ava zugefallene Türen.
Als sie ihn nach seinem ersten, dreitägigen Besuch zu seinem Wagen begleitete, küßte er sie auf den Mund.
»Wenn ich hin und wieder zu Sentiments neige, sei bitte nachsichtig«, bat er.
In der darauffolgenden Woche war Ava voll und ganz damit beschäftigt, eine geeignete Kinderfrau zu finden und für Julian den Papageiensalon einzurichten, der seinen Namen einer mit Vögeln bemalten Tapete verdankte. Es fanden sich zwar einige Möbelstücke, die in die Umgebung eines kleinen Jungen, der noch im Säuglingsalter war, paßten, doch Ava beauftragte zusätzlich einen Zimmermann aus Maidstone, ein Bettchen, kleine Kinderstühle und einen dazugehörigen Tisch anzufertigen.
Von Quentin kam jede Woche eine Kiste mit Geschenken. Mal enthielt sie Konfekt, Blumen, Partituren, ein kleines Schmuckstück oder ein modisches Accessoire, mal Präsente

für Julian: Spielsachen, Wäsche, Kleider... Der Knabe war noch keine drei Monate alt und besaß bereits zwei Dutzend Zinnsoldaten, ein Schaukelpferd, eine Gartenwippe und so viel Garderobe, daß sie kaum in zwei Truhen Platz hatte.

Man sah Ava häufig lächeln.

Als sie eines Nachmittags nach Claire Hill unterwegs war, kam ihr Trevarrian zu Pferde entgegen. Sie grüßten sich, tauschten Höflichkeiten aus und ritten eine Weile nebeneinander her.

Der Weg führte durch ein Stück Laubwald. Kahle Äste ragten in den schlierig-trüben Himmel. Die Luft war kühl und nebelfeucht. Während Trevarrian über sein steifes Bein lamentierte, ärgerte sich Ava darüber, das neue, nachtblaue Reitkleid mit den schweren Schinkenärmeln angezogen zu haben. Es war so eng geschnürt, daß sie sich zwangsläufig gerade halten mußte. Unbequem, aber elegant! Zu dem Kleid gehörte ein gleichfarbiges Cape mit pelzbekränzter Kapuze, das weich über Whitefoots Kruppe fiel.

»Sie wollen Galahad sicher verkaufen?« fragte Ava plötzlich.

»Will ich, will ich. Warum?«

Der Nebel wurde dichter. Whitefoot schlug übermütig mit dem Schweif aus, und Trevarrians Brauner ging mit gesenktem Kopf, als mißbillige er es, den Alten durch die Niederung tragen zu müssen.

»Nun, warum?« wiederholte Trevarrian.

Aus den Nüstern der Pferde rauschte Dampf, unter ihren Hufen brach Reisig. Zaumzeug klirrte. Sonst war es so still wie in den Ebenen von Kerry. Hügelwellen und Bäume versperrten die Sicht. Ava vermißte die Weite.

»Ich würde Galahad gern kaufen«, sagte sie.

»Sie? Galahad kaufen? Ha!« Trevarrian hustete ein militärisch knappes Lachen in den Dunst. »Galahad ist ein Zuchthengst, kein frommes Reittier. Was wollen Sie mit ihm?«

»Zu züchten anfangen.« Da sie vergeblich auf eine Erwiderung wartete, fügte sie schmunzelnd hinzu: »Und Ihnen ins Gehege kommen!«

Trevarrian winkte ab.
»Nennen Sie Galahads Preis«, forderte Ava.
»Seinen Preis? Hören Sie, Madam, bei aller Hochachtung vor Ihrem Pferdeverstand, aber das... nein, wirklich! Aimsley verfügt weder über die geeigneten Stallungen noch über genügend Weideland. Es ist... ein Park!«
»Das läßt sich ändern. Also: Was kostet Galahad?«
»Eintausend Pfund!« Offenbar empört über ihre unbotmäßige Hartnäckigkeit kniff er die Lippen zusammen. Diese Weiber!
Ava seufzte.
»Keine Scherze!« wurde sie streng. »Machen Sie mir ein glaubwürdiges Angebot!«
»Aber Mrs. Cheltenham...«
»Ich würde Reeves in den nächsten Wochen helfen, Galahad an Sattel und Gewicht und damit an mich zu gewöhnen, und ihn im März zu mir holen. Sind zweihundert Pfund in Gold ein Angebot?«
Ungehalten schüttelte Trevarrian den Kopf.
»Junge Dame, wissen Sie, was Sie da aushandeln?«
»Natürlich, und auch, worauf ich mich einlasse. Ich investiere. Ob Sie Galahad mir oder einem anderen verkaufen, kann Ihnen einerlei sein.«
»Ha!« rief Trevarrian und schlug sich auf den mageren Schenkel. Dann nickte er.
»Gut. Zweihundert Pfund, und Galahad gehört Ihnen! Er ist das Doppelte wert, aber darum soll's mir nicht sein. Wenn es Ihr Unglück ist: Ich habe Sie gewarnt.«
Ava warf den Kopf zurück. Am liebsten hätte sie Whitefoot die Sporen gegeben, um jubelnd davonzugaloppieren.
Am Abend schickte sie Miss Frazer, die scheue, sanfte Kinderfrau, die ganz passabel Klavier spielen konnte, aus dem Papageiensalon, der Julians Reich war, und trat an die Wiege. Ihr Sohn, ihr fabelhafter Sohn schaute sie aus großen, tiefblauen Augen neugierig an und bewegte dabei die Fäustchen über der Brust. Plötzlich lächelte er. Er lächelte zum erstenmal.
Es war, als küsse die Sonne den Mond.

Ava ging früh zu Bett. Obwohl sie erschöpft war, wälzte sie sich stundenlang von einer Seite auf die andere, ohne von ihren Gedanken loszukommen. Julian, Aimsley, Quentin, Galahad... Das war noch so neu!
Als sie endlich einschlief, fiel sie in quälende Träume. Melbourne ritt durch dichten Nebel, stand schließlich zwischen den Kreuzen von Clonmara Abbey und rief nach ihr.
Schweißnaß und tränenüberströmt fuhr sie aus den Kissen. Es dauerte eine Weile, bis sie begriff, daß sie in England war.
»Ich mußte ihn verlassen«, schluchzte sie.
»Ich mußte, ich mußte!«
Je eindringlicher sie sich selbst versicherte, daß alles richtig war, was sie tat und getan hatte, desto heftiger weinte sie.
Doch dann dachte sie an ihr Kind. Sie schlüpfte aus dem Bett, zündete eine Kerze an und huschte barfuß, nur im Nachtkleid, in den Papageiensalon hinüber. Julian schlief. Zufrieden saugte er am Daumen. Ihr Sohn, ihr fabelhafter Sohn... Wie hübsch er war!
Ava wischte sich die Tränen aus den Augenwinkeln und lächelte.
Zwei Wochen später fuhr erneut der Wagen ihres Gönners vor. Sie empfing Quentin im Spiegelsaal und verführte ihn auf der Stelle. Danach bat sie zu Tisch.
Der so Begrüßte hatte allen Grund, bester Laune zu sein, und war es auch. Er lobte das Dinner – »Deine Mrs. Leigh vermag mich zu überraschen!« –, sprach dem Wein sehr zu und erzählte humorvoll, was sich in London zugetragen habe. Wenn er andere Leute nachäffte, war er zu komisch!
Daß ihm Avas Kleid zwar gefalle, er sie aber gern weniger hochgeschlossen sähe, sagte er beim Dessert.
»Ich muß vorsichtig sein«, entgegnete sie. »Eine Witwe verhüllt ihr Dekolleté. An meiner Ehrbarkeit soll niemand zweifeln.«
»An deiner Ehrbarkeit zweifelt jeder. Man weiß, daß du meine Geliebte bist. Außerdem kann kein Dienstbote der Versuchung widerstehen, vor einer verschlossenen Tür zu lau-

schen. Besonders leise, ma chère, bist du sowieso nicht. – Auf dein Temperament!«
Ava stieß nicht mit ihm an.
»Die Form muß gewahrt werden«, beharrte sie. »Deshalb möchte ich dich bitten, weiterhin im Gästezimmer zu übernachten, wenn du hier bist – wenigstens offiziell. Es gibt ja eine Verbindungstür zu dem Raum, in dem ich schlafe. Mein Personal mag einiges ahnen, aber Sicherheit oder gar Beweise darf es nicht erhalten. Das verlange ich.«
Quentin grinste.
»Wenn du dir etwas davon versprichst!« willigte er ein.
Nach dem Dinner saßen sie bei Kerzenschein und Champagner vor dem Kaminfeuer im Grünen Salon – »ehrbar« gekleidet, sie im hochgeschlossenen Blauseidenen, er im Hausmantel. Plötzlich sagte Ava: »Quentin, ich möchte dir einen Vorschlag machen.«
Sie rückte näher an ihn heran und strich mit den Fingerspitzen über die Aufschläge seines Rocks.
»Laß hören!«
»Ich habe meinen ursprünglichen Plan verworfen. Eine Geschäftsfrau mit Kind, auf das Wohlwollen der Londoner Gesellschaft angewiesen – das gäbe nur Klatsch und Gerüchte und ginge nicht lange gut. Von Putz und Tand weiß ich ohnehin zuwenig. Dafür kenne ich mich mit Pferden aus. Mit dem Geld, das ich in einen eigenen Laden investieren wollte, erwerbe ich besser einen von Trevarrians Vollblütern. Ich habe da einen jungen Hengst im Auge. Eine Stute besitze ich bereits: Whitefoot. Sicher werde ich Jahre brauchen, um eine gute Zucht auf die Beine zu bringen, aber mit etwas Glück dürfte sich der Versuch lohnen.«
Quentin hatte schweigend zugehört. Er schien amüsiert.
»Du überraschst mich. Du überraschst mich immer wieder«, gab er zu. »Aber gut! Mach, was du für richtig hältst. Ich lege dir nichts in den Weg. Eines würde ich allerdings gern wissen: Ein Zuchthengst kostet eine Menge Geld. Nach dem Bankrott deines Vaters standest du vor dem Nichts. Offenbar besitzt du dennoch eine nette, kleine Barschaft. Woher?«

Hastig leerte Ava ihr Glas. Teufel auch!
Quentin schaute sie neugierig an.
»Verräterisch, dein Schweigen! Sag mir wenigstens, ob du mit dem, was du hast, auskommst!«
»Ich werde mich bemühen. Auf Aimsley muß ja einiges anders werden. Zuerst lasse ich die vorhandenen Stallgebäude renovieren. An Erweiterungen zu denken eilt nicht. Natürlich müssen ein paar Bäume gefällt werden.«
»Weshalb?«
»Weil ich Koppeln brauche, ein Übungsgelände, genügend Auslauf... Du hast doch nichts dagegen?«
»Solange du nicht gleich den ganzen Park dem Erdboden gleichmachst, soll's mir recht sein.«
Trotz all dieser Zugeständnisse sah Maxwell äußerst vergnügt aus. Ava atmete auf. Während er sich behaglich zurücklehnte und sich eine Zigarre zwischen die Lippen steckte, goß sie ihm nach. Sie begriff: Ihr Interesse an Aimsley war ihm Garant dafür, sie nicht so bald zu verlieren.
»Noch etwas!« sagte sie.
»Nur zu!«
Die letzte Hürde! Ava stieg der würzige Geruch der Zigarre in die Nase. Eine Weile blickte sie den Rauchringen nach. Dann ließ sie die Katze aus dem Sack: »Ich will einen Vertrag mit dir aufsetzen, Quentin. Brief und Siegel für fünf Jahre. So eine Art Pacht.«
Zu verblüfft, um die Zigarre, die er am Aschenbecher abgestreift hatte, wieder in den Mund zu nehmen, fragte er: »Wozu?«
»Weil ich nicht die Absicht habe, mich auf rechtlich ungefestigtem Terrain zu bewegen, und weil ich die Gefahr, Opfer einer Laune zu werden, ausschließen möchte. Ich stürze mich nicht mit Arbeit und Mühe, mit Jahren meines Lebens, in eine Sache, der du jederzeit einen Riegel vorschieben kannst. Ich bestehe auf einer Sicherheit. Liebesdienste sind von heute auf morgen kündbar, Verträge nicht. Als Gegenleistung kannst du dir das schönste Pferd im Stall aussuchen, sobald

der Kontrakt abgelaufen ist. Und vergiß nicht: Mich hast du obendrein.«

»Aha. Das eine ist also Voraussetzung für das andere.«

Zuerst wollte Ava leugnen oder zumindest abmildern und sich in eine schöne Wendung für eine unschöne Sache retten, doch dann sagte sie nüchtern: »Ja, natürlich.«

Es wurde still im Zimmer. Quentin sah ins Kaminfeuer. Schließlich fragte er: »Und was soll in fünf Jahren sein?«

»Fünf Jahre sind lang. Wenn sie vorbei sind, werde ich wissen, ob ich aufgeben muß oder ob ich als Züchterin Zukunft habe. Lohnt es sich, weiterzumachen, können wir einen neuen Vertrag abfassen.«

»Und wenn wir uns nicht einig werden?«

»Dann schaue ich mich nach einer anderen Pacht mit seriösem Zins um oder verkaufe. Mit Hüten und Miederwaren kann ich's ja immer noch probieren. Es ist ein faires Angebot.«

Obwohl Ava sehr ruhig wirkte, saß sie wie auf Kohlen. Quentins Blick ließ den ihren nicht los.

»Morgen setzen wir den Vertrag auf«, hörte sie ihn sagen, und ein Lächeln der Erleichterung ging über ihr Gesicht. »Brief und Siegel für fünf Jahre, wie du es forderst. Doch jetzt habe ich etwas anderes als Geschäfte im Sinn!«

Als er sie an sich ziehen wollte, bat sie: »Nicht hier! Laß uns ins Schlafzimmer gehen!«

Sie hatte das Gefühl, beschwipst zu sein. Gleich morgen wollte sie nach Claire Hill reiten und Trevarrian zweihundert Pfund auf den Tisch legen. Galahad würde endgültig ihr gehören und Stammvater einer großartigen Linie werden!

Fünfzehntes Kapitel

Am Morgen ihres neunundzwanzigsten Geburtstages stand Ava vor dem Spiegel in ihrem Boudoir und ärgerte sich, weil es ihr nicht gelang, die geflochtene Schnecke über ihrem linken Ohr symmetrisch zu der über dem rechten festzustecken. Verflixt! Diese neumodischen Frisuren standen ihr ohnehin nicht. Getürmte Lockenberge, wie man sie früher bevorzugt hatte, schmeichelten ihrem Gesicht, während ein glattgezogener Haaransatz und bauschige Kränze und Korkenzieherkringel neben den Schläfen seine Herbheit eher betonten.

So nicht! Ava löste all die mühsam drapierten Zöpfchen wieder auf und faßte ihr Haar zu einem lockeren, wenngleich etwas schlampigen Tuff zusammen. Sie fand sich sowieso am reizvollsten, wenn sie eine Spur zu unordentlich frisiert war. Zufrieden maß sie ihr Spiegelbild. Die Jahre schienen an ihr vorbeigegangen. Nie hatte sie besser ausgesehen.

Selbstverliebt lächelnd dachte sie an den Pachtvertrag, der in wenig mehr als sechs Monaten verlängert werden mußte. Da sich die Cheltenham-Zucht im Süden des Landes bereits einen Namen gemacht hatte, wußte sie, daß Quentin ihren neuen Vorstellungen ohne Zögern zustimmen würde.

Neben Galahad, ihrem vergötterten Hengst, den außer ihr niemand reiten konnte, besaß sie inzwischen vier Mutterstuten. Außerdem liefen drei Jungtiere über die große Koppel, der fünf Eichen, zwei Zedern und zwei Eschen zum Opfer gefallen waren.

Ava stand mit zweihundertfünfzig Pfund in der Kreide, weil sie, wie immer leicht verschuldet, im letzten Frühling eine

Stute aus einer Zucht in Devonshire erworben hatte. Obendrein waren eine Menge unvorhergesehener Reparaturen und Anschaffungen angefallen. Doch spätestens im nächsten Sommer, wenn Demian, der jetzt Einjährige, verkauft werden sollte, würde sich dieses Defizit ausgleichen.

Ihre Pferde erzielten gute, teilweise sogar ausgezeichnete Preise. Daß ihr bereits als Aufbauzüchterin ein großartiger Ruf vorauseilte, verdankte sie Quentin, der in London für sie warb, und Trevarrian, mit dem sie sich besprach. Schon zweimal hatte sie eines ihrer Fohlen gegen Jungstuten aus seiner Zucht getauscht.

Viereinhalb Jahre harter Arbeit lagen hinter Ava – und hatten ihre Hände gezeichnet, die kaum noch eine begnadete Klavierspielerin in ihr vermuten ließen. Sie war stolz auf ihre Schwielen. Was Aimsley heute darstellte, hatte sie daraus gemacht.

Das einstige »Lustschlößchen« barst vor Leben. Ein Mischlings- und ein englischer Schäferhund sowie ein Cockerspaniel bewachten das Gelände. Zwei Stallknechte – sie schliefen in der Scheune – mußten jeden Tag fest zupacken. In Küche und Keller regierte Mrs. Devare, die Köchin, die nach Mrs. Leighs plötzlichem Tod die Haushaltung übernommen hatte. Zwei Mädchen, beide aus der Gegend, kräftig und rotwangig, fegten, putzten und wuschen, und Miss Frazer, die scheue, aber musikalische Kinderfrau, versuchte Julian zu erziehen.

Bis auf zwei kleine Kammern waren alle Gesindestuben belegt.

Obwohl sich Ava weiterhin am liebsten im Grünen Salon oder im Spiegelkabinett aufhielt, hatte sie im Laufe der Zeit auch die übrigen Räume wohnlich gestaltet. Inzwischen gab es sogar ein »Lustzimmer«, das sie nur mit Quentin benutzte und während seiner Abwesenheit verriegelte. Wurde darin saubergemacht, stand sie dabei, um zu verhindern, daß eines der Mädchen auf die pornographischen Bilder und Zeichnungen stieß, die ihr Gönner mittlerweile angeschleppt hatte.

Oben, neben dem Kinderzimmer, befand sich Avas »Kontor«. Dort saß sie so manchen Abend am Sekretär. Sie überschlug Zahlen, sammelte Belege, prüfte Rechnungen, studierte das Zuchtbuch oder schrieb Briefe. Gelegentlich korrespondierte sie mit der Raleigh-Bank in Maidstone, die in gewissen Abständen die Rückzahlung von Krediten anmahnte, und manchmal ließ sie sich von Claire Hill die Pedigrees ihrer vom Trevarrian-Gestüt stammenden Pferde bringen.

Aber eigentlich war sie viel lieber draußen.

In diesem Jahr hatten drei Stuten gefohlt – Whitefoot zum zweitenmal mit Zwillingen. Zwei der Tiere waren bereits verkauft. Die anderen mußten zu Reitpferden erzogen werden. Das kostete Geduld. Zu Avas Verdruß litt ein kürzlich »gelegter« Hengst, ein Wallach also, ständig unter Kreuzverschlag...

Quentin, der alle zwei bis drei Wochen nach Aimsley kam, beklagte zuweilen, daß sie sowenig Zeit für ihn habe. Statt ihn zu erwarten, ritt sie ihm bei seinen Besuchen erhitzt entgegen, um ihm vorzuschlagen, sich's auf der Terrasse bequem zu machen. Sie versprach zwar, sich bald zu ihm zu gesellen, tauchte dann aber meistens erst nach zwei Stunden auf, war verdreckt und verschwitzt und mußte sofort ein Bad nehmen. Danach fiel ihr noch allerhand ein, das es in den nächsten Tagen zu erledigen, zu besorgen oder zu veranlassen galt.

»Ich hab' was zu notieren!« sagte sie zu Quentin und verschwand in ihrem Kontor.

Häufig fand sie erst nach dem Dinner und ein paar Gläsern Wein in Quentins Welt der Kunst, der gesellschaftlichen Neuigkeiten und der philosophischen Betrachtung, ja, oft war sie sogar im Bett noch in Gedanken im Stall.

Quentin haßte es übrigens, sie in Hosen zu sehen. Seit sie mit der Pferdezucht begonnen hatte, trug sie wieder bevorzugt Männerkleider. Darin konnte sie sich frei bewegen, ohne auf Säume, weiße Unterröcke und rasch platzende Nähte achten zu müssen. Außerdem brauchte sie in Breeches keine Angst zu haben, im Eifer des Gefechts zuviel von ihren Beinen zu zeigen. Sie zeigte alles, aber nur in Kontur. Und sie genoß es, frei ausschreiten zu können! Nichts kniff, nichts engte ein, kein Korsett schnitt ihr in die Rippen.

In Hosen und Stiefeln erlaubte sie sich auch einen ganz anderen Gang. Tatsächlich beobachtete Quentin: »In diesem grauenhaften Aufzug hast du das Auftreten eines Mannes!«

Ava war der Meinung: »Solange ich dir nachts beweisen kann, daß ich keiner bin, sollte dich das nicht stören.«

Es störte Quentin durchaus. Allerdings gab er es bald auf, sie darauf hinzuweisen. Sie tat ja doch, was sie wollte.

Im Winter, wenn die Pferde nur versorgt, aber nicht trainiert wurden, war Ava mehr Quentins Geliebte als in den Monaten zwischen Februar und Oktober. Dann trug sie auch häufiger Kleider. »Ich freue mich immer auf dich«, behauptete sie, aber er merkte, daß er ihr im Sommer bloß lästig war. Wenn sie ihn während der schönen Jahreszeit dennoch stolz durch die Ställe führte und einem der Knechte »Ab heute mehr Hafer und eine Handvoll Kleie für Demian!« zurief, wußte er, daß sie ihm nicht zugehört hatte und gleich fragen würde: »Was hast du gesagt?«

Um mehr von ihr zu haben, schlug Quentin ihr einmal vor, sie solle sich einen Stallmeister nehmen, wie es überall üblich sei. Ava zog einen Mundwinkel hoch. Sie mußte ja schon die jungen Burschen beaufsichtigen, die ihr zur Hand gingen. Alles, was die tägliche Routine überstieg, wollte befohlen sein. Und dann auch noch ein Stallmeister, der mit den Gepflogenheiten auf Aimsley nicht vertraut war: Lieber nicht!

So stapfte Ava weiterhin bei Wind und Wetter zu den Stallungen. Sie verhandelte mit den Bauern, die sie mit Stroh und Pferdefutter aller Art versorgten, kutschierte zu Einkäufen nach Maidstone oder Crawley, holte gelegentlich den Schmied vom Carne-Cottage, besuchte Pferdemärkte, half im Frühling den Fohlen auf die Welt, sah mitten in der Nacht nach einem kranken Tier und war den ganzen Tag auf den Beinen oder im Sattel und viel zu beansprucht, um Müdigkeit zu spüren.

Oft fiel sie so erschöpft ins Bett, daß sie einschlief, noch ehe ihr Kopf das Kissen berührte. Doch wie erledigt sie am Vorabend auch gewesen sein mochte: Jeden Morgen stand sie um sechs, im Winter um sieben Uhr auf, um sich mit Elan in die Erfordernisse eines neuen Tages zu stürzen.
Natürlich roch es oft im ganzen Haus nach Pferdemist. Zu Avas Gewohnheiten gehörte es nämlich, erst nach der morgendlichen Stallinspektion zu frühstücken. Wenn sie nicht Besuch von Quentin hatte, setzte sie sich anschließend so, wie sie war, an den Tisch, und Julian rümpfte die Nase.
Selbstverständlich sprach die ganze Grafschaft von dem Freundschaft genannten, aber als unziemlich geltenden Verhältnis zwischen der burschikosen jungen Frau und dem als Lebemann bekannten Maxwell. Da man jedoch auf Mutmaßungen angewiesen blieb, wagte man keinen Affront. Im Haus wußte jeder, daß die beiden das Bett – beziehungsweise die Chaiselongue im »Lustzimmer«, das offiziell »Kristallsalon« hieß – miteinander teilten. Wenn man an der verschlossenen Tür vorbeiging, konnte man zuweilen verdächtige, geradezu obszöne Geräusche hören. Dieser Maxwell war sowieso schamlos! Meistens kleidete er sich schon zum Dinner in einen schwarzen Seidenkimono, der unanständig eng war und den Hausrock nur unzureichend ersetzte. Darunter trug er nichts – jedenfalls keine Hosen. Seine nackten Füße steckten in bunten, türkischen Pantoffeln! Für die Dienerschaft galt freilich: Wes Brot ich ess', des Lied ich sing'!
Vor Trevarrian und dem Landadel, mit dem Ava jedoch kaum verkehrte, genügte das »sündige Pärchen« – so Mrs. Devare – der Form. Ava nannte ihren Gönner »Sir Quentin«, er seine Mätresse »werte Mrs. Cheltenham«.
Nach außen hin war also alles in bester sittlicher Ordnung. Niemand, der auf Aimsley lebte, dachte daran, bei Ava den Dienst zu quittieren.
Man tuschelte wohl hinter vorgehaltener Hand, verschloß aber im großen und ganzen die Augen.
Dennoch drehte sich allmählich der Wind.

Die Selbstverständlichkeit, mit der das achtzehnte und das frühe neunzehnte Jahrhundert der erotischen Libertinage gefrönt hatten, wich mehr und mehr einer bürgerbraven Haltung, die ihre Prüderie wie ein Banner vor sich hertrug.
Man sah es schon an der Mode. Die fließenden, körperbetonenden Kleider der nachrevolutionären Ära wurden von martialischen Reifröcken, ausladenden Keulenärmeln, Fischbeinkorsetts und schweren Stoffen abgelöst. Während Frauen ihr Haar zu züchtig-mädchenhaften Frisuren bändigten, kämmten sich die Männer Pomade hinein. Lord Byron, Symbolfigur einer ganzen Epoche, Synonym für ein Leben voller Skandale, war seit fünf Jahren tot. An seiner Stelle wirkten nun Tennyson und Browning, denen Dickens folgen würde.
Bis zum Niedergang des verkommenen Hauses Hannover, bis zur Inthronisation Queen Victorias und deren ehelicher Allianz mit dem wenig spektakulären Geschlecht derer von Coburg-Sachsen-Gotha, sollten noch fast zehn Jahre vergehen, doch Ava lebte bereits jetzt in einer Welt, deren Ideale ihr fremd waren.
Als sie nun, am Morgen ihres neunundzwanzigsten Geburtstages, in den Spiegel blickte, war sie bereits in den Ställen gewesen. Anschließend hatte sie gebadet und sich hübsch gemacht.
»Lady Quentin Maxwell«, sagte sie zu sich selbst.
Das klang gut. Leider gab es bereits jemanden, der diesen Namen trug: jene unbekannte Sarah, deren Porträt in einem Salon in der Park Row Nr. 9 in London hing.
Für eine Frau war eine Heirat, egal mit wem, ein zweischneidiges Schwert. Sie erkaufte sich mit der Ehe gesellschaftliche Anerkennung und materielle Sicherheit, verlor im Gegenzug dazu jedoch sämtliche Rechte, auch jene auf Selbstbestimmung und auf ein eigenes Vermögen. Was sie besaß, ging in die Treuhandschaft des Mannes über und konnte nicht zurückgefordert werden.
Ava seufzte. Quentins Mätresse zu sein bekam ihr sicher besser, als seinen Ring am Finger zu wissen, einen Ring, der sie zu einem bloßen Anhängsel degradiert hätte.

Ja, Quentin...

»Niemand ist vor dem Tode glücklich«, hatte der Sinnspruch über dem Eingangsportal von Blair Manor gelautet. Wenn Ava den Mann betrachtete, an den sie sich verkauft hatte, fiel ihr dieser Satz gelegentlich ein. Irgend etwas quälte Quentin. Sooft er guter Laune war, weinselig, amüsiert oder euphorisch, sowenig war er glücklich. Er konnte auch nicht allein sein. Er fürchtete sich davor, sich selbst zu begegnen. Den wirklichen Quentin, den Quentin hinter den Posen, ertrug er nicht lange. Einmal, in einer sehr besinnlichen Stunde, hatte er zu Ava gesagt: »Früher dachte ich immer, in dir stecke eine verborgene *saudade*. Weißt du, was das ist? Ich hörte das Wort zum erstenmal vor zwanzig Jahren in Lissabon. Es beschreibt etwas sehr Portugiesisches, die Sehnsucht nach dem Unbestimmten, eine Wehmut nach etwas, das es nicht gibt. *Saudade* ist das Glück in der Traurigkeit.«

»Weltschmerz?« fragte Ava.

»Weniger sentimental. *Saudade* ist frei von Selbstmitleid. Wer sie kennt, nimmt sie als die einzige Möglichkeit, das Leben zu empfinden, hin.«

»Und so soll ich gewesen sein – voller *saudade*?« Aus weiter Entfernung dachte Ava an das Kind in Bristol zurück, das sich nach Entleibung gesehnt, und an das Mädchen, das sich geweigert hatte, helle Farben zu tragen.

»Wahrscheinlich habe ich etwas in dir gesehen, das in Wahrheit aus mir selbst kam, und glaubte in deinen Augen einen Spiegel zu finden«, sagte Quentin.

Er sagte auch: »Du lachst im Schlaf.«

Als er sie zum erstenmal weinen hörte, weckte er sie, doch sie wollte ihm nicht erzählen, was sie geträumt hatte.

»Ich weiß, was dir keine Ruhe läßt«, behauptete er. »Es ist die Geschichte mit Melbourne. Er hat etwas in dir zerstört. Vielleicht war es auch Wexton. Du kannst nicht mehr lieben.«

»Und du«, erwiderte Ava, »verdrehst die Tatsachen, um ihnen nicht ins Gesicht sehen zu müssen, weil sie dich in Frage stellen.«

»Wie darf ich das verstehen?«
»Wie ich's gesagt habe.«
Ava drehte sich auf die andere Seite. Es mußte genügen, daß sie sinnliche Leidenschaft mimte. Gefühle zu inszenieren lehnte sie ab.
Immerhin war sie noch kein einziges Mal von Quentin schwanger geworden. Da auch Sarah keine Kinder hatte und nie von illegitimen Nachkommen die Rede war, gab es dafür nur eine Erklärung: Er mußte zeugungsunfähig sein. Welch ein Glück!
Plötzlich ging die Tür auf. Julian, ihr fabelhafter Sohn, stolperte ins Zimmer.
»Maman!« rief er. In den gestreiften Beinkleidern, dem Rüschenhemdchen, der gelben Weste und dem dunkelblauen Samtcut sah er allerliebst aus. Strahlend streckte er Ava einen bunten Feldblumenstrauß entgegen. »Das ist zum Geburtstag! Von mir gepflückt!« Ava mußte sich zwingen, den Blick von ihrem wunderhübschen Götterkind abzuwenden, um die Blumen zu würdigen.
Noch immer ließ sie vieles an Melbourne denken: der Wechsel der Jahreszeiten, der Duft der Erde, ein nasser Nebeltag, die Kreuze auf dem Friedhof von Maidstone, das Fohlen, das mit seinen vier weißen Füßen der jungen Whitefoot glich, ein Begehren, das nicht mehr wußte, wohin, ein Traum, aus dem sie verwirrt erwachte. Im Halbschlaf glaubte sie manchmal, in Irland zu sein – fünf Jahre nach ihrer Abreise! Und ausgerechnet Julian, ihr Sohn, erinnerte sie in keiner Weise an seinen Vater. Wenn er mit irgend jemandem Ähnlichkeit hatte, dann mit Aleister.
Er war blond und blauäugig, feingliedrig und hellhäutig, von engelsgleichem Zauber und bereits als Kind kapriziös.
Oft kletterte er seiner Mutter verschmitzt lächelnd auf den Schoß und fing mit ihr zu schmusen an. Wenn er dagegen in einer weniger zärtlichen Laune ihre Hand, die ihm übers Haar streichen wollte, zurückwies, konnte er gereizt und viel zu erwachsen fragen: »Was ist, Maman?«

»Sie Ziege!« zischte er seine Kinderfrau an. Brachte Ava Stallgeruch mit ins Haus, rief er: »Geh weg! Du stinkst!«
Miss Frazer bekam sowieso alle sechs Wochen einen hysterischen Anfall.
Einmal klagte sie: »Master Julian hat mir Brotkrümel ins Bett gestreut. Ich fand die ganze Nacht keinen Schlaf!« Ein andermal empörte sie sich: »Vor meiner Zimmertür stand heute morgen eine Schüssel mit Schlamm! Ich bin reingetreten!«
Völlig aus der Fassung brachte sie ein anderer Streich: »Master Julian stürzte vom Fensterbrett und tat, als sei er ohnmächtig. Ich war außer mir vor Angst. Er rührte sich nicht mehr... Als ich ihn ins Haus getragen und aufs Bett gelegt hatte und nach einem Arzt schicken wollte, schlug er die Augen auf und begann zu lachen!« Der Gipfel aber war: »Er verlangte einen Kuß von mir; also gab ich ihm einen. Und was tut der kleine Teufel? Er beißt mich in die Lippe! Kaum fünf Jahre alt, beißt Master Julian mich, seine Kinderfrau, in den Mund!«
Miss Frazers Zorn währte freilich nie lange. Sobald »der kleine Teufel« aus großen, ebenso leuchtenden wie bittenden Unschuldsaugen zu ihr emporblickte, war alles vergessen. Niemand konnte ihm lange grollen. Er war nicht nur in vieler Hinsicht die kindliche Ausgabe Aleisters, er glich auch der fünfjährigen Ava, der Ava mit den goldenen Locken und den runden Wangen, ungemein. Sie selbst ahnte nicht einmal, daß er auf die gleiche Weise lachte und entzückte und so unwiderstehlich und wechselhaft war wie sie, Angus Cheltenhams Tochter, vor einem Vierteljahrhundert, denn sie erinnerte sich nicht, je so gewesen zu sein.
An Aleister erinnerte sie sich allerdings gut. Wenn sie Julian ansah, dachte sie oft: Aber es ist doch unmöglich!
Durch und durch ein Wexton, besaß der Sohn Melbournes keinen einzigen Zug seines Vaters, des schwarzhaarigen Zigeuners mit der gebräunten Haut, der noch immer auf seinem Rappen durch Avas Träume preschte und sie im Schlaf mit kleinen Toden überraschte.
Julian entriß sie ihren Überlegungen. »Frühstücken wir allein?« fragte er.

»Allein?«
»Ja, ohne Miss Frazer und Onkel Quentin.«
Ava nahm ihn mitsamt den Blumen auf den Arm.
»Onkel Quentin ist noch gar nicht da. Er kommt erst zum Lunch. Aber was ist mit Miss Frazer? Du hast sie doch gern?«
»Heute nicht.«
»Warum nicht?«
»Sie hat mich geärgert.«
»Womit?«
»Sag' ich nicht. Spielst du mit mir?«
So war er. Er verschenkte und entriß seine Zuneigung nach Belieben, und nichts in der Welt vermochte ihm eine Augenblickslaune auszureden.
Ava warf ihn hoch und fing ihn wieder auf. Auch der Blumenstrauß flog durch die Luft.
»Noch mal!« rief Julian.
Da sie nicht wollte, zwickte er sie in die Schulter und wurde zur Strafe von ihr gekitzelt, bis er vor Lachen kreischte. Auf dem Weg ins Frühstückszimmer fragte sie ihn: »Was willst du spielen?«
»Verstecken – und zwar überall! Und ›Königliche Teestunde‹! Ich bin der König! Und ›Audienz‹! Und dann Klavier!«
»Gott sei Dank habe ich heute nicht vor, aus dem Haus zu gehen. Sonst würden wir dieses Programm nicht schaffen. Hast du Hunger?«
»Nur, wenn es Mandelplätzchen gibt.«
»Es gibt Mandelplätzchen.«
»Dann hab' ich eine Menge Hunger!«
Als sie ihn strahlen sah, war ihr wieder, als küsse die Sonne den Mond. Ihre Augen glänzten. Sie hatte ein glückliches, verwöhntes Kind, ein Kind, das am liebsten »Tun-wir-so-als-wäre-ich-ein-erwachsener-Gentleman« spielte und leidenschaftlich gern die Großen nachahmte, ein Kind, das sich bereits auf Handküsse und anmutige Verneigungen verstand. Vor kurzem hatte Quentin genörgelt: »Julian ist schon heute ein kleiner Beau Brummel. Und du unterstützt das!«

Als Ava ihren fabelhaften Sohn an den Frühstückstisch setzte, senkte sie die Nase in sein duftweiches, kinnlanges Blondhaar. Ein bißchen sah er aus wie ein Mädchen. Er war so hell und so zart und so unerhört hübsch! Und wie ein Mädchen fürchtete er sich vor Pferden, deren »schrecklichen« Geruch er vorschob, um sich ihnen nicht nähern zu müssen. Ava hatte ihn langsam an die ersten Reitstunden heranführen und ihm deshalb ein Pony schenken wollen. Doch sein lautstarker Protest klang ihr noch in den Ohren. »Ich will keins!« hatte er geschrien. »Ich will eine Geige!«

An seinem fünften Geburtstag, Ende September, sollte er sie bekommen. Die Reitstunden waren erst einmal gestrichen.

Als Ava am späten Vormittag, nach turbulenten Versteck- und Königliche-Hoheit-Spielen, mit Julian am Klavier saß und ihn ein Kinderlied üben ließ, bedauerte sie, daß es mit ihrer eigenen Kunst nicht mehr weit her war. Sie komponierte schon lange nicht mehr, immer seltener stellte sie sich der Herausforderung neuer, schwieriger Musikstücke. Um sich nicht allzusehr über die Steifheit in ihren Fingern ärgern zu müssen, intonierte sie – wenn überhaupt – Altbekanntes, wenig Anspruchsvolles.

Quentin behauptete zwar, sie spiele nach wie vor meisterhaft, doch sie wußte es besser. Sie war Pferdezüchterin geworden – keine Pianistin.

Nachdenklich lauschte sie der Melodie, die Julian, beim dritten Versuch, fehlerlos und flüssig zu Gehör brachte. Ausgezeichnet! Vielleicht würde sich ihr fabelhafter Sohn niemals auf einem Pferderücken wohl fühlen, dafür aber dort brillieren, wo sie längst die Segel gestrichen hatte.

Jetzt ließ er seine kleinen Hände mit Wucht auf die Tasten fallen und lachte. Ava lachte mit.

Als Quentin den Grünen Salon betrat, malträtierten die beiden noch immer höchst vergnügt das Klavier, das dabei schrille wie dumpfe Töne von sich gab.

»Was ist denn hier los?« fragte er.

»Krieg der Klänge«, erwiderte Ava. Weil das Klavier neu war und über die erst vor ein paar Jahren erfundene Repetitionsmechanik verfügte, die rascheste Tonwiederholungen ermöglichte, wollte sie gar nicht aufhören. Lachend rief sie: »Je lauter, desto lieber! Man lernt ein Instrument erst richtig kennen, wenn man es in jeder Weise ausprobieren darf.« Da–da–da–damm. Damm–da–da–de! Sie konnte sich nur schwer bezähmen, gebot sich aber Einhalt und küßte Julian aufs Haar. Dann stand sie auf und ging Quentin entgegen. »Ich habe gar nicht gehört, daß ein Wagen vorfuhr. Wir machten wohl zu viel Lärm. Willkommen! Schön, daß du da bist!«
Während er ihr das Beste zum Geburtstag wünschte, »mein Liebling« hinterherflüsterte, ihr sein sorgsam verpacktes Präsent überreichte und in Vorfreude auf ihren sicher erstaunten Dank mit den Augen lachte, schlüpfte Julian von der Klavierbank. Er wollte sich davonstehlen, doch Quentin hielt ihn an der Schulter fest.
»Na, mein Junge, willst du mir nicht guten Tag sagen?« fragte er. Gleichzeitig zückte er eine Tüte Bonbons. Julian schaute nur kurz zu ihm auf, rief »Nein!« und rannte davon. Kopfschüttelnd und ein wenig bekümmert sah Ava ihm nach. Sie wandte sich aber gleich wieder Quentin und seinem Geschenk zu und sagte: »Ich weiß, daß du ein Händchen für Überraschungen hast! Was ist da drin?«
»Mach's auf!«
Als sie das Papier löste, meinte er etwas verstimmt: »Er sollte strenger angefaßt werden.«
»Julian? Er ist doch nur eifersüchtig.«
»Er ist ungezogen.«
»Aber nein. Wenn ich ihn heute abend zu Bett bringe, werde ich mit ihm reden. O Quentin!«
Sie wickelte eine fest verschnürte Schriftrolle aus, öffnete sie und las, was sie versprach: Ein Pferd ihrer Wahl – und koste es die Kronjuwelen!
Längst hatte es Quentin aufgegeben, sie mit Schmuck beeindrucken zu wollen. Bis auf ein Paar Saphirohrringe, die sie

immer trug, waren die ihr offerierten Preziosen allesamt auf Nimmerwiedersehen in einer Schublade ihres Nachttischs verschwunden. Ihr Sinn fürs Praktische wurde höchstens von ihrer Lust an Düften und Klängen, von ihrer Freude an Parfums und Partituren, übertroffen.
»Du schenkst mir ein Pferd«, sagte sie, »dabei bekommst du es in einem halben Jahr zurück. Du erinnerst dich doch? Wenn unser Vertrag abgelaufen ist...«
»Gewiß, gewiß!« Obwohl er lächelte, konnte er seinen plötzlich erwachten Groll nicht ganz verbergen. Er war ans Fenster getreten und beobachtete Julian, der draußen mit zwei Hunden herumtollte.
»Da ich nicht reite, wäre ein Pferd aus deiner Zucht zu schade für mich«, gab er zu. »Ich könnte es nur vor meinen Wagen spannen, und das halte ich für Frevel.«
»Dann müssen wir uns etwas anderes überlegen. – Weißt du, daß ich im nächsten Jahr zum erstenmal mit Gewinn abschließen werde?«
»Warum hast du das nicht längst?«
»Weil ich nicht nur verdient, sondern auch investiert habe. Für die Instandsetzung, den Ausbau und die Erweiterung der Stallungen mußte ich mehr ausgeben, als ich eingenommen hatte. Außerdem war keinerlei Ausrüstung da. Zaum- und Sattelzeug, Bürsten, Decken, kurz, alles, was notwendig ist, wollte nach und nach angeschafft werden. Und dann die laufenden Kosten für Heu, Hafer... Hörst du mir überhaupt zu? Vielleicht solltest du zur Kenntnis nehmen, daß sich dein Landsitz seit zwei Jahren selber trägt. Wann hast du die letzte Rechnung von mir erhalten?«
»Schon gut! Es war ein schlechter Scherz. Julian gelingt es immer wieder, mich in Rage zu bringen«
»Aber Quentin! Vergiß den Vorfall! Setz dich zu mir auf die Terrasse! Soll ich dir eine Tasse Schokolade kommen lassen? Der Lunch kann in frühestens einer halben Stunde serviert werden.«
Er hatte Handschuhe und Zylinder fortgeworfen und goß sich am Spiegeltisch ein Glas Whiskey ein.

»Ist das nicht etwas früh?« fragte Ava.
Sie führte seine seit einiger Zeit sehr lästigen Potenzschwierigkeiten auf seinen unmäßigen Genuß von Wein und Brandy, seinen Hang zu allzu üppigen Mahlzeiten und seine daraus resultierende Leibesfülle zurück. Da er jede zu vermeidende Bewegung scheute, geriet er schnell außer Atem und ins Schwitzen.
»Es ist stets zu früh und meistens zu spät«, entgegnete er sibyllinisch, ehe er ihr mit dem vollen Glas in der Hand durch das Spiegelkabinett und eine offene Glastür auf die sonnenbeschienene Terrasse hinaus folgte.
Der vordere Teil des Parks, der nicht der Rodung zum Opfer gefallen war, trennte das Haus von den Koppeln und Stallungen. Aimsley wurde von Laubwäldern und weichen Hügelketten umgeben und verströmte selbst an Regentagen einen idyllischen Zauber. Im Laufe der Zeit hatte sich Ava eingelebt und sich an die sanfte Schönheit des Landstrichs gewöhnt, ja, mehr noch, sie genießen gelernt. An Delarney, an die Herbheit der Ebenen und Küstenstreifen von Kerry, an das harte Licht und die Wolkenbilder des Nordens dachte sie kaum noch, doch *wenn* sie daran dachte, fühlte sie jedesmal einen Stich. Sosehr sie in Kent heimisch geworden war, sowenig hatte sie Irland vergessen. Vergessen, das war ohnehin etwas, das sie nicht konnte.
Hinter ihr sagte Quentin: »Julian soll einen Lehrer haben. Er muß unterrichtet werden. Diese Miss Frazer wird sowieso nicht mit ihm fertig. Er tanzt ihr auf der Nase herum.«
Ava stellte einen Fuß auf die niedere Mauerumkränzung und legte eine Hand auf eine trompetenblasende Amorette. Erneut glitt ihr Blick über *ihr* Land. Gedanklich eignete sie sich immer wieder an, was ihr gesetzlich nicht gehörte. Sie besaß wohl das Nutzungsrecht auf Aimsley, nicht aber Grund und Boden.
»Ich werde es erwägen«, äußerte sie sich endlich. »Aber jetzt will ich über andere Dinge reden. Ich habe Geburtstag und verbiete dir deine schlechte Laune!«

»Ja, du hast Geburtstag! Entschuldige!« Quentin zog sie an sich und küßte sie auf die Schläfe. »Vor ich herkam, war ich auf Oakwood. Dort hatte ich eine Auseinandersetzung mit meiner Mutter, die Gift und Galle spuckte. Sie ist fast blind, kann ohne fremde Hilfe keinen Schritt mehr tun, sitzt ständig mit einem jungen Reverend beim Tee und klagt über die Schlechtigkeit der Welt und die ihres Sohnes, der sie angeblich vergessen hat. Wenn ich sie besuche, wozu ich mich in der Tat selten genug aufraffe, erzählt sie mir jedesmal, daß ich ihr bei meiner Geburt fast das Steißbein gebrochen und mich dementsprechend entwickelt hätte.«
»Und warum warst du heute bei ihr?«
Quentin setzte sich in einen korbähnlichen Gartensessel, der mit Kissen gepolstert war, und leerte sein Whiskeyglas. »Sie weiß, daß du auf Aimsley lebst. Sie weiß es schon lange. Jetzt ist sie allerdings auf die Idee gekommen, meiner Frau einen Brief zu schreiben, und Sarah entschloß sich daraufhin, dich nach London einzuladen. Morgen oder übermorgen wird dich ihre Depesche erreichen.«
Ava zog die Brauen zusammen.
»Was hat deine Mutter zu diesem Schritt bewogen?« fragte sie.
»Was weiß ich! Vielleicht die Gespräche mit dem sündenbekämpfenden Reverend.«
»Ich sage natürlich ab.«
Quentin neigte den Kopf in den Schatten der Hausmauer und schürzte die Lippen. Schließlich lachte er.
»Bitte, tu's nicht!«
»Wie?«
»Ich warte schon lange auf eine Gelegenheit, dir London zu zeigen. Wenn Sarah dich offiziell als Gast willkommen heißt, kann es kein Gerede geben. Du wirst als alte Freundin der Familie in die Gesellschaft eingeführt und gefährdest auf diese Weise weder deinen noch meinen Ruf. Wir drei, Sarah, du und ich, auf Bällen und Empfängen: Wäre das nicht amüsant?«
Er schlug sich auf den Schenkel und schien erst jetzt zu

erkennen, was sich aus der vorhin noch als unliebsam empfundenen Situation alles machen ließ.
»Zu Amüsements dieser Art habe ich wenig Neigung«, antwortete Ava. Sie sah wieder in den Park hinaus. Als Julian, der wie ein kleiner Faun zwischen den Bäumen herumtanzte, versuchte, ihre Aufmerksamkeit zu erregen, winkte sie ihm zu.
»Du brauchst Abwechslung«, urteilte Quentin. »Schon vor mehr als zehn Jahren wollte ich mit dir in die Oper gehen. Daraus ist bis heute nichts geworden. Und warum? Weil du dich auf dem Land vergräbst. Ich finde, du vernachlässigst deine musischen Seiten sträflich. Ach was: Du hast vergessen, was Kultur ist! Gib dir einen Ruck, Ava! Aimsley kommt auch eine Woche ohne dich aus. Ich verspreche dir, dich großartig zu unterhalten!«
»Du mutest Sarah eine Menge zu.«
»*Sie* will dich kennenlernen.«
»Mag sein. Weshalb sprichst du eigentlich immer so zynisch von ihr. Was hat sie dir angetan?«
»Sie zwang mich, sie zu heiraten.«
»Sie zwang dich?«
»Ja. Sie benutzte den ältesten Trick der Welt, indem sie vortäuschte, ein Kind von mir zu erwarten. Obwohl die Glut zwischen uns längst erloschen war, fühlte ich mich verpflichtet. Ich stürzte mich ins Messer der Moral.«
Nach kurzem Schweigen fragte er: »Also, wirst du Sarahs Einladung annehmen?«
Ava rieb sich das Kinn. Neugierig war sie schon. Es konnte nicht schaden, einmal etwas anderes als Stallgeruch zu atmen!
Salons, Musik, Theaterbesuche, Geplauder, Menschen, kostbare Roben… Frau sein… endlich wieder Frau sein… und Flirts!
All das, was sie früher mehr oder weniger verachtet hatte, zog sie nun unwiderstehlich an.
Natürlich bemerkte Quentin das Leuchten in ihren Augen. Er blinzelte ihr verschwörerisch zu. Sie zwinkerte zurück.

Als sie aufhörte, an Sarah zu denken, begriff sie, wonach sie sich sehnte. Sie wollte sich verlieben. Einmal noch.

Lady Maxwell war einiges über Vierzig und eine zierliche und dennoch vor Vitalität sprühende Erscheinung. Das Porträt, das im Hauptsalon hing, wurde ihr kaum gerecht, denn es verriet nichts von ihrem Charme.
Da sie um die Hüften herum etwas füllig zu werden begann, kleidete sie sich in weite Krinolinen, die diesen einzigen Makel ausgezeichnet kaschierten.
Der Geliebten gefiel die Gattin, der Gattin die Geliebte. Beide wußten, was sie wollten. Keinerlei Feindseligkeit, die auf Unsicherheit hingedeutet hätte, kam zwischen ihnen auf.
Während Quentin bei der Begrüßung mit gönnerhaftem Schmunzeln danebenstand, meinte Sarah: »Ich hoffe, London wird Ihnen gefallen, und ich hoffe auch, daß die Zerstreuungen, die ich mir für die nächsten Tage überlegt habe, nach Ihrem Geschmack sind.«
Sie waren es.
Ava hörte zum erstenmal eine Oper – *Tancredi* von Rossini –, beklatschte im Theater eine Posse, vergnügte sich auf Teegesellschaften, Dinnerabenden und Picknickausflügen und ließ sich die Stadt zeigen, stets darauf bedacht, ihre Handschuhe nicht ablegen zu müssen.
Als sie an einem wunderschönen Sonntagnachmittag mit dem Ehepaar Maxwell durch den Hydepark schlenderte, traf Quentin einen alten Freund, den er lange nicht gesehen hatte und deshalb hoch erfreut begrüßte. Die beiden Männer verfingen sich in einen sophistischen Disput; die Damen gingen voraus.
Sarah erkundigte sich sofort nach Julian, der in der Obhut Miss Frazers und eines Hals über Kopf engagierten Hauslehrers auf Aimsley geblieben war.
»Ihr Sohn muß wirklich reizend sein«, sagte sie. »Versteht sich Quentin gut mit ihm?«
»Leidlich«, erwiderte Ava.

Ein Wagen rollte vorüber. Menschen grüßten heraus, Sarah grüßte zurück. Eigenartig erregt fuhr sie fort: »Soso. Mein Mann behauptet, ein blendendes Einvernehmen mit Julian zu haben. Er behauptet einiges, das ich anzuzweifeln wage. Diese Lügen inmitten der Wahrheit sind es, die ich als schmachvollen Betrug empfinde. Ja, ich gebe es zu: Ich wollte Sie kennenlernen, um mein schlecht konturiertes Bild von Ihnen und der Situation, in der wir uns befinden, korrigieren zu können. Ich achte Sie, Mrs. Cheltenham. Zwischen Frauen, die sich einen Mann teilen, sollte kein Haß bestehen. Leider ist es meistens anders. Nun, Quentin betrügt mich seit Anbeginn unserer Ehe, aber ich war, offen gesagt, nie besonders beeindruckt von seinen wechselnden Mätressen. Es kränkte mich nur, daß er nicht immer sehr wählerisch war. Mit Ihnen ist das anders. Sie ›dauern‹. Fünf Jahre sind eine lange Zeit. Nach allem, was ich mittlerweile über Sie weiß, hege ich die Hoffnung, daß wir uns verständigen können. Nein, keine Angst! Ich will Sie und Quentin nicht entzweien. Wahrscheinlich würde es mir gar nicht gelingen. Ich will nur prüfen, ob der Respekt, den ich vor Ihnen habe, gerechtfertigt ist, und ich will erreichen, daß Sie mir denselben Respekt zurückerstatten.«

»Glauben Sie, ich respektiere Sie nicht?«

»Ich nehme an, daß Quentin in wenig rühmlichem Ton von mir spricht. Er sieht die Dinge nie so, wie sie sind, sondern so, wie er sie gern hätte. Er tritt nur vor Zerrspiegel. Sicher hat er Ihnen weiszumachen versucht, daß ich es war, die ihn in die Ehe zwang. Er braucht immer eine Ausrede, wenn er einen Fehler begeht, und diese Ehe war wohl ein Fehler. Ich habe meinen Mann einmal sehr geliebt. Vielleicht tue ich es noch. Seine guten Seiten weiß ich jedenfalls zu schätzen. Sie offenbar auch. Wir müssen uns also nicht lange mit der Laudatio aufhalten.«

»Worüber wollen Sie mir eigentlich die Augen öffnen, Lady Maxwell?«

»Quentins Gefühle sind Konsequenzen aus Machtverhältnissen. Wo er Macht hat, verwendet er sie als Waffe. Wo er keine hat – und über Sie besitzt er auffällig wenig –, versucht er, sie zu erlangen. Wenn es ihm nicht gelingt, verfängt er sich im eigenen Netz. Lieben Sie ihn?«

»Er steht mir nahe.«

Sarah lachte, als gelte es, einen Triumph auszukosten.

»Führe ich etwa zu Ende, was Ihnen nicht geglückt ist?« fragte Ava.

Ihr antwortete Schweigen.

Beide Frauen blickten über eine weite Rasenfläche hinweg, über die Sportreiter jagten. Kinder gingen artig neben ihren Eltern. Der Tag war warm und sonnig.

Obwohl Sarah in diese und in jene Richtung nickte, hatte sie nicht die Absicht, sich mit irgend jemandem auf ein Gespräch einzulassen.

»Wählen wir diesen Weg!« schlug sie vor, ehe sie Ava auf einen schmalen, von Laubbäumen gesäumten Pfad lenkte. »Hier sind wir ungestörter.«

»Was kommt denn noch?«

»Zeigen Sie nie, daß Sie gekränkt sind, wenn Sie erfahren, daß er Sie betrügt.«

»Betrügt er mich?«

Nachdenklich spielte Sarah mit dem Griff ihres geöffneten Sonnenschirms.

»Jetzt bin ich in einer Lage, in die ich eigentlich nicht geraten wollte«, bekannte sie. »Sie glauben gewiß, daß es meine Absicht ist, eine Intrige anzuzetteln.«

»Sollte ich mich irren?«

Ava spürte, daß Sarah im Begriff war, zu einer ebenso erschrockenen wie heftigen Gegenrede anzusetzen, nahm ihr jedoch mit einem Lächeln den Wind aus den Segeln.

»Wenn ich intrigiere«, hörte sie, »dann nicht gegen Sie, sondern gegen Quentin. Er betrügt Sie übrigens nicht, weil Sie ihn nicht genug reizen; er tut es, weil er fürchtet, andernfalls allzu abhängig von Ihnen zu werden. Sie geben ihm nicht das Gefühl von Größe und Allmacht, das er so sehr braucht, daß er es deshalb in anderen, ganz unbedeutenden Betten sucht.

Warum auch nicht? Besser kann es für Sie nicht kommen. Trophäen, deren sich Quentin sicher ist, vermögen ihn nicht zu halten. Das wissen Sie doch, oder?«

Ava blieb stehen. Sie lehnte sich mit dem Rücken gegen den Stamm einer Buche, durch deren Blätter helles Sonnenlicht flirrte, und lauschte den Amseln, die sich in der Krone zankten.

»Ich muß gestehen, daß ich mir über Quentin nicht halb soviel Gedanken mache, wie Sie es tun«, entgegnete sie.

»Aber Sie verstehen mich recht?«

»Mit Sicherheit.«

Jetzt war es an Sarah, amüsiert zu lächeln.

»Sehr gut«, sagte sie.

Am selben Abend erschien Ava an der Seite Maxwells auf einem Empfang. Sie trug ihr schönstes Kleid aus karmesinroter Seide, einiges von dem Schmuck, den ihr Quentin im Laufe der Zeit geschenkt hatte, und lange, schwarze Handschuhe. Ihre Robe war »bis hierher!« ausgeschnitten, ihr Busen hochgebunden und deshalb überraschend voll und ihre Taille so eng geschnürt, daß sie nach dem dritten Appetithappen nichts mehr zu sich nehmen konnte. Sarahs Zofe hatte ihr mit der Frisur geholfen und ihr dunkelblondes Haar so weich drapiert, wie es die Mode erlaubte. Avas strenge Züge, ihre verschiedenfarbigen, wachen Augen und ihr schiefer, üppiger Mund vereinten alle nur denkbaren Widersprüche. Man drehte sich nach ihr um, war frappiert und wollte ihr vorgestellt werden.

»Wer ist das denn?« flüsterte es überall.

Ein älterer Herr erkundigte sich bei ihr: »Sind Sie mit den Cheltenhams verwandt, die einst die Reederfürsten Bristols waren?« Obwohl sie für den Bruchteil einer Sekunde erschrak, blieb das Lächeln in ihrem Gesicht. »Nein«, sagte sie und griff nach einem neuen Champagnerkelch. Dies sollte das letzte Mal gewesen sein, daß jemand sie für die hielt, die sie war.

Stimmen, Gelächter, Fächerschlagen, Parfumwolken, ra-

schelnde Röcke, wogende Dekolletés, Musik von der Balustrade, Quentins stolze Blicke, charmante Plauderer... O ja, Ava genoß es. Doch plötzlich vibrierten ihre Nasenflügel.
»Das ist ja reizend«, meinte sie, ohne zu wissen, was man zu ihr gesagt hatte.
Es roch so merkwürdig. Sie sah sich um und begann zu schnuppern. Sandelholz... großer Gott!... und Minze und Zimt. Da!
Zwischen dem Hausherrn und einigen anderen Gästen stand Aleister Wexton und lächelte zu ihr herüber. Er lehnte am Kamin, unterhielt sich lebhaft, hob schließlich sein Glas und prostete zuerst seinen Gegenübern und dann Ava zu. Offenbar beobachtete er sie schon eine ganze Weile. Diese Zähne...
Obwohl sie eine Zeitlang fürchtete, er könne zu ihr herüberkommen, verharrte er dort, wo er war, und begnügte sich damit, zu duften und zu lächeln.
Natürlich wurde auch Quentin auf den »elenden Wexton« aufmerksam.
Während er Ava neugierig musterte und dann betont belustigt zu Aleister hinübergrüßte, kehrte sie in die Konversation zurück, suchte aber vergeblich nach dem verlorenen Schwung. Ihre Flirtlaune war dahin.
»Ich glaube, es ist an der Zeit, daß wir uns verabschieden«, sagte Quentin wenig später. Dabei nickte er Sarah in der Hoffnung auf ihr Einverständnis zu. »Leider wird uns Mrs. Cheltenham morgen verlassen. Da sie vorhat, am frühen Vormittag aufzubrechen, möchte sie sich jetzt gern zurückziehen.«
Eigentlich wollte sich Ava nicht mehr nach Aleister umdrehen. Als der Hausherr auf sie zuschritt, um sie und die Maxwells hinauszukomplimentieren, tat sie es doch.

Erschöpft von den Ereignissen, vor allem von der letzten Nacht, die Quentin zu exzessiven Liebesspielen genutzt hatte, und dem am Morgen gefolgten, überfreundlichen Abschied von Sarah, kam Ava auf Aimsley an.

Julian stürzte ihr entgegen, und eines der Mädchen brachte ihr einen Brief, den ein Bote zwei Stunden vorher abgegeben hatte.
Aleister war der Verfasser der knappen, aber ironischen Zeilen. Er lud Ava nach London, in sein Stadthaus, ein.
Voller Genugtuung verspeiste sie zum Tee drei Stück Nußkuchen. Während Julian sie für ein Gedächtnisspiel zu begeistern versuchte, liefen ihre Gedanken davon.
Eine Woche später traf ein neues Schreiben mit dem Barrington-Siegel auf Aimsley ein.
Ava entfaltete es und bemerkte erschrocken das Zittern ihrer Hände.
»Solltest Du Bedingungen an das Tête-à-tête knüpfen, das ich mit Dir zu genießen wünsche: Nenne sie!« lautete der letzte Satz der Depesche, mit der sie sich nicht lange befassen konnte, denn sie hörte, daß Quentin in der Halle empfangen wurde. Ehe sie ihm entgegenging, um ihn mit einem Kuß auf die Wange willkommen zu heißen, steckte sie den Brief unter das Sitzpolster des Kanapees. Dann ließ sie den Lunch auftragen.
Quentin begann sofort zu erzählen. Sie aßen und tranken und sprachen erst über Sarah und schließlich über Aleister. Trotz der Brisanz der beiden Themen blieben sie bei einem beiläufigen Plauderton und lockerten die Eindringlichkeit, mit der sie sich gegenseitig von ihrer gelassenen Haltung überzeugen wollten, mit allzuviel Gelächter auf.
Später tranken sie im Spiegelkabinett türkischen Mokka. Quentin lehnte sich auf der Chaiselongue zurück und brachte die Rede mit einer gezielten Äußerung auf Julian: »Du solltest den Jungen nach Eton schicken.«
Ava reichte ihm die Gebäckschale, aus der er sich bediente, und gab zu bedenken: »Das dürfte angesichts seiner unehelichen Geburt und in Ermangelung eines Titels unmöglich sein.«
Statt eine Auseinandersetzung über Julians Zukunft zu beginnen, hätte sie lieber mehr über Aleister und den Klatsch, der über ihn im Umlauf war, erfahren.

»Ich könnte ihn adoptieren«, sagte Quentin.
»Was?« Zu erstaunt, um die Gebäckschale abzustellen, behielt sie sie in der Hand.
»Warum nicht? Wenn er mein Sohn wäre, würde ihn Eton jederzeit aufnehmen. Später käme ein Studium in Oxford oder Cambridge in Frage.«
»Und Sarah?«
»Sarah hat sich zu fügen. Was sollte sie einwenden? Ihr beide liebt euch doch so!«
»Du hast nie große Zuneigung für Julian empfunden«, räumte Ava ein.
»Das ist nicht wahr«, widersprach er. »Julian feindet mich an, nicht umgekehrt. Vielleicht legt sich das, wenn er älter wird. Ich hoffe es wenigstens. Dennoch würde ich es nicht allein für ihn, sondern in erster Linie für dich tun.«
Stumm rührte Ava in ihrem Mokka. Ehe sie nach einer der Madeleines griff, die Quentin mitgebracht hatte, schob sie die Gebäckschale auf den Tisch zurück.
»Ich habe nicht vor, dir Julian zu stehlen«, sagte Quentin, der erriet, was sie bewegte. »Auf keinen Fall sollte dich diese Angst dazu verleiten, meinen Vorschlag abzulehnen. Vielmehr rate ich dir, die Perspektiven deines Sohnes ins Auge zu fassen. Er hat nämlich keine, wenn er ein Cheltenham bleibt.«
Schweigend vertilgte Ava die Madeleine.
»Schlaf darüber!« versuchte Quentin den Sturm ihrer Gedanken zu besänftigen. »Die Sache muß nicht übers Knie gebrochen werden. Aber etwas anderes wartet auf eine baldige Entscheidung. Willst du die Pacht verlängern?«
»Selbstverständlich.«
Mit wichtiger Miene zog er aus der Brusttasche seines Rocks ein gefaltetes Stück Papier hervor.
»Das ist der Kontrakt. Er gilt auf Lebenszeit.«
Avas Augen wurden groß und fingen zu glänzen an. Sie klappte das Schriftstück auseinander. Es bestimmte, daß sie Aimsley gegen acht Prozent des jeweiligen Vorjahresgewinns,

zu entrichten am Ende des ersten Quartals jedes neuen Jahres, ihr Leben lang nach eigenem Gutdünken bewirtschaften durfte. Die Schlußbestimmung verfügte: »Dieser Vertrag ist von seiten des Pachtgebers unkündbar, solange sich der Pachtnehmer an die vorgenannten Bedingungen hält.«

Quentin setzte sein Mokkatäßchen ab. Er rückte näher an Ava heran und begann, ihren Hals zu küssen.

»Aber Quentin! Nein! Julian könnte doch... Man sieht ja durchs Fenster!«

»Julian lernt auf seinem Zimmer mit Prescott, und die Dienstboten sitzen in der Küche beim Tee.«

Obwohl er sie bereits aus Kleid und Mieder schälte, bat sie: »Laß uns wenigstens nach oben gehen...«

Er hörte nicht auf sie. Während seine Zunge über ihre entblößten Brüste fuhr, nestelten seine Finger ungeduldig an ihren weißgerüschten Beinkleidern.

Ava gab ihren Widerstand auf. Sie nötigte sich zu ein paar heftigen Küssen, drehte sich auf den Bauch und schlang beide Arme um die Seitenlehne der Chaiselongue. In zahlreichen Spiegeln sah sie, wie Quentin von hinten in sie eindrang.

Selbstherrlich lächelnd betrachtete sie ihre Brüste, die gegen die Lehne gepreßt wurden, kleine, feste Brüste mit dunklen Warzenhöfen. Ein triumphierender Ausdruck war in ihrem Gesicht. Dieser Ausdruck machte sie schön. Sämtliche Zweifel starben. Die Ava in den Spiegeln war eine Herrin, mehr noch, eine Herrscherin, und sich ihrer Möglichkeiten gewiß. Sie wußte, was sie tat, und auch, warum sie es tat.

Im Bann ihrer selbst warf sie den Kopf in den Nacken, vom eigenen Magnetismus verführt, bewegte sie ihr Becken. Sie stöhnte und wunderte sich über die heiseren Laute, die aus ihrer Kehle kamen. Der Spiegel, in dem Quentin ihren Blick suchte und fand, erzählte von einer Obsession, die sie nicht *fühlte,* die sie *war.*

Draußen senkte sich feuchter Nebeldunst herab. Vorboten erster Herbsttraurigkeit schlichen ums Haus. Der Himmel ballte sich grau, und der Wind brachte Regen.

Es war still auf Aimsley.
Aimsley...
Noch besaß sie es nicht. Noch hatte sie nur Anspruch auf zweiundneunzig Prozent dessen, was sie erwirtschaftete. Das war fair, aber es genügte nicht. Ava wollte mehr. Sie wollte alles. Während sie auf Quentins Stöße mit verhaltenen Schreien antwortete, schwor sie sich, eines Tages als rechtmäßige Eigentümerin über das Land von Aimsley zu reiten.
Sie sah, daß Julian auf kurzen, aber flinken Beinen aus dem Haus stolperte und in den Park hineinlief. Wie ein kleiner Kobold sauste er zwischen den Bäumen umher und warf einen Drachen in die Luft, der vom Wind emporgetragen wurde und sich im Wipfel einer Eiche verfing.
»Ava!« keuchte Quentin. Dann entlud er sich.
Noch einmal lächelte sie ihrem Spiegelbild zu.
Niemand konnte sie aufhalten.

Sechzehntes Kapitel

In den ersten Frühlingstagen des Jahres 1830 starb Trevarrian. Er hinterließ seine Kentsche Besitzung seinem Sohn, der beschloß, den Landsitz im Sommer mit seiner Familie zu bewohnen, das Gestüt jedoch aufzulösen. Von heute auf morgen wurde Reeves vor die Tür gesetzt. Während der Trauerfeierlichkeiten auf dem Friedhof von Maidstone ergriff Ava die Gelegenheit beim Schopf. Sie bot ihm ein Auskommen als Stallmeister auf Aimsley an.

Um die schönsten Stuten von Claire Hill kaufen zu können, hatte sie Schulden gemacht. Es war ihr zwar gelungen, den jungen Trevarrian zu übervorteilen, doch teuer kam sie der Spaß allemal. Weitere Koppeln wollten errichtet, Bäume gefällt und Stallgebäude vergrößert werden. Mehr Pferde zu besitzen hieß auch, zu kostspieligen Zusatzanschaffungen gezwungen zu sein. Ava brauchte jetzt einen erfahrenen, zuverlässigen Mann. Und Reeves fackelte nicht lange.

»Ich verstehe nicht, warum du dir das auflädst«, sagte Quentin.

Was sie sich in diesem denkwürdigen Jahr sonst noch aufladen würde, war zu diesem Zeitpunkt keineswegs zu ahnen.

An einem wetterwendischen Tag im Mai schaffte sie es zum erstenmal, sich im Sattel ihres neuen, wie üblich männlichen Favoriten zu halten. Der zweijährige Hengst hatte einen weißen Fuß und eine schmale Zeichnung am linken Hinterbein und war durch und durch ein Nachfahre Whitefoots und Galahads.

»Laß ihn los!« befahl Ava dem Knecht, der Wild Boy an der Trense festhielt. Sofort bäumte sich das Pferd auf. Sie zügelte

es streng und drückte ihre Schenkel gegen seine Flanken. Wenn es der rotbraune Teufel darauf anlegte, sie abzuwerfen, sollte er es nur versuchen! Wohlan!
Sie befahl, das Gatter zu öffnen.
»Ist das nicht zu früh?« hörte sie Reeves rufen.
»Vielleicht. Ich wage es trotzdem.«
Und schon sprengte Wild Boy von dannen. Er merkte, daß er sich nicht mehr in der Einreitkoppel, sondern auf weiter Flur befand. Das verführte ihn dazu, die neue Freiheit zu nutzen. Seinen ganzen Eigensinn setzte er gegen Kraft und Willen seiner Reiterin, doch sobald er zu kreisenden Bocksprüngen ansetzte, spürte er ihren festen Schenkeldruck und das schmerzhafte Anziehen der Zügel.
Ava wußte, daß sie diesen Kampf auf jeden Fall gewinnen mußte. Wenn Wild Boy jetzt siegte, würde sie Wochen brauchen, um das verlorene Terrain zurückzuerobern.
Nach einer Viertelstunde ermüdete der Hengst und mit ihm sein Widerstand. Sie konnte ihn vom fliegenden Galopp in unruhigen Trab zwingen. Während sie seinen Hals tätschelte, ritt sie einer Kutsche entgegen, die einen holprigen Feldweg entlangzuckelte.
Wild Boy war irritiert. Er wollte ausweichen, durfte nicht, fürchtete, in den Wagen gejagt zu werden, und begann zu tänzeln.
»Alles in Ordnung, mein Junge«, beschwichtigte ihn Ava. »Wir machen rechtzeitig einen Bogen. Ja, so ist's gut... Mal sehen, wer da kommt!«
Die Kutsche hielt. Als ihr ein Mann entstieg, fegte die Panik des Pferdes jeden Gehorsam weg. Wild Boy stellte sich auf die Hinterbeine, schlug mit den Vorderhufen in die Luft, wieherte und war ganz außer sich.
Der Mann, groß, blond und schmal, fiel vor Schreck beinahe in den Wagen zurück, fing sich aber rechtzeitig an der Tür ab.
Großer Gott, dachte Ava.
Nachdem sie Wild Boy besänftigt hatte, schaute sie schweigend auf Aleister nieder.

Er faßte sich. Erleichtert ließ er die Wagentür los, schlug amüsiert Staub, der gar nicht vorhanden war, aus seinem Cut. Dann wagte er einen Schritt auf Ava und den jungen Hengst zu. Er trug einen senfgelben Rock, ein blütenweißes Hemd, eine violett bestickte, gelbe Weste, eine pludrige, schilfgrüne Halsbinde, in der eine Silbernadel steckte, und dazu passende Pantalons. Bunt wie immer! Nichtsdestotrotz sah er unverschämt gut aus.

»Teufel auch!« rief er jetzt. »Das ist ein furioser Empfang! Du bist kaum wiederzuerkennen. Mein Kompliment! Breeches und Rock kleiden dich ausgezeichnet!« Indem er sein schwer zu deutendes und mitten ins Herz treffendes Lächeln hervorzauberte, zeigte er seine unverwechselbaren Zähne. »Aber ehe wir allzu höflich miteinander werden, entzückende Diebin, gestatte mir eine Frage: Wen hast du mit meinem Arsen von seiner Erdenqual befreit?«

Ava lachte. Sie warf den Kopf in den Nacken, verlor dabei fast den Zylinder und ließ ihr inwendiges Zittern einem Sturm nervöser Belustigung weichen.

»Du könntest wenigstens absitzen«, schlug Aleister vor und streckte ihr eine Hand entgegen. »Deine Halsbinde hat Charme und dein Rock noch viel mehr. Wo läßt du schneidern?«

»Ich gebe dir die Adresse.« Ohne seine Hilfe anzunehmen, schwang sie sich aus dem Sattel.

Sie sahen einander an und schmunzelten. Schließlich erklärte Aleister: »Ich komme aus London und mache über Aimsley einen Umweg nach Blair Manor. Dort gedenke ich, den Sommer zu verbringen. Erinnerst du dich an Blair Manor?«

Ava schlug sich mit der Gerte in die Handfläche. »Natürlich erinnere ich mich. Wirst du Gäste haben?«

»Gelegentlich; am fünfzehnten Juni auf alle Fälle. Es ist mein Geburtstag – mein vierzigster übrigens. Ich kokettiere seit Wochen damit.«

»Feierst du mit Jonathan und Dorothy?«

»Aber nein. Ein junger Mann leistet mir seit einiger Zeit

Gesellschaft. Er ist Franzose und viel zu schön für diese schnöde Welt. In ein paar Tagen wird er mir nachreisen. – Dein Ausflug nach London scheint kurz gewesen zu sein.«

»Ich bin sehr beschäftigt.«

»Man hört davon.« Er grinste. »Ich habe Erkundigungen über dich eingeholt. Was ich ahne, gefällt mir noch mehr als das, was ich weiß.«

»Und was ahnst du?«

Wild Boy hob und senkte ungeduldig den Kopf. Während Ava in sein klirrendes Zaumzeug faßte, erwiderte Aleister: »Ich ahne, daß du mich zum Tee einlädst.«

Sie neigte den Kopf zur Seite und wirkte spöttisch. Trotzdem meinte sie: »Gut! Ich reite voraus. Deine Kutsche soll mir folgen.«

Als sie den linken Fuß in den Steigbügel setzte, wurde sie von Aleisters schmeichelnder Stimme, die nur »Ava!« sagte, zurückgehalten.

»Ja?«

»Zieh dich bitte nicht um!«

Eine Viertelstunde später bat sie ihren Gast in den Grünen Salon. Sie versprach, bald wiederzukommen, und ging in ihr Schlafzimmer, um sich vom Stallgeruch zu befreien. Natürlich legte sie ihr Burschenkostüm ab. Statt sich jedoch für eine aufwendige Robe zu entscheiden, wählte sie Galoschen, blaue Beinkleider, ein Hemd mit hohem Kragen, ein rotes Seidentuch, eine rote Weste und einen blauen Kaschmir-Cut mit Samtrevers. Danach lockerte sie ihr Haar auf. Ein Hauch Weiblichkeit sollte zusätzliche Verwirrung stiften: Puder auf die geröteten Wangen, verpöntes Lippenrot auf den Mund, eine Mouche neben die Nase und ein Spritzer Parfum, frisch, mit heimlicher Süße. So kehrte Ava in den Grünen Salon zurück. Dem Mädchen, das bereits Tee und Gebäck servierte, beschied sie: »Danke, das mache ich schon!«

»Wo hast du das gelernt?« fragte Aleister, der sich unaufgefordert auf einem der Kanapees ausstreckte. Seine ungezwungene Laszivität erfüllte den ganzen Raum.

»Das Tee-Einschenken?«
»Nein. Das Spiel mit den Möglichkeiten.«
»Spielen wir?«
»Etwa nicht?«
Ava beobachtete, wie er sich ein Mandelplätzchen in den Mund schob. Als wär's gestern gewesen... Auf einmal brach die Distanz.
»Weißt du, was ich dachte, als ich dich auf diesem langweiligen Empfang – wo fand er eigentlich statt? – wiedersah?« fragte Aleister.
»Nun?«
»Ich dachte: Das wird spannend.«
Sie rührte Zucker in ihren Tee.
»Wie originell!«
Über ihre Ironie hinweggehend, bemerkte er: »Es war seit jeher gut, daß man nicht aus meinen Augen lesen kann, was ich denke.«
»Was denkst du jetzt?«
»Ich denke, daß du mich provozieren willst.«
Ohne ihn zu bestätigen, aber auch ohne zu widersprechen, schlug sie in den engen Hosen die Beine übereinander. Sie nahm ein Biskuittörtchen, betrachtete es, lehnte sich zurück und wartete. Man hörte nichts als das Fauchen der Frühlingswinde, die sich draußen das Land unterwarfen.
»Stell bitte das Gebäck fort!« seufzte Aleister und langte nach einer Buttermakrone. »Es ist leider vorzüglich!«
»Seit wann meidest du, was dir vorzüglich scheint?«
Daß sie mit ihm – mit Aleister! – flirtete, seit sie ihm gegenübersaß, gefiel Ava höllisch und gleichzeitig überhaupt nicht. Natürlich wußte sie, auf welch dünnem Eis sie sich bewegte. Der Herren-Cut schenkte ihr jedoch ein Gefühl der Ebenbürtigkeit, das sie in Röcken nicht besessen hätte.
»Manches, was vorzüglich scheint, ist von Übel«, sagte Aleister. Er beugte sich vor, stützte die Ellbogen auf die Knie, verschränkte die Hände unterm Kinn und fügte leise hinzu: »Aber um so reizvoller, nicht wahr?«

Dann ließ er sich in die Sofakissen zurückfallen, um im beiläufigsten Ton fortzufahren: »Ich kann mir die vielen Naschereien nicht mehr erlauben. Gäbe ich mir nach, hemmungslos und allein dem Genuß verpflichtet, wäre ich längst ein Ebenbild des heutigen Jonathan, und Jonathan, das versichere ich dir, hat sich nicht zu seinem Vorteil verändert.«
»Sondern?«
»Er ist aufgegangen wie ein Hefekuchen. Traurig, wo er doch so ein hübscher Junge war.«
Aleisters eigene Erscheinung verriet nichts von den ins Land gegangenen Jahren. In seinem nach wie vor dichten, leuchtend blonden Haar versteckte sich kein einziger grauer Faden. Schlank und gestenreich hatte ihn Ava in Erinnerung, schlank und gestenreich war er geblieben. Die Fältchen auf seiner Stirn und um seine Augen fielen kaum auf. Nur sein Mund war schmaler geworden und wies eindeutiger als früher auf seinen bizarren Charakter hin.
Jetzt warf er ein Bein über die Armlehne des Kanapees. Ava vergaß, auszuatmen. Ein Bild trat aus ihrer Erinnerung hervor: ein spärlich möblierter Raum, ein thronähnlicher Stuhl, eine Lichtbahn, Aleister, um dessen Kopf ein Strahlenkranz flirrte ...
Da sie spürte, daß sie gemustert wurde, erkundigte sie sich, ob Jonathan wohlauf sei.
»Wie man's nimmt«, erfuhr sie. »Er lebt seit langem in London und schlägt die Zeit tot.«
»Hat er geheiratet?«
»Nein. Wir sind offenbar allesamt ehescheu.«
Belustigt nippte sie an ihrer Teetasse.
»Wie geht es Dorothy?«
»Dorothy lebt nicht mehr. – Aber bitte: Erlöse mich vom Anblick der Plätzchen!«
Ava zögerte. Erst nach langen Sekunden griff sie ruckartig nach der Gebäckschale, die sie unentschlossen durchs Zimmer trug, um sie schließlich auf das Klavierbord zu stellen.
»Schon lange?« wollte sie wissen.

»Es ist sechs oder sieben Jahre her. Sie erkältete sich und erlag einer Lungenentzündung.«

Wieder vernahm man nur das Brausen der Sturmböen. Ava stand am Fenster. Sie sah, wie sich die Bäume nach Westen neigten und die Sonne hinter Wolkennebeln hervorkroch. Plötzlich wurde es blendend hell.

»Wann darf ich dich auf Blair Manor erwarten?« fragte Aleister.

»So einfach stellst du dir das vor?«

»Es ist einfach.«

»Ah ja?«

»Du bist mir noch etwas schuldig, Ava.«

»Das Gift?«

»Das meine ich nicht.«

»Statt dessen?«

»Dich.«

Ava lächelte maliziös. Nicht im mindesten überrascht, kehrte sie zum Kanapee zurück.

»Dein Arsen kannst du wiederhaben«, sagte sie. »Mich bin ich dir in keiner Weise schuldig.«

»Glaubst du?«

Ihr rotbemalter Mund verzog sich höhnisch und wurde noch schiefer, als er ohnehin schon war.

»Mir scheint, lieber Aleister, deine Erinnerung spielt dir einen Streich. Warst nicht du es, der mir vorschlug, ich solle mich an Maxwell verkaufen?«

Aleister schob den linken Unterschenkel über das rechte Knie. Er war amüsiert.

»Ich wollte nichts anderes, als dem hochgeschätzten Sir Quentin eine Freude machen, für eine Weile meine Ruhe haben und dich ... nun, ein wenig verwirren. Daß ich nichts mehr von dir hörte, erstaunte mich, wie ich gern zugebe. Du hast die Flucht ergriffen; nichts anderes. Und dasselbe willst du jetzt wieder tun. So geht das nicht.«

»Nein?«

»Nein.«

In seinen fahlblauen Augen glitzerte neugierige Erwartung. Jedes Wort, das er sprach, schien den Duft von Sandelholz, Minze und Zimt zu verstärken.
Ava räusperte sich.
»Im Gegensatz zu Jonathan und Dorothy habe ich mein Leben nicht in deine Hände gelegt«, sagte sie. »Wenn mein Verhalten selbstverständlich für dich wäre, säßest du nicht hier. Seien wir ehrlich! Vor zwölf Jahren dachtest du: Da ist ein junges Mädchen, eigentlich nicht hübsch genug für deine Ansprüche, aber eine reizvolle Abwechslung, vielleicht ein wenig anders als die anderen, ohne Erfahrung und dir im großen und ganzen nicht gewachsen. So war es doch? Daß man dir nicht mit Haut und Haaren verfällt, daß man nicht um deine Gunst buhlt, daß man sich nicht von dir zugrunde richten läßt, warst und bist du nicht gewohnt. Nun, Aleister, es wird Zeit für dich zu lernen, daß du nicht das Maß aller Dinge bist. Na, wie fühlt sie sich an, diese Niederlage, die möglicherweise deine erste ist?«
Sein Amüsement bekam etwas Satanisches.
»Ob es eine Niederlage für mich wird, sollten wir abwarten. Oder willst du mich glauben machen, Maxwell, der Hochgeschätzte, wecke so viel Leidenschaft in dir, daß dich anderweitige Verführungen nicht locken können?«
»Würdest du bitte aufhören, Sir Quentin ›hochgeschätzt‹ zu nennen?«
»Warum denn? Ich schätze ihn tatsächlich! Natürlich ist er mir zu laut und zuwenig subtil. In gewisser Weise fehlen ihm die höheren Weihen, wozu auch immer. Nein! Du mußt mir nicht versichern, wie geistreich und eloquent er sein kann. Ich fürchte, ich kenne seine Vorzüge. Trotzdem fällt es mir schwer, daran zu glauben, daß eine Frau, die sich einmal in mich verliebte, in der Lage ist, sich Jahre später in den zutiefst sentimentalen Maxwell zu verlieben. Das ist er doch – sentimental?«
»Du ahnst nicht, wieviel er dir voraus hat.«
»Sein loyaler Charakter, der in erster Linie dir gegenüber zum

Tragen kommt, in Ehren, doch erlaube eine Indiskretion: Wie erregend ist Sicherheit?«
Als er sie über den Rand seiner Teetasse hinweg belustigter denn je fixierte, wurde sie ärgerlich.
»Wenn du hier bist, um dich über Sir Quentin zu unterhalten, weise ich dir die Tür! Denn ob du es begreifen willst oder nicht: Er ist mir viel wert.«
»Ja, das sehe ich.« Demonstrativ ließ Aleister seinen Blick im Zimmer umherschweifen. »Vor allen Dingen bist *du ihm* viel wert. Machen wir uns nichts vor, Ava: Wir verachten die, die uns lieben, und begehren jene, die sich uns im Innersten verweigern. Aber lieben wir sie auch? Lieben wir je?«
Ava erhob sich hastig.
»Sherry?« fragte sie.
»Gern. – Darf ich Adrien sagen, daß er dich kennenlernen wird?«
Sie stand am Getränketisch und hantierte mit Karaffen und Gläsern. Ihre Hände zitterten. Statt zu antworten, flüchtete sie in die Gegenfrage: »Was treibt dich wieder einmal mitten in der Saison aufs Land?«
»Die Saison. Ich habe sie zwei Jahre hintereinander in London verbracht. Die Langeweile strömte mir aus allen Poren. Da entsprachen die Sommer in Italien und Griechenland schon eher meinen Vorstellungen, aber selbst die aufregendsten Erfahrungen langweilen, wenn man sie zu oft wiederholt. Also?«
»Ich pflichte dir bei: Wiederholungen sind reizlos.«
»Auch wenn zwölf Jahre zwischen dem ersten und dem zweiten Mal liegen?«
Ava zupfte an einem ihrer Saphirohrringe.
»Und du meinst, du bekommst mich umsonst?«
»Was ist dein Preis?«
»Fünfhundert Pfund.«
Als sie ihm sein Sherryglas reichte, hatte sie ein Kurtisanenlächeln in den Augen – ein Lächeln, das sich in seinem Erstaunen widerspiegelte. Sie setzte sich neben ihn und stieß mit ihm an.

»Slainte – wie man in Irland sagt!«
Er lachte.
»Wird man dort raffgierig?«
»Man besinnt sich auf das Wesentliche.«
Langsam drehte er sich zu ihr herum. Er legte den Arm auf die Rückenlehne des Kanapees und berührte mit der Hand ihre Schulter. »In deinen Augen glitzert Lüsternheit«, behauptete er, »nicht der Wahnsinn, der dich ein Vermögen fordern läßt. Wie ist das: Brauchst du einen zusätzlichen Kitzel – oder eine unsichtbare Mauer, die eine sichere Distanz garantiert?«
Auch Ava neigte sich verschwörerisch zu ihm hinüber.
»Ich bin die Tochter eines Kaufmanns«, erklärte sie. »Die Fehler meines Vaters waren mir eine Lehre. Im übrigen denke ich in Relationen. Für dich, lieber Aleister, sind fünfhundert Pfund keineswegs ein Vermögen. Das trifft sich gut. Es gibt keine aufregendere Verbindung als die von Lust und Geld.«
»Wie viele Männer haben dich so herrlich verdorben?«
»Drei.«
»Nur?«
»Man erhält den Meisterbrief für ein Meisterstück, nicht für hundertfachen Durchschnitt.«
»Gut gesagt! Wirklich, gut gesagt! Deine Konditionen gelten!«
In diesem Augenblick ging die Tür auf. Julian stürzte herein und rief: »Maman! Maman! Mr. Prescott war schrecklich zu mir! Immer nur Zahlen! Ich mag keine Zahlen!«
Da er hell im eigenen Sonnenlächeln leuchtete, konnte sich allzu Schreckliches nicht ereignet haben. Er kletterte Ava auf den Schoß und fragte überrascht: »Wo sind die Plätzchen?«, denn er sah nur Teetassen und Sherrygläser.
»Auf dem Klavier. Bist du Mr. Prescott davongelaufen?« Sie wollte ihm über das kinnlange, seidige Haar streichen, das immer so wunderbar duftete, weil es mit einem Extrakt aus Apfelblüten gewaschen wurde, doch er strebte von ihr fort, dem Gebäck entgegen.
»Die Stunden sind vorbei«, sagte er und angelte, auf Zehen-

spitzen stehend, nach zwei mit Bitterschokolade überzogenen Keksen, die er sich auf einmal in den Mund stopfte. »Muß ich das Einmaleins wirklich lernen?«
»Wohl oder übel, mein Liebling.«
»Kannst du's auch?«
»Ich hoffe. Aber jetzt sei artig! Man spricht nicht mit vollem Mund, und vor allem ignoriert man keinen Gast. Sag guten Tag zu Lord Wexton!«
Julian war zu ihr zurückgekommen. Als er mit einer schokoladeverschmierten Hand nach dem Ärmel ihres Cuts faßte, begriff sie, daß sie jahrelang auf diesen Moment gewartet hatte: Zwischen Aleisters Brauen zuckte es. Julian legte kokett den Kopf zur Seite.
»Guten Tag, Lord Wexton«, sagte er wohlerzogen, ehe er sich die Schokolade vom Daumen lutschte.
Aleister blickte von ihm auf Ava und wieder zu ihm zurück.
»Mein Sohn Julian«, erfuhr er.
Allmählich mündete Aleisters Verwirrung in ein entzücktes Lächeln, das der Junge ebenso entzückt erwiderte. Lebendige Spiegel maßen einander. Auf einmal klang die unerhörte Frage durchs Zimmer: »Bist du mein Papa?«
»Seltsamerweise nicht.« In seiner Irritation sah Aleister unglaublich jung aus.
Ava hielt den Atem an. Weder wunderte sie sich über diesen merkwürdigen Dialog, noch mischte sie sich ein. Julian stieg über ihre Beine hinweg zu dem großen, schlanken Mann mit dem hellen blonden Haar hinüber und stellte fest: »Du siehst trotzdem aus wie ich.«
»In der Tat. Wie alt bist du denn?«
»Fünf. Ich werde aber bald sechs.«
»Ende September«, fügte Ava hinzu.
»Das ist doch bald!« beharrte Julian – im Mai.
Während eine besonders heftige Sturmbö über Aimsley hinwegfegte, betrachtete Aleister das Kind, das sich zwischen ihn und Ava aufs Kanapee zwängte, wie ein Juwelendieb einen kostbaren Diamanten.

»Willst du mit mir spielen?« wurde er gefragt. »Ich verstecke mich, und du suchst mich! Oder du machst das Pferd, und ich reite auf dir. Ich zeige dir auch meine Spielsachen. Zinnsoldaten hab' ich und ein Schlachtfeld mit Kanonen und Pferdewägen und eine Wippe und ein Puppenhaus und zwei Pelzlöwen und einen Drachen und Murmeln und eine Geige... Sogar Klavier spielen kann ich! Fast so gut wie meine Maman! Kannst du auch Klavier spielen?«
»Sicher nicht so gut wie deine Maman. Solltest du einmal so außergewöhnlich musizieren, wie du hübsch bist, hast du das Zeug, berühmt zu werden.«
»Bist du denn berühmt?«
»Eher berüchtigt. Ich möchte wetten: Das wirst du eines Tages auch sein!«
Aleister lachte. Das Kind lachte zurück. Und Ava saß daneben und fühlte sich überflüssig. Schnell streckte sie eine Hand nach Julian aus.
»Dein Kragen ist ja ganz zerknittert! So, jetzt ist es besser! Magst du nicht zu Mrs. Devare in die Küche gehen? Um diese Zeit müßte sie Kuchen backen. Du naschst doch so gern vom Teig!«
»Au ja! Kommst du mit, Lord Wexton?«
Obwohl Aleister noch ganz in Julians Bann stand, zwang er sich, den Jungen auf ein andermal zu vertrösten.
Ava sagte: »Ich habe noch etwas mit unserem Gast zu besprechen, mein Engel. Sei so lieb und laß uns allein!«
Hin- und hergerissen – da die süße Verlockung, dort der interessante Mann auf dem Kanapee – zog Julian die Unterlippe zwischen die Zähne. Schließlich entschied er sich für den Gaumenkitzel. Er schenkte seinem erwachsenen Ebenbild ein letztes strahlendes Lachen und flitzte zur Tür, deren Klinke er nur mit Mühe erreichte.
Als seine Schritte im Flur verhallten, meinte Aleister: »Ein außergewöhnlich bezauberndes Kind!«
»Siehst du kleine Jungen immer so an?«
»Aber Ava!« Hochvergnügt winkte er ab. »So hinreißend dein

Sohn ist, sowenig vergreife ich mich an Knaben, die noch keine vierzehn sind. Ehernes Gesetz, Ehrenwort!«
Irgend etwas hatte sie verstimmt. Jedenfalls fand sie nicht in die Nonchalance von vorhin zurück. Statt dessen giftete sie: »Besitzt du eine Ehre außer der, die dir dein Name verleiht?«
»Jetzt schon. *Du* ehrst mich, indem du mich für ein abscheuliches Ungeheuer hältst. Doch zurück zum Eigentlichen: Wann wirst du auf Blair Manor eintreffen?«

Eine Woche später ließ Ava anschirren und einen vollgepackten Kleiderkoffer aufs Wagendach verladen. Da Julian weinte, weil er zu Hause bleiben mußte, und eine Stunde getröstet werden wollte, konnte sie erst am frühen Nachmittag aufbrechen.
Am Abend des nächsten Tages kam sie an. Sterbendes Sonnenlicht und Dämmerschatten empfingen sie.
Blair Manor stand weiterhin unter dem Motto: *»Nemo ante mortem beatus.«* Als Ava in Cut und Pantalons, auf dem Kopf einen Zylinder, vom Kutschbock stieg, war ihr, als habe das weitläufig angelegte, inmitten des riesigen Parks in einem Halbrund errichtete Herrenhaus auf sie gewartet. Nichts sah verändert aus. Man schien noch immer das Jahr 1818 zu schreiben.
Da auch Aleister im eigenen Wagen angereist war, wurde sie von seinem Kutscher begrüßt, der sich ihres Zweispänners annahm und ihr sagte, daß der Haupteingang offen sei.
Also betrat sie die Halle.
Die gläserne Kuppel, der schachbrettartige Marmorfußboden, endlose Korridore... Ehe sie den Römischen Salon aufsuchen konnte, mußte sie einen Anflug von Sentimentalität abschütteln.
Aleister lag – wie sollte es anders sein? – lässig auf einem Diwan. Er sprang aber gleich auf, um ihr entgegenzugehen und sie willkommen zu heißen. Schließlich rief er nach seinem Gefährten. Ein nicht sehr großer, dafür aber makellos proportionierter junger Mann mit schwarzem, schulterlan-

gem Haar, Bronze-Teint und ironischer Miene tauchte an der weitgeöffneten Tür auf, die in den Park führte. Ohne seinen starken Bartwuchs – dunkle Stoppeln sprossen um seinen Mund – hätte er etwas zu feminin gewirkt.
»Ich darf vorstellen«, sagte Aleister, »Monsieur Bonnerot. – Miss... Verzeihung: Mrs. Cheltenham!«
Monsieur Adrien Bonnerot schlenderte auf sie zu und beugte sich über ihre Hand, um sie zu küssen. Er schaute ihr auf eine Weise in die Augen, die nicht offenbarte, ob er die von Aleister beschworene Feierlichkeit vertiefen oder verspotten wollte, und schmeichelte mit einem sehr hübschen Akzent: »Ich bin geblendet, Madame!«
»Darf ich erwidern: desgleichen?«
In ihrer Kehle wurde es eng. Sie merkte, daß ein Kreis im Begriff war, sich zu schließen. Um Zeit zu gewinnen, bestand sie darauf, zuerst ein Bad nehmen zu dürfen.
Wenig später tauchte sie in dampfendes Wasser und gleichzeitig in Erinnerungen. Sie sah sich unter Aleister liegen und hörte ihn flüstern: »Es ist *sehr* schön mit ihm!«
Als sie nach zehn Minuten aus der Wanne stieg, war sie entschlossener denn je, sich der Herausforderung zu stellen. Ihren Auftritt in Hosen hatte sie gehabt. Jetzt wollte sie ein Kleid anziehen – das »bis hierher!« ausgeschnittene aus karmesinroter Seide. Sie klingelte nach dem Mädchen, um sich schnüren zu lassen, beschäftigte sich ausgiebig mit ihrer Toilette und erschien rechtzeitig zum Aperitif im Speisezimmer.
Das auf Blair Manor Übliche vermochte sie zu überraschen, obwohl sie es kannte. Auf dem Tisch standen Schüsseln und Schalen mit kalten Pasteten, Gemüse, Obst und hellem Brot. Aleister trank ein Glas Wasser nach dem anderen, angeblich um zu entschlacken. Seine größte Angst war es, dick zu werden. Also aß er mäßig und versuchte, weitmöglichst auf Wein und Hochprozentiges – beides blieb seinen Gästen vorbehalten – zu verzichten. Erst nach Aufhebung der Tafel, als man sich's im Römischen Salon bequem machte und der Hals einer Champagnerflasche aus dem Eiskübel ragte, prostete er Ava und Adrien zu: »Auf diesen Abend!«

Ava betrachtete gedankenverloren ihr Glas mit Craquelé-Muster, in dem die prickelnde Flüssigkeit schäumte.
»Oh«, hörte sie Adrien loben, »eine Witwe!«
Ohne es zu wollen, dachte sie: Affe! Und ebenfalls ohne es zu wollen, schenkte sie ihm ihr vielversprechendstes Lächeln. Dann wurde angestoßen.
»Aleister kann genießen wie wenige in diesem Land«, bemerkte Adrien, der mit ineinander verschränkten Beinen, einem Fakir gleich, auf seinem Diwan thronte und genauso exzentrisch wie farbenfroh gekleidet war. Offenbar hatte er denselben Schneider wie Aleister. »Wie ist das mit Ihnen, Madame?«
Aleister legte, seiner Gewohnheit gemäß, Rock und Weste ab und streckte sich wie ein Halbwüchsiger auf den Polstern aus. Da Ava schwieg, meinte er: »Der Tod ist gewiß, ungewiß seine Stunde.«
»Du willst Mrs. Cheltenham doch nicht mit einer deiner morbiden Stimmungen die Laune verderben?« mahnte Adrien.
»Ich habe keine morbide Stimmung, im Gegenteil! Da alles, auch das Leben, endlich ist, sollte man genießen, solange man kann. Du hast Adriens Frage noch nicht beantwortet, Ava!«
»Ich glaube nicht, daß ich sie beantworten muß.«
Über den Kandelaber hinweg grinste Aleister zu dem jungen Franzosen hinüber.
»Meine kapriziöse Freundin lehnt Juste-milieu ab, auch wenn sie es nicht zugeben will«, behauptete er.
Ava fiel ihm ins Wort: »Du bist wieder einmal dabei, die Grenzen des guten Geschmacks zu überschreiten. Wie kommen Sie damit zurecht, Adrien? Ich darf Sie doch so nennen?«
»*Naturellement*, Ava! Ich möchte es so ausdrücken: Aleisters geschmackliche Abweichungen unterhalten mich gut.«
»Ist er nicht entzückend!« Jungenhaft erfreut blinzelte Aleister zu Ava hinüber.
»Finde mich wenigstens hinreißend, blendend oder famos«, beschwerte sich Adrien. »Entzückend und reizend, das ist wie lieb und nett, also beleidigend.«

Er sprach schnell, in einer Art Stakkato. Trotzdem war ein eigentümliches Singen, ja, ein Melodiebogen, in seiner Stimme. Mit den graziösen Gesten eines Tänzers unterstrich er, was er sagte. Eigentlich war er eine einzige, fließende Bewegung. Nur für einen Augenblick zu verharren schien ihm unmöglich zu sein.

Während er über Sinn und Unsinn gängiger Floskeln parlierte, strich er sich immer wieder eine ungebärdige schwarze Locke aus dem Gesicht. Er faßte sich ins Haar, ließ seine Hand ein paar Sekunden dort verweilen, schwenkte sie kurz darauf so anmutig durch die Luft, als zeichne er eine Skizze, oder hielt, wenn er seinen Worten Nachdruck verleihen wollte, die zusammengepreßten Finger vor die Nase seines Gegenübers. Hatte er einen Gedanken zu Ende formuliert, sprang seine Hand auf, und es war wie eine kleine Explosion.

Ava sah, daß er schöne Hände hatte, schlanke, feingliedrige Pianistenhände... Statt ihm zuzuhören, beobachtete sie ihn. Sie lauschte dem Klang seiner Stimme und fühlte sich wunderbar entspannt. Um über ihre minutenlange geistige Abwesenheit hinwegzutäuschen, sagte sie plötzlich: »Sie sprechen ein fehlerfreies Englisch.«

»Sein Französisch ist noch besser«, warf Aleister ein, »um nicht zu jubeln: hinreißend, blendend, famos!«

Ganz obszöner Prinz, lachte er zu Adrien hinüber. Der wandte sich an Ava: »Ich war in meiner Kindheit des öfteren in England. Sie sind aus Bristol, nicht wahr?«

»Ja. Kennen Sie die Stadt oder jemanden, der dort lebt?«

»Die Gildales, wen sonst!« kam es von Aleister. »Denk dir, Ava: Adrien ist ein Freund unseres guten Jonathan. Jon lernte ihn während seiner letzten Frankreichreise in Montpellier kennen und brachte ihn gleich mit. Ein schönes Geschenk, pflichtest du mir bei?«

Da er der vor ihm auf einem Tischchen liegenden Bonbonniere nicht länger widerstehen konnte, öffnete er sie.

Ava blickte zu Adrien hinüber und wartete auf ein ärgerliches Veto – vergeblich. Der schöne junge Mann fuhr sich vergnügt

mit den Fingern durchs Haar und schien nicht im mindesten gekränkt zu sein.
»Nach dem Niedergang meiner Familie mußte ich fürchten, nie mehr aus Montpellier herauszukommen«, erzählte er. »Keine angenehme Vorstellung, wenn man Paris, London und die griechischen Inseln kennt!«
»Ist Jonathan viel auf Reisen?« lenkte Ava ab.
»Er reist sich noch zu Tode«, erwiderte Aleister. »Und das in seinem gesundheitlich bedenklichen Zustand! Das Herz und die Gicht machen ihm schwer zu schaffen. Gelegentlich besuche ich ihn in seinem Haus in Mayfair. Dann klagt er über die Strapazen seines letzten Auslandsaufenthalts und sieht aus, als würde ihn jede einzelne Erinnerung würgen. – Aber wir wollen nicht über Jonathan reden! Menschen, die sich auf anstrengenden Raten das Leben nehmen, weil ihnen der Mut zur Konsequenz fehlt, verdienen kein Mitgefühl. Wenn schon Ruin und Untergang, dann lieber gleich, und mit Verve! – Hast du mein Arsen mitgebracht, Ava?«
»Nein. Wenn ich etwas entwende, dann nicht, um es ein paar Jahre später zurückzugeben.«
»Vernünftig«, meine Adrien, ehe er sich den letzten Rest Champagner ins Glas schenkte.
Aleister klingelte nach einer zweiten Flasche und sagte zu Ava: »Ich will gnädig sein! Du warst mit zwei Gifte schuldig: Das weiße Pulver, das du mir, wenn ich deinem Gedächtnis auf die Sprünge helfen darf, wieder aushändigen wolltest, und dich, auf die ich deiner Meinung nach kein Anrecht habe. Jetzt bist du hier, und dafür sei dir das Arsen geschenkt. Bin ich nicht großherzig?«
»Du bist so großherzig, mein Lieber, daß du mir sicher erlaubst, mich zurückzuziehen. Ich bin müde.«
Adrien spielte mit seiner widerspenstigen Locke. Amüsiert hob er den Blick zu Aleister, der noch immer neben der Klingelkordel stand.
»Ich fürchte, wir haben deine wunderbare Freundin verstimmt«, sagte er.

»Haben wir das, Ava?«
Sie war schon an der Tür. Statt zu antworten, wünschte sie eine gute Nacht.
Im Korridor nahm sie eine Kerze aus einem Wandhalter und schritt mit ihr in der Hand durch die hallende Dunkelheit. Es war kühl und still und ein wenig unheimlich. Ava beeilte sich, in ihr Zimmer zu gelangen.
Als sie den Raum betrat, den sie vor zwölf Jahren schon einmal bewohnt hatte, fiel ihr erneut auf, daß alles unverändert geblieben war – alles, bis auf sie selbst.
Sie setzte sich an den Toilettentisch und betrachtete ihr Gesicht im Spiegel.
Im August würde sie dreißig. Eine Frau dieses Alters hatte ihren Zenit bereits überschritten.
Ohne sich vom matten und deshalb schmeichelnden Licht, das die einzige Kerze verströmte, täuschen zu lassen, wußte Ava, daß sie besser aussah als vor zwölf Jahren, aber sie wußte auch, daß ihr die Zeit davonlief. Noch war sie begehrenswert: noch. Während sie sich darüber wunderte, daß sie ausgerechnet auf Blair Manor, im Hause Aleisters, mit ihrem Alter zu hadern begann, fragte sie sich, was sie überhaupt hierhergeführt hatte. Aleister und Adrien und eine *ménage à trois* – war es das, was sie wollte?
Auf einmal wurde sie wehmütig. Sie dachte an die Hügel und die Ebenen von Kerry, an die Häuserzeile von Portmagee, an die schroffen Klippen von Valencia Island und an den Wind, der über die schiefen Kreuze und die hohen Grashalme von Clonmara Abbey strich. Ob Justin Melbourne noch immer auf einem schwarzen Hengst über das wilde, weite Land unter der harten, meistens wolkenverhangenen Sonne ritt?
Wenn sie versuchte, sich an sein Gesicht zu erinnern, sah sie nur noch einen Schemen.
Seufzend steckte sie die Kerze in den Leuchter neben dem Spiegel. Sie war zu jung und gleichzeitig keineswegs mehr jung genug, um die Hand nicht noch einmal nach dem Unerreichbaren auszustrecken.

Das Unerreichbare hatte einen Namen. Es hieß Aleister. Sie konnte nicht aufhören, ihn zu fürchten und zu hassen, zu bewundern und zu begehren – ihn und seine diabolischen Spiele.
Was blieb ihr anderes übrig, als den Fehdehandschuh, den er ihr zum zweitenmal hingeworfen hatte, aufzuheben?

»Es ist ein Wunder, wie gut du Blair Manor in Schuß zu halten verstehst, obwohl du es nur zweimal im Jahr – das ist doch noch so? – gründlich reinigen läßt«, meinte Ava am nächsten Abend.
Diesmal trug sie ein scharlachrotes, schulter- und rückenfreies Kleid aus Atlasseide, dessen bauschige Schinkenärmel erst in Achselhöhe ansetzten. Ellbogenlange Handschuhe verbargen, daß ihre Hände nicht die einer Dame waren. Auf obligate Pluderhosen, die sie allzu kindlich fand, hatte sie zugunsten altmodischer, weißer Strümpfe mit roten Bändern verzichtet.
Aleister betrachtete amüsiert eine ihrer wippend nach Aufmerksamkeit heischenden Fesseln, während er erwiderte: »Es sieht noch aus wie ehedem, aber es kostete Mühe, es wieder so aussehen zu lassen. Vor zehn Jahren wurden die Räumlichkeiten im Parterre renoviert, denn anno '20, im August, geschah ein Unglück. Ich hatte Gäste, eine ganze Schar. Es war Nacht, wir weilten am Seerosenteich, und plötzlich wurde das Haus von Flammen erleuchtet. Irgend jemand, ich vermute Jonathan, der den Römischen Salon als letzter verließ, hatte versehentlich einen Leuchter umgestoßen. Sogar ein Teil des Parks, der immerhin von dem legendären »Capability« Brown angelegt wurde, brannte nieder. Die Anpflanzungen vor dem Pavillon sind so neu wie die Vorhänge und die Diwane in diesem Zimmer. Nur ein paar Bilder konnten gerettet werden.«
»In einer Augustnacht 1820 ist das gewesen, sagst du?« Ava wirkte irritiert.
»Ja, warum?«

»Weißt du das genau?«
»Ganz genau. Es war ein merkwürdiger Abend. Ich erinnere mich, an dich gedacht zu haben, während eine junge Dame – schrecklich falsch! – Klavier spielte.«
»Dann wäre es fast gelungen«, sagte sie.
Adrien, der einen etwas gelangweilten Eindruck machte, fragte: »Was? Was wäre fast gelungen?«
Er und Aleister suchten ihren Blick, doch sie lächelte abwesend zur offenen Parktür hinaus. Laue Nachtluft, leere Platten und Schälchen im Nebenraum, Kerzenlicht, das zitternde Schatten warf, eine geöffnete Bonbonniere, ein Sprung in der Zeit...
Da sie schwieg, sprach Aleister beiläufig von einem Dichter namens Jerrold und einem Werk, das *Black eyed Susan* hieß. Er setzte sich zu Ava, deren eines Auge blau und deren anderes grün war, und zog mit dem Zeigefinger die Linie ihres Nackens nach. Plötzlich unterbrach er die eigene, leise gewordene Rede, um Adrien aufzufordern: »Bring bitte unser Gastgeschenk!«
Adrien erhob sich. Er ging zu einer Kommode, öffnete die oberste Schublade und holte einen prall gefüllten Lederbeutel heraus. Ein neuer Sprung, ein Sprung von zwei Jahren...
Als Aleister Ava ins Ohr flüsterte: »Ich will deine Augen sehen, wenn er dich pfählt!«, schaute sie zu Adrien auf, der mit dem Geldsäckchen in der Hand näher kam. Und wenig später lag sie in beider Arme, und die Dinge nahmen ihren Lauf.
»Es ist *sehr* schön mit ihm«, tönte eine Stimme in ihrem Kopf. Sie sah, daß Aleister Adrien küßte. Sie sah es und hatte das Gefühl, ein Jahrzehnt länger auf diesen und keinen anderen Augenblick gewartet zu haben. Ihre Lippen öffneten sich unter denen des blonden Engländers und anschließend unter denen des schwarzgelockten Franzosen.
Erregt von der Schönheit zweier wundervoller Körper, der eine hell und schmal und langgliedrig, der andere dunkel und schlank und fest, erregt von quälend delikaten Berührungen,

erregt von einem unvergleichlichen voyeuristischen Genuß, verlor sie sich im Aufruhr der Sinne. Was ihr Aleister gelegentlich zuraunte, verstand sie nicht, doch es war jedesmal, als falle ein Öltropfen ins Feuer.
Plötzlich kniete sie vor dem einzigen Mann, der sie je bezwungen hatte, und ließ sich sein hartes Geschlecht in den Mund schieben. Adrien drang von hinten in sie ein. Da er sie gänzlich ausfüllte, trieb er sie mit jedem Stoß tiefer in ihre atemlose Raserei hinein.
Über ihrem Rücken trafen sich zärtliche, heiser gesprochene Worte und mündeten in neue, immer heftigere Küsse.
Ava fühlte einen Schmerz, der unbeschreiblich süß war und alle Schmerzen, die sie jemals empfunden hatte, in sich vereinte. Als er sich in nicht enden wollenden Zuckungen löste, griff Aleister in ihr Haar und bog ihren Kopf zu sich herauf.
»Ist das die Niederlage, die du mir bereiten wolltest?« fragte er.

»Was ist ein erkaufter Sieg anderes als eine kaschierte Niederlage?« schrieb Ava am nächsten Morgen, als Aleister und Adrien noch schliefen, auf einen Briefbogen, den sie, mitsamt Tinte, Feder und Streusand, in einer der Kommoden gefunden hatte. Dann faltete sie das Blatt Papier, um es aufrecht, wie eine Tischkarte, zwischen zwei leere Champagnerflaschen zu stellen.
Sie schlüpfte in ihr Seidenhemd und die Stoffschuhe, raffte ihre übrigen Kleidungsstücke zusammen, vergaß auch den Geldbeutel nicht, huschte zur Tür und blickte, ehe sie vorsichtig die Klinke drückte, ein letztes Mal nach den Schlafenden. Aleisters Arm lag über Adriens Brust, Adriens Kinn an Aleisters Schulter.
Während Ava in den ersten Stock hinaufeilte, war ihr, als sprudele sie über vor Euphorie. Sie erreichte ihr Schlafzimmer, setzte sich an den Toilettenspiegel, sah sich an und lachte. Schließlich stieg sie in ihre Herrenkluft.
Als sie gepackt hatte, klingelte sie nach dem Mädchen, mit

dessen Hilfe sie den Koffer in die Halle hinuntertransportierte. Der Kutscher wurde gerufen und beauftragt, ihren Wagen abreisefertig vorzufahren. Keine zehn Minuten später kletterte sie auf den Bock und gab den Pferden die Zügel. Der Tag war blau und sonnengelb, und Ava verließ Blair Manor mit einem Liedchen auf den Lippen.

In einem Dorf rastete sie. Sie hatte einen Bärenhunger, aß eine große Scheibe Braten mit Bohnen und Brot, trank einen Humpen Bier und brach nach etwa einer Stunde wieder auf. Am nächsten Tag, nach einer schlafseligen Nacht in einem zweifelhaften Gasthaus, wurde ihr die gute Laune auch von jukkenden Mückenstichen nicht verdorben. Sie passierte Äcker, Felder und Wiesen, Waldstücke und Apfelbäume im Sonnenschein und kam am späten Nachmittag auf Aimsley an.

Julian lief ihr in der Auffahrt entgegen. Während sie ihn hochhob und mit Küssen überschüttete, schilderte er ihr in allen Einzelheiten, was er in den letzten Tagen erlebt hatte. Zusammen gingen sie ins Haus. Ava entschied, erst morgen nach den Pferden zu schauen und sofort ein Bad zu nehmen.

Da Julian in Kleidern zu ihr in die Wanne hüpfte und sich nur unter japsendem Protest ausziehen ließ, gab es ein großes Lachen und Toben. Schließlich wollte der Bengel eine Geschichte hören, und Ava erzählte von einem Land, das alle Kinder, aber nur wenige Erwachsene finden, einem Land, in dem sämtliche Wünsche, selbst die unbekannten, Wirklichkeit werden.

»Wo ist das Land?« fragte Julian.

»In dir und in mir und in allen Leuten und trotzdem oft weit weg.«

Ohne ernstlich verwirrt oder nur erstaunt zu sein, wollte das Kind wissen: »War Lord Wexton auch dort?«

»Ja«, sagte Ava.

Gerade wollte sich Julian darüber beschweren, daß sie ihn nicht mitgenommen hatte, doch vergaß er es sofort, als sie gleichzeitig zur Seife griffen, die im Laufe der sofort beginnenden Rangelei ins Wasser fiel. Er fischte und tauchte nach ihr, doch sie entglitt ihm immer wieder. Während er wild mit den Beinen strampelte, um Avas Hände abzuwehren, schlug er glucksend vor Wonne mit den Fäusten ins Wasser, das in alle Richtungen spritzte. Zu guter Letzt erwischte er die hart umkämpfte Beute und hielt sie wie eine Trophäe in die Luft. Die lustige Stimmung dauerte den ganzen Abend an.

Julian freute sich, weil er lange aufbleiben durfte und Ava »Ich sehe was, was du nicht siehst« mit ihm spielte, ihn um Tische und Kanapees jagte, bis er vor Vergnügen außer sich war, und ihm dreimal erlaubte, aus ihrem Weinglas zu trinken. Als sie ihn zu Bett brachte, erzählte sie ihm von Pucas und Banshees. Die Sagenwelt Munsters war ihm ohnehin vertrauter als jedes englische Märchen.

»Es muß aufregend sein in Irland«, murmelte er, ehe er einschlief.

Ava ging in den Grünen Salon hinunter und öffnete den Klavierdeckel. Sogar die »Wintersonate«, die in einer Silvesternacht auf Delarney House entstanden war, kramte sie hervor. Etwas unsicher wanderten ihre Finger über die Tasten. Wie hatte sie je komponieren können, was ihr heute zu spielen schwerfiel? Während sie sich nach und nach in ihr eigenes Werk einfand, entfaltete sich eine Schwere in ihr, die sie kannte und fürchtete, eine Schwere, die war wie eine dunkel erblühende Rose.

Am anderen Morgen kehrte der Alltag zurück.

Reeves riß Ava in aller Frühe aus den Federn, weil Whitefoot erkrankt war. Sie geriet in ihre gewohnte Geschäftigkeit, fragte sich aber immer wieder, ob sie tatsächlich oder nur im Traum noch einmal auf Blair Manor gewesen war.

Ende der Woche empfing sie Quentin. Obwohl man die gelblich verblassenden, von Aleisters Vampirküssen stammenden Male an ihrem Hals kaum noch sehen konnte, trug sie einen Schal. Eigentlich hatte sie das Gefühl, etwas zu vertuschen, das gar nicht passiert war.

Quentin berichtete, eine Einladung zu Aleisters Geburtstagsfest erhalten zu haben.

»Glaubt er wirklich, daß ich bei ihm antichambriere?« fragte er Ava, die gelangweilt tat. Auch in ihrer Nachttischschublade lag ein Schreiben von Aleister, das mit dem handschriftlichen Zusatz schloß: »Sofern Du es Dir erlauben kannst, Dich öffentlich bei und mit mir zu zeigen, bitte ich Dich um Dein Erscheinen. Der Lauterkeit halber sei hinzugefügt, daß sich auch Maxwell einer Einladung erfreut. Ich bezweifle jedoch, daß er sie annehmen wird. – Was hatte Dein französischer Abgang zu bedeuten? Ich erwarte, Dich am fünfzehnten oder nach dem einundzwanzigsten, wenn die letzten Gäste nach Hause gefahren sein werden, wiederzusehen!«
Ava hatte andere Sorgen: Whitefoot litt unter Koliken und mußte eine Nacht lang herumgeführt werden, damit sie sich nicht hinlegen konnte. Das Scheunendach ließ Wasser durch. Da man den Schaden zu spät bemerkt hatte, faulte ein Teil des Heus seit dem letzten Gewitter vor sich hin. Außerdem ergab eine Überprüfung des erst ein Jahr alten Zaumzeugs Risse aufgrund zu nachlässig gehandhabten Einfettens. Der Schmied kam drei Tage später als vereinbart, zwei Junghengste sollten auf die Kastration vorbereitet werden, eine Stute hatte sich ein Bein gebrochen und wartete auf den Gnadenschuß, ein Knecht lief bei Nacht und Nebel davon, ein Mahnschreiben von der Bank traf ein, und neues Häcksel mußte her! Verdammt, warum hatte Reeves nicht daran gedacht?
Als Ava zu ihm davon sprach, versicherte er ihr, daß ein Bauer längst mit der Sache beauftragt sei und noch heute liefern würde.
»Dann ist es ja gut«, sagte sie
Sie machte Lancelot Packungen gegen seinen Kreuzverschlag, legte Java mit Hilfe von Reeves das Martingal an, mistete Galahads Box selber aus und ging anschließend mit Striegel und Kardätsche zu Whitefoot hinüber.
Zu allem Überfluß fuhren auch noch zwei Gentlemen aus London vor, die sie mit ihrer Zögerlichkeit und ihrem Hang zu unstatthaftem Gefeilsche über Gebühr aufhielten.
»Wir sind hier nicht auf einem Bazar in Bagdad!« schnaubte

Ava. »Entscheiden Sie sich! Sie haben mein letztes Wort gehört!«
Am Abend wurde sie von Julians Hauslehrer Prescott um eine Unterredung gebeten.
»Master Julian lernt nicht. Er gibt sich so gar keine Mühe!« erfuhr sie. Nun ja. Er war eben wie sie. Sein Musiklehrer, der dreimal die Woche den weiten Weg von London auf sich nahm, lobte ihn jedesmal über die Maßen, räumte aber ein, daß die Leistungen seines »Meisterschülers« launenbedingten Schwankungen unterworfen seien.
»Er ist ja noch ein Kind«, sagte Ava zu Prescott, und damit war das Gespräch für sie beendet.
So wurde es Juli und schließlich August.
Wenn es Ava gelang, früh abends zum Haus zurückzukehren, genoß sie die Stunden, die ihr und Julian gehörten. Sie badete ausgiebiger als sonst, bestäubte sich mit Parfum, machte ein Fest aus dem Dinner, schmuste und musizierte mit ihrem fabelhaften Sohn oder spielte mit ihm, Miss Frazer und Prescott Rommé.
Häufig saß sie auch in ihrem Kontor, um sich mit den Büchern und den Mahnschreiben der Bank zu beschäftigen. Seit ihre Schulden von zweitausenddreihundert auf eintausendachthundert Pfund geschrumpft waren, wurde ihr großzügiger als vorher Zahlungsaufschub gewährt. Sie rechnete und notierte und schlief einmal sogar über einer Ziffernkette ein. Als sie erwachte, lachte sie über sich selbst. Morgen war auch noch ein Tag!
Mittlerweile hatte sie eine Art Jahresplan erstellt, der sie wohlgelaunt in die Zukunft blicken ließ. Schulden? Ach was! Nicht mehr lange! Acht Zuchtstuten, elf Jungtiere, ein großartiger Deckhengst, ein Stallmeister und zwei Knechte bürgten dafür!
Eines Abends war sie so sehr in ihre Aufzeichnungen vertieft, daß sie erschrocken zusammenzuckte, als sich die Tür öffnete. »Verzeihung, Ma'am«, sagte das Mädchen, »aber ich habe geklopft. Es ist Besuch für Sie da. Der Earl of Barrington wartet im Spiegelkabinett.«

»Jetzt?«

Teufel auch! »Bestellen Sie ihm, ich komme gleich!«

»Ich denke nicht daran, mich zu gedulden!« Aleister drängte ins Zimmer. Lässig auf seinen Stock gestützt, ein Bein leicht angewinkelt vor das andere gestellt, freute er sich über die Wirkung seines nächtlichen Überfalls. In seiner geschlossenen Faust hingen Glacéhandschuhe. Er trug einen dezenten Cut aus schwarz-grau gestreiftem Kaschmir, passende Pantalons, die unvermeidliche kanariengelbe Weste und eine breite Halsbinde um einen steifen Kragen.

Ava schickte das Mädchen mit einem Nicken fort. Während sie sich auf ihrem Stuhl zurücklehnte und Gereiztheit demonstrierte, trat Aleister näher. Dicht vor ihr blieb er stehen. Er nahm den Zylinder aus grauem Samt ab, legte ihn auf die Bücher und sagte: »Guten Abend.«

»Es ist spät«, bemerkte sie. »Was willst du?«

»Rot scheint deine Lieblingsfarbe zu sein. Trés chic!« Seine Hand hatte nach den bauschigen Kragenlagen ihres Negligés gefaßt. »Möchtest du mir nichts zu trinken anbieten?«

»Es ist nach zehn. Was soll der Auftritt?«

»Daß dir die Uhrzeit mißfällt, tut mir leid. Ich habe die Strecke von Blair Manor nach Aimsley unterschätzt. Diese Fahrlässigkeit wirst du mir gewiß verzeihen. Im übrigen finde ich die Nacht seit jeher animierender als den Tag.«

Ava schob seine Hand von ihrer Schulter.

»Du irrst, wenn du glaubst, daß ich diesen Besuch nicht als den Affront auffasse, den er darstellt. Hast du vergessen, in wessen Haus du dich befindest?«

»Maxwell ist nicht hier. Er wird auch nicht kommen. Seine Frau gibt heute eine Gesellschaft. Doch du fragtest, was der Auftritt soll. Da du meiner Geburtstagsfeier ferngeblieben bist – was dir, ebenso wie dem hochgeschätzten Maxwell, vergeben sei! –, will ich dir wenigstens zu deinem Geburtstag, wenn auch drei Tage vorher – er ist am dreizehnten, nicht wahr? –, die Ehre geben! Ich schenke dir eine Nacht mit Aleister Wexton! Wie gefällt dir das?« Ohne sich um ihre feindselige Haltung zu kümmern, hob er ihre Hand an seinen Mund.

»Ich weise dein ›Geschenk‹ zurück. Wie du siehst, bin ich beschäftigt.«

»Deine Versuche, meine exzellente Laune zu untergraben, haben keinen Sinn, meine Liebe. Aber sprich: Warum bist du so sang- und klanglos verschwunden?«

Er lehnte sich an die Seite des Sekretärs, warf Stock und Handschuhe neben den Zylinder und zupfte nicht vorhandene Staubfussel von seinem Cut. Auf der Schreibplatte stand ein dreiarmiger Leuchter. Da sein Licht Aleisters Gesicht nicht erreichte, konnte Ava die silbrige Ironie in dessen Augen nur erahnen.

»Es ist vorbei«, erklärte sie.

»Unsinn!« Sein lautloses Lachen streifte ihr Haar. »Du bist geflohen und hattest Angst vor der eigenen Courage. Nach der ersten Schlacht zu desertieren, ist das eine Art? Wer A sagt, sollte auch lernen, B zu sagen.«

»Ich habe ja schon C gesagt.«

»Auch wahr!« Er grinste. »Aber C lasse ich nicht gelten!«

Ava beugte sich vor. Ihr Profil tauchte in den Schein der Kerzen.

»Du bemühst dich umsonst. Ich verdanke dir eine außergewöhnliche und sehr reizvolle Nacht. Wiederholen will ich sie nicht. Auch aus pragmatischen Gründen.«

»Aha. Was sind das für ›pragmatische‹ Gründe?«

»Ich habe nicht die Absicht, noch einmal schwanger zu werden. Risiken einzugehen kann ich mir nicht leisten. Ich muß an das Gestüt, an meine Ziele, an meinen Ruf, an meinen Sohn und nicht zuletzt an Maxwell denken. Er hat keine Nachkommen und würde mein Spiel sofort durchschauen, versuchte ich, ihn zu täuschen.«

»Gut. Was noch?«

Verständnislos zog sie die Brauen zusammen.

»Du sprachst davon, *auch* pragmatische Gründe zu haben. Welche sind die wesentlichen?«

»Was ich sagte, muß dir genügen.«
»Tut es zwar nicht, aber sei's drum! Du weißt ja noch gar nicht, was ich dir vorschlagen will. Ich befinde mich auf dem Weg nach Italien. Adrien ist nach London vorausgefahren und wird dort auf mich warten. Warst du schon einmal in der Toskana? Was hält dich auf Aimsley? Was hält dich bei Maxwell? Ich biete dir mehr als die Mätressenschaft. Du könntest als erste Frau das Privileg genießen, meine Komplizin zu sein.« Sein Blick wanderte über ihr Dekolleté. Unter dem rotseidenen, über der Brust auseinanderklaffenden Negligé trug sie nur ein dünnes, fast durchsichtiges Batisthemd. »Frauen«, fuhr Aleister fort, »interessieren mich von Jahr zu Jahr weniger. Vermutlich habe ich sie über. Sie sind schlicht im Gemüt, mager im Geist, besitzergreifend und dort, wo sie es sein sollten, kein geeigneter Spiegel für mich. Ich weiß nicht, warum ich dich trotzdem begehre, aber Teufel, ich tu's!«
»Ich kann dir sagen, warum«, meinte Ava gelassen. »Weil ich all das, was du unter einer Frau verstehst, nicht bin.«
»Also?«
Während ihr leises Lachen zur Decke stieg, lehnte sie sich wieder zurück.
»Komplizenschaft mit dir? Durchaus originell! Wir würden mit- und gegeneinander intrigieren, versuchen, uns wechselseitig an Gleichmut und frivolen Einfällen zu übertreffen und uns sicher eine Weile gut unterhalten. Ich kann mir spannende Momente und aufregende Konstellationen vorstellen, aber ich habe andere Pläne – und einen Sohn. Die Ziele, die ich seit Jahren verfolge, gebe ich niemals auf, auch und gerade nicht für dich. Und jetzt lasse ich dir ein Zimmer herrichten.«
»Das tust du nicht.«
Er faßte unter ihr Kinn, bog ihr Gesicht zu sich empor, zögerte, als irritiere ihn etwas, und küßte sie auf den Mund, ehe er bekannte: »Ich bin heute in erschreckend romantischer Laune. Wo ist dein Schlafzimmer?«
Ava spürte seine Hand in ihrem Haar und zischte: »Halte für

Romantik, was du willst. Und fahre nach London zu Adrien. Er hat für deine Launen doch soviel übrig.« Aleisters Wange glitt über ihre Schläfe. Er roch atemberaubend gut. Mein Gott, dieser Duft...

»Heute gefällt mir sogar deine Eifersucht«, sagte er leise. »Besitzergreifend... meine Rede! Dafür weder schlicht im Gemüt noch mager im Geist. Ich bewundere deine hermaphroditische Kühnheit. Du weißt genau, daß mir jetzt nicht nach Adrien ist.«

»Und mir ist nicht nach dir!«

»Lügnerin«, streichelte seine Stimme. Gleichzeitig überschüttete er ihr Gesicht mit Schmetterlingsküssen. Ihre Lippen schienen den seinen entgegenzuschmelzen. Ehe er sie in den Nacken biß, raunte er ihren Namen. Sie neigte den Kopf zur Seite, um ihm ihren Hals anzubieten, und spürte, daß ihr die Zügel entglitten.

»Alei...ster...«

»Ja?«

Als er erneut ihren Mund küßte, heftiger jetzt und voller Ungeduld, umschlang sie ihn mit den Armen. Und dann öffnete sie ihm ihre Schlafzimmertür und ließ sich in eine seltsame Nacht entführen.

Der kühl kalkulierende, Spiele inszenierende Verführer wurde zum zärtlichsten aller Liebhaber. Was er ihr ins Ohr flüsterte, machte sie zittern. Wußte er, was er sagte?

Es gibt kostbare Augenblicke. Dies war einer.

»Was ist mit dir, Aleister?«

Ava lag unter ihm und streichelte mit den Fingerspitzen ganz sanft seinen Rücken. Obwohl sich die erste Welle der Lust bereits entladen hatte, hielt er sie eng umfaßt und küßte ohne Unterlaß ihren Hals und ihr Gesicht. Eine Antwort blieb er schuldig. Als sie noch einmal fragte, fuhr er mit der Zunge in ihre Ohrmuschel. Sie mußte kichern. Er lachte mit.

Irgendwann schlief sie ein.

Als sie wieder erwachte, stand Aleister am geöffneten Fenster

und schaute in die Nacht hinaus. Er war nackt und erinnerte in seiner blassen Schmalheit an die mittelalterlichen Darstellungen eines Märtyrers – an einen Sebastian, den noch kein Pfeil durchbohrt hatte.
Verwundert setzte sich Ava auf. Aleister in ihrem Allerheiligsten! Mit Quentin benutzte sie immer das »Lustzimmer«, höchstens einmal das Spiegelkabinett. Einzig Julian kam am Sonntagmorgen zu ihr ins Bett.
»Du siehst ernst aus«, sagte sie.
Aleister wandte den Kopf nach ihr.
»Ich denke an Aimsley und daran, was es offenbar für dich ist. Und ich denke an Italien und an meine bevorstehende Flucht. Ja, es ist eine Flucht. Ich fliehe vor Gedanken, die mich in eine düstere Leere führen, und vor Orten, an denen ich mich nur aufhalte, weil man irgendwo sein muß. Misanthrope Anwandlungen und Zerstreuungssucht jagen mich in immer rascherem Wechsel.«
Erneut blickte er in die kühl gewordene Augustnacht hinaus. Der Himmel war pechschwarz und sternenübersät. Groß und unwirklich ragten die Bäume in die Dunkelheit.
»Die meisten Leute gehen mir nach zehn Minuten auf die Nerven«, spann Aleister den Faden, den er aufgenommen hatte, weiter. Er sprach so leise, daß Ava ihn kaum verstehen konnte. »Sie bereiten mir Kopfschmerzen. Sie ersticken mich, indem sie sich an mich drängen. Ohne daß ich sie wirklich spüre, sind sie um mich herum wie zu dicke Luft. Ich bewege mich zwischen ihnen, schaffe einen Abstand, den ich gar nicht schaffen müßte, weil er zwangsläufig da ist, ich lasse mich bestaunen, bewundern, verachten und beurteilen und zwinge alle, sich um mich zu drehen – vielleicht, um mir zu beweisen, daß es mich, den Aleister Wexton, für den ich mich halte, wirklich gibt. Immer häufiger plagt mich die Angst, daß ich nicht lebe, sondern gelebt werde. Denke ich oder bin ich gedacht? Was ich auch tue, um diese Einbildung zu sprengen: Ich verleihe ihr mehr und mehr Gewalt über mich.«
Nach einer kurzen Pause fuhr er fort: »Manchmal kommt mir

das Leben wie ein großes, aus der Ferne von Titanen gelenktes Spiel vor. Wer weiß denn, ob man nicht seine eigene Imagination ist? Und du? Glaubst du zu sein, weil du es glauben sollst? Sind wir nicht bloß Fermente in einem fremden Gedankengebäude? Und dies, ist das überhaupt meine eigene Überlegung? Wo nimmst du die Gewißheit her, daß dein Wille dein Handeln bestimmt, daß notwendig ist, was du tust?«

Da Ava fröstelte, schlüpfte sie in ihr rotes Negligé. Sie warf sich die Bettdecke über die Beine und erwiderte: »Ich nehme mir keine Gewißheit, ich habe sie. Sie mag trügerisch sein, aber ich stelle sie nicht in Frage. Welchen Sinn hätte das?«

Aleister lächelte zu ihr hinüber. Dann glitt sein Blick in die Finsternis zurück. Es war völlig windstill.

»Dein Drang zur Erde hält dich«, sagte er.

»Mit Sicherheit. Aber auch du scheinst einen recht friedlichen Sommer verbracht zu haben. Du lebtest wochenlang allein mit Adrien auf Blair Manor – ohne zu fliehen.«

»Ja, Adrien... Er tut mir wohl. Es gelingt ihm, mich zum Lachen zu bringen – mich überhaupt zu etwas zu bringen. Außerdem äußert er gelegentlich Gedanken oder Frechheiten, die mich überraschen. Das vermögen die wenigsten.«

Während Ava einen schwachen, fast zärtlichen Stich fühlte, den sie jedoch ignorierte, hörte sie Aleister weiterreden: »Adrien schenkte mir eine Pause. Du hast recht, es war ein guter Sommer. Jetzt kehrt die Unruhe zurück. Was will ich in Italien? Ich war oft genug da. Diese Unrast! Sie treibt mich. Es fängt wieder an: Zurückgezogenheit, Exzesse, neue Zurückgezogenheit, neue Exzesse... ein Rad, das sich immer schneller dreht. Irgendwann werde ich mit mir selbst nicht mehr Schritt halten können. Mit vierzig sollte man sich besinnen.«

Wie merkwürdig er heute war! Ava spielte nachdenklich mit einer Strähne ihres Haars.

»Komm her!« sagte Aleister.

Sie schlüpfte aus dem Bett und ging zu ihm hinüber. Seine Hand griff nach der ihren. Als wolle er einem Gefühl der

Verlorenheit entrinnen, zog er sie an sich und drückte seinen Mund in ihr Haar. Ava küßte seine Brust. Sie fand ihn schön und fremd und rätselhaft und spürte seine kühle Haut unter ihren warmen Lippen.

Während seine Finger ihren Nacken entlangstrichen, meinte er ohne Bitterkeit: »Auch du verstehst mich nicht.«

Ava hob den Kopf.

»Es wäre furchtbar, würde ich dich verstehen.«

Da lachte er lautlos. In seinen Augen war eine wehe, verhaltene Zärtlichkeit, eine Zärtlichkeit, die Ava kaum ertrug, denn sie begriff auf einmal, daß diese Stunde nur geliehen war.

»Du und deine Klarheit«, murmelte Aleister, »du und Aimsley und dein entzückender Sohn ... Schade, daß ich ihn nicht mehr sehen werde, ehe ich reise.«

»Für Julian ist es besser so. Je weniger er dich kennt, desto weniger kann er dich vermissen.«

»Wirst *du* mich vermissen, Ava Cheltenham?« Ein Anflug von Koketterie versilberte seine Augen. Gleichzeitig wehte ein heftiger Windstoß ins Zimmer. Der Vorhang flatterte zurück, die Lichter der Kerzen flackerten.

»Eine Zeitlang«, gab sie zu.

»Und dann?«

»Dann werde ich vergessen, daß ich dich vermisse.«

Aleister lächelte, ernst wie vorhin. Als er ihr eine Haarsträhne aus der Stirn schob, tat er es langsam und bedächtig.

»Du wärst eine wunderbare Komplizin geworden. Hoffentlich weißt du, was dir entgeht.«

»Ich weiß, was ich mir erspare.«

Ohne die Frage in seinen Augen zu beantworten, legte sie den Kopf an seine Brust. Aleister umfaßte sie mit beiden Armen. Zusammen sahen sie nach dem Mond, der gelbleuchtend über Aimsley stand.

Im Morgengrauen wurde Ava von einem Rascheln geweckt. Verschlafen versuchte sie, sich im dämmerdunklen Zwielicht, das nur von einer einsamen Kerze erhellt wurde, zurechtzufinden. Draußen starb die blaß gewordene Nacht. Und Aleister knöpfte sich gerade das Hemd zu.

»Willst du dich davonstehlen?« fragte Ava.

So erstaunt, als habe er ihr Erwachen nicht bemerkt, drehte er sich zu ihr um. »Bin ich du? Hätte ich diesen Plan verfolgt, wäre er kläglich gescheitert. – Wo um alles in der Welt ist meine Halsbinde?«

»Unter dem Toilettentisch.«

Seine muntere Aufbruchsstimmung ließ ihr die Kehle eng werden. In wenigen Minuten würde er sie verlassen. Er war ja schon fort! Während er sich an seinem Kragen zu schaffen machte, erzählte er: »Ich bin bei den Spencers zum Lunch eingeladen und möchte mich vorher noch umziehen. Kennst du Lady Barkley? Nein? Sei froh! Wahrscheinlich werde ich sie zur Tischdame haben. Sie will mich seit Jahren zum Genuß – jawohl, sie nennt es Genuß! – von Heilkräutertees überreden und ist Grund genug, London für einige Zeit den Rücken zu kehren. – Entsetzlich, diese Halsbinden! Sitzen sie richtig, erwürgen sie einen, kann man sie ertragen, sehen sie lächerlich aus!«

Durchaus mit seiner Erscheinung zufrieden, stand er vor dem Toilettenspiegel. Er schlüpfte in seinen Rock und fuhr sich anschließend mehrmals mit einem zierlichen Hornkamm durch die kurzen, blonden Haare. Während er die Bürste, mit der er sich zuvor die Zähne geputzt hatte, wie er es seit fünfzehn Jahren zu tun pflegte, in seiner Rocktasche verschwinden ließ, sagte er: »Falls du mich zum Frühstück einladen willst: Ich bin zu sehr in Eile! Ich werde sowieso zu spät kommen, aber das ist man von mir gewöhnt. Auf diese Weise erspare ich mir übrigens, zuviel essen zu müssen.«

Nun war er fertig. Mit dem Zylinder auf dem Kopf, den Handschuhen in der einen und dem Stock in der anderen Hand beugte er sich über Ava, die noch im Bett lag, und küßte sie flüchtig auf die Stirn.

»Ich habe dich sehr genossen, meine Liebe! Deine Befähigung

zur Kurtisane wage ich allerdings anzuzweifeln. In meinem Wagen liegen fünfhundert Pfund, die du zu fordern versäumtest. Du wärst sie wert gewesen, aber deine Lüsternheit war leider stärker als dein vielgerühmter Geschäftssinn!«

»Aleister...«

Er war schon an der Tür.

»Ja?«

»Nichts.«

»Adieu könntest du mir wenigstens sagen! Wer weiß, ob wir uns je wiedersehen! Also, leb wohl! Ich finde hinaus – sogar ohne dich zu kompromittieren!«

Dann zog er die Tür hinter sich ins Schloß.

Ava ließ sich auf den Rücken fallen. Mit starren Augen betrachtete sie den weinroten Baldachin über sich. Es war so still, so unangenehm still...

Als sie Hufschläge im Kies der Auffahrt hörte, sprang sie aus dem Bett. Sie wickelte sich in ihren Schlafrock und hastete zum Fenster. Aleisters Kutsche rollte davon. Nach und nach verklangen die Geräusche.

Man darf niemandem trauen, dachte Ava, am allerwenigsten sich selbst.

Sie merkte, daß sie weinte. Ohne den Tränen etwas entgegenzusetzen, sank sie aufs Bett zurück. Auf einmal öffnete sich ganz zaghaft die Tür. Julian stand in einem langen, weißen Nachthemd im Halbdunkel des Flurs.

»Maman«, sagte er ebenso verwundert wie erschrocken.

Während sie sich die salzige Nässe aus den Augenwinkeln wischte und zu lächeln versuchte, kam er näher.

»Ich hab' was geträumt und bin aufgewacht. Ich wollte zu dir. Und dann hab' ich einen Mann im Korridor gesehen«, sprudelte es aus ihm heraus. »Er ging die Treppe hinunter. Hat er dir was Böses getan?«

Ava schüttelte den Kopf und streckte die Hand nach dem Kind aus, das sofort in ihre Arme flüchtete.

Wie um sich selbst zu beruhigen, versicherte sie: »Es ist gut, es ist ja alles gut.«

Nach einer Weile hob sie ihr Kinn aus Julians Haar.
»Erkanntest du den Mann?« fragte sie.
»Nein. Es war dunkel, und ich hab' ihn nur von hinten gesehen. Weißt du, wer es war?«
»Du hast geträumt, mein Liebling.«
»Kommt er wieder?«
»Der Traum?«
»Nein, der Mann.«
»Es war ja niemand da. Wenn man aus bösen Träumen erwacht, hält man sie oft für Wirklichkeit.«
Julian zitterte ein bißchen. Da ihn die Gemütsverfassung seiner Mutter mehr verstörte als der Mann, der – gewiß sogar! – die Treppe hinuntergegangen war, schmiegte er sich enger an sie.
»Du riechst so komisch«, murmelte er.
»Komisch?«
»Ja, ganz fremd. So anders.«
Sie rieb seinen schmalen Rücken und küßte sein Haar, seine Schläfen und immer wieder sein Haar. Ihr Sohn, ihr fabelhafter Sohn ... Tränen rannen über ihre Wangen. Sie wollte nicht weinen, aber sie konnte auch nicht damit aufhören.
»Maman«, wiederholte Julian in einem fort, »Maman!«
Ava sagte dauernd: »Es ist gut, es ist ja alles gut!« und spürte, wie sich dünne Kinderarme um ihren Nacken schlangen.
»Nicht weinen, Maman!«
»Aber ich weine doch gar nicht.« Schwere Tropfen fielen in sein feines Goldhaar.
Während sie den Duft des Kindes aufsog und dabei ruhiger wurde, schlug es wie ein Blitz in ihren Gedanken ein: Auch ihren Sohn würde sie eines Tages verlieren. Er gehörte ihr nicht. Schon in wenigen Jahren würde er sich eine eigene Welt erobern, erwachsen werden, sich verlieben und sie, seine Mutter, verlassen ... Niemand war ihr auf ewig bestimmt. Julian mußte niesen.
Sie drückte ihn an sich und erstickte das Schluchzen, das sie plötzlich schüttelte, in seinem Haar.

»Nicht weinen, Maman«, flüsterte er erneut. Da faßte sie sich. Um ihren Sohn sollte nur Glück sein, keine Trauer und kein Schmerz! Obwohl er sich sträubte, löste sie seine Arme von ihrem Hals. Dann schob sie ihn von sich und lächelte ihn an.

»Keine Angst, mein Engel«, sagte sie. »Es ist alles in Ordnung. Weißt du, auch wenn man schon groß ist, muß man ab und zu ein wenig weinen. Das befreit. Ich bring' dich jetzt wieder in dein Bett. Du hast gewiß kalte Füße. Laß mal fühlen! O ja!«

Sie stand auf, hob ihn hoch und trug ihn in sein Zimmer hinüber. Dort steckte sie ihn unter die noch warme Decke. Als er sich seitlich zusammenrollte, griff er nach ihrer Hand und bat: »Nicht weggehen!«

Sie setzte sich zu ihm.

»Ich bin ja da, mein Liebling. Schlaf nur! Alles ist gut!«

Während sie seine runde Kinderwange streichelte, glitt er ins Land der Träume hinüber. Und Ava war mit ihrem großen Begreifen allein.

Siebzehntes Kapitel

Ava spürte kaum, wie rasch die Jahre an ihr vorbeizogen. Erst als Aimsley schuldenfrei dastand und zu den namhaftesten Gestüten des Landes zählte, als Julian zehn geworden war und die Zeit für Eton immer näher rückte, wurde ihr bewußt, welch weite Strecke sie seit ihrem Austritt aus dem Lacey-Institut zurückgelegt hatte.

An einem heiteren Sonntagnachmittag im Juni des Jahres 1835 saß sie mit Quentin beim Tee auf der Terrasse. Um allein und ungestört mit ihm reden zu können, hatte sie Julian mit Miss Frazer spazieren geschickt. Sie ließ sich die neuesten Nachrichten aus London erzählen, lachte oft und sah in ihrem fliederfarbenen Taftkleid recht hübsch aus.

»Was hältst du von der Torte?« wollte sie wissen. Die Biskuiteinlagen waren nach französischem Rezept gebacken.

»Viel. Sie ist ausgezeichnet, wirklich. Da fällt mir ein: Neulich, beim Dinner im Haus der Cheddars...«

Ein Nachmittag wie viele andere schien plätschernd dahinzugehen.

Plötzlich fiel Ava ihrem alten Freund ins Wort. Sie fragte: »Quentin, würdest du mir Aimsley verkaufen?«

Da er sich an einem Bissen Torte verschluckte und husten mußte, dauerte es eine Weile, bis er ausstieß: »Bitte?«

»Ich kann Aimsley bestimmt noch nicht auf Pfund und Shilling bezahlen«, gab sie zu. »Du müßtest mit Raten zufrieden sein. Jetzt eine größere Summe und dann, vielleicht auf zehn Jahre verteilt, zehn kleinere. Wenn du keinen Wucherpreis verlangst, sollte es gehen.«

Während Quentin ernst und nachdenklich in die Ferne

blickte, öffnete Ava das Band ihres breitrandigen Florentinerhutes, um die Schleife unter ihrem Kinn neu zu schlingen. Ihr blondes Haar, das sie weiterhin gern offen trug – nicht sehr gehörig für eine Frau ihres Alters! – bekam im Sonnenlicht einen Glanz, den es sonst nicht besaß.

»Werde bitte nicht ungehalten, Quentin! Ich bin seit zehn Jahren deine Pächterin, lebe in Frieden mit meinen Nachbarn und zahle dir jedes Jahr pünktlich den Zehnt. Daß ich anfing, Pferde zu züchten, war also auch für dich ein Gewinn. Du kannst mir nichts vorwerfen. So vermögend, wie du bist – allein Oakwood ist fünfmal so groß wie Aimsley, von deinen anderen Besitzungen ganz zu schweigen –, sollte es dich wenig bekümmern, ob das Land, das ich bewirtschafte, dir oder mir gehört.«

Er schob den Kuchenteller auf den Tisch zurück und legte die Gabel dazu.

»Du hast einen Vertrag, der dir das Wohn- und Nutzungsrecht auf Lebenszeit garantiert«, erinnerte er sie. »Was willst du eigentlich? Den Zehnt erlasse ich dir gern. Du wolltest ihn freiwillig entrichten. Gefordert habe ich ihn nie. Im übrigen meine ich, daß du dich auf einen Nebenschauplatz verirrt hast. Dein Sohn wäre mein Universalerbe, würdest du mir endlich gestatten, ihn zu adoptieren. Wozu also Aimsley kaufen? Es könnte dir längst gehören – jedenfalls so gut wie.«

Ava begann, unter dem Tisch mit dem übergeschlagenen Bein zu wippen.

»So gut wie, ja«, sagte sie. »Das genügt nicht. Ich will Aimsley ganz und gar, und ich will es nicht für Julian, sondern für mich. Schließlich habe ich hart dafür gearbeitet. Da es keineswegs mein einziges Verdienst ist, einen Sohn geboren zu haben, möchte ich nicht nur die Mutter eines Erben, sondern auch selbst jemand sein.«

Nach einer kurzen Atempause fuhr sie fort: »Eine Treuhandschaft, wie du sie mir sicher gleich anbieten wirst, ist mir zuwenig. Wenn ich Aimsley nicht erwerben kann, muß ich mich nach einem anderen Besitz umsehen. An sich hast du

gar keinen Grund, den Handel auszuschlagen. Ich war dir immer eine faire Geschäftspartnerin.«
»Und wie stellst du dir Julians Zukunft vor?«
Ava merkte, daß eine Mißstimmung in ihr keimte. Im September wurde ihr Sohn elf Jahre alt. Der Name Maxwell hätte ihm zahlreiche Türen, auch die zu Eton und Cambridge, geöffnet; wahrscheinlich drängte Quentin zu Recht. Prescott, selbst nur ein halbgebildeter, landstämmiger Hauslehrer, konnte dem Jungen, der wachen Geist bewies, nicht mehr viel beibringen.
»Du weißt, daß er früher oder später eigene Wege gehen wird«, sagte Quentin. »Pferdezucht ist seine Sache nicht. Würde ich ihn adoptieren, hätte er Möglichkeiten, von denen er als ein Cheltenham dubioser Herkunft nur träumen kann.«
»Er ist doch noch ein Kind!«
»Und was für ein frühreifes! Hörte man ihn in Londoner Salons reden, würde er schnell zum Liebling der Saison avancieren. Man ist gerade ganz närrisch mit vorlauten, altklugen Kindern!«
»Jaja«, murmelte Ava gereizt.
Zu wissen, etwas hergeben zu müssen, noch dazu Julian, die eigentliche Liebe ihres Lebens, war etwas anderes, als es tatsächlich zu tun.
Ihr Sohn, ihr fabelhafter Sohn...
Prescott war ihm nicht mehr gewachsen. »Sie sollten Rousseau lesen«, hatte ihm sein Schüler beschieden. »Dann wüßten Sie sich angemessener zu verhalten!«
Mit Miss Frazer tat der Bengel ohnehin, was er wollte. Und sein Musiklehrer klagte erst händeringend: »Launen! Dieses Kind besteht aus Launen!« und rief dann: »Haben Sie schon einmal eine so meisterliche Interpretation des Tedeums gehört? Bach würde weinen vor Ergriffenheit!«
Ava rührte lächelnd in ihrer Teetasse, deren Inhalt kalt geworden war. Als sie den Blick hob, sagte sie zu Quentin: »Ich weiß, daß du dich mit Julian nicht gut verstehst, und darum fürchte ich deinen Einfluß auf seine Erziehung. Du bist zu

streng mit ihm. Sobald er ein Maxwell ist, kann ich dir diese Strenge nicht mehr verbieten.«

Verärgert stieß Quentin den Atem aus.

»Mein Gott, Ava! Ich begegne ihm deshalb mit einer gewissen Strenge, weil ich sehe, wie sehr er verzärtelt wird. Ich versuche sozusagen, ein Gegengewicht zu setzen. Wenn sich dein Sohn in meinem Beisein ungebührlich benimmt, halte ich mich dir zuliebe meistens zurück. Seine kleinen Dreistigkeiten scheinen dir völlig zu entgehen. Hast du ihn jemals ernsthaft gescholten? Meinst du, daß ihm deine alles verzeihende, oft noch Beifall für Unartigkeiten spendende Nachsicht später nützt? Er gehört schnellstens in ein gutes Internat. Da er keinen Umgang mit anderen Kindern hat, ahmt er ständig die Erwachsenen nach und mimt vor der Zeit den Dandy. Mit Prescott und der Frazer hat er leichtes Spiel, in der Küche wird er von Mrs. Devare und den Mädchen – allesamt in ihn vernarrt! – verwöhnt, und du vergötterst ihn blind!«

Avas Lippen bildeten eine harte Linie, die preisgab, wie angespannt sie war und wie schwer es ihr fiel, beherrscht zu bleiben. Während sie in die Nachmittagssonne blinzelte, bemühte sie sich, sachliche Formulierungen für das zu finden, was voller Ungestüm in ihr aufwallte. Unterdessen versicherte Quentin: »Ich habe nicht vor, dir deinen Augapfel zu rauben! Wie oft muß ich das noch betonen? Du behältst Julian hier, auf Aimsley, bis ein neues Semester beginnt. Später wird er dich immer in den Ferien besuchen. Er bleibt dein Sohn, und die Gewalt, die mir das Gesetz nach der Adoption über ihn verleiht, werde ich mit dir teilen. Du kannst mir vertrauen. Oder glaubst du, ich benutze den Jungen als Leibpfand?«

Und so gab Ava nach. Es war der schwerste, bei klarem Kopf und nach Betrachtung aller Konsequenzen gefaßte Entschluß ihres Lebens. Sie tat es für Julian und gegen sich selbst.

Als sie die Adoptionsurkunde unterschrieb und wenig später ihren Namenszug unter den Kontrakt setzte, der ihr Aimsley gegen zwanzigtausend Pfund in bar und achttausend weitere,

zu entrichten in acht Jahresraten, übereignete, wirkte sie entschlossen und kühl, fühlte sich aber wie in Trance. Julian war nun *the Honourable* – und reagierte befremdet. »Muß ich Maxwell jetzt Vater nennen?« fragte er Ava.
»Ich glaube, es genügt, wenn du weiterhin ›Onkel Quentin‹ oder ›Sir‹ zu ihm sagst; was dir lieber ist«, antwortete sie. Und dann erklärte sie ihm, weshalb es für ihn notwendig gewesen war, ein Maxwell zu werden.
»Ich verstehe«, meinte Julian, ehe er fragte: »Und wer ist mein richtiger Vater?«
»Ein Lord in Irland, der nichts von dir weiß. Wenn die Zeit reif ist, werde ich dir von ihm erzählen. Aber jetzt komm mit in den Salon! Onkel Quentin wartet auf dich. Er wird sich mit dir unterhalten wollen.«
Erstaunlicherweise zeigte sich Julian überaus vernünftig. Er trat dem, der jetzt dem Papier nach sein Vater war, lächelnd entgegen, neigte den Kopf vor ihm und sagte sehr freundlich: »Es freut mich, daß Sie mich zu Ihrem Sohn gemacht haben, Sir. Sie bleiben doch zum Tee?«
Noch am selben Tag, vielleicht zwei Stunden später, ritt Ava zum erstenmal über *ihr* Land, doch in ihrem Herzen war kein Triumph und kein Jubel, sondern nur eine eigentümliche Wehmut.

Im Oktober begann für Julian das erste Schuljahr. Eine Kutsche sollte ihn nach London bringen. Dort würde sich Quentin seiner annehmen und ihn nach Eton begleiten.
Als sich Ava in der Auffahrt von ihrem fabelhaften Sohn verabschiedete, klang ihre Stimme heiser. Sie zog ihm das Krawattentuch gerade, setzte ihm die Schulmütze keck auf den Kopf und versuchte, so fröhlich wie möglich auszusehen. Julians Unbeschwertheit schmerzte sie. Seit Tagen sprach er voller Begeisterung und gespannter Erwartung von all dem Neuen, das er auf sich zukommen fühlte.
»Und schreib bald, hörst du!« sagte sie.
»Natürlich, Maman. Zieh aber bitte ein Kleid an, wenn du mich mit einem Besuch überraschst!«

»Das Blaue mit den Spitzen werde ich tragen. Das magst du doch so gern.«

»Fein!« Julian lachte, küßte seine Mutter auf die Wange und stieg in den Wagen. Wie hübsch er war, wie unerhört hübsch!

Ava winkte der Kutsche nach, bis sie hinter den Bäumen verschwand.

Mit vor der Brust verschränkten Armen ging sie durch das Herbstwehen ins Haus zurück. Sie fühlte sich müde. Tagelang bedeutete ihr jeder Handgriff eine Mühsal. Sie stand spät auf und ging früh zu Bett. Um das Erstaunen, das ihre eigenartige Lethargie in Küche und Gestüt hervorrief, kümmerte sie sich nicht.

Da sie Prescott und Miss Frazer, entschädigt mit einem vollen Jahreslohn, entlassen hatte, mußte sie sich während der Mahlzeiten und der Abendstunden selbst Gesellschaft leisten und lauschte dem stummen Ticken der Zeit.

Sosehr sie sich bemühte, in ihren gewohnten Tagesrhythmus zurückzufinden, sowenig gelang es ihr. Nichts war mehr wie ehedem. Es mangelte ihr an Eifer, Ehrgeiz und dem leidenschaftlichen Streben nach mehr.

Wenn sie sich ans Klavier setzte und, statt Altbekanntes zu spielen, zu komponieren versuchte, immer in der Hoffnung, etwas längst Verlorenes wiederzuentdecken, merkte sie, wie uninspiriert sie Notenketten aneinanderreihte. Sie vermißte etwas. Sie vermißte sich selbst.

An Weihnachten kam Julian für zwei Wochen nach Hause. Er sah aus wie immer und war doch verändert.

Wie jedes Jahr gab Ava ihrer Dienerschaft den Tag nach dem Christfest frei. Da nur Reeves auf Aimsley blieb, war sie mit Julian allein im Haus. Zuerst fühlte sie sich etwas unsicher. Ihr Sohn schien ihr fremd geworden. Erst als sie am frühen Nachmittag Arm in Arm miteinander durch die Dezemberkälte spazierten, schmolz die ohnehin dünne Eisschicht zwischen Mutter und Sohn. Julian begann zu erzählen, wurde putzmunter und hätte am liebsten drei Ereignisse auf einmal geschildert. Später malte er die Leute, die er jetzt kannte, auf

Papierbögen. Er karikierte sie und rief in einem fort: »Stell dir vor, Maman! Stell dir vor!«
Am Abend, als Ava seiner Satire »Der Morgen eines Gentleman« entzückt Beifall gespendet hatte, fiel er lachend neben sie aufs Sofa und legte seinen Kopf in ihren Schoß. »Ich hab' zwar keine Kopfschmerzen«, sagte er schmunzelnd, »aber wir können ja so tun, als ob!«
Während sie mit den Fingerspitzen seine Schläfen massierte, lächelte er mit geschlossenen Augen.
Ihr Sohn, ihr fabelhafter Sohn...
Die Nacht nach seinem Abschied von Aimsley verbrachte sie bis zum Morgengrauen mit einem Blütenpotpourri, das nach Frühling roch, einer Flasche Rotwein und einer Kerze im Spiegelkabinett, um über die Rangfolge dessen, was ihr wichtig war, nachzudenken. Julian stand natürlich an erster Stelle. Dann kam Aimsley, danach ein Liebhaber, und am Schluß, aber nicht zu vergessen, rangierten Musik und Düfte.
Was ohne Wenn und Aber fehlte, war der Liebhaber.
Quentin vergnügte sich mit wechselnden Gespielinnen in London und war im Laufe der Jahre ihr Freund geworden – ein Freund, der sich nur noch alle zwei Monate in ihrem Bett beweisen wollte. Gut so. Und ein Hoch auf die Londoner Dirnen!
In dieser Winternacht, in deren Verlauf Ava die Flasche Bordeaux leerte und die beiden Wochen mit Julian in sich nachhallen ließ, beschloß sie, sich nach einem Liebhaber umzusehen. Mit Sicherheit gab es irgendwo einen Mann, der ihr Begehren wecken konnte.
Es gab ihn.
Er hieß John Fowler, war Pächter einer Farm, die zu Oakwood House gehörte, und bewirtschaftete den Hof mit seinen beiden Brüdern und einer Schwester, die den Haushalt führte.
Ava kannte das Fowler-Cottage schon lange. Sie bezog von dort Heu, Stroh, Hafer und Kleie. Der alte Fowler, der vor ein paar Monaten gestorben war, hatte damals, vor elf Jahren, die ersten Geschäfte mit ihr gemacht.

Man kannte sich flüchtig: John, der Bauer, und Ava, die Herrin auf Aimsley.
Der junge Farmer war groß und von schlanker, aber kräftiger Statur. Unter seinem Leinenhemd – offenbar besaß er ganze zwei verschiedene – zeichneten sich feste Muskelbahnen ab. Schwarze Bartstoppeln sprossen in seinem sonnengebräunten Gesicht. Er hatte dunkles, halblanges Haar, braune, immerzu zornig scheinende Augen und ein überraschend markantes Profil.
Ava beobachtete ihn den ganzen Frühling und den ganzen Sommer lang. Wenn sie ihn auf den Feldern sah, blieb ihr Blick an den Schweißflecken auf seinem Rücken oder unter seinen Achseln hängen.
An einem Sonntag im August folgte sie einer Laune und fuhr mit dem Einspänner zum Fowler-Gehöft hinüber, um den Truthahn, der für Montag versprochen war, persönlich abzuholen. Auf halbem Wege zog ein Gewitter auf. Es stürmte, blitzte und donnerte und regnete schließlich in Strömen. Patschnaß erreichte sie das Cottage, wo sie von Mary, der ernsten Schwester des Hofbesitzers, in die Küche gebeten wurde; es war der einzige Raum zu ebener Erde. Nach oben, in Zimmer, die eher Schlafkojen glichen, führten zwei Leitern. Das Herdfeuer brannte. John Fowler saß mit seinen Brüdern beim Mittagessen an einem nackten Holztisch. Als Ava näher trat, stieß er sein kurzes Krummesser in eine Hammelkeule. Ava sah zuerst diese Bewegung und dann Johns dunkle Augen, die sie mit einer Unverschämtheit maßen, von der sie durchaus beeindruckt war. Während sie sich straffte und mit einem unverbindlichen und gleichzeitig hochmütigen Lächeln sein stummes Abschätzen durchkreuzte, tat sie kund, weshalb sie hier war.
»Der Truthahn ist schon hergerichtet, Ma'am. Ich bring' ihn gleich«, sagte Mary. »Wollen Sie auch ein paar Eier mitnehmen?«
»Ja, gern.« Ava legte das abgezählte Geld auf den Tisch und gab noch Sixpence dazu.

Obwohl John Fowler die ganze Zeit schwieg, schaute er sie unablässig an. Natürlich war ihm längst aufgefallen, mit welchen Augen ihm »die von Aimsley« nachstellte.
Keine zwei Wochen später riß er Ava in den hoch im Halm stehenden Weizen.
Es war an einem lauen Abend, der mildes Licht über das Land goß. Schatten streckten sich wie endlose Zerrbilder. Als Ava an einem Getreidefeld vorbeiritt, sah sie, daß John Fowler allein darinstand und die Sense schliff. Seine Brüder mußten bereits nach Hause gegangen sein.
Vielleicht hatte er auf sie gewartet. Sie stieg ab, band ihr Pferd an einen Baum und bahnte sich den Weg durch die Kornähren. Ehe John Fowler etwas sagen konnte, schlang sie die Arme um seinen Nacken.
Julian, Aimsley, ein Liebhaber, Musik, Düfte... Ihre Welt war wieder vollständig. Und auf einmal fühlte sich Ava zum Bäumeausreißen.
Sie stand wieder morgens um sechs Uhr auf, hielt sich den ganzen Tag auf den Beinen, rief dorthin eine Anweisung und dahin ein Lob, packte mit an, aß kräftig und war auch am Abend noch nicht zu müde, um über den Büchern zu sitzen und zu rechnen oder voller Stolz den Aimsley-Stammbaum zu studieren.
Die Lust mit John Fowler war einfach, wild und gut. Wenn es Ava nach kraftvollen Stößen und harten Händen verlangte, ritt sie im Licht der untergehenden Sonne auf Wild Boy, dem einst so widerspenstigen Hengst, an den zur Fowler-Pacht gehörenden Feldern vorbei und hielt Ausschau nach dem gutgewachsenen jungen Mann mit den zornigen Augen – und immer trug sie Röcke, die sich schnell hochschlagen ließen.
John stellte keine Fragen. Das Reden war sowieso nicht seine Sache, das Handeln um so mehr.
Als Julian, der die ersten beiden Ferienwochen in Brighton bei der Familie eines Schulfreundes verbracht hatte, nach Hause kam, wartete der schweigsame Farmer vergeblich auf Ava. Einen Monat lang widmete sie sich fast ausschließlich ihrem

Sohn. Mochte sich Julian in Eton inzwischen wie ein kleiner Gentleman zu benehmen wissen, so wurde er bei ihr, auf Aimsley, wieder zu einem Kind, das Kissenschlachten liebte, Naschwerk jedem Braten vorzog und ausgelassen um Tische und Bänke tobte.

So wurde es Herbst und danach Winter. Im Winter trafen sich Ava und John Fowler in einer leerstehenden Scheune. Und noch immer war die Lust einfach, wild und gut.

Ava hatte keine Angst vor einer eventuellen Schwangerschaft. Julian war ihr bestimmt – sonst niemand. Daß sie kein Kind mehr tragen würde, sagte ihr eine innere Stimme.

Ein neuer Frühling zog ins Land und brachte langbeinige Fohlen, einen fünften Knecht, Nächte bei gebärenden Stuten, Kämpfe mit eigensinnigen Entern und zuzureitenden Zweijährigen, einige Besuche Quentins, leidenschaftliche Dämmerstunden mit John und zehn Tage mit Julian. Ihr Sohn! Wie groß er schon war! Wie elegant er sich bewegte! Was er alles wußte! Und dieses Lachen!

Als sich der Sommer seinem Ende zuneigte, verlor Ava ihren unstandesgemäßen Liebhaber für eine Weile aus den Augen. Wenn sie einander zufällig begegneten, ignorierte er sie; ansonsten ging er ihr aus dem Weg.

Ava erfuhr, daß seine Schwester geheiratet hatte und nach Horsham übersiedelt war. Auch John sollte eine Braut haben, ein dralles, rundwangiges Landmädchen.

Hoch zu Roß traf sie ihn im Spätherbst beim Ausbessern eines Weidezauns an.

»In jedes Haus gehört eine Frau«, sagte er.

»Ja, und?« frage Ava. So ließ sie ihn stehen.

John Fowler heiratete am darauffolgenden Sonntag.

Dennoch: Bereits in der ersten Dezemberwoche wartete er am frühen Morgen vor einer Aimsley-Scheune auf sie. Da sie ihn nicht gleich bemerkte, griff er nach ihr.

»Bist du von Sinnen?« flüsterte sie erschrocken. »Jeden Moment kann jemand kommen.«

»Schon möglich«, sagte John Fowler. Dann stieß er sie ins Heu.

Von da an lehnte am Schuppen hinter dem Haupthaus eine Leiter, über die er des Nachts in Avas Schlafzimmer einsteigen konnte.
Dort trank er das erste Glas Wein seines Lebens und aß sein erstes Stück Teekuchen. Über die weichen Daunenkissen und die Teppiche staunte er ebensosehr wie über die goldgefaßten Spiegel und den großen Kristalluster, dessen zahlreiche Kerzen natürlich nicht brannten. Ja, er staunte, denn er konnte weder lesen noch schreiben und hatte nie vorher ein »Herrenhaus« von innen gesehen.
Da Ava ihn die ganze Nacht bei sich behielt, lehrte sie ihn ein paar erotische Finessen und war überrascht über das Geschick, das er plötzlich bewies. Im Spiegel beobachtete sie fasziniert, wie seine braunen Hände über ihre weiße Haut glitten.
Ehe er im Morgengrauen die Leiter wieder hinunterkletterte, sagte er den gewichtigen Satz: »Jetzt haben wir beide etwas zu verbergen, und das ist – Gott verdamm mich! – ein gutes Gefühl.«

Ava stand in ihrem neuen Kleid, dessen reich gerüschter Berthe-Ausschnitt ein volles Dekolleté vortäuschte, vor dem Spiegel und bewunderte den Faltenwurf des pyramidenförmig ausgestellten Rocks. Das Efeumuster changierte grün, die gebauschten Keulenärmel wurden von bunten Bändern gerafft, und Avas zwar nicht mehr dünne, aber sehr schmale Taille konnte es weiterhin mit der eines jungen Mädchens aufnehmen.
Da Quentin fand, sie könne mehr modische Kaprizen wagen, hatte er ihr einen Koffer mit den neuesten Modellen schicken lassen.
Ihr Verhältnis mit John ging bereits ins zweite Jahr, und zum erstenmal dachte sie darüber nach, warum sie Quentin noch immer nicht reinen Wein eingeschenkt hatte.
Zwei gute Freunde, wie sie es waren, mußten doch offen miteinander reden können... Ava schaute ratlos ihr Ebenbild

an. Aimsley gehörte ihr längst. Jetzt wollte sie frei sein, auch frei von Quentin.
Da Julian sie zum Frühstück erwartete, schob sie beiseite, was ihr im Kopf herumging. Sie strich sich noch einmal übers Haar, das sie im Nacken zu einem weichen Chignon zusammengefaßt hatte, und eilte in den Grünen Salon hinunter. Dort spielte ihr fabelhafter Sohn Klavier.
Er tat, als höre er sie nicht kommen, zog die Stirn in Falten und hob die Arme. Dann stürzten sich seine Finger auf die Tasten. Im Moment war seine liebste Rolle die des strenggesichtig in seine eigene Welt versunkenen Musikers zwischen Genie und Besessenheit.
Er brillierte mit Weber – und zwar so, als interpretiere er Beethoven. Während er höchst dramatisch den Kopf zurückwarf, schien ihn ein inwendiges Beben zu ergreifen. Zwischen den Sätzen schwang er die Hände höher und anmutiger empor, als es dem Werk gebührte, um sie anschließend um so energischer auf die Tastatur zurückstoßen zu lassen.
»Guten Morgen«, sagte Ava. Amüsiert lächelte sie dem Dreizehnjährigen zu, der gut für fünfzehn durchgegangen wäre.
»Maman!«
Er stand sofort auf und kam ihr entgegen. Ehe er seine Lippen auf ihre dargebotene Wange drückte, küßte er ihre Hand – ein Chevalier par excellence, aber ein Chevalier mit einem verhexenden Kinderlachen.
Julian verneigte sich tief und parodierte sich selbst: »Ich hoffe, du hast gut geschlafen, Maman! Sieh dir bloß das Wetter an! Grau-en-haft! Ohne Musik könnte man an einem Tag wie diesem das Leben nicht ertragen!«
Und dann zupfte er mit spitzen Fingern seine Manschetten zurecht. Er sah Ava schmunzeln, lachte wieder und behauptete: »So sind sie! Die Älteren in der Schule versuchen, sich gegenseitig mit lächerlichen Übertreibungen den Rang abzulaufen – aber ich schlage sie alle! Was hast du da an, Maman?«
»Gefällt es dir?«
»Und wie! Was ist in dich gefahren?«

Sie zog ihn scherzhaft am Ohr und fragte sich, ob andere Jungen in seinem Alter auch schon bemerkten, wie eine Frau gekleidet war.
Ohne eine Antwort darauf zu haben, sagte sie: »Jetzt komm! Das Frühstück ist schon da. – Es ehrt die Sonntagspianistin natürlich, neben einem so begnadeten Virtuosen Platz nehmen zu dürfen.«
Julian schürzte die Lippen und legte den Kopf ein wenig zur Seite, gerade so, als prüfe er, ob er sich von ihrem zärtlichen Spott provoziert fühlen sollte. Dabei fiel sein kinnlanges, blondglänzendes Haar auf seine rechte Schulter. Die Pose verlieh ihm jenen Hauch Engelhaftigkeit, der ihn hübscher machte, als es gut für ihn sein konnte.
»Du hast die Erlaubnis, meine Tischdame zu sein«, gab er sich augenzwinkernd großmütig. »Denn immerhin hast du dich schön gemacht und riechst nicht im mindesten nach Pferden. Was ist das? Es duftet so lavendelfrisch.«
»Ein neues Parfum. Genehmigt?«
»Genehmigt. – Madame!«
Er rückte ihr den Stuhl zurecht, setzte sich dann neben sie und zwängte, ohne sich dessen bewußt zu sein, einen Unterschenkel unter seinen Po. Das hatte er sich als Achtjähriger angewöhnt, um größer zu erscheinen. Jetzt konnte er es nicht mehr lassen. Während er nach einem Blätterteighörnchen griff, um es mit Butter und Orangenmarmelade zu bestreichen, sagte er: »Ich finde es empörend, daß du dich eine ›Sonntagspianistin‹ nennst. Alles, was mit ›Sonntags-‹ beginnt, ist deklassierend. Es klingt lausig.«
»Soll ich lieber hochstapeln?«
Julian biß in sein Hörnchen und erwiderte mit vollem Mund: »Ich mag es gar nicht, wenn du wie Maxwell redest.«
»Und ich mag es nicht, wenn du Onkel Quentin Maxwell nennst. Nach dem Gesetz ist er dein Vater. Vergiß das nicht!«
»Also gut: Ich höre es ungern, wenn du Ansichten vertrittst, die von *Onkel Quentin* sein könnten. Seine Vernünftigkeit ist geradezu widernatürlich. Auf alle Fälle ist sie unästhetisch.«

Ava saß der Schalk eines kecken Burschen in den Augen, als sie dagegenhielt: »Aus *dir* spricht Hector Thornton. Du warst wieder viel mit ihm zusammen, nicht wahr?«
»Touché!« rief Julian.
Hector Thornton war sein bester Freund. Ava kannte den Jungen flüchtig von einem ihrer seltenen und ohnehin ungern gesehenen Besuche in Eton. Hector stand zwei Semester über Julian und verkörperte das Ideal des jugendlichen Stutzers. Da er seine Selbstgefälligkeit zwar mit Intelligenz, aber nicht mit Charme ausgleichen konnte, hatte sie ihn als unerträglich blasiert empfunden, sich aber kurz darauf bei Quentin über den gesellschaftlichen Hintergrund der Thorntons erkundigt und durchaus Erfreuliches erfahren, was sie wohlmeinender stimmte. Das war das Gute an Eton: Neben einer gespreizten Redeweise, hundert Dünkeln und allerhand Manieriertheiten vermittelte es die Bekanntschaft mit Familien von Rang. Julian wuchs also ganz selbstverständlich in Kreise hinein, die seines Namens und seiner Person würdig waren.
Ava hörte ihn erzählen und lächelte.
Was aus Aimsley, ihrem Lebenswerk, werden sollte, fragte sie sich nur in düsteren Stimmungen, demnach selten. Gleichwohl wußte sie, daß Julian niemals ihre Nachfolge antreten würde. Er war kein Squire. Das Gestüt lebte und atmete mit ihr und würde auch mit ihr sterben.
Manchmal, wenn eine leise Wehmut sie streifte, erinnerte sie sich an die Ruine von Clonmara Abbey, das Sinnbild des Verfalls, und an den Bibelspruch, der ihr vor vielen Jahren, inmitten der schief stehenden Kreuze eingefallen war: »Der Mensch ist in seinem Leben wie Gras, er blühet wie eine Blume auf dem Felde; wenn der Wind darübergeht, so ist sie nimmer da, und ihre Stätte kennet sie nicht mehr.«

Doch jetzt war es Frühling, und der Frühling erlaubte keine Sentimentalitäten. Dafür erlaubte er Aufbrüche.
An einem lauen Abend im Mai, nach einem üppigen Dinner und zwei Flaschen Wein, saß Ava plaudernd mit Quentin auf

der Terrasse. Als er plötzlich vorschlug, ins »Lustzimmer« zu wechseln, stand sie auf und trat aus dem Schein der Kerzen ins Dämmerlicht der hereinbrechenden Nacht.

»Das will ich nicht mehr«, sagte sie. Dann wandte sie ihm den Rücken zu, um ihn nicht ansehen zu müssen. Er atmete langsam und schwer und sprach lange Zeit kein Wort.

»Weißt du, daß ich auf diesen Satz seit dem Tag, an dem ich dir Aimsley verkaufte und deinen Sohn zu meinem machte, gewartet habe?«

»Beides tatest du trotzdem. Warum?«

»Weil ich dich immer liebte.«

Ava schwieg. Umdrehen konnte sie sich nicht.

»Außerdem habe ich deine Goldgräbermentalität stets bewundert«, sprach Quentin weiter. »Der junge Gildale zu Beginn deiner Laufbahn war ein vergleichsweise kleiner Fisch. Das erkanntest du rechtzeitig. Was Wexton anbelangt, so hingen diese Trauben zu hoch; eine Niederlage, die noch heute an dir nagt. Dann kam Melbourne, ein Emporkömmling im Besitz einer der größten Ländereien Irlands. Und der dritte, nämlich ich, ging dir endlich ins Netz. Eines muß man dir lassen: Du brauchtest zwar ein paar Anläufe, um dein Ziel zu erreichen, aber du hast dich nie mit Liebschaften aufgehalten, die dir nicht wenigstens die Aussicht auf ein Weiterkommen boten.«

»Wohl wahr«, sagte Ava. Sie tat ein paar Schritte, machte kehrt und blickte Quentin eindringlich an. »Was du mir vorwirfst, ist trotzdem nicht gerechtfertigt. Ich habe immer mit offenen Karten gespielt. Im übrigen glaubte ich, dir stets eine gute Freundin gewesen zu sein. Du wußtest, wie ich bin und was ich will. Also: Habe ich dich je enttäuscht?«

»Enttäuscht? Im Gegenteil. Du entsprachst in jeder Hinsicht meinen Erwartungen.«

Wieder war es lange still zwischen ihnen. Dann fragte Ava: »Und nun?«

»Nun reise ich nach Frankreich«, sagte Quentin. »Um zu vergessen«, fügte er nicht hinzu.

So geschah es.
Ava war frei. Zum erstenmal in ihrem Leben gehörte sie uneingeschränkt sich selbst. Sie mußte auf keinen Mann mehr Rücksicht nehmen und zählte zu den unabhängigsten Frauen ihrer Zeit.
Anfangs fand sie es wunderbar.
Sie lag in John Fowlers kräftigen Armen, wenn ihr der Sinn danach stand, und schlief allein, wenn sie sich selbst genügte; sie wechselte Briefe mit ihrem fabelhaften Sohn, der weiterhin einen Großteil seiner Ferien auf Aimsley verbrachte und einer herrlichen Zukunft entgegensah, und sie freute sich über den Respekt, den sie als Züchterin genoß. Ein freundliches Gleichmaß prägte ihre Tage. So hatte sie sich's gewählt, so war es gut.
Quentin schrieb aus dem Elsaß, aus der Bretagne und aus der Provence. Anfangs verlor er sich in Reminiszenzen, die in einem trostlosen Gedicht Byrons gipfelten:

»Die Zeit ist reif, daß unbewegt muß werden
Dies Herz, da andere bewegen es nicht kann:
Doch gilt mir keine Liebe mehr auf Erden,
So lieb' ich dann!

Ich steh' im gelben Herbst des Lebens nun;
Der Liebe Blüten, Früchte sind dahin:
Nur noch der Wurm – der Fraß und eitles Tun
Sind jetzt mein Sinn!

Die Flamme, die an meinem Busen zehrt,
Ist einsam wie der entlegenste Vulkan;
Kein Feuer wird von ihrer Glut genährt,
Nur Todeswahn!

Die Hoffnung, Furcht, das Mitgefühl,
Der edle Teil von unsrem Schmerz
Und Macht der Liebe, läßt mich kühl,
Nur Last fürs Herz!«

Später schickte er Kochrezepte. Seine Reise führte ihn bis nach Piemont. In langen Briefen schwärmte er von der dortigen Regionalküche, von »geradezu unübertrefflichen Vorspeisen«, von Zunge in Gemüsecreme, Kalbshirn in Mayonnaise, Kalbfleisch in Thunfischsauce und allerlei Trüffelgerichten. Ava schmunzelte. Auf einmal vermißte sie ihn.

Seit er fort war, las sie gelegentlich ein Buch, denn außer Julian, der ja noch ein Junge war, gab es niemanden mehr, der einen alltagsfernen Gedanken in ihre abgezirkelte kleine Welt trug.

Als Quentin für Juli – man schrieb inzwischen das Jahr 1840 – seine Rückkehr ankündigte und sich schriftlich bei Ava erkundigte, ob er sie anläßlich eines »runden Ereignisses« besuchen dürfe, ließ sie die Schneiderin kommen, um ihn à la mode empfangen zu können. Immerhin hatte sie ihn zwei Jahre nicht mehr gesehen. Daß er ihren vierzigsten Geburtstag mit ihr feiern wollte, freute sie ungemein.

Ja, und dann kam er.

Er sah überraschend gut aus. Obwohl er in seinen Briefen ständig opulente Mahlzeiten erwähnt hatte, war er nicht mehr so füllig wie früher. Man konnte ihn weiterhin »stattlich« nennen, doch die verlorenen Pfunde standen ihm ausgezeichnet.

Da er Avas angenehme Überraschtheit bemerkte, sagte er: »Ich trinke jetzt weniger.«

Sie lachten beide. Während sie einander umarmten, meinte Quentin: »Die Jahre lieben dich.«

Was Ava in ihrer Jugend an Schönheit und Grazie gefehlt hatte, gab ihr nun die Zeit. Ihre verschiedenfarbigen Augen glänzten, ihr Blick war lebendig, der Schwung ihrer Nase kühn, ihr Mund spöttisch und gleichzeitig ein herausforderndes Versprechen und ihr Lachen freier denn je. Sie bewegte sich mit Elan, und ihr Gang war der einer Frau, die nichts fürchtet.

Bei einer Tasse Mokka erfuhr sie, daß Quentin aus Piemont eine gewisse Sophia mitgebracht und in London in einem kleinen Haus eingemietet hatte.

»Heutzutage muß man vorsichtig sein«, sagte er. »Seit ein Mann, der sich offiziell eine Geliebte leistet, mit einem schlechten Leumund behaftet ist, hat die Welt ihren Charme verloren.«

Ava nickte. Eigentlich hatten Frauen ihrer Couleur ebenso ausgeträumt wie all die Byrons und Shelleys, die von der vergangenen Epoche übriggeblieben waren. Freigeistige Exaltiertheit fand nicht länger Beifall, Ausschweifungen galten als verpönt. Soviel man hörte, sollte sogar Aleister Wexton mittlerweile ein Leben ohne Skandale führen.

»Die Liebe hat wieder den Reiz des Verbotenen«, philosophierte Quentin. »Exzesse finden hinter verschlossenen Türen statt. Man hat aufgehört, sich damit zu brüsten, und angefangen, sich zu genieren. Geheimbünde erleben einen Zulauf ohnegleichen, das Unausgesprochene feiert einen stummen Triumph, und das Laster kichert, statt laut zu lachen.«

So war es. In der Mode hatte die lange Unterhose gesiegt; »anständige« Frauen steckten in festen Korsagen und Krinolinen. Obwohl sich die im letzten Jahrzehnt geformte Bürgermoral über eine nackte Fessel zu echauffieren pflegte, kreierte sie Dekolletés, die tiefere Einsichten als je zuvor boten. Ava dachte gar nicht daran, sich von ihren Hosen zu trennen, und genoß schon deswegen einen Ruf wie Donnerhall. Da man ihr sittliche Verfehlungen freilich nur unterstellen, aber nicht nachweisen konnte, ignorierte sie den Klatsch um ihre Person, der gelegentlich die tollsten Blüten trieb. Als Pferdezüchterin war sie zwar nicht ganz salonfähig, dafür aber weitgehend von der Etikette entbunden.

Nachdem sie mit Quentin den Verfall von Werten wie Toleranz und Laisser-faire beklagt hatte und über die Vorzüge ihrer Nachfolgerin im Bilde war, kam die Rede auf Julian.

»Es ist Zeit, daß er in die Gesellschaft eingeführt wird«, behauptete Quentin.

»Er ist erst fünfzehn und noch ein Knabe.«

»Bald wird er sechzehn.«

In der Tat, Quentin hatte recht. Ava protestierte nicht länger. Da ihr Mäzen sich erbot, Julian zu Beginn der nächsten Saison, also im Frühling des kommenden Jahres, für ein paar Wochen in seinem Haus aufzunehmen, konnte sie ohnehin nicht nein sagen.
»Wird Sarah das gutheißen?« fragte sie dennoch.
»Das soll nicht deine Sorge sein. Aber laß uns von dir reden! Was tut sich auf Aimsley? Und warum wirst du nicht älter?«

»Onkel Quentin hat sich offenbar dazu durchgerungen, mich mit Zuneigung zu verfolgen«, schrieb Julian im Mai des Jahres 1841 aus London. »Fliehen ist nicht möglich! Ich fühle mich beinahe inkommodiert! Dafür gefällt mir Lady Maxwell immer besser. Umgekehrt verhält es sich gewiß genauso. Sie ist sehr ernst und hat einen bitteren Zug um den Mund, aber trotzdem scheint sie mir sehr lebhaft. War sie einmal so schön, wie ich vermute? Ich soll dir die herzlichsten Grüße von ihr übermitteln.«
Erst sechzehn und schon so süffisant! Ava schüttelte amüsiert den Kopf.
Sie lebte wohlgelaunt im Gewohnten fort und war um so verwunderter, als sie wenige Tage nach Erhalt dieser Zeilen Quentins Kutsche vorfahren sah. Da sie in einer der Koppeln damit beschäftigt war, einer Stute den Huf auszukratzen, übergab sie Reeves, der ihr dabei assistierte, die Pferdefessel und rief einen Knecht herbei. Dann lief sie durch goldene Sonnenstrahlen zum Haus hinüber. Quentin war schon an der Steintreppe. Noch ehe sie nach seinem Arm faßte und sich streckte, um ihm einen Kuß auf die Wange zu drücken, rief sie ihm entgegen: »Na, so was! Mit dir habe ich nicht gerechnet! Was führt dich her?«
Ihr Gesicht war gerötet, ihre Augen lachten, und ihr Atem ging stoßend.
»Ich muß mit dir reden – Ernstes«, sagte Quentin. Inmitten des leuchtenden Nachmittages sah er aus wie abgestandenes Wasser. Ava erschrak. Während sie eilig durch Halle und

Korridor schritten, zog sie sich die Lederhandschuhe von den Fingern und die Burschenmütze vom Kopf und schleuderte beides im Vorbeihasten auf die Garderobenkommode.
»Ist etwas mit Julian?« drängte sie.
»Ja.«
»Es wird ihm doch nichts passiert sein? Um Himmels willen, Quentin, sprich!«
»Ob ihm etwas passiert ist? Wie man's nimmt. Ich habe mich sehr aufgeregt und komme erst allmählich zu mir. Können wir bei einem Glas Sherry darüber reden? Ich muß jetzt etwas trinken!«
Er warf Zylinder, Handschuhe und Stock auf ein Kanapee und ließ sich danebenfallen. Während er sich Schweißperlen von der Stirn tupfte, brachte ihm Ava das Gewünschte. Ihre Hand zitterte.
»Danke«, sagte er und leerte das Glas in einem Zug. »Julian lebt seit drei Wochen unter meinem Dach«, begann er. »Ich hatte also Gelegenheit, ihn zu beobachten. Meine Entdeckung ist keine erfreuliche. Um ehrlich zu sein, Ava, ich bin schokkiert!«
»Ja, worüber denn?« Wenn er nicht bald mit der Sprache herausrückte, würde sie ihn am Kragen packen und rütteln! »Nimmt er Opium oder Laudanum, oder ist er in schlechte Gesellschaft geraten?«
»Schlechte Gesellschaft? So ähnlich! Weißt du, daß dieser affektierte Hector Thornton bei den Addingtons zu Gast ist? Er und Julian sehen sich also häufig. Und ich mußte erkennen... Nun, Sarah berichtete mir, sie habe die beiden in Julians Zimmer in zwei-, wenngleich nicht eindeutiger Vertrautheit auf dem Bett vorgefunden! Daß sie dauernd die Köpfe zusammenstecken, vor allem, *wie* sie es tun, ist schon merkwürdig genug! So sind in der Regel nur Mädchen zueinander – oder Liebespaare!«
Betont gelangweilt stieß Ava den Atem aus.
»Deine Anschuldigung ist so dreist, wie deine Beweise schwach sind«, erwiderte sie.

»Ich gebe gar nicht vor, Beweise zu haben, aber die Anzeichen sprechen für sich. Die Art deines Sohnes, mit Mädchen zu flirten oder einer Dame Komplimente zu machen, ist verdächtig geschickt und dermaßen nonchalant, daß ich ein ironisches Spiel dahinter vermute.«

»Und wenn schon.« Ava ging zur Terrassentür und öffnete sie. Als sie sich wieder zu Quentin umdrehte, war ein Lächeln in ihrem Gesicht.

»Hast du mich nicht verstanden?« fragte er.

Achselzuckend lehnte sie sich an den Türrahmen. Die Sonne schien von hinten in ihr Haar und gab ihm einen goldenen Glanz.

»Julian war schon immer anders als die anderen, etwas Besonderes«, sagte sie. »Ist dir seine lebhafte Anmut noch nie aufgefallen? Und die Sache mit dem Thornton-Knaben... na ja, eigentlich wundere ich mich nicht.«

»Ist das alles, was du dazu äußern willst?« rief Quentin. Da er sich ziemlich abrupt nachschenkte, schwappte der Sherry über den Rand des Glases.

Ava gab zu: »Natürlich mache ich mir Sorgen! Julian ist kokett, unvorsichtig und bedenkenlos. Was bei einem Sechzehnjährigen noch harmlos wirkt, kann für einen Zwanzigjährigen gefährlich werden. Wenn also stimmt, was du behauptest, und wenn es bekannt wird, gibt es eines Tages einen Skandal. Das darf nicht geschehen. Auf Männerliebe steht Zuchthaus, nicht wahr?«

Quentin hatte nach seinem Stock gegriffen und rammte ihn energisch in den Teppich. »Von der juristischen Seite ist jetzt keineswegs die Rede! Julian trägt meinen Namen und wird ihn nicht in den Schmutz ziehen, indem er hemmungslos seiner widerlichen und widernatürlichen Neigung nachgibt. Mein Erbe ein Débauché! Niemals!«

Schärfer, als es ihre Absicht war, zischte Ava: »Du hättest nur rechtzeitig die Augen aufmachen müssen! Bedingungen stellt man vorher, nicht hinterher. Im übrigen ist deine Aufregung lächerlich.«

»Lächerlich?«
»Jawohl! Und anmaßend obendrein! Bist du die Instanz, die entscheidet, was ›widerlich‹ und ›widernatürlich‹ ist? Die alten Griechen hätten sich totgelacht über dich!«
»Deren Kultur ging ja auch zugrunde.«
Ava stieß sich vom Türrahmen ab und lief auf die Terrasse hinaus. Um sie herum war der warme, duftende Tag und in ihr finsterer Zorn. Als sie sich beruhigt hatte, kehrte sie in den Salon zurück. Quentin saß noch immer auf dem Kanapee. Er beugte sich vor, stützte sich auf seinen Stock und sagte eindringlich: »Du glaubst wohl, es tut weniger weh, Julian an sein eigenes Geschlecht, an diesen oder jenen Liebhaber, als an eine andere Frau, eine Rivalin, zu verlieren. Wenn du dich da nicht täuschst. Noch kennst du erst die halbe Wahrheit.«
Während er aus seinem randvollen Glas trank, fragte Ava: »Und wie lautet die ganze?«
Schon bevor er antwortete, wußte sie alles. Ihre Lippen begannen zu beben, ihre Augen funkelten hysterisch, und zwischen ihren Brauen zuckte es. Und dann erfuhr sie, daß Aleister Wexton Julian nach Blair Manor eingeladen hatte.
»Nein!« schrie sie gellend. Das kurze Wort hallte wie ein Echo in ihr nach.
Schleppenden Schritts, als drohten die Beine unter ihr nachzugeben, stolperte sie auf Quentin zu. Schließlich sank sie, die Hand vor den Mund geschlagen, auf ein freies Kanapee.
»Na also«, meinte er. »Jetzt brauchst auch du etwas zu trinken.« Er füllte ein neues Glas mit Sherry und schob es über die Tischplatte zu ihr hinüber. »Und was bringt dich zur Besinnung, sofern man deinen derangierten Zustand so nennen kann? Eifersucht. Nackte Eifersucht. Und das nach all den Jahren. Wie viele sind es? Zweiundzwanzig? Dreiundzwanzig? – Auf deine Vergangenheit, meine Liebe!«
Sie hörte ihn gar nicht. Auch die unfrohe Genugtuung, mit der er sie beobachtete, entging ihr. Reglos und blicklos starrte sie auf das Glas vor sich, in dem wirbelnde Bilder tanzten.
Quentin räusperte sich. Es war, als streite er etwas ab. »Du

solltest Julian für eine Weile zu dir nach Aimsley holen«, riet er. »Dann beginnt sowieso sein erstes Semester in Cambridge, was das Wexton-Problem lösen dürfte. Grundsätzlich wird sich freilich nichts ändern. Daß Thornton sein Studium in London absolvieren will, beruhigt mich keineswegs. Wie es in Kommilitonenkreisen zugeht, weiß man ja. Julian wird genug Gelegenheiten haben, neue perverse Freundschaften zu schließen. Vielleicht sollten wir ihm baldmöglichst ein Mädchen zuführen.«

»Ach was!« rief Ava. Und mit flatternder Stimme hakte sie nach: »Wieviel weißt du? Wie weit ist die Sache mit Aleister bereits gediehen?«

Aleister, immer nur Aleister! Diese Frau! Quentin schüttelte verärgert den Kopf.

»Nicht sehr weit«, sagte er. »Das, was du fürchtest, kann nicht passiert sein. Auf den Zusatz ›noch‹ verzichte ich bewußt. Julian geht zwar in Wextons Haus ein und aus, war aber meines Wissens noch nie mit ihm allein. Da ich ihn vorige Woche zu einer von Wextons berühmten Teegesellschaften begleitete, kann ich dir versichern, daß dein fabelhafter Sohn ein Früchtchen und kein Opfer, schon gar nicht das des verruchtesten Mannes von England, ist. Wexton glüht vor Hingerissenheit. So habe ich ihn selten erlebt. Wenn das so weitergeht, blüht in Kürze der Klatsch. Sollte Julian, wie ursprünglich vereinbart, noch länger in London bleiben, kann ich für nichts bürgen.«

Ava fuhr sich mit der Hand ins Haar.

»Warum hast du zugelassen, daß sich die beiden begegnen?« fragte sie wütend. »Wer hat sie einander vorgestellt?«

»Es ergab sich. Julian wurde in die Gesellschaft eingeführt, und Wexton gehört nun einmal zu dieser Gesellschaft. Trotz seines schlechten Rufs ist es ihm gelungen, beliebt zu bleiben. Kompromittiert hat er sich ja nie, zumindest nicht öffentlich, und der größte Skandal, der an ihm haftet, die Verführung Dorothy Bentwoods, ist längst verjährt. Damals war er noch keine Zwanzig und nicht in der Lage, seine Eskapaden zu

kaschieren. Heute beherrscht er die Kunst der Intrige. Mag er noch so weit gehen: Nach außen respektiert er gewisse Grenzen. Also, welche Maßnahmen schlägst du vor?«
»Maßnahmen?« Ava sprang auf. »Wir fahren sofort nach London! Dort werde ich dem feinen Herrn gehörig auf die Finger klopfen! Aleister rührt Julian nicht an, und wenn ich ihn umbringen muß, um das zu verhindern!«
»Das wäre unklug.«
»Ich ziehe mich nur rasch um. Wir können in fünfzehn Minuten aufbrechen!«
Sie war schon auf dem Weg zur Tür, doch Quentin winkte ab. »Bleib!« rief er. »Ich halte es für falsch, mit Wexton zu sprechen. Man darf die Angelegenheit nicht hochspielen. Außerdem ist es unser Ziel, Julian und nicht deinen Aleister von seiner erbärmlichen Neigung zu kurieren!«
»Erbärmliche Neigung!« äffte Ava. Wenn sie zornig war, fiel die Verschiedenfarbigkeit ihrer Augen deutlicher auf als sonst. »Von mir aus kann Julian mit der gesamten Kommilitonenschaft von Cambridge ins Bett steigen! Aber nicht mit Aleister!«
»Sieh an«, sagte Quentin. Er erhob sich und trat neben sie. »Du rivalisierst mit deinem sechzehnjährigen Sohn. Das ist pikant. Und es ist dumm. Die momentane Erschütterung wird sich legen. Laß alte Geschichten ruhen und konzentriere dich auf das Wesentliche!«
Ava schaute aus wilden Augen zu ihm auf. »Lehre du mich nicht, was das Wesentliche ist!« fauchte sie.

Die Halle war groß und hoch und tat Aleisters Vorliebe für Weite und Distanz kund. Außer zwei Zimmerpalmen, einem Gemälde und einer Gipsfigur existierte so gut wie kein Zierat. Nervös betrachtete sich Ava im schwarz gefaßten Garderobenspiegel. Es dauerte fast fünf Minuten, bis der Butler, der sie zu warten gebeten hatte, zurückkehrte und sie durch ein ebenfalls von Understatement geprägtes Zimmer in den Garten hinausgeleitete.

Dort stach ein quadratisch angelegter Platz, ein überdimensionales Schachbrett, auf dem knie- und hüfthohe Figuren verteilt waren, ins Auge. Um ein weitläufiges Rasenstück gruppierten sich Baumriesen. Ava sah gestutzte Hecken und wildwuchernde Haselnußsträucher und hörte Vögel zwitschern und Bienen summen. Um ihren Kopf surrte eine Libelle.

Ein Tag wie ein von Jugendblumenseligkeit schwärmendes Wordsworth-Gedicht.

Sie verharrte auf der von weißen Säulen gesäumten Veranda vor einem Tischchen mit Gebäck, Konfekt und Getränken.

»Lord Wexton wird gleich dasein«, sagte der Butler, ehe er davonstelzte.

Im selben Augenblick drang zweistimmiges Gelächter zu ihr herüber. Aleister, einigermaßen korrekt, aber bunt wie üblich gekleidet, schlenderte aus einem Birkenhain. Er hatte den Rock ausgezogen und über seine Schulter geworfen. Und neben ihm ging Julian!

»Maman!« rief er überrascht. Ohne im mindesten verlegen zu sein, lief er ihr entgegen. Ava trat in das flirrende Sonnenlicht hinaus und fühlte, wie es kalt und dunkel in ihr wurde.

»Da ich in London etwas zu erledigen habe, wollte ich sehen, wie es dir geht«, rettete sie sich in lächelnde Selbstverständlichkeit. »Gut siehst du aus! Nach deinen Briefen zu urteilen, amüsierst du dich prächtig! – Guten Tag, Aleister.«

»Ava! Was für ein Vergnügen!« Auch er eilte auf sie zu. Während sie Julian umarmte, suchte er ihren Blick. Dann küßte er ihre behandschuhten Fingerspitzen. »Du weißt, daß ich Überfälle dieser Art nicht schätze, aber bei dir ist es etwas anderes! Laß dich anschauen! Wie dir die Zeit steht!«

Noch immer hielt er ihre Hand. Ava entzog sie ihm und wandte den Kopf nach Julian, der sofort sagte: »Ist es nicht originell, Maman, daß ich, kaum in London angelangt, Lord Wexton begegnete? An seinen Besuch auf Aimsley erinnere ich mich dunkel. Ich war noch ein Kind und dachte, er sei mein Vater.«

Die Augen, die er zu Aleister hob, lachten keck. Da Ava schwieg und Aleister stumm abwartete, nahm er die Konversation in die Hand. »Du bleibst doch länger, Maman? Wo wohnst du? Im Hause Onkel Quentins? Morgen gibt Lady Maxwell eine ihrer wunderbaren Dinnerpartys. Alle Welt ist eingeladen. Ich fand es immer schade, daß du für Zerstreuungen dieser Art sowenig übrig hast.«
Aleister grinste.
»Wer weiß«, meinte er, »vielleicht können wir deine zauberhafte Maman dazu überreden, sich ein bißchen zu verlustieren. – Wie mir scheint, bist du dem Klatsch nicht mehr so abgeneigt wie früher, meine Liebe. Habe ich recht?«
Ava lächelte Julian an. »Würdest du mich einen Moment mit Lord Wexton allein lassen, Liebling?«
»O nein!« rief Aleister. »Bleib, Julian, und überlege dir den nächsten Zug. Wie steht das Spiel? Ah ja! Du sagtest ›Schach‹, und ich schützte meine Dame mit dem Springer. Was fällt dir dazu ein? – Komm mit ins Haus, Ava! Bitte vor mir!«
Ava folgte seiner Handbewegung, drehte sich aber noch einmal nach Julian um und nickte ihm zu. Während sie vorausging, spürte sie Aleisters schmalgliedrige Körperlichkeit hinter sich und fühlte sich bedroht.
»Wir wollen uns in der Bibliothek unterhalten«, wurde ihr vorgeschlagen. »Dort sind wir ungestört. Das ist es doch, was du willst, liebste Ava: ungestört mit mir sein?«
Ohne sich umzudrehen, antwortete sie: »Deine scherzende Galanterie wird dir nichts nützen!«
Die Bibliothek war ein verwinkelter Raum im zweiten Stock, der in Lichtfluten schwamm. Zwischen deckenhohen Bücherwänden standen überfüllte Regale. Es roch nach muffiger Gelehrsamkeit.
»Nun?« fragte Aleister. Er wollte Ava von Hut, Cape und Handschuhen befreien, doch sie lehnte ab.
»Danke. Ich habe nicht vor, dich lange aufzuhalten. Es gibt auch keinen Anlaß, mir etwas zu trinken anzubieten. Was ich dir zu sagen habe, faßt ein Satz zusammen: Laß die Finger von meinem Sohn!«

Sie ging zu einem der fünf hohen, quadratisch unterteilten Fenster und schaute in den Garten hinaus. Wider Willen mußte sie schmunzeln. Julian weilte vor dem fast lebensgroßen Schachspiel, stützte den Ellbogen in die Hand und das Kinn zwischen Daumen und Zeigefinger und mimte Nachdenklichkeit.

Aleister trat hinter sie.

»Er ist ein Schauspieler«, sagte er. »Und er weiß, daß wir ihn beobachten. So, wie er in seine Posen verliebt ist, so verliebt ist er auch in sich selbst. Siehst du, wie er den Arm nach dem König ausstreckt? Eine vollendete Bewegung!«

»Aleister, hör zu …«

Unwillig, so als entweihe ihr Geschwätz einen geheiligten Augenblick, schüttelte er den Kopf. Dann wies er mit einer raschen Hebung des Kinns zu Julian hinaus. »Wenn es Makellosigkeit gibt, besitzt *er* sie!«

Ava fuhr herum. Da Aleister dicht – zu dicht! – bei ihr stand, überwältigte sie der Duft, der ihr plötzlich entgegenschlug, diese Mischung aus Sandelholz, Minze und Zimt. Minze dominierte. Zu sehr, fand Ava.

Weiterhin versonnen blickte Aleister zu Julian hinunter. Als sie ihn fragte: »Wie weit hast du dich bereits vorgewagt?«, wunderte sie sich über die Ruhe in der eigenen Stimme.

Er hob spöttisch die Brauen. Jetzt, da ihn das hereingleißende Licht von der Seite streifte, sah sie die feinen Risse in seinem Gesicht. Linien unter den Augen skizzierten Tränensäcke, die er nicht hatte. Seine eher fahle als alabasterweiße Haut war poröser geworden. Stolz darauf, sich den schmalen Wuchs eines Jünglings bewahrt zu haben, mußte er hinnehmen, daß seine Wangen hohl wirkten. Gnadenlos legten die Sonnenstrahlen die Rinnen um seinen Mund und das spinnwebengleiche Netz auf seiner Stirn bloß. Totzdem – wie ein Mann von fünfzig Jahren sah er nicht aus. Die wenigen weißen Strähnen in seinem immer noch dichten blonden Haar schienen eingefärbt zu sein.

Und wenn er lachte, war er jung!

Mit falschem Ernst tändelte er: »Wie weit ich mich vorgewagt habe? Ich verstehe nicht...«
»Frag nicht so dumm!«
»Das gilt auch für dich!«
Der schöne Knabe im Garten hatte sich inzwischen ins Gras gesetzt und blinzelte in die Sonne.
»Und alles vor dem Personal!« echauffierte sich Ava.
»Deine Phanatasie geht mit dir durch. Bin ich nicht berühmt für meine diskreten Arrangements?«
»Ich ruiniere dich! Ich bringe dich auf die Anklagebank! Du tust meinem Sohn nichts an! Du nicht, Aleister!«
»Das habe ich auch nicht vor. Komm wieder zu dir!«
»Ich bin ganz und gar bei mir. Und du wirst, wenn du dich nicht vorsiehst, bald im Gefängnis sein!«
Sie drohte ihm, und er fand's komisch. Belustigt neigte er den Kopf zur Seite. »Aber Ava! Gesetzt den Fall, du erstattest tatsächlich Anzeige: Ich hätte vor Gericht die besseren Karten. Wer glaubt einer ausgehaltenen Frau, die nicht erklären kann, wie sie an das ›Mrs.‹ vor ihrem Namen gekommen ist, mehr als dem Earl of Barrington? Man wäre mir mit Sicherheit wohlgesinnter als dir. So ist das nun einmal, ma chère.«
»Und wenn Maxwell meine Anklage unterstützen würde?«
Aleister verschränkte die Arme vor der Brust. Er ließ sich rücklings gegen das nächste Regal fallen und überkreuzte mit einem Bein lässig das andere.
»Willst du deinen eigenen Sohn opfern?« fragte er kühl.
Gefährlich leise, in den Augen eine genüßliche Boshaftigkeit, erwiderte sie: »Ich könnte dich der versuchten Verführung bezichtigen, der bösen Absicht, deren Opfer ein unschuldiger sechzehnjähriger Knabe war. Besser?«
Er lachte.
»Wenn du mir nicht so gefallen würdest, müßte ich dir die Tür weisen. In den letzten Jahren dachte ich übrigens ein paarmal daran, dich zu besuchen.«
»Behalte deinen Honig!«
»Es ist wahr. Vielleicht hast du gehört, daß ich zwei Jahre in

Italien geblieben und dann nach Ägypten weitergereist bin. Ich wollte wie Bonaparte unter der Sphinx stehen und dreitausend Jahre Geschichte auf mich herabblicken lassen. Die Expedition mündete in ein Desaster. Mein Magen brachte mich fast um. Es war, als hätte ich einen Löffel Gift geschluckt. Um mich auszukurieren, nahm ich eine Einladung an den Genfer See an. Die dortige Luft soll jedweder Regeneration dienlich sein. Deshalb zog sich mein Aufenthalt in die Länge. Endlich wieder in London, mußte ich fürchten, auf Aimsley eine Matrone vorzufinden. Du bist in einem Alter, das selten schmeichelt, dir aber überraschend wohl bekommt. Warum siehst du so jung aus, Ava?«

Er zögerte. Dann strich er mit zwei Fingern über ihre Wange. Nachdenklich fuhr er fort: »Ich wollte mir keine Illusion zerstören. Nichts entsetzt mich mehr als das Alter. Je näher es rückt, desto besessener werde ich von Jugend und Schönheit, von ungeprägten Zügen und glatter Haut. Das Unverbrauchte, Aufknospende stimmt mich heiter; Welkheit stößt mich ab. Ich finde zerfurchte Gesichter und hängendes Fleisch widerlich. Ehe es soweit kommt, sollte man sterben. Was ist das nur mit dir, Ava? Wenn ich nicht drauf und dran wäre, deinem vollendeten Sohn zu verfallen, würde ich jetzt die Tür abschließen.«

»Du und deine Geschmeidigkeiten.«

Seine Finger glitten hinter ihr Ohr. Er war ihr so nah, so schmerzlich nah... Als sie das silberne Glitzern in seinen Augen sah und an seine Zähne dachte, fühlte sie Hitze in sich aufsteigen.

Leise sagte Aleister: »Manchmal meine ich, daß ich vor einem ungeheuren Inzest stehe. Es ist, als würde meine Gewißheit trügen. Wäre ich nicht Herr meines Verstandes, müßte ich glauben... Nicht wahr, dir geht es genauso?«

Und plötzlich, so, als falle er aus einer zärtlich-versunkenen Stimmung, stellte er fest: »Wie man hört, soll Maxwell äußerst eifersüchtig sein.«

Ava wich einen Schritt zurück. Ihr Reifrock berührte ein paar vorstehende Folianten, die raschelnd protestierten.

»Was willst du damit sagen?«
»Weiß er, daß du ihn bereits vor etlichen Sommern betrogen hast? Weiß er von deinem wenig standesgemäßen Liebhaber?«
»Was?«
Aleister grinste.
»Eine Frau, die mich nach zwanzigjähriger Bekanntschaft noch in Versuchung führt, muß einfach einen jungen Geliebten haben, mein Herz. Was diesen Bauernlümmel angeht, hättest du rechtzeitig mit der Wachheit deines Sohnes rechnen sollen. Wenn er sich auch nicht ganz sicher ist, so bleibt ihm dein amouröses Treiben doch nicht verborgen. – Und Maxwell weiß weder das eine noch das andere.«
Es wurde still in der lichtübergossenen Bibliothek. Erschrokken schaute Ava in den Garten hinaus. Julian hatte es also gewußt – und mit Aleister darüber gesprochen! Ihr Sohn, *ihr* fabelhafter Sohn! Welch ein Verrat! Obwohl ihr schwindelte, höhnte sie: »Aha, du willst mich erpressen! Vergiß es! Maxwell liebt mich – immer noch! Dich verachtet er. Er würde dich nicht einmal anhören.«
»Das müßte man ausprobieren.«
Sie zwang sich, aufzulachen.
»Einerlei! Ich bin nicht mehr seine Geliebte. Was er im nachhinein erfährt oder nicht, kann mir gleichgültig sein. Aimsley gehört mir – und zwar rechtmäßig! Ich habe es gekauft. Interessant, daß du das nicht wußtest. Dein Winkelzug verfängt nicht mehr. Es ist zu spät, Aleister!«
»Mag sein, mag nicht sein.« Er stützte sich mit beiden Händen auf die Fensterbrüstung und schien sich der Vorfreude auf einen noch nicht ausgespielten Trumpf hinzugeben. Nach einer kurzen Pause sprach er weiter: »Du behauptest, daß dich Maxwell nach wie vor liebt. *Ich* glaube, daß deine Zeit vorbei ist. Maxwell hat gewiß noch einiges für dich übrig, aber in erster Linie verbindet ihn die Gewohnheit mit dir – und dein Sohn, der sein Erbe ist. An deiner Stelle würde ich mich nicht allzusehr auf ihn verlassen. Daß er sich mit mir anlegen

will, wage ich zu bezweifeln. Außerdem ist er derzeit mit einem saftigen jungen Ding beschäftigt, das seinem ordinären Geschmack weitaus mehr entspricht, als du es je tatest. Viel hinten, viel vorne und nichts im Kopf. Wenn ihn jemand an der Kandare hat, dann dieses Mädchen. Er war stets ein Sklave seiner Triebe.«

»Das ›junge Ding‹ ist beinahe dreißig Jahre alt, sehr filigran und durchaus gebildet.«

Auf einer Regalzeile stand eine Wasserflasche, daneben ein Glas. Aleister goß sich ein, trank aber nicht. Statt dessen berichtigte er: »Du sprichst von der Italienerin, und ich spreche von einer kleinen Näherin aus der Savile Row. Offenbar weiß ich mehr als du. Und warum? Weil ich meine Feinde auszuspionieren pflege, um gegen Angriffe gewappnet zu sein. Da ich Julian nicht aufzugeben gedenke, war mir von Anfang an klar, daß ich in Maxwell und dir Feinde sehen muß. So ist es doch? Aber um auf Maxwells Affären zurückzukommen: Seine Reiseeroberung ist ihm eher eine Seelenfreundin, ein Trost in dunklen Stunden, doch die Nähmamsell wärmt sein Bett – inbrünstig, wie ich vermute. Die Fäden gleiten dir aus der Hand, meine Liebe.«

Ava stellte sich so dicht vor ihn hin, daß ihre Brust die seine berührte. Zu ihm emporlächelnd sagte sie: »Du bist fünfzig, und Julian ist sechzehn. Welche Fäden glaubst *du* in der Hand zu halten?«

Als sie triumphierend eine Braue hob, nickte er anerkennend. Gefangen in einem alten Bann, dem des Zweikampfs, traten sie in einen stummen Wettstreit. Die Stille dehnte sich. Plötzlich fragte Aleister: »Wenn dein Sohn dein Joker ist, warum willst du ihn dann zurückziehen statt ausspielen?«

Avas Blick wanderte erneut in den Garten hinaus, wo Julian so lasziv, als wolle er einen Liebhaber locken, im Gras lag. Er hatte ein Bein angewinkelt und einen Arm über sein Gesicht gelegt und kaute an einem Blumenstengel.

Von seiner Sinnlichkeit wie von einer Brennessel gestreift, senkte Ava die Lider. Und neben ihr roch es nach Sandelholz, Minze und Zimt... besonders nach Minze.

»Ich fände es entzückend, ein Arrangement mit dir treffen zu können«, hörte sie Aleister sagen, ehe er einen Schluck aus dem Wasserglas nahm. Als er nachschenken wollte, war nichts mehr in der Flasche.

»Ein Arrangement?«

»Ja. Du versuchst nicht länger, mir Julian auszureden, und beruhigst Maxwell, und ich gebe dem kostbaren Juwel da draußen – du gestattest die abgegriffene Metapher? – den letzten Schliff. So habe ich den Genuß, und du kannst dich später an deiner Schadenfreude weiden.«

Sie sah ihn an, als habe sie nicht verstanden. Reglos in sich hineinlauschend, wägte sie das, was wild in ihr brodelte, gegen das, was die Vernunft ihr eingab, ab. Plötzlich lachte sie auf, feindselig, fast lautlos. Sie riß den Kopf herum, raffte die Röcke und ging zur Tür. Ehe sie über die Schwelle trat, verkündete sie ihren Entschluß: »Sag Julian, ich sei nach Aimsley zurückgefahren. Ich will jetzt nicht mit ihm sprechen. Ich warte. Ich warte auf den Tag, an dem er dir die Niederlage deines Lebens bereiten wird. Leere dein Glas bis zur Neige, Aleister, leere es bedächtig, denn die Flasche ist leer!«

Achtzehntes Kapitel

In einer Gewitternacht im Juni fuhr Ava schluchzend aus dem Schlaf. Sie setzte sich auf, rang nach Atem und zündete mit Händen, die kaum ihrem Willen gehorchten, eine Kerze an. Kalter Schweiß perlte auf ihrer Stirn. Am ganzen Leib zitternd, zog sie die Knie bis zum Kinn hoch und umschlang sie mit den Armen. Sie begann, sich vor- und zurückzuwiegen.

Ein wüster Bilderreigen drehte sich in ihrem Kopf. Sie sah Aleister mit Jonathan und gleich darauf mit Adrien, und sie sah sich selbst, sah, wie sie von Aleister geküßt wurde und wie sich anschließend Adriens Gesicht, das sich langsam in das ihres Sohnes verwandelte, über sie beugte...

Einen Aufschrei unterdrückend, schloß sie die Augen. Als sie sie wieder öffnete, war der Spuk vorbei. Draußen ging rauschend der Regen nieder.

Es war geschehen. Ava wußte, daß es geschehen war. Aleister hatte Julian verführt – oder Julian Aleister?

Am großen Fenster klopfte es. John wollte hereingelassen werden. Sie hielt die Hand vor die Kerze und tat, als hörte sie nichts. Auf einmal wünschte sie, Quentin wäre da. Seit er ihr die sich zwischen Aleister und Julian anbahnende Liaison enthüllt hatte, war er nicht mehr gekommen.

Noch in dieser Nacht schrieb sie ihm einen Brief. Sie bat ihn, sie zu besuchen, und fügte hinzu, daß er ihr fehle. Eine Woche lang wartete sie auf Antwort. Dann erreichten sie Zeilen, die aus Sarahs Feder stammten.

Nach einigen Höflichkeitsfloskeln schlossen sie: »Sie wissen, daß ich Ihnen stets wohlgesinnt war, aber Sie müssen die

Haltung meines Gatten, die auch die meine ist, verstehen und alles tun – in unserem wie in Ihrem eigenen Sinne! –, um einen Eklat zu verhindern. Da Julian seit Monatsanfang unbeaufsichtigt in Cambridge studiert, steht zu befürchten, daß er heimliche Zusammenkünfte mit Lord Wexton hat. Sollte nur der Hauch eines Skandals auf den Namen Maxwell fallen, wird mein Mann die Konsequenzen ziehen.«

Tags darauf brachte ein Bote eine weitere Depesche, diesmal von Quentin. Deren Inhalt lautete kurz und lapidar: »Da ich ohnedies mit dir zu sprechen habe, kannst du mich am Mittwoch, den vierundzwanzigsten, erwarten.«

Ava suchte sofort die Kochrezepte, die er ihr aus Piemont geschickt hatte, und stellte ein Menü zusammen, das ihre Köchin zu einem hysterischen Anfall veranlaßte. Nach Zwiebelsuppe, Gemüserisotto, Rinderzunge in pikanter Sauce und Kaninchen in Rotwein mit überbackenen Kartoffeln sollte zum Dessert Käsekuchen serviert werden.

Ja, und dann, am vierundzwanzigsten, saß sie in ihrem schönsten Kleid, nach französischem Parfum duftend, Schmuck an Hals und Handgelenken, allein vor dem gedeckten Tisch und wartete. Die Stunden lösten einander ab, doch Quentin kam nicht. Dafür kam spät in der Nacht eine Eildepesche, in der er ihr mitteilte, daß er aufgehalten worden sei und erst übermorgen mittag auf Aimsley eintreffen werde. Mehr als zwei Stunden könne er ihr allerdings nicht widmen.

Die Geschichte mit der Näherin aus der Savile Row schien demnach zu stimmen.

Als er schließlich mit Ava bei einem einfachen englischen Lunch – Rinderbraten mit Minzsauce – im Grünen Salon saß, wurde viel geschwiegen. Maxwell war in Mißstimmung, Ava einsilbig. Die angenehme Vertrautheit früherer Jahre wollte sich nicht einstellen. Etwas war vorbei. Julian trug daran keine Schuld.

Seit Quentin hier war, störte sich Ava an seiner kanariengelben Weste. Was sich ein Aleister Wexton leisten konnte, wirkte an einem Quentin Maxwell noch lange nicht vorteil-

haft. Das viel zu jugendliche Gilet stand ihm ebensowenig wie der extrem taillierte Rock, der zwar modisch war, seine zurückgewonnene Fülle aber eher unterstrich als kaschierte.
»Bevor Julian nach Cambridge abreiste, habe ich mit ihm gesprochen«, sagte er plötzlich. »Das heißt, ich sprach, er hörte zu. Und am Schluß fragte er: ›Ist das alles, Sir?‹ Als handele es sich um eine Lappalie! Nun, er weiß, was für ihn auf dem Spiel steht. Klug ist er ja. Jetzt kommt es darauf an, wie er sich bis zu seiner Großjährigkeit entwickelt. Den gesellschaftlichen Verkehr mit Wexton habe ich ihm übrigens nicht verboten. Beschwört er jedoch einen Skandal herauf – mit wem auch immer! –, muß ich ihn, was du gewiß begreifst, enterben. Dasselbe erwäge ich, sollte ich den Eindruck haben, daß er seiner ungesunden Neigung heimlich nachgeht.«
So standen die Dinge, als Julian im August nach Hause kam.

Da er Aimsley erst spät in der Nacht erreichte, begrüßte er Ava nur kurz und ging, angeblich völlig erschöpft, unverzüglich ins Bett.
Dorthin brachte sie ihm am nächsten Morgen das Frühstück. Er schlief noch. Zuerst stellte sie das Klapptablett über seine Beine, dann huschte sie zu den Fenstern, um die Vorhänge aufzuziehen. Draußen nieselte es. Schwere Nebelwolken hingen zwischen den Bäumen.
Ava ließ sich auf der Bettkante nieder, küßte Julian auf die Wange und sagte amüsiert: »Guten Morgen, Faulpelz! Es ist nach zehn!«
Gähnend rieb er sich die Augen. Ehe er sich aufsetzte, fuhr er sich mit der Hand durchs strubbelige Haar. Und sein Lächeln war so strahlend, als küsse die Sonne den Mond.
»Na, ist dir jetzt besser?« fragte Ava.
»Besser?«
»Gestern nacht sprachst du davon, dich nicht wohl zu fühlen.«
»Das lag an einem Gespräch, das ich mit Maxwell hatte. Er holte mich von Cambridge ab. In London lud er mich ins Vilette ein. Dort dinierten wir, und er redete ohne Unterlaß.«

»Worüber denn?«
Ava hatte Tee eingegossen. Nun bestrich sie ein Stück Toast mit Butter und Marmelade, um es Julian zu reichen. Er schmunzelte.
»Eigentlich kann ich das selber, Maman! – Ich weiß nicht, worüber. Er drückte sich ziemlich verquollen aus.«
Dann erzählte er von den Vergnügungen in Cambridge, von Festen, Wetten, Kartenspielen, Bekanntschaften, die er interessant fand, einem Lied, an dem er seit Wochen komponierte, und modischen Extravaganzen, die er sich leisten konnte, weil ihm Quentin ein großzügiges Taschengeld von einhundertzwanzig Pfund im Monat ausgesetzt hatte. Sein Studium der alten Sprachen erwähnte er nur beiläufig. Dafür erfuhr Ava, daß er Hector Thornton »ganz zufällig« wiedergetroffen habe und daß er ihn mittlerweile für einen »zwiespältigen, wenngleich ungewöhnlichen Charakter von einiger Sprödigkeit« halte, dem alle Leichtigkeit fehle.
Als er schließlich seine erste Reitstunde schilderte und sie damit begündete, daß Pferdesport in Cambridge sehr beliebt sei und auch Aleister ihm empfohlen habe, nicht länger zu zaudern, fragte Ava: »Lord Wexton hat dich in Cambridge besucht?«
»Fängst du jetzt auch schon an?«
»Demnach war Quentin an demselben Thema gelegen.«
»Unter anderem.«
Ava erhob sich und ging zur Balkontür. Ein grauer Tag döste unter einem grauen Himmel. Während Julian unlustig seinen Toast verspeiste und gleichzeitig rhythmisch mit dem Löffel auf sein Ei schlug, anscheinend ohne die Absicht, es auch abzupellen, rang sie sich zu der Frage durch: »Was denkst du dir eigentlich dabei, Vermutungen, die du über mich hast, an Aleister weiterzutragen?«
Da sie mit dem Rücken zu ihm stand, sah sie nicht, daß er rot wurde.
»Ja, das war ein Fehler«, gab er sofort zu. »Es tut mir leid. Ehrlich.«

Etwas in ihr stockte. Dann mußte sie lachen. Ihr Sohn! Immerhin leugnete er nicht. Sie kehrte an sein Bett zurück und setzte sich wieder zu ihm.
»Du würdest es in mancher Hinsicht leichter haben, wenn du verschwiegener wärst«, meinte sie. »Man kann im Leben alles tun, auch das Unerhörteste, wenn man es zu verbergen weiß. Verstehst du?«
Jetzt lachte Julian.
»Das ist exakt Aleisters Lebensphilosophie.«
»Quentin spielt mit dem Gedanken...«
»... mich zu enterben, ja. Er wird keinen Anlaß dazu haben, Maman. Mit jemandem den Tee zu nehmen, auch wenn er Wexton heißt, ist doch nichts Verwerfliches, oder? Übrigens bin ich Ende des Monats bei den Addingtons eingeladen, um mit deren fünfzehnjähriger Tochter Klavier zu spielen.«
Beide lächelten. Sie sahen einander an, als teilten sie ein Geheimnis.
»Du magst Aleister sehr, nicht wahr?« kam es schließlich von Ava, deren Finger über das Plumeau tasteten, darin eine kräftige Feder erfühlten und an ihr zu zwirbeln begannen.
Julian zögerte. Dann meinte er ebenso munter wie bestimmt: »Er ist der interessanteste Mensch, den ich kenne. Er ist einfach... spannend! Dauernd sagt oder tut er etwas, das niemand erwartet. Gegen ihn ist Maxwell ein Philister! Nein, reg dich nicht auf, Maman! *So* rede ich nur zu dir, nicht zu unserem Gönner.«
Aus dem letzten Halbsatz klang Sarkasmus – ein Sarkasmus, der fremd an Julian war. Ava hörte auf, an der Feder zu zupfen. Als ihr Sohn den Löffel in die Marmelade steckte, ihn wieder herauszog und ableckte, stand sie auf.
»Wir sehen uns beim Lunch«, verabschiedete sie sich. Den ganzen Vormittag über fühlte sie sich unwohl. Schwer gingen ihr die Verrichtungen, zu denen sie sich in Haus und Stallungen zwang, von der Hand.
Da Julian während des Mittagessens einen leichten Plauderton anschlug, der jedermann, bis auf seine Mutter, überzeugt

hätte, zugleich aber ihrem Blick auswich und ernst zu werden vermied, fand auch sie nicht in den Ton, den sie suchte. Ihr war, als säße sie in einer Kutsche, die in eine ihrem Ziel entgegengesetzte Richtung fuhr.

Nach dem Lunch verkündete Julian, er werde ein Bad nehmen. Im warmen Wasser vor sich hinzudösen liebte er fast ebenso wie sie.

Ava blieb im Grünen Salon zurück. Sie sank auf eines der Kanapees, sprang wieder auf, ließ sich auf einem Stuhl nieder, ging ans Fenster, schaute hinaus, rückte die Vase auf der Kommode und die Zierdecke auf dem Klavier zurecht, trat an die Verandatür, starrte ins Leere... Schließlich rang sie sich zu einem Entschluß durch.

Sie raffte die Röcke, lief aus dem Zimmer, die Treppe hinauf und klopfte an die Tür des Baderaums.

»Darf ich hereinkommen?«

Eine Weile blieb es still. Dann hörte sie Julian sagen: »Natürlich.«

Bis zur Brust war er ins heiße Wasser eingetaucht. Die Arme über den Wannenrand gebreitet, sah er Ava genauso überrascht wie neugierig, vielleicht auch ein wenig unsicher, entgegen. Dampfschwaden umgaben ihn. Es roch intensiv nach Lavendel.

Ava empfand ihre Anwesenheit durchaus selbst als Indiskretion, ließ sich davon aber nicht beeindrucken.

Kaum hatte sie die Tür hinter sich ins Schloß gedrückt, kam sie zur Sache.

»Du fragst noch weniger, als du erzählst«, stellte sie fest. »Daß du Angelegenheiten, die mich betreffen, mit Aleister statt mit mir besprichst, stört mich sogar mehr als die Tatsache, auf Quentins Berichte angewiesen zu sein, wenn du Wesentliches erlebst. Ich habe dich zu frei erzogen, behauptet Quentin. Bisweilen fürchte ich, daß er recht hat.«

Julian schwieg. Er hatte den Kopf gesenkt.

Mit vor der Brust verschränkten Armen, so, als müsse sie sich vor etwas schützen, lehnte Ava zwischen dem beschlagenen

Spiegel und dem ebenso beschlagenen einzigen Fenster an der Wand. Nachdenklicher Ernst zeichnete ihr Gesicht.
»Gewisse Konstellationen erfordern es, behutsam angefaßt zu werden«, erwiderte Julian. Als er den Blick hob, lächelte der pure Charme, mit dem er all seine Schlachten für sich zu entscheiden pflegte, aus seinen Augen. Ava lächelte zurück. So, wie er in der Wanne lag, den Ellbogen auf dem Rand, den Kopf auf die Hand gestützt, selbstsicher ausgestreckt, unangreifbar wie ein Faun, erinnerte er, auch ohne in einen sanftironischen, abwartenden Ton zu verfallen, so sehr an den Mann, den er einst für seinen Vater gehalten hatte, daß es weh tat. Sogar körperlich, obgleich nicht ganz so groß und schmal, war er Aleister erstaunlich ähnlich. Ava wunderte sich, daß sie, mit dieser Ähnlichkeit konfrontiert, immer wieder das Gleichgewicht zu verlieren drohte.
Ihr Sohn war jung, jung und schön, eigentlich schöner, als es Aleister je gewesen. Wenn sie die beiden – ohne es zu wollen und in Bildern, die kamen und gingen, wie es ihnen paßte – in sinnlicher Umarmung sah, wurde ihr schwindlig vor Entsetzen, Entsetzen über sich selbst, Entsetzen darüber, daß ihre Vorstellungskraft vor keiner Intimität haltmachte.
Um Julians vollendeten Wuchs nicht länger mit unmütterlicher Neugier zu betrachten, setzte sie sich in Brusthöhe zu ihm an den Wannenrand und studierte sein nicht minder anziehendes Gesicht.
»Wahrscheinlich imponiert dir Aleisters Lebenserfahrung«, sagte sie und strich ihrem fabelhaften Sohn eine feuchte Haarsträhne hinters Ohr. Fast war sie wehmütig. Da stürmte auf einmal so viel auf sie ein, und nichts ließ sich auseinanderhalten. »Er ist nicht dein Vater«, fügte sie leise hinzu, »aber er könnte es sein.«
Julian tauchte bis zum Hals im Wasser unter, schob sich aber gleich wieder hoch. Wenn er sich unbehaglich fühlte, verstand er es vortrefflich, das zu verbergen.
»Da du schon willst, daß ich frage«, meinte er nach einer kurzen Pause, »wer ist es denn nun – mein Vater?«

Wieder strich ihm Ava übers Haar. Das nachsichtige Grinsen, mit dem er diese Zärtlichkeit bedachte, sah sie nicht. Ihr Blick glitt an ihm vorbei und durch den dampfverschleierten Spiegel, der ihre Versonnenheit und Julians verhaltene Neugier reflektierte, in eine weite Ferne.

»Du erinnerst dich doch an die Anderswelt, von der ich dir, als du noch ein Kind warst, oft erzählte«, fing sie es an, »an die Pucas und Banshees, an die Leprechauns und an das kleine Volk? Daß ich über fünf Jahre in Irland war, weißt du. Weil mein Vater und meine Stiefmutter bei einem Brand ums Leben kamen, weil sich außerdem herausstellte, daß die Cheltenhams, einst vermögende Kaufleute in Bristol, Bankrott gemacht hatten, und weil ich nicht bei meiner verarmten Großmutter bleiben wollte, reiste ich zu meinem Großonkel in den Burren, eine karge Einöde in der Nähe von Limerick. Später – aber das behältst du jetzt wirklich für dich! – arbeitete ich auf einem Landsitz etwas weiter im Süden als Hausmädchen. Ja, du hörst recht: als Hausmädchen. Ich hatte keine andere Wahl. Nun denn: Mit dem Hausherrn, Lord Justin Melbourne, der mich inoffiziell zu seiner Verwalterin machte, hatte ich eine langjährige Affäre. Er war verheiratet – und ich, als ich nach England zurückkehrte, schwanger. Also gab ich mich, wie schon zuvor, als Witwe aus, um mich als Geschäftsfrau etablieren zu können.«

Sie unterbrach sich mit einem vagen, wiederum etwas wehen Lächeln, sah Julian dabei an und fuhr, eine Hand im warmen Wasser badend, gleichsam, als wolle sie etwas abwaschen, nach einer kurzen Pause fort: »Du bist nicht wie dein Vater. Du hast gar nichts von ihm. Justin war ein richtiger Landadeliger und ist es vermutlich noch heute, einer, der sich mit der Erde verwachsen fühlt und von Pferden, vom Wetter und vom Wechsel der Jahreszeiten mehr versteht als von Musik und Büchern und allem Schöngeistigen. Er sah aus wie ein Zigeuner und konnte sich wie ein Stallbursche benehmen. Sein Gestüt ist berühmt. Ich habe dort viel gelernt.«

»Und warum bist du nach England zurückgegangen?«

Ava zuckte mit den Achseln. Einen Augenblick glaubte sie es selbst nicht mehr zu wissen. Während sie die Hand aus dem Wasser zog und den durchnäßten Volantärmel notdürftig auswrang, erinnerte sie sich: »Weil ich mir etwas Eigenes schaffen wollte.«

Dann kratzte sie sich mit den Fingerspitzen über die von der dampfenden Hitze feucht gewordene Stirn.

»Aber Maxwell hat dir dabei geholfen.«

Wie heiß es hier war!

»Ja, das hat er.«

Julian versank noch einmal bis zum Schlüsselbein im duftenden Wasser. Er schien nachzudenken. Als er sich wieder aufsetzte, wollte er wissen: »Bist du ihm treu gewesen – Melbourne, meine ich.«

»Ja.«

»Und er dir?«

»Mit Sicherheit nicht.«

»Warst du eifersüchtig?«

Ava faßte über Julian hinweg auf die andere Wannenseite hinüber, stützte sich dort ab und schaute ihren fabelhaften Sohn amüsiert an. Daß die Volants ihres Ärmels erneut im Wasser schwammen, schien sie nicht zu stören.

»Was ist das nur für ein Verhör?« fragte sie mit einem mädchenhaft-mutwilligen Aufflackern in ihrem grünen und nachhaltiger Ironie in ihrem blauen Auge. Julian schaute keck zurück, den Kopf leicht zur Seite geneigt, ganz so, als wolle er sie zu irgend etwas provozieren. Schließlich sagte er: »Ich wüßte gern, wie sich das anfühlt: Eifersucht.«

»So, daß du dir diese Erfahrung auf keinen Fall wünschen solltest. Es gibt nur einen Zustand, der unangenehmer ist.«

»Und der wäre?«

»Ungewißheit.« Nach einem irritierten Zögern, das ihren Blick erneut in die Ferne zog, korrigierte sie sich jedoch: »Andererseits ist Gewißheit tödlich.«

Julian ließ den Zeigefinger am Daumen entlangschnellen und spritzte dabei ein paar Wassertropfen nach Ava. Mit einem kurzen Aufschrei fuhr sie zurück und kippte dabei fast in die Wanne. Im letzten Moment fing sie sich ab. Sie begann zu lachen. Julian lachte mit. Doch er blieb hartnäckig: »Warst du's nun?«

»Eifersüchtig?«

»Mhm.«

»Was Justin angeht: nein.«

Der schöne Halbwüchsige in der Badewanne, der gleichzeitig ein Knabe und ein junger Mann war und dank seiner weißen Haut, dem blonden Haar und dem lasziv-lebendigen Blick einem gefallenen Engel glich, zeigte ein Aleister-Grinsen. Während er sich vergnügt die Schulter rieb, meinte er: »Das freut mich.«

Im tropfenden, aber wieder fast klaren Spiegel musterte er seine Mutter, die zurückschmunzelte und dabei ihre unordentliche Frisur bemerkte. Kaum hatte sie sich aufgesetzt und das Wasser aus ihrem nassen Ärmel gedrückt, fingerte sie in ihrem Haar herum. Auch den hochaufgeflappten Krinolinenrock, unter dem sie weiße Pluderhosen trug, schob sie zurecht. Das aquamarinblau schillernde Atlaskleid stand ihr ausgezeichnet. Sie sah sich an und fühlte sich hübsch, empfand aber eine eigentümliche Verwirrung darüber. Während Julian in den Spiegel hineinfragte: »Denkst du noch manchmal an Melbourne?«, glaubte sie zu sehen, wie Aleister sich über ihn beugte. Weiße Haut glitt über weiße Haut, weiche Knabenlippen öffneten sich einem erfahrenen Männermund …

Weil sie nicht antwortete, wiederholte Julian seine Frage.

»Selten«, sagte sie schnell.

»Aber du hast ihn nicht vergessen?«

»Nein.«

Er langte nach dem großen, weißen Badetuch, das auf dem Stuhl neben dem Spiegel lag, erreichte es aber nicht. Sie gab es ihm. Danach ging sie zur Tür. »Ich habe die schönste Zeit meines Lebens mit ihm verbracht«, bekannte sie, ehe sie hinaustrat, »oder vielmehr: eine der schönsten Zeiten, denn kaum hatte ich ihn verlassen, bekam ich dich. Wahrscheinlich bin ich viel mehr deine Mutter, als ich je eines Mannes Geliebte war.«

Im Herbst nahm Julian sein Studium wieder auf, und Quentin kam nach Aimsley, um zu erfahren, was es Neues gab. Ava sagte ihm, er solle sich keine Sorgen machen. Niemand wisse, ob das, was über Aleister getuschelt werde, wirklich stimme. Sie habe mit Julian gesprochen. Dessen Freundschaft mit dem vielleicht zu Unrecht verrufensten Mann Londons scheine viel harmloser zu sein, als zuerst anzunehmen gewesen sei.

»Wo Wexton seine Finger im Spiel hat, ist nichts mehr harmlos!« schnaubte Quentin.

Nur noch selten fand er den Weg nach Aimsley. Wenn er da war, schaute er dauernd auf die Uhr.

Und Ava traf John Fowler in der leerstehenden Scheune, zog Rassepferde und wunderte sich, mit welcher Selbstverständlichkeit Aleister in den Briefen ihres Sohnes Erwähnung fand. Der Kreis schloß sich, und die Zeit war ein Fluß, der immer breiter wurde und alle Dämme, die ihn aufhalten wollten, in seinen Fluten ertränkte.

Der Herbst ging, und der Winter kam, und im Frühling traf ein Brief mit dem Barrington-Siegel auf Aimsley ein. Er lautete:

»Liebste Freundin!

Mitte Mai gedenke ich nach Blair Manor zu reisen. In meiner Begleitung wird sich ein junges Paar befinden, das mich derzeit sehr amüsiert. Da ich auch Julians Gegenwart nicht missen möchte, hoffe ich, Du konspirierst mit mir! Mein Plan, von Julian entzückt begrüßt, ist folgender: Ehe er, das junge Paar, das gut als Anstandswacht taugen dürfte, und ich zu meinem Landsitz weiterfahren, verbringen wir ein Paar Tage auf Aimsley. Sei so freundlich und lade Maxwell ein! Er wird mich zwar nicht in sein allzu berechnendes Herz schließen, aber keine Ursache haben, Julian zu verbieten, mein Gast zu sein. Du bist mir natürlich ebenfalls jederzeit herzlich willkommen!

Im sicheren Gefühl, mich auf Dich verlassen zu können – denke immer an die Niederlage, die Du mir wünschst! –, und in der Gewißheit, daß Du mich verfluchen und dennoch bizarren Gefallen an dem Komplott finden wirst – o ja, ich kenne Dich! –, küsse ich Dich unverfroren auf den Mund.

Ergebenst
Aleister«

Dieser Teufel! Jetzt wollte er sie schon wieder in eine seiner Machenschaften hineinziehen! Wohin spitzte sich diese Geschichte zu? Was er von ihr verlangte, war Kuppelei!
Andererseits hatte er recht: Das »Komplott« reizte sie. Es war merkwürdig, sie wußte auch nicht warum, aber da prickelte etwas. Was für eine Konstellation! Was für eine Intrige! Und sie mittendrin! So skeptisch sie war, vor allem skeptisch gegenüber der eigenen Fasziniertheit, sowenig vermochte sie sich zu entziehen. Aleisters vor mehr als zwanzig Jahren gestellte Frage, ob sie gern spiele, mußte sie heute wohl bejahen.
Als Julian schrieb, er freue sich schon ganz unmäßig auf Blair Manor »und fast noch mehr auf die Tage zu Hause, denn gelegentlich vermisse ich meine Zauber-Maman doch sehr«, brach ihr letzter Widerstand.
Es war jedoch kein leichtes Unterfangen, Quentins Erscheinen zu sichern. Sie schickte ihm, stets von unangenehmen Zweifeln an der Richtigkeit ihres Tuns begleitet, einen brillant formulierten Bittbrief nach dem anderen. Ihr Plädoyer, das auf wenigstens ein gemeinsames Dinner abzielte, gipfelte in der Passage: »Immer wieder fragst Du mich, wie es um Julian und ›diese Affäre‹ steht. Jetzt, wo Du Gelegenheit hast, Dich vom platonischen Charakter der ›Affäre‹ zu überzeugen, mußt Du sie nützen!«
Und wirklich: An einem Sonnentag im Mai trafen Quentin, Aleister, Julian und das fremde junge Paar auf Aimsley ein.
»Eine hübsche Tarnung, die zwei«, raunte Ava Aleister ins Ohr. Das Mädchen, Jane Dandridge, war klein und hatte

schwarze, neugierige Augen, und der Jüngling an ihrer Seite, ein gewisser Jack Hogarth, wußte nicht, wohin mit seinen Händen, und versteckte sie hinter seinem Rücken.
Während Wein, Champagner, Gebäck und Konfekt gereicht wurden, fühlte sich Ava als Voyeurin und gleichzeitig von allen Seiten beobachtet.
»Schau mich bitte nicht so an!« flüsterte sie Quentin zu.
Der sagte gerade zu Aleister: »Sie haben ja ausnahmsweise ein wenig Farbe im Gesicht.«
»Ja, ich reite wieder. Auch ich saß lange Zeit nur in Wägen und mied jede Jagd, doch seit Ava vor ein paar Jahren auf einem nur halb gezähmten Hengst auf mich und meine Kutsche zustob, fand ich es notwendig, mich reiterisch wieder etwas zu fordern. Wie halten Sie's damit, Sir Quentin? Was macht der Sport?«
»Mein Ehrgeiz liegt auf anderen Gebieten, Lord Wexton.«
»Ah ja? Züchten Sie Goldfische oder verfassen Sie ein Buch über Koch- und andere Künste aus Piemont?«
Alle lachten. Die kleine Brünette mit den Kohleaugen kippte fast vom Stuhl, obwohl sie die Anspielung gar nicht verstanden haben konnte.
Quentin konterte: »*Se non è vero, è ben trovato!* Fische züchten und Bücher schreiben sind schöpferische Beschäftigungen. Es ehrt mich, daß Sie mir mehr zutrauen als sich selbst!«
Wieder wurde gelacht.
Danach berichtete Julian von seinen Reitstunden. Er machte sich über sich selbst lustig, indem er zum besten gab, wie sehr er sich als Kind gesträubt hatte, sich von seiner »Zauber-Maman« auf ein Pferd setzen zu lassen.
»Niemand hätte mir eine bessere Lehrmeisterin sein können als sie«, schloß er, »aber ich zog die harte Schule unter dem Spott meiner Kommilitonen vor. Na, die Bande wird sich noch wundern!«
Ava legte die Hand auf seine Schulter, und Julian faßte danach, um sie, ganz Kavalier, zu küssen. Im selben Moment griff Aleister nach ihrer anderen Hand und führte sie gleichfalls an seine Lippen.

»Eine dritte Hand ist wohl nicht frei«, kam es sarkastisch von Quentin.
Die kleine Brünette hatte inzwischen am Klavier Platz genommen und begleitete ihr holpriges Spiel mit einem durchaus passablen Gesang. Schmachtend blickte ihr Galan zu ihr hinüber.
»Sie haben doch nichts dagegen, wenn ich Julian ein paar zusätzliche Reitstunden erteile, Sir Quentin?« fragte Aleister, der sich an die Wand gelehnt hatte und aus seinem Champagnerkelch trank, ehe er fortfuhr: »Mit etwas muß ich meine jungen Gäste doch unterhalten! Damit sich Julian nicht allzusehr nach London sehnt, habe ich die Addingtons für ein Wochenende eingeladen. Erinnern Sie sich an deren Tochter, die schöne Edwina? – Julian, du wirst doch nicht rot werden?«
Ava betrachtete ihren Sohn ebenso neugierig wie amüsiert. Er hatte den Kopf gesenkt und tat verlegen. Dieser Schauspieler! Aber hübsch war er, viel zu hübsch... Größer als sie, doch nicht so groß wie Aleister, schmal, aber nicht dünn, hell und sonnig, mit Augen, so blau wie der irische Sommerhimmel, und Haaren, so weizenblond wie ein Kornfeld, stand er zwischen ihr und Quentin, der plötzlich bat: »Ihr entschuldigt mich?« und für ein paar Minuten verschwand.
Aleister meinte: »Nichts erheitert mich mehr als eine Gesellschaft, die sich aus zwei Naiven, einem Philister und drei Verschworenen zusammensetzt.«
»Bitte?« fragte Jack Hogarth, der sich als Dichter vorgestellt hatte. Als die Verschworenen lachten, lief er zu seiner gutgläubigen Angebeteten hinüber und vergaß die erste Verwirrung, weil er in eine zweite taumelte.
Aleister lächelte Julian an. Nie vorher hatte ihn Ava so entrückt gesehen. Er lächelte nicht, weil er sich der Wirkung seines Lächelns bewußt war, er lächelte, weil ihm Julian keine andere Wahl ließ.
Und während Ava mühsam die schwere Dunkelheit abwehrte, die auf sie zuzukommen drohte, küßte drüben, am Klavier, der junge Dichter den Haaransatz, die Stirn und die

Wangen von Jane Dandridge, die ihm ihr Gesicht wie ein Geschenk darbot und dennoch geistesgegenwärtig genug war, leise und zögerlich weiterzuspielen.

»Was hat sich nun geklärt?« fragte Quentin vierundzwanzig Stunden später. Jack Hogarth, Jane Dandridge sowie Julian und Aleister, die Ava das Versprechen abgenommen hatten, bald zu Besuch zu kommen, waren bereits nach Blair Manor aufgebrochen.
»Sie hätten sich bestimmt überreden lassen, länger zu bleiben«, erwiderte Ava. »Vergiß nicht, *du* wünschtest ihnen eine gute Weiterreise.«
Quentin saß auf dem Kanapee. Er streckte die Beine aus und legte den Kopf zurück.
»Hätte ich mich zum Popanz machen sollen? Herrgott, Ava, du weißt ebensogut wie ich, daß Wexton Julians Liebhaber ist!«
»Das weiß ich nicht«, widersprach sie ruhig. »Und wenn es wäre, wie du sagst, wofür wir keine Beweise haben: Was würdest du mit Drohungen, Verboten und großem Gezeter erreichen? Enterbe Julian, wenn du willst! Dann sorgst du für den Skandal, den du vermeiden möchtest. Man wird sich fragen, warum du den Jungen überhaupt adoptiert hast, und die Vergangenheit aufwühlen.«
»Du hättest Julian den Umgang mit Wexton verbieten müssen!«
»Das hast du auch nicht getan!«
»Ja, weil ich dachte, er sei vernünftig genug... Aber er ist es keineswegs! Er ist ein verzogener Bengel, dem niemand beigebracht hat, wo das Pikante aufhört und das Verderbte anfängt.«
Plötzlich griff Quentin sich ans Herz. Während Schweißperlen auf seine Stirn traten, zerrte er, bleich im Gesicht, an seiner Halsbinde. Ava erschrak. Sie füllte ein Glas mit Wasser und flößte ihm einen Schluck ein. »Quentin, was ist dir?«
Er atmete schwer. Seine Züge verspannten sich, als litte er

große Schmerzen. Bevor Ava zur Klingelkordel laufen konnte, murmelte er: »Es geht schon wieder.«
Sie kniete sich neben ihn und tupfte mit ihrem Taschentuch über seine feuchten Schläfen.
»Du darfst dich nicht so aufregen«, mahnte sie sanft.
Er lächelte mühsam. Schließlich fragte er: »Warum kniest du? Wenn je einer von uns beiden vor dem anderen kniete, war ich das. Wahrscheinlich bin ich ein Jahrzehnt und länger einer Illusion nachgerannt, die viel zu spät wie eine Seifenblase zersprang.«
»Aber du warst doch auch glücklich mit mir.«
»Glücklich?« Er nahm ihr das Taschentuch aus der Hand und warf es vor sich auf das Tischchen. »Nein, glücklich war ich nie mit dir. Vielleicht sind große Gefühle nicht dazu da, glücklich zu machen.«
Sie schwieg. Als er sich aufrichtete, wollte er wissen: »Und was wirst du jetzt tun?«
»Ich?«
»Ja, du. Mach mir nichts vor. Dir ist es, als betrüge dich Wexton mit deinem Sohn und umgekehrt. Das quält dich. Weil du Julian abgöttisch liebst, läßt du ihn trotzdem gewähren. Obendrein kannst du Wexton noch immer nicht widerstehen. Merkst du nicht, daß er dich benutzt? – Ich bin ein alter, kranker Mann, Ava. Ich gehe auf die Sechzig zu und habe nicht mehr die Kraft, das zu tun, was ich für richtig halte. Gleich einem müden Löwen, der sich auf Drohgebärden beschränkt, sehe ich zu, wie du deinen letzten Kampf mit Wexton austrägst, und hoffe, daß meine Familie unbeschadet aus der Schlacht hervorgeht. – Ist es nicht komisch, daß wir ausgerechnet durch Julian aneinandergeknüpft sind?«
Ava senkte den Blick. Als sie ihn wieder hob, strich ihr Quentin eine widerspenstige Locke hinters Ohr. »Steh auf!« sagte er leise.
Statt zu gehorchen, legte sie den Kopf auf sein Knie.

Blair Manor und immer wieder Blair Manor!
Als Ava näher ritt, lag der Prachtbau gelassen und kühl in der Abendsonne.
Zu ihrer Überraschung traf sie Julian bei Reiterspielen im Park an. Er saß auf dem Rücken eines frommen Wallachs und winkte ihr sogleich zu. Während er ihr entgegentrabte, hielt er sich sehr gerade. Auch Ava zwang ihren Hengst in einen langsamen Schritt.
»Maman!« rief Julian. Er strahlte wie helles Sonnenlicht. »Ich dachte schon, daß wir nicht lange auf dich warten müssen! Du ersparst mir doch einen Begrüßungskuß über zwei Pferdeköpfe hinweg? Sonst kippe ich nämlich aus dem Sattel. Na, wie findest du mich? Du trägst ja ein Kostüm! Hast du die ganze Strecke unverkleidet zurückgelegt?«
»Unter Verwünschungen!«
»Trés chic! Komm mit! Al ist im Pavillon!«
Ava folgte ihm entschlossen. Bereits von weitem sah sie einen schweifwedelnden Schimmel, der an einem Pfosten der im Chinastil geschnitzten Laube festgebunden war. Aleister, äußerst flott in seinen engen Breeches, genehmigte sich gerade eine Erfrischung und hatte in der einen Hand ein Glas und in der anderen den Henkel eines mit Wasser und Eiswürfeln gefüllten Kristallkruges, den er sofort abstellte. Als er seinen Reiterhut schwenkte, um Ava auf sich aufmerksam zu machen, hob auch der junge Dichter den Kopf, und das Mädchen mit den Kohleaugen rief: »Sie ist es! Sie ist es tatsächlich!«
Jane Dandridge war Dorothy Bentwood auf einmal sehr ähnlich. Ihre Wangen hatten sich gerötet. Offenbar sprach sie dem Champagner, der in einem Eiskübel auf dem Tisch stand, mehr zu, als es die Tageszeit erlaubte.
»Sie hat keine Manieren, aber sie unterhält«, erklärte Julian seiner Mutter. Bevor sich Ava, seltsam berührt von Art und Ton der Auskunft, dazu äußern konnte, nahm Aleister die wenigen Stufen zum Rasen hinunter. Er eilte auf sie zu, griff nach dem Halfter ihres Hengstes, verneigte sich übertrieben tief und half ihr schließlich aus dem Sattel.

»Dein Diener! Ob du es glaubst oder nicht: Ich habe dich heute erwartet!«
Dann band er ihren Fuchs neben seinen Schimmel. Ava zog ihre derben Lederhandschuhe aus und reichte ihm ihre Fingerspitzen zum Kuß. Kaum hatte er der Aufforderung Folge geleistet, sagte sie: »Mein Pferd ist verschwitzt. Es muß trockengerieben werden und braucht einen Sack Hafer.«
Aleister rief nach seinem Stallburschen. Da der Mann nicht sofort kam, schrie er den Namen ein zweites Mal. Derweil lächelte Ava zu Julian empor, der auf seinem Wallach sitzen geblieben war. Gleich darauf sah sie die hinter dem Seerosenteich aufgestellten Parcourshindernisse.
»Was ist das denn?« fragte sie.
»Unser Übungsgelände«, antwortete Aleister.
Julian, wieder ganz Kind, forderte sie augenblicklich auf: »Sieh zu, Maman!«
Er schnalzte mit den Zügeln und ritt zwischen den Bäumen und dem Teich hindurch. Mit nur einem einzigen Anlauf setzte er nacheinander über drei Balkenbarrikaden. Der vierten mußte er ausweichen. Trotzdem warf er jubelnd den Hut in die Luft.
»Dein Sohn«, meinte Aleister anerkennend.
Als der Stallknecht endlich keuchend des Weges hastete, um den Fuchs und den Schimmel abzuholen, sagte Ava, die weiterhin Julian beobachtete: »Er hält sich gut. Es fehlt ihm nur noch an Kraft in den Schenkeln. Und ein wenig lockerer sollte er werden.«
»Das hat Zeit. Rom wurde auch nicht an einem Tag erbaut. Freu dich lieber, daß die meisten Stürze schon hinter ihm liegen.«
»Das gehört dazu. – Findest du nicht, daß es für diesen Parcours ein wenig früh ist?«
»Ach was! Die Hindernisse sind ja nicht hoch und stehen weit auseinander. Außerdem hat Julian Spaß am Springen.«
Während Ava die Handschuhe mehrmals auf ihre locker geballte Faust niedersausen ließ, lobte Aleister ihr Reitkostüm.

Sie begannen zu schlendern. Jane Dandridge kicherte beschwipst hinter ihnen her.
»Ich muß richtig eingestaubt sein«, sagte Ava. »Immerhin bin ich seit eineinhalb Tagen in diesem Kleid unterwegs.«
»Willst du dich frisch machen? Dein altes Zimmer wartet auf dich.«
Als hätte sie nicht zugehört, fing sie plötzlich an: »Das Mädchen, der junge Mann... ein netter Rahmen, dir und deinen Inszenierungen gemäß. Wie du bist, weiß ich, aber aus meinem Sohn werde ich nicht klug. Manchmal ist er noch wie ein Kind, so, als wäre er gerade erst zwölf, und dann erscheint er mir dermaßen erwachsen, daß mir angst wird. Was hast du einmal über ihn gesagt? ›So verliebt er in seine Posen ist, so verliebt ist er auch in sich selbst.‹ Quentin meint, er kenne die Grenze zwischen Pikantem und Verderbtem nicht.«
Es dämmerte. Der Himmel verblaßte, das Licht verglomm, rötliche Schlieren zogen am Horizont auf.
»Gibt es da einen Unterschied?« fragte Aleister und blinzelte keck. »Doch ernsthaft: Auf seine Weise hat Maxwell recht. Deinem Sohn ist das Entsetzen, das er überwinden müßte, um als verderbt zu empfinden, was er tut, gänzlich fremd. Er ist das amoralischste Geschöpf unter der Sonne und der letzte Freigeist dieser sterbenslangweilig gewordenen Epoche. Unter den Hannoveranern war es ja noch ganz lustig, aber dieser dicklichen, erst zweiundzwanzigjährigen Matrone, die derzeit auf dem englischen Thron sitzt und sich von dem Kleingeist, mit dem sie verheiratet ist, den Truthahn von der Weihnachtstafel nehmen und eine Gans daraufstellen läßt, gelingt es mit Sicherheit, uns den letzten Spaß zu verderben. Victoria hat ein Spatzenhirn. Also wird der Premier an Autonomie und Macht gewinnen. Das heißt, daß sich das Bürgertum endgültig als herrschende Klasse durchsetzen dürfte. Laßt uns Kissenschoner nähen! Wenn ich mir die jungen Männer von heute, die als fünfzehnjährige Knaben bereits unsichtbare Zipfelmützen auf dem Kopf tragen, so anschaue, überkommt mich ein Grauen. Gott sei Dank betrachtet dein lachender

Sohn die Dinge mit gesunder Neugier und wählt aus, was ihm gefällt, nicht, was ihm gefallen soll. Eigentlich hätte er gut in die vornapoleonische Zeit gepaßt. – Nun, er hat ja Möglichkeiten. Irgendwann wird er ein vermögender Mann sein. Leuten mit finanziell gesichertem Hintergrund stehen im Ausland alle Türen offen. Und wenn er's doch einmal gemütlich möchte, kann er sich für ein paar Wochen an einen englischen Kamin setzen.«

»Und wenn ihn Quentin enterbt?«

»Dann beerbt er eben mich. Ich habe zwar weite Teile des sagenhaften Barrington-Nachlasses durchgebracht, aber für Julian wird's noch reichen. Um die Zukunft deines Götterkindes brauchst du dir keine Sorgen zu machen. Doch du *machst* dir Sorgen. Worüber?«

»Was weiß Julian?«

Ava war stehengeblieben. Zuerst ging Aleister voraus, aber schon bald verhielt er den Schritt und rehte sich nach ihr um. Zwischen den riesigen Bäumen dunkelte es. Sehr intensiv roch es nach feuchtem Gras, Harz und Kiefernadeln. Und es roch nach Sandelholz, Minze und Zimt. Diesmal war die Minznote sehr dezent.

»Was soll er wissen?«

»Stell dich nicht dümmer, als du bist! Was hast du ihm erzählt?«

»Nichts.«

»Willst du behaupten, diskret gewesen zu sein? Du, der du mit Luzifer unter einer Decke steckst? Wie war das neulich auf Aimsley? In Gegenwart Quentins erwähntest du unsere Wiederbegegnung vor zwölf Jahren, natürlich beiläufig und scheinbar in der Absicht, auf etwas ganz anderes hinauszuwollen.«

Aleister grinste. Er kehrte zu ihr zurück und bot ihr seinen Arm an. Da sie ablehnte, tat er harmlos: »Wovor hast du Angst? Gut, Julian weiß natürlich, daß wir uns seit Ewigkeiten kennen und daß du zweimal mein Gast auf Blair Manor warst. Und wir sprachen – in allen Ehren! – über das Außergewöhnliche deiner Person. Julian ist kein Dummkopf. Den Rest wird er sich gedacht haben. Doch es stört ihn nicht. Er verehrt dich, aber er betreibt keinen Madonnenkult.«

Als sie merkte, wie dicht er schon wieder bei ihr stand, rückte sie von ihm ab. Er fuhr fort: »Ich deutete einmal an, es traurig zu finden, daß du dich so sehr auf Aimsley vergräbst und dir so wenig Vergnügungen gönnst. Julian erwiderte, eine besondere Frau wie du habe eben besondere Vorstellungen vom Leben. ›Wenn Maman sich vergnügen will‹, erklärte er mir, ›dann vergnügt sie sich.‹ Darin seist du mir durchaus ähnlich. – Der Zylinder steht dir mal wieder ausgezeichnet! Da fällt mir noch eine andere Situation ein. Vor kurzem kritisierte ich deine Frisur; Julian war prompt der Ansicht, daß du dir jede Frisur erlauben könntest, ohne unfein oder unmodisch zu erscheinen. Was immer gegen dich vorgebracht wird, er verteidigt dich. Kompliment, meine Liebe!«

»Du taktierst blendend.«

»Ich meine nur, daß du Unannehmlichkeiten witterst, wo keine sind. Und jetzt komm! Laß uns zum Pavillon zurückgehen. Ich habe Durst, und Julian wird auf uns warten.«

Widerstrebend griff sie nach seinem Arm. Im Gras zirpten Grillen, und die Schatten verschmolzen mit der Dämmerung. Auf einmal fragte Aleister: »Wie findest du das Mädchen?«

»Jane Dandridge?«

»Wen sonst? – Was ist? Warum lachst du?«

»Im Gegensatz zu dem säuselnden Schwärmer an ihrer Seite, der wahrscheinlich nicht einmal ihr Liebhaber ist, hat sie Farbe.«

»Nicht wahr?« Er dehnte die Worte und grinste in sich hinein. Was gab ihm nur dieses junge Strahlen? »Sie giert geradezu danach, endlich auf den Rücken gelegt zu werden. Den dritten Antrag ihres Galans hat sie gestern ausgeschlagen, sehr spöttisch sogar.«

»Und?«

»Nun ja«, sagte Aleister. Sein Grinsen wurde breiter. »Ich erwäge, tatkräftig Verwirrung zu stiften, und ich möchte wetten, Julian ebenso.«

»Julian?«
»Er hat Sinn für das Pikante, das Maxwell verderbt nennt, und neugierig ist er ohnehin. Du solltest sehen, wie er mit Jane flirtet! Einseitigkeit, liebste Ava, wird er von mir nicht lernen!«
»So ist, um mit Quentin zu sprechen, noch nicht alles verloren?«
Sie lachte, und er lachte mit. Und dann stellte sie eine Frage, die ihr im selben Moment das Blut in den Kopf jagte: *»Ist es schön mit ihm?«*
Kaum war ihr der verräterische Satz entrutscht, ließ sie Aleisters Arm los und strebte davon. Er kam ihr nach, faßte nach ihr und hielt sie fest. Ein fasziniertes Lächeln entblößte seine Eckzähne.
»Du perverses kleines Luder, du!« flüsterte er so zärtlich, daß ihr schwindelte. »Deine Phantasie, die vor ebenso wenig haltmacht wie die meine, beflügelt mich außerordentlich! Ich möchte zu gern wissen, woran du denkst, wenn du dich mit deinem Bauernlümmel im Heu wälzt oder dir in schwülen Nächten die eigene Hand zwischen die Beine schiebst!«
»Im Gegensatz zu deinen weigern sich meine Phantasien, auch nur mit der Wirklichkeit zu liebäugeln!« zischte sie zurück. Sein Lächeln war wie Eis, das schmelzen will, ihre gemeißelte Atemlosigkeit.
Aleisters Hände lagen auf ihren Schultern. Sie schluckte. Obwohl sie den Blick abwenden wollte, konnte sie ihn nicht von seinen fahlen Augen, die silbrig geworden waren, lösen.
Wahrscheinlich hätte sie den Verstand verloren und ihn geküßt, wäre nicht Jane Dandridge, gefolgt von Julian, mit einem lauten Schrei aus dem Pavillon gestürzt.

Ein Abend auf Blair Manor.
Ava kannte die Art der Gerichte, die gefährlichen Grenzgänge der Stimmung und die Gratwanderungen, die sämtliche Beteiligten absolvierten. Sie kannte das Speisezimmer, den Römischen Salon, die Tür zum Park, die fünfarmigen Leuchter und

die offen herumliegenden Bonbonnieren. Nur diesen anderen Aleister, den mit der Verzauberung oder dem Anflug von Melancholie im Blick, kannte sie nicht. Er verriet sich auch nur in wenigen, unbedachten Momenten, dann, wenn er Julian ansah, wenn er ihm lauschte oder wenn er ihm, fast, als fühle er sich unbeobachtet, etwas ins Ohr raunte.

Ava konnte nichts essen und kaum etwas trinken.

Ein Messer schien kreuz und quer in ihr herumzuschneiden.

Als die Heiterkeit anläßlich einer wenig geistreichen Bemerkung des jungen Dichters, die Julian mit einem Bonmot quittierte, überzuschwappen drohte, sah sie Aleister ernst und eindringlich an und dachte: Vergiß nicht, du bist fünfzig, und er ist sechzehn...

Offenbar spürte er ihren Gedanken, denn er wandte sich erschrocken ab.

Jane Dandridge kokettierte, nunmehr rücksichtslos, mit ihm und Julian. Daß beide, miteinander verbündet, um sie wetteiferten, merkte sie nicht. Derweil sank der junge Dichter in eine immer schmerzlicher werdende Verzweiflung. Er verstummte vollständig und starrte seine Herzensdame an, als habe sie sich innerhalb der letzten Stunden von einem Himmelswesen in einen Sukkubus verwandelt. Jane tändelte derweil allein mit Aleister und Julian und hatte ihn augenscheinlich vergessen.

Wie sich alles wiederholte...

Ava zog sich früh zurück. Sie war müde, so müde wie nie vorher.

Am anderen Vormittag wurde sie von Julian geweckt. Bereits angekleidet, setzte er sich zu ihr aufs Bett, erzählte von einem herrlichen Sonnenaufgang, den sie verpaßt habe, und forderte sie schließlich zu einem Spaziergang auf.

»Ich warte unten auf dich!« rief er. Ehe er davoneilte, küßte er sie auf beide Wangen.

Ava gab sich viel Mühe mit ihrer Toilette. Überraschenderweise paßte ihr das Kostüm mit der weißen Bluse und dem blaßlila bestickten, violetten Bolerojäckchen, das ihr Jane geliehen hatte, ausgezeichnet.

Sie ging in die Halle hinunter, wo sie von Julian unter der hohen Glaskuppel empfangen wurde. Er führte sie in den Park hinaus, plauderte munter drauflos, fragte sie, ob sie Blair Manor auch so beeindruckend fände, und erzählte ihr schließlich, daß ihm Aleister eine Reise in die Welt der Antike versprochen habe. »Und du hast wieder einmal keinen Sonnenschirm dabei!« rügte er am Schluß.
Der Morgen goß goldene Strahlenfontänen vom Himmel, und das Gras war noch feucht. Tautropfen und Spinnennetze glitzerten silbrig. Kein Windstoß wagte sich zu regen.
»Eine Reise, soso«, murmelte Ava.
Julian hakte sich bei ihr unter.
»Ja! Natürlich soll ich zuerst noch ein bißchen studieren, auch deshalb, weil Maxwell lange versuchen wird, diesen Plan zu durchkreuzen, aber ich glaube, Aleister würde am liebsten sofort mit mir aufbrechen.«
»Du hast ihn ganz schön am Bändel.«
»Darüber bist du nicht glücklich, oder?«
»Was für eine Gewissensfrage! Aber du, du bist doch glücklich, nicht wahr?«
»Schon, ja ...«
Da Ava, wie in diesen schweißtreibenden Träumen, die sie manchmal heimsuchten, das Gefühl hatte, nicht vorwärtszukommen, beschleunigte sie ihren Schritt.
»Maman?«
»Ja?«
»Wenn ich dich jetzt etwas frage, versprichst du mir dann, nicht gekränkt und auch nicht empört zu sein?« Versprechen, einsehen, begreifen, verzeihen, loslassen, hergeben ...
»Frag!«
»Bist du eifersüchtig?«
Erschrocken drehte sie den Kopf zur Seite. Obwohl sie sich gern irgendwo hingesetzt hätte, stützte sie sich nur schwerer auf Julians Arm.
»Ja«, gab sie zu, »das bin ich wohl. Aber ich weiß nicht recht, auf wen. Auf dich, weil du Aleister nähergekommen bist als

irgend jemand von dir, viel näher als ich, oder auf ihn, weil er es ist, durch den ich dich verliere? Ich glaube zwar nicht, daß ich dich gleichzeitig *an* ihn verliere, aber *mit* ihm hast du begonnen, eigene Wege zu gehen.«

Während Julian stumm in sich hinein nickte, sagte Ava: »Ich kenne Aleister seit vierundzwanzig Jahren. Was zwischen ihm und mir war oder noch nachhallt, soll dich nicht beschäftigen. Aber kannst du verstehen, daß mir manchmal ist, als wärst du gestern noch ein kleiner Junge gewesen, und daß mich, was jetzt geschieht, ziemlich irritiert?«

Julian stellte sich vor sie hin, um sie am Weitergehen zu hindern. »Nicht doch, Maman! Ich werde eben älter und mache... na ja, Erfahrungen! Daß ich nicht mehr an deinem Rockzipfel hänge, heißt doch keineswegs, daß du mich verlierst! Was ist das nur für eine fixe Idee? Ich werde weiterhin oft bei dir auf Aimsley sein, und nichts wird sich ändern!«

In seinen Augen war ein heller, zärtlicher Glanz. Ehe er den Arm um ihre Schultern legte und mit ihr weiterschlenderte, drückte er ihr einen Kuß auf die Stirn. Sie umschlang seine Mitte, lehnte den Kopf an seine schmale Knabenbrust und merkte, daß er nach Sandelholz, Minze und Zimt duftete. Offenbar benutzte er Aleisters Parfum. Oder war es der Geruch von Aleisters Haut, der an ihm haftete?

»Du würdest Aleister keinesfalls aufgeben, habe ich recht?« fragte sie plötzlich.

Julian lachte schon wieder.

»Aufgeben? Wie dramatisch! Du tust ja so, als sei ich im Begriff, dir einen Liebhaber zu stehlen. Aleister ist doch nicht mehr dein Liebhaber, oder?«

Da Ava schwieg, meinte er heiter: »Ich hab's schon als Kind schrecklich gefunden, wenn du traurig warst. Nimm doch nicht alles so schwer! Der Tag ist so wundervoll, und du grämst dich!«

Sie kniff ihn in die Seite und zwang sich, zu ihm auf zu lächeln.

»Du und deine Leichtigkeit«, sagte sie. »Bist du nur leichtlebig, oder bist du auch leichtherzig?«

Ehe Julian antworten konnte, warf sich Aleister, der sich von hinten angeschlichen hatte, zwischen ihn und Ava. »Einen guten Morgen wünsche ich! Habt ihr gut geschlafen?« rief er mit jungenhafter Munterkeit.

Und auf einmal standen die drei wie in einem magischen Kreis; sie sahen einander an, jeder umfaßte jeden, und alle, selbst Ava, begannen zu lachen.

Auch nachmittags, beim Tee im Pavillon, ging es lustig zu. Das Mädchen mit den Kohleaugen gab sich frivoler denn je, Aleisters Blick wurde silbrig, Julians Geschmeidigkeiten rannen seiner Mutter wie eiskaltes Wasser den Rücken hinunter, und Jack Hogarth tat aufgekratzt, war aber den Tränen nahe. Schließlich schlug Julian einen Ausritt vor.

»Wer kommt mit?« fragte er in die Runde. Die Aufforderung galt vor allem Ava. Da sie den Kopf schüttelte und auch die anderen nach dem überraschend üppigen Lunch und der früh servierten Bowle zu träge waren, machte er sich allein auf den Weg ins Haus, wo er sich umkleiden wollte.

Unterdessen stritt Jane Dandridge mit ihrem trübsinnig gewordenen Entführer und warf Seitenblicke nach Aleister, um zu prüfen, ob ihre Aufsässigkeit auch die entsprechende Würdigung fand.

»Reg dich doch bitte nicht so auf!« stammelte der junge Dichter verstört.

Aleister grinste zu Ava hinüber und verdrehte spöttisch die Augen.

Nach einer Weile näherte sich Julian auf einem Schimmel. Schon von weitem jubelte er: »Al, schau mich an! Bin ich nun in der Lage, Princess zu reiten oder, nicht?«

Ava erhob sich und trat ans Geländer. Plötzlich mußte sie sich an einem Pfeiler festhalten. Vor ihr drehte sich alles. Sie verspürte eine panikartige Sehnsucht nach ihrem Sohn, eine Sehnsucht, die weh tat und die sie nicht begriff. Julian war doch hier...

»Aufgepaßt!« kommandierte er. »Heute nehme ich sie alle!«

Aleister winkte ab.

»Nicht auf Princess!«
Aber der Junge stob bereits davon.
»Manchmal will er's einfach wissen«, sagte Aleister.
Um den Parcours besser überblicken zu können, ging er mit Ava und der abenteuerlustigen Jane zum Rasen hinunter.
»Princess wird scheuen«, prophezeite er. »Sie springt gerne mal über eine Hecke oder einen Graben, aber nicht über Holzlatten – schon gar nicht mit einem fremden Reiter auf dem Rücken!«
Während Ava gereizt die Lippen aufeinanderpreßte, schrie Aleister ihrem Sohn nach: »Laß es! Hörst du: Du sollst es lassen!«
Trotzdem nahm Julian einen zweiten Anlauf. Aus der Ferne konnte man beobachten, daß er mit der Stute kämpfte. Sie setzte über die erste Stangenbarrikade, die mit drei Fuß Höhe gleichzeitig die niedrigste war, verweigerte aber vor der zweiten, die sich um einiges wuchtiger präsentierte. Julian drangsalierte das ungeübte Pferd so lange, bis es aus dem Stand sprang. Völlig verschreckt fand es sich schließlich vor einem dritten Hindernis wieder. Es wieherte angstvoll und stieg mit den Vorderhufen auf. In seiner Not preschte es seitwärts aus und warf seinen Reiter ab.
Julian fiel mitten in das Lattenwerk hinein, das krachend über ihm zusammenschlug.
»Nein!« kreischte Ava.
Während der Schimmel wie von Sinnen durch den Park galoppierte, rannte Aleister auf den Parcours zu.
»Nein«, wiederholte Ava tonlos. Dann begann auch sie zu laufen.
Es war Aleister, der den Jungen aus den Stangen zog und vorsichtig auf den Rücken drehte. Mit geschlossenen Augen, bleich und unsagbar schön, lag Julian im Gras.
Ava verharrte zwischen den Bäumen am Seerosenteich und konnte nicht weitergehen. Während sie zur Statue versteinerte, klatschte Aleisters Hand immer wieder gegen Julians Wangen.

Jane Dandridge und Jack Hogarth waren inzwischen nachgekommen. Aneinandergepreßt sahen sie zu, wie Aleister Julian ohrfeigte und schließlich nach dessen Gelenk griff, um den Puls zu fühlen.

»Großer Gott!« flüsterte das Mädchen.

Die Stute hatte sich mittlerweile beruhigt und graste gelangweilt in der Nähe.

Auf einmal begann Ava zu wimmern. Ihr Sohn, ihr fabelhafter Sohn ... Er bewegte sich nicht mehr!

Aleister nahm ihn in seine Arme und hielt ihn wie Maria den Gekreuzigten vor der Grablegung. Und über allem strahlte erbarmungslos die Sonne.

Langsam zerbröckelten die Sekunden. Ava stolperte auf die Pieta aus Fleisch und Blut zu. Als sie stehenblieb, hob Aleister den Kopf. Fassungsloses Entsetzen riß seine Augen auf, namenloses Grauen öffnete seinen Mund zu einem stummen, unerlösten Schrei.

Nackter war er nie vorher gewesen.

Über Julians leblosen Körper hinweg starrte Ava ihn an. Er starrte zurück.

Neunzehntes Kapitel

Avas Wunsch entsprechend, wurde Julian auf dem Friedhof von Maidstone und nicht, der Maxwellschen Familientradition folgend, in London beigesetzt.

Windstöße jagten über die Kreuze hinweg. Ava sah, wie der Sargdeckel über den schönen Knaben, den jungen Mann, der ihr Sohn war, geschoben wurde. Hinter ihr stand Quentin, neben ihr hielt ihr Sarah die Hand.

Ohne den Blick nach Aleister zu wenden, der auf der anderen Seite des Grabes die salbungsvollen Floskeln des Geistlichen auf sich niederrieseln ließ, wußte sie, daß er weinte. Sie schaute ihn kein einziges Mal an. Statt dessen beobachtete sie den von Regen kündenden Himmel und das lautlose Treiben der Wolken.

Der Vikar sprach über die Jugend und den Tod, über die frühe Vollendung und das Unbegreifliche.

Wie es der Ritus vorschrieb, warf Ava am Ende der Zeremonie eine Handvoll Erde auf den versenkten Sarg. Verwundert lauschte sie dem hohlen Ton.

Alles geschah ohne Zusammenhang und ohne Bedeutung. Es geschah, weil es geschehen mußte, nicht, weil es irgendeinen Sinn hatte. Ava fühlte, daß Sarah ihre Hand drückte, und lächelte sie an.

Gleich nach den Schlußworten des Geistlichen verließ sie die Trauergemeinde. Sie ging langsam durch die Grabreihen, glaubte, die Kreuze von Clonmara Abbey zu sehen, passierte die Eisenpforte und bestieg ihr Pferd.

»Was ist nur in dich gefahren?« echauffierte sich Quentin tags darauf auf Aimsley. »Ich verstehe durchaus, daß du im Moment außer dir und nicht ganz Herr deiner selbst bist, doch mit deinem Verhalten nach der Beisetzung hast du alle Kondolationswilligen brüskiert!«

»Habe ich das?«

»Natürlich! Du bist Julians Mutter!«

»Gewesen, Quentin, gewesen. Die Trauerfeier war vorbei. Ich habe kranke Pferde auf Aimsley, und Reeves wird alt. Er schafft es nicht mehr allein.«

»Bitte?«

Da sie weiterhin über die Belange des Gestüts dozierte, schrie er sie an: »Hör auf damit! Weine! Kreische! Tobe! Werde hysterisch! Aber begreife es endlich!«

Sie lächelte aus leeren Augen und fragte, ob er eine Tasse Mokka mit ihr trinken wolle.

Die Zeit verstrich, als wäre nichts geschehen. Avas Ton klang barscher als früher; sie war hart gegen sich selbst und hart gegen andere.

Als einige Wochen später Whitefoot, mittlerweile eine kreuzlahme, halbblinde Greisin, den Gnadenschuß bekommen sollte, stand sie dabei und beruhigte ihr erstes eigenes Pferd, indem sie seinen Hals tätschelte und versprach, daß es schnell gehen würde. Die müdegerittene und leergetragene Stute hielt ergeben still, spitzte nur ein paar Mal die Ohren und schaute ihre Herrin aus großen, traurigen Augen an.

»Leb wohl«, flüsterte Ava.

Dann knallte ein Schuß, und das Pferd mit den vier weißen Füßen brach zuckend zusammen. Ava preßte die Kiefer aufeinander. Einen Moment lang sah sie ein weißfüßiges Fohlen neben seiner Mutter in einer sonnenbeschienenen Koppel stehen und hörte eine Männerstimme, die sie eigenartig berührte, über Pferde sprechen. Entschlossen wandte sie sich ab. Sie ging zu der Koppel hinüber, auf der Galahad graste, und pfiff ihn heran. Auch er war alt. Seine unverwüstliche Gesundheit konnte nicht darüber hinwegtäuschen, daß er sein widerspenstiges Temperament und damit auch einen Teil seines innersten Wesens eingebüßt hatte.

»Na, du?« fragte Ava. Galahad schnaubte. Er sah sie an, als wisse er genau, was passiert war, und gemeinsam hielten sie Whitefoot eine halbstündige Totenwache.

»Das mit dem Pferd geht ihr näher als die Tragödie mit ihrem Sohn«, hieß es in der Küche und bald auch in der ganzen Grafschaft. Im Juli kamen Julians Kleiderkisten aus Cambridge. Sie bargen all seine Besitztümer, darunter auch Geschenke Aleisters, angefangen bei Kleinigkeiten wie Büchern, Duftwässerchen, Scherzartikeln, Halsbinden und Krawattennadeln bis hin zu einem vollständigen Abendfrack, einem Rock mit Bisamkragen, einer goldenen Taschenuhr, einem schweren Herrenarmband und einem Gürtel aus Sterlingsilber. Auch eine Ölminiatur, Aleisters Konterfei, und ein Ring mit dem Barrington-Siegel waren dabei – und Briefe, Liebesbriefe...

Ava zog sich mit den Kisten in Julians Zimmer zurück – in das Kinderzimmer, das keinem Kind mehr gehörte – und riegelte die Tür hinter sich ab. Dann setzte sie sich aufs Bett, um die aus Cambridge gesandten Sachen um sich herum auszubreiten. Als sie alles betrachtet und berührt hatte, lehnte sie sich mit dem Kopf gegen einen der Pfosten, die den Baldachin trugen, und las die Briefe.

Jeden einzelnen tat sie sich an.

Aleister schrieb flott und witzig. Er schilderte seine Begegnungen und den Ablauf seiner Tage, erkundigte sich nach Julians Wohlergehen, nach den Musik- und den Reitstunden, nach diesem Professor und jenem Kommilitonen und nach Hector Thornton. Gelegentlich klang ein Hauch satirisch überspielter Eifersucht an. Doch so zweideutig Aleister sich oft ausdrückte, sowenig wurde er jemals eindeutig. Daß es auch eine intimere Korrespondenz zwischen ihm und Julian gegeben haben mußte, folgerte Ava aus einem Satz, auf den sie im achten der insgesamt siebenundsechzig Briefe stieß: »Und vergiß nicht, die beiliegenden Seiten zu verbrennen!«

Einige Male hatte sich Julian nicht dazu überwinden können, den verräterischen Teil der Post zu vernichten. Aleister

schrieb, daß die Welt blühende Rosen trage, seit er den Geruch von Julians Haut kenne, daß »Musik um mich ist, sobald mich nur ein Gedanke an Dich streift, denn jede Deiner Bewegungen ist ein Tanz, wie ihn sonst nur indische Tempeltänzerinnen beherrschen«, und daß er einen süßen Wahnsinn spüre, der berauschender sei als der Met der Götter.
Ava legte spöttisch die Stirn in Falten. Aleister liebte, und weil er liebte, wurde er gewöhnlich. Die Liebe, dachte sie, hebt niemanden über sich hinaus, sie macht gleich und deshalb gemein wie nichts anderes.
Den ganzen Tag blieb sie im Zimmer ihres Sohnes. Sie roch an seinen Kleidern, versenkte die Nase tief in seinen Duft, benutzte sein Eau de Toilette, ein Präsent Aleisters, jenen unwiderstehlichen Extrakt aus Sandelholz, Minze und Zimt, zog einen Rock von ihm an, öffnete ihr Haar, durchfuhr es mit seinem Kamm und holte sein Porträt von der Wand. Obwohl es von einem namenlosen Maler stammte, war es gelungen. Ein vierzehnjähriger Knabe mit wachen blauen Augen, sanft geschwungenen Brauen, feinen Wimpern, einer filigranen Nase, einem mädchenhaften, sehr verführerischen Mund, heller, makelloser Haut und seidigem, bis zum Kinn reichendem Goldhaar lächelte sie an. Ava küßte das Bild immer wieder. Nachts schlief sie in Julians Bett.
Am anderen Morgen stand sie in aller Frühe auf, um in den Ställen nach dem Rechten zu sehen. Sie brachte Reeves Kautabak mit und war sehr freundlich. Als es dunkel wurde, kehrte sie in Julians Zimmer zurück. Dort aß sie zu Abend, dort wollte sie in Zukunft alle Mahlzeiten einnehmen, dort spielte sich, wenn sie nicht bei den Pferden war, von nun an ihr Leben ab, dort saß sie in lauen Nächten am offenen Fenster und starrte stundenlang in die Dunkelheit hinaus.
Nur wenn Quentin kam, öffnete sie die Tür zum Grünen Salon.
»Wexton zeigt sich nirgendwo«, erfuhr sie von ihm. »Er läßt niemanden zu sich und geht kaum aus dem Haus. Ava, hörst du mir zu?«

»Ja«, sagte sie.
Wieder allein, begann sie, Aleisters an Julian adressierte Briefe zu kopieren. Nächtelang beschäftigte sie sich damit, Satz für Satz auf weiße Blätter zu übertragen, die sie anschließend im Kamin verbrannte. Zuerst malte sie die Buchstaben nach, ohne in einen Schreibfluß zu finden; bald führte sie die Feder zügig übers Papier. Bloß die Anfangslettern, die Aleister so groß und schwungvoll hinwarf und die K, die er jedesmal anders schrieb, wollten ihr lange nicht gelingen.
Manchmal hielt sie inne, schaute sinnierend ins Kerzenlicht und holte schließlich den Ring mit dem Barrington-Siegel aus einer Lade des Sekretärs. Mit Blicken, die man gewöhnlich für einen Liebhaber hat, streichelte sie das Schmuckstück, das gleichzeitig ein Standeszeichen war.
Ehe sie ins Bett ging – in Julians Bett – überprüfte sie, ob sie alle Spuren ihrer geheimen Kunst beseitigt hatte. Die Originalbriefe und den Siegelring legte sie in ein Schubfach zurück, das sie abschloß.
Quentin, der alle zwei Wochen nach ihr sah, konnte den Gleichmut, den sie zur Schau trug, nicht deuten. Immer wieder seufzte er: »Wenn du nur endlich weinen würdest!«
Und John, dem sie sich ungestüm, aber kalt in den Feldern hingab, sagte: »Du denkst an was anderes.«
Keiner von beiden wußte, daß sie wartete. Sie wartete auf Weihnachten.

Am Vorabend des Christfestes pflegte Ava mit ihrem Gesinde zu feiern. In der Halle ließ sie Tische und Bänke aufstellen. Ein Spanferkel garte über dem Feuer, ein Truthahn und mehrere Hühner mußten ihr Leben lassen. Berge von Kartoffeln und Gemüse wurden geputzt. Es roch nach Schmalz und Frischgebackenem.
Die Küchen- und Stallbediensteten, die sich nach und nach einfanden, nahmen von einem Teller, den die Hausherrin reichte, ein kleines Stück Brot, tauchten es in einen Becher mit Salz und sagten: »Gelobt sei Jesus Christus!« Das war ein

alter irischer Brauch, eigentlich ein mittelalterlicher Willkommensgruß, den Ava mitgebracht und umgewandelt hatte. Ehe Reeves ein Bierfaß öffnete und gezecht und gelacht werden durfte, hielt sie eine kurze Ansprache, der die Weihnachtsgeschichte folgte. Letztes Jahr hatte Julian sie gelesen...

Am Weihnachtstag selbst bekam die gesamte Dienerschaft, einschließlich der Stallburschen, frei. Da Avas Leute allesamt in der Umgebung zu Hause waren, konnten sie ihre Familien besuchen.

Auf Aimsley hatte es sich eingebürgert, daß Reeves, der als einziger freiwillig blieb, mit Ava zu Mittag aß. Sie bat ihn zu sich in den Grünen Salon, servierte ihm kalte Pasteten und setzte sich danach für eine Stunde mit ihm an den Kamin. Dort bot sie ihm eine dicke Zigarre und ein Glas Brandy an. Reeves genoß diesen Tag wie kaum etwas anderes in seinem Leben. Am Nachmittag, ehe er in die Stallungen zurückging, um die Pferde zu versorgen, verabschiedete er sich von Ava mit einem Handkuß, dem einzigen im Jahr.

Auch heuer war Ava am Tag des Christfestes allein im Haus. Sie hatte Aleister eingeladen – jawohl, Aleister Wexton, den Earl of Barrington –, Reeves auf ein andermal vertröstet und die Köchin einen Apfelkuchen backen und Wein bereitstellen lassen.

Da Ava bereits um sechs Uhr morgens erwachte, zwang sie sich, noch zwei Stunden liegenzubleiben. Dann sprang sie aus dem Bett und schlüpfte in ihren Morgenrock, um am Sekretär Platz zu nehmen, wo sie ein knappes, fünf- oder sechszeiliges Schreiben verfaßte, das sie dreimal neu begann. Als sie fertig war, faltete sie das Papier zusammen. Sie träufelte rotes Wachs auf den Brief und versiegelte ihn mit dem Barrington-Ring. Die Fehlversuche warf sie ins Kaminfeuer.

Anschließend holte sie den Arsenflakon aus ihrem Schlafzimmer und lief mit ihm in die Küche hinunter. »Für Ihren Gast«, stand in rührend ungelenker Kinderschrift auf einem Zettel, der unter der Schale mit dem Apfelkuchen steckte.

Ava goß sich ein Glas Milch ein, leerte es durstig, schnitt danach den Kuchen an und aß zwei Stück davon. »Schmeckt nicht mehr frisch«, monierte sie laut. »Ein Mann wie Aleister Wexton darf keinesfalls mit altbackenem Naschwerk bewirtet werden!«

Nun denn, die Ärmel hoch! Im Morgenrock machte sich Ava ans Werk.

Als sie den Teig rührte, sagte sie: »Das Mehl reicht nicht!« und gab fast den ganzen Inhalt des Giftfläschchens dazu. Nur einen kleinen Rest sparte sie auf. Jetzt noch die Apfelscheiben verteilt – und hinein in den Ofen!

Sie legte Holz nach und setzte den großen, mit Wasser gefüllten Kessel auf. Baden wollte sie ja auch noch. Inzwischen konnte man das Wasser durch eine Leitung aus der Küche nach oben pumpen.

Als Ava abgespült und den benutzten Hausrat an seinen Platz zurückgestellt hatte, fegte sie die Abfälle in einen leeren Kartoffelsack. Ein Blick auf die Uhr verriet ihr, daß sie noch viel Zeit hatte. Es war kaum zehn. Die Minuten dehnten sich schmerzhaft. Immer wieder lockerte sie mit dem Schürhaken die Glut auf, gelegentlich gab sie Torf dazu oder prüfte mit dem Finger die Temperatur ihres Badewassers – erst lauwarm! –, und viel zu früh stach sie zum erstenmal in den anschwellenden Teig.

Als der Kuchen endlich fertig war, nahm sie ihn aus dem Ofen und ließ ihn eine Weile kühlen. Schließlich teilte sie ihn in sechs Stücke und warf eines davon, zu Krümeln zerrieben, zum übrigen Abfall. Da sie dieselbe Backform verwendet hatte wie Mrs. Devare am Tag zuvor, konnte sie eine der früher gebackenen Schnitten mühelos in die Kerbe schieben. Wunderbar! Es fiel kaum auf. Höhe, Farbe – gleichmäßiges Goldbraun –, alles stimmte! Ava kennzeichnete das Kuchenstück, das schon einen Tag alt war, indem sie eine kleine Ecke wegzupfte.

Stolz trug sie ihr Meisterwerk und zwei Flaschen Wein in den Grünen Salon hinauf, wo sie das Tischchen zwischen den

Kaminkanapees deckte. Die Gläser plazierte sie so, wie sie mit Aleister zu sitzen wünschte: einander gegenüber.
Dann brachte sie den Abfallsack zum Komposthaufen hinter dem Haus. Sie schüttelte ihn leer, warf ihn fort und grub den gesamten Unrat um. Wieder in der Küche, säuberte sie die Backform, um sie an die Wand zurückzuhängen. Als sie mit einem feuchten Lappen die letzten möglichen Indizien verwischt hatte, zerrte sie den Kessel vom Feuer und hängte ihn an die Pumpe, die sie nur unter Aufwendung größter Anstrengungen in Gang setzen konnte. Zu guter Letzt öffnete sie zwei Fenster. Der Geruch nach Frischgebackenem sollte verfliegen.
Endlich: das Bad! Ava eilte nach oben.
Sie glitt ins heiße Wasser, in das sie Lavendelöl goß, und zwang sich, gleichmäßig zu atmen. Zwischendurch schielte sie immer wieder nach dem fast leeren Flakon, den sie auf die Ablage unter dem dampfbeschlagenen Spiegel gestellt hatte.
Während sie sich einseifte, durchdachte sie noch einmal, was sie Aleister sagen wollte. Berauscht von der Brillanz der eigenen Einfälle und ihrer neuerwachten Laszivität, verließ sie die Wanne erst, als das Wasser kalt geworden war. Sie wickelte sich in ein Badetuch und tippelte ins Ankleidezimmer hinüber, wo sie sich zwei Stunden lang mit ihrem Aussehen beschäftigte.
Wie üblich ärgerte sie sich mit der Frisur am längsten, brachte aber nach einigen vergeblichen Anläufen einen fülligen, weich sitzenden Tuff zustande. Damit zufrieden, besprühte sie sich ausgiebig mit einem französischen Parfum, das Chypre-Schwüle verströmte. Sie schlüpfte in ein Seidenhemd und blütenweiße Unterhosen, kämpfte mit einer vorn zu schließenden Korsage und stieg in eine weite Krinoline, über die sie drei seidene Unterröcke zog. Als ihre Füße in feinmaschigen Strümpfen und schwarzen Samtschuhen steckten, mühte sie sich in ein blutrotes, tiefdekolletiertes Taftkleid. Schon vor Jahren war Quentin der Meinung gewesen, Rot sei ihre Farbe. Wie recht er hatte!
Auf Geschmeide verzichtete sie weitgehend. Sie entschied

sich lediglich für ein Goldarmband mit Granatsplittern und dazugehörige lange Ohrringe.
So gerüstet, postierte sie den am Morgen verfaßten Brief, den Siegelring und das Arsenfläschchen zwischen Büchern, Gläsern und Karaffen in der Kristallvitrine im Grünen Salon. Als sie in der Küche die Fenster geschlossen hatte, begann sie, auf- und abzugehen. Sie erwartete ihren ersten Liebhaber – den Mörder ihres Sohnes.
Sein Wagen fuhr nachmittags gegen drei Uhr vor.

Das erste, das Ava auffiel, war Aleisters schlohweißes Haar. Er trug Schwarz. Nur die Schuhe unter seinen Gamaschen glänzten weiß.
Da sie ihn in flammendem Rot empfing, vergaß er im ersten Moment, den Zylinder abzunehmen, so sehr irritierte ihn ihre Erscheinung.
Ihr wiederum fiel sein Stock, auf den er sich stützte, statt ihn wie früher als Spielzeug zu benutzen, ins Auge. Aleister bewegte sich merkwürdig gesetzt, nicht mehr so leichtfüßig, nicht mehr, als sei er ohne Gewicht. Hager sah er aus, hager und keineswegs jugendlich.
Nachdem sie sich gegenseitig gemustert hatten, sagte er: »Ava!« und küßte ihre Hand.
»Es freut mich, daß du gekommen bist«, erwiderte sie. »Laß uns in den Salon gehen! Wir sind allein. Mein Personal hat frei.«
»Frei?«
»Ja, das ist auf Aimsley am Weihnachtstag Sitte. Ich hoffe, es stört dich nicht. Daß ich der Etikette nicht genügen kann, wirst du mir angesichts deines eigenen laxen Umgangs mit Förmlichkeiten verzeihen.«
Aleister folgte ihr in den Grünen Salon, wo Ava ihn aufforderte, Platz zu nehmen. Obwohl er sich anbot, die Weinflasche zu entkorken, tat sie es selbst. Er sah ihr beim Einschenken zu, setzte sich auf das Kanapee, auf das sie wies, legte Stock und Zylinder neben sich und wartete. Als sie sich ihm

gegenüber niedergelassen hatte, gab er zu: »Ich glaubte, dich zu kennen.«
Was für ein magisch schimmerndes Rot...
»Aber?« half sie nach.
»Du überraschst mich bisweilen.«
»Wie geht es dir, Aleister?«
»Ich weiß nicht.«
»Geschmeidig, wie immer!«
Wie sie es von Quentin gelernt hatte, demonstrierte sie Selbstsicherheit, indem sie die Arme über die Rückenlehne des Kanapees breitete.
»Das war keine Geschmeidigkeit«, korrigierte er. »Ich bin mir fremd geworden.«
Ava hob ihr Weinglas, prostete ihm zu und nannte das Motto dieses Nachmittages: »Auf das, was uns verbindet, Aleister!«
Er hob die Brauen. Der Argwohn, den er bereits mitgebracht hatte, war zu neuem Leben entfacht.
»Willst du mich vergiften?« fragte er.
»Glaubst du das?«
Sie trank aus ihrem Glas, lächelte und nahm einen zweiten Schluck. Während er sie beobachtete, bekam er schmale, gefährliche Augen – ganz der kühle, nicht zu fassende, immer um eine Spur zu gelassen bleibende Faun von einst.
»Ein nettes Spiel!« lobte er, griff nach seinem Glas, nippte, schmeckte und nippte noch einmal.
»Du traust es mir also zu«, konstatierte Ava.
»Natürlich. Wenn ich nicht irre, bist du im Besitz eines tödlichen Giftes. Auf unser Wohl, meine Liebe!«
»Es lebe dein Mut, Aleister Wexton!«
Als sie die Gläser wieder abgestellt hatten, deutete sie mit der Hand auf den Kuchen.
»Ich weiß, daß du Naschereien nur schwer widerstehen kannst. Bitte!«
Sie nahm sogleich das Stück, das aus Mrs. Devares Backwerk stammte, und biß hinein. Ohne irgend etwas zu sagen, gleich einer Schauspielerin, die eine Pantomime vorführt, verspeiste

sie die Schnitte. Danach erkundigte sie sich mit kokettem Augenaufschlag: »Fürchtest du, einem Selbstmord beizuwohnen?«
Aleister grinste wie früher.
Er langte nach einem Kuchenstück, kostete es, seufzte »Mmmh!« und verdrehte die Augen. »Ein Gedicht!«
Avas Blick glitzerte grün- und blauschillernd zu ihm hinüber. »Du hast dich gut erholt«, wechselte sie in einen Plauderton hinüber. Fast hätte sie die Süße des Rührteigs, die ihr noch am Gaumen klebte, dazu verleitet, aufzulachen. Sie widerstand.
»Vieles ist anders geworden«, sagte Aleister. »Manches wäre dir unbegreiflich.«
»Zum Beispiel?«
»Lassen wir das.«
»Hast du Angst, pathetisch zu werden? Oder willst du mich neugierig machen, um mir dann zu erzählen, daß du seit Julians Tod keinen Knaben, keinen Mann, kein Mädchen und keine Frau mehr angerührt hast? Sollte mich das beeindrukken?«
»Was willst du von mir, Ava?«
Ohne zu zögern, antwortete sie: »Ich will mich mit dir aussöhnen. Ja, wirklich. Aber so etwas dauert. Dachtest du vielleicht, ich würde dir entgegeneilen und alles verzeihend in deine Arme sinken?«
Da er sich ein zweites Stück Apfelkuchen genehmigte, wurde sie sarkastisch: »Hast du aufgehört, auf deine Figur zu achten?«
»Ich habe auf vieles aufgehört zu achten.«
»So siehst du nicht aus.«
»Seit wann fällt die sonst so klarsichtige, sezierende Ava Cheltenham, das einstige Fräulein Stocksteif, auf den äußeren Schein herein? Komm schon! Sag, was du zu sagen hast! Laß mich deine Anklage hören!«
Ava zupfte an einem ihrer Ohrringe. Bitterkeit verhärtete die Linie ihrer Lippen.
»Ich warte lieber auf ein freiwilliges Bekenntnis«, erwiderte sie.

Ob er etwas schmeckte, etwas, das nicht in einen Apfelkuchen gehörte? Er schob den Bissen, an dem er kaute, bedächtig von einer Backentasche in die andere. Doch dann schluckte er ihn hinunter. »Ein Büßerhemd tragen nur jene, die in Beweisnot sind«, sagte er. »Ich muß dir nichts beweisen. Dir ist bewußt, daß du durch deinen Sohn gesiegt, gleichzeitig aber alles verloren hast. Ich bin nicht mehr der, der ich war – ich spiele ihn nur noch. Das wolltest du doch: meine Leichtherzigkeit brechen. Du hofftest, das, was mich ausmachte und mir Macht über andere verlieh, zerstören zu können. Deine Waffe war Julian, und sie traf. Daß ich ihn verlieren würde, wußte ich, und ich wußte auch, daß du darauf wartetest, aber daß es so schnell und auf diese Weise geschehen sollte, ahnten wir beide nicht. Ich hätte Julian gern als meinen Erben eingesetzt. Soweit mir bekannt ist, habe ich drei Söhne: alles Tröpfe, einer langweiliger und geistloser als der andere. Einen von ihnen werde ich zu meinem Nachfolger ernennen müssen – zum vierten Earl of Barrington. Ich sollte sie alle zu einem Turnier einladen und dem den Zuschlag geben, dem die besten Witze einfallen.«
In dem Halbernst, mit dem er sprach, schwang ein falscher Ton. Ava hob ihr Glas, ließ es gegen das seine klingen und wiederholte: »Auf das, was uns verbindet!«
Ohne den Blick von ihr zu wenden, brach er sich von einem weiteren Kuchenstück eine Ecke ab.
»Du scheinst dir deiner Sache sehr gewiß zu sein«, bemerkte er. »Welcher Sache, Ava?«
Jetzt lachte sie. Ihr Lachen wuchs, perlte sekundenlang dahin, sank, wurde dunkel und lockend und brach abrupt ab.
»Versuchst du, mich zu verführen?« fragte er.
»Du wärst imstande, es so aufzufassen.« Während sie immer tiefer in die Kissen sank, spielte sie wieder mit ihrem Ohrring. Die Pose war herausfordernd.
Aleister stand auf. Er ging um den Tisch herum und stellte sich mit einem lässig abgespreizten Bein vor sie hin.
»Ich habe das Gefühl, daß du etwas im Schilde führst oder

verrückt geworden bist oder beides«, sagte er in gewohnt beiläufiger Manier. »Mit allem habe ich gerechnet, nicht aber damit, dich gefaßt und lüstern vorzufinden.«
Kalt und dennoch kokett kam es von ihr: »Möchtest du dich nicht wieder hinsetzen? Ich schaue so ungern zu dir auf.«
Ehe er etwas entgegnen konnte, mußte er sich räuspern. Schnell griff er nach seinem Weinglas und leerte es in einem Zug. Ava schenkte ihm nach, doch er bat um einen Schluck Wasser.
»Glaubst du, ich beabsichtige, dich betrunken zu machen, um dir anschließend Gewalt anzutun?« fragte sie belustigt.
»Ich habe plötzlich großen Durst.«
»So?«
Sie erhob sich, ging an den Getränketisch und goß aus einer hohen Karaffe ein Glas Wasser ein, das er ihr sofort entriß, um die Flüssigkeit gierig in sich hineinzuschütten.
»Merkwürdig«, sagte er danach.
Als er mit der Rechten nach seinem Hals faßte, lächelte Ava triumphierend zu ihm auf. Erschrocken wandte er den Kopf nach den Weinflaschen und der Kuchenschale.
»Fängt es an?« forschte sie. Ihre Hände glitten über die Aufschläge seines Rocks, ihr blaues Auge leuchtete dunkel und türkis, ihr grünes hatte die Farbe eines Birkenblatts, durch das die Sonne schimmert.
Aleister schluckte. Den Kopf schüttelnd, dehnte er mit brechender Stimme ein ungläubiges, leises »Nein«, ein unausgesprochenes »Oder?« folgte. Dann lachte er. »Du hast doch nicht... Du versuchst doch nur... Ha, wie komisch du bist! Und wie gut du mich zum Narren hältst!«
Das Glas entglitt ihm. Ebenso zweifelnd wie drohend hob er die Hände. Ava flüsterte: »Küß mich, Aleister!«
Er zögerte, suchte in ihrem Gesicht nach etwas, das er verstehen konnte, erstarrte, suchte weiter und vergaß zu atmen, weil er nichts fand.
Ihre Arme umschlangen seinen Nacken, ihr Mund berührte seine Lippen und drängte sie auseinander. Sandelholz, Minze

und Zimt... Eine Duftwolke umfing sie. Auf einmal spürte sie Aleisters Hände an ihrer Taille, sie spürte Küsse, wie sie sie so wild und verzweifelt von ihm nicht kannte, Küsse, die sie leidenschaftlich erwiderte.
Als Aleister sich von ihr löste und zwei Schritte zurückwich, sagte sie atemlos: »Du hast immer gut geküßt. Das war das letzte Mal.«
Erneut umspannte er mit den Fingern seine Kehle. Er lachte, schien zu schwanken, lachte wieder, fühlte ein Brennen und Kratzen im Hals und rief: »Was für ein Finale!«
Avas Nasenflügel bebten.
»Wie konntest du so unvorsichtig sein, Aleister? Du hast mich tödlich unterschätzt. – Wird dir allmählich übel?«
Seine fahlen Augen drohten aus den Höhlen zu springen. Er schleppte sich zum Getränketisch zurück, füllte ein neues Glas mit Wasser, verschüttete die Hälfte, trank, schluckte und schluckte und bekam trotzdem nicht genug.
»Du bist unglaublich!« stieß er aus.
»Setz dich hin! Es wird noch eine Weile dauern. Soll ich dich solange mit Musik unterhalten?«
Gleichsam, als blende ihn ihr Lächeln, schützte er sein Gesicht mit dem Arm. Er stellte das Glas ab, öffnete seine Halsbinde und nestelte mit zwei Fingern an seinem Hemdkragen. Dann warf er sich auf eines der Kanapees vor dem Kamin. Seine Brust hob und senkte sich so heftig, als wäre er meilenweit gelaufen.
»Das ist auch *dein* Ende!« keuchte er. »Du vernichtest dich gleichermaßen. Weißt du das nicht, Ava?«
»Wer spricht von Vernichtung? Ich schenke dir eine letzte Geliebte. Der Tod wird dich an sich reißen wie eine obsessive Frau oder – wenn dir das lieber ist – wie ein ungestümer Knabe. Obwohl: Ich halte den Tod für weiblich. Wie dem auch sei, genieße es, Aleister! Du hast es doch erkannt: ›Niemand ist vor dem Tode glücklich.‹ Wer hätte je geglaubt, daß ich es sein würde, die dich glücklich macht?«
Langsam ging sie auf ihn zu. Sie kniete sich neben ihn und ergriff seine kalt gewordene Hand.

»Mein hinreißender Geliebter«, sagte sie.
Er wurde zunehmend bleicher. Ab und zu verschwammen die Konturen ihres Gesichts vor seinen Augen.
»Sie werden dich hinrichten«, prophezeite er nach langen, stummen Sekunden, die er dazu benötigte, noch einmal Kraft in seine Stimme zu zwingen.
»Nein. Sie werden mich bemitleiden. Ich erzähle dir etwas: Den Kuchen, der dir so mundete, habe ich selbst gebacken. Niemand weiß davon. Es gibt keine Spuren. Was übriggebliebene ist, gedenke ich zwischen meinen Fingern zu zermahlen und unter dem Kompost auf der Halde hinter dem Haus zu vergraben. Die Schale werde ich säubern und in den Schrank zurückstellen. Man wird den Apfelkuchen, den meine Köchin gebacken hat, auf dem Tisch finden, an dem wir saßen. Drei Stück davon habe ich bereits gegessen. Auch die Schnitte, die ich vorhin verzehrte, stammte aus Mrs. Devares Kuchen. Ja, Aleister, ich habe *dein* Gift in den Teig gerührt. Ein Rest ist noch da. Den stäube ich in ein Wasserglas, aus dem du getrunken hast. Und wenn du nicht mehr atmest, stecke ich den leeren Flakon in eine Tasche deines Rocks – und dazu einen Brief.
Es war nicht einfach, deine Schrift fälschen zu lernen. Jetzt kann ich es, blind und jederzeit. Heute morgen schrieb ich deinen Abschiedsbrief an die Welt. Darin steht, daß du dieses Leben nicht mehr erträgst, daß eine große Sinnlosigkeit dich lähmt und daß du dich schuldig fühlst am Tode eines jungen Mannes, der wie ein Sohn für dich war. – Ich hoffe, diese Formulierung enchantiert dich! – Dein letzter Wunsch, ehe du aus Gram den Freitod wählst, ist es, dich mit der Mutter des Jünglings auszusöhnen. So heißt es in dem Brief, den ich sogar versiegelt habe. Und weißt du, womit? Mit dem Ring, den du Julian schenktest. Dieses hübsche, symbolträchtige und nun auch nützlich gewordene Präsent werde ich dir natürlich an den Finger zurückstecken, damit alles seine Richtigkeit hat. Wie gefällt dir mein Plan, Aleister, Liebster?«
Heiser würgte er hervor: »Es wird eine Untersuchung geben!«

»Ja, damit rechne ich auch. Einen Earl of Barrington verscharrt man nicht mir nichts, dir nichts. Nur zu! Was glaubst du, wird passieren? Ich sage es dir: Auf Blair Manor dürfte man eine Giftsammlung finden und in deinem Haus in London vermutlich ebenso. Ich habe nur Puder im Schlafzimmer und Mehl in der Küche, sonst nichts. Es sieht nicht gut für dich aus, mein Lieber. Alle wissen, daß du seltsam und misanthropisch geworden bist und seit jeher mit dem Tod geflirtet hast. Du giltst allgemein als exzentrisch. Über deine Freundschaft mit Julian wurde viel getuschelt, und über deinen Zusammenbruch nach seinem Tode auch. Warum solltest du nicht in den Armen deiner einstigen Geliebten, die die Mutter deines vergötterten Amorknaben war – was niemand erfahren wird! –, sterben wollen?«

»Damit kommst du nicht durch...«

»O doch. Natürlich wird es Verdächtigungen und Gerüchte geben. Wenn ich jedoch keinen Fehler mache – und ich werde keinen Fehler machen! –, kann mir das Gerede der Leute nichts anhaben. Sieh mich an, Aleister! Sieh mich an und begreife, daß ich dich bezwungen habe! In ein paar Stunden werde ich nach Reeves rufen und ihm völlig außer mir berichten, was sich ereignet hat... oder vielmehr meine Version davon!«

Aleister stemmte sich mühsam aus dem Kanapee. Schweißperlen netzten seine Stirn. Kreideweiß im Gesicht, schaffte er es, in den Korridor hinauszuwanken. Dort erbrach er sich. Ehe er an der Wand zusammensinken konnte, war Ava neben ihm. Sie wischte ihm mit ihrem Taschentuch über den Mund, zog seinen Arm über ihre Schultern und zerrte ihn in den Salon zurück.

»Kein Malheur«, sagte sie so heiter, als litte er an einer Magenverstimmung.

Dann drückte sie ihn aufs Kanapee nieder, bettete ihn auf weiche Kissen und flößte ihm schlückchenweise Wasser ein. Er kam kaum noch zu Atem. Immer schwerer wurde es ihm, die Augen offenzuhalten. Fixierte er ein Ziel, brach sein Blick.

Schließlich riß er sich das Hemd auf und preßte die Hand auf seine Brust. Wie im Wirbel schienen Konturen und Farben um ihn herum ineinanderzufließen.
»Die Dosis war hoch«, meinte Ava.
Dann ging sie zum Klavier und spielte Webers *Aufforderung zum Tanz*.
Bevor sich Aleister aufstöhnend zur Seite bog, stammelte er in die ihn wie beschwipst umperlenden Klänge hinein: »Du... wirst mich... nicht los!«
»Möglich«, sagte Ava. Sie nahm ihrem Spiel die Lautstärke, brach es aber nicht ab. »Wenn es dir einfällt, als Gespenst auf Aimsley umherzuwandeln, gehörst du endgültig mir, mir allein. Also: Überleg es dir gut! Sei außerdem versichert, daß du mich nicht in den Wahnsinn treiben kannst. Was dir als Lebender nicht gelungen ist, wirst du auch als Toter nicht vermögen. Ich werde frei sein. Und ich werde weinen. Ich werde Tränen für Julian und vielleicht sogar für dich haben. Ich werde aus der Watte steigen, die derzeit das einzige ist, was ich um mich fühle. Weißt du, daß es schön ist, dir beim Sterben zuzusehen, Aleister, Liebster? Du kannst es famos.«
»Der Teufel soll dich holen!« schrie er und verfiel in Krämpfe.
Sicher glitten Avas Finger über die Tasten.
Sie lächelte und schaute kein einziges Mal auf ihre Hände oder die Partitur, die sie gar nicht aufgeschlagen hatte. Ihr Blick ruhte, scheinbar unberührt, auf Aleister, der um Luft rang, schwitzte und sich in einer namenlosen Qual wand. Was er zwischen den Zähnen hervorpreßte, konnte sie nicht verstehen, denn seine Stimme war nur noch ein Röcheln.
Sie spielte lauter und sagte: »Der einzige Teufel, an den ich glaube, verendet soeben jämmerlich auf meinem Kanapee.«
Blau im Gesicht kämpfte der letzte legitime Sproß derer von Wexton und Barrington gegen Erstickungsanfälle. Er sog ächzend und gurgelnd den Atem ein, streckte sich, krümmte sich, streckte sich wieder und rief: »Du hättest mich erschießen sollen!«
Ava verließ den Platz am Klavier. Noch einmal sank sie vor Aleister auf die Knie.

»Das wäre nicht annähernd so berauschend gewesen, Liebster«, flüsterte sie. »Diese Stunde mit dir zu teilen, ist, wie dich zu lieben: ein süßer Schmerz.«
»Du ...« Mit letzter Kraft hob er die kaum noch seinem Willen gehorchenden Hände und legte sie um ihren Kopf. Es war, als wolle er etwas Bedeutsames sagen. Seine Züge verzerrten sich. Während er vom Zucken seiner Muskeln geschüttelt wurde, erlosch sein Leben.
Aleister Wexton war tot.
In schrecklicher Verkrampfung, gänzlich entstellt, hing er über dem Kanapee und starrte die Frau, die vor ihm kniete, aus leeren, weit aufgerissenen Augen an.
Ava verharrte lange, ohne sich zu rühren. Ehe sie überlegt und ohne Hast tat, was noch zu tun war, küßte sie behutsam Aleisters Mund.
Eine halbe Stunde später lief sie aus dem Haus und schrie gellend nach Reeves, ihrem Stallmeister.
Dunkel und winterkalt lag der Abend über Aimsley. Die Nebel dampften, und das Gras war feucht. Und Ava fiel eine Geschichte ein, die sie als Kind erlauscht hatte.
»So also starb Thomas Chatterton«, dachte sie.